Date: 4/22/19

**SP FIC FUENTES V.2
Fuentes, Carlos.
Obras reunidas /**

PALM BEACH COUNTY
LIBRARY SYSTEM
3650 SUMMIT BLVD.
WEST PALM BEACH, FL 33406

CARLOS FUENTES

OBRAS REUNIDAS

II

Edición de las *Obras Reunidas*
de Carlos Fuentes:
Julio Ortega

con la colaboración en este volumen de
María Pizarro Prada

CARLOS FUENTES

OBRAS REUNIDAS

II

CAPITAL MEXICANA

La región más transparente

Agua quemada

Fondo de Cultura Económica

Primera edición, 2007

Fuentes, Carlos
 Obras reunidas II. Capital mexicana. La región más transparente. Agua quemada / Carlos Fuentes ; ed. de Julio Ortega, colab. de María Pizarro Prada ; pról. de Carlos Monsiváis, Steven Boldy ; epílogo de Pedro Ángel Palou — México : FCE, 2007
 493 p. ; 26 × 19 cm — (Colec. Obras Reunidas)
 ISBN 978-968-16-8495-2

 1. Novela Mexicana 2. Literatura Mexicana — Siglo XX I. Ortega, Julio, ed. II. Pizarro Prada, María, colab. III. Monsiváis, Carlos, pról. IV. Boldy, Steven, pról. V. Palou Pedro Ángel, epílogo VI. Ser. VII. t. VIII. t: La región más transparente IX. t: Agua quemada

LC PQ7298 .2618   Dewey M863 F674o

DISTRIBUCIÓN MUNDIAL

Comentarios y sugerencias: editorial@fondodeculturaeconomica.com
www.fondodeculturaeconomica.com
Tel. (55) 5227-4672 Fax (55) 5227-4694

 Empresa certificada ISO 9001: 2000

Diseño de portada e interiores: Pablo Rulfo

De *La región más transparente:*
D. R. © Carlos Fuentes, 1958
D. R. © Fondo de Cultura Económica, 1958

De *Agua quemada:*
D. R. © Carlos Fuentes, 1981
D. R. © Fondo de Cultura Económica, 1981

De esta edición:
D. R. © 2007, Carlos Fuentes

D. R. © 2007, FONDO DE CULTURA ECONÓMICA
Carretera Picacho-Ajusco, 227; 14738 México, D. F.

Se prohíbe la reproducción total o parcial de esta obra
—incluido el diseño tipográfico y de portada—,
sea cual fuere el medio, electrónico o mecánico,
sin el consentimiento por escrito del editor.

ISBN 978-968-16-8495-2 (tomo II)
ISBN 978-968-16-8392-4 (obra completa)

Impreso en México • *Printed in Mexico*

ÍNDICE

Noticia
por Julio Ortega • 9

La región más transparente

Prólogo: ... Mi plegaria desarticulada se vuelve albur, relajo
por Carlos Monsiváis • 13

Epílogo: La región más transparente: *hito de nuestra historia cultural*
por Pedro Ángel Palou • 379

Agua quemada

Prólogo: Agua quemada: *cuento y cuarteto*
por Steven Boldy • 387

Bibliografía • 483

NOTICIA

Este segundo tomo de las *Obras reunidas* de Carlos Fuentes propone que *La región más transparente* (1958) y *Agua quemada* (1981) configuran la saga narrativa de la ciudad de México. La ciudad y la novela se ceden la palabra en estos libros, y una y otra cambian después de ese diálogo. Fuentes ha recordado que la capital mexicana creció en su vida de una ciudad plácida a la megalópolis que conocemos, y que tal vez ya no podemos concebir porque excede la racionalidad del lenguaje mismo y que ningún mapa o guía podría ya referir. Este tomo se abre sobre las voces urgidas de presente en *La región más transparente* y, en una pausa reflexiva, recomienza con los cuentos de *Agua quemada*.

Estos libros se leen hoy como el drama de la representación literaria de la ciudad de México. *La región más transparente*, la primera novela de Fuentes, postulaba que las voces y los lenguajes de la ciudad son la materia de la subjetividad moderna, que adquiere la forma de una comunicación dinámica y analítica. Reveladoramente, gracias a esa voz permeable, hoy comprobamos que la ciudad no ha dejado atrás su versión narrativa sino que posee en su novelización la actualidad ya no de su retrato sino de su cristalización verbal. La novela, así, se ha liberado de la ciudad de su época y se nos aparece hoy como el habla incesante de un tiempo, en efecto, recobrado como presente sin tregua, como puro transcurrir. Si la metáfora "la región más transparente" fue un mito de la naturaleza perdida por la modernidad urbana, en esta novela ha terminado aludiendo al habla, al diálogo, al intercambio como zona de identificaciones, papeles y rituales. En verdad, es en la mayor o menor transparencia del lenguaje donde los personajes, y la ciudad misma, se abren por dentro y exploran sus identidades, dinámica y reflexivamente, como reflejo pensado. Pocas veces la novela y la urbe han sintonizado tan efusivamente como en *La región más transparente*, demostrando que esos dos instrumentos de la modernidad (novela, urbe) son intrínsecos. Esta novela es el sueño que sueña la ciudad de México en los espejos de su vida legible. Esa dinámica instaura el ágora y el ágape en el centro de la ciudad, donde convergen los apetitos y las opciones de los agentes de lo moderno y su fuerza contradictoria de transformación y promesa. Ese tiempo verbal circula por la novela con su palpitación y respiración, extraordinariamente vivo.

En *Agua quemada,* en cambio, la narración vuelve a la genealogía de la representación: los cuentos de este libro buscan dar cuenta de su contexto, y lo hacen en la intimidad de su construcción precaria, cambiante, descubriendo, se diría, la vulnerabilidad de lo moderno en la historia de sus costos. Como una serie de daguerrotipos, estos cuentos terminan representando una galería de figuraciones recuperadas en el instante previo a su desaparición. La representación, por eso, no es literal; es un espejo que no duplica, que revela, con perplejidad, con asombro. Si la novela, por ello, es el goce del artificio urbano, de su exaltación circulatoria, estos cuentos son la carencia de la ciudad interna, donde la pobreza es un escenario colectivo y la historia, una identidad fugaz.

Dos momentos de la biografía imaginaria de una ciudad que en la saga de estos libros se reconoce en nosotros, sus lectores habitados.

JULIO ORTEGA

LA REGIÓN MÁS TRANSPARENTE

Prólogo
... MI PLEGARIA DESARTICULADA
SE VUELVE ALBUR, RELAJO

CARLOS MONSIVÁIS

En 1958, apenas publicada *La región más transparente*, el narrador y gran periodista Fernando Benítez publica en el suplemento *México en la Cultura* del diario *Novedades* dos artículos sobre el libro, con un encabezado victorioso: "Cualquiera que sea el destino de la novela mexicana, ya no le espera el desdichado del ninguneo". Benítez tiene razón, así no se haya dado el ninguneo con novelas anteriores: *Ulises criollo* (José Vasconcelos), *La sombra del caudillo* (Martín Luis Guzmán), *Vámonos con Pancho Villa* (Rafael F. Muñoz), *Al filo del agua* (Agustín Yáñez) y *Pedro Páramo* (Juan Rulfo), clásicos de la memoria como formación mítica y del acercamiento a la historia nacional o regional como entrecruzamiento de vivos, fusilados y sombras en pena. Pero en el caso de *La región...*, plenamente urbana, se vuelve imposible el ninguneo de quienes no creen que una novela mexicana aprese el fluir de lo contemporáneo.

La región... se centra en la época llamada del alemanismo, en honor o en desdoro del periodo presidencial de Miguel Alemán (1946-1952), cuando la ciudad de México (en este caso sinónimo de la combinación de lo impuesto a la fuerza, lo irremediable y lo creativo) conoce libertades inesperadas, padece la más feroz especulación urbana, le acredita al oportunismo el entendimiento único de las reglas del juego, impulsa el fervor y la imaginación de la cultura popular, le concede a la penicilina la eliminación de los terrores de la castidad y populariza (con enormes grados de distorsión) las tesis freudianas, y con esto añade el inconsciente a su patrimonio. También esta etapa, y como no queriendo, sumerge a la ciudad en la americanización, vive los placeres de lo distinto así la diversidad sea un término prohibido, acepta sin darse cuenta la obsolescencia planeada de sus tradiciones, y observa el nuevo campo de batalla de la Revolución mexicana, poblado de desfiles militares, estatuas, efemérides, chantajes ideológicos y discursos donde el volumen de voz es todo el mensaje disponible.

Que no sepa tu mano derecha lo que alguna vez pensó tu mano izquierda. Federico Robles, el banquero que va de la mala cuna a la caída aparatosa, le dice a Manuel Zamacona: "A ustedes, los intelectuales, les encanta hacerse bolas. Aquí no hay más que una verdad: o hacemos un país próspero, o nos morimos de hambre. No hay que escoger sino entre la riqueza y la miseria. Y para llegar a la riqueza hay que apresurar la marcha hacia el capitalismo, y someterlo todo a ese patrón. Política. Estilo de vida. Gustos. Moda. Legislación. Economía. Lo que usted diga".

A la ciudad la transforman el culto al arrasamiento salvaje y la barbarie de las fortunas rápidas. Durante años de alegría hasta el amanecer, el relajo acompaña el trituramiento de logros estéticos y tradiciones represivas. Ésta podría ser la consigna: "Derrúmbense con regocijo las señas del pasado para que podamos ser modernos". A la fisonomía urbana que emerge la impulsan el desprecio a las leyes, las inversiones cuantiosas y la psicología triunfalista, que Salvador Novo retrata en sus crónicas y Fuentes capta con brío y brillantez. Éste es el gran tema oculto y público de *La región...*, la ciudad muy sectorial que es el resultado de las instituciones revolucionarias y las mezclas que propician. El Estado orienta el sentido de lo urbano, dinamiza la economía, convoca la expansión incesante, construye multifamiliares y unidades habitacionales y, queriéndolo o no, admite los otros comportamientos populares si el obrero se presenta puntualmente en la fábrica a las siete de la mañana.

En lo alto de una abrupta residencia

En *La región...* la capital de la República es el organismo vivísimo que incorpora calles y avenidas, tugurios y mansiones, clases sociales y estilos del habla y del faje, explicaciones del país y teorías sobre México y los mexicanos, sistemas de control represivo y formaciones míticas del control, lenguajes corporales y maneras conmemorativas de entrar a los prostíbulos y las juntas de accionistas de los bancos. Ya sólo dueña de un presente perpetuo, la ciudad hace suya la Historia, no lo ocurrido sino el modo en que lo ocurrido, por obra y gracia del poder, se transforma en la niebla escultórica de La Prosperidad.

Y si acaso yo muero en campaña. En la primera novela de Fuentes, el pasado inmediato es la Revolución mexicana, en el momento del tránsito de lo fundacional a lo utilizable en las ceremonias y lo negociable con los sectores populares. De un modo y otro, todos los personajes de *La región...* vienen de los años de las batallas, de los éxodos forzados a las ciudades, del construir las Personalidades Respetables que sean un velo de amnesia sobre los orígenes tan folklóricos, del rencor contra los sombrerudos, del festín morganático de hijas de porfirianos con hijos de alzados, de hijos de los revolucionarios que sobrevivieron con hijas de la aristocracia nonata.

Pero la Revolución es algo más que el pasado inevitable de los protagonistas. Es el *humus* del país y, en cuanto a sus combatientes, es otro capítulo de la visión de los vencidos:

> El domingo siguiente —como todos— los sobrevivientes de aquella breve falange de la División del Norte se reunieron en casa del compadre Pioquinto. Doña Serena, que había sido la soldadera, con sus setenta años amarillentos; el antiguo teniente Sebastián Palomo, a quien el tiempo había quitado los arrestos, pero no los dientes de salvaje fulgor, para convertirlo en guardagujas en Indianilla y el propio don Pioquinto con la misma cara soñolienta de siempre.

El tema antiguo de la Revolución traicionada, ya presente en *Los de abajo, Vámonos con Pancho Villa, La sombra del caudillo, Cartucho, El resplandor...*, interviene adecuadamente en *La región...*

> —¿Y por qué no organizan otro reatajo a Columbus?
> —Los chamacos de ahora ya no son como nosotros, mi teniente —suspiró doña Serena. —Y qué le vamos a hacer. ¡Nosotros tampoco fuimos como los que llegaron alto! Se acuerda, compadre, cuando todos salimos de las mismas rancherías, de los mismos pueblos, todos igualitos a la Revolución. Pues ya ve usted, cuántos son ahora gente fina, y nosotros igual que cuando comenzamos. ¡Pero no nos quejamos! Lo vivido, ni Dios...

A momentos, los personajes se hunden en las reflexiones pesadísimas de "la mexicanidad", y hacen retroceder la narración. Piensa, inquieto, Zamacona:

> La Revolución nos obligó a darnos cuenta de que todo el pasado mexicano era presente, que, si recordarlo era doloroso, con olvidarlo no lograríamos suprimir su vigencia... La Revolución Mexicana fue el primer gran movimiento popular de nuestro siglo que supo distinguir este problema básico: cómo aseguran la plena protección y desarrollo de lo comunitario sin herir la dignidad de la persona...

Este discurso y otros similares que parecían fijar *el tono* de la época se han vuelto, narrativamente, el ruiderío sin eco, y exhiben lo teatral de ese clima de discusiones sobre la esencia y el porvenir de México. Federico Robles, la conciencia verbosa del capitalismo, reflexiona al evocar la raza purépecha, las mulas, las iglesias hermosas, los partos incesantes, las mazorcas, el jacal cercado de milpas...:

> —Hay que olvidar todo aquello. Subimos muy de prisa como para pensar que somos los mismos que hace apenas medio siglo trabajábamos bajo las órdenes de hacendados. Tenemos ahora tanto por hacer. Abrir fuentes de trabajo. Hacer la grandeza del país. Aquello se murió para siempre.

El carnaval del mundo divierte tanto

Un invento de la burocracia política, la Unidad Nacional, de uso obligatorio durante la segunda Guerra Mundial, retorna como el lazo efímero que hace de la ciudad lo que Fuentes aprovecha muy bien: un mural a lo Diego Rivera. Ya no se marca la división entre ricos de bacanales y pobres austeros y combativos; ahora el placer es un elemento multiclasista que se desentiende del comportamiento como Dios manda y averigua por su cuenta los alcances del pecado. La secularización regala autobiografías ideales y les imprime el ritmo desquiciado. *Sobre tu capital cada hora vuela...* y en el despegue el carnaval del año entero hace a un lado el drama, y el llanto en familia es presagio o corolario de la ciudad sin remordimiento concebible: mansiones donde la respetabilidad se ensaya como baile de quince años, vecindades donde se rifa la mala suerte, confesiones de amor a México de los que ya no tienen más que decir en la madrugada, sensaciones de exclusión que se toman como "vicio de pobres". Y para quienes no pueden irse de vacaciones a Europa, Acapulco es la geografía compensatoria, la conversión de los paisajes en cómplices del ligue, de la borrachera, de la primera experiencia sexual con quién sabe quién.

A fin de cuentas, en *La región...* el ritmo prosístico es el equivalente (el espejo coreográfico, escenográfico y verbal) de la furia de la modernidad, cuyo reparto es un homenaje al diluvio poblacional: los De Ovando, que son porque tuvieron; los Zamacona, la familia decente en tribulaciones; los Pola, Federico Robles, Norma Larragoiti, los Régules, Junior, Pichi, Bobó, Pedro Caseaux, Charlotte García, Lally, Gus, Cuquita, Paco Delquinto, Juliette, Chicho, Lopitos, los extranjeros, los intelectuales, ese pueblo que lleva los nombres de Gladys García, Juan Morales, Pioquinto, Magdalena, y esos centinelas de lo intemporal y lo profundo, Ixca Cienfuegos y Teódula

Moctezuma. Fuentes disemina anotaciones sociológicas, políticas, morales, y prodiga figuras de la realidad, emblemas, arquetipos, estereotipos y personajes únicos.

Ciudad bajo el lodo esplendente, ciudad de vísceras y cuerdas...

En *La región...* una técnica afortunada, las enumeraciones, constituye el equivalente de ese tumulto insomne, de la acumulación interminable de la ciudad que nada pierde o desecha, porque aquí se hacinan de igual modo los cadáveres y las emociones. Por momentos, *La región...* es un canto general a la metrópolis donde, con vehemencia lírica, alaba el estallido de lo visual y lo sensorial, porque, he aquí la moraleja, al que no elige sus estímulos citadinos, lo ahoga el conjunto. En la salmodia que abre *La región...*, Ixca Cienfuegos, la ubicuidad que es la sombra arrojada por la conciencia urbana, explica: "Nací y vivo en México, D. F. Esto no es grave. En México no hay tragedia. Todo se vuelve afrenta". Si esto es así, será entre otras cosas porque la tragedia, que sí existe y en abundancia, demanda para ser percibida más espacio del autorizado y más tiempo del concebido por los vecinos. Tal vez, si se califica de afrenta a la tragedia, es porque no hay costumbre de hacerse de los escenarios clásicos, y por eso, sin intención seriamente catártica, el melodrama es la dispensación de la tragedia, sufrida y llorosa.

Al filo de la expansión incesante, la urbe agoniza y resucita a diario. En este pudridero y este gozadero inagotables, la descripción alucinada es la mística posible:

> y después el humo desciende, las herraduras duermen cansadas en el llano, las guitarras quiebran el último aire rasgado y se acabaron las pelonas ¡pompas ricas! ¡de colores! Y es nuevamente la ciudad inflada, en el centro, sin memoria, sapo de yeso plantado de nalgas sobre la tierra seca y el polvo y la laguna olvidada, sino de gas neón, rostro de cemento y asfalto, donde el sexo es un cazador inerme, donde los mataderos de la prostitución trabajan noche y día, cercenando las yugulares de desperdicio y billetes y ordeñando a la luna y perdiendo las huellas...

La ciudad, el personaje inmenso de *La región más transparente,* la naturaleza de cemento y desperdicio, el escenario que tritura y resucita. En *La región...* se conjuntan tres energías: la capitalina, la capitalista y la inagotable del autor, que a la densidad de la Historia opone las vibraciones del infinito urbano, tal como las recrea (inventa) la prosa que es también arquitectura de las imágenes. *Aquí nos tocó, qué le vamos a hacer.* Y la consigna de la resignación es el mambo de los comienzos, no un paisaje determinista sino la identidad profunda de dicha y desdicha, que le permite a la Ciudad oprimir y liberar, corroer las ilusiones, profesionalizar el candor, fomentar desgracias monumentales y caudales siempre inmerecidos. En *La región...* los personajes le entregan a la ciudad sus actos como propuestas de diálogo, algo condenable en los ámbitos donde el único interlocutor, y desde las buenas costumbres, es y ha sido el autoritarismo.

¿Qué reparto de arquetipos, prototipos y estereotipos?

Al hecho más significativo de *La región...*, el debut de la ciudad moderna, lo enmarcan seres muy anacrónicos. Desde la perspectiva de hoy, resultan emanaciones de lo antiguo o de *lo pintoresco* (ese grado fotogénico de las costumbres) los banqueros que fueron recaderos, los falsos aristócratas, los zánganos, los intelectuales cuyas reflexiones son murmullos lánguidos del desarrollismo, las putas, los proletarios, la élite circular de los cocteles, los productores de cine, los aristócratas que alquilan sus modales de mesa y que incluso se acuerdan del nombre de sus bisabuelos, los normales y los anormales que la literatura convierte en señales de la memoria colectiva. Pero no sólo la ciudad es distinta a la suma de sus partes, también las visiones de conjunto se renuevan a diario. Informe o multiforme, la capital posee lo ya bosquejado formidablemente por Manuel Payno en *Los bandidos de Río Frío:* el modo en que el bosque no deja ver a los árboles y el recelo vuelve indistinguibles la clandestinidad y el anonimato. Y la transgresión, ese recurso básico de las generaciones del porvenir, se aprovecha de las ofertas lúdicas, sensoriales y sexuales al alcance de la mano, y no es albur.

Te pareces al país

A sus primeros lectores los convence ampliamente *La región...*, y esta actitud alcanza a las siguientes generaciones, entre otros motivos por los paisajes unitarios de la novela, donde la jerarquía mayor es el disfrute del universo desconocido, inesperado, inapresable. A los personajes los definen los usos urbanos, la geografía a su disposición, la indiferencia ante el desastre estético o el derrumbadero ético. A la pobreza y la miseria, por ejemplo, las señala la ausencia de atractivos admisibles:

> ... Bajo la lluvia: los letreros despintados, el bostezo de las piedras, la ciudad como una nube tullida, olores viejos de piel y vello, de garnachas y toldos verdes, mínimo murmullo de ruedas, chisguetes de canciones: el cielo se abría sin otorgar, el cemento y los mexicanos no pedían: que luchen lluvia y polvo, que se muerdan viento y rostros, que se espere pegado a las paredes, ensopado, los bigotes lacios, los ojos vidriosos, los pies húmedos, comprimido en su carne espesa, maloliente e insano, plagado de cataratas y forúnculos, dormido en los nichos como ídolo eterno, de cuclillas junto a los muros acribillados de soledad, escarbando en la basura algo que roer, que se espere, raza de murciélagos.

Fuentes se acerca con precisión y alegría malévola al esnobismo y al rastacuerismo de la élite que vive su despegue, en el delirio de una fiesta que nunca empieza ni jamás acaba. Esto también atrae a los lectores: el desfile de los *parties*, los diálogos promiscuos, las reflexiones autocríticas que son epitafios al menudeo. Así, Bobó saluda la entrada a la fiesta de Paco Delquinto, "bohemio natural, periodista, pintor y vigésimo lugar en la vuelta en bicicleta al Bajío", y lo presenta: "¡He aquí el único mexicano que entiende la necesidad de crearnos un fondo de comedia…!" A su vez, Delquinto se deleita con la parrafada mortal que suele pasar inadvertida:

> —¡Abajo la comunidad— gritó, trepándose a un sofá, Delquinto. —¡Si alguien quisiera escribir sobre nosotros, tendría que calcarnos de otra parte; somos la calca de una calca, el fracaso de la mecanografía: la vigésima copia a carbón en blanco! ¡Éste es el mexicano creador, original, suntuoso! Naaaa, todos pegados como lapas a sus chambas y a los pequeños tics que no llegan a vicios…

¿Qué es el fracaso sino el tributo fiscal a la vida en un país periférico? Esta lógica determinista se nutre de las imágenes de la velocidad de una etapa, y corrobora la condición legendaria de un régimen (de cualquier régimen) cuya mayor virtud es disfrazar los alcances de la corrupción. La ciudad descrita es todavía muy represiva y gazmoña, pero unos cuantos espacios de libertad y la actitud que alaba el desenfado le recuerdan su nivel utópico: alentar los cambios profundos.

Qué gano con echarle la culpa a alguien

El vértigo, el derrumbadero, el ir y venir y sobrevivir de los personajes y las atmósferas. Es amplísima la variedad de técnicas de *La región...*, de etapas históricas, de cortes generacionales, de diálogos frívolos y metafísicos, de descripciones de paisajes y de vidas que fueron a dar a la mar que es el negar el cumplimiento de las vocaciones. Y en cada instancia narrativa surge la confesión, vivir de cara a la ciudad es reconocer que uno no estuvo a la altura de su destino o lo cumplió en demasía o nunca se enteró de cuál era. Y lo inevitable es la cita a "la medianoche de la conciencia", o como se le diga al momento de la verdad, al reconocimiento de que se nació en el arroyo o en casa de ricos empobrecidos (el arrojo de lujo) o en el pueblo con la mamacita prieta que nunca se quita el delantal y el rebozo...

Confiésome, confiésome, confiésome... Trampas, trucos, sensaciones de inferioridad, sexualidad que a quién le importa, memorias de lo legendario entrevisto por las tempestades de la bohemia, sensaciones de singularidad que se quiebran al recordar: "No hay destino, hay responsabilidades". *Confiésome*: robos, fraudes, asesinatos, las putas que se pasean por San Juan de Letrán, los ricos que van al Zócalo que sus nietos sólo conocerán por referencias. Poseídos por el afán de confesarle a la ciudad lo que podrían haber sido, los personajes van de un lado a otro, exploran *dancings* y clubes exclusivos, recorren avenidas y colonias populares, mientras algún profeta extraviado se abisma en la metáfora que es filosofía del instante. Rodrigo Poles murmura: "—Sin embargo, Dios es uno...", y de inmediato Ixca Cienfuegos le responde:

> —Ésa es la otra mentira. Dios es múltiple. Cada Dios fue engendrado por la pareja, y la pareja por dos parejas, y las dos parejas por cuatro, hasta poblar el cielo de más dioses que hombres han sido...

Y con la letanía del final las confesiones en *La región...* se vuelven confusión de biografías. ¿Qué le toca a cada quién? Y tú que nomás no das una, tú que te la pelan, tú que se las mientas...

Ciudad de los rascacielos que nunca serán palacios

¿En dónde reside la novedad extrema de *La región...*, la novela que elabora otra ciudad de México? En la creatividad del Fuentes veinteañero, en la asimilación inteligente de las lecciones de creadores diversos (Dos Passos, Octavio Paz, Faulkner, Pérez Prado) y, sobre todo, en la flexibilidad de una prosa rápida, de gran arrojo lírico, fragmentada, intertextual, multilingüe, omnívora, que escucha, observa y escribe a la ciudad, y sus impulsos de trepidación y vértigo. Pero la ciudad desaparece si se deja esencializar y describir. Su mérito (su verdad irrefutable) es el desbordarse a sí misma todos los días, y por eso *La región...,* al abordar un tiempo determinado, ni siquiera una década, traza la última ciudad inteligible antes de la actual, tan felizmente habitada o tan pesarosamente vivida por nosotros mismos. Y Fuentes se aproxima febrilmente a ese río de apetitos y condenas y biografías traspasadas por el destino y la Historia, en este caso como en casi todos los nombres del olvido.

Un clásico, entre otras cosas, es un libro leído por cada generación como si apenas se publicase, y la edad literaria no se determina por fechas de impresión sino por la cercanía o la distancia de sus lectores. A los cincuenta años de aparecida *La región más transparente* respondemos a su conjuro de modo equivalente al de la fascinación de 1958 y, además, ya lo sabemos: lo propio de la literatura es la recreación, la reinvención y la metamorfosis del tiempo transcurrido.

Índice

Cuadro cronológico • 25
Personajes • 31

1

Mi nombre es Ixca Cienfuegos... • 37
Gladys García (1951) • 39
El lugar del ombligo de la luna • 44
Gervasio Pola (1913) • 81
Los De Ovando (1910-1951) • 91
Federico Robles (1907-1951) • 98
Norma Larragoiti (1920-1940) • 115
Rodrigo Pola (1914-1932) • 121

2

El anciano del bigote amarillo... • 141
Ciudad de los Palacios • 142
Ixca Cienfuegos camina... • 157
Librado Ibarra (1923-1951) • 158
El sábado al filo de las diez... • 164
Maceualli • 166
Un hombre de carnes flojas... • 190

Rosenda (1911-1935) • 192
Saca la cuenta... • 201
México en una laguna • 203
Desde los vidrios azulados de la oficina... • 223
L'águila siendo animal • 225
En la terminal de Ramón Guzmán... • 238
Pimpinela de Ovando (1912-1951) • 240
El rostro catalán, de hachazos... • 249
Aunque me espine la mano • 251
El padre, la madre, la abuela... • 259
Paradise in the tropics • 260
En un corredor de los Tribunales del Distrito... • 275
La división de las aguas • 276
Vámonos de aquí, manito... • 282
Hortensia Chacón (1918-1951) • 284
Para subir al nopal • 291
Feliciano Sánchez (1938) • 309
Calavera del quince • 313
Mercedes Zamacona (1914-1915) • 331
El águila reptante • 345

3

Betina Régules (1954) • 353
Rodrigo Pola (1954) • 360
La región más transparente del aire • 368

Cuadro cronológico

La novela	La historia
1900	
Nacimiento de Federico Robles, hijo de humildes peones, en una de las haciendas de la familia De Ovando.	Desde 1876, Porfirio Díaz es dictador de México: formación de grandes latifundios; recursos nacionales entregados a compañías extranjeras; represión policiaca y militar.
1905	
Gervasio Pola, agitador intelectual, y Froilán Reyero, primo de Robles, participan en la huelga de los trabajadores de Río Blanco.	Huelga de los obreros textiles en Río Blanco, primera explosión de descontento popular contra la dictadura. *Revolución rusa de 1905*.
1909	
Robles es llevado a vivir a Morelia con un cura que lo emplea como sacristán. Gervasio Pola participa en la campaña presidencial de Madero.	Francisco I. Madero lanza su candidatura a la presidencia contra Porfirio Díaz. *Crisis en los Balcanes*.

1910

Gervasio Pola combate en las filas maderistas.

Reelección de Díaz. El 20 de noviembre, Madero hace un llamado a las armas.

1911

Triunfo de la revolución maderista. La familia De Ovando sale rumbo al exilio en los Estados Unidos.

El ejército popular derrota a Díaz; el dictador renuncia y se exilia. Madero, elegido presidente, mantiene el aparato militar y administrativo de Díaz y no aplica las reformas sociales. Zapata enarbola la bandera de la reforma agraria. *Guerra turco-italiana.*

1913

Mercedes Zamacona abandona el convento y regresa a la hacienda de su familia en Michoacán. Gervasio Pola, encarcelado por Huerta, se evade para continuar la lucha en las filas zapatistas. Nacimiento de Rodrigo Pola.

Golpe de estado reaccionario del general Victoriano Huerta. Asesinato de Madero. Levantamiento popular contra la nueva dictadura, dirigido por Venustiano Carranza en el norte y por Zapata en el sur. *Guerra balcánica.*

1914

Robles es llevado por el cura a la hacienda de los Zamacona. Huye para unirse a las tropas revolucionarias.

Campaña revolucionaria contra Huerta. Victorias militares de Álvaro Obregón y Pancho Villa. Los revolucionarios prometen la reforma agraria. Huerta huye. Obregón ocupa la ciudad de México. *Primera Guerra Mundial.*

1915

Muerte de don Francisco de Ovando. La familia se instala en París. Robles participa en la campaña contra Villa. Nacimiento de Manuel Zamacona.

La Revolución triunfante se divide: facción burguesa de Carranza y facciones populares de Villa y Zapata. Villa es derrotado en Celaya por el general carrancista Obregón. *Batalla de Ypres. Campaña de los Dardanelos.*

1916

Rosenda Pola trabaja en un almacén de la ciudad de México y educa a Rodrigo. Nacimiento de Norma Larragoiti.

Triunfo de la facción burguesa de la Revolución: Carranza, Obregón, Calles, De la Huerta. *Batalla de Verdún.*

1917

Robles entra a la ciudad de México con las tropas de Obregón. Doña Serena Palomo y Pioquinto siguen a Villa en su retirada hacia el norte.

Constitución revolucionaria: reforma agraria, protección obrera, recuperación de riquezas del subsuelo. Villa ataca la población norteamericana de Columbus. Expedición punitiva de Pershing contra Villa. *Los Estados Unidos entran a la Guerra Mundial. Revolución rusa.*

1918

Nacimiento de Hortensia Chacón.

Carranza, presidente. *Segunda batalla del Marne. Armisticio.*

1919

Asesinato de Zapata por militares carrancistas. *Conferencia de Versalles. República de Weimar.*

1920

Bancarrota y suicidio del padre de Norma Larragoiti. La niña es llevada a vivir a la ciudad de México con sus tíos.

Carranza aplaza la aplicación de las reformas. Calles, Obregón y De la Huerta se sublevan en Agua Prieta. Asesinato de Carranza. *Briand y el Bloque Nacional.*

1921

Robles estudia leyes con su compañero Librado Ibarra.

Obregón, presidente. Se inicia la reforma agraria. Los Estados Unidos, afectados por el Artículo 27 constitucional, se niegan a reconocer al gobierno mexicano. Acuerdos con los Estados Unidos, que limitan el alcance de la reforma agraria. *Poincaré, Harding, agitación fascista en Italia.*

1924

Ibarra lucha por la reforma agraria. Robles se aprovecha de la venta de terrenos de las familias arruinadas por la Revolución. Nacimiento de Benjamín de Ovando. Rodrigo Pola va a la escuela con Roberto Régules.

Calles y De la Huerta se disputan la sucesión de Obregón. De la Huerta se subleva y es exiliado. Calles, presidente, reorganiza la economía del país. Se inicia la política de desarrollo de las comunicaciones, construcción de escuelas y de presas. Los Estados Unidos impiden la nacionalización del subsuelo. *Mussolini, jefe del Estado fascista italiano. Hitler encarcelado después del fallido* putsch *de Munich. Muerte de Lenin.*

1928

Rodrigo Pola en la Preparatoria. Ibarra, abogado consejero de los sindicatos de izquierda.

El clero rechaza la legislación revolucionaria. Guerra de los cristeros. Asesinato de Serrano, candidato de la oposición. Obregón, reelecto, es asesinado por un católico. *Primer plan quinquenal en la URSS. Trotski, exiliado en Alma-Ata.*

1929

Robles se liga con explotadores de casinos. Ibarra es encarcelado por sus actividades de agitación sindical.

Calles, el Jefe Máximo, gobierna a través de presidentes nominales y se acerca cada vez más a los Estados Unidos (Morrow, embajador). Corrupción de revolucionarios ávidos de rápidas recompensas. *Desplome económico en los Estados Unidos.*

1934

Ibarra sale de la cárcel. Robles acumula una fortuna en el negocio de bienes raíces.

Cárdenas, presidente. Calles cree que será otro fantoche. Cárdenas lo exilia y da nuevo impulso a la Revolución: reforma agraria, organizaciones obreras y campesinas, educación popular. *Hitler toma el poder en Alemania; Roosevelt y el New Deal.*

1935

La familia De Ovando regresa a México. Robles, abogado y consejero de compañías norteamericanas. Noviazgo de Rodrigo y Norma. Rodrigo abandona a su madre.

La reforma agraria crea un mercado interno; migraciones del campo a la ciudad, donde los campesinos se convierten en obreros o en lumpenproletariado. *Consolidación de la dictadura de Stalin en la URSS, invasión de Etiopía.*

1938

Robles entrega al líder Feliciano Sánchez. Ibarra trabaja para la educación nacional en el campo. Norma y la *dolce vita*.

Cárdenas lucha contra los caciques y nacionaliza el petróleo. *Anexión de Austria. Guerra Civil en España. Pacto de Munich. Anexión de los Sudetes.*

1940

Matrimonio de Robles y Norma.

Ávila Camacho, presidente, da un viraje derechista a la política. La burguesía, aprovechando las reformas revolucionarias, se convierte en "la nueva clase". *Asesinato de Trotski en México. Segunda Guerra Mundial.*

1946-1956

Acción central de la novela.

Miguel Alemán, presidente. La burguesía mexicana en el poder.

Personajes

Los De Ovando

Francisco de Ovando, dueño de grandes latifundios, emigrado con la Revolución.
Lorenza de Ovando, su mujer.
Joaquín de Ovando, su hijo.
Fernanda de Ovando, mujer de Joaquín.
Benjamín de Ovando, hijo de Joaquín y Fernanda.
Lucas de Ovando, sobrino de don Francisco.
Angélica de Ovando, su mujer.
Pimpinela de Ovando, hija de Lucas y Angélica; se casa con Rodrigo Pola en 1951.

Los Zamacona

Padre Agustín Zamacona, cura en Morelia.
Ana María Zamacona, dueña de una pequeña hacienda cerca de Uruapan
Ernestina Zamacona, su hija mayor.
Capitán Felipe Zamacona, hijo de Ana María, primero oficial de Huerta, luego de Carranza.
Mercedes Zamacona, hija menor de Ana María.
Manuel Zamacona, hijo menor de Ana María.
Manuel Zamacona, hijo único de Mercedes.

Los Pola

Gervasio Pola, oficial de la Revolución de 1910.

Rosenda Zubarán de Pola, su mujer.

Rodrigo Pola, hijo de Gervasio y Rosenda, novio de Norma Larragoiti, esposo de Pimpinela de Ovando.

Los Burgueses

Federico Robles, hijo de campesinos en una de las haciendas de los De Ovando, soldado de la Revolución, abogado y consejero de compañías extranjeras, banquero. Casado en primeras nupcias con Norma Larragoiti y por segunda vez con Hortensia Chacón.

Norma Larragoiti de Robles, primera mujer de Robles.

Roberto Régules, financista.

Silvia Régules, su mujer.

Betina Régules, su hija.

Jaime Ceballos, joven abogado, novio de Betina.

Juan Felipe Couto, hombre de confianza y especulador.

Don Jenaro Arriaga, banquero y especulador.

Los satélites

Junior, hijo de millonarios.

Pichi, estudiante de filosofía.

Bobó Gutiérrez, rentista, organizador de fiestas.

Pedro Caseaux, jugador de polo, amante de Silvia Régules.

Charlotte García, introductora de celebridades.

Lally, modelo de pintores, musa de poetas, amante de Bobó.

Gus, homosexual de regreso.

Cuquita, cazadora de herederos.

Gloria Balceta, esposa de un diplomático.

Paco del Quinto, imitador local de Hemingway.

Juliette, imitadora local de Juliette Greco.

Chicho, conseguidor.

Lopitos, secretario de hombres políticos.

Los extranjeros

Príncipe Vampa, cocinero italiano que se hace pasar por noble.

Dardo Moratto, escritor argentino, ex secretario de Victoria Ocampo y corrector de pruebas de Jorge Luis Borges.

Natasha, antigua cantante de cabaret en San Petersburgo, París y Berlín. Estrenó varias canciones de Kurt Weill.

Contessa Aspacúccoli, de la pequeña nobleza alemana.

Conte Lemini, nacido Thomas Schwartz, aventurero texano que ha levantado una fortuna sobre los yacimientos mexicanos de azufre.

Fabio Milós, poeta imaginista sudamericano, posteriormente eclipsado por Pablo Neruda.

Soapy Ainsworth, heredera norteamericana de una cadena de detergentes.

Pinky, príncipe serbio, primo en tercer grado del rey Alejandro asesinado en Marsella.

Simón Evrahim, sirio-libanés, productor de películas.

Los inteligentes

Estévez, introductor de Heidegger en México.

Bernardo Supratous, diletante, autor de algunos poemas imitados de e. e. cummings.

López Wilson, marxólogo.

Luis Pineda, editor de revistas satírico-literarias, después cónsul de México en Oporto.

Pablo Berea, poeta, después alto funcionario.

Jesús de Olmos, poeta y periodista.

Ramón Frías, poeta, después embajador.

Jorge Taillén, poeta y antropólogo.

Roberto Ladeira, poeta de obra dispersa; se suicidó en 1939.

Tomás Mediana, poeta, muerto trágicamente en 1950.

Chino Taboada, director de telúricos melodramas cinematográficos.

El pueblo

Gladys García, fichadora de cabaret.

Juan Morales, ruletero.

Rosa Morales, su mujer.
Pepe, Juan y Jorge Morales, sus hijos.
Pioquinto, guardavías.
Magdalena, su mujer.
Fidelio, su hijo, mozo de café.
Gabriel, su hijo, obrero y espalda-mojada.
Pepa, su hija, desocupada.
Doña Serena, antigua soldadera de Pancho Villa.
Palomo, antiguo sargento de la División del Norte.
Beto, ruletero.
Tuno, obrero.
Fifo, desocupado.
Hortensia Chacón, mecanógrafa, segunda esposa de Federico Robles.
Donaciano, burócrata, primer esposo de Hortensia Chacón.

Los revolucionarios

Froilán Reyero, primo de Federico Robles, organizador de la huelga obrera de Río Blanco.
Pedro Ríos, soldado maderista.
Sindulfo Mazotl, soldado zapatista.
General Inés Llanos, partidario de Zapata, lo abandona para unirse al dictador Huerta.
Librado Ibarra, abogado sindical.
Feliciano Sánchez, líder obrero.

Los guardianes

Ixca Cienfuegos.
Teódula Moctezuma.

1

Mi nombre es Ixca Cienfuegos. Nací y vivo en México, D. F. Esto no es grave. En México no hay tragedia: todo se vuelve afrenta. Afrenta, esta sangre que me punza como filo de maguey. Afrenta, mi parálisis desenfrenada que todas las auroras tiñe de coágulos. Y mi eterno salto mortal hacia mañana. Juego, acción, fe —día a día, no sólo el día del premio o del castigo: veo mis poros oscuros y sé que me lo vedaron abajo, abajo, en el fondo del lecho del valle. Duende de Anáhuac que no machaca uvas —corazones; que no bebe licor, bálsamos de tierra —su vino, gelatina de osamentas; que no persigue la piel alegre: se caza a sí mismo en una licuación negra de piedras torturadas y ojos de jade opaco. De hinojos, coronado de nopales, flagelado por su propia (por nuestra) mano. Su danza (nuestro baile) suspendida de un asta de plumas, o de la defensa de un camión; muerto en la guerra florida, en la riña de cantina, a la hora de la verdad: la única hora puntual. Poeta sin conmiseración, artista del tormento, lépero cortés, ladino ingenuo, mi plegaria desarticulada se pierde, albur, relajo. Dañarme, a mí siempre más que a los otros: ¡oh derrota mía, mi derrota, que a nadie sabría comunicar, que me coloca de cara frente a los dioses que no me dispensaron su piedad, que me exigieron apurarla hasta el fin para saber de mí y de mis semejantes! ¡Oh faz de mi derrota, faz inaguantable de oro sangrante y tierra seca, faz de música rajada y colores turbios! Guerrero en el vacío, visto la coraza de la bravuconada; pero mis sienes sollozan, y no cejan en la búsqueda de lo suave: la patria, el clítoris, el azúcar de los esqueletos, el cántico frisado, mímesis de la bestia enjaulada. Vida de espaldas, por miedo a darlas; cuerpo fracturado, de trozos centrífugos, gimientes de enajenación, ciego a las invasiones. Vocación de libertad que se escapa en la red de encrucijadas sin vértebras. Y con sus restos mojamos los pinceles, y nos sentamos a la vera del camino para jugar con los colores... Al nacer, muerto, quemaste tus naves para que otros fabricaran la epopeya con tu carroña; al morir, vivo, desterraste una palabra, la que nos hubiera ligado las lenguas en las semejanzas. Te detuviste en el último sol; después, la victoria azorada inundó tu cuerpo hueco, inmóvil, de materia, de títulos, de decorados. Escucho ecos de atabales sobre el ruido de motores y sinfonolas, entre el sedimento de los reptiles alhajados. Las serpientes, los animales con historia, dormitan en tus urnas. En tus ojos, brilla la jauría de los soles del trópico alto. En tu cuerpo, un cerco de púas. ¡No te rajes, manito! Saca tus pencas, afila tus cuchillos, niégate, no hables, no compadezcas, no mires. Deja que toda tu nostalgia emigre, todos tus cabos sueltos; comienza, todos los días, en el parto. Y recobra la llama en el momento del rasgueo contenido, imperceptible, en el momento del organillo callejero, cuando parecería que todas tus memorias se hicieran más claras, se ciñeran. Recóbrala solo. Tus héroes no regresarán a ayudarte. Has venido a dar conmigo, sin saberlo, a esta meseta de joyas fúnebres. Aquí vivimos, en las calles se cruzan nuestros olores, de sudor y pachulí, de ladrillo nuevo y gas subterráneo, nuestras carnes ociosas y tensas, jamás nuestras miradas. Jamás nos hemos hincado juntos, tú y yo, a recibir la misma hostia; desgarrados juntos, creados juntos, sólo morimos para nosotros, aislados. Aquí caímos. Qué le vamos a hacer. Aguantarnos, mano. A ver si algún día mis dedos tocan los tuyos. Ven, déjate caer conmigo en la cicatriz lunar de nuestra ciudad, ciudad puñado de alcantarillas, ciudad cristal de vahos y escarcha mineral, ciudad presencia de todos nuestros olvidos, ciudad de acantilados carnívoros, ciudad dolor inmóvil, ciudad de la brevedad inmensa, ciudad del sol detenido, ciudad de calcinaciones largas, ciudad a fuego lento, ciudad con el agua al cuello, ciudad del letargo pícaro, ciudad de los nervios negros, ciudad de los tres ombligos, ciudad de la risa gualda, ciudad del hedor torcido, ciudad rígida entre el aire y los gusanos, ciudad vieja en las luces, vieja ciudad en su cuna de aves agoreras, ciudad nueva junto al polvo esculpido, ciudad a la vera del cielo gigante, ciudad de barnices oscuros y pedrería, ciudad bajo el lodo esplendente, ciudad de víscera y cuerdas, ciudad de la derrota violada (la que no pudimos amamantar a la luz, la derrota secreta), ciudad del tianguis sumiso, carne de tinaja, ciudad reflexión de la furia, ciudad del fracaso ansiado, ciudad en tempestad de cúpulas, ciudad abrevadero de las fauces rígidas del hermano empapado de sed y costras, ciudad tejida en la amnesia, resurrección de infancias, encarnación de pluma, ciudad perro, ciudad famélica, suntuosa villa, ciudad lepra y cólera, hundida ciudad. Tuna incandescente. Águila sin alas. Serpiente de estrellas. Aquí nos tocó. Qué le vamos a hacer. En la región más transparente del aire.

Gladys García

—¡Boinas!

El barrendero le dio un empujón en las nalgas, y Gladys respiró la mañana helada. Echó el último vistazo al espejo gris, a los vasos ahogados de colillas, del cabaret. Chupamirto bostezaba sobre el bongó. Las luces limón se apagaron, devolviendo su opacidad descascarada a las pilastras de palmera. Algún gato corría entre los charcos de la calle: sus pupilas, alfileres de la noche pasada. Gladys se quitó los zapatos, descansó, encendió el último (boquita trompuda, dientes cincelados de oro), el cigarrillo que le tocaba cada quince minutos. Guerrero ya no estaba anegada, y pudo calzarse. Empezaban a correr las bicicletas, chirriando, sin sombra, por Bucareli; algunos tranvías, ya. La avenida semejaba una cornucopia de basura: rollos de diario derelicto, los desperdicios de los cafés de chinos, los perros muertos, la vieja hurgando, clavada, en un bote, los niños dormidos removiéndose en la nidada de periódicos y carteles. La luz del más tenue de los cirios fúnebres. Del Caballito a la Doctores, arrancaba un ataúd de asfalto, triste como una mano tendida. Sólo la resurrección daría sangre y pálpitos a este collar. Pero ya bajo el sol, ¿vivía? Desde la perspectiva de Carlos IV y su corte de neones enanos

<small>Lotonal respondemos de las cuatro quintas partes</small>
<small>   de su highball goodrich</small>
<small>   de su highball goodrich</small>

Gladys no podía hablar de las fritangas y los gorros de papel de los voceadores y sus soldaderas panzonas, porque desconocía lo diurno, del aire viejo, empolvado, que va masticando los contornos de las ruinas modernas de la aldea enorme. Iba caminando sola, su cuerpecillo de tamal envuelto en raso violeta brillante, ensartado en dos palillos calados sobre plataformas: bostezaba para rascarse los dientes de oro: la mirada, bovina, los ojitos, de capulín. ¡Qué aburrido caminar sola por Bucareli a las seis y cuarto! Tarareaba la letanía que noche tras noche le había enseñado el pianista gordo del Bali-Hai, *mujer, mujer divina ésa me la cantaba Beto; ése sí que me trajo al trote, con eso de ser ruletero y sacarme a pasear en el coche; ¡qué machote y qué vacilador! "Vieja que se sube al coche, vieja que me bombeo",* decía;

"—¿Estás sola, chata?

"—Estoy contigo, ¿me siento?"

Ya Chupamirto lo conocía, y le dedicaba sus mambos por el micrófono, *yo soy el ruletero, que sí, que no, el ruletero*

"—Estás muy buena, chata aaayyyjj *por abajo anda el jarabe al son de las copetonas*

"—No te calientes, granizo

"—Pa' su…

"—Ay, qué siento, qué siento"

que sí, que no, el ruletero y chanceador como él solo, cómo me gusta, con su sueterzote de canario

"—¿A ti no te agarró alguien de puerquito en la escuela, chata?

"—¿En la escuela? Estás chanceando.

"—Conmigo se metía un tipo así de grandote, le decían *el Mayeya* y me traía maloreado. Yo todo tilique en aquella época, y él grandote, torciéndome las orejas. Hasta que maté a un cuate y me mandaron dos años a la Peni. Lo vieras ahora. Me lo encuentro y no es sonrisota de cuatacho la que me hace. Pero yo tampoco me meto con nadie. Ya ves los líos que tiene uno ruleteando; que se bajan, que te la mientan. Pues que me la mienten. ¿Qué es peor? ¿Morirte en la cama? ¿O que un cristiano venga y te mande al otro barrio? ¿Para qué hacerle un favor a nadie? Palabra."

Pero ya se lo había dicho, no le había tomado el pelo:

"—Tendría harta lana si no fuera por las viejas y el bailecito. Todos los días tengo que meterme por ahi, a bailar. Suave, chánchararancha, chancharará… Qué quieres. Así me hicieron, medio drácula…"

Así nos hacen. No había vuelto a sentir lo que con él. Pero los prietos prefieren a las güeras, y aquélla se lo llevó. Beto. Y ahora el viejecillo flaco y con halitosis que la buscaba todos los viernes en la noche presumiendo de alto funcionario de alguna secretaría. El único que le dejaba lana. Se las ponía de nevero, le apretaba la cintura y gritaba: "¡Raza de bronce, cabrona raza de bronce!" Y luego le contaba el gran chiste de cómo venía los viernes porque ese día le daba a su mujer la excusa del balance de fin de semana. Pero no era lo mismo que con Beto.

"—¿Le gusta el *chou* del Bali-Hai?

"—Me encanta, ¡qué caray!, me encantas tú…

"—Venga más seguido, pues. Mire cómo será, que nomás los viernes. Si no es obligación.

"—Ya te he dicho que el viernes hago pato a la vieja; mira, ese día nos pasan..."

Aquí había nacido Gladys, en los palacios huecos de la meseta, en la gran ciudad chata y asfixiada, en la ciudad extendiéndose cada vez más como una tiña irrespetuosa. Un día quisieron llevarla a Cuernavaca unos abarroteros con automóvil, y el coche se descompuso en Tlalpan. No sabía de montañas o de mar; la brizna del jaramago, el encuentro de arena y sol, la dureza del níspero, la hermosura elemental... *qué retechula ha de ser la mar...* Amarrada al cemento y al humo, a la acumulación de brillantes desperdicios. Los ojos cerrados, siempre cerrados. Llegó al fin a la Doctores, rendida. Encendió la veladora, *Vos sois rica y nosotros pobres; Vos todo lo tenéis y nosotros no tenemos nada; ¿Por ventura no sois la madre de misericordia?*, la jicotera no tiene cintura y se acostó. ¿Borregos? Fichas, fichas cayendo sin eco sobre la mesa. Diez pesos. Ya no hacía tanta lana. Se le apretaban los clientes. *¿Vieja? Treinta años. ¿Jodida? Que lo diga Beto*. Por primera vez, se le ocurrió pensar qué iba a ser de ella cuando ya no pudiera ganarse la vida en el Bali-Hai. ¿Cómo se gana la vida? *Voy a ir mañana a un comercio. A ver cuánto pagan de vendedora*. Tenía que impresionar; Liliana le prestaría el zorro, y si no el conejo propio. *¿Dónde está ese perfume que me regalaron a la entrada de un cine?* Rímmel a chorros; *no hay nada peor que una carota de gringa desabrida...* Fichas, fichas, *la cucaracha no pué caminá* acurrucada contra el muro frío, iluminada por la veladora, sentir que se perdían sus piernas y el vientre se le hacía grande, grande *que vuestro virginal manto cubra siempre a vuestros hijos, guardadlos, son vuestros para siempre, ¡oh celeste Tesorera del Corazón de Jesús!, a vuestros hijos.*

Salió de la tienda de modas a la avenida. La lluvia se soltó, confundida con los edificios grises. Es lluvia de ciudad. Contagiada de olores. Mancha las paredes. No se mete en la tierra. Lluvia mineral, el desconcierto de cabezas bajas, sumisas al lívido timbal del cielo, cabezas gachas, mojadas de lluvia y vaselina. Surtidores del cielo mexicano: esperando en silencio desesperado, esperando junto a los muros, como los condenados junto al paredón: la fusilada que no llega, los cuerpos enjutos y grasosos, junto a la lluvia, disueltos en el vaho de gasolina y asfalto, momias de un minuto, junto a la lluvia. Bajo la lluvia: los letreros despintados, el bostezo de las piedras, la ciudad como una nube tullida, olores viejos de piel y vello, de garnachas y toldos verdes, mínimo murmullo de ruedas, chisguetes de canciones: el cielo se abría sin otorgar, el cemento y los mexicanos no pedían: que luchen lluvia y polvo, que se muerdan viento y rostros, que se espere pegado a las paredes, ensopado, los bigotes lacios, los ojos vidriosos, los pies húmedos, comprimido en su carne espesa, maloliente e insano, plagado de cataratas y forúnculos, dormido en los nichos como ídolo eterno, de cuclillas junto a los muros acribillados de soledad, escarbando en la basura algo que roer, que se espere, raza de murciélagos. Que se espere ahí: más cerca del origen húmedo, más cerca de los rincones: lluvia en los rincones, toses pequeñas y huecas ¿que se abrazaran, solos, juntos bajo la lluvia? un abrazo de todos, cuando los perfiles del firmamento negro dicen: tú aquí, ellos allá. Gladys sorbía las gotas de su nariz. El rímmel le escurría como un llanto de noche. El conejo apestaba. Gladys se detuvo y sacó la mano.

(—Muy guaje, ¿no? Miren: mucho ojo. Eso se saca una por meterse con apretados. ¡A la chingada! ¿Hora? Seis. Abren a las nueve. Y está lloviendo a trancazos.)

¡Ora sí t'enjuagates, chilindrina!, pasó una bicicleta frenando. Se abría la noche, su noche, la noche que le reservan los ángeles y el vacío. La ciudad olía a gas mientras Gladys ambulaba por la Avenida Juárez. ¿Dónde estaban los demás, las gentes a las cuales querer? ¿No había, por ahí, una casa caliente donde meterse, un lugar donde caber con otros? Sus gentes... *el viejo era pajarero; salía muy de mañana a agarrarlos, mientras la madre le hacía el café con piquete y nosotros arreglábamos las jaulas. Junto al puente de Nonoalco. Le pusieron Gaudencia. Quién me manda nacer un veintidós de enero. Las láminas ardían en verano, y a todos se les calentaba la sangre. En un catre, los viejos y el escuincle. En el otro, yo con mis hermanos. Ni me di cuenta, ni supe cuál de ellos me hizo la desgraciadura. Pero las láminas ardían, todos estábamos muy calientes, muy chamacos. Tenía trece años. Así comienza uno. Y luego ya no los vuelve a ver.*

Frente al Hotel del Prado, se topó con una comitiva de hombres altos y mujeres rubias, alhajadas, que fumaban con boquillas. Ni siquiera eran gringos, hablaban español...

—Rápido, Pichi, vamos a tomar un taxi.

—Voy, chéri. Déjame arreglarme el velo.

—Nos vemos en casa de Bobó, Norma. No llegues tarde: para las orgías, puntualidad británica...

—Y además, el canalla de Bobó cambia de la Viuda a Ron Negrita en cuanto se levantan los coros de las bacantes.

—¡Chao, viejita!

—Too-toot.

y parecían dioses que se levantaban como estatuas, aquí mismo, en la acera, sobre las orugas prietas de los demás, ¡qué de los demás!, sobre ella que estaba fundida, inconsciente, hermana de los vendedores de baratijas pochos, jafprais, berichip, de los de la lotería, de los voceadores, de los mendigos y los ruleteros, del arroyo de camisetas manchadas de aceite, rebozos, pantalones de pana, cacles rotos, que venía hollando la avenida. Pero en el siguiente puesto, entre uno de bolsas de cocodrilo y otro de cacahuate garapiñado, gastó dos pesos en una boquilla de aluminio.

El lugar del ombligo de la luna

Junior hablaba como tarabilla mientras, concienzudamente, picoteaba el seno derecho de Pichi. En la noche lluviosa, el taxi se mostraba poco eficaz en salvar hoyancos, y cada brinco del chasis aumentaba la presión de Junior sobre Pichi; ésta miró hacia la izquierda y consultó su reloj.

—Verás qué padres fiestas arma Bobó. Ahí estarán el poeta Manuel Zamacona, Estévez el filósofo existencialista, el Príncipe Vampa —que es un tío de capa y espada— y Charlotte García, la famosa internacional, y miles de aristócratas y pintores y jotos: el todo México. Bobó hace unos cambios de luz brutales, y no se escandaliza de que alguien o álguienes se encierren media hora en su recámara, ¡todos son tipos que saben vivir! Mi papá es fantástico; cada vez que vengo a casa de Bobó me hace una cara así de larga y empieza a gruñir sobre el corn-flakes: "viciosos, dipsómanos, amapolos". ¡Qué salida tan buena!, ¿verdad? El pobre viejo sólo sabe hablar en inventario. Fíjate la lata de ser *self-made man*. Pero mientras me pase la mensualidad, chás-chás.

Pichi metió su cabecita de poodle en la nuca de Junior: —¡Qué excitante, Junior! ¡Conocer tantos intelectuales! La crema de la crema, como quien dice. A mí también me costó trabajo independizarme, no creas, y de no haber ido a tomar esas clases de psicología, sólo Dios sabe qué complejo me hubiera tragado. Hmmm, qué rico Yardley usas…

El taxi se detuvo frente a la casa de apartamientos —balcones de mosaico multicolor, gran torso de vidrio liso— desde cuyo penthouse chiflaba hacia la noche un repique de vasos.

—Mira —le dijo Junior al chofer—: Ahora te vas al 3094 de Monte Ararat a recoger a una señora. Pita y sale.

—No puedo, jefecito —remilgó el chofer, rascándose una cicatriz roja en la frente—. Hoy sí que no puedo; si no, con mucho gusto.

—¿Cómo que no? ¿De cuando acá nos damos ese taco? —replicó Junior al mismo tiempo que, trasladado ya a la sala de Bobó, se esforzaba por mostrar los puños sedosos de su camisa.

—No, deveras —insistía el chofer—. Cualquier otro día. Barrilaco está rete-alejado.

Junior prendió el briquet y recorrió el interior del automóvil:

—¿Conque don Juan Morales, placas 37242? Ya hablaremos con el dueño de la flotilla...

Juan Morales dibujó una sonrisa:

—Ya estaría de Dios... —y arrancó. Se contuvo las ganas de refrescársela con el claxon y, rascándose la cicatriz, metió segunda y comenzó a chiflar.

—Pelados, cada día más pelados —gimió Junior, y con Pichi del brazo tomó el ascensor.

—Un besito, gorda, así mira... No te hagas la remolona.

—Después, Junior... no me desarregles el velo. Sígueme contando, ¿quiénes más vienen?

—Pues de los rancios, la Pimpinela, y la niña dorada, ¡Pierrot es cumbre; le dicen la niña mal de familia bien!, vas a ver... ah, y el tal Cienfuegos. Mucho cuidadito. De ése te me mantienes alejada.

La puerta de laca se abrió sobre una atmósfera cargada de humo de cigarrillo, vencedor de los coquetos pebeteros y de los perfumes surtidos. Pichi y Junior entraron riendo a grandes voces.

—¡Bobó, Bobó!

—¡Caros! Entren a aprehender las Eternas Verdades. Por ahí anda un indígena con charola y bebestibles. Voici, oh Rimbaud!; le temps des assassins.

Bobó corrió saltando, su chaleco floreado un anuncio de bonhomía, a callar a la concurrencia. En el pequeño estrado, junto a la escalera, la declamadora (del circuito del Caribe, naturalmente) había tomado su lugar y miraba con intensidad al suelo, como si de él debiera surgir la repetición lúdicoliteraria del festín de Baltasar. Al hacerse el silencio, la eximia, con un drástico movimiento de torso, las manos extendidas, la tela neohelénica apretada a la cintura, el busto arremangado, tornó los ojos al cielo raso:

>   *Telúricos de mi tierra*
>   *ayes en los senos crío*
>   *a los que la voluntad se aferra,*
>   *pescada en Rubén Darío...*

Los invitados se fundieron en la melodía. En torno a Manuel Zamacona, una docena de jóvenes y de ancianas formaban corte; Estévez conversaba en un rincón con dos muchachas de gafas. Pierrot Caseaux mantenía un cuchicheo discreto: gracioso balancear de la gran copa de cognac. Charlotte García, en el acto de blandir con irreverencia sus impertinentes sobre la cabeza de la masa mientras Gus, en compañía del Príncipe Vampa, insinuaba su impaciencia por la falta de fotógrafos en la reunión. Silvia y Roberto Régules habían fijado su sonrisa favorita, heladamente sentados en el sofá como en la espera entre dos trenes lentos que al cabo no se han de tomar. El humanista argentino Dardo Moratto examinaba los escasos libros de la estancia. La declamadora acompañaba de lejos, exacta en la distancia que un buen pianista de bar sabe mantener bajo las voces de la clientela. Pichi y Junior se acercaron al abrevadero, no sin antes decirse *Hmmm* y sobar narices.

—Todavía no empieza lo bueno —se acercó a decirles Bobó—. Dejen que llegue Lally con los bongoceros.

Ixca Cienfuegos entró en la sala, se detuvo y encendió, con una mueca, un cigarrillo

primero, dejarse llevar; no hacer preguntas, no ver caras: dejarse llevar por el rumor y las sombras, por los borrones. Cambio de luces. Amarillo. Les va bien. Debía instalar Bobó unos rayos X. ¿Hacen falta? Espejos. Los borrones se reproducen al infinito. Luces, espaldas, talles, tantas axilas tantas veces rasuradas, la conciencia en los senos, la mecánica de expeler humo, dejarse llevar, los tufos... carne y olor, no es posible desentenderse de ellos, pero sí hacerlos elegantes. Esta carne no es elegante, esta carne es refinada, este olor es ofensivo, este olor es aristocrático. Caras, hasta el rato. Ahora, dejarse llevar. Olvidarse de sí, clave de las felicidades, que es olvidarse de los demás; no liberarse a sí: sojuzgar a los demás.

Copias fotográficas en relieve ahorcadas a las paredes —escarlata, siena, cobalto— del dúplex: Chagall, Boccioni, Miró y un solo original: búfalos azules en una arena teñida de un color ictio, de Juan Soriano. Por el suelo, los ídolos; bajo un ciclista en proceso de futurizarse, la herida abierta de una Coatlicue enana. Enredadera y palo-bobo brotaban junto al ventanal enorme, y entre las botellas de la cantina decorada con azulejos poblanos una gringa de carnes nailon, recortada del *Esquire*, telefoneaba con una mirada de la más dulce cachondería. Manuel Zamacona, semirrecostado en el diván, se acariciaba el pelo revuelto. Al perfil griego le sobraban dos grandes carrillos, y de sus labios caía sin interrupción una fumarola que, expelida con lentitud sagrada, mantenía la atención de los acólitos —jóvenes escritores invitados por el delirio potpurrista de Bobó, ancianas maquilladas que alguna vez se dejaron seducir por Barba Jacob— en la línea de su faz que Zamacona sabía más atractiva:

—Ahora, a lo que no puede renunciar el poeta es a la vital tarea de llamar al pan y al vino de otras maneras. Pero esto, obviamente, supone que se tiene una conciencia lúcida de lo que son pan y vino. Entonces se puede ir más allá, al centro de las cosas: dominarlas, dejar de ser sus esclavos...

—Pero el poeta es, sobre todo, un hombre que nombra cosas —dijo un astigmático joven.

—Sí, pero que no encabeza sus "nombramientos" con las siglas de la United Press. ¿O qué, puesto que el nivel de comprensión que le ha correspondido, históricamente, es deleznable, por ese solo hecho la poesía debe descender a fundirse en la época, so capa de "inteligibilidad", y a desaparecer con ella?

—Ay, qué bonito...

—Soberbia, señor Zamacona, digo yo...

—Sí: que alguien la posea. Ustedes hablan mucho del imperialismo yanqui. Yo me pregunto si abaratando nuestras palabras, es decir, nuestra imaginación, no lo ayudamos, y si, por el contrario, intentando —con esa humildísima soberbia— llevar a su más alta expresión nuestras palabras y nuestra imaginación, no somos, acaso, más hombres y más mexicanos...

—La lucha contra el imperialismo tiene que ser directa, llegar al pueblo.

—No me desprecie a este pobre pueblo. ¿Qué cree usted, sinceramente, que sabrá, a la postre, entender mejor nuestro pueblo: "Vuelvo a ti, soledad, agua vacía, agua de mis imágenes, tan muerta", o "Gran Padre Stalin, baluarte del obrero"? Además, no confunda las cosas. Sea bienvenida su lucha contra el imperialismo, amigo, pero que sea efectiva: contra el imperialismo se lucha en su terreno de intereses, no escribiendo cuplés realistas-socialistas. Pero en realidad, ¿qué le interesa a usted más: luchar efectivamente contra el imperialismo, o sentirse un hombre justo colocado del lado del bien y digno de señalar y condenar a los hombres malos?

El joven astigmático se puso de pie, regando de ceniza a las ancianas:

—¡Decadente, vendido, artepurista! ¿Cuánto le paga el Departamento de Estado?

Manuel Zamacona aspiró serenamente su humo:

—Hasta para ser payaso se requieren inteligencia e imaginación.

Federico Robles apretó un botón.

—¿Sí, señor? —gimió, ronca, la voz de la secretaria.

Robles inclinó la cabeza, pegó la boca al micrófono, tocó con la yema del pulgar su corbata de seda:

—Convoque a los de la Limitada para el sábado a las diez. Asunto: transmisión de la parte social de Librado Ibarra. Puntualidad. Puede usted pasar la llamada de Ibarra, si vuelve a telefonear. Es todo.

—Sí, señor.

Con el ¡clic! del aparato, Robles se levantó de la silla de cuero. En la oficina alfombrada, entre las paredes de caoba, el penduleo del reloj sonaba a memoria. Las nueve de la noche. Federico Robles observaba su reflejo fantasmal en la ventana. Se había blanqueado, igual que el general Díaz. Hasta se veía distinguido. Pasaba las uñas por una solapa creada con el objeto de disimular la barriga. Veía los dedos manicurados, con deleite. Sonó el aparato.

—El señor Librado Ibarra al teléfono, señor…

—Pásela.

Robles cerró los ojos. Pase la llamada. Librado Ibarra. Librado Ibarra. Debía imaginarlo, de un golpe: tres mil pesos de aportación. Traje ratonero. El eterno olor a cocina barata. Calvo. Peinado de prestado, hilo de gomina. Los ojillos bulbosos, sumisos. *¿Y algo más? Sí… no, nada más, nada más.*

—Pásela… ¿Qué hay, Ibarra? ¿Cómo sigue esa pierna? Vaya pues. No, no estaba en la oficina. ¿No se lo dijeron? ¿Qué se le ofrece, pues?

un pie destrozado por la máquina; la máquina sigue funcionando, empieza a gruñir, a masticar con avidez la materia extraña: la carne de un viejo que ha ido a que lo mastiquen el acero y las tuercas.

—Sí, cómo no. Siento no haber podido ir al hospital. Usted se da cuenta de que junto a esta pequeña sociedad llevo otras más importantes… No, no llegó aquí ningún recado… Claro, qué se le va a hacer

tres mil pesos de aportación, empresa común, veintitrés socios, un viejo de trajes apestosos, para cuidar la máquina y ver que los obreros no hagan chanchullos

—¿Cómo, Ibarra? ¿Accidente de trabajo? ¿De qué habla usted? ¿Con qué clase de su baboso cree que está hablando? ¿Eh?

Sociedad de Responsabilidad Limitada, S. de R. L.

—No, amigo. Se equivoca usted de medio a medio. Usted prometió prestaciones accesorias como socio. Tome sus accidentes de trabajo. Eso digo: tome… ¿Responsabilidad limitada? No sea usted ingenuo. ¿Con quién cree que está hablando, eh? ¿Se figura que una institución seria de crédito contrataría con nosotros si no respondiera yo ilimitadamente? Vaya con usted

tres mil pesos de aportación; todos los ahorros; la cantinela de todos: todos mis ahorros y ahora imposibilitado

Robles pegó con el puño en la mesa: una vena verde se abrió en el vidrio:

—¿Junta de conciliación? Mire, tarugo: usted no es trabajador, sino socio. ¿Ahora lo viene a averiguar? Pero vaya nomás a su junta de conciliación. Vaya nomás. ¿Sabe lo que es poner en el índice?… Menos mal… ¿Su qué? El sábado hay asamblea. Vamos a ver si unánimemente se aprueba su solicitud, ¿eh? A ver si su dinerito sale así nomás cuesta trabajo echar a andar una empresa, grande o chica; qué saben éstos. Una pata coja y tres mil pesos no van a echarla a rodar; todo está contra uno en este país… se empieza dando concesiones en los negocios pequeños y luego…

—Adiós, Ibarra. Que esté usted bien.

Robles colgó la bocina. La carta sobre la Anónima. *Muy estimado amigo: Usted sabe que durante el año en curso parece previsible que más del 50% de las Sociedades que se funden serán precisamente Sociedades Anónimas. ¿No le parece significativo que…*

Robles apretó un botón.

¿Qué decir de los muebles de Bobó? Exigían posturas del Bajo Imperio, y las mesitas chaparras repletas de vajilla de carretones repleta de uvas de vidrio azul, invitaban a ello. Una edición intonsa de la filosofía estética de Malraux, lado a lado con las obras completas de Mickey Spillane y *Las iluminaciones,* hacía fila india en el pequeño estante de cristal. En un atril de madera, *Los cantos de Maldoror* y dos ceniceros peruanos. Y en cada peldaño de la escalera, una maceta con su nopal. Pierrot Caseaux seguía balanceando el cognac. A su vera, Pichi y Junior reían en oleadas rítmicas, obligada respuesta al *bon vivant* por excelencia.

—Pierre acaba de regresar de Inglaterra, Pichi.

—Que vale decir de Saville Row, queridos. No existe país que de tal manera se limite a una calle. Sin embargo, ven, de esta última incursión traigo un descubrimiento satisfactorio: la austeridad culinaria parece haber afectado positivamente la otra, tradicional austeridad. ¿Saben? Ya gozan de la vida vis-à-viscera. ¿Quién es la glamorosa en turno, Junior?

Roberto Régules no debía perder la sonrisa. Roberto Régules miraba fijamente el perfil de su esposa. La papada comenzaba a colgarle. Al casarse con ella, había imaginado que nunca podría ver —o sentir que le inquietara tanto— una señal de vejez en Silvia. Pasión. Amor. Compañeros. Ésa era la secuela programada. No debía perder la sonrisa:

—Anda, vete con él. ¿Qué esperas? ¿Todos lo saben, o no? ¿Qué apariencias guardas?

Silvia no movió un músculo, los ojos sonriendo, aprobando de lejos a cada uno de los concurrentes:

—Cállate. Si no fuera por los niños...

Junto a Manuel Zamacona, tomaron asiento Bernardito Supratous y Amadeo Tortosa. Con una mueca de irritación, Zamacona tuvo que abandonar su postura favorita, la recamierina:

—Tenemos que regresar —continuó, pasando la mano por la frente— a la actitud de los hombres señeros, a Pascal, a Goethe, a sentir la reverencia por la vida, a decir con Keats, "Estoy seguro de crear simplemente por el deseo y la alegría de alcanzar lo bello, aun cuando todas las mañanas se quemara mi labor de la noche". ¿No puede haber, hoy, un Quevedo que ejerza la simple, santa, total profesión de hombre y creador?

Tortosa tosió y adelantó ambos brazos:

—A usted, mi querido Manuel, se le escapan los significados del fluir social. Vive usted demasiado de la nostalgia, suspira usted por ideales derrotados. Claro, y por desgracia, hay que teorizar antes de actuar. Pero teoría quiere decir visión; en última instancia, acción. Hay que sentir el dolor de los pobres, el angustioso imperativo de la solidaridad...

—¡Claro que hay que luchar contra este mundo monstruoso! No se puede continuar con esta cultura conventual, avergonzada frente a la burguesía. La cultura ha tomado un cariz de decorado, está formada por bienes fungibles. ¡Hay que hacerla, de nuevo, insustituible, sagrada! ¡Hay que lograr que todos los hombres se sientan Leonardos! Ésta es la misión del poeta: la misión de la comunicación profunda y sagrada, que es la del amor.

Supratous dixit: —Ciertamente, l'amour est une réalité dans le domaine de l'imagination.

Con la mirada brillante, un rictus de orgullo en la boca, Juan Morales abrió de par en par las puertas de la fonda.

—Pásale, vieja, anden chamacos.

Rosa ajustó al pecho su vestido de algodón. Los niños corrieron hacia una mesa desocupada. Juan, contoneándose, pasó por entre los demás clientes. Tiró de su bigotillo recto. Un mesero se inclinó:

—Pasen ustedes, señores. Por aquí.

Pepe y Juanito y Jorge apoyaban las barbas en el mantel, leyendo el menú grasoso, mientras su madre se ajustaba el vestido. Juan tomó asiento y comenzó a juguetear con un palillo de dientes.

—Juan, estos chamacos ya debían estar en la cama. Mañana tienen escuela y...

—Hoy es un día especial, vieja. A ver muchachos, ¿qué se les antoja?

Juan Morales se rascaba la cicatriz rojiza en la frente

no es fácil, veinte años de ruletear de noche —si lo sabré yo. Ahí está mi bandera en la frente, como quien dice. Cuánto borracho, cuánto hijo de su pelona: que a Azcapotzalco, que a la Buenos Aires, tres, cuatro de la mañana. Y de repente, le sorrajan a uno la cabeza, o hay que bajarse y bajar al cliente, y se acaba con las costillas rotas. Todo por veinte pesos diarios. Pero ya se acabó.

—Bueno, ¿se deciden?

—Mira, papá. A esos niños les llevan un pastel. Eso.

—Juan...

—No te preocupes, vieja. Hoy es un día especial, y luego aquellos que tomaron el coche para llevarlo a una emboscada, para robárselo. *Ahi sí que anduve abusado; ahi sí casi me despachan, Rosita. ¿Y de qué me ando azorando? ¿No me lo decía mi padre?: "Ay Juan, tú naciste para burro de los demás, para fregarte y cargar con los fardos ajenos. No te olvides de vacilar de cuando en cuando. Haz tu gusto, pero no te hagas tonto: nadie nos pide cuentas de la vida, y se olvidan muy pronto de nosotros". Pero eso era en la tierra chica; aquí en la capital, hay que andar abusado, o nos comen el mandado.*

—A ver, mozo: un pollito entero, bien dorado, para la familia. Y pastelitos, de esos de fresa, y con su cremita. Y que vengan a tocarnos los mariachis.

Rosa, siempre sola la pobre. Ni cuando andaba pariendo estuve con ella. Siempre lista, con el café a las siete de la noche, agua para la rasurada a las siete de la mañana (Y las sábanas siempre frías, cuando me metía a dormir en la mañana. Siempre heladas. Como si en vez de gente sólo la noche y la escarcha hubieran dormido ahí. Como si Rosa no tuviera su carne pesada, y su sangre, y su vientre lleno de hombre. Nunca los veía. Ahora sí, ahora ya cambia la cosa)

—¿Qué nos tocan, Rosa?

—Ahi que escojan los niños...

—*Juan Charrasqueado, Juan Charrasqueado...*

La fonda rumiaba un pequeño olor de chilpotles y de tortilla recién calentada y sedimentos de grasa y aguas frescas. Juan se acarició la barriga. Miró alrededor, las mesas de manteles floreados y sillas de mimbre y los hombres morenos y vestidos de casimir peinado y gabardina aceituna que hablaban de viejas y toros y las mujeres con melenas negras y encrespadas, acabadas de salir del cine, con labios violeta y pestañas postizas. ¿Quién no los estaba mirando, a él y a la familia?

de aquellos campos no quedaba ni una flor

—Juan, no podemos...

—¿Cómo que no? Esto sí lo quise siempre. Una botellita de vino, de ése de la etiqueta dorada, ya sabe… ¿qué tal si no voy con el gringo hoy? ¿qué tal si no estoy en el sitio cuando me piden del hotel para todo el día? ¿qué tal si el gringo no me lleva al Hipódromo y me regala esos cuarenta pesos de boletos?

"—Oye, mano, ganaste, ándale a cobrar

"—¿Cómo que gané? ¿Qué pasó? Oye, ¿y dónde?

"—Cómo se ve la suerte del principiante

"—Cómo se ve que en tu pinche vida has visto tanto junto…"

—A tu salud, viejecita.

pistola en mano se le echaron de a montón

Rosa dejó caer su gran sonrisa mestiza y se chupó la fresa de los dedos.

Ochocientos pesos. "Tuvo usted la suerte del principiante. Pero no vuelva por aquí o le pelan hasta la camisa." ¡Qué iba a volver! Pero iba a ser chofer de día, se iba a acostar a las once y levantarse a las seis, como la gente. Ahora tenía ochocientos pesos, para empezar con suerte, para que le tocaran los mariachis, para calentarle la cama a Rosa.

Rodrigo Pola salió del elevador con la cabeza baja y las cejas arqueadas. Su traje de gabardina contrastaba con los tonos oscuros

—Ves: *charcoal hues*, es la moda en Londres

de los otros invitados. Se acercó al grupo giratorio de Manuel.

—L'amour est une réalité dans le domaine de l'imagination.

Cienfuegos apoyó ambas manos en la pared. Lo pensó mejor, y comenzó a chupar una aceituna negra de cocktail. Supratous. L'Amour Est Une Réalité… Frases en este estilo, silencio en toda otra ocasión impenetrable, le habían acordado su fama de oráculo. Exclusivo lector de biografías (¿vivir de prestado, dijo alguien?): producto elaborado de su pedestal. Por estas fechas, debía leer la vida de Talleyrand; ya en otras ocasiones, había entreabierto las rendijas de su genio a la admiración colectiva gracias a Maquiavelo, Napoleón, Shaw, Wilde y Guillermo Prieto —se le conocía, así, la visión, la osadía, la brillantez conceptual, el cinismo y el sabor de la tierruca. Y López Wilson, el joven astígmata: viene para conocer de cerca al enemigo, pisar sus terrenos, para servir de testigo presencial al derrumbe de la clase capitalista, y participar, mientras tanto, de sus placeres. Ahí están, todos, el poeta de provincia, consciente de estar recibiendo sus primeras lecciones de frivolidad mundana; el matrimonio *à la page*, profesional de la elegancia: el mundo es el espejo, ¡envidiable!, de sus atractivos y su humor; el novelista de la cara de papa, inexpresiva, surgido de quién sabe qué entrañas de tierra desmoronada: como un volcán mudo, arranca el talento de la pura opacidad, y su voz monocorde enumera pueblos y rancherías, señores curas y caciques y niñas de provincia que se quedaron a vestir santos. Ahora se pavonea el autor sin libros, en la vigésima edición de sus primeras veinte cuartillas: qué importa, es un genio porque es cuate, nos cae bien, es chistoso: esto es lo importante en México. El intelectual burócrata, titular de toda la reticencia y buen sentido del mundo; los jóvenes poéticosocialistas que en Marx han encontrado su Dadá; los chambistas, los redentores de Sanborn's, los mecenas de cocktail, y el que con sus breves notas dominicales crea y derrumba reputaciones. Y frente a ellos, los demás, los del otro bando: los seguros, los que desprecian (¿nunca se enterará el intelectual mexicano del asco y desprecio con que es visto por la "gente popoff"?), la chica que ha declarado querer convertirse en la gran cortesana internacional —tiene su plan perfectamente elaborado: dos artistas de cine, un pelotari, una prueba en Hollywood, tres estaciones en la Riviera, un millonario—; el último vástago de la gran familia: para sí, es también el último gran señor, el irresistible, el que nació para brillar en los salones con una boquilla de marfil, para seducir a ciertas mujeres que sólo desean variar de vez en cuando, para espantar a las vírgenes. Todas las mexicanitas rubias, elegantes, vestidas de negro, convencidas de que dan el tono internacional en el triste país pulguiento y roído. Sus maridos, los abogados de éxito, los incipientes industriales, creen estar penetrando (aquí, en todas las fiestas de todos los Bobós) la zona de la recompensa definitiva, de los grandes placeres, del loco éxito. Y los arrimados a la grandeza: los jóvenes oscuros, hijos de pequeños burócratas y profesores de primaria, súbitamente transformados, en virtud de su anexión a la figura social del momento, luciendo su sello común de finura pegada con saliva: el chaleco a cuadros, el corte de pelo Marco-Fabio-Bruto. La marea de marquesados destituidos arrojados al altiplano por la guerra, y su maestro de ceremonias: Charlotte García. Bobó, desesperado por urdir un enjambre de alegría y diversión: un grupo, El Grupo. Y los que importan, los que pueden fracasar: Rodrigo Pola, llevado por cada rechazo a la posición contraria de quienes lo rechazaron; Manuel Zamacona, que nunca tocará lo sagrado, nunca encontrará la explicación vital... Y Norma... Y Federico. Los que tendrán el valor y la paciencia de recordar.

Un lejano murmullo hablaba de pertinaces virtudes:

> *Porque siento que no siento...*
> *Cuando ya mi sangre advierte*
> *que lejos de ti no hay vida,*
> *viene la Parca y se vierte*
> *en un regreso que es ida.*

El grupo de Manuel asentía, guiñaba, murmuraba; Tortosa agitaba sus aspas:

—Yo creo haber logrado esta comunicación de conciencia con los pobres: no me mire usted así: no es necesario ser cocinero para juzgar una tortilla de huevos. Me ve usted aquí, sentado, bebiendo en una fiesta de Bobó, pero nunca me verá ajeno, ni por un instante, a mi preocupación hacia las clases menesterosas. Sí, haríamos bien en preguntarnos, ¿tengo derecho a mi biblioteca y a leer los domingos por la mañana a T. S. Eliot, tengo derecho a mi cómoda culturita, tengo derecho a sentarme en casa de Bobó a fabricar frases, cuando en mi propia tierra estoy viendo las tragedias de los braceros y del Valle del Mezquital?

—No quiero recordar mis lecturas más pedantes —interrumpió Zamacona—, pero usted también, sin duda, aguanta la respiración cuando viaja junto a un peladito en los camiones.

Pola levantó el dedo: —No todos tenemos que ser el cochino hombre de la calle o, por oposición, un *homme révolté*...

—Ponerse las plumas antes de hablar, amigo —gruñó Zamacona—. En cuanto a Camus, tan francés...

Bernardito sintió su oportunidad dorada: —Perdón. C'est pas français parce que c'est idiot.

Al clavarse en él todas las miradas de asombro, Supratous replicó con otra que decía "Nadie entiende mis alusiones". Rodrigo Pola alzó la voz: —Vamos entendiéndonos. Yo amo a la poesía...

—¿Pero la poesía te ama a ti? —inquirió una voz pastosa a sus espaldas. Era Ixca Cienfuegos.

—¿Es Ixca Cienfuegos?

—Es un sangrón, caro Príncipe. Como Dios: en todas partes, nadie lo puede ver. Entrada libre a los salones oficiales, a los de la *high-life,* a los de los magnates también. Que si es el cerebro mágico de algún banquero, que si es un gigoló o un simple marihuano, que si viene, que si va: en fin, una fachita más de este mundo inarmónico en que vivimos.

Gus se ajustó su saco de pana roja:

—¡Armonía, armonía, Princeps meus! Los griegos sí entendieron que la armonía era el valor supremo. En la armonía se resuelven los contrarios. Si lo principal es la armonía, puedes amar a quien gustes, no como estos merengueros que insiten en que te acuestes con viejas petaconas y apestosas. Un hombre nunca huele mal.

El Príncipe Vampa asentía desde su columna de humo. Charlotte García, que en ese momento se reincorporaba al grupo, rió al ritmo de su martini:

—El pudor es cuestión de alumbrado, dicen que dicen. Saben el acto de osadía que es para mí venir chez Bobó; las cosas con Lally no andan bien. Pero cuando llegue, le diré la verdad: que es una perversa, que me ha hecho daño, pero que la adoro. ¡Oh último de los Vampa! ¡Estoy tan fatigada, tan aburrida de todo! —Charlotte acariciaba su garganta como un encantador de serpientes—. ¡Qué ganas de quebrantar la felicidad conyugal de alguien! Bobó está hecho una estruendosa facha invitando a todos estos jóvenes literatos que no conducen a nada. Míralos. Qué falta de seguridad, de verdadero *sans-façon*. ¡Vivimos en Afriquita! Está muy bien la *joie de vivre* y todo eso, pero un cocktail es un cocktail, y debe tener consecuencias prácticas. Bobó no acaba de entender que los nuevos ricos de hoy serán la aristocracia de mañana, como la aristocracia de hoy fueron los nuevos ricos de ayer.

—¿Y la aristocracia de anteayer? —preguntó, herido, el Príncipe Vampa.

—Ah, querido —repuso Charlotte pellizcando la mejilla del exangüe noble—. Ésa es la única que no cuenta: por lo menos en México, es la pequeña burocracia de hoy. Salvo, claro, los que, como tú, están demasiado ocupados para trabajar, y además, ese pequeño detalle de Gotha… Pero ¡miren quién acaba de entrar! ¡Pero si fue la gran belleza! ¡Miren esas patitas de gallo, oh la la!

Natasha, envuelta hasta las orejas en terciopelo verde, encalada como una luna, coronando sus kissmequick con un breve turbante de oro de la época del shimmy, entró con la seguridad de quien, desde 1935, había presidido el fasto de San Fermín, la cabeza de playa internacional de México. Varios jóvenes escritores desocuparon, instintivamente, el diván más frondoso del salón. Natasha tomó asiento y esperó.

el rito nunca falla; luces amarillas, buenas costumbres y contención; ahora cambian al azul: se preparan los pretextos, las confidencias, los elementos táctiles de esta noche. Se van a sentir diablitos. Allí está Pola, saboreando su quinto daiquirí. Pensando "Valgo más que ellos. Puedo darme el lujo de que me aburran". No perderlo de vista. Comienza a llover otra vez. Primera de la noche: Silvia se levanta en pos de Pierrot…: Ixca Cienfuegos sonrió

Silvia aprovechó la oscuridad para acercarse a Pedro Caseaux. Manejaba, nerviosa, la polvera de brillantes: —Pierrot, un momentito…

Caseaux le acarició la oreja: —¿Otro momentito, querida? Nuestra amistad se ha fabricado de momentitos. No me gustan las ofrecidas, ¿ves? Mira a Régules. Está más enojado que un nibelungo. Evítame las escenas domésticas. Adieu, adieu.

Natasha, desde el diván, sonrió. Adivinaba la técnica. Ella se la había enseñado. Pobre Pierre. Se le estaba cayendo el pelo.

Norma Larragoiti de Robles entró, en el preciso segundo en que Bobó cambiaba las luces del azul al verde. Brillaron más sus joyas, el coup-de-soleil del pelo, las arracadas de oro, los párpados violáceos. Rodrigo Pola se desprendió rápidamente del grupo. Y —Pichi —susurró Caseaux, escondido por una bocanada de Craven—, nuestro querido Junior requiere una taza de café, y quizá otros menesteres. Ayúdame a llevarlo a la recámara. Zitti, piano. Junior, con falsete garruliento, le gritaba a cada persona que se acercaba al bar: —Ooooy, qué surrealista; ¡oooy, qué heidegerrrriana!— y seguía cantando calipsos con ademán suntuoso, *Lemme go, Emelda dahling, You're biting mah fingah*

—¡Qué desagradable! —comentó Pichi—. ¿A qué cree usted que se deba esta falta de control? Adler opina...

El Junior quedó tendido sobre la cama, y se eclipsó.

—Bueno, ya no causará daño. Sentémonos a observarlo dormir. ¡Pobre Junior! Existen esnobismos fundados en el descubrimiento de que Santa Claus no existe. ¿Cómo una chica tan maliciosa como tú...?

—¿Por qué dice usted eso, señor Caseaux? Junior me ha enseñado...

—¡Señor Caseaux, señor Caseaux! Llámame Pierrot, como todo el mundo. Parecería que me tienes miedo.

—Lo cortés no quita...

—Lo caliente. —Pierrot tomó a Pichi de las caderas, besó lentamente su cuello.

—Hmmmmm.

—Mi reina, ¿eres virgen?

—¡Pierrot! Están bien los jugueteos... hmm... pero primero hay que prepararse intelectualmente, y después... hmmmmm... gozar de la vida... —La voz de Pichi se iba diluyendo, como el goteo de un filtro grueso, grávido.

—Mens sana in corpore insano.

—¿Y si entra alguien? ¡Pierre, mi Pierrot, mi velo! ¡Mis botones!

—Puse el seguro en la puerta. —Pierrot buscó a tientas el contacto de la lámpara y lo arrancó.

—Pierrot, ¿y Junior?, ¿aquí?

—Le dará la sensación de que sigue en pleno holgorio... Ven, preciosa.

—¡Ay, Pierre, Pierrot!

—Madone, ma maîtresse... etcétera, etcétera... au fond de ma détrese...

—Hmmmmm...

Natasha recorrió, con las manos cuadriculadas de venas azules, sus pómulos duros, blancos. Bajo el cuello de terciopelo, construido hasta las orejas, palpó el verdadero cuello. Tuvo la sensación de tocar las cuerdas de un violoncello fofo. Imaginó, desde que los vio subir a la recámara, a Pierrot y a esta chica semejante a la

Natasha de otra época, todo. Recordó al Pierrot de 1935, al joven de seducción byroniana, a la mujer en plenitud, aureolada de capitales europeas y playas y amantes. No pudo contener un gemido ronco y audible. Arropada en el terciopelo, se levantó y salió con la mirada brillante, del salón inundado de ruidosa penumbra.

Un levísimo chocar de vasos superaba apenas los murmullos del Bar Montenegro. El olor de alfombra mullida, cosméticos y ginebra rebotaba en la decoración oreada. Un teléfono iba y venía en manos del mozo, fraguando citas, excusas, excursiones de la Cook's. Cuquita, ya por costumbre, agitó los hombros para dejar caer la estola sobre el respaldo.

—¿Y dónde vives ahora, Gloria?

—En Chile. Tú sabes, my dear, la vida allá es como era aquí en tiempo de don Porfirio; grupo exclusivo, ¡y de qué categoría! Reciben espléndidamente, en el Hípico, en el Unión, en Viña del Mar, champagne helada, des choses flambées, sabes… Y desde luego, no hay esta horrible invasión de tenderos de Tennessee. Mira a tu alrededor.

Gloria se polveaba cuidadosamente, frunciendo los labios frente a su espejo de mano.

Sure, sure, They're gay and colorful, but look here, I don't get the impression they're active, bussiness-like people…

—Tiene sus bemoles estar casada con un diplomático de carrera, no creas. Alguien dijo que hay cuatro profesiones que nunca se pueden abandonar: diplomático, periodista, cómico y puta. ¿Y tú, guapísima despampanante?

Cuquis meneó la pequeña cabeza rizada y peló los dientes: —Aquí, Mexiquito siempre igual, ya sabes

oooh, the most beautiful old ruins you can imagine; quite a trip, and cheap, too…

—Las niñas bien siguen teniendo babys a los cinco meses de casadas, ¡puras ollitas express!

—¿Y del corazón?

—Pues te diré. Conocí a un mango. Si tuviera que vender mi cuerpo y mi alma por ese señor, lo haría. Debía haber un aviso oportuno de cuerpos y almas.

Un grupo de norteamericanos con sombreros de paja entró gritando ¡Viva México! Gloria dejó ostentar un calosfrío. El guía de turistas —moreno, bajo, vestido con un saco color pichón demasiado largo— se adelantó a hablar con el jefe del cuarteto de músicos.

—Oyes, va a haber un baile de caridad en casa del banquero Robles. No dejes de ir. Como va a ser de cuota y ando con este compañero regio, tengo la gran oportunidad de ir a esa casa y no saludar a su dueña. ¡Vieras qué mango de señor! Yo, de plano, corto con el pedazo de cosita que tengo por marido. Éste está regio. Ya me llevó a la hacienda y hasta Acapulco. Gran romance entre las palmeras. Me quiso dar con tubo, ¿tú crees?

happy birthday to you, happy birthday dear Larry, happy
—Acábate la copa. Nos esperan con Bobó.
Cuquita agitó los hombros: —¡Hasta no verte!

Rosenda se puso de pie con gran esfuerzo; en seguida tuvo que agarrarse de la cabecera de latón al sentir que las rodillas se le licuaban bajo el ancho camisón amarillento y sus ojos quedaron fijos en el pedazo de espejo claveteado a la pared. Una piel hecha de cáscaras de cebolla brillaba en respuesta y, ya erguida, Rosenda se dirigió al armario y extrajo, del lugar conocido, las fotografías amoratadas y ácidas y volvió a meterse en la cama con ellas: *Rosenda Zubarán, 1910,* estaba firmada la de la muchacha peinada con rizos un poco ridículos para su edad, reclinada sobre una columna de estudio fotográfico, con la mano en la mejilla y la figura en forma de S. *Rosenda Z. de Pola,* describía una caligrafía empinada sobre la siguiente, ahora de una mujer sentada, pero en la misma postura, con la misma inclinación de cabeza, y acompañada de un niño delgado y ojiabierto. Y sobre el retrato de un militar tieso y de pelo brillante, sonriendo marcialmente, con un casco emplumado en el brazo rígido, Rosenda empezó a tartamudear; las venas del cuello le bailaban sin ritmo y, sofocada, dejó caer al suelo las fotografías y cerró los ojos para pensar en una alacena colmada de dulces de leche, membrillo y tarros de miel; en una casa cerrada como un estuche; en un muro inmenso, que nunca terminaba, que ella recorría con los ojos volteados y que, en un instante de pavor, de erección de toda la carne, florecía en una ráfaga de pólvora brillante: cada bala era un sol que emprendía el vuelo propio, que iba a estrellarse contra la córnea atónita de la anciana que, ya sin fuerzas, dejaba que la saliva le escurriera sin control hasta el pecho.

Una costilla de humo mantenía vertical el salón. Bobó se había sentado en un peldaño, solo con un vaso, para gozar a sus anchas este espectáculo del éxito y la animación. Una dulce ensoñación flotaba por sus ojos azules. Bobó *ex ma-*

china. ¡Qué categoría! ¡Y acababa de entrar la Contessa Aspacúccoli! ¡Qué categoría!

La Contessa se dirigió rectamente al grupo de Vampa, Gus y Charlotte: —Bienamados —gruñó con su acento montenegrino y sin más preámbulos—. En la casa no hay de comer más que un rice-krispies seco. Diríjanme rápido a las botanas.

En un rincón, las señoritas de gafas asentían urgentemente al nervioso hablar de Estévez: —El mexicano es este ente, anónimo y desarticulado, que se asoma a su circunstancia con, a lo sumo, miedo o curiosidad. El Dasein, en cambio, ha tomado conciencia de la finitud del hombre; éste es un conjunto de posibilidades, la última de las cuales es la muerte, siempre vista en terceros, nunca experimentada en pellejo propio. ¿Cómo se proyecta el Dasein a la muerte?

Las señoritas de gafas tiraban de sus sweaters con alegría sudorosa.

—… es un ser para la muerte; una relación entre el ser puro y la nada anonada… uuy, el argentino. Perdón; no se puede filosofar con la australidad abstracta…

Dardo Moratto asomó su cutis de bizcocho, atento y perfumado: —Siga, siga, Estévez. Para eso estoy aquí, para enterarme de lo que se piensa en México. Muy interesante, muy interesante ver las cosas cuando recién empiezan. Van bien, ustedes. Harán cosas. Presentame a las chicas. Pero, ¿y qué hace?

—Voy al baño —espetó Estévez.

—¡Y…! ¿Ustedes no conocen la historia del que inventó el retrete?

Las señoritas de gafas admitieron nerviosa, risueñamente, su ignorancia. Moratto se arregló la corbata, el ancho cuello de piqué: —Che, qué gran laguna en sus culturas. Sir John Wotton, cortesano isabelino, latinista y traductor de Virgilio. Qué quieren: a pesar de todo, le intrigaron en la corte. Isabel lo destierra a uno de esos castillos fríos e incómodos. ¿Cómo aprovechar los preciosos instantes de lucidez inmediata al defecar traduciendo la *Eneida,* si hay que correr por campos helados?

Con un florilegio manual, Moratto vació el contenido de su copa: —Oh, perdón, señora, ¿no la he manchado?

—No es nada —volteó a decir Norma Robles—. Casi trece años, Roderico mío. Pero ya ves que la ventaja de México es que nadie busca a nadie, y como además no hay estaciones, pues así pasa el tiempo, sin que nadie se dé cuenta, ¡para qué te cuento!

—Trece años, Norma.

—¿Y?

—¿Esperas a tu marido?

—¿Mi qué? —se abrieron sus ojos masticando una aceituna. Y rió como nunca antes, se decía Roderico Mío, lo había hecho—. A cualquier cosa…

—Norma —Rodrigo quiso tomar la mano tibia y enjoyada de la mujer.

—Oh, quieto. Todavía te sientes en el jardín de nuestra añorada adolescencia. —Inundó otra risotada en la copa—. ¡En ti naufragaré, procelosa ginebra!

Nunca la había visto tan hermosa, con dos velos suspendidos por un broche de luz. Y era otra.

—Andas muy pachucón, Rodrigo. Veo que los tiempos han cambiado para bien.

—Depende del plano en que estés situado —dijo Rodrigo avanzando, abierta la palma de la mano.

—No, no, no, no empieces con aquellos discursos interminables de lidercillo. ¡Cómo me aburrías! En primer lugar, eso; en segundo, que no tenías razón, ¿o no? No, chiquito, sólo los ricos nos damos cuenta del abismo que nos separa de los pobres; los pobres nunca lo saben y mientras algún terrateniente renegado no se los diga, estamos a salvo. Pero, comes the Revolution, y a los primeros que fusilan son a los renegados, o a los lastres intelectuales. ¡Ja!

Rodrigo se quedó mirando un cerillo. La voz de Dardo Moratto volvió a insinuarse, milonguera:

—Sir John inventa el excusado y traduce, sentado en él, a Virgilio. La gran obra puede llevarse a cabo. ¡Y pensar que los caballeros ingleses de hoy en día no dedican, al obrar, un piadoso recuerdo a la memoria de Sir John Wotton, latinista, cortesano y traductor de Virgilio!

—Ay, Rodriguito, no me digas que has ido a parar en el tipo de persona de la que siempre hay que burlarse. Tch, tch. ¡Mozo! Un daiquirí para el señor...

Fidelio casi regó las copas. ("Me lleva... ya van a ser las once, ya va a llegar Grabiel, y yo aquí. Me lleva...")

—Fíjate por dónde andas —chifló Bobó—. ¿Qué te pasa hoy? Pareces bruto.

Norma tomó las copas y estiró los brazos como serpientes adormiladas: —Ah, qué sabroso un esposo gordo, mago de las finanzas, y con una conciencia estricta, pero sólo estricta, de sus deberes. Si no me buscara una vez por semana, creería que anda con otra, despertaría mis celos, ¡oh complemento del amor, que no deseo! Estaría perdida, abrumada, trágica, ausente en estos momentos de un party tan agradable, donde me encuentro viejos amigos que yo creía para siempre perdidos. ¿Y qué haces ahora, viejito?

—Nada; escribo un poco, y...

Las manos enguantadas de Norma aplaudían en silencio: —Bien, bien, la literatura es un accesorio tan indispensable como los cigarrillos o el buen cognac.

—Norma... no sé, te sigo queriendo...

—¡Bravo! ¡Qué original! El mal parece generalizarse.

Detrás del velo, los ojos de Norma se hicieron pequeños y oblicuos: —¿Pero qué te crees, so zoquete? —y volvieron a abrirse, cantarinos—: ¡Ay, qué chiflón! Bobó, ¿qué te cuesta cerrar esa ventana; para qué queremos una poetisa gangosa…?

*¡Oh tú que no desfalleces
y tienes un no sé qué,
devuélveme aquellas veces
en que, sin pecar, pequé!*

—Bueno, ¿y luego? Quizá pretendas que volvamos al jardín soñado a hacer cusicuz con la boquita, ¿o puede que prefieras que ahorita nos metamos agarraditos de la mano al Cinelandia? Siempre te conformaste con eso, sabes, y llegarás a los noventa besándote a escondidas con las ancianas de un asilo. Porque allí acabarás, ¿sabes? Bueno, nos vemos.

Norma le dio la espalda y comenzó a agitar la mano. Acababa de llegar Pimpinela de Ovando. Alta, la nariz aguileña, la ardiente heladez de los ojos metálicos. Ixca Cienfuegos sonrió: *Norma y Pimpinela, del brazo. Dame clase y te doy lana. Dame lana y te doy clase. No hay pierde. Te petateaste demasiado pronto, Porfirio.*

—¿Verás mañana a tu marido? —preguntó Pimpinela mientras dirigía una sonrisa colectiva a la fiesta.

—Hélas, oui —exclamó Norma, inconsciente en su imitación de los ademanes de Pimpinela.

—No se te olvide, querida, rogarle que se acuerde de mis trescientas acciones. Trescientas. Prometiste, ¿recuerdas?

—No sé, Pimpinela, nunca trato…

Pimpinela amplió su sonrisa: —Ah, antes de que pasemos a otra cosa. Quiere mi tía que vengas a cenar a su casa, el jueves entrante…

Norma no pudo contener el brillo de sus pupilas:

—¿Doña Lorenza Ortiz de Ovando?

Todo el olor a vómito, respiración pesada, sueño, se suspendió un segundo al frenar el camión. "¡Méee-ico!" eructó el chofer y se echó la gorra hacia atrás. Cagarruta de pájaro embadurnada en las ventanas, y un lento removerse de los pasajeros, de pollos en huacales, de petaquillas maltratadas y zapatos descartados. Gabriel trató de limpiar el vidrio para peinarse; se acomodó la gorra de beisbolista y descolgó su saco de cuero. ¡México! A correr, ahora sí, a gastar unos pesos en un libre, y llegar pronto a la casa. Con la mano apretada sobre la cartera, Gabriel se abrió paso hasta la puerta del camión. Unas huilas se paseaban por la plaza Netzahualcóyotl con las rodillas vendadas y los tacones lodosos. "Ahora, maje, o no me vuelves a ver." "Conmigo te acabas de criar, papacito." "Para todas traigo, putas. ¡Y pago dolaritos!" "Yes, yes, hazla buena pendejote sabroso." "¡Nos estuvimos mirando!" Gabriel se echó a andar por la calle, a sentir el olor punzante de las carnes morenas, a escuchar el taconeo de sus pies sobre baldosas viejas, a ver su nuevo reflejo, próspero, curtido, en los aparadores apagados de las zapaterías. Se le amontonaba la ciudad, se le hacía pedazos en la cabeza. Como que no había cielo. Pero ya volvería al campo abierto de California, cada año, a respirar piel de tomate. "¡Libre!" Calles rectas, amojonadas de basura, casas bajas, descascaradas. Se divertía leyendo los letreros, de las cantinas, de la pila de funerarias que hay por Tránsito y la Colonia Obrera: sus fachadas pintadas de blanco, y siempre los féretros enanos, para los niños, de pino blanco, en exhibición afuera. Creía oler la sangre tiesa de un niño detrás de cada puerta: en su casa, nada más, se habían muerto cuatro, tempranito, antes de poder hacer nada, ni trabajar, ni coger, ni ninguna de las cosas importantes. Gabriel castañeteaba con impaciencia los dedos. Ya mero, con el fajazo de dólares en la bolsa, y los regalos relucientes para que todos vivieran mejor. Era el primer año, y volvería todos, a como diera lugar, con la legalidad o sin ella, exponiéndose a las balas y hasta encuerado por el río. Eso, o andar de paletero en las colonias del D. F. Ya se lo decía al Tuno, cuando estuvieron juntos en la cosecha de Texas: "Y qué que no te dejen entrar a sus pinches restoranes. Voy, voy, ¿a poco te dejan entrar al Ambasader en México?" "Aquí mero; cóbrese." Tocó Gabriel la puerta de tablas, las del 28-B. "Aquí estoy con mis chivas." La mamacita con los dientes amarillos, y el viejo con su expresión de máscara de sueños, y la hermana grande, la que ya estaba poniéndose buena, y los dos niños de overol y camisetas con hoyos. "¡Grabiel, Grabiel, estás más fuerte, más hombresote!" "Ahi les traigo a todos; anden chamacos, abran la petaca." El cuarto iluminado por velas, con las estampas junto al catre de hierro. "Para ti, Pepa, que ya te encontré tan tetona: esto que usan las gringas para detenérselos. Very fain." "Ah qué Grabiel tan curioso" repetía la madre una y otra vez. "Y otra gorra igual a la mía para ti, viejo, de los meros indios de Cleveland: ahi es donde se las pone de a cuatro Beto Ávila. Y para ti, viejecita: mira nomás, para que ya no trabajes tanto." "¿Y qué clase de chingaderita es ésa, hijo?" "Ahorita te enseño. Oigan, ¿y Fidelio?" "Anda de chamba, Grabiel, en casa de unos apretados. Pero explica este chisme." "Mira: el frasquito lo pones encima de la cosa blanca; luego metes ahi los frijoles, o las zanahorias, o lo que quieras, y al rato está todo bien molido, solito, en vez de que lo hagas tú." "A ver, a ver." "No, viejecita, hay que enchufarlo, en la electricidad."

"Pero si aquí no tenemos luz eléctrica, hijo." "Ah caray. Pues ni modo viejecita, así, como metate. Úsalo así. Qué remedio. ¡A ver, traigo filo! ¿Dónde andan las tortillas?" Por nada se cambia la comidita mexicana, *pero el año entrante, otra vez, a jalarle pa'l Norte, donde está el dinero, y el trabajo a la mano, y los five and ten, y la luz eléctrica.*

Rodrigo Pola vació el vaso del séptimo daiquirí y recorrió el salón con la vista; en su lucidez, adivinaba un ritmo de bienestar y de distinción, de palabras brillantes, que cobraba cuerpo en cada rubia fumarola, aureola cenicienta que coronaba todas las cabezas. La sangre le punzaba con cinco letras: éxito. Cada letra brillaba, aislada: e, equis, i, te, o. Tomó otro daiquirí. Había que conjurar esa palabra. Era algo más; sus ojos irritados y lánguidos querían voltearse hacia adentro, para conversar consigo mismo; era algo más. No era sólo la solución obvia de convertir nada en algo. Pola, sus ojos conversando con su occipucio, repetía la verdad: era convertir algo en nada, la disipación. Tiró la copa al tapete y se acercó a Bobó.

—Hay que animar esto más. Voy a hacer un número.

—¡Sh, shhhhh! —corrió Bobó con el dedo sobre los labios húmedos; y plantado en el centro del círculo abierto por sus esfuerzos, simuló el son de una trompeta.

Rodrigo no vio caras; se lanzó con desparpajo. La gente abandonó los sofás y los cojines y se apretó en torno al comediante; el número había tenido gran éxito siempre, entre sus compañeros de escuela hacía años, y hace poco en una cantina. Era una parodia de los viajes narrados de Fitzpatrick:

—Y ahora llegamos a la Venecia mejicana, los hermosos jardines flotantes de Chuchemirco. ¡Cáspita! ¿Es una rubia lo que viaja en esa bella canoa de flores? Ea, ¿nos permites acompañarte, preciosura?

La gente regresó a sus asientos; los grupos volvieron a ronronear y a prender cigarrillos.

—Y ahora tenemos aquí al famoso músico, poeta y loco, que nos va a contar cómo nacieron sus canciones…

Pola torció la cara y chupó las mejillas para iniciar la imitación de Agustín Lara. Entonces vio los rostros de los escasos invitados que aún le prestaban atención: sin interés, como quien ve llover, expeliendo el humo, vagamente concentrados en él, y sólo una sonrisa, la que hubiera pagado por no ver: la de Norma. Pimpinela murmuró algo y las dos se retiraron del círculo. Rodrigo, con la cara torcida y las mejillas hundidas, no abría la boca. El resto del grupo se dispersó y Rodrigo, solo en el centro del salón, empujado por los mozos —activados por Bobó para restaurar la animación—, con los ojos fijos en el tapete, comenzó a cantar, como en un sueño:

—Santa, Santa mía...

Paco Delquinto entró, borracho, en el salón. Su pelo canoso y revuelto, su camisa a cuadros, los zapatos amarillos. Bohemio natural, periodista, pintor y vigésimo lugar en la vuelta en bicicleta al Bajío, le acompañaba una mujer de mirada fija y despreocupada con una de esas melenas que se han dado en llamar existencialistas, sobre el patrón Juliette Greco.

—¡Avanti, Delquinto! —aulló Bobó, abandonando su Belvedere de la escalera—. ¡Esto es la animación! ¡He aquí al único mexicano que entiende la necesidad de crearnos un fondo de comedia, al único auténtico lurias de la famosa México el asiento!

—¡Letras, virtudes, variedad de oficios, regalos, ocasiones de contento, primavera inmortal y sus indicios! —vociferó Delquinto con ademán grotesco.

—¡... gobierno ilustre, religión y estado...! —continuó, muerto de alegría, Bobó.

—... y los veneros de petróleo el diablo... —trató de terminar, detrás de un buche de caviar, la Contessa.

Juliette, sin abrir la boca, miró a los tres con profundo desprecio.

—¡Abajo la comunidad! —gritó, trepándose a un sofá, Delquinto—. ¡Si alguien quisiera escribir sobre nosotros, tendría que calcarnos de otra parte; somos la calca de una calca, el fracaso de la mecanografía: la vigésima copia a carbón en blanco! ¡Éste es el mexicano creador, original, suntuoso! Naaaa, todos pegados como lapas a sus chambas y a los pequeños tics que no llegan a vicios, hablando de la mexicanidad, la paraguayidad, la hondureñez, ¡artistas del columbio cerebral! ¡Artistas de todo el mundo, uníos: no tenéis nada que perder sino vuestro talento! Oh, Barbara, quelle connerie la guerre... Dulce Filis, ¿en qué piensas?

La interpelada arqueó la ceja, frondosa sobre unos ojos color de cucaracha, y mantuvo su silencio indignado. Los calcetines blancos, aquella noche, le iban bien. Bernardito Supratous creyó, por un segundo, encontrar a la compañera de su vida.

La Contessa, nuevamente en su grupo, recibió otro platillo de caviar y galletas de soda: —Evaristo recibe pingües ganancias: seiscientos pesos al mes. Yo me las arreglo en estas recepciones. Pero el día menos pensado voy a tener que entregar los documentos para subsistir.

—¡Qué mal gusto invitar a Delquinto! —escurrió Gus.

—¿Qué les parece si organizamos un cocktail para el sábado, chez moi? —preguntó Charlotte. Le bastó una mirada de Vampa, quien parecía recriminar las noches del sábado como abluciones colectivas de la pequeña burguesía, para añadir—: Bueno, el martes entrante. Tú, Gus, consultas las listas de pasajeros de Nueva York y Los Ángeles para ver si viene alguna celebridad. Tú, Prince, me prestas el escudo de la familia para las invitaciones. ¡Manos a la obra! Podemos comenzar a telefonear a los amigos desde ahora, para matar el tedio. ¡Pensar que hoy no lloré, para verme guapa, *aquí*!

Juliette se sentó en el suelo con los ojos en blanco, mientras Delquinto mezclaba unos submarinos. Supratous se acercó, cohibido, a la mujer de tobilleras y melena de carbón:

—Ah, que vous êtes jeune, et que vous êtes femme...

—Usted a mí me la pela.

Cauteloso, el viejo pintor rondaba a una de las señoritas con gafas: —Se ve que usted es prisionera de los convencionalismos de la familia burguesa. No sería justo que su gran talento se perdiera asfixiado por la vulgaridad... usted nació para el arte... venga a verme. Mire: mi tarjeta... —mientras Estévez inquiría al oído de Tortosa: —¿Por qué es triste el mexicano? —y Manuel Zamacona decidía salvar, salvar, y tomaba a Bobó de los hombros: —¡No es posible que deje de zozobrar una sociedad donde en vez de poesía sólo se leen anuncios que declaran la obligación de usar algún ungüento para los sobacos, so pena de perder al novio, o de hacer gárgaras con clorofila, so pena de ser impopular! ¿Cómo se puede sentir así el terror cósmico? ¿Cómo puede evitarse así el fastidio de la seguridad colectiva? Paradoja, metáfora, imagen, ¡a qué peligros conducís! —El novelista de la tierra le explicaba a la Contessa, quien ahora comía con avidez papas fritas: —Después de Apatitlán viene un llano seco y luego se sube a San Tancredo de los Reyes. Allí, como que las nubes son más bajas, y las gentes tristes. La tierra no da nada, sólo tunas y desolación. Se divisan los indios bajando de la sierra, con los machetes como banderas. Esto no me lo contaron, lo vi. Y más adelante hay un bajonazo y se empieza a sentir el calor. Es que nos vamos acercando a Chimalpapán, donde ya se da una hierba cruda y el gobierno empezó a construir una presa. Allí viven los Atolotes, una gavilla de caciques que traen asolada a la comarca y se roban a las mejores viejas. De eso me acuerdo... —y López Wilson invocaba la dialéctica para consumo exclusivo del incrédulo Príncipe Vampa: —El marxismo tendría algo interesante que decirle a usted.

Lally, la amante de Bobó, invadió el salón con cinco bongoceros.

—Suivez moi! —les gritaba—. Je suis le péché!

La maravillosa, la asombrosa pulpa Lally, en su eterno sudario negro que contrastaba con el pelo blanco y el cutis de alcatraz sin agua, besó con estrépito a Bobó, bajó a la eximia de su estrado y colocó a sus bongoceros: —¡El Triunfo de Pérez Prado sobre las Musas! ¡A darle, muchachos, que yo voy a raspar codos!

Es también la noche (decía sin hablar Hortensia Chacón) *y quisiera marcar con algo más que el aliento su percepción. Es lo que menos falta me hace* —sonrió— *y es, así, lo que más quisiera volver a convocar, no como la fuerza natural en mí, sino como la hora excepcional.* Luego pasó las manos por las sábanas revueltas de su cama y quiso sentir, en las yemas de los dedos, el contorno, hundido, tibio, apenas húmedo, donde había yacido Federico Robles. Así lo hizo durante algunos minutos, horas hinchadas, pensando que sólo la fatiga le indicaría la hora de dormir y de despertar y luego, siempre lo mejor, la hora de esperar: olía la tarde, el sabor de gasolina se volvía intenso, así como el de los niños de la escuela de enfrente cuando salían y todos sus rumores, su aparente algarabía, se descomponía en el oído de Hortensia en palabras exactas: aunque no los escuchara, sabía cuáles eran, fabricaba su exactitud; llegaban a su olfato, también, las transparencias dulzonas del algodón de azúcar vendido a los niños, y la sensación sápida, hecha de jabones y zacates, de la tienda de abarrotes en la planta baja del edificio. Luego pegaba la nariz a las sábanas y trataba de reconstruir el cuerpo de Federico. Con un dedo, iba indicando sobre el lino abochornado ojos, boca, cuello, estómago, brazos, piernas, y volvía a colocarse encima de la sombra blanca, a abrazarla y a decir, sin hablar jamás: *a ti te espero, porque eso me exigiste y eso quise siempre, sólo esperar y no, no es la oscuridad la que me obliga a esperar: la oscuridad corona mi ansia de espera y todo mi cuerpo, contigo, deja de sentirse ultrajado y expuesto para ser sólo oscuro, otra vez oscuro, como en el principio.*

—¡Qué excitante, Pierrot, hmmmmm!

Todos estaban allí cuando Federico Robles entró en la casa de la colonia Narvarte, adornada con cuadros taurinos de Ruano Llopis, un mantón de Manila sobre el piano de concierto. Entró como acostumbraba entrar, embistiendo lento, con la cabeza india, rapada sobre las sienes, en forma de balazo, devolviendo los saludos con un ligero movimiento de mano. Hasta encontrar el highball. Entonces se erguía y esperaba.

—No se crea, sin ornato no se crea la impresión tangible de progreso, y sin esa impresión no hay inversiones extranjeras. ¿Qué es lo que retrata una revista americana de gran circulación? No retrata alcantarillas ni pavimentos ni focos de luz eléctrica: retrata grandes edificios, carreteras escénicas, hoteles, la fachada de un hospital, aunque adentro no haya ni una cama. Algo con aire de elegancia y progreso, que se vea bonito en kodachrome, ¿a poco no? Y eso mismo es lo que ve el inversionista norteamericano…

—… mira Pepe; todo va unido. Se compran los terrenos a cuartilla, los compramos todos. Luego te esperas agachado un año o dos, y de repente el gobierno descubre que allí se ha encontrado un paraíso en la tierra, habla de las bellezas naturales de México, y a darle: carreteras, urbanización, obras públicas, fomento del turismo, todo lo que quieras. Ya nos armamos. Decuplicas, por lo menos…

—… y el muy baboso fue a cerciorarse de que la carretera que aparecía en el mapa, y que había costado treinta millones, estaba allí. Claro que sólo encontró milpas…

—… ¿por qué se hundió Rio de Janeiro? Pues porque cerraron el Casino de Urca y Quintadinha se convirtió en un elefante blanco. Y lo mismo le va a pasar a Acapulco si no autorizan casas de juego. Esos garitos flotantes apenas rinden…

—… no nos hagamos tontos: la única fuerza organizada es el clero, y está dispuesto a colaborar…

El Chicho pasó corriendo entre los grupos, mostrando unas tarjetas obscenas, y luego susurró:

—Vamos a importar cien cueros españoles. Llegan el sábado en la mañana, así que en la noche ya saben, en Acapulco…

Y Lopitos añadió:

—Fíjense: *de España*. No más gringas de Beverly Hills, medio ajadas a los treinta años. ¡Ahora sí, la pura importazione, carissimi!

—¿Qué tal los chicos? —preguntó Robles.

—De vuelta en Canadá, con los dominicos —respondió Pepe—. Sara muy alicaída. ¿A Norma no le interesa la canasta?

Luego el Chicho salió con un brassière lleno de naranjas y un frutero en la cabeza, mientras Robles se iba acercando, pausado, al grupo central:

—Régules es el indicado para hacer la gestión. Nosotros, ya saben, manos fuera. Régules está dispuesto a dar la cara si nos vemos necesitados de reprobar públicamente la operación. Incluso quiere irse a Europa un par de años a disfrutar; las cosas con la señora no van bien… ¿Qué tal, Robles?

Robles inclinó la cabeza cuadrada.

—Mire, Robles. Se trata simplemente de dar la impresión de que la inversión que usted sabe está dando un rendimiento público favorable. Conviene que la noticia provenga de una institución privada.

Robles inclinó de nuevo la cabeza, y en la puerta se encontró con Roberto Régules:

—¡Adiós, mi banquero! Allá le cuidé a su señora en casa de Bobó. ¿Nos vemos en el golf mañana?

Robles asintió y con un dedo nervioso, erguido, llamó a su chofer.

ahora los cuerpos, las ideas, los gruñidos se funden en una pelota de sebo; ahora circula el mismo alcohol, la misma sangre diluida, el mismo olvido, por todos estos cerebros; ahora el desperdicio se engalana; ahora las singularidades tan buscadas en el corte de los trajes, en las citas, en las puntas del pañuelo, en los perfumes, en los ademanes, caen al pozo de la gelatina común: agarrarse juntos, emblema del señorío mexicano, agarrarse juntos, costras fungibles, agarrarse juntos en el mismo spa, en el mismo Cap d'Antibes, en el mismo San Sebastián, en el mismo México: cambia el telón de fondo, el mundo es el mismo. Nosotros tenemos todos los secretos, todos los datos, todos los valores empeñados. Por algo será. Tenemos derecho a pisotearlos.

La jitanjáfora inundó la estancia de Bobó *píntame de colores pa' que me llamen Supermán, ay Su-per-Man, pa' que me digan "ahhmi" Tarzán, nené* Delquinto regó el submarino en una contorsión rígida, Juliette le seguía, los brazos en alto, sin pestañear *me llaman loco, porque soy un poco, y también borracho, porque tomo ron* Cuquita dejó caer el visón y agitó los hombros, *eeepa, pa' que me llamen Supermán, caaaballero*. Silvia Régules salió sin despedirse, Gloria Balceta entró con los labios entreabiertos y la cabeza en alto, Charlotte se desprendió del teléfono para abrazar a Lally: —¡Ante todos lo he de decir: esta mujer es perversa y me ha hecho daño, pero la adoro! *así, así, a ver, gózala, caaaballero, ay tú verá, nené* Cuquita bailando como pingüino *baila, baila como el pingüino, baila*

—Licenciado Tortosa —preguntó Gus con una mano en la cadera—. ¿No se siente cohibido, usted que es marxista-cristiano, en este ambiente de Armagedón? *Ay minué minué minué, lo bailaba el siglo quince y ahora en el cincuenta y uno*

—Nihil humanum a me alienum puto —exclamó en éxtasis Tortosa.

—Oooj, siempre las indirectas. Los griegos opinaban que la armonía...
¿quién es, quién es? yo les voy a decir: Pachito 'e Ché, le dicen al señor

—Inderweltsein.
la televisión, pronto llegará, aaay, no, no, no, no

—El lugar del intelectual está en el campo.
pabarabatibi cuncuá, neeegro, pabarabatibi cuncué

—Quiere obligarme a que duerma con medias y ligas puestas, ¿tú crees?

Delquinto gritaba por encima del estruendo de maracas y tumbaores y sudor de negros: —Esnobismo, puro esnobismo. ¡Miren a mi Juliette! ¿Creen que es una

mujer enigmática, con pasado? Es una idiota, vulgar, ignorante, recogida por mi sabia mano en la Facultad de Odontología, y muerta del susto en este ambiente, ¡grrrrr! —y apretó a Juliette entre sus brazos mientras la Contessa Aspacúccoli aprovechaba la confusión general para colarse a la cocina.
ay supermán, ay supermán

—Che, ¡México es el tropicalismo nietzschiano!

Bobó lloraba de risa, haciendo girar locamente los colores; las luces, tijeras de todos los perfiles, morados, rojos, índigo, Cuquita hacía el paso del conscripto mientras Supratous la perseguía de rodillas, humo deshebrado en los cuerpos, vasos tronaban y los brazos en la agitación aérea, nerviosa, del ganglio desnudo
cuando se murió Dolores, murió siendo señorita: cero jit, cero carrera, cero error

—No cabe duda de que México es un país vital. ¡Imagínense esto en Mar del Plata!

Delquinto manoseaba a la mujer, le besaba la nuca, exponía sus senos, apretaba su vientre, entre los aullidos de Bobó y Charlotte y Lally y las señoritas de gafas y el filósofo Estévez:

—¡Meretriz infame! Que la tierra cubra de llagas tu sepulcro y que tu sombra sienta el terrible tormento de la sed…

—¡Propercio! —exclamó con júbilo Dardo Moratto—. ¡Propercio! Terra tuum spinis!
ya se va, la clave azul, se va al son del marabú

Comprimido en un piyama de tiempos esbeltos, Bobó terminaba la última botella de cognac con el aire de melancolía total de un visigodo derrotado, y al aspirar el aire rancio de colillas y fondos lodosos de copas rotas, gruñía:

—¡Teme a los griegos, Bobó, teme a los griegos!

Luego, en cuatro patas, comenzó a recoger los cerillos regados por el tapete. Once de la mañana. Los motores rugían por Insurgentes, por Niza, donde ya las mansiones del porfiriato iniciaban su declive hacia la boutique, el restaurante, el salón de belleza. El sol, duro en la llaga del mediodía. Ni una brisa agitaba los copetes gráciles del Paseo de la Reforma. Desde el noveno piso de un edificio de piedra rosa estirado entre dos melancólicas mansardas, Federico Robles clavaba la vista sobre el pastiche irresuelto de la ciudad. Fachadas vaporosas y cristalinas mostraban su lado flaco, de ladrillo pintado y anuncios de cerveza. A lo lejos, al pie de las montañas, un remolino de polvo reunía sus átomos pardos. Aquí, cerca, el traqueteo de los obreros levantando una calle. La guirnalda de secretarias y vendedoras rechonchas, de piropos, de contoneos, se tejía con las filas de vagos y gringos viejos, de camisa abierta y anécdotas de Kansas City que relataban a otros gringos viejos llenos de anécdotas de Peoria. Corrían, consultando su reloj, los hombres calvos, vestidos de gris, con un portafolio descosido bajo el brazo.

Uno, Uno se clavaban los dedos en los taxis. En zigzag, tántaranta-tan-tan, corrían, apretados, los automóviles. Los claxons despertaron a Rodrigo Pola; el rumor impenitente de la ciudad se colaba por las rendijas, hasta su cuarto interior de la calle de Rosales. En la azotea de su casa, amurallada por las Lomas de Chapultepec, Norma Larragoiti de Robles acomodó unos cojines y descartó su bata de seda. Con esmero, consciente del brillo de cada poro, se embarraba el aceite opalino. Sun tan. Hortensia Chacón, en la oscuridad, esperaba los ruidos de la calle de Tonalá, esperaba la segunda hora de salida de la escuela —la tarde— y el rumor de la llave sobre la cerradura. La avenida Mixcoac se iba abriendo paso, lenta y chata, custodiada por ultramarinos y tendajones mixtos y cines populares, entre el zumbido de aplanadoras y picas y alquitrán: nada entraba hasta el cuarto sellado de Rosenda Pola, siempre dormida en su vigilia delirante, presa de una espantosa lucidez final que no lograba hacer viva en las palabras que se amasaban sin salida en su garganta nerviosa y floja. Charlotte, Pierrot, Silvia Régules, Gus, el Príncipe Vampa, Pichi, Junior, dormían: sólo Pimpinela de Ovando caminaba erguida y perfumada, detrás de un par de anteojos negros, por Madero, hacia el despacho de Roberto Régules. A la vista de Robles, México iba abriéndose como naipes de distintas barajas —el rey de bastos en Santo Domingo, el tres colorado en Polanco— del túnel oscuro de Mina, Canal del Norte y Argentina, con la boca abierta, en busca de aire y luz, tragando billetes de lotería y volantes de gonorrea, hasta encontrar la línea recta de conducta en la Reforma, indiferente a los vicios menores, apretujados, de Roma y Cuauhtémoc, con sus caras quebradizas, sus cimientos fláccidos. Desde la oficina, Robles veía los techos feos, las azoteas desgarbadas. Pensaba en un despertar inútil: legañas de tinacos, macetas raquíticas. Robles gustaba de inclinarse, imperturbable, desde la ventana, y saborear el pulgueo sin molestias de los pelados, de todas las hebras de la ciudad que pasaban inconscientes del rascacielos y de Federico Robles. Dos mundos, nubes y estiércol. Un vaso comunicante perfecto, aislado, individual, lo llevaba de la casa colonial y enrejada, con su portada de merengue pétreo, al automóvil, del automóvil al elevador de níquel y acero, del elevador al ventanal y a las sillas de cuero, y con sólo apretar un botón se cumplía la trayectoria contraria. —Bien merecido— frotaba Robles su solapa. —No es empresa fácil cercenarse de este pueblo. Derrotados, todos derrotados para siempre. Miraba sus uñas rosas: habían escarbado, con la tenacidad de los distintos hechos, tierra en Michoacán. Volvía a mirar a lo lejos: hasta el humo de la terminal de Buenavista, y más allá del puente hacia la Villa. Gladys García, parada sobre el puente, fumaba un cigarrillo apestoso y luego lo dejaba caer sobre el techo de una casucha de lámina y cartón. Por el rumbo de Balbuena —el otro extremo de polvo— Gabriel jugaba rayuela mientras esperaba a los cuates —Beto, Tuno, Fifo— para empezar a celebrar su regreso. Rosa Morales buscaba una caja barata entre los enterradores del barrio, mientras Juan esperaba, con los labios embarrados de sangre y vino, en una plancha de la Cruz Roja.

La mano que tronaba sobre la puerta arrebató a Rodrigo de su letargo. Gimiendo, protestando, arrojó las pesadas sábanas y lentamente llevó los pies al piso astillado. Dejó caer, como un plomo, los ojos entre las palmas de las manos. El repique de la puerta no cesaba; lo acompañaba una voz detestable, de urgencia e incomprensión. Por fin reunió la voluntad necesaria para levantarse y abrirla. Los ojos encarbonados de Ixca Cienfuegos lo saludaron con esa mirada, lóbrega y alegre, indiferente a las circunstancias personales, que tanto irritaba a Rodrigo. Cienfuegos entró, se llevó la mano a la nariz y corrió a abrir los postigos que se asoleaban sobre un patio interior húmedo, impregnado del olor de comida casera.

—¿Gas? —afirmó, interrogando, Cienfuegos—. Pero si no te pertenece. ¿Todavía no te das cuenta? No te pertenece. —Con una carcajada, Ixca arrojó el periódico del mediodía hacia la cabeza de Rodrigo. Éste se dejó caer, boca abajo, sobre la cama. Cienfuegos parecía tomar el pequeño mundo de la recámara entre las manos, modelarlo, devolver a la pared sus contornos groseros, embutir las cosas, nuevamente, en sus casilleros habituales, circular el oro en cobre gastado. Mataría el gran sueño; aplastaría con una risotada a la gran población hechicera.

—Dilo, dilo —insistió Cienfuegos, jugueteando con una silla—. Dale rienda suelta a tu retórica. ¿No es esto lo que querías: un testigo? No te aprietes. Habla.

—¡No me cuelgues otra vez tu equipaje de ratas a la cabeza! —murmuró Rodrigo, mientras, siempre boca abajo, fijaba los ojos en el periódico arrojado por Ixca y que lentamente absorbía un pequeño charco creado por las goteras del techo: tres magnates engullendo en un restaurante, agarraron a la Viruelas, crimen pasional, gran esperma de tintas negras: tres magnates envuelven a un pescado muerto, la Viruelas sirve de gorro napoleónico a un chamaco bajo la lluvia. (*Duro, caparazón duro y entrañas pertinaces. Anoche, amordazado entre cuatro paredes. Y hoy aquí, a pesar de todo, rascándome las uñas y mirando la cara de tres banqueros gordos —no, es como pintarle un violín a Paganini.)* Rodrigo saltó de la cama riendo: uno de ellos, perla en la corbata, highball en la mano inflada, era él, Robles.

Norma abrió los ojos al sol y quiso que sus rayos le calcinaran las pupilas. Luego los cerró para vivir la fuga de puntos azules y centellas amarillas que crecían como las ondas del estanque una vez arrojada la primera piedra. Pero el sol se concentraba en los labios. El sol la besaba. Norma quiso recordar, recordar los besos. Abrió de nuevo los ojos y se irguió rápidamente. Es que siempre había rogado que la recordaran a ella, y nunca había deseado recordar a nadie. Ahora sentía, más que terror, un leve sentimiento de ultraje, de desprecio, al pensar que tuviera que empezar a recordar mientras los demás la olvidaban. Dilató la nariz para aspirar el perfume de retama que ascendía del jardín. Era idéntico al otro, al del pequeño jardín de la pequeña casa donde celebró sus diecisiete años. ¿Alguien, además de ella, lo recordaría? ¿Alguien, en este instante —en todos los instantes— recordaría toda la vida de Norma? Alargó el brazo y tomó el frasco de aceite mientras el sol, comprimido, se desbarataba en la luz propia que el cuerpo brillante le devolvía, disparado desde las puntas moradas de los senos.

Manuel Zamacona abrió las ventanas de su pequeño apartamiento de la calle de Guadalquivir y cerró los ojos, gimiendo. Se tomó la cabeza con ambas manos y se sentó, con la respiración cortada, en una silla de vaqueta. Quiso reconstruir sus frases de la noche anterior, y sólo veía bailar en el recuerdo la imagen de los ojos astígmatas, de la piel inviolada de los negros, del perfume de tabaco y Miss Dior y desodorantes. "Paradoja, metáfora, imagen, ¡a qué peligros conducís!" murmuró y corrió al espejo enmarcado por una estrella de hojalata, para observar cómo se le encendían las orejas de sangre. Regresó a su mesa de trabajo, sonriendo. Tomó un papel y una pluma. Miró hacia la Reforma, tratando de descubrir un nuevo color, un aire nuevo, en ese rincón conocido. Empezó a escribir: "México", con alegría, "México", con furia, "México", con un odio y una compasión que le hervían desde el plexo solar, y "México" nuevamente, hasta llenar la página y comenzar otra y terminarla también y luego salió al balcón, fijó los ojos en el sol, apretó las cuartillas y con todas sus fuerzas las arrojó hacia el centro del astro, seguro de que llegarían, de que se incendiarían en él, y entonces tomó una maceta y la arrojó también hacia el sol. Quería una piedra, mil piedras, y sólo escuchó cómo la maceta se desparramaba sobre el pavimento y vio que un geranio yacía aplastado por la rueda de un automóvil.

Se sentó a su mesa de trabajo. Recordó que ese rincón amplio y suntuoso del Paseo de la Reforma había sido trazado sobre el modelo de la Avenue Louise, de Bruselas, por indicación de Carlota. Y vio el paso fugaz de una familia indígena, flotante y cabizbaja. Escuchó el ríspido llanto de una niña, olió elotes cubiertos de polvo de chile, jícamas con limón: lo que entraba por su ventana abierta. A la altura de sus ojos, una casa de apartamientos de quince pisos, suspendida sobre pilotes de concreto, aérea en su policromía veloz de vidrio y mosaico. ¿Contraste? No. Zamacona tomó la pluma.

"Excentricidad, más que contraste. Ésta puede ser nuestra palabra: excentricidad. No sentirnos parte de ningún engranaje racional, susceptibles de alimentarlo y permitir que nos alimente. Claustro cerrado, de espaldas al mundo. No sentir que nuestras obras, que nuestro espíritu, penetran en un orden lógico, comprensible para los demás y para nosotros. España: excéntrica, sí, pero excéntrica dentro de Europa. Su excentricidad es la nostalgia de no haber participado en todo lo que, por derecho, le correspondía: en la aventura del hombre moderno. Allí estaba la pasta de la modernidad. ¿Qué frustró su realización? ¿Qué cerró los caminos de la participación europea a una nación que hoy vive cerrada a todas las manifestaciones de la inteligencia? Éste es el dolor, la nostalgia, la excentricidad de España. Y Rusia es la excentricidad frente a Europa, la afirmación de una excelencia rusa fundada en la pretensión de diversidad frente a Europa. Pero ya este hecho la hace excéntrica; al pretender ser *sui generis* en su rechazo de Europa, Rusia deja de serlo plenamente, debe aceptar un reto europeo y emprender la carrera que la ponga a la par de Europa. Carrera en busca del tiempo perdido. Sólo México es el mundo radicalmente ajeno a Europa que debe aceptar la fatalidad de la penetración total de Europa y decir las palabras y las formas de la vida, de la fe, europeas, aunque la sustancia de su vida y su fe sean de signo diverso. Más que muerte —hecho natural, aceptable— asesinato, tortura brutal, cercenación de las formas que correspondían a la sustancia. Todo, desde entonces, es la búsqueda, cerrada, ciega, marginal, del punto de encuentro entre lo que realmente somos y las formas que han de expresar una sustancia, en sí, muda."

Observó su reflejo en la ventana. El perfil de finas líneas, la nariz delgada y agresiva, los labios casi lineares: la silueta marginal impresa sobre su rostro de anchos huesos y de carne gruesa y oscura.

"No saber cuál es el origen. El origen de la sangre. ¿Pero existe una sangre original? No, todo elemento puro se cumple y consume en sí, no logra arraigar. Lo original es lo impuro, lo mixto. Como nosotros, como yo, como México. Es decir: lo original supone una mezcla, una creación, no una puridad anterior a nuestra experiencia. Más que nacer originales, llegamos a ser originales: el origen es una creación. México debe alcanzar su originalidad viendo hacia adelante; no la encontrará atrás. Cienfuegos piensa que regresar, dejarse caer hasta el fondo, nos asegurará ese encuentro, esa revelación de lo que somos. No; hay que crearnos un origen y una originalidad. Yo mismo no sé cuál es el origen de mi sangre; no conozco a mi padre, sólo a mi madre. Los mexicanos nunca saben quién es su padre; quieren conocer a su madre, defenderla, rescatarla. El padre permanece en un pasado de brumas, objeto de escarnio, violador de nuestra propia madre. El padre consumó lo que nosotros nunca podremos consumar: la conquista de la madre. Es el verdadero macho, y lo resentimos."

Volvió a descomponer la imagen reflejada. Sí, allí, en su propio rostro, estaba la madre íntegra: criolla de facciones amasadas con esmero por la cruza prevista. Y detrás, en la esencia, la sustancia informe, morena, oscura, indígena del padre.

"La carne oscura en el fondo, creándose a sí misma, sin contactos. ¿Cuándo la rescataremos? ¿Cuándo le daremos un nombre? Un ser fuera del anonimato."

Se puso de pie y encendió un cigarrillo. Recorrió con la vista su estancia: sillas de vaqueta, anaqueles desordenados, repisas cubiertas de reproducciones del arte indígena: el ser concentrado en las fauces de hachas votivas olmecas, la ceremonia abstracta de las formas estelares de Oxkintok, la alegría sensual de los primitivos, el frío incendio de las totalidades aztecas. "La cima de la barbarie —pensó Manuel—. La barbarie no como defecto, o por defecto, sino como la perfección, entera, de su modo, anterior y ajena a la idea de personalidad. Ser para los ciclos, alimentar al astro, vivir bajo el signo de la naturaleza increada. No, no tienen razón: todo esto sólo nos explica parcialmente. Y no es posible resucitarlo. Para bien o para mal, México ya es otra cosa. Es ese algo radicalmente diverso lo que hay que explicar, en su totalidad, y enfocándolo hacia el futuro, hacia su integración, no basándolo en un asesinato colectivo."

Tornó a su mesa y a su pluma. "Constantes. Gestación lenta, intuitiva, del pueblo mexicano, sin contacto con las formas sociales exteriores. Búsqueda de una definición formal, jurídico-política, frente a búsqueda de una filiación sustancial, histórico-cultural. Afirmación de las definiciones formales en proyectos antihistóricos, fundados en la importación, en la imitación extralógica de modelos prestigiosos. Negación del pasado como supuesto inicial de todo proyecto salvador."

¿Pero cuál es el modelo, el modelo propio, y realmente salvador, que México debe atender? —pensó en seguida—. ¿Cuál atendería él, personalmente? No sin humor, pensó que él mismo tenía posibilidades religiosas, sí, posibilidades artísticas, y posibilidades animales. Mordió la pluma y tomó una nueva hoja de papel.

"¿Cuál es la escala de los valores vivos? Si fuese objetiva, quizá no habría problemas. Pero no lo es, y cada quien es dejado al socorro de sus propias fuerzas. Pero supongamos, hipotéticamente, que esa escala es objetiva y que el sumo grado del ejemplar humano lo alcanza, digamos, Leonardo da Vinci. El hecho debería ser alentador, pues existe, sin duda, menos diferencia entre Leonardo y el hombre corriente que entre el hombre corriente y un chimpancé. Sería más fácil, para el hombre corriente, acercarse a un gran artista que a un simio. Pero he aquí que aparece un buen cristiano y nos dice que hay menos diferencia entre el hombre corriente y Jesús que entre éste y Leonardo. ¿Sería más fácil, entonces, acercarse al modelo Jesús que al modelo Leonardo? ¿O se trata, en realidad, de dos líneas de valor que se excluyen? El hecho es que se toma al hombre corriente como presupuesto de ambas, y que a ratos uno quiere acercarse a la posibilidad Jesús y a ratos a la posibilidad Leonardo. La línea del propio valor se vuelve quebradiza; cinco días de Leonardo contra tres de Jesús. ¡Si todas mis fuerzas pudieran dirigirse a una u otra meta, sin cejar! ¿Y por qué no dirigirlas todas a la meta chimpancé?, me dirá un amigo irónico. Es más fácil descender que ascender, y aunque haya menos diferencia entre tu persona y las de Jesús y Leonardo, que entre tu persona y un chimpancé, llegarás más rápidamente a asemejarte a éste que a aquéllos. Claro que estas ideas no se expresan de manera tan brutal. Decimos, más bien: 'No basta el curso del tiempo para alcanzar la perfección. El tiempo, en realidad, sólo nos aleja de la perfección original'. Esto debe pensar Cienfuegos, sí. Ergo, nos dejamos caer hasta el chimpancé so pretexto de que en el fondo vamos a encontrar nuestro Super-Ser olvidado y original. Pues esto es lo que comúnmente pasa por progreso —digo, por 'progreso' espiritual más que material: éste se contenta con propósitos muy simples, demasiado seguros de su esencial bondad para justificarse—: la búsqueda de una meta que, no siendo ni Jesús ni Leonardo, sólo puede ser el chimpancé, pero el chimpancé disfrazado de buen salvaje, de Sigfrido, de comunista original, de Escipión el Africano o de Josué con aspiradora eléctrica. El progreso debe encontrarse en un equilibrio entre lo que somos y nunca podremos dejar de ser y lo que, sin sacrificar lo que somos, tenemos la posibilidad de ser —Jesús, Leonardo o chimpancé—."

Un ruido lo distrajo. Asomó la nariz por la ventana para ver el esfuerzo con que un cargador de facciones repelentes —frente escasa, pelo cerdoso, nariz aplastada y anchos labios— cargaba un garrafón de agua, cómo se le escapaba el garrafón y se hacía añicos en la acera. El cargador se santiguó. Después se sentó en la defensa del camión repartidor y, mientras se secaba el sudor de la brevísima frente, empezó a cantar,

¡Qué bonita chaparrita!
Valía más que se muriera...

Manuel frunció el ceño y volvió a escribir. "Ahora, éste es un país que ha tenido sus redentores, sus Ungidos y sus hombres superiores. Pero quizá lo fueron por la abundancia de chimpancés a los que debieron enfrentarse. Y sucumbieron, también, gracias a la acción conjunta de los chimpancés. No ha habido un héroe con éxito en México. Para ser héroes, han debido perecer: Cuauhtémoc, Hidalgo, Madero, Zapata. El héroe que triunfa no es aceptado como tal: Cortés. La idea podría extenderse al país. ¿Se aceptaría México a sí mismo en el triunfo? Saboreamos y tomamos en serio nuestras derrotas. Los éxitos tienden a convertirse en aniversarios huecos: el 5 de mayo. Pero la Conquista, la guerra con los Estados Unidos... ¿Quién ganó, en realidad, la guerra de 1847? El triunfo aparente de los Estados Unidos, piensan sin decirlo los mexicanos, fue el triunfo de la acromegalia, de la borrachera de poder, del materialismo, del crecimiento excesivo, y la derrota de los valores humanos. Automóviles en masa *versus* jícaras a mano. Etcétera. La derrota de México nos conduce, por el contrario, a la verdad, al valor, a la limitación propia del hombre de cultura y buena voluntad. Lo que tiene éxito no siempre es lo valioso, sino todo lo contrario. Y en consecuencia, lo que tiene éxito no es lo bueno, ni lo que fracasa lo malo. No es posible identificar el éxito con el bien y el fracaso con el mal, pues entonces los Estados Unidos serían buenos y México malo. Como sabemos que esto no es cierto, nos sentimos en la verdad cuando pensamos que no interesa ser bueno o malo, sino importar humanamente: es decir, ser odiado o amado con intensidad. Vale la fuerza e intención del sentimiento, no la de los resultados prácticos. Pero si el sentimiento odio es malo y el sentimiento amor bueno, ¿no volvemos a caer en un maniqueísmo, no para efectos prácticos, sino sentimentales? Todo lo mexicano es, sentimentalmente, excelente, aunque prácticamente sea inútil. Y todo lo extranjero, así sea prácticamente bueno, es, sentimentalmente, malo."

Mordió la pluma. Pensó: ¿sentimiento de inferioridad? Escribió sonriendo: "¿Qué cosa es el sentimiento de inferioridad sino el de superioridad disimulado? En la superioridad plena, sencillamente, no existe el afán de justificación. La inferioridad nuestra no es sino el sentimiento disimulado de una excelencia que los demás no alcanzan a distinguir, de un conjunto de altas normas que, por desgracia, no acaban de funcionar, de hacerse evidentes o de merecer el respeto ajeno. Mientras esa realidad superior de lo mexicano no cuaje, piensan en el fondo los mexicanos, habrá que disimular y aparentar que hacemos nuestros otros valores, los consagrados universalmente: desde la ropa hasta la política económica, pasando por la arquitectura. El último hito accesible del prestigio europeo, la Revolución industrial, nace en México cada día. Nuestra superioridad por decreto. Y sin embargo, en algo tienen razón: hay que ver hacia adelante. Sólo que 'hacia adelante' no significa 'formas de la vida europea y norteamericana' que, aunque todavía estén vigentes, señalan sólo una etapa final. Por desgracia, la nueva burguesía mexicana no ve más allá de eso; su único deseo, por el momento, es apropiarse, cuanto antes, de los moldes clásicos de la burguesía capitalista. Siempre llegamos tarde a los banquetes. Cuando creemos estar saboreando la sopa, ésta se nos convierte en migajas de un pan duro y roído por los ratones. Y sin embargo... hoy podríamos tener los ojos abiertos, y prepararnos, sin más fuerza y orientación fundamental que la de nuestra propia experiencia, a crearnos desde la raíz en la verdad de una nueva estructura social y filosófica. ¿No nos acercó la Revolución a esta verdad? ¿Pero qué vamos a hacer cuando todo el poder real emanado de la Revolución se ha entregado, voluptuosamente, a las cosquillas de un cresohedonismo sin paralelo en México? Éste es el problema, el poder real. Pues nunca este poder real del hombre ha sido tan grande y, a la vez, tan desprovisto de valor para el hombre. ¿Qué representa el poder real de un hombre como, digamos, este banquero Robles del que tanto se habla, sino un puro acrecentar del poder en sí, sin atributos de valor? La disyuntiva es monstruosa, pues si algún valor es valor del hombre, es precisamente el poder, en su acepción más amplia. Cuando el poder ya no es valor, se avecina algo muy grave: su ejercicio, en todos los órdenes, deja de ser responsable. Valor-poder-responsabilidad son la gran unidad, la que nos liga a unos con otros, con la naturaleza y con Dios. Poder sin valor y sin responsabilidad desemboca en dispersión, en pequeños dioses abismales o en el único dios de una abstracción terrena: la historia, las fuerzas ciegas, la nación escogida, o la mecánica incontrolable. Estamos en el cruce. ¿Cuál vamos a escoger, entre todos los caminos? Sobre todo México, tan cargado de experiencias confusas, de vida contradictoria. ¿Le será posible escoger, escoger su propio camino, o se dejará arrastrar por la ceguera criminal de los escogidos?"

No quiso escribir más. Fijó, nuevamente, los ojos en el sol. Se sintió pequeño y ridículo; pequeños y ridículos debían sentirse cuantos trataran de explicar algo de este país. ¿Explicarlo? No —se dijo—, creerlo, nada más. México no se explica; en México se cree, con furia, con pasión, con desaliento. Dobló sus cuartillas y se puso de pie.

—Es que quería valer intrínsecamente —dijo Rodrigo, distraído, buscando un zapato debajo de la cama.

—¿Para qué? —bosquejó una sonrisa Cienfuegos mientras colocaba la tetera sobre una hornilla eléctrica—. Aquí no se respeta a los hombres, sino a las categorías de membrete: Señor Presidente, Señor Director, Señor Etiqueta. Y por el contrario, ¿suicidarte, tiene sentido? En México, digo. Salvo como una burla a las potencias asesinas.

Aguardó, con los brazos cruzados, a que el agua hirviera: —Podías haber muerto satisfaciendo una necesidad colectiva, "mirando feo", dándoles gusto a todos.

Rodrigo se calzó con lentitud, guiñando los ojos: el cigarrillo entre los labios le molestaba, el humo se le colaba a la piel: —No sirven las palabras, Ixca. Ahora me vuelve la tentación de anoche. Pero ya no es más que eso: una tentación. Dos tentaciones. La de anoche y la de seguir viviendo. No sé; pero lo veo todo, la búsqueda durante mil días irreflexivos del pequeño entronque, de ese encuentro súbito, anhelado: la persona equis, la única. Todo tan pequeño, tan pinche... He fracasado, Ixca.

—No. Sólo has tenido pequeños éxitos.

La mirada lánguida de Rodrigo siguió recorriendo la tinta (INMEJORABLE SITUACIÓN DE NUESTRA GANADERÍA *con todos los auxilios espirituales de la Santa Madre Iglesia*

> *Mientras las cosas en claro*
> *se ponen, de mala gana*
> *con su hijita a la Peni*
> *ayer noche fue Susana.*

Chofer barbaján se estrella. Juan Morales, chofer del coche de ruleteo, etcétera, *se estrelló ayer en la noche con un camión de línea* etcétera *su mujer y tres niños, que sufrieron leves contusiones* etcétera *en cambio el barbaján cuya autopsia reveló la reciente ingestión de alcoholes* etcétera *una familia queda en la pobreza a resultas de esta nueva muestra de irresponsabilidad* etcétera *barbarie de los ruleteros* REINA DEL ALGODÓN lo es linda damita de Torreón, Coah.) *pasito tun tun tun tun pasito*

De un arañazo, destrozó el periódico. Pero la sinfonola del estanquillo comenzó a chillar, y alguien barría con premura los pasillos. Rodrigo alargó la mano y se colocó verticalmente una botella abierta de cerveza en los labios; la escupió; había dejado caer un cigarrillo adentro.

—No, he fracasado. Tú que estuviste allí, ¿recuerdas aquellos días de la Preparatoria, cuando publiqué *Florilegio*...?

No pudo continuar; sintió que el orden de la justificación se le venía abajo. Lo había construido y conservado —e invocado— durante tanto tiempo... y ahora, de repente, esta palabra, "Florilegio", lo destruía. Cayó sobre la cama, y casi rebotando, con las lágrimas contenidas, gritó a la figura inmóvil de Cienfuegos:

—¡Florilegio! ¿No es para morirse de la risa? ¿Y qué más, dime, qué más?

—Si quisieras, hasta el fracaso.

—¿Más? ¿Sabes que no puedo sentarme a escribir sin una colección de frases a la vista, sacadas de la última docena de ensayos y malas novelas traducidas que he leído? ¿Y no saben todos que esto es lo que escribe Rodrigo Pola: un platillo de sobras, con la suciedad ratonera de una criada?

Hundió la cara en la almohada amarilla y Cienfuegos sirvió dos tazas de té humeante.

—¿Y habrías ganado el éxito, qué sé yo, con Norma, el aplauso literario, el dinero…?

—No —levantó la cara Rodrigo—. No… los habría destruido con todas mis fuerzas. Ése es el poder de mi debilidad. Para todo. ¡Suicidarse! Ése sí que es el gran chiste. Suicidarse porque en la fiesta de un tal Bobó, un tal eunuco con pelo oxigenado, me rechazaron, ¡me rechazaron, Ixca, tú lo viste, no miento!

—Otro rechazo, Rodrigo. No ha sido el primero.

—Y tú lo sabes. ¿Qué no sabes? ¡Qué risa! "¡El gran bardo juvenil, la promesa!"

Cienfuegos dejó las tazas sobre la única silla y tomó a Rodrigo de los hombros:

—Y hoy debes escoger, ¿lo entiendes, verdad? Entre uno y otro. Asumir uno u otro plenamente, ya nunca más a medias.

—¿Qué más da? ¿A quién le importa?

—Nos importa a todos. A los que nunca nos enteraremos. A los que puedes decir sí o no con tu silencio. A los que tú mismo negarás el perdón o concederás la sonrisa conciliatoria. Son tantos, Rodrigo, los que nunca sabrán de tu decisión. Pero una te traerá con nosotros, te abrirá los ojos al contacto de llantos más graves y desnudos que el tuyo, te clavará un pedernal en el centro del pecho. Y la otra te pondrá frente a nosotros, nítido y brillante, único y solo en medio de la compañía y la igualdad y la pertenencia. Acá serás anónimo, hermano de todos en la soledad. Allá tendrás tu nombre, y en la muchedumbre nadie te tocará, no tocarás a nadie. Escoge.

Rodrigo apretó ambas manos y exclamó: —Es que no entiendes, Ixca… es que no creo, no creo…

De pie, con todo su poder, Cienfuegos apartó las manos de Rodrigo:

—Escoge… y recuerda

—Recuerdos… *Yo soy Rodrigo Pola*

—*Y más, y más…*

—*Y el lugar de la concepción*

—*Y más*

—Y el éxito a la mano, siempre para otros, nunca para mí, ¿no es cierto, Ixca? Norma y Federico, hasta Bobó, Pedro Caseaux, ¿por qué ellos?

—*¿Y los que no llegaron? ¿Los que tuvieron que darle a México más que su vida: su* novida, sus nopalabras? ¿Los que no tuvieron tiempo de hundir un nombre en el aire? ¿Los que no tuvieron que renunciar a nada?

—Dos orillas

—Que no se tocan

—Orilla suntuosa de plumas y cuchillos y pencas de oro y orilla severa del códice y el fuete; orillas de todos los mexicanos que están aquí

—Muertos

—Y orilla de todos los mexicanos que están allá

—Vivos

—Orilla del sueño permanente, sueño de sucesión de soles, ala luminosa, daga brillante, y orilla del maíz roñoso y los cuerpos encogidos y el agua seca

—Y en el centro de la ciudad

—Cabeza inflada, depósito de dineros y huesos y títulos, levantada sobre miembros raquíticos. Aquí viven los que son, los que tienen que renunciar

—Pero allá, en la otra orilla

—Alargando los brazos, están los que nunca llegaron

—Mi padre

—Gervasio Pola ¿Morirán tú, Rodrigo, y Federico Robles y Norma y todos, sin saber quiénes fueron?

—Sin saber que nos alimentaron, mi padre

—La memoria… Rodrigo… se engendra y perece entre dos lunas y la mirada azorada busca

—El clavo de dónde crucificarse: el clavo es siempre un hombre, mi padre

—Y el país es anónimo: ¿dónde encontrar el nombre que indique un jefe, un jefe

—Mi padre

—que viva por nosotros todos los instantes que nos separaron y se nos escaparon, que escondimos en una mínima rencilla, en un sentimiento de envidia, en una cobardía

—¿Disfrazada de razón? Mi padre

—¿Lo recuerdas?

—Mi padre, *mi padre mi padre*

Gervasio Pola

Una noche de marzo, en 1913, el aire sabía a polvo y la luna cicatrizaba el valle, cuando Enrique Cepeda, gobernador del Distrito Federal, llegó a la cárcel de Belén. De los automóviles bajaron treinta hombres armados, limpiándose la nariz con la manga, encendiendo los pequeños cigarrillos deshebrados, lustrando los botines de cuero contra los muslos. El calvo Islas le gritó a la guardia de la prisión: *¡Aquí está el Gobernador del Distrito!* y Cepeda llegó contoneándose ante el primer oficial y eructó: —Aquí está el Gobernador del Distrito...

Gabriel Hernández dormía en una bartolina. Sus ojos de aceite, su máscara de obsidiana se quebraron con el puntapié de una bota negra: —Ándele, vístase... Hernández irguió su pequeño cuerpo mongoloide, y por el rabo del ojo distinguió a la escolta apostada fuera de la celda. —¡Al patio! dio la orden el Subalcalde.

Aire morado, muros grises de Belén. El gran muro acribillado, con sus florones de pólvora. Cepeda, Islas, Casa Eguía, se ofrecían cigarrillos unos a otros, se carcajeaban en complicidad, mientras la escolta, con el general Gabriel Hernández en el centro, avanzaba hacia el paredón.

—Si tuviera un arma no me asesinarían.

La mano gorda de Cepeda cruzó el rostro de Hernández.

Cinco tiradores hirieron el cuerpo, entre los ecos de risa del Gobernador. Con el último tiro, cesaron las carcajadas. Cepeda frotó la mano sobre la tierra: —Hagan una pira, aquí mismo... —y se apoyó contra el muro.

Mientras el fuego consumía el cadáver de Hernández y el olor de carne tostada ennegrecía las facciones de Cepeda, Gervasio Pola y tres prisioneros más escapaban de Belén, escondidos en el carro recolector de basura.

Durante el recorrido de Belén al depósito de desperdicios, Pola pensó que así se debían sentir los muertos, con ganas de gritar y decirles a los enterradores que en realidad estaban vivos, que no acababan de morir, que sólo los sofocaba una pestilencia muda, una rigidez transitoria, que no les clavaran el féretro, que no les echaran la tierra encima. Los cuatro hombres, boca abajo, sepultados por el cúmulo de basura, concentraban todo su terror en el acto de respirar. Sobre el suelo del coche, entre las planchas de madera, pegaban la nariz a los resquicios, aspirando la tierra suelta de las calles. Uno de los evadidos confundía su ronco jadeo con sollozos; Pola hubiera querido robarle ese aire desperdiciado. Los pulmones se le congestionaban de hierbas podridas y excrementos, cuando el coche se detuvo. Gervasio Pola codeó a su compañero próximo, y todos esperaron el momento en que se abrieran las puertas, entrara la noche a alumbrar de viento el estrecho sudario, y las palas de los basureros empezaran a pulverizar de inmundicia el potrero.

Estaban en el llano, por el rumbo de San Bartolo. Los dos basureros no habían ofrecido resistencia; yacían amarrados a las ruedas del carro. Los montículos de basura gris, blanda, coronados de moscas, se extendían desde el camino hasta el pie del cerro más cercano. El desaliento invadió a Gervasio Pola cuando pudo distinguir las caras embarradas, los cuerpos mojados, de sus tres compañeros.

—De aquí a mañana tenemos que ganar el primer campamento zapatista —dijo uno.

Pola se quedó mirándole los pies descalzos. Luego, con la vista baja, recorrió las piernas desnudas y enclenques del segundo, los tobillos heridos de grillete, supurantes, del tercero. La luna les patinaba en las uñas, como joyas de tierra. El viento de la serranía empezó a desbaratar los montones de basura. Tenían que decidirse a la caminata —la fuga se fabricaría de roca y espina.

Gervasio la inició, rumbo al cerro. En fila india, como por costumbre, lo seguían los otros. Aquí, en el llano, las piernas se hundían en el lodo de hierba; allá, a partir de la pendiente, la carne comenzaría a rasgarse más, a punzar la sangre las dagas del bosque. Gervasio, al pie de la sierra, aflojó los muslos. El viento seco rechinaba entre el huizache.

—No hay más remedio que separarse —murmuró sin levantar la vista—. Aquí salimos juntos hasta antes de Tres Marías. Allí Pedro y yo nos desviamos por el rumbo fácil, pero por donde hay que esquivar la caseta de los federales. Tú, que conoces mejor el rumbo de Morelos, te vas con Sindulfo y tomas la desviación de la izquierda. Si antes de la noche no hemos encontrado el campamento, volvemos a separarnos, ahora cada cual solo, y nos escondemos hasta la madrugada, o esperamos que pase un destacamento de Zapata para unírnosle. Y si no resulta, hasta vernos en Belén.

—Pero es que aquí Sindulfo no va a aguantar con la pata amolada —dijo Froilán Reyero—. Y el camino de la izquierda es el más difícil. Mejor que Sindulfo se vaya contigo, Gervasio, y Pedro conmigo.

—Mejor es andar juntos, por lo que pase —interrumpió Sindulfo, el del tobillo supurante.

Pola levantó la cara: —Ya oyeron lo que dije. Por lo menos que uno se salve el pellejo. Más vale que uno viva solo y no que los cuatro mueran juntos. Se sigue el proyecto original.

Entonces les azotó el pecho el frío que anuncia el fin de la redonda medianoche y el principio de la madrugada de terrones de hora, y Gervasio tomó la vereda que iba trenzando el escarpado cerro de cigarras.

A veces, la inmensidad no empequeñece. Gervasio sintió que, con su banda, formaba una falange de heroicidad, y que los pies arrastrados por las veredas del monte llegarían a sonar como tropel, como cascos de metal, hasta superar la grandeza de la sierra, y hacerla esclava de su marcha. El sol naciente desparramaba los pinos mientras los cuatro hombres ascendían. Pola quiso mirar el valle seco; lo circundaba la lejanía. Los hombres no hablaban; el ascenso era lento.

Mira Froilán, quién te iba a decir que aquí, en la sierra, ibas a sentirte más preso que en la cárcel, más solo. ¿Qué me quebraron allá? Ahora recuerdo la noche en que escuché los primeros aullidos. Tantas primeras noches, primeras madrugadas. Todas iguales, todas nuevas. Primera noche de aullidos. Primera madrugada de tambores y descargas en el patio. Sólo me llegaban los ruidos, uniformes. Pero sabía que cada uno era distinto. Todo igual, siempre diferente. Yo nunca el primero, nunca el siguiente, nunca el próximo. Nunca la hora de levantarse y decirles que estaba listo, que yo no tenía miedo, que no hacía falta vendarme la vista. Siempre esperándola. Ya quería que me chamuscaran, para demostrarles quién era yo. Nunca me dejaron. Otros murieron llorando y pataleando, y pidiendo clemencia. No sabían que yo estaba allí, en la solitaria, esperando la hora de escupirles su clemencia en la cara. Cada uno que fue al paredón me dejó esperando, con ganas de ir en su lugar con la cara en alto, y de regresar a mi celda. Les regalo la muerte; yo podría haber sustituido a cada uno en la marcha de la bartolina al patio. Eso nunca me lo permitieron. Me quebraron.

Pedro se rajó la planta del pie con un vidrio y apretó los labios.

Que se me raje todo. Que se me quede la sangre hecha polvo en el cerro. Pero que no me dejen solo. Juntos aguantamos. Juntos nos pescaron y nos volverán a pescar. Acabarán por fusilarnos a los cuatro juntos. Pero no me van a dejar solo en el cerro.

Y Sindulfo no pensaba, sólo alargaba los brazos tratando de tocarse los tobillos sin dejar de caminar.

Se detuvieron al mediodía, acercándose ya a las cumbres más altas, donde debían separarse. Pero aún no entraban en la neblina, se sentaron a la sombra de un pino.

—No hay agua por aquí para lavarle a Sindulfo las heridas —dijo Froilán Reyero.

—No piensen en agua... —exclamó cabizbajo Sindulfo.

—No piensen en comida —dijo riéndose Gervasio.

Pedro murmuró:

—Comida...

—No piensen en comida —apretó los dientes Gervasio.

—Ya vamos a llegar a Tres Marías.

—Sí. Ahí empieza la desbandada.

—A mí me quebraron, Gervasio. A mí me quebraron.

—Tú conoces mejor que nadie los rumbos de Morelos; no te quejes. El que las va a pasar duras soy yo...

—Hace falta alguien que las pase duras para que salgamos los cuatro —Froilán se mascaba el bigote lacio.

—Con uno que se salve... —dijo, con la mirada dura en las piedras, Gervasio.

—Allá en el pueblo un viejo quiso morirse solo; dicen que siempre lo había querido. Se figuraba a la muerte desde hacía mucho; no lo iba a coger de sorpresa. Y cuando sintió que se le acercaba, mandó correr a todos los de la casa para recibirla sin compañía, como para gozar solo lo que tanto había esperado. Y en la noche, cuando ya le andaba rondando, y la voz se le caía como caliche, salió arrastrándose hasta la puerta con los ojos pelados, queriendo contarles a los demás cómo era la muerte. Esto yo lo vi, porque me había metido a su huerto a robarle las naranjas. Me agradeció que lo viera morirse, con las cejas pegadas a la tierra.

Pedro calló.

—Hace falta a quien contarle las cosas... antes, un minuto antes.

—Se las cuentas a un federal.

—No te dan tiempo. Te encuentran solo y ahí se acabó. Te encuentran acompañado y entonces cruzas la mirada con el amigo antes de caer.

—Hace falta quien te perdone —dijo Pedro.

Y Gervasio pensó que perdonaban los buitres, que perdonaba la tierra cuando se convertía en único corazón de despojos, que hasta el gusano nos perdonaba la porquería al cumplir su banquete. De pie bajo un pino, alargó la mano sobre el valle: percibió en ese instante que, lejos de las heridas de sus compañeros, lejos de la imagen encadenada de la tierra triste, pulmón de polvo, o más allá de su fondo acuoso secado por los penachos sangrientos y el rumor de sacrificios inconscientes, o más arriba del piélago de montes labrados de sequía y tala —en la otra orilla del mundo indiferenciado, masivo, de México— cabía la salvación de un hombre como él, teñido de basuras y fatiga, ausente de la memoria de los demás hombres mexicanos, pero fiel, sólo fiel a ellos cuando era fiel a sí mismo. *Salvarme hoy, a mí, a mi piel, para salvar mañana a los demás. Ellos quieren que muera con ellos; esta muerte impersonal, de todos, sería reconfortante para mis hombres. Creen que cumplo mi deber sucumbiendo con ellos. Incluso prefieren que yo muera antes, y alivie su muerte. Estoy dispuesto a salvarlos, si se dejan salvar. Pero sólo salvándome puedo salvarlos hoy a ellos y mañana a otros.*

—Ya vieron desde la torre —iba diciendo Froilán—. Era el general Hernández, ése que fusilaron y echaron al fuego. Se lo llevaron solito. Es lo que nos espera si nos vuelven a agarrar. Más vale aquí en la sierra, los cuatro juntos.

—Yo no quiero morir solo en el monte, o rodeado de enemigos, en la cárcel —sollozó entonces Sindulfo.

Pola se regresó y con una rama seca azotó las espaldas de Sindulfo; la luz del valle amortiguaba la cólera en los ojos:

—¡Pendejo! ¿Para qué tienes que hablar? ¿No te das cuenta de que bastante hemos hecho cargándote con todo y tu maldita pata tullida? ¿Para qué tienes que venir a lloriquear, a destrozarnos? ¡Ándele!

—Ya, ya, jefecito… no más.

—No le pegues más, Gervasio —Froilán le detuvo el brazo, mientras leves espirales de humo comenzaban a surgir del bosque, impulsando un olor a hojas quemadas y a pino seco.

—Bueno, vámonos. Ya están cocinando en los campamentos: miren el humo. Cada columna de ésas puede indicar un amigo, un enemigo. Pero el que tenga hambre nada más, que se vaya derecho a cualquiera…

Cerca de Tres Marías se separaron. Froilán sosteniendo a Sindulfo, abrazándolo de la cintura. Y Gervasio con Pedro detrás, cabizbajo y frotándose los brazos para combatir la niebla helada de la montaña.

La tierra se sentía fría y amortajada bajo los pies de Gervasio y Pedro; su rostro húmedo, de roca y abetos, se hinchaba a cada paso, ascendiente y lívido. Había que salvar la caseta federal, de soldados ateridos y chozas con olor a frijoles refritos, que se interponía entre ellos y el primer campamento zapatista. Al atardecer, Pedro se agarró a dos manos el estómago y cayó de rodillas. Luego empezó a vomitar. Sombras de crepúsculo se alargaban en la maraña sombría del bosque, y Pedro, con la vista y la boca convulsivas, pedía en silencio un descanso, un momento de respiro.

—Ya va a caer la noche, Pedro. Tenemos que seguir juntos un trecho, luego nos separamos. Ándale, levántate.

—Como el general Hernández, así dijo Froilán. Primero fusilado, luego quemado. Eso es lo que nos espera, Gervasio. Más vale quedarse aquí, en el monte, y morir solos, con Dios. ¿Adónde vamos? Dime, Gervasio, ¿adónde vamos?

—No hables más. Dame la mano y ponte de pie.

—Sí, tú eres el jefe, el fuerte, tú sabes que hay que caminar, y caminar. Lo que no sabes es adónde. ¿A unirnos con Zapata? ¿Y luego qué?

—Estamos en una lucha, Pedro. No hay que pensar ahora, hay que luchar.

—Luchar sin darse cuenta, como si uno no tuviera recuerdos y presentimientos. ¿Qué crees que va a salir de todo esto? ¿Crees que importa algo que yo y tú luchemos? Ahorita que estamos solos aquí, medio perdidos en un bosque, y yo con la fiebre que se me viene encima, ponte a pensar. ¿Qué podemos, tú y yo, solos aquí? ¿Qué importa lo que hagamos o digamos? ¿No se resolverá todo por su cuenta? ¿No es el nuestro un sacrificio más, en balde? Vámonos, Gervasio, lejos de aquí, lejos de la bola. Que pase el viento sobre nuestras cabezas. Nada va a cambiar.

—¿Qué propones?

—Vamos a Cuautla a ver quién consigue ropa, o dinero... Y luego cada quien para su tierra...

—Te buscarán, te encontrarán, Pedro. Ya no puedes salirte de esto. Tú no quieres que te arrastren. Yo sólo puedo dejarme arrastrar. Ni remedio. Además, ya no hay tierra que valga. Ya no habrá escondrijos en México. Nos va a tocar a todos por igual.

—¿Y después?

—Cada quien a su lugar, después. Al que le corresponda.

—¿Lo mismo que antes?

—No preguntes. No hay que andarse haciendo preguntas cuando te metes a la revolución. Tenemos que cumplir. Es todo.

—¿Quién va a ganar, en serio? ¿Nunca te has puesto a pensar?

—No sabemos quién va a ganar. Todo gana, Pedro. Todo está vivo. Gana lo que sobrevive. Aquí todo sobrevive. Ándale, de pie.

—Ya me volvió la fiebre, Gervasio. Como si los murciélagos hubieran nacido en mi estómago.

—Vamos. Ya va a caer la noche.

Pedro se puso de rodillas: —Hay que dormir aquí. No puedo más.

Cuando el aire se llenó de chicharras y comenzó a soplar por las laderas frías, Pedro se frotaba los brazos y sus dientes rechinaban. La noche súbita del espacio los rodeó.

—No me dejes, Gervasio, no me dejes... Sólo tú puedes llevarme adonde hay que ir... No me dejes, por tu mamacita...

Pedro alargó el brazo y arañó la tierra: —Pégate, por favor, que tengo frío… Nos calentamos los dos.

Trató de alargarlo más y rodó, besando el polvo: —Gervasio, háblame; háblame, no sea que aquí me entierres…

Quiso mirarse las manos, para darse cuenta de que vivía; una tiniebla espesa cubría el monte. Con los ojos redondos recorrió el bosque negro y gritó: —Hay mucha tierra para el poco polvo que dejo; arrástrame lejos de aquí, Gervasio; vámonos de vuelta a la prisión. Le tengo miedo a este monte pelón de almas; tengo miedo de andar suelto, sin grilletes… Que me los pongan, pronto, Gervasio, ¡Gervasio!…

Pedro apretó los puños en torno a los tobillos, y, por un minuto, volvió a sentirse libre prisionero. *Prisionero de hombres quiero ser, no prisionero del frío y el dolor y la noche. Que me pongan los grilletes, mamacita, para no andar rodando. Quiero quedar sujeto. Nací sujeto. Ahí está la pena:* —¡Gervasio! No me dejes solo, por tu mamacita… Tú eres el jefe; llévame… Gervasio.

El monólogo de Pedro silbaba entre las peñas. Gervasio Pola ya corría monte abajo, hacia la fogata amarilla del valle de Morelos.

El general Inés Llanos se limpió los dedos en el ombligo y tomó asiento junto al vivac. Los sombrerones ocres de la tropa brillaban, con los ojos indios, a sus espaldas, en la noche.

—Sírvase bien, no tenga pena. Éntrele. ¿Así que usted se les escapó de Belén?

—Sí, mi general. Yo solo me escapé y crucé el monte en un día —repuso, soplando el aliento entre las palmas heladas, Gervasio Pola—. Me salvé solito. Y ahora estoy a sus órdenes para unirme al general Zapata y seguir la lucha contra el usurpador.

—¡Ah qué atrasado y tarugo será usted! —carcajeó el general Llanos mientras tomaba otra tortilla del brasero—. ¿A poco usted no lee? ¿Qué dice el verdadero Plan de Ayala? Ahi se pone verde a Madero por su falta de entereza y debilidad suma, dice el escrito. ¿Y quién lo tiró? Pues mi general Victoriano Huerta, qu'es ahora nuestro jefe…

—¿Y Zapata?

—¡Qué Zapata ni qué Zapata! Aquí está usted frente a Inés Llanos, su servidor, fiel a las fuerzas del gobierno legítimo, y mañana está usted de regreso en Belén. Ahora prepárese su taquito, que el viaje es largo y abochorna.

Gervasio Pola volvió a penetrar los muros grises de Belén. La tierra achicharrada del patio señalaba el sitio de la incineración de Hernández. Pola pasó pisando las cenizas, y ahí empezaron a temblarle las piernas. En la solitaria quería dormir; los párpados le pesaban, cuando entraron dos oficiales.

El capitán Zamacona, rubio y esbelto, con los bigotes cuidadosamente encerados, le dijo: —No hay necesidad de avisarle que va usted derecho al paredón. —Miraba continuamente el techo—: Pero antes va a decirnos por qué rumbo tomaron los prisioneros evadidos Pedro Ríos, Froilán Reyero y Sindulfo Mazotl.

—Si al fin los han de agarrar… qué más da.

—Da que queremos matarlos a los cuatro juntos, como ejemplo y escarmiento. Decídase, o mañana mismo pasa usted solo frente al pelotón.

La puerta de la celda se cerró con un estruendo acerado, y luego Gervasio escuchó el taconeo sobre las losas de piedra de la larga galería de Belén. Un viento clausurado se arremolinaba entre los barrotes. Gervasio se tiró al suelo; *mañana paso solo frente al pelotón, mañana, siempre una calavera anda escondida en la esquina de mañana… Ya las piernas empezaron a temblarme, cuando pasé encima de las cenizas de Gabriel Hernández; vamos a ser un puente de cenizas para las botas de los ajusticiados; luego pasa Pedro sobre mis cenizas, y Sindulfo sobre las de Pedro, y Froilán sobre las de Sindulfo. Sin que nos toque decirnos adiós más que con las botas. Solo frente al pelotón; ahí voy por la galería en la hora débil y pequeña, tratando de olvidar lo que sabía y de recordar lo que he olvidado… ¿Va a haber tiempo para el arrepentimiento?, ni que me regalaran la vida de nuevo para arrepentirse de cada cosa; pero ¡ay venganza que te tomas, muerte calaca, por andar uno creyendo que eres distinta de la vida! Tú eres todo, la vida te invade, te hiere. No es más que una excepción de la muerte. Ahí vamos dando tumbos, que dizque vamos a ser héroes, para acabar pensando ¿qué se siente cuando una bala de plomo, y luego otra, y otra más, se te clavan en la barriga y en el pecho, qué carajos se siente? ¿Vas a darte cuenta de tu propia sangre regada, de los ojos que dicen se te paran como cebollas? ¿Vas a saber cuándo se acerca otro hombre a darte el tiro de gracia, en la mera nuca, y tú ya no puedes hablar y pedir piedad? Ya la agotamos, la piedad, Diosito santo, ya la agotamos nosotros, ¿cómo vamos a pedírtela a ti? Tengo miedo, Diosito santo, tengo puro miedo… y tú no vas a morir conmigo; ¡no quiero hablarle de mi muerte a los que no van a morir conmigo! Quiero contársela a mis camaradas, para que callemos juntos y muramos juntos, juntos, juntos. Se dejan cosas, cosas sin hacer… eso es la muerte…*

De pie, Gervasio le gritó al guardia: —¡Que venga el capitancito ese…!
(Pedro se quedó en el monte a la derecha de Tres Marías, apenas pasada la caseta

federal. Tenía fiebre. Ahí debe estar todavía. Froilán y Sindulfo se fueron por la parte difícil a la izquierda. El terreno es duro, y Sindulfo anda tullido; no deben haber avanzado mucho. Y tampoco habíamos comido en mucho tiempo, y con ese frío…)

La madrugada de un domingo, antes de que las campanas parroquiales comenzaran a tañer, Gervasio caminó amodorrado por la galería hueca de Belén. Se palpaba los hombros, la cara, el estómago, los testículos: tenían más derecho a vivir que él, y era eso lo que moría. Traía los ojos cegados de carne. Luego quiso recordar todo, recorrer toda su vida; el recuerdo se le fijó en un ave mojando sus alas en un río de Tierra Caliente. Quería brincar a otras cosas, a las mujeres, a los padres, a su esposa, al hijo que desconocía, y sólo veía al ave mojada. El pelotón se detuvo y de otra celda salieron Froilán, Pedro y Sindulfo. No les vio las caras, pero sabía que eran ellos, porque en seguida dejó de recordar y se dio cuenta de que marchaban a la cabeza de los condenados. Iban a morir los cuatro juntos. La madrugada le bañó el rostro. Pensó lo mismo que en la sierra; se sintió grande. Marcharon hasta el paredón, y dieron media vuelta, para enfrentarse a los fusiles.

—Nos salvamos juntos —murmuró Gervasio Pola a sus compañeros.

—¡Ah, qué la muerte más cabrona! —suspiró, a su lado, Sindulfo—. Nomás sirve para alejarnos un poquito.

—Para caer juntos —dijo Gervasio llenando de aire los pulmones—. Dame la mano. Diles a los demás que se las den.

Entonces vio los ojos de sus compañeros, y sintió que por ellos se aparecía primero la muerte, y cerró los suyos para que la vida no se le fuera antes de tiempo.

—¡Viva Madero! —gritó Froilán en el instante de la descarga.

El ave cayó despedazada en el río de Tierra Caliente, y el capitán se acercó a dar el tiro de gracia a los cuatro hombres que se retorcían en el polvo de Belén.

—A ver si aprenden ya a matarlos con la pura descarga —le dijo al pelotón; y se fue mirándose las líneas de la mano.

—*Mi padre, mi padre, mi padre*

Un tufo de grasa chisporroteante subía por el patio interior al cuarto de Rodrigo Pola, a las azoteas, hasta el centro del aire, a mezclarse con todos los olores de la ciudad. Por Madero, Pimpinela de Ovando caminaba erguida y perfumada, los ojos escondidos por anteojos negros, hacia el despacho de Roberto Régules. Cifras exactas se dibujaban, como en una pizarra de aire, dentro de su cabeza. Trescientas acciones. Cuarenta y cinco mil hectáreas. Un puesto para Benjamín en el banco de Robles. La comida en casa de la tía Lorenza estaba arreglada. Régules era el camino que conducía a la devolución de algunas tierras. Las cifras se borraron y se dibujó la imagen de la tía Lorenza, teñida de años y recuerdos, superpuesta a otras muchas imágenes   Porfirio Díaz   un landó frente al Hotel Porters   el Zócalo sombreado de árboles   los toldos y los techos de cucurucho   muchas palabras *He aguardado durante muchos años pacientemente, a que el pueblo de la República estuviera preparado para elegir y cambiar el personal de su Gobierno en cada periodo electoral sin peligro ni temor de revolución armada y hoy presumo que ese tiempo ha llegado ya*   y un perfume denso y antiguo

Los De Ovando

¿Previsto?... un buen día, gran recepción en la casona —¡aquellas mansardas que como un escudo hablaban a todos de rango, de gusto, de propiedad!— de las calles de Hamburgo, en honor del Marqués de Polavieja (los largos años de dulzura se agolpaban y ceñían, en los sentimientos implícitos de doña Lorenza, a ese minuto exacto); al siguiente, el exilio impuesto por la fidelidad. A doña Lorenza le había parecido una muestra de falta de altivez no acompañar a don Porfirio hasta París y vivir ahí, Joaquinito opinaba que toda esta lealtad era excesiva, y don Francisco citó algo sobre la virtud mediana optando por establecer a la familia en Nueva York: quedarían así satisfechos el deber y la prudencia. De las haciendas nadie se preocupó; *el destierro, digámoslo en voz baja, es más bien la regla que la excepción, y sólo el deber de encontrarse presente en las fiestas del Centenario pudo privarme de las ceremonias de coronación de Jorge V e interrumpir mi delicioso séjour en Inglaterra. En Nueva York, ya tengo visto ese agradable piso situado en Park Avenue. Lorenza sabrá hacerse de amistades. Joaquinito —muchacho excéntrico— disfrutará los banquetes a caballo de los Vanderbilt y los veranos en Newport. Reflexionemos serenamente: de cualquier manera, la tormenta no tardará en amainar. Si Madero quiere permanecer en el poder, necesita seguir la obra de paz, consolidación y decencia del General Díaz; y si no lo logra, el regreso de don Porfirio parece inevitable. ¿No lo dicen sus mismos enemigos?* "Su vida privada es intachable. Como padre de familia, ha sabido dirigir con acierto la educación de sus hijos, como lo demuestran las grandes virtudes de sus hijas y la corrección, modestia y actividad de su hijo; como esposo, es un modelo, pues a su distinguida compañera la trata con todas las consideraciones y cariño que se merece." *¿No es ésta la tónica del México moderno? ¿Puede esta ejemplaridad sustituirse de la noche a la mañana? El magnífico edificio de la paz y el progreso no puede ser destruido tan fácilmente; la revolución será una llamarada de petate. Los empleados públicos saben que están mejor pagados que nunca y las familias de la clase media que están mejor alojadas y mejor alimentadas y vestidas que nunca. De cualquier manera, el país no podrá prosperar sin su* *élite directiva. Esté quien esté a la cabeza del gobierno, poco a poco irán regresando los elementos que no en balde han sabido conducir a la Nación por las sendas del progreso material y la seriedad administrativa.* Don Francisco formulaba listas en su cabeza, y se percataba con satisfacción de que no había en México más hombres que ellos. Y detrás de los hombres, los nombres, las firmas que atestiguaban el nivel de la Nación; don Francisco los saboreaba, eran como la manifestación tangible de una igualdad, del primer tuteo mexicano con el mundo:

Doheny, Pearson, C. P. Huntington,

Moctezuma Copper Co.,

Palmer-Sullivan, Batopilas, Nelson and Weller,

Creston-Colorado Gold-Mining…

Sólo pudieron llevarse los recuerdos más significativos, los que lucían en las vitrinas de la casa de Hamburgo, los cuadros de Félix Parra y Alberto Feuster. Dejaban la ciudad color de rosa, lenta, con sabor de polvo y lluvia vespertina.

Cuando llegó a Park Avenue la noticia de la Decena Trágica, don Francisco ordenó a la familia empacar. Cuando se consolidó Huerta, volvió, ahora con cierta reticencia, a ordenarlo. Pero Joaquinito siempre estaba en alguna casa de campo, o don Francisco era citado a una junta de la Sonora Land and Cattle en Chicago, y cuando regresaban a Nueva York era demasiado tarde y don Francisco conocía ya otras noticias: que en Morelos habían incendiado un ingenio, que en Zacatecas habían volado un tren. Y luego, don Francisco murió de pulmonía, y ni doña Lorenza ni Joaquinito entendían bien cómo manejar estos títulos y acciones que sólo estaban apuntados en la memoria del viejo, y menos cómo arreglárselas para pagar la renta en un inglés que no era el aprendido por Joaquinito en Inglaterra. Cerca de París, poseían casa, en Neuilly, y a ella se trasladaron en el otoño de 1915 doña Lorenza y su hijo.

¡Qué delicia hablar francés!, suspiró doña Lorenza y, en efecto, al año quedó desterrado el castellano de la finca de Neuilly. Aquí sí era posible, comentaba doña Lorenza mientras daba órdenes a sus mozos, recibir, ofrecer tés, volver a ser gente decente. *Aquí sí se da su lugar a las cosas. ¡Nueva York! ¡Sufragistas y protestantes! ¡Y presidentes que cazan tigres! Hay algo que se llama cachet, no me cansaré de repetírselo a mi hijo, algo que se llama cachet, y que pocas personas saben distinguir y apreciar. Los Estados Unidos… toujours quantité, jamais qualité. Nuestra patria espiritual está aquí, en Europa. No me cansaré de repetirlo.*

Neuilly se convirtió en lugar de cita para los mexicanos que, huyendo del caos, mantenían la dignidad nacional demostrando a sus amistades europeas que sí sabían distinguir las edades de un Borgoña. *Claro, Francia está en guerra, ¡pero cómo se conoce la diferencia entre una guerra de gentes finas y otra de huarachudos despeinados!* En uno de los tés de su madre, conoció Joaquinito a una muchacha mexicana que no hablaba español. Esto decidió a doña Lorenza para fraguar el matrimonio, y al poco tiempo la boda tuvo lugar en la iglesia de St. Roche. ¡Volvían los viejos tiempos! ¡Cuántas caras conocidas! Al leer y releer sus listas de invitados, doña Lorenza sentía un goce muy particular frente a cada apellido que aquí, en el amargo destierro, continuaba demostrando la validez de los principios y categorías permanentes. A veces, pensaba que en realidad nunca había salido de la Colonia Juárez: México estaba donde estuvieran ellos.

Fernanda, la mujer de Joaquín, era una muchacha rígida, severa, pálida, educada por las monjas en Suiza, y pronto se cansó del parlotaje incesante de doña Lorenza y de la nostalgia de sus frecuentes huéspedes. *Je ne peux pas suporter tes mexicains folkloriques et leur pitoyable sens d'épave,* le decía con los dientes apretados a su marido. En 1924, nació Benjamín, y desde la primera semana la abuela lo llevó a dormir a su alcoba, entre los retratos de familia. "Está bien que aprenda francés, pero también que no olvide lo que es ser un Ortiz de Ovando. Tu padre, Joaquín, habría opinado algo inteligente, como que no puede tolerarse más que bandidos sombrerudos hagan pedazos a México —toma, mira esta carta de tu tío: ahora resulta que las tierras nunca fueron nuestras—, o que estos señores Carranza y Obregón no son gente decente, pero lo cierto es que pronto nos llamarán, en cuanto se cansen de todo esto, a todos, y hay que estar preparados para volver a ocupar nuestro sitio." En el parque de Neuilly jugaba Benjamín, y a los dos años fue encargado a una institutriz belga; pero todas las noches doña Lorenza lo llevaba a su cuarto, le mostraba las fotos, le hablaba del encomendero de la Nueva Galicia, *mira, querido, este cuadro es de don Álvaro, que fue capitán general del Corregimiento. Arraigó en Nueva España hacia 1620. Y tu bisabuelo, prefecto del Emperador. Ésta es la fotografía de la casa de Hamburgo: aquí creció tu padre. Mira, tu tío cuando fue enviado a la jura de Alfonso XIII. Y ésta, ¿te gusta? Es la Pro Ecclesia Pontifice, nos la entregó Su Santidad...,* de las haciendas, de las otras familias de gente bien con las cuales algún día habría de tratar. Benjamín creció con un aro, sin otros amigos, y cuando se disfrazó con pechera y espadín y exclamó: *Aux aztéques, aux aztéques,* doña Lorenza no cupo en sí de orgullo y satisfacción.

Iba a cumplir cinco años el niño, cuando su madre murió, y Joaquinito regresó a la casa de Neuilly. Con bienaventurada sincronización, murió también el apoderado de la familia, y Joaquinito se instaló en la biblioteca a dirigir el patrimonio Ortiz de Ovando. Con asombro descubrió que éste, lejos de disminuir, había sido incrementado por el viejo abogado Leselles, y Joaquín, viudo, cuarentón, y en un París de poetas vanguardistas, predisposición y cortesanas que, si bien no lucían tan espléndidas como en 1915, sí eran más distrayentes y menos gravosas, decidió que había llegado el momento de invertir en formas novedosas el cuantioso haber, ¡bendito Leselles, benditos don Francisco, y haciendas, y acciones! Dos días duró la afición administrativa de Joaquinito, y pronto fue famoso el millonario sudamericano de sombrero gris capaz de arrendar Le Sphynx por una noche y recitar a Victor Hugo con acento *épatant*.

Nacía el año de 1935 cuando la familia tuvo que vender la casa de Neuilly y embarcar rumbo a México. Durante unas semanas, Montparnasse lloró la ausencia de Joaquinito, quien pronto —y ya sin interrupciones— no supo de otro placer que el del muelle sofá en la casa de Hamburgo.

¡La casa de Hamburgo! La noche que volvió a penetrar en ella, doña Lorenza se sentó en la escalera a llorar. La saludó el mismo espejo, de marco dorado, frente al que, ¡hace tanto!, se había despedido, arreglado el velo, esbozado una sonrisa de dulce resignación: ahora, algo irreal brillaba en el vidrio, o en su boca, algo en lo que doña Lorenza no quería pensar, que se había estampado en toda su figura: una certidumbre de alivio definitivo, de alivio sin puertas a la vida, definitivo como un recuerdo recobrado que ya no permite el intento de buscarlo y, en la búsqueda, creer que se sigue existiendo. La mirada fija en sus manos, doña Lorenza decidió olvidar. Olvidar que había recordado. Seguir siendo una gran dama.

"¿Has visto, Joaquín? Ayer busqué la casa de Genoveva: ahora es pastelería, las caballerizas están en ruinas; y la de Rodolfo es un centro social español. Dicen que hay puros masones en el gobierno. Y eso no es todo. No dan religión en las escuelas. No hay dinero para los recibos. Todos nuestros amigos son contadores públicos y comerciantes, agentes viajeros y oficinistas de cuarta, y al que bien le va, profesor de historia." En casa tras casa, quedaban como espectros los espacios teñidos de pared donde antes colgaban los cuadros seculares, hoy en manos de algún anticuario; telas corrientes de florecillas tejidas cubrían las sedas raídas de los muebles, linóleo en vez de tapetes. Y nadie los tomaba en cuenta, *Francisco habría dicho: ¿cómo es posible llegar a decisiones graves sin consultar a la legítima clase dirigente?, y ¿cómo que las hijas de mi hermana tengan una tienda de blusas y se pasen el día detrás de un mostrador?, ¿cómo que la nieta de un Ministro de Estado anuncie en su ventana, "se tejen sweaters"? Esto no le sucederá a Benjamín. A él, yo lo voy a mantener erguido, consciente de su clase y de su deber; con él, con el apellido Ortiz de Ovando, volveremos todos al puesto que nos corresponde. Y Joaquinito: yo no tengo la culpa de la débâcle; bastante los jorobé con que se salieran del campo y compraran bienes raíces, como los primos, que allí están bien hinchados. En fin, creo que es preferible pasarme el día sobre un sofá bebiendo cognac, a andar como mis compañeros de escuela británica, vendiendo corbatas, con horarios de esclavo y un jefe de piso gachupín.*

Muchos, entre los viejos amigos, seguían en Europa. Otros, los que aún tenían dinero, empezaban a regresar a México y a traicionar —doña Lorenza gemía— a su clase: asociarse con los bandidos, a jugar bridge con las esposas de los políticos, y a cerrar las puertas de los empobrecidos. ¡Hasta hubo quien emparentara con un comecuras! Y la casa de Hamburgo se fue fraccionando: primero, el jardín, para que construyeran unos libaneses sus apartamientos; luego la caballeriza, para unos abarrotes; por último, la fachada de la casa, los salones, la planta baja, para una tienda de modas. Cuatro piezas, es todo lo que les queda. Una alcoba transformada en sala, el cuarto de Joaquinito, la pieza donde dormían doña Lorenza y Benjamín —¡dieciocho años!— y la cocina, y la dieta diaria de arroz y albóndigas. Doña Lorenza no quiso desprenderse de los muebles; amontonados en las recámaras, junto con las macetas de porcelana y vidrio y las mecedoras de mimbre, el olor guardado en los armarios de nogal, los pequeños cortesanos de porcelana con sus pelucas blancas, los camafeos y las cajas de música, las escenas bucólicas, la comprensión tullida de su grandeza. Ya el sol no les llegaba. Y en las noches, el parpadeo verde del anuncio de cerveza en la azotea arrendada. Debían entrar en silencio y rapidez por la casa de modas, por el salón glorioso donde se agasajó a Polavieja, hoy invadido por los huéspedes sordos, por los maniquíes. Pero en la recámara persistía el viejo mundo. Allí todo se conservaba, el pasado, y el futuro. *¡Y Benjamín! Dócil, y tan respetuoso, con su encantador acento francés. Sí, va a ser un gran señor. No habrá podido, de acuerdo con la tradición, estudiar en Europa. Pero tampoco tendrá que ir a rozarse con los pelados de la Universidad, como sus primos*, que preferían ser arquitectos a Ovandos.

Durante largas horas de suspensión, doña Lorenza, erguida, nariz aguileña y chal de seda, el pelo amarillento cuidadosamente compuesto, medias opacas, botines de lazo, rememoraba con Benjamín los saraos de la primera década del siglo, con él revivía los nombres de las propiedades en el Bajío, en Sonora, en Morelos, los títulos de España que bajo este mismo techo habían recibido hospitalidad, las visitas a Chapultepec, cuando doña Carmelita. ¡Dócil, respetuoso, Benjamín, con su encantador acento francés! Con la boca siempre entreabierta, los ojos dormidos, su barba mal afeitada de pelos lacios, su andar jorobado y la permanente comezón en la nuca. Benjamín, sin mujeres, paralizado en una vitrina, Benjamín, el último camafeo. Cuando la abuela lo dejaba solo, leía en voz alta la sección de avisos en el periódico, y agitaba los brazos cuando veía un nombre en francés.

Cuando cumplió veinticuatro años Benjamín, la prima De Ovando (también, pensaba con tristeza la abuela, empeñada al capricho de los nuevos ricos y a las orgías de una banda de aventureros que a sí misma se titulaba, sin el menor pudor, "internacionales") fue a cenar. Primero, cuchicheó con doña Lorenza, y una vez sentados a la mesa, Pimpinela habló con la ceja arqueada:

—¿Qué han pensado hacer con Benjamín, tía? Porque han estado viviendo de los restos de su fortuna durante los últimos trece años, no crean que van a durar hasta la muerte del muchacho.

—¿Y qué propones, hija? ¿Que Benjamín salga de este hogar para vender calcetines, o qué? Benjamín es un muchacho ejemplar, casi pudiéramos decir el último que ha sido criado como caballero, y que algún día…

—Con mucha suerte, venderá calcetines. Claro, él no tiene preparación alguna, y hay que ver… pero si fuera posible encarrilarlo en la banca.

—¡En la banca! ¡Mi querida Pimpinela! Francisco siempre decía: "Procura que los banqueros te sirvan, hazlos depender de ti; el grado inmediato, la otra alternativa, es ser sus esclavos". ¡Habráse visto! Y eso era antes, cuando los directores de los bancos eran gente conocida y venían a almorzar con Francisco. ¡Pero hoy! Si creo que todos han sido revolucionarios y comunistas antes. Ah, no. Benjamín nació para utilizar a los banqueros.

—Oh tía, perdóname. Pero mira cómo…; en fin. Perdón, perdón. Vas a invitar a cenar a Norma Larragoiti, que es la esposa de Federico Robles, el famoso banquero. Ella es una cursilona, de acuerdo, clásicamente advenediza y todo lo que tú quieras, y Robles un salvajón salido de quién sabe qué chaparral. Pero Normita se derrite con un buen apellido, y una cena aquí, entre tus mementos, la va a sacar de quicio. No te preocupes: nosotros compramos todo. Y al día siguiente, Benjamín tiene empleo en el banco.

Las protestas de doña Lorenza de nada sirvieron. *¡Norma Larragoiti! Hija de algún tendero vasco. Y sin embargo, a ella habrá que demostrarle qué significa ser lo que somos, y dentro de esta estrechez, digna estrechez, hacerla sentir el favor que se le dispensa.* No fue posible: doña Lorenza sintió con dolor una sustitución definitiva cuando entró Norma, radiante, envuelta en mink y jugueteando descuidadamente con su collar, afirmando a los ojos de la anciana un sentimiento de seguridad en el nuevo mundo, de pertenencia y voluntad, que había sido el de ellos. El pedestal que durante cerca de cuatro décadas doña Lorenza había creído vacío, esperándoles, ya estaba ocupado, con vulgaridad —en ello insistía la abuela—, con atropello, sin el dulce fluir de la gracia.

—Sabe usted, doña Lorenza, mi padre perdió todas sus haciendas en la Revolución. Le digo a Federico, que tanta fidelidad guarda a los principios revolucionarios, que habermc casado con él tiene algo de revancha. Pero además, esa circunstancia nos coloca pues un poco en el mismo plano, a usted y a mí, ¿verdad? ¡Tanta gente conocida que sufrió! Pero lo importante es mantener la verdadera dignidad, como todos nosotros lo supimos hacer, ¿verdad? Ahora, lo que no tiene nombre es que no nos dejen traer a México los restos de don Porfirio, y…

La semana siguiente, Benjamín comenzó a rotular etiquetas en el Banco del Ahorro Mexicano, S. A. A todos les pareció encantadora su letra, tan afrancesada, como del Sagrado Corazón.

Pimpinela, disfrazada por sus anteojos oscuros, evitó el encuentro de su mirada con la de Ixca Cienfuegos. Entre ambos, providencialmente, se cruzó un cargador que a su frente renegrida amarraba un pedazo de costal desde el cual se dibujaba el arco del peso que soportaban sus espaldas. Cienfuegos sonrió y penetró en el edificio de piedra rosa, levantado en la Avenida Juárez entre dos antiguas casas de fines del siglo XIX, coronadas por mansardas, en el que se encontraba la oficina —y del cual era propietario

Federico Robles

—Me pide usted que hable de alguien muy distinto, Cienfuegos —dijo Federico Robles, de pie frente al ventanal azulado de su oficina. Se veía las manos, después levantaba la vista y trataba de reflejar en el vidrio otra imagen, dibujada sobre un aire ligero y frío—. Ya no me acuerdo que vine de allí

un riachuelo manso y junto a él un jacal, bosques muy delgados, algunas milpas; venía un hermano tras otro, de manera que tenerlos ya no era cosa de alegría o de pena; y la madre sabía recuperar tan pronto esas formas concisas, que apenas están allí, de la raza purépecha; imágenes que ya no son verdaderas, sólo pintorescas: el padre que llega a comer y a acostarse y a enjuagarse el sol de la cara: viejo con la tierra momificada en la cara, de ojos terribles y manos dulces, que todo lo hubiera querido decir siempre sin abrir la boca, porque las palabras le pesaban y le ardían; como que decir las cosas era venderlas, o dejarlas escapar de lo importante, lo que no se decía: las imágenes del campo y la mujer y las horas con ellos, que es cuando salían ardientes y pesadas las palabras,

"arre mula cabrona, arre que se acaba el sol

"dios quiere que seas mía Madalena dormida cada que la luna se asoma y no te deja dormir"

los domingos en Morelia: dulces y calandrias, y hombres a caballo; iglesias hermosas de atrios abiertos como saetas entre el verdor del cielo de hojas; todos juntos a colocar un retablo pintado por el hijo mayor, que ya trabajaba en Morelia como carpintero, al altar del santo predilecto

"que el niño salga con bien

"que me regalen a la Torcaza recién nacida

"que salgan bien las mazorcas

"que estemos siempre juntos

"—Se siente uno a gusto, señor padre, trabajando libre aquí, en la carpintería"

y otra vez al jacal cercado de milpas, el olor de tallos podridos y hojas quemadas y cerdos flacos

—Hay que olvidar todo aquello. Subimos muy de prisa como para pensar que somos los mismos que hace apenas medio siglo trabajábamos bajo las órdenes de hacendados. Tenemos ahora tanto por hacer. Abrir fuentes de trabajo. Hacer la grandeza del país. Aquello se murió para siempre.

decían que los amos eran buenos; que exigían lo suyo pero que permitían cultivar la parcela en libertad, y que no tenían tienda de raya

—Don Ignacio de Ovando era el dueño de aquellas tierras. Pasaba muy pocas veces por allí. Su nombre y su figura eran casi legendarios. Ahora recuerdo la figura de mi padre, la recuerdo como si desde el principio del mundo hubiera estado allí. Recuerdo que cuando terminaba la faena siempre hundía un pie en el surco negro para que al día siguiente el sol secara el lodo sobre los huaraches. Los sábados todos se reunían a contarse sus cosas, y entonces mi padre también recordaba cómo era la situación antes.

"*—Todavía en tiempos de Serafín, mi abuelo, esta tierra daba de comer a todos. Después vinieron las leyes esas, y es cuando el señor don Ignacio empezó a comprar todas las parcelas. Después los soldados extranjeros acabaron con muchos de nosotros. Yo me quedé cultivando. Todavía andaba creyendo que era para dar de comer a todos, como antes. Pero después de la guerra nos mandó el gobierno esas nuevas leyes, y entonces sí nos tragó don Ignacio. Pero no hay que quejarse. En otras partes los hacen comprar todo en el lugar. Aquí por poco y vas a Morelia y gastas como te gusta*"

—Sí, yo creo que estaba satisfecho. El indio nunca hubiera hecho por sí solo la revolución. Por aquel entonces llegó por allá mi primo grande Froilán Reyero, al que se habían llevado desde niño a México. Yo lo recuerdo mojándose unos bigotazos lacios en la jícara mientras me acariciaba la cabeza, y contando que en Morelos había sabido que el joven Pedro, el hijo de don Ignacio, hacía tropelía y media en el ingenio. El joven Pedro iba a venir en lugar de su padre cuando el viejo se muriera.

"*—Allá en Morelos organiza unos paseos a caballo con sus amigos y salen todos a lazar a las mujeres de los campesinos. ¡Vieran el chilladero que se arma! Ya nadie quiere salir de sus casas. Pero como a fuerzas hay que ir por agua o a lavar al río, pues entonces se aprovechan, se las lazan y después las regresan*"

—Froilán hablaba también de otras cosas que había sabido en sus viajes. Del Valle Nacional, de donde nadie salía con vida, y de los huelguistas de Cananea. Y también había estado en Río Blanco.

"*—Igual que allá se organizaron las gentes, hay que hacerlo aquí con los campesinos. Ahora el señor Madero anda de campaña, y las gentes dicen que se va a acabar con él toda la desgracia*"

—Recuerdo que mi padre nada más fruncía las cejas, atizaba el fuego y le decía a Froilán que los dejara en paz, que las cosas se arreglan solas.

"—*En Morelos ya andan reuniendo gente los Zapata. Yo estuve en lo de Río Blanco y me di cuenta de que ya se pasaron de la raya. Mi amigo Gervasio Pola anda en México buscando fondos para Zapata, y ya nadie va a aguantar más si don Porfirio no respeta las elecciones"*

Federico Robles tomó asiento en el sofá de cuero y esbozó una sonrisa: —"Dense la paz", decía con su voz pareja mi padre, mientras Froilán recordaba los incidentes de la huelga de Río Blanco.

"—*Yo conocía por allá a un compadre que se le murió el niño y por eso fue a Río Blanco. Allá la fábrica y las casas están en lo bajo, pero luego empieza el monte y la selva, que es como una empalizada para que todos se sientan bien cercados. Se sentía mucha tristeza, que venía de la sierra y llenaba de polvo el centro de la calzada entre la fábrica con sus balconcitos y atrás la tienda de raya. Pues ahi tienen que el hijito de mi compadre se había muerto porque a los once años lo habían metido a trabajar a las entintadoras, y el pobre no duró ni un año, metido ahi tragando tanta pelusa. Ahi me lo encontré metido en una caja, con su camisa blanca y sin calzones, todo chupado el inocente. Y no era la primera ocasión. La de viejos que se murieron por lo mismo, y que llegaron a viejos de puro milagro. Porque los obreros tienen hijos a cada rato, y quién va a decir si les viven o no, cuando ganan cincuenta cobres diarios y en seguida hay que meter a trabajar a los niños que sólo les pagan veinte. Échese sus cuentas, Albano, y piense que ahi tienen que pagar dos pesos a la semana por las casas. Y como el pago se hace con vales para la tienda, pues sólo porque Dios es grande no se han muerto todos de hambre y de puritita mugre. Pero la mayoría nomás se seca, después de trabajar trece horas todos los días, nomás se secan como un montón de raíces al sol. Yo los veía llegar, sin poder hablar, como si les hubieran cosido la boca, y caer rendidos al suelo. Ya estaban tan cansados que ni de comer pedían. Pero le estaba contando, que ahi estaba el niño tendido y mi compadre ya no aguantó y salió dando de gritos con el cadáver del niño arrastrado de los pies hasta que todos los jefes se asomaron a los balconcitos esos entre asustados y haciendo burla y yo creo que mi compadre no pudo aguantar ni que tuvieran miedo ni que se burlaran y les aventó el cadáver a las caras mientras todos cerraban las ventanas. Pero ya para entonces se estaba organizando el Círculo de Obreros y Gervasio Pola, que es de letras, llegó a decirles a todos que se aguantaran un rato y se organizaran. Por eso, cuando vino la huelga textil en Puebla, los de Río Blanco hicieron a duras penas una colecta y se la mandaron a los de Puebla. La empresa se enteró y mandó cerrar la fábrica. Entonces vino la huelga y todos sabían que iban a cerrar la tienda y no iba a haber qué comer. ¡Dos meses anduvieron en el monte, buscando qué comer! Hubiera usted visto, Albano, cómo sacaron aquellas gentes fuerzas de su* hambre. Todos tenían las manos arañadas de andar buscando entre las espinas una raíz. Todos andaban con los pescuezos estirados y los ojos pelones. A veces se ve en las caras de la gente lo que les está pasando allá adentro, y así era entonces. Dos meses se aguantaron, y aunque no hubiera pasado nada después, como pasó, yo ya hubiera sabido que sólo de recordar esas caras nunca dormiría sosegado otra vez hasta ver libres a esos mexicanos. Porque se comían las uñas, Albano, y hasta se hubieran cortado los brazos y la lengua para que los otros comieran algo. Si usted lo hubiera visto, ya sabría a estas horas que no está solo. Y también que no estar solo es como morirse de pena. Yo tenía pena y rabia, y ya nunca se me ha de quitar, se lo digo. Entonces se dirigieron los huelguistas a don Porfirio para pedirle que tuviera clemencia y prometieron cumplir con lo que él dijera. Y don Porfirio sólo dijo que se aguantaran y volvieran a trabajar igual que antes. Aquellas son gentes de palabra, y cuando se rindieron, sólo pidieron que les dieran un poco de maíz y frijoles para aguantar la primera semana antes del pago. A esos perros no les damos ni agua, dijeron entonces los capataces. Pero con el hambre se puede hacer todo, Albano, menos burlarse. Mientras no se burlen del hambre, cada quien se aguanta, por pura dignidad, hasta la muerte. Entonces los seis mil trabajadores se metieron a la tienda de raya y sacaron todo lo que había y luego la incendiaron y también la fábrica. No había rabia en sus caras, ni siquiera odio. Sólo había hambre, algo así como nacer o echarse la bendición antes de morirse, que ya ni quien lo evite. Que se viene encima sin que nadie lo piense. Entonces fue cuando entraron las tropas de Rosalío Martínez, echándose sus descargas una tras otra, sin parar, mientras todos caían muertos en las calles, sin poder ni siquiera gritar, sin tener para dónde voltear del ruido y el polvo que levantaba esa metralla. Pues hasta las casas los seguían y allí los balaceaban, sin averiguar nada. Y a los que se metieron al monte, allá los fueron a buscar y a matar sin decir nada. Ya a esas horas nadie abría la boca, ni las tropas ni los trabajadores. No había más ruido que el de las balas. Todos se murieron en silencio, pero ya para entonces no sabían qué era mejor. Ya no distinguían bien. Hubo un batallón de los rurales que no quiso disparar; y luego fue exterminado por los soldados de Rosalío. Después nomás se vio cómo salían las plataformas de ferrocarril repletas de cadáveres y a veces nomás de piernas y cabezas. Los fueron a echar al mar en Veracruz, y a los del Círculo de Obreros que quedaban en Río Blanco luego luego los ahorcaron allí mismo"*

Robles se dirigió a la caja de ébano que, sobre el escritorio esmaltado, guardaba los habanos: —Mi primo Froilán murió muy pronto. Lo mandó fusilar Huerta. A veces me pregunto qué habría sido de él después, una vez terminada la lucha.

La vista perdida sobre los contornos pálidos de la Alameda, Ixca Cienfuegos murmuró: —Es lo que nos preguntamos todos. ¿Qué habrían hecho los llamados "revolucionarios puros" ahora? ¿Qué harían hoy los Flores Magón, Felipe Ángeles, Aquiles Serdán?

—Quizá serían profesores mal pagados y un poco atarantados —gruñó Robles mientras daba vueltas en la boca al puro, como un torniquete aromático—. No es lo mismo darse cuenta de la injusticia que ponerse a construir, que es la única manera eficaz de acabar con la injusticia. Yo tuve la suerte de pelear primero y construir después. Aunque quién sabe... Queremos construir una economía capitalista y al mismo tiempo aplicar una legislación protectora de la clase obrera. La pura verdad es que para tener capital hay que pagarlo con vidas, como la de los niños que murieron en las salas de tinte de Río Blanco, y después hacer leyes del trabajo.

Cienfuegos fijó los ojos en la cúpula solferina de Bellas Artes y en seguida los cerró, invitando a Robles a continuar. El banquero, con el puro gordinflón plantado entre los dientes, se sentó y sacó los puños de la camisa mientras se acomodaba:
—A los diez años me llevaron con el cura a vivir a una iglesia pequeña de Morelia. Ahí me enseñé a escribir, y ayudar en las misas. Al principio, iban mis padres a verme, o yo iba a comer al jacal junto al río. Pero después casi nunca salía de Morelia. Mi padre murió de difteria y los demás hermanos ya no me buscaron. Luego me contaron que habían lazado a mi madre y cuando mi hermano mayor, el carpintero, salió a vengarla, la leva federal se lo llevó y los demás ya no chistaron. Siguieron cultivando la parcela. No crea usted que esto me dio ganas de vengarme, pues yo no entendía nada

> *"cada que la luna se asoma y no te deja dormir*
> *"que salgan bien las mazorcas*
> *"se siente uno a gusto, señor padre, trabajando libre*
> *"ya sabría a estas horas que no está solo"*

y aunque lo hubiera entendido, no hubiera ido por ese motivo a la revolución. La revolución llegó como llegan el sol o la luna, como llueve o hace hambre. Hay que levantarse, o acostarse. O cubrirse del agua, o comer. Así. Yo nunca supe de dónde surgió, pero una vez que estuvo allí, había que entrarle al toro. Después algunos, como yo, encontramos las justificaciones.

—Otros no las encontraron, y son los que supieron por qué... —interrumpió Cienfuegos.

—Correcto. Pero eso es harina de otro costal. Ésos siempre sabrán los porqués, pero bendito para lo que les sirve.

—Usted fue de *ésos*...

—Como el maíz fue grano antes de ser mazorca. Pero cuando es mazorca, ya no es grano.

La palabra *ésos* punzaba el cerebro de Ixca mientras observaba a Robles chupar con seriedad el puro. ¿Quiénes eran *ésos*? ¿Hasta qué punto lo sabía perfectamente Robles, hasta qué punto seguía siendo uno de *ésos*, igual a *ésos*, tan anónimo como *ellos*? El dejo cantarino del banquero cortó en dos el hilo:

—El cura me decía que cuando supiera bien latín me mandaría al seminario, porque todos los muchachos que él proponía se presentaban sabiéndolo, y luego llegaban a obispos. Cuando cumplí catorce años conocía ya muy bien mi rutina, y debí haber sido muy simpático porque todos me entregaban con gusto la limosna —Robles sofocó una carcajada que se hundió en el humo espeso del habano—. Tenía algunos amigos, pero muchos se habían ido a unirse a la revolución maderista, al Norte, y otros al Sur en busca de Zapata. El cura hablaba de esas cosas, y se puso muy contento cuando triunfó Huerta en México. Yo nomás esperaba la famosa ida al seminario. Sí... la esperaba

"—Es un indito frágil y dócil, que ha comprendido temprano las diferencias que lo separan de los mejores, que ha encontrado un casillero en el sabio ordenamiento del mundo, y que toda la vida servirá a Dios y a la Sociedad como sacristán, ¡ay!, aún después de que yo los abandone y manden un nuevo párroco a guiarlos. Lo vieran, todo el día puliendo los vasos y el mármol, concentrado en sus tareas, ajeno a las tentaciones, con pocos amigos, y la ilusión, ¡pobrecito!, de ir al seminario"

hasta un día en que me tocó asistir a la ceremonia de noviciado de monjas en la catedral. Hubiera usted visto aquellas caritas de porcelana, vivas sobre el fondo negro de las cofias. Ninguna tendría más de dieciocho años. Yo nunca había visto muchachas así. Y cuando pensé que se iban a enterrar para siempre, me dio mucho coraje. Quería correr a besarlas, Cienfuegos, a pedirles perdón en mi nombre, en nombre —sobre todo— de todas las cosas que yo no era. Creo que hasta para ofrecerme a ellas para algo que no entendía muy bien, para ¿darles mi amor? Aquello olía a pulmón seco, y por eso se han de haber escuchado con una fuerza tan detallada los movimientos de los hábitos sobre las baldosas de la nave. Usted sabe lo que son esas cosas, o más bien esos momentos en que uno empieza a darse cuenta. A saber que puede actuar. Por eso, cuando el cura me llevó a la hacienda de su familia, unos tales Zamacona, cerca de Uruapan, iba yo tan gallito.

Nuevamente de pie, Robles se detuvo frente al retrato que Diego Rivera le había pintado, y que colgaba encima de la fila de archivadores de acero. Sobre un fondo azul índigo, la figura del banquero se recortaba oscura y tensa, enfundada en un casimir marrón y con dos pies izquierdos. Más esbelto, más agresivo, el Robles del retrato parecía a punto de estallar, disparado por un arco interior, dispuesto a avasallar los colores, a tragárselos para que del marco sólo resaltara su propio contorno.

—Las revelaciones llegan así, a invitar sin ser invitadas. No ha pasado un segundo y ya sabe uno que no volverá a caminar igual que antes. Allá en la hacienda estaban la mamá, una señora inválida; la hermana mayor que tenía treinta años, se vestía de negro y no se había casado; y la otra hermana que iba a cumplir dieciséis y se apretaba mucho el vestido alrededor del busto. Mercedes. El papá había muerto y el hijo menor era capitán del ejército...

Robles fijó la vista en la fecha que constaba en la margen derecha del cuadro: 1936. Ahora pasaba las manos por su talle hinchado y quería distinguir, detrás de las del retrato, las facciones del jovencito de quince años. ¿Quién iba a recordarlo? Sin precisión, pensó Robles que su primera fotografía se la habían tomado a los veintitantos, que nunca podría recuperar la imagen de su niñez. Dio la espalda al retrato para encontrarse con los dientes blancos de Ixca que expelían una columna gris. Lo observó con molestia y se juntó las manos en la espalda.

—Por lo que usted guste, me salí de la hacienda y pasé dos días acarreando agua en Uruapan para los caballos. Después me agarraron los federales y me llevaron a Querétaro. Les robé un caballo y me fui viajando de noche al Norte.

Robles empezó a palpar su cuello, las venas abruptas a los lados, la grasa sin rigidez bajo la barbilla: —En Aguascalientes, cuando se murió el caballo, me colé en un tren. Un tren repleto de gentes que huían de un bando o iban a unirse a otro. En un pueblo de Coahuila le caí bien a un general constitucionalista porque sabía algunas palabras de latín. Allí cumplí diecisiete años, en la tropa, cantando la *Valentina* en latín para que se carcajeara el general.

Los dedos pasaron sobre el casimir gris del brazo, buscando bajo la tela suave y su forro de seda y la batista de la camisa la concentrada nerviosidad del músculo.

—Tenía la espalda tensa y los brazos duros de dormir en la tierra y pelear al sol. Las piernas, como que se vuelven tensas de corcel. Quién sabe cuántos pueblos, cuántos nombres y batallas... pasamos...

Santa Rosa   Guaymas   Orendain   ahora sí borracho Huerta ya te late el corazón
Zacatecas   Lucio Blanco   Felipe Ángeles   Herrera   el sordo al saber que en Zacatecas derrotaron a Barrón   Diéguez   Iturbe y Buelna

> *andaban los federales*
> *que ya no hallaban qué hacer*
> *pidiendo enaguas prestadas*
> *pa vestirse de mujer*

... el sol... era como un volado diario que nadie cobraba. La patria era el general, la gloria mi sombrero acribillado. Todas esas imágenes corren con el color de las paredes del Norte, que era el color de las montañas, de las faldas de percal

> *dos mil quinientos pelones*
> *fueron los que se agarraron*
> *los llevaron a las filas*
> *pero a ninguno mataron*

por los llanos y los montes pelearon de noche y día y sufrieron mil rigores por quitar la tiranía recorrimos el territorio palmo a palmo, Cienfuegos, *de monterrey a laredo y de lerdo a torreón se echaron los carrancistas toda la federación,* nosotros sí conocimos el país. Aquel país seco y triste que apenas existía en la línea de pólvora alzada entre el cielo y la tierra, y que estallaba en la gran fiesta que siempre nos acompañaba. La fiesta de los trenes repletos de soldaderas y cajas de munición, de los cabritos asados a la orilla del riel *era china, china, china; chinos su papá y mamá* eran días de metralla y sangre, vividos sobre aquellos llanos amarillos que parecían galopar solos.

La mirada de Robles se perdía fuera de la ventana, más allá de las siluetas de los árboles de la Alameda y lo que se lograba distinguir de las iglesias de la Avenida Hidalgo. Un brillo opaco le brotó de las bolas de cuero que ceñían sus ojos y en seguida pensó que debía hacer más ejercicio y que el golf le daría várices. —Las vírgenes prietitas con quienes se cogía una sola vez, la ocasión en que accidentalmente quemamos una choza donde dormían la mujer y los hijos de un cabo. "¿Quién carajos iba a saber que ésta es tu tierra?" —Robles volvió a tomar asiento y volvió a chupar el puro mientras se restiraba los calcetines y buscaba alguna inflamación en las piernas—: Y luego lo mataron a él por chillón. Después, en las noches, me llamaba el general
"—Pásele, mi latinista. Ora sí ya vienen las vacas gordas, y a exprimirles las tetas. Tú nomás flétate tantito, y verás dónde llegas. Güevos, es lo único que hace falta para dominar a esta raza, y como ni se dan cuenta, cuando menos lo sabes ya estás trepado en sus cogotes. Que los azotes y robes, no les importa, con tal de que tengas buenas viejas, y güevos. Hasta puede que si eres honrado les caigas gordo, ¿pa' qué ir contra la voluntad soberana del pueblo, eh?"
y luego se carcajeaba y salía a cantar con la tropa, en cuclillas junto a una pared acribillada. Así fue que en abril de 1915 nos situamos frente a Celaya.

Ixca no lo interrumpió; sólo ladeó la cabeza y quiso, en ese instante, ser Robles, penetrar al punto donde Robles dejaba de ser Robles el soldado, Robles el abogado ambicioso y oscuro, Robles el que sabía manejar los asuntos debajo del agua, Robles el banquero, Robles el del nombre, para ser Robles el de un destino que a nadie podría revelar, y que por ningún otro podría cambiar. Robles no habla. Detuvo su mirada en la de Ixca, y éste en la de Federico. Robles se olvidó de sus manos y su cuerpo; dejó caer los brazos y levantó la espesa cortina de su mirada. Su mirada y la de Cienfuegos se fundían en una sola pupila, pupila de recuerdos, líquida y punzante. Ixca no se permitió mover un músculo. Como un ídolo elocuente, con su rigidez invitaba a Robles no a abrir los labios sino a abrir los ojos, apenas rasgados en una línea de tinta entre los gruesos párpados, a licuar las dos pupilas, a permitir que en una revelación —siempre un recuerdo— madurara todos los días que no había recogido en la memoria o el anhelo. Los ojos de Robles se poblaron de luces fugaces, trepidantes, como un ala de turquesas incendiada en la noche

"—¡Maycotte está sitiado en Guaje!

un río de infantes subía al tren, envuelto en el ritmo de clarines y engranajes y vapor desde su puesto a caballo, Federico divisaba las figuras de los generales Hill y Obregón, comandando el movimiento de tropas   ellos esperarían aquí, frente a Celaya, a que los villistas fueran atraídos por la estrategia de Obregón, una vez salvado el sitio de Guaje y entre el sol y el llano hormigueaban, de pie y a caballo, los hombres de caras cobrizas y bigotes lacios, los grandes sombreros zambutidos hasta las cejas o ladeados y con un ala levantada, los kepís de los oficiales, los pañuelos amarrados a la nuca, los botines embarrados de lodo amarillo   ojos vidriosos bajo el fulgor, dientes centelleantes, miradas ladinas, máscaras de oro ennegrecido, y los yaquis construyendo las loberas y sembrando los trigales de alambre de púa   toda la llanura, vasta, caldeada, se erizaba de actividad mientras ellos, alineados, inmóviles bajo el sol, esperaban, fumando cigarrillos deshebrados, recibiendo las ollas de tamarindo y arroz de las soldaderas que, arrinconadas bajo un toldo de lona, agitaban la lumbre en los braseros y desbarataban chiles verdes y mezclaban las aguas en tinajas de barro ocre   el día entero sobre la montura, listo a obedecer las órdenes, Federico soplaba el humo sobre la crin del caballo y seguía la trayectoria de las nubes que viajaban, cargadas de sus días, como manteles esponjados rumbo a la montaña ni pensaba ni preveía: todos los instintos de coordinación muscular parecían unirse en un punto tenso, listo a dispararse sobre las tropas del general Francisco Villa   con estruendo mudo, los trigales fueron inundados   a las tres de la tarde, el tren regresó

"—¡Villa se echó sobre el tren cuando oyó los pitazos!

"—¡Maycotte se salió por el flanco derecho!

"—¡El ejército se reconcentra en Celaya!

"*Obregón se arrojó de la locomotora, el ceño férreo, el bigote crispado, a ordenar, atestiguar, inspeccionar las loberas y los trigales inundados y la caballería alineada y la siembra de púas   los yaquis, sus pañoletas rojas bailando en el viento, invadieron las loberas, armados de fusil y bayoneta —allí, enterrados en el lodo, parecían encontrar sus nichos   Hill ordenó a las infanterías el dispositivo de combate   el sol hinchado del crepúsculo subrayó todo el movimiento, recortó las figuras de hombres y cañones y caballos   la infantería villista ya había ocupado los bordes al frente de las fuerzas de Obregón y con un aullido descendieron sobre ellas   el galope de la primera carga villista incendiaba de tensión y relinchos la llanura   sincronizados con el resoplo de los animales y el canto raspante de las espuelas, los fusiles yaquis tronaron desplomando jinetes y en seguida se levantaron verticales las bayonetas, ensartadas hasta el fondo de las barrigas de los caballos desde el húmedo santuario de las loberas   una lluvia de sangre y de intestinos bañaba las cabezas de la tropa india, mientras los jinetes villistas caían de las monturas sobre más índices de fierro, brotando de todas las loberas diseminadas por el campo   los hombres de Villa, al avanzar por la laguna de trigo, sintieron súbitamente piernas atrapadas, testículos rasgados por el alambre; la metralla rebotaba en el agua y las bocas se llenaban de burbujas de sangre: los hombres aprisionados levantaban una muralla de carne y gemidos, engarzada al araño de las púas   veintisiete cargas de caballería villista se sucedieron entre el atardecer y el nuevo día   en el alto sol, la carroña de los caballos infestaba el llano; el pequeño corneta Jesús Martínez, que tocaba la diana en medio del fragor, replegaba a las fuerzas obregonistas   el nuevo avance, incontenible, de Villa, se encontró con la nueva concentración, encabezada por las fuerzas de caballería   Federico Robles galopó, blandiendo el machete, disparando la pistola, entre la infantería del enemigo: las bridas volaban solas, azotando los ojos del caballo; los rostros petrificados por un segundo de asombro, los cuerpos regados de sangre, las manos levantadas que arrojaban las armas, se sucedían con la fugacidad de parpadeos; el kepí de Federico voló, y en sus cabellos azotados, en la mañana sin viento, por la velocidad y el tumulto, sintió nacer la ambición y la gloria: el machete se irguió con la rapidez del deseo y cayó sobre las nucas y los cráneos, batidos, pegajosos de sudor y sangre, de los hombres de la División del Norte; el pecho inundado de calor, la verga erecta, las piernas tensas sobre el lomo del caballo, los dientes hundidos en la rienda, Robles blandía, disparaba, ajeno a los cañonazos villistas, a los gemidos últimos en que la voz permanecía una vez muerto el cuerpo y cantaba una despedida por nadie escuchada ni sentida   vacíos, los odres de la infantería villista crujían bajo las herraduras del caballo de Robles   frente a él, sólo espaldas en fuga   caracoleando, regresó al campamento que pulsaba en clarinadas y el nuevo olor de los braseros que comenzaban a levantarse, señal definitiva de la victoria, del regreso de los vivos   por última vez, trató de abarcar la visión del campo de Celaya   sus trigales teñidos, que dejaban escapar un himno al susurro del viento vespertino; el humo despedido por los caballos desollados; el entrelazamiento de brazos y piernas, las caricias inequívocas de los cadáveres, las manos crispadas que emergían de la laguna alambrada, los ojos en blanco acribillados por el sol y las bocas que cantaban adiós para siempre   la figura de Álvaro Obregón se erguía, entre la tropa fresca que avanzaba hacia la plaza, sobre el llano fecundado   a trote ligero, Federico regresó   bajó la vista y miró sus manos   las líneas acentuadas de sangre y tierra negra   así, siempre, por favor, corre viento, sobre mi cabeza, azótame, así, siempre, sucias"*

incendiada en la noche. No pasaron dos minutos entre las dos miradas. Robles volvió a darse cuenta de que poseía un cuerpo, un porte, una máquina motriz: —Abril de 1915. Llegamos a México en 17, Cienfuegos. Al general no se le hizo ir a Querétaro, y lo consolaron con una casota, de escalera de mármol y toda la cosa, en la plaza del Ajusco. Yo no sabía qué hacerme fuera de los campos de batalla. El general me arrastraba a sus comilonas, que al principio eran sólo de los nuestros. Luego comenzaron a caer abogados jóvenes con olfato largo, mujeres de cierto estilo. Me tuve que tragar mucha bilis. Por mi ignorancia, por mi facha. Eso nomás me acicateó. Tenía que colocarme donde me tuvieran que respetar pese a mi facha y mi ignorancia. Y tenía que trabajar duro, para servir al país. Si no, ¿para qué habíamos hecho la revolución? No para sentarnos a contemplar el triunfo de nuestros ideales, sino para trabajar, cada quien en lo suyo. Los sentimientos de los que habíamos entrado con Carranza y Obregón a México eran contradictorios. Pero todos sentíamos que había llegado el momento de tomar las grandes resoluciones, de armarnos de una ambición a toda prueba.

Robles apenas dejaba que la luz pasara por las estrechas rendijas de sus párpados:

—El país estaba destruido; diez años sin orden, sin programas de trabajo, y casi un millón de muertos. El general se dio cuenta de las cosas y allá por el año veinte, después de la muerte de Carranza, desbandó sus tropas cuando todos creían a pie juntillas que sin esos fieles soportes no había títere que no se desnucara

"NO BUSCO LA PRESIDENCIA", DICE DE LA HUERTA
VILLA ASESINADO

*Pancho Villa se murió,
lo mataron a traición,
pobrecito Pancho Villa,
ya se encuentra en el panteón*

Él no, él fue derecho a lo que veía venir: los negocios

> *el lugar que ha de quedar como centro de moda*
> *y de lujo*
> *en la capital: el cabaret Don Quijote del Hotel Regis*

sabía que el pretorianismo se acababa en México

LAS FUERZAS DE ESTRADA TOMARON GUADALAJARA

que ya había tenido su gran fiesta en la Revolución y que si México quería progresar tenía que abrirle paso a ese germen de burguesía que se había venido incubando desde las guerras de Reforma

> *los cinturones de moda, esas grandes*
> *fajas multicolores de fleco opulento*

(un viejo amor, ni se olvida
ni se deja)

>   al aparecer Lupe Rivas Cacho sobre el escenario se escuchó una ovación delirante   CARRILLO PUERTO

extenderlo y hacerlo amo del país, en la realidad y no sólo en los esquemas ideales como Juárez y Ocampo

cuatro milpas
tan sólo
han quedado

El Plan de Agua Prieta le dio la puntilla al pretorianismo, y la rebelión delahuertista y luego lo de Serrano y Escobar sólo fueron patadas de ahogado

TRIUNFO GOBIERNISTA Once horas duró la batalla de OCOTLÁN

(Adiós mi chaparrita,
no llores por tu Pancho)

La Revolución emergía con dos claras cabezas: Obregón y Calles

El maestro de escuela, el revolucionario de 1911, el comisionado de Sonora, el gobernador provisional, el amigo, el ciudadano, el estadista, todos aparecen siempre íntegros en su autonomía creadora, siempre mexicanísimos y paralelos al instante en que les ha tocado actuar

que con todos sus excesos

—¿Qué horas son?
—Las que usted guste, señor Presidente

defenderían lo esencial y terminarían con la anarquía. Y yo me fui derecho a lo mío;

"POR MI RAZA HABLARÁ EL ESPÍRITU"

me eché la carrera de abogado en tres años, empecé a ir a Sanborn's en la mañana a desayunar, a frecuentar teatros. Caí en la cuenta de los sastres. Hasta tomé clases de baile

>Rodolfo Valentino
>La compañía de Isabelita Faure
>María Teresa Montoya en el Teatro Principal
>el hipódromo de Chapultepec, Son-Sin,
>L'Orangerie,

'Tis you —just you
I've loved you —and never knew

Estaba listo cuando el general Calles llegó a la Presidencia y se procedió, en serio, a organizar al país.

>después de varios años de luchas armadas se presenta al pueblo
>una oportunidad excepcional para aquilatar el valor de los prohombres de la

El General Obregón
se consagra a la agricultura en Huatabampo

>revolución, juzgando de la sinceridad de
>sus ideas y la raigambre popular de las mismas

Aquello era tarea de titanes

MORROW, NUEVO EMBAJADOR DE EE. UU.
No-retroactividad del Artículo Veintisiete
Los Arzobispos en Chapultepec

y de andarse con pies de plomo

Gorostieta se levanta en armas
SERRANO Y GÓMEZ, CANDIDATOS

—Pueden criticarnos mucho, Cienfuegos, y creer que el puñado de millonarios mexicanos —por lo menos la vieja guardia, que por entonces se formó— nos hemos hecho ricos con el sudor del pueblo. Pero cuando recuerda uno a México en aquellas épocas, se ven las cosas de manera distinta. Gavillas de bandoleros que no podían renunciar a la bola. Paralización de la vida económica del país. Generales con ejércitos privados. Desprestigio de México en el extranjero. Falta de confianza en la industria. Inseguridad en el campo. Ausencia de instituciones. Y a nosotros nos tocaba, al mismo tiempo, defender los postulados de la Revolución y hacerlos trabajar en beneficio del progreso y el orden del país. No es tarea sencilla conciliar las dos cosas. Lo que sí es muy fácil es proclamar ideales revolucionarios: reparto de tierras, protección a los obreros, lo que usted guste. Ahí nos tocó entrarle al torito y darnos cuenta de la única verdad política, el compromiso. Aquello fue el momento de crisis de la Revolución. El momento de decidirse a construir, incluso manchándonos las conciencias. De sacrificar algunos ideales para que algo tangible se lograra. Y procedimos a hacerlo bien y bonito. Teníamos derecho a todo, porque habíamos pasado por ésas. A éste lo había agarrado la Acordada, a aquél le habían violado a la madre, al otro robado las tierras. Y a todos, el porfirismo no nos abría caminos, nos había cerrado las puertas de la ambición. Ahora era la de armarnos, Cienfuegos, la nuestra, sí, pero siempre trabajando por el país, no gratuitamente como los del viejo régimen.

De pie junto a la ventana, Robles señaló la extensión anárquica de la ciudad de México, Cienfuegos prolongaba sus columnas de humo, silencioso.

—Mire para afuera. Ahí quedan todavía millones de analfabetos, de indios descalzos, de harapientos muertos de hambre, de ejidatarios con una miserable parcela de tierras de temporal, sin maquinaria, sin refacciones, de desocupados que huyen a los Estados Unidos. Pero también hay millones que pudieron ir a las escuelas que nosotros, la Revolución, les construimos, millones para quienes se acabó la tienda de raya y se abrió la industria urbana, millones que en 1910 hubieran sido peones y ahora son obreros calificados, que hubieran sido criadas y ahora son mecanógrafas con buenos sueldos, millones que en treinta años han pasado del pueblo a la clase media, que tienen coches y usan pasta de dientes y pasan cinco días al año en Tecolutla o Acapulco. A esos millones nuestras industrias les han dado trabajo, nuestro comercio los ha arraigado. Hemos creado, por primera vez en la historia de México, una clase media estable, con pequeños intereses económicos y personales, que son la mejor garantía contra las revueltas y el bochinche. Gentes que no quieren perder la chamba, el cochecito, el ajuar en abonos, por nada del mundo. Esas gentes son la única obra concreta de la Revolución, y ésa fue nuestra obra, Cienfuegos. Sentamos las bases del capitalismo mexicano. Las sentó Calles. Él acabó con los generales, construyó las carreteras y las presas, organizó las finanzas. ¿Que en cada carretera nos llevamos un pico? ¿Que los comisarios ejidales se clavaron la mitad de lo destinado a refacciones? ¿Y qué? ¿Hubiera usted preferido que para evitar esos males no se hubiera hecho nada? ¿Hubiera usted preferido el ideal de una honradez angelical? Le repito: nosotros habíamos pasado por ésas, y teníamos derecho a todo. Porque nos habíamos criado en jacales, teníamos —así, sin cortapisas— derecho a una casota con techos altos y fachadas labradas y jardines y un Rolls a la puerta. Lo demás es no entender qué cosa es una revolución. Las revoluciones las hacen hombres de carne y hueso, no santos, y todas terminan por crear una nueva casta privilegiada. Yo le aseguro que si no hubiera sabido aprovechar las circunstancias y todavía estuviera labrando la tierra en Michoacán, igual que mi padre, no me quejaría. Pero el hecho es que aquí estoy, y le soy más útil a México como hombre de empresa que como campesino. Y si no yo, otros habrían surgido para exigir esas prebendas, ocupar el lugar que yo ocupo, hacer lo que yo hago. Nosotros también éramos del pueblo, y en nuestras casas y nuestros jardines y nuestros automóviles, triunfaba, en cierta manera, el pueblo. Además, éste es un país que se duerme muy pronto, pero que también se despierta muy de repente: ¿quién nos iba a decir, en aquellos días, qué cosa iba a pasar mañana? Había que asegurarse. Y para obtener todo eso, nos la jugábamos. Nada de esa politiquita fácil de ahora. Entonces se necesitaban, en primer lugar, güevos, en segundo lugar, güevos, y en tercer lugar, güevos. Para hacer negocios, había que estar metido hasta el cogote en la circunstancia política y ser muy bragados. Entonces no había empresas de participación norteamericana que protegieran contra cualquier eventualidad. Entonces nos la jugábamos cada día. Y así inventamos el poder, Cienfuegos, el verdadero poder mexicano, que no consiste en el despliegue de la fuerza. Ya ve usted qué falsa ha resultado esa imagen del mexicano sometido por la tiranía. No hace falta. Lo demuestra el hecho de que llevamos treinta años sin actos proditorios. Hacía falta otra cosa: treparsele en el cogote al país, jorobar a los demás, no dejarse, ser los grandes chingones. Entonces, lejos de revueltas, hay admiración. Nada es más admirado en México que el gran chingón.

Robles dejó caer el brazo. En la exaltación, su color era pizarra; volvía a ser su piel la piel del indio, tan cuidadosamente disfrazada por el casimir, los tonos de la camisa y la corbata, los toques de loción en el pañuelo.

—Nosotros tenemos todos los secretos. Sabemos lo que necesita el país, conocemos sus problemas. No hay más remedio que tolerarnos, o caer de vuelta en la anarquía. Pero eso lo impediría la clase media.

Ixca Cienfuegos apagó con movimientos lentos el cigarrillo y se dirigió a la ventana, encandilada por el sol de las tres de la tarde.

—Usted es muy mañoso, Cienfuegos, y nomás oye. No se crea que confío en usted ni que le hablo nomás por el gusto de escuchar mi propia voz. Usted sabe más de lo que enseña y de repente me quiere pegar un susto. Para eso le cuento estas cosas, para que sepa usted qué terreno pisa, nomás.

Cienfuegos no ocultó una franca y simpática sonrisa que, a pesar suyo, reblandeció las duras facciones de Federico Robles. Los ojos de Cienfuegos, sonrientes, absorbieron todo el físico, tenso y fláccido a la vez, del banquero y, en silencio, sus labios fueron repitiendo las palabras de otra entrevista, las palabras de otro hombre que inventó el poder mexicano, de otro gran chingón: "… México tiene ahora una clase media. La clase media es el elemento activo de la sociedad. Aquí y en todas partes. Los ricos se preocupan demasiado por sus riquezas y sus dignidades para ser útiles al bienestar general. Por otra parte, la clase menesterosa es, por regla general, demasiado ignorante para desarrollar poder. La democracia dependerá, para su desarrollo, de los esfuerzos de la clase media activa, trabajadora, amante del adelanto".

Sin dejar de sonreír, Ixca pensó que esas anchas aletas nasales, esos ojos de saurio, ese cutis cuidadosamente blanqueado, de Robles, se semejaban a los de Porfirio Díaz. El banquero chupó por última vez su puro lánguido:

—Cuál no será la verdad de lo que le digo, Cienfuegos, cuál no será el instinto cabal del país, que hasta los gobiernos más izquierdistas han forzado la marcha hacia esa estabilidad burguesa. El capitalismo mexicano le debe gratitud a dos hombres: Calles y Cárdenas. El primero puso las bases. El segundo las desarrolló en vivo, creando la posibilidad de un amplio mercado interno. Aumentó los salarios, dio toda clase de garantías a la clase obrera, haciendo que se sintiera protegida y sin necesidad de armar borlotes, instaló definitivamente la política de gasto gubernamental en las obras públicas, aumentó los créditos, repartió las tierras y, en todos los ámbitos, logró desatar una vasta circulación de riqueza estancada. Éstos son los hechos vivos y permanentes. Su perniciosa demagogia me parece secundaria. Si Cárdenas no le imprime un carácter oficial al obrerismo, los gobiernos posteriores no hubieran podido trabajar en paz e incrementar de tal manera la producción nacional. Y, por sobre todas las cosas, con su política acabó Cárdenas con el feudalismo mexicano. Después de él, México podrá ser lo que se quiera, menos un país latifundista regido por una inútil plutocracia agraria. Plutocracia la puede haber, pero gracias a que crea mercados, abre fuentes de trabajo, impulsa a México. La Revolución mexicana ha sido sabia: entendió temprano que, para que una revolución sea efectiva, la militancia ha de ser breve y la fortuna larga. Y no dejó un solo acto de importancia al arbitrio sin formas. Todos sus actos han sido meditados. El hombre necesario ha llegado en cada ocasión a la Presidencia. ¿Se imagina usted a este pobre país en manos de Vasconcelos, de Almazán o del general Henríquez? Ahí sí, para hablar sin ambages, que nos hubiera llevado la puritita... Los cuadros técnicos y administrativos de México están hechos, y no pueden ser sustituidos por advenedizos. Ya aquí se acabó el cuento.

Federico Robles se abotonó, llenando el pecho de aire, su saco cruzado. Ixca sospechó que su gordura era ficticia, una necesidad impuesta por la mímesis política.

—Mi esposa nos espera con un jaibolito —dijo Robles, y corrió las cortinas de gasa de la oficina.

Con dos algodones sobre los párpados, Norma Larragoiti de Robles recibía, desnuda, los rayos de un sol seco y enervante. Como dos yemas difusas, el astro se reproducía, penetrando el algodón y los párpados, en el centro de los ojos de Norma. El sol era el primer recuerdo: sol chato y desierto del Norte, y después el sol alto, llagado y oscuro de México. Primer recuerdo y primer ser; quiso ser el sol, sentir una semilla de astro que le calcinara el vientre y repitió, en el calor del sol, su nombre, una, dos, varias veces

Norma Larragoiti

Norma nació en Torreón de una familia de pequeños comerciantes que quebraron cuando ella tenía cinco años y acababa de proclamarse el Plan de Agua Prieta. El padre se suicidó y su mamá la mandó a México en cuanto lo metieron en la caja, a casa de unos tíos acomodados. Las Navidades las pasaba en Santa María del Oro, donde ahora vivía la familia, porque el hermano trabajaba en una mina y era todo el pan. Pero ya a los quince años se negó a dejar las posadas en México, y sus tíos lo comprendieron muy bien y le compraron un traje de baile. Norma llamó mucho la atención: sus ojos son muy verdes, y ella, blanca, se lavaba el pelo con manzanilla y bailaba fox-trot con gracia *in a secluded rendez-vous* y ponía siempre su mano fresca sobre la nuca del compañero. Los tíos tenían una casita con un jardín amplio en la Colonia Juárez, y a menudo daban fiestas. Iban muchos muchachos y Norma sabía darse su lugar pero también coquetear sin peligro. "¡Los muchachos dicen que Norma es muy caliente!", le gritaba, sacando la lengua, el primito más chico, y Norma simulaba enojarse, pero en el fondo quedaba satisfecha. Cuando cumplió diecisiete años y los tíos le organizaron un baile, conoció a un muchacho de la Prepa que tenía fama como poeta y unos ojos muy negros y lánguidos que la enamoraron. No tenía dinero, y se llamaba Rodrigo Pola, pero bastaba con oírlo hablar tan bonito y tomar helados en la nevería de París e ir todos los sábados al cine Iris a ver las películas de Greta Garbo, Charles Farrell, Janet Gaynor hablando. Le contaba de su papá, que había sido un gran general zapatista asesinado por Huerta, y de cómo su mamá se había sacrificado para darle una educación y ahora iba a entrar en Leyes, y de sus proyectos para escribir poesía y de cómo había descubierto los universos de Rimbaud y St.-John Perse y de la autonomía universitaria y del movimiento obrero mexicano. Después se atrevía a besarla *hay una cosa que no toleraré nunca, y es que me subestimen; eso es lo que ha hecho Rodrigo besándome, y enamorándose de mí, creyéndome lista y acceder a todo por el gusto de que me apriete la cintura al bailar. ¡Idiota! ¿Qué quiere que hagamos entre beso y beso? ¿No se ha dado cuenta de que quiero vivir, vivir, entre los momentos y en compañía de los demás, que hay grupos superiores a él, coches descubiertos y cabarets caros y fines de semana? A él le ha de gustar estarse esperando una semana o quince días para que llegue un beso a escondidas en la huerta de la casita de mis tíos. Eso es insultarme, creer que siempre voy a vivir en este ambiente atufado, ¡ja!,* y entonces Norma sintió que ya había logrado lo que quería, pero Rodrigo la continuaba buscando y susurrando a su oído. Su tía la recriminaba:

—Te vas a desprestigiar. Los muchachos ya no te van a hacer caso. ¿Cómo es posible que dejes de querer a un muchacho de la noche a la mañana?

Pero ella pensaba que a cada hombre debía dársele, y arrancarle, toda la ternura, todos los besos y caricias: almacenarlos para el siguiente, o para el último: el amor era asunto de voluntad, y se ganaba con la experiencia y el despecho de los demás. El tío había tenido suerte en los negocios, y se fueron a Las Lomas, donde había gente más rica y un nuevo grupo, de manera que olvidó a la pandillita de la Reforma, y cuando empezó a pasar por ella el hijo de un político en un Mercedes-Benz, dejó dicho que si llamaba Rodrigo dijeran siempre que no estaba. Luego conoció a otro muchacho rico, Pedro Caseaux, que le llevaba orquídeas, y con él conoció a un grupo que se dedicaba a organizar excursiones a haciendas preciosas, a donde la invitaban desde el jueves por la noche. Estaba en Cuernavaca cuando vino su mamá a México, y ya no pudo alcanzarla cuando regresó *sólo le pido a Dios que no me arrebate mi orgullo; es lo único que tengo, que verdaderamente siento mío: mi orgullo. Que está por encima de esta viejecita mestiza (¿cómo pudo mi padre, rubio y español, casarse con ella? gracias a Dios, heredé el tipo de él) que todo el día anda uniformada de delantal y rebozo, ¡Y el patán de mi hermano! Para picar piedras, para eso es bueno. Creo que hasta los tíos empiezan a verlos con vergüenza, como yo; ¡y eso que los tíos no son nada del otro mundo! Ya les he pedido que no se asomen por la ventana como payos cuando viene Pedro a recogerme; me muero de la vergüenza. Ni los tíos, ni la vieja, me comprenden: que quiero llegar alto, rozarme con lo mejor que ofrece México. ¡No, por Dios, no rozarme! Ser lo mejor que ofrece México. No vivir del brillo y la riqueza y la elegancia ajenas, ser, yo, el brillo y la riqueza y la elegancia. ¿Hay alguna ley que me ate a la mediocridad? Total, les conviene que me case con un rico y les pase su mensualidad.* En las haciendas se reunían muchas gentes que hablaban mal del gobierno. Iban extranjeros que jugaban artificiosamente con las palabras y hacían mofa de todo lo que sus tíos respetaban.

"—Vamos a ver cuánto dura este país sin las compañías petroleras.

"—Ils sont bêtes! Un país de indios, y gobernado por un indio…

"—… hace falta otra Junta de Notables. Allí estaba la solución. O en la inmigración europea… como Argentina, ya ven ustedes…

"—Bueno, no sean criticones. Por lo menos hay whisky barato, buen clima y mujeres ansiosas de acostarse con uno.

"—Ça, alors…! Fornicar a dos mil metros de altura, sólo las cabras y los mexicanos, tu sais."

La excentricidad, pero de buen gusto; una indiferencia a la que la frivolidad no sabía despojar de su pesantez solemne; la nostalgia de cabos sueltos; Biarritz, Jean-de-Luz, Ischia; las palabras "nuestro grupo", "mi tipo", "nuevo rico", "sensibilidad", y el sol pesado, la piedra domesticada, los bloques de aire escarlata, el profundo azul del verdor del valle mexicano. Matrimonios intercambiables; las visitas arrojadas, vestidas, a la piscina; el ¡pop! monocorde de la champagne; las cejas arqueadas; las noches en vela inventando nuevas recetas de cocktail; las mañanas crudas, los poros ofrecidos en silencio a la luz; los concursos de pezones; la enumeración sin límite, *blasé,* de los nombres famosos en las artes, la política, el turismo de alcurnia; la repetición constante de las largas historias de una reputación. Evaristo y la Condesa Aspacúccoli, que en París se creyeron, respectivamente, millonario petrolero y rica heredera, que se casaron y que en Cuernavaca descubrieron su también respectiva penuria; el Conde Lemini, originario de Dallas, *né* Thomas Schwartz, empeñado en buscar azufre en el sur de México; la anciana millonaria Mrs. Melville, acompañada de un siempre joven, siempre renovado, siempre astuto sobrino; don Efrén, el viejo porfirista que tan oportunamente supo vender sus haciendas e invertir en bienes raíces urbanos; Lally, la exquisita modelo de todos los nuevos pintores mexicanos; Bobó Gutiérrez, el jovencito lleno de animación y *practical jokes;* y las niñas, las niñas extraídas de todas las procedencias, admitidas al santo de los santos por el poder etéreo de su risa cantarina, sus cualidades potables, y el exclusivo gusto del amo y señor del lugar: don Luis Verdaguer, autoclasificado como "el último Gran Señor de éstas, Fabio, ay dolor": Itálica famosa estaba en subasta. Fue un palacio en la Avenida Juárez. Fue los puestos diplomáticos en Europa. Fue la sustancia, *hors commerce,* de un apellido. Fue el té sabatino en la casa de la Cadena. Fue, en una palabra, la decencia. Ahora era sólo un casco viejo, una piscina: San Fermín.

Y una mujer con pantalones de terciopelo negro que fumaba en boquilla china, labrada en la sierpe de elefantes y pagodas:

—Chère Norma —le decía mientras se pintaba las uñas al borde de la piscina—, ¿todavía eres virgen? ¡Mira con qué cara de caballero bayardo te mira Pierrot!

Norma tenía que hacer un gran esfuerzo para aparentar despreocupación y no ruborizarse.

—Es eso que nos tiene conquistados. Tú eres la sola que sabe ponerse colorada. ¡Si tú supieras lo que se pierde cuando ni eso se puede! Ah, *liebchen,* tú con tus sonrojos retienes a Pierre, y yo... Y es que siempre hay que taparse algo para después de la función, como hacen las coristas; allí, *voilà*, queda una forma de la belleza, la única, por descubrir. ¡Dame un taparrabos y moveré al mundo! Estos hombres mexicanos tienen una idea magnífica del pudor femenino; si ellos te ven desnuda una vez, aunque no te toquen, les entra lo místico. El acto con hoja de parra, sin embargo, deja intacto el honor. Y esto es perverso. Más valdría un Rousseau a los pies de madame Basile: respeto y estertor combinados.

Norma siempre reía nerviosamente y no sabía qué decir y, además, le molestaban los permanentes anteojos oscuros de Natasha.

—¿Qué edad crees tú que tengo, Normita?

—Treinta años, un poco más, quizá...

—¡Qué poco ingeniosa! Crees que si tuviera treinta años dormiría doce horas, usaría anteojos negros todo el día, y esta bandana para taparme la calvicie. Zanahorias crudas, galletitas de cebada, dos horas de crema, masajes; ¡todo un ceremonial que va del chic a la agonía! Y deberías verme al acostarme. Guignol!

—Es usted muy atractiva, Natasha.

—¡Ja! Cinco años más, y tendré que hacer el ridículo con un gigoló o jugar póquer con otras ancianas pintarrajeadas, como personaje de Colette. ¿Cómo cantan ustedes? "Mejor me muero de una vez." Oh, pero qué macabro. Sí aquí estás tú, y vacilas ante el amor. ¿Es que crees que vas a ser siempre la misma, lozana y colorada de pena? Realízalo. Y él es algo... color de oro, de músculos... Bueno, ya.

Natasha acariciaba su mastín y se iba caminando a Cuernavaca. Norma fue por la pintura de uñas en la noche, al cuarto de Natasha, y encontró una momia, calcárea y tiesa, con los brazos engarrotados y dibujados de venas azules. Había amarrado todo el pelo en tres bucles erizados, y la papada le colgaba como bolsa de marsupial. En el buró brillaba otra Natasha, lánguida, enjoyada, de hacía veinte años.

—La foto me la tomó Rasputín. Persona no lo cree. En fin; decía... alguien... que no creer en lo sobrenatural es darle ventajas al demonio.

Natasha mamó sus galletas, y Norma salió nauseada al ver los dientes en un vaso de agua, como el tesoro de un ogro submarino *una cosa que sí creía, era el deber de llegar virgen al matrimonio. Es concederle demasiada honradez al marido, y secarse de angustia en el intervalo. Hay noches de calor en Cuernavaca en que saldría a venderme a la plaza. Voy a volverme loca si no encuentro carne a la cual pegarme, si tengo que seguir con la única voluptuosidad de observarme desnuda en el espejo, de irme desvistiendo con caricias bajo las sábanas...* El siguiente fin de semana, Norma tuvo que ir por la noche a la pieza de Pedro pretextando cualquier cosa, y allí la pasó, ya sin miedo, y con impaciencia. Un mozo estaba recogiendo las botellas vacías cuando, a las siete de la mañana, salió Norma, y la observó con una sonrisa que antes había visto dirigida a la mayor parte de los huéspedes a cualquier hora. A Pedro le dio asco que hubiera sangrado tanto, y dejó de verla, pero la invitaban a salir otros muchachos, que ya no le mandaban orquídeas y en el coche le ponían la mano en el muslo, y no la volvían a invitar si no los besaba. Su mamá vino de Santa María del Oro. Norma ya no se atrevió a salir a la calle con esta anciana vestida de negro, que a veces decía "pos" y no tenía conversación. La mamá se fue llorando a la mina, y le dejó fotos de ella y de su hermano, dedicadas con una caligrafía atroz, que Norma extravió al poco tiempo. En la estación, estaban también las De Ovando, y Norma se cubrió con las pieles hasta la nariz y después le dijeron que la habían visto despidiendo a sus criadas, ¡qué democrática, Normita!

Cuando cumplió veintiocho años, hablaban mucho de ella; salía retratada en todos los cabarets cada vez con un hombre distinto, y en una recepción oficial conoció a un banquero prieto vestido con un frac estupendo a quien todos sus amigos le hacían reverencias. *Don Nicolás Bravo poniendo en libertad a los prisioneros, ¡ja!, usa patillas como Rodriguito... Tiene su pinta el banquero; todos le rinden. Eso es lo único que necesito, en realidad: que mi hombre sea objeto de homenajes. El amor, dice Natasha, por definición excluye la sinceridad.*

"—Si logro dormirme a este viejo, recuperamos la fortuna.

"—Es el Rotschild local, nunca habla, y es soltero."

Federico Robles invitó a Norma a bailar, pero a los dos compases desistió y la llevó al buffet. Ella le habló mucho, de cómo había crecido México, de los nuevos lugares, de *Casanova* y *Sans Souci,* de la cantidad de gente interesante que había llegado de todas partes, ¡ahora sí era una gran capital!, con Carol y la Lupescu, y los peinados verdes de Fernanda Montel: había que disfrutar de este México nuevo, alegre, cosmopolita, ¿no le parecía a él? Disfrutar, porque todo el mundo tenía derecho a gozar después de trabajar toda la vida. Pero hacían falta hombres de veras, con quienes disfrutar. Una chica decente conocía a tantos peleles sin personalidad, a tan pocos hombres de carácter, a los que podría ayudar, pues en mil pequeños detalles: la vida social, la ropa, el buen gusto, el verdadero disfrute de los bienes verdaderos de la vida, ¿no le parecía a él? Robles logró reír con ella. La respetaba mucho y al año se casaron.

Cuando la sirvienta se asomó a la terraza, Norma se acababa de sentar súbitamente, mareada por el sol, y pensando —no pensando, sino deseando saber que sentía—

que no podía llorar, que por más imágenes de dolor o miedo que inventara, no le salían las lágrimas, no le salían, no le salían. Se cubrió los pechos con la bata.

—Quesque ya llegó el señor con el invitado y la esperan, señora.

—Dígale al señor… dígale al señor que me excuse. Que no me siento bien, cualquier cosa. Dígale.

—Está bueno, señora.

Rodrigo Pola

Rodrigo respiraba hondo y a su lado Ixca cubría con ambas manos la luz naranja del fósforo y sorbía con lentitud un cigarrillo. Iba atardeciendo sobre las copas azules del Paseo de la Reforma y el tránsito, a la altura de la calle de Sevilla, era en esos momentos escaso. Las dos figuras: una de estatura mediana, facciones delgadas sobre una piel verdosa que iba oscureciéndose en las cuencas hasta hundirse en los ojos como dos alas de cuervo que miraban los otros ojos, de almendra quemada, de Ixca, sus sienes pobladas de cerdas, sus anchos labios y sus facciones, alternativamente indígenas en pureza, pura y oscuramente europeas —de un mediterráneo asoleado y denso y ocioso en el mar y las estatuas que, fijándolo, lo continúan—. Caminaban sobre la tierra suelta del Paseo. Rodrigo miraba cómo el polvo se acumulaba en los zapatos amarillos. Se sentía consciente de todos sus movimientos nerviosos. Y Cienfuegos como si no caminara, como si lo fuera empujando la leve brisa de verano, como si no tuviera esas piernas, esas manos que tanto estorbaban a Rodrigo. Ixca lanzó el cerillo al aire y dejó que el humo le ascendiera por las aletas de la nariz hasta nublarle la vista:

—Tú y yo hemos vivido juntos muchos momentos. Y creemos saber todo el uno del otro...

—¿Saber algo de ti? No se podía caminar por esta ciudad diez minutos sin llenarse de polvo.

—Tanto como yo de ti. Somos lo que se llama "mexicanitos aguados". Ladinos, reservados, chingaqueditos...

Chingaquedito. ¿Quién a quién? ¿En dónde empezaba esa violación secreta, ese acto de abrir, de rasgar lo más escondido con tanto sigilo? Rodrigo se sintió lleno de pies, de manos. Pesado, en todas las posturas ridículas. El monumento a la Independencia se alzaba a sí mismo por las pantorrillas, y hacia Florencia cruzaban unas chivas arreadas por un indio descalzo.

—Sabes que a mi padre lo mandó fusilar Victoriano Huerta en la cárcel de Belén. Era por el año de 1913, y yo nací cuando estaba preso.

"*¿Me recordaste, padre, antes de morir: pensaste un instante en mí?*

"*Bolsa de semen, ingles tibias, es lo que recuerdo*

"*Y a mí, que ya había incendiado la sangre de mi madre, y a mí*

"*No; sólo una madrugada fría, y el recuerdo de un ave que pasó mojando las alas en el río de Tierra Caliente y después el plomo que entra sin que lo sientas a empaparte por dentro, a pintarte de gris*" pero no nos entregaron el cadáver, y sólo nos enteramos —quiero decir, se enteró mi madre— años más tarde, cuando el cadáver de mi padre se había amontonado con los demás de la Revolución, todos anónimos

"*Ahora vienen las tolvaneras, hijo, y yo voy a cerrar los ojos y a tragar el polvo, porque allí han de venir los restos de tu padre*"

todo era siempre pensar en él, Ixca, como si en realidad viviéramos tres en la casa. Sin embargo, yo no tenía de qué asirme para recordarlo; desde que tengo memoria, trato de encontrar algo que me ayude a recrear su verdadera imagen; nunca bastó ese retrato tieso y amarillo de un hombre uniformado, con los bigotes lustrosos y una leve sonrisa marcial, y mi madre nunca quiso recrear la imagen que yo deseaba, que no era la de ella, porque para ella mi padre era otro, fuera de ella, un hombre que la dejó viuda al año de casados, un rencor reiterado, o un ansia de emulación, de haber vivido brevemente, como él, pero rodeada de algún elemento extraordinario; mi madre nunca tuvo eso, y fue esa ausencia de relieves, más que otra cosa, la que la hacía compararse con mi padre y querer ser él, pero otro y que él hubiera sido ella —pero yo no, yo sólo quería ser su prolongación, de alguna manera, y creía que esa prolongación era moral (esto, sin poderlo explicar, lo supe desde muy niño); sí, eso es lo que supe desde entonces, y creo que sólo hoy empiezo a darme cuenta: pero él vivió en otro país, en otra ciudad: México y México mueren radicalmente cada vez que un hombre vuelve a manar sangre con pasión; es como si estuviéramos esperando a ese hombre que puede entregarlo todo para sacrificarlo en seguida y morir con él; y yo nacía cuando él iba a morir, creo; sólo me encontré con el cadáver recogido de mi madre, sentada en una silla de mimbre, tejiendo ropa de niño para la clientela de Santa María, y después, cuando el abuelo, que era quien nos pasaba algo, murió intestado, los demás hijos, que habían desterrado a Rosenda, a mi madre, de la familia cuando se casó con el revolucionario, cayeron sobre aquel pobre patrimonio y se valieron de todos los medios para impedir que ella tocara un centavo. Ahí empiezan mis recuerdos y mi vida: arrastrado de una mano por las calles del centro, de almacén en almacén, buscando trabajo y mis ojos fijos en los viejos botines de lazo que apretaban los pies de mi madre. Cuando al fin encontró em-

pleo en un comercio, el sueldo de 125 pesos más comisiones (y tejer, en la noche, más ropa de niño) nos permitió irla pasando y yo pasaba los días solo en la azotea de la casita del Chopo, porque no había dinero para una escuela religiosa y mi madre no quería mandarme a una popular: yo salía a ver la telaraña de fierro del Museo de Historia Natural y a escuchar los pitos de los vendedores de globos; la música de los organillos que todas las tardes poblaban el barrio: los organilleros me veían encaramado en la tapia, me tendían el sombrero y yo comenzaba a chiflar y a mirar al cielo, como para dar a entender que no había solicitado la música y que además la podía producir por mi cuenta. Qué raro, cómo te acuerdas, así de pronto, de los detalles pequeños y te ves a ti mismo como a otra persona, tan lejana que casi parece un dibujo, o una fotografía vista por encima al ojear una revista: te acuerdas de la media que usaba ese niño todas las noches para que se le restirara el pelo, sólo ves a ese niño dibujado sobre una azotea, horas y horas quieto junto a la tapia, viendo pasar a la gente y escuchando, a veces, un rumor de caballería sobre los adoquines de la ciudad. Eran unos hombres de los que había que esconderse, a los que había que tenerles miedo: nunca olvidaré la cara de mi madre, pálida como un cielo de invierno, cuando regresó de su trabajo el día que entraron los villistas a México; me escondió debajo de un colchón y fingió una enfermedad de varios días para no ir al centro. Sobre todo, ha de haber pensado que uno de esos hombres feroces era mi padre, mi verdadero padre, que no había muerto, sino que seguía cabalgando por los llanos, disfrazado… No tiene sentido recordarlo; no es lo que fue, en ese mismo momento, y no deberíamos tener derecho de recordarlo
"ya viene el coyote, a comerte viene con un gran garrote"
ese ir y venir por la calle del Chopo era mi única diversión. Todo el día en la azotea, y durante la noche horas más cortas al pie de la mecedora viendo a mi madre tejer
"¡Pobrecito hijo mío! Ya nos quedamos solos tú y yo en un mundo sin hombres. ¿Qué va a ser de nosotros, hijito?" "sanca, que sanca, que sancamaleón"
a los ocho años entré al colegio de los maristas, y mi madre redobló el esfuerzo en la tienda y la labor en la noche; yo tenía los dos retratos, el de mi padre y el de mi madre, y si él era siempre el mismo, pues hasta muerto me lo imaginaba de uniforme y con esa sonrisa marcial, de ocasión, ella era dos, la del retrato y la nueva; mientras hacía la tarea bajo la lámpara bamboleante de terciopelo verde, la observaba por el rabo del ojo, sentada junto a la ventana, tratando de secuestrar las últimas horas de luz tenue sobre el estambre; la de antes siempre decía, "Pronto se compondrán las cosas"; la nueva me sorprendió; la vi en un reflejo de la ventana, y ella misma se debe haber visto, porque repasó sus pómulos, sus mandíbulas, como tratando de

recordar frases hermosas: eran sus ojos los que habían cambiado; más allá del leve tejido de arrugas, del retroceso mínimo de las cuencas, había una nueva mirada. Ella misma lo vio, al mismo tiempo que yo, y desde ese momento, todas las noches, en cuanto era posible fijar un reflejo en el vidrio, la mirada de mi madre detenía el movimiento de agujas e intentaba reducir el cambio de su mirada a una fórmula inteligible. Yo simulaba escribir sobre el cuaderno, pero no perdía detalle de esta ceremonia nocturna, y mi madre, a medida que su vista profundizaba en el cristal, iba percibiendo más el mundo reflejado: me iba percibiendo a mí, hasta que sus ojos se volvieron, como un relámpago, sobre mi figura encorvada mientras yo, con un movimiento eléctrico, trataba de reanudar la escritura; pero ella no se había dejado engañar, se había dado cuenta de que la espiaba, de que no envejecía sola, de que no se daba cuenta sola de las cosas, de que había otra persona en su vida, con la cual debía compartirla; esto debió de sentir en ese momento, y erguida, con el chal volando, cayó sobre mí y me golpeó la cara y regó la botellita de tinta; "¡No me engañes!", me gritaba: yo me dejé caer de la silla para guarecerme entre las patas de la mesa, y desde allí veía la figura de mi madre levantarse hasta el techo, como una columna oscura y despojada de sombra, veía cómo le bailaban los nervios del puño, cómo lo fue aflojando, cómo abrió las palmas implorantes y me dijo: "Ven, muchacho; si no te protejo yo, ¿quién, hijito?"; y yo corrí a abrazarle las rodillas llorando con una nueva amargura, contento de haber entendido algo de ella, de saber que podía entenderla sin que se enojara, pero avergonzado de mí mismo, de ser un espía.

Rodrigo levantó la cara, despertado por la insistencia de los claxons en la glorieta de Cuauhtémoc; los ríos de vehículos encontrados que subían y bajaban por la Reforma y desembocaban de Dinamarca y Roma, de Insurgentes y Ramón Guzmán, se torcían en sierpes amalgamadas y sin solución; los claxons no cesaban, el policía pitaba infructuosamente y las cabezas emergían de los coches a gritar palabras y volvían a caer sobre los claxons unadostrescuatrocinco veces.

—Uno sabe quién es desde muy temprano, y yo entonces supe que era algo así como lo que entonces sentí: un espía, es decir, un segundón, un contratado para enterarse de lo que viven los otros. Pero nada más. Y me enteré de algo peor. De mi capacidad para conocer todos mis defectos, y de mi incapacidad para superarlos.

—Te pareces al país —dijo Ixca al tomar de un codo a Rodrigo para cruzar la avenida.

—No, Ixca, no. ¿Por qué mi padre supo lanzarse a luchar, a superar esos defectos, y yo no? ¿Por qué para él y para sus hombres hubo una vía de acción honrada, abierta, y para nosotros no hay sino la conformidad, el quemarse por dentro, el sigilo y eso, eso, el chingar quedito? Ya te lo dije, desde que tengo noción de las cosas sé que soy su hijo moral más que carnal, y que hoy debía actuar, y con más razón que él; que él actuaría hoy, de alguna manera, que no trataría, como yo, de vivir de segunda mano. Pero lo he intentado, ¿verdad, Ixca?, siempre he luchado dentro de mí mismo por saber la verdad, por entregarme a la idea moral; pero ¿de qué ha servido?, dime…

—Manuel Zamacona te diría que en ti mismo se cumple esa lucha moral, que es suficiente que pienses y en tu fuero interno te sientas solidario de otros hombres para que participes en todo…

—¿Tú lo crees?

—Yo creo… en fin, tu propia vida te llegará a decir lo que yo creo, o no te habré servido para nada.

—Mira al marido de Norma. Él sí está centrado, sabe lo que quiere. Está convencido de que trabaja por el bien del país. ¿Es suficiente hacer lo mismo que él y sentirse como él? Por Dios, ¿qué es este país, Ixca, hacia dónde camina, qué se puede hacer con él?

—Todo.

—¿Pero todo qué? ¿Cómo le haces para entenderlo? ¿En dónde empieza, en dónde termina? ¿Por qué se conforma con las soluciones a medias? ¿Por qué abandona lo mejor que tiene? ¿Qué fórmulas sirven para entenderlo? ¿De dónde, de dónde te agarras? ¿Qué le sucedió a su Revolución? ¿Sólo sirvió para crear a un nuevo grupo de potentados seguros de que lo dominan todo, de que son tan indispensables como creyeron serlo los científicos?

—No hay nada indispensable en México, Rodrigo. Tarde o temprano una fuerza secreta y anónima lo inunda y transforma todo. Es una fuerza más vieja que todas las memorias, tan reducida y concentrada como un grano de pólvora: es el origen. Todo lo demás son disfraces. Allá, en el origen, está todavía México, lo que es, nunca lo que puede ser. México es algo fijado para siempre, incapaz de evolución. Una roca madre inconmovible que todo lo tolera. Todos los limos pueden crecer sobre esa roca. Pero la roca en sí no cambia, es la misma, para siempre.

—Eso no me sirve, Ixca, no me soluciona nada.

—¿Y tu propia vida?

—Sí, de eso veníamos hablando.

Una cola se formaba frente al cine Roble; Rodrigo e Ixca se abrieron paso entre la gente aburrida que a paso de tortuga avanzaba hacia la meta iluminada de la taquilla.

—Todos los días a las siete y media me iba a pie a la escuela, y una cuadra antes de llegar empezaba a arrastrar los pies y a patear corcholatas. La clase de moral

me llenaba de terror. Los maestros decían que era la más importante: "Si no sabes geografía, serás sólo un tonto; pero si no sabes catecismo, te condenas y te vas a un lugar donde estarás solo, sin tus papás ni nadie, para siempre"; y yo nunca sabía nada. En las otras clases había algo, un poco, que aprender por cuenta propia; pero en la de moral, todo estaba ya listo, rechazando la duda, cerrando todos los caminos...
"—¿Las virtudes teologales?
"—Fe, esperanza, y...
"y Rodrigo avergonzado de las palabras que no entendía. Su compañero de banca era Roberto Régules y una vez lo invitó a tomar chocolate después de las clases. Vivía en una casa con almenas cerca de la Avenida Chapultepec y tenía un cuarto lleno de soldados de plomo y grandes cuadernos. Rodrigo le preguntó qué eran esos cuadernos y Roberto le contestó que allí estaban todos los secretos, se encaramó a la cama y bajó uno de los volúmenes del estante; lo abrió sentado en el suelo, satisfecho y anticipando el asombro de su compañero
"—Ya ves la lata del catecismo. Pues no es lata de verdad. Depende, porque aquí están los secretos —y abrió el cuaderno, erizado de recortes y estampas religiosas y frases escritas con tinta china—. El chiste es buscarle lo que de veras quiere decir a cada cosa, para que cuando el maestro Valles te pregunte, tú sepas de veras y no te tomen el pelo. Mira: aquí está la esperanza
"En la hoja abierta, una estampa del crucificado junto a la fotografía de una de las artistas del cine italiano. La palabra 'esperanza', escrita con lápiz rojo, presidía la página, y luego estaba escrito 'Cruz, cruz, que se vaya el diablo y venga Jesús'
"—Pero si Jesús no viene, ¿qué tal? O te come el diablo, o te haces más diablo que el diablo y entonces es el diablo el que grita: cruz, cruz, que se vaya el diablo y venga Jesús, ¿ves?
"Rodrigo no veía, y con la cabeza ladeada inspeccionaba la página de la Esperanza
"—Si te digo que de a tiro eres. ¿No ves? Todo quiere decir dos cosas, y tú escoges la que te conviene, ¿ya? Mira, aquí está la Castidad
"Esa página estaba en blanco
"—Y ésa sin nada, ¿qué?
"—Ahí también quiere decir dos cosas. Como nadie habla de la castidad y todos se callan cuando hago preguntas en la mesa, quiere decir que la castidad es algo malo y que te prohíben
"—Pero si el catecismo dice que hay que tener castidad...
"—¿Entonces por qué tus papás nunca quieren hablar de eso? No, seguro que es algo malo, pero como te lo prohíben, también ha de ser algo bueno. Por eso está la página en blanco que ni es bueno ni malo, y tú nomás haciéndote el disimulado, a ver qué cae. Ahora dime, ¿quieres entrar al juego?

"Rodrigo dijo que sí, y los amigos se dieron la mano, y Roberto le hizo firmar un papel arrugado con una X y en la clase se miraban furtivamente cuando el padre hablaba de la esperanza y Rodrigo recordaba a la actriz italiana recostada sobre una piel de tigre y cada vez que el padre decía una de las palabras sagradas Roberto escribía en un papelito y se lo pasaba a Rodrigo: la flor seca, el gato, la cruz con sangre. Al regresar a su casa, Rodrigo se sentaba a la mesa, bajo la luz verde, abría los cuadernos cuadriculados y fingía el cumplimiento de las tareas. En realidad, buscaba nuevas correspondencias a las palabras mágicas del catecismo: afiebrado, hurgaba en su breve memoria buscando fórmulas, voces brillantes que, al día siguiente, merecieron la aprobación de Roberto: el espíritu santo la bandera del corsario negro; la caridad la última cena de mi ratón; la teología el crespón negro de la casa del abuelo… A medida que se acercaba la hora de cenar, sentía una flaqueza intolerable en las corvas, masticaba el lápiz y esperaba el momento en que su madre se levantara del sillón junto a la ventana y pasara a ver el cuaderno; entonces, velozmente, llenaba las hojas de números sin sentido y escondía en la mochila los papeles sagrados del juego."

—Por eso, Ixca, mi amigo Roberto Régules —sí, este mismo— y yo inventamos un juego secreto basado en el catecismo; un juego que nos devoraba la imaginación y el tiempo, en la escuela y en la casa. Y yo —no sé— quería tener a mi madre en este juego, no por su compañía y su comprensión, sino porque me sentía superior a ella, gracias al juego, al juego exclusivo de dos, de Roberto y mío, al juego que sólo él y yo podíamos explicar y al que sólo él y yo podíamos permitir la entrada a otros; yo le tenía lástima a mi madre, sin saberlo, lástima a sus viejos botines y a su cara cada día más distinta de la señora elegante y joven del retrato y quería regalarle, desde arriba, este juego donde se concentraban todas las excelencias del misterio y la exclusividad, pero mi madre no lo sabía, creía que me dominaba naturalmente, sin pedir permiso, y que yo siempre sería parte de ella, espectador único de su vida diaria y de sus horas nocturnas junto a la ventana, en la mecedora de mimbre, con la pelota de estambre sobre el regazo y los ojos cada día más hundidos en el cerebro, más lejos de mi retrato lleno de ropas espesas y ella no quería asistir a lo mío, ni yo a lo suyo, pero sin ella no podía terminar de construir el juego, sin su asombro, sin su conocimiento de que yo había creado otro mundo: eso me hacía falta, que ella entrara para que supiera que yo vivía por mi cuenta, sin necesidad de ella pero ella no se enteró nunca, porque una mañana, por fin…

"El padre Valles, que daba la clase de catecismo, se acercó en silencio a Roberto y le abrió el pupitre; sus mejillas lisas y coloradas se agitaron cuando Roberto cerró violentamente la tapa y le atrapó un dedo. El profesor volvió a abrir el escritorio mientras le torcía la oreja al niño: encontró los papeles de las equivalencias incomprensibles, y se los llevó. A la salida, llamó a Roberto y le advirtió que se dejara de chistes o lo acusaría con el director

"—¿Qué vamos a hacer, Rob? —le preguntaba Rodrigo cuando los dos caminaban por las calles de olmos viejos y casas rosadas

"—Tú verás lo que hago. Vamos a meter al padrecito al juego

"Una semana más tarde, toda la escuela fue convocada al salón de actos. Los muchachos de knickers y medias de popotillo café dejaban escapar un olor colectivo de nucas enjabonadas, desayunos acedos, carne soñolienta, que se mezclaba con el del ocote de las bancas y el serrín de los sacapuntas. Un altar azul y una estatua de la Virgen María cubierta de telas blancas y azules, sofocados por azucenas, brillaban al fondo del salón. Entró el barbado director; a su lado se encontraba, cabizbajo, el padre Valles vestido de civil. Los rejuegos y codazos y chistes cesaron cuando las barbas del director se abrieron en la cueva azul de su lengua. —Estamos aquí para confirmar una grave denuncia. El padre de uno de sus compañeros ha denunciado graves irregularidades de parte de uno de los maestros. Quiero que ante todos el señor Valles, antes de abandonar para siempre este claustro, pida disculpas por su incalificable conducta... Ustedes, niños queridos, sabrán explicar a sus padres cuán grande es la honradez de la directiva de esta escuela, que con peligro de perder algunas colegiaturas el año entrante, prefiere cumplir con los deseos de un padre de familia...

"Rodrigo sintió un remolino en la boca del estómago que le impidió seguir escuchando el discurso del director; sabía que el padre Valles había entrado al juego; era el tercero. Trató de susurrarle algo a Roberto, que estaba en la fila de atrás; la sonrisa, el brillo triunfal en los ojos de Roberto le impidieron interrumpirlo. El director no dejó nada en claro. Las hipótesis fabricadas por los muchachos adjudicaban al padre Valles toda clase de crímenes:

"—Lo han de haber visto con una mujer

"—No seas tarugo; a ésos no les gustan las mujeres

"—Seguro que se clavó las colectas

"Rodrigo se acercó, con las manos sudorosas, a Roberto en el patio y le preguntó con la voz quebrada: —¿Entró al juego? —y Roberto le contestó con una carcajada: —¡Y de qué manera! Como que le encontraron el libro en su cuarto —y se columpiaba, con las manos clavadas en los bolsillos, sobre los talones. —¿Nuestro libro? ¿Pero qué hacía allí... cómo pudo? —y sentía ganas de llorar, o de morderse los labios. —Lo puse yo. Y luego le conté a papá las ideas que me metía el curita en la cabeza, y papá pidió que lo expulsaran o retiraba la anualidad que le da al colegio... y como la anualidad vale más que cuarenta colegiaturas, pues ya ves. —Entonces, el juego no era sagrado; eso quería decir Rodrigo, no echándoselo en cara a su compañero, sino diciéndolo, nada más diciéndolo; pero Roberto empezó a volar una moneda en el aire—. Ahora yo ya me voy a Guanajuato, a mi tierra. Allá viven unas tías medio mensas y me pondrán un profesor particular. Este ambiente ya me chocó. —Y Rodrigo, con la mirada fija en las acrobacias de la monedita, sentía que todo el calor del cuerpo se le iba a la garganta: —¿Y nuestro pacto? —fue todo lo que pudo *decir, y quería decir (tú eres mi único amigo, tú inventaste el juego, ahora no va a haber más que las largas horas en la azotea, y mi madre tejiendo: yo solo no puedo jugar al juego, tú eres mi amigo, quédate). Roberto se fue jugando con la moneda, Rodrigo se quedó rascando el árbol del patio con la punta del botín amarillo, mientras las correspondencias, ya sin la palabra sagrada equivalente, le bailaban en el cerebro madre vieja, chocolate, fe, coscorrón, caridad, luz verde"*

La luz pellizcada de los anuncios de cerveza y seguros y ron y diarios alumbró con intermitencias los rostros de Ixca y Rodrigo. Carlos IV se erguía en el centro, comandando el movimiento de camiones y taxis mientras un altoparlante lanzaba, desde el edificio blanco rodeado de billeteros desanimados que regresaban a devolver los sobrantes, los números de la lotería. Por Rosales, los tranvías amarillos pasaban rechinando y un grupo de mujeres, en la esquina de Colón, se untaba saliva en las medias y en las cejas mientras, de Bucareli, bajaban corriendo y dándose manotazos en las espaldas y encolerizando a un perro pinto una docena de chiquillos descalzos vestidos de overol que acababan de repartir los vespertinos y ahora se dirigían a buscar puerto para su sueño en una banca de la Alameda o en los portales del Carmen: Rodrigo hesitó y cruzó Bucareli: —Vamos al Kiko's a tomar un café. Todavía no tengo ganas de encerrarme.

Entre los hombres gordos vestidos de gabardina verde y los escuálidos, mal rasurados y las señoras de melenas aceitosas y los muchachos de blue-jeans que se peinaban los copetes y metían veintes en la sinfonola, los dos amigos buscaron una mesa.

—¡Hay cada vieja en casa de Chayito!

—Jive, boy, jive!

—Oye tú, ¿y qué me dices de aquel pase por alto? ¡Coño! Que si las puede el chavalillo.

—Ya nomás porque es una su subordinada, *juro* que se cree con derecho a todo.

—Jive, boy, jive!

—¿Aumento de sueldos?

—Entonces ascendieron a mi madre en el almacén, y yo me había quedado solo en la escuela. Roberto se fue, y él había sido mi único amigo. Ahora todos los muchachos, en cuanto me vieron sin la protección de Régules, el rico, el que tenía un papá que le pasaba grandes sumas a la escuela, se dedicaron a tomarme el pelo y a darme de ligazos en las piernas "¡Pola, Pola, bésame la cola!"

y yo fingía enfermedades para no asistir. Empezaba a comprar libros con los ahorros de los domingos y a leer en la azotea hasta que el sol me lo permitía; bajaba antes que mi madre regresara del centro, cenaba y me metía a mi cuarto a leer y entonces mi mamá comenzó a obligarme a que me sentara a sus pies en la noche y a decirme mientras tejía, "Nunca me cuentas tus proyectos, hijito; ¿qué vas a hacer?", pero yo no contestaba y pensaba en palabras mágicas que ya no querían decir nada, o en *El Vizconde de Bragelonne,* o en los ligazos que me tenían moradas las piernas —¿cómo eran sus palabras? "Recuerda que aunque te quedes solo en el mundo, siempre tendrás a tu madre para hacerle confidencias y decirle la verdad. Ahora vas a hacerte hombre, y si no le cuentas todo lo que te pasa a tu madre, te quedarás lleno de dudas y sin explicarte nada", y yo paseaba la vista por la pequeña sala familiar, la sala de los dos y del fantasma de mi padre: la lámpara de terciopelo verde, la mesa con sus sillas tiesas y su frutero apestoso; la mecedora de mimbre donde cosía mi madre todas las noches; el sofá también de mimbre, también deshebrado; el piso de madera pintado de rosa; la ventana con sus cortinas de algodón; la puerta con su campanita de bronce. Y sólo ahora, al escuchar las palabras de mi madre, se me ocurría que alguna vez habría de abandonar esta casa, que debía brincar por encima de las tazas de chocolate y las pelotas de estambre, y pensé, sin darme cuenta, que mi madre no quedaría sola porque el fantasma de bigotes lustrosos y sonrisa marcial la acompañaría siempre, por más lejos que yo me fuera, y ella debió saber esto —como sabía tantas cosas, pero sólo un minuto antes que yo, como adivinando en mis ojos idiotas y abiertos todo lo que pensaba, como si sólo gracias a mí pudiera saber ciertas cosas, pero siempre un minuto antes que yo— y por eso nunca midió lo que me dijo esa noche, esas palabras gratuitas que nunca entendí, que nunca creí ciertas, y que ahora veo como ese deseo de beberme entero, de apresarme entre sus piernas y estar siempre, hasta la consumación de nuestras tres vidas, dándome a luz sin descanso, en un larguísimo parto de noches y días y años que la fortalecieran y le dieran la razón, en un eterno parto parlante que le dijera lo que ella quería saber siempre, alzada sobre las placentas como un monumento, viva en su espeso anhelo de ser siempre la madre, de encarnar a la naturaleza ya que lo demás —la vida de los hombres, lo urbano, lo que se resuelve en proyectos y papeles— nunca la tocaría, de encarnar a la naturaleza viviente y eléctrica en su único acto permanente. Por eso, cuando le pregunté "¿Era bueno contigo mi papá?", ella supo todo, leyó mis ojos idiotas y abiertos, se mordió los labios y dejó las agujas sobre el regazo. Naturaleza gratuita, Ixca, como sus palabras de gran madre, de madre abierta y rajada para la cual no existe más que el momento prolongado, verdadero y veraz, del parto, palabras que, aunque las explique, nunca entenderé: "Tu padre fue un cobarde que delató a sus compañeros y murió como un tonto, dejándonos en la miseria".

Rodrigo escondió sus facciones quebradas en la taza de café. Ixca Cienfuegos comenzó a tararear la pieza que la sinfonola gemía: Si Juárez no hubiera muerto, la patria se salvaría. Rodrigo dejó la taza en su asiento de melcocha.

—Después me recuerdo con los ojos más hundidos, la piel más verde. Cuando cumplí dieciséis años, iba a entrar a la preparatoria. La escuela de los religiosos había sido clausurada y mi madre tenía mucho miedo de que en la Prepa me hicieran algo. No habíamos podido hablar —salvo para pedirnos cosas, decir que salíamos o entrábamos— desde aquella escena. Pero ella observaba mis movimientos, espiaba mis horas solitarias, con un gran temblor sediento. Ahora ella pasaba sus horas solitarias en la salita, tejiendo, y tratando de decirme cosas en silencio; eso me llegaba hasta mi cuarto, donde todas las noches tomaba la pluma y escribía porque al fin había llegado el descubrimiento. Escribía afiebrado, tenso, sin saber muy bien qué palabras caían sobre el papel, seguro de que, saliera lo que saliera, era importante. Importante porque el papel no era papel, ni las palabras palabras, ni escribir escribir: importante porque todo era la única manera de decir Aquí estoy. Yo. Yo que no soy todos, ni uno más. Yo que soy yo. Único. Ni Dios mismo me puede cambiar por otro. Si yo fuera otro, el mundo se vendría abajo. La luna sería sol, el día parte de otro astro. No me pueden cambiar por otro, ni a otro por mí. Leía a Garcilaso, y sentía que entraba en el mundo perfecto, en la armonía en que todos podrían amar, vivir, ver y ser vistos sin vergüenza y sobre todo sin excusas. Y cuando cayó en mis manos el tomo de Rimbaud, creí encontrar a mi verdadero hermano y amigo, al que sabría comprender, y compartir conmigo, el gran descubrimiento, la gran desdicha. Apretaba los dientes mientras escribía; le daba un manotazo a la luz eléctrica que colgaba del techo para sentir que mi cerebro bailaba con las sombras y que el cuarto no era ya un espacio ajeno a mi cuerpo, sino mi mismo cerebro, grande e ínfimo a la vez, iluminado y oscuro, bailando con un ritmo fatal y desordenado. Después caía rendido sobre la cama. En silencio y con los ojos cerrados me desvestía, me cubría con las sábanas y esperaba el dolor de cabeza de todas las mañanas, cuando me preparaba para el momento terrible de entrar a la escuela. En la Preparatoria encontré a aquel grupo de muchachos que también se interesaban en la literatura. Lo capitaneaba Tomás Mediana y proyectaba una nueva revista que tradujera a todos los nuevos escritores europeos desconocidos en México. Se rieron un poco de que sintiera tanto entusiasmo por Garcilaso, pero cuando hablé de Rimbaud me miraron con atención y decidieron que podía conversar con el grupo durante los recreos. Tomás me preguntó si había leído a Gide, y me prometió llevarme a conocer su biblioteca: "Yo estoy suscrito a la *N. R. F.* y me llegan todas las novedades. Aquí ni siquiera han oído hablar de Marcel Proust. Existe una nueva sensibilidad que es de veras la nuestra, la de nuestro siglo". Esas amistades me estimularon. Todos, como yo, hacían el bachillerato de leyes, pero ninguno leía libros de derecho. "Es la carrera más cercana a lo que nos interesa —decía Mediana—. Y nuestros papás creen que si no tenemos título seremos gente sin honra, amén de que moriremos de hambre. ¡Se acabó la bohemia!" Yo empecé a pulir mis versos para mostrárselos a Tomás, y cuando uno de ellos me decía "¿Cuándo leemos tus cosas?"... ¿qué no sentía, eh, Ixca, qué no sentía? ¿Recuerdas esos días? ¡Cómo nos sentíamos capaces de todo, portadores de una gran promesa! Arte, literatura, nuestras nuevas palabras mágicas... Recuerdas que Orozco estaba pintando la Preparatoria, y que yo me quedaba, después de clase, a observar esa figura de araña que, clavada al andamiaje, durante horas y con una sola mano, iba llenando de forma y color los viejos muros. Sentía que ese color me pertenecía, que algo importante había sucedido para que esos colores pudieran salir a la luz, a hablar y a decirle a cada persona quién era, en dónde estaban sus ideas, su personalidad. Después comencé a llegar tarde a la casa, a pasar horas con el nuevo grupo en los cafés del centro —¿los recuerdas como eran entonces, Ixca?—. Pablo Berea, el más formal y que ya había obtenido triunfos como poeta y distinciones como funcionario; Luis Pineda, que había publicado una revista satírica; Jesús de Olmos, alto y engominado, por cuya cuenta corrían los retruécanos; Ramón Frías, modesto y pulcro, de palabras escasas y exactas, trabajando siempre su largo poema secreto; Jorge Taillén, el mayor de todos, el que ya había viajado por lugares exóticos y publicado tres tomos de poesía candente y novedosa; Roberto Ladeira, el más secreto, el más brillante, el expositor de las nuevas ideas; y Tomás Mediana, pequeño y pálido, de humor y satanismo semejantes, vestido siempre de negro. ¡Con qué entusiasmo, entonces, pronunciaba sus nombres, Ixca! Ellos eran los sacerdotes del nuevo culto que nos llevaría, a través del poema, a salvarnos individualmente y a dejar un legado de belleza.

Rodrigo husmeó el aire rancio del café y quiso trasladarse a aquellas mesas del París en las que todas las tardes los esperaban

"DE OLMOS (murmura cuando ve entrar la silueta opaca de Mediana) *L'Ange Heurtebisse! je te garde, je te heurte, je te brise...*

"LADEIRA (los ojos llenos de humo) *Gide se pregunta si en primer lugar hay que ser, para luego aparecer, o si la condición es parecer primero para, al fin, poder ser lo que se parece*

"MEDIANA (al tomar asiento) *Existe una incierta, pero aprehensible, geometría del tiempo. El tiempo y el hombre son los únicos elementos que saben jugar con sí mismos. Quizá porque son los únicos que no se tocan, aun cuando se envuelvan recíprocamente: les jours s'en vont, je demeure. Pero, también, yo me voy y los días permanecen. Es decir, ¿parece el tiempo y soy yo? ¿O me parece el tiempo, y él es? Allá, en el infinito, las paralelas se juntarán. Acá...*

"De Olmos *A Rose is a Rose is a Rose. Espejo del espejo del espejo, cada ser es eso: la ilusión de sí mismo, una prolongación en el cristal de un simple aquí estoy… ¿Hasta cuándo?* (pega en el piso con un bastón de puño nacarado para llamar al mozo) *Tú, Tomasso —y yo también, por qué no confesarlo cuando la confesión puede ser voluptuosa— profesas la amistad, que no el culto (¡tenebrosa palabra!) de lo elástico. Sabes que nuestra inmovilidad, en este instante, está cargada de inminencias —¡de las eminencias, líbranos!— Que nunca es tal inmovilidad sino por un sutilísimo proceso de autosugestión que no podríamos analizar, so pena…*

"Pineda (desde su horchata, con los ojos en redondo) *¡Siempre ese leit-motiv editorial! ¡Frustrados!*

"De Olmos (con los labios muy apretados) *Knopf thyself, sería hoy el slogan adecuado en el jardín de Academo*

"Berea (tose e imposta la voz) *Me parece que la conversación se desvía. Esa disparidad u oposición del tiempo y del hombre lo son, en realidad, de un tiempo y unos hombres. ¡Gocemos, queridos amigos, de la nostalgia de aquellas épocas en que tiempo y hombre coinciden! Hoy que esa coincidencia se ha roto, nos toca a nosotros volver a encontrarla; quiero decir, la coincidencia justa para este tiempo y esos hombres. Coincidencia que me atrevería a denominar sinónimo de sensibilidad: he aquí la palabra mágica que explica, a la vez, nuestra promesa, nuestros propósitos*

"Ladeira (sin abandonar su incómoda postura, la nuca plantada sobre el filo del respaldo de mimbre) *Iago tiene cierta razón. Algo nos une, y es lo que debía desunirnos*

"Mediana (sugiere, y luego teme haberlo dicho, o siente vender algo a bajo precio) *Nuestra soledad, nuestro no ser para nadie*

"Ladeira *Sí. Existe, ¡qué duda cabe!, una comunidad de poetas, de hombres con altas preocupaciones. Pero esa comunidad está determinada, ya no por valores o por quehaceres comunes sino, precisamente, por la divergencia y la soledad de individuos que ejercen un oficio cada día más ajeno al interés colectivo, a las necesidades de masa*

"Mediana (con los ojos más bajos) *No es fortuita, pues, la exclamación dolorosa de Cocteau. La poesía de nuestro tiempo conservará la belleza del martirio. Poesía: afán de comunión. Martirio: experiencia única, intransferible, aunque los leones del Coliseo digan otra cosa*

"De Olmos (redondeó) *Ser culto es ser oculto*

"Pineda (al sorber con estruendo sus popotes) *¡Justo Sierra O'Culto!"*

—Bajo esos signos empecé a escribir. "Enséñate al rigor desde ahora", insistía Tomás Mediana cuando, hacia las siete, salíamos juntos del Café París y nos íbamos caminando hasta el Puente de Alvarado, donde él vivía. "Debemos, cuanto antes, conocer y acotar nuestro terreno, y nunca más salirnos de él." Nos despedíamos en la esquina de Sadi Carnot y yo caminaba hasta la ventana junto a la cual, en la calle del Chopo, mi madre tejía. Ahora —un día— estaba oscura, y entré a la casa con un presentimiento de malestar, como si una enfermedad que aún no se declaraba estuviera, sin embargo, trabajando ya, germinando su flora de microbios en la laguna de mis intestinos. Fue el día —la noche— en que hallé en mi cuarto a mi madre, sentada sobre el catre, con los ojos alumbrados y un fajo de cuartillas en la mano. Era el manuscrito; yo quise correr a recoger mis papeles: era esa luz de desengaño, esa petición de lástima en los ojos de mamá lo que me lo impedía. "Cuidado", decían sus labios (porque no sus ojos, no, que decían otras cosas, más terribles: desengaño, ansia de compasión) cada vez que trataba de acercarme, a través de su nombre —madre— a ella, cada vez que la invitaba a cenar. Mi madre logró transformar sus propios ojos —esa noche— de un estanque manso de fuego inmóvil a dos alfileres punzantes: esos ojos, ya unidos a los labios, me dijeron (¿dijeron? no, no era decir, sino descolgarse del pecho una parte de su vida, descubrir, como no lo había descubierto cuando jugaba el primer juego, que el cordón se quebraba, que las piernas se cerraban y que el hijo había escapado de la entraña calurosa que lo alimentaba y a la que, a su vez, debía calentar y nutrir: eso era decir): "¡Esto es lo que te has dedicado a hacer todo el año! ¡Esos versos!" y yo sabía, sólo entendía entonces, que mi madre había encontrado la oportunidad para exigirme algo que nunca había expresado; lo sabía, lo temía, ahora que la figura oscura y despeinada del catre agitaba las cuartillas "Y yo matándome en ese almacén todo el día para hacerte un hombre de provecho, ¿qué? Mírame: soy la que se ha quedado sin sangre y ahora sin amor —no, desde antes, desde siempre sin amor, desde que él no quiso— por darte de comer, por darte una carrera, tu madre, pero no has entendido nada" y a mí sólo me parecía… incongruente… escuchar estas palabras en el mismo lugar en el que todas las noches había escrito, me había dado cuenta de que existía con una carga dolorosa de ideas y proyectos que sólo eran míos y que mientras yo no expusiera nadie tenía por qué conocer (porque era nuevo saberlo, y ahora sólo sabemos que pesa más la única boca invisible y monstruosa de todas las bocas que exige que las palabras se escupan y venderlas al lema más eficaz, sí, ahora se gana y se paga la fama a ese precio), por eso me sentí… súbitamente… dueño de un contorno, de una línea de vida (como mi padre debió, en un momento, conocer la silueta de su vida, en ese monte por donde huyó, en la prisión de Belén, en su cara manchada de balas junto a un paredón) e hijo, más que de mis padres, de mi propia, breve, sí, pero para mí única, incanjeable experiencia y dije (¿qué palabras fueron? sólo las que sé ahora: yo tengo mi propio destino) "Mamá, yo tengo mi propio destino", cuando el puño de mi madre se apretó en torno a las cuartillas y repitió esas palabras, las que recuerdo, con la caricatura de la risa: "¿He tenido yo mi destino? ¿Lo ha tenido alguien (tu padre no tuvo destino: tuvo muerte, desde que nació, muerte para él y los suyos, y la patria, ¡la patria!, que lo mandó fusilar y a la que él regó de más sangre, de todo menos la novedad de un amor singular que lo aguardaba, sí) alguna vez? No tienes ningún destino, sábelo ya. Tienes responsabilidades, y una madre que no ha tenido (ni querido, no, nunca) su destino, sino penas y amarguras y luchas para hacerte un hombre de bien (sí, de bien: educado; sí, de bien: rico; sí, de bien: casado; sí, de bien: con hijos; sí, de bien: católico; sí, de bien: que sepa y pueda recibir en su casa; sí, de bien: sin escrúpulos; sí, de bien: conforme; sí, de bien: ayuno de caridad y dolor; sí, de bien: sin días de misericordia o ira)". La voz de mi madre se quebró, y era a la vez trueno y relámpago, en una mueca de lágrimas reprimidas. Yo caí a sus pies, abracé sus rodillas y quise suprimir todas las voces que me pedían frialdad. Luego me levanté, me senté en la cama junto a ella, le acaricié el pelo. Ella no daba rienda suelta a su llanto, lo seguía conteniendo como un viento encajonado en esa mueca dolorosa y yo me sentía satisfecho (cuando levantas el dedo en clase porque eres el único que sabe la lección, cuando esperas a que otros pasen por la calle para entregar la limosna al mendigo, cuando sabes que te están escuchando y tú no te das por enterado e impostas la voz y buscas tus palabras más impresionantes) de mi belleza filial cuando mi corazón gritaba rebeldía y un aire ronco seguía agitándose en la garganta de mi madre y sí, la veía, la sabía —¿cómo te diré, Ixca?— como una mujer… cursi nada más. Dejó las cuartillas sobre mis muslos y salió corriendo del cuarto para que yo acercara los papeles a la lámpara de noche *Filis, penumbra de mi tiempo… dos ojos que al cantar evocan… triste condición de ser ajeno…* y apreté las palmas de mis manos contra los ojos y sentí un deseo ilimitado de reír: ¿dónde cabrían esas palabras, dentro de los días y los hechos de mi vida real, de esta escena con mi madre? ¿Qué tenía que ver una cosa con la otra? Acaso ella tenía razón y nadie tenía derecho a ser y la vida era un continuo desvanecerse en los deseos y actos de los demás: este mismo cuarto, desde entonces, no sería más mío, sólo mío; habría siempre, para siempre una figura suplicando la compasión, ofreciendo despecho, exigiendo disculpas, sentada en el filo de la cama. Volvían las palabras de Mediana a mi memoria, y lo detesté. No quise creer en su voz untuosa y grave "Nuestra generación debe crear en México ese oficio de rigor sin el cual toda obra no pasa de ser, en el mejor de los casos, una moda pasajera" no, no, no, cobardía, hay que lanzarse de cabeza a intentar lo que nos expone al fracaso, y por mis labios corrían los lugares comunes y los versos cojos pero sagrados porque decían lo que yo quería saber, lo que deseaba creer; yo y el mundo estábamos, dichos de alguna manera, allí, y esto era lo que importaba y no sabía cómo decírselo a Tomás.

—Sí —dijo Ixca Cienfuegos.

Juárez no debió de morir, ay, de morir

—A los pocos días, llevé el manuscrito al impresor que me habían presentado Mediana y De Olmos. No tenía con qué pagar, pero el impresor se quedaría con la edición y yo no pediría un solo ejemplar. El libro se llamaría *Florilegio* y no llevaría pie de imprenta. Cuando le conté esto a Mediana, frunció las cejas y me dijo que nada hubiera perdido con mostrarlo a los amigos antes de darlo a la imprenta; que había cierta solidaridad de grupo y que lo que uno publicara afectaría a todos. Pero yo había sentido (por todo) esa necesidad; ese libro sería la única prueba de que existía y tenía derecho a pensar, a dudar, por mi cuenta sin tener que pedir permiso.

—Le dio dos derechazos a la bestia que casi lo dejan sin barriga

—Ándale baby, aquí está tu Sinatra de bolsillo

—Yo nomás de dejada, ahi fui a dar con él a unos courts

—Ahi nos vidrios, le dije a la vieja esa, y luego andan creyendo que está uno como el gendarme de la esquina

—Las reuniones del café seguían celebrándose. Ahora todos hablaban de crear un grupo de teatro para dar a conocer a Cocteau y a Pirandello. De Olmos se había hecho fotografiar con borla y espadín para ilustrar sus declaraciones a una revista sobre la nueva sensibilidad literaria, en las que hacía mofa del viejo panteón de poetas románticos y modernistas y adaptaba frases de Gide y Ellis a la vida mexicana. Una de ellas: "¡Acabemos con la láctea costumbre de poner la poesía al alcance de las mujeres y las familias: Juan de Dios, cómo pesas!", había motivado cartas de protesta a la revista. Taillén andaba en Tierra Santa y enviaba sonetos exaltados. Berea colaboraba en la Secretaría Particular de Hacienda. Y acababa de llegar a México el afamado poeta sudamericano Flavio Milós. El grupo decidió ofrecerle una cena, y se escogió la casa más elegante, que era la de Mediana. Todos colaboramos con algo y la noche del agasajo nos presentamos vestidos de negro con claveles en los ojales y prendimos velas en la mesa adornada con tulipanes. La familia de Mediana había vivido de puestos secundarios en la burocracia porfirista y la casa, aunque un poco desmantelada, lucía aún cierta nostalgia de grandeza en sus cornisas de yeso y en sus espejos de marco patinado. Los muebles, tiesos y algo raídos, y en las consolas volúmenes de la *N. R. F.* que Tomás había bajado de su recámara. Las horas pasaban y Milós no se presentaba. Una criada viejísima se asomaba a cada instante y declaraba: "Joven Tomasín, se me está aguando la ensalada".

Rodrigo sonrió y pidió otra taza de café: —El grupo, por fin, dejó de conversar y fijó la vista en los cabos cada vez más cortos de las velas. Ladeira se plantó una sonrisa equívoca en el rostro y a mí me acometieron unos deseos tremendos de reír.

Por fin, al filo de las doce, sonó el timbre y entró un hombre gordo, con barba de tres días, vestido con un saco de pana, sin corbata. Recuerdo muy bien esas palabras de introducción que rompieron como un cristal endeble la parsimoniosa compostura intelectual de nuestro grupo: "¡Puchas que hay buenos potos!" y sin saludar a nadie, tomó una botella de vino y se acostó en el suelo. Ladeira franqueó su sonrisa y Mediana palideció

"De Olmos (reluciente de pomada, al quite) *Hay una frase tan 'posterior' en Max Jacob*

"Milós (aulló escupiendo parte de un buche de vino sobre el tapete) *¡Dos noches y sus días en Guatimozín, coño!*

"Mediana (gimió) *Roberto, sería adecuada una presentación*

"Ladeira (clavó la nuca en el respaldo y observó intrigado al obeso poeta)

"Milós (ahora de barriga, metió la nariz en su copa) *Esas mujeres que son como tierra de volcán amasada, ¡pucha!, coño, qué tijeras. Todas con sus sabanitas azules. Eso y una caja de tequila, para sentirse cóndor y apalear las nubes con el aliento. Hay que saber rodar, rodar como los delfines cerca de Talara, que brillan sobre las olas un instante para que todos los vean y los añoren, y luego hundirse al fondo. Puchas, y qué nalga…*

"Berea (componiéndose la corbata) *Habíamos pensado, señor Milós, que una breve charla acerca de la influencia de Herrera y Reissig…*"

—Berea y Mediana, sentados muy derechitos en los sillones Segundo Imperio, sorbían mecánicamente el vino. Milós se estiraba sobre el tapete. De Olmos abría la boca y la cerraba en seguida. Yo estallé en una carcajada: recordé las frases preparadas, el repaso colectivo de la obra de Milós y sus posibles influencias, las preguntas que se le harían, la iluminación que se esperaba, y ahora, frente al espectáculo de esta ballena borracha, me sentía contento, pensaba en mi libro y agradecía no habérselo mostrado a Mediana. Mi ataque de risa fue tan agudo, que opté por salir sin despedirme, mientras Tomás continuaba, pálido, sorbiendo el vino, y Flavio Milós gritaba y se estiraba sobre el tapete…

Rodrigo se detuvo y vació su cajetilla de Delicados sobre la mesita de tubo de aluminio. Con la cabeza baja, empezó a construir una pirámide de tabaco. —Pero Milós no era más que un turista divertido, Ixca. Se fue y yo me quedé, perseguido por las miradas de recriminación de Tomás Mediana. Cuando apareció *Florilegio*, Tomás encabezó la crítica, sin duda honrada y con fundamentos, pero que yo, entonces, consideré alevosa. Crítica verbal, se entiende. No apareció un solo artículo. Los chistes y retruécanos se multiplicaron. Mi madre repartió la mayor parte de los ejemplares entre sus compañeros de trabajo del departamento de lencería. Tal fue el destino de mis noches de desvelo, de mis ambiciones, de mi presunción de destino frente a mi madre. Ella se dio cuenta, y no me dijo nada. El grupo se fue enfriando conmigo; por fin, decidí cortar con ellos. Fue cuando conocí a Norma, y en ese momento creí que teniendo su amor podría dispensarme del grupo y de la gloria literaria. Cuando también perdí eso, traté de encontrar mi nueva justificación en la política universitaria... Allí andabas tú, Ixca... En 1940, era un burócrata mal pagado que dejaba todo su sueldo en los burdeles. Mediana tenía razón. El grupo dejó una obra, se aferró a su vocación. Mi madre tenía razón. No hay destino, hay responsabilidades. Es que...

—Ya va a ser hora de bajar la cortina; si no nos multan —se acercó a decir la mesera.

Rodrigo bebió un vaso de agua. Ixca pagó la cuenta.

—¿Seguimos otro día, verdad? —dijo Rodrigo, con la mirada baja.

Un gran silencio, apenas roto por el chisporroteo de luces, rodeaba la helada imagen de Carlos IV.

2

El anciano del bigote amarillo y el bastón de empuñadura de cobre aprovecha el domingo para sacar a su nieto de una casa oscura de la calle de Edison y arrastrarlo hasta el Caballito, donde ambos abordan un autobús Lomas, y el anciano, con un temblorín intermitente, sienta al muchacho junto a la ventana y, blandiendo el heroico bastón, va señalándole los lugares que ya no están allí —la casa de los Iturbe, la casa de los Limantour, el café Colón— o los que, aislados, merecen la memoria del anciano, aunque sigan allí. "Antes ésta era una avenida de puros palacios", le dice al muchacho y pega con el bastón sobre el vidrio, indiferente a las soeces interpelaciones del chofer gordinflón que apenas en las bocacalles transitadas deja a un lado el rotograbado deportivo y la botella de limonada. "Después del general Díaz este país se acabó, muchacho, se acabó para siempre", y el muchacho lame un barquillo y estira la nuca para alcanzar la altura de los nuevos edificios de la glorieta de Colón, pero el anciano no los ve, tiene la previsión fija, y entreabre su boca floja, en la expectación del próximo palacio porfiriano: un páramo de acero y cemento ciñe esos islotes aislados de su memoria y su gusto, y después del monumento a Cuauhtémoc, donde suben al camión veinte mozalbetes sudorosos vestidos con camisolas rojas y que traen pelotas de futbol bajo el brazo, la mirada se le engolosina y mueve el bastón a la derecha y a la izquierda, describiendo los jardines que conoció, la usanza de los coches y las libreas de los mozos y cocheros, las mansardas y, algo que no puede decir muy bien, el ritmo de esos pasos diversos, el diverso olor, el porte diferente de las personas. "Nos estropearon para siempre esta ciudad, hijo. ¡Antes sí que era la ciudad de los palacios! Fíjate bien en lo que te señalo y deja de lamer ese mantecado." Quiere mencionar al gobernador de Landa y Escandón, pero sospecha que el muchacho no entenderá nada. Ya están en Las Lomas. El viejo observa con horror una casa estilo colonial, con abundancia de pedrería y nichos y vitrales amarillos. El viejo golpea el piso con el bastón. "Antes había puro llano aquí."

Ciudad de los Palacios

Federico penetró en el vestidor, pesado de perfumes y motas rosadas, de su mujer. Apartó dos cortinas de gasa azul; frente al espejo, Norma se componía cuidadosamente el pelo —al acercarse su marido, se cubrió con la bata de seda los pechos y sonrió ligeramente—. Robles se detuvo junto a las cortinas e intentó fijar los ojos de Norma en el reflejo del cristal; en seguida recorrió el torso sentado, la espalda, la cabellera caoba.

—¿Sí? —preguntó Norma, con una voz totalmente despojada de intenciones.

—No... sólo vengo a preguntarte qué vas a hacer hoy... —Federico se dio cuenta de que esa ausencia de inflexiones en las preguntas y en las respuestas era ya lo obligado, y lo natural. Jamás habían faltado a la cortesía. Jamás se habían suscitado escenas. Pero ella se veía tan inútil, tan débil, desde aquí: su espalda era tan delgada, tan fácil de quebrar.

Norma tomó la mota y levantó una nube rosa sobre el cuello. —Es la boda de la chica Pérez Landa. En domingo, como cualquier criada... No sé en qué están pensando, oye. Figúrate, con el dinero del viejo. Seguro que va a ser tan cursi como...

—¿Para qué vas? —"Sólo preguntas inútiles, respuestas inútiles", pensó Federico. ¿Para qué iba? ¿No sentía él mismo que era preciso que Norma fuera, a esta y a todas las bodas, a complementarlo, a ayudarlo a cubrir todos los terrenos a fin de que, tácita o expresamente, la presencia de Federico Robles se dejara sentir en todos los ámbitos del mundo escogido como el del éxito?

Norma, a su vez, buscó en el espejo el rostro de su marido. —Tenemos que corresponder. —Sonrió. —Y se entera uno de los chismes. Alguna vez deberíamos ir juntos. Se me hace que en estas bodorrias se fraguan cositas. Por lo pronto, hay que ver el braguetazo que da el novio...

—¿Qué, no quiere a la chica?

—¡Ay, tú! ¿Te figuras que alguien quiera a ese lorito huasteco? Ya la veo con sus mitoncitos blancos, suda que te suda. No, hombre. Lo que pasa es que el Fifí este se arma hasta los dientes y no vuelve a levantar un dedo en su santa vida. Pero al fin la nena está tan guillada con las monerías que le dicen en los periódicos, que ni cuenta se da. Se ha de sentir la divina garza envuelta en huevo. ¡Con esa cara de esperpento de feria! Y el cuerpo de la Tiny Griffin, ¿te acuerdas? Lo que no hará el dinero. —Norma suspiró y continuó polveándose.

—¿Y Pérez Landa acepta esa situación?

—¡Pues qué más quiere! ¿Que la enana empingorotada se le quede a vestir santos y le arruine para siempre el paisaje de ese jardín tan chulo que tiene? Que le dé gracias a Dios de que haya un zonzo que jale con el engendro. Figúrate, dicen que las monjas del Canadá no la quisieron aceptar de puro fea, que dizque desmoralizaba a las demás niñas. Y es que de plano dan ganas de tirarle cacahuates a la chamaquita esta. Que si recepción de frac para celebrarle el cumpleaños, tú, que si la niña viaja a la Cochinchina para adquirir perspectivas, y la pobre allí siempre como baúl, buchona buchona y mensa como ella sola. Pues a la hora que cae un retrasadito que quiere cargar con ella y que de paso lambisconié al papá, ¡vámonos volando al altar! Dime si no.

El perfume espolvoreado ascendió hasta la nariz de Robles. Recordó —sin quererlo, pues sólo quería que esos momentos se consumieran solos, en otro radio de vida— la ausencia de estos elementos en la recámara de Hortensia Chacón, y por encima de la intensa penetración del polvo y el perfume de Norma, deseó regresar a esa ausencia de todos los olores salvo uno: el de carne unida y sudor único, instante adelgazado de la reunión irrepetible, en el que todos los actos ponían en peligro la estabilidad de la creación; era posible alcanzar el aire y empuñarlo, era posible levantar todas las costras de la tierra hasta la otra tierra, incandescente y líquida, de los astros: Robles quiso intuir esto, la diferencia entre las dos mujeres. Acostarse con Norma no era peligroso. Con Hortensia, sólo con Hortensia, amar era un sobresalto, un no saber qué velo se rasgaría, qué cristal de fuego quemaría sus lenguas, qué sustentación de cualquiera de las dos vidas —Federico, Hortensia— quedaría destruida o edificada al cesar el contacto. La ceremonia de Norma era exacta a sí misma, siempre, como el cuadrante de un reloj. Y Hortensia era el tiempo, las horas, sin cronómetro. Intocable y muda, exigiendo una respuesta sin palabras, el filo y el acero, mantenida y cercada por toda su vida en espera de ese momento en que soltaría las riendas y agotaría toda la sangre acumulada durante el tiempo sin número en dos, en cuatro minutos contados. Federico se acercó a Norma y colocó una mano sobre la espalda de la mujer.

—Por favor… —Norma retiró la mano suavemente.

¿No era también creación suya? ¿O sólo su otra mitad? Ni siquiera eso: prolongación, o avanzada. Ahora buscaba en el espejo las facciones reales de Norma: la cara, que originalmente debió de responder a la categoría de lo "monísimo", se había ido refinando, hasta corresponder, cada vez más, a la máscara de todos los modelos de la estilización internacional: cejas arqueadas, ojos fríos y brillantes, cuello esbelto, pómulos altos, boca llena y rígida. Federico quiso recordar el rostro original de Norma (pues aun antes de conocerla, la primera vez que supo de ella, que escuchó a dos hombres hablar de ella en un restaurante, allá por el año 40, cuando un simple "Soy creyente" relajó una tensión, autorizó ciertos estilos de vida hasta entonces, aunque reales, vergonzantes, el rostro de Norma ya era el creado en su mente, sin conocerla, el rostro imaginado desde que supo que existía una mujer hermosa que se llamaba Norma Larragoiti) y en ese instante se dio cuenta de que esas facciones, las de este mismo momento, eran las únicas que correspondían a las que entonces había imaginado. La máscara de Norma, insensiblemente, había sido moldeada por aquel rostro inventado o deseado por Federico. Todo el perfil de la mujer, supo Robles, era un producto de su pura voluntad. Ella, sin saberlo, sólo se había amoldado a un deseo imaginario hasta plasmarlo sobre su efigie verdadera, perdida para siempre. Con un estremecimiento, Federico quiso tocar con las manos la cara de su mujer: la furia contenida de Norma volvió a apartarlas —furia concentrada en un grano invisible, pues la sonrisa permanecía idéntica, idéntico el movimiento alegre de la mota sobre los senos—. Siempre igual. Federico quiso creer que faltaría un segundo para que escuchara lo que pensaba; paseó la vista de la bata de seda y el talle frágil y la nuca perfumada de Norma a sus propias manos amoratadas, al porte solemne y rígido, a su propia efigie, reflejada también en el espejo común: ¿cuál sería el punto de unión del rostro diamantino que reproducía todas las páginas de modas martilleadas hasta convertir esa subespecie de la elegancia singular en la muestra común de una vulgaridad clandestina, y el rostro grueso y oscuro, de carnes espesas y ojos de cucaracha y sienes rapadas que asomaba a su lado? Las palabras jamás lo habían dicho. Las palabras jamás se pronuncian. Este maldito estilo oblicuo —pensó Robles sin saberlo, pues él lo vivía naturalmente— incapaz de un solo alarido, esta contención minuciosa, cerrada, aun frente a los hechos más terribles, esta reticencia mexicana que no puede fijar en las palabras una expresión sumergida, arrastrada, por fin corrupta. "¿Somos todos así?", se preguntó en silencio. Quiso pensar, sabiendo que no podría, que el sentimiento era ajeno. Aparentamos todos la cortesía, suprimimos lentamente algo que se llama espontaneidad y es sólo dos o tres momentos descargados, limpios, erguidos; tenemos miedo de ser juzgados, porque queremos ser singulares, y en esa singularidad mezquina de lo único sacrificamos la gran singularidad, la singularidad de lo vario, el gran uno que es unión de muchos, el punto donde ya no se puede decir "te quiero" porque quererte es quererse y bajar todas las defensas hasta rendir el pudor y la vanidad y el poder en la entraña de quien nos conoce y nos domina y nos abre de par en par porque ya no somos yo, sino ella y ella no es ella, sino yo. Esto jamás lo podrían hacer él y Norma. Norma no lo haría con él, como él no lo haría con los hombres que constituían los valladares entre su persona y las metas de su ambición. Pero así la quería; así la había pensado y buscado: contrapartida de su vida pública, continuación o avanzada de sus resortes de éxito, nueva soldadera de la verdadera Revolución. Volvió a fijar los ojos en el reflejo de Norma, y vio correr ese reflejo por un rosario de cocktail-parties y bodas y cenas donde Norma era respetada porque era la mujer de Federico Robles y aceptada porque era la mujer de Federico Robles y Federico Robles era un hombre que había sabido triunfar y dominar y era el dinero y el poder y la posibilidad de ayuda para escalar y en consecuencia Norma era la elegancia y el chic y todo lo que los atributos de su marido significaban, al pasar la frontera invisible entre el trabajo y el juego, en el gran mundo. Así la quería —creyó pensar—, así la había buscado, para esto. Para nada más. No tenía derecho a exigirle otra cosa. Norma había cumplido el pacto tácito.

—Vieras cómo impresioné a los De Ovando, Federico. Claro, los pobres viven como ratas de sacristía, en otra época, sin confort...

—Habrá que invitarlos a cenar alguna vez.

—Uuuy, se mueren de ganas. Cómo no, ahorita mismo. Pero mejor vamos dejándolos que primero vengan a visitarnos, tú. Vamos dándonos nuestro lugar. La tal doña Lorenza es una vieja orgullosa, luego luego se ve. Toditita atufada y como si te hiciera el gran favor. Pero le vi la cara de envidia cuando me miró el brazalete que me regalaste de Navidad —¡rico!—, y te juro que esa señora viene a visitarme y a pedirme más favores.

Federico sintió un ligero asalto de rebeldía. ¿Qué había sido don Francisco Ortiz en su época sino un advenedizo que había tenido la buena fortuna de caerle bien al general Díaz y aprovecharse deslindando terrenos robados a las comunidades indígenas? ¿Qué había sido el padre de Pimpinela, don Lucas, sino un mercachifle que hacía negocios en las aduanas al amparo de Limantour? Pero quizá la compasión que en realidad sentía Norma hacia todos esos seres incapaces de participar en el nuevo mundo mexicano era la que merecían. No tenérsela hubiera equivalido a respetarlos.

—¿Qué se sentirá haberlo tenido todo y luego ser un don nadie? —dijo Norma mientras se aplicaba, frunciendo los labios, el lápiz labial.

—No te preocupes. Si mañana yo quedara en la ruina, pasado volvía a construir mi fortuna.

Norma, ahora, apretó la mano de Federico. Y Robles volvió a sentir su prolongación y avanzada, y no quiso recordar más los momentos con Hortensia Chacón, momentos que no podían pertenecer al esquema cerrado del mundo que sólo con Norma —en el silencio y el odio retenido y la ficción conyugal— podía compartir. La plenitud de su poder le subyugaba como una esfera cálida y perfecta que alumbrase todos los rincones previsibles de su vida. De una brida tensa entre los dientes, en el campo de Celaya, origen del poder, hasta este mismo momento en que la prolongación de Federico Robles iba a reinar con su elegancia sobre una boda aristocrática: extremos de esa esfera total. Federico canceló, automáticamente, todos los momentos anteriores, y todos los que, hoy mismo, querían ligarse a ellos, reconstruir su otra imagen, su vida olvidada y escondida. Mercedes, Hortensia: dos nombres que bailaron apenas en los pliegues de su memoria, mientras Norma se ponía de pie y suspiraba:

—Mi amor, ¡las cosas que hay que hacer para cumplir! A veces pienso que no es vida, tanto cumplido y trajín social. Créeme que lo hago por ti.

Federico, con una leve sonrisa tiesa, lo creía.

—¡Pero qué bodita más cursi! —gruñía entre dientes Charlotte García mientras agitaba una mano en señal de despedida a los anfitriones y el Mercury arrancaba de Monte Líbano hacia la glorieta de Reforma. A su lado, Pimpinela de Ovando sonreía, en el acto de deslizar fuera de los brazos sus altos guantes negros. Charlotte, con un movimiento brusco, se desprendió el sombrerito de plumas rosa y lo dejó caer al lado de Pimpinela: —Nunca comprenderé, querida, por qué este desperdicio de champagne, pavos, canapés, orquesta de violines, colas de seda, jacquets y dinero; para que luego cada quien se vaya a su casa repelando.

La avenida descendía, ondulante, recortada por un sol oblicuo, entre fresnos y cristal y piedra labrada: —Todavía se entiende que una advenediza confesa, como yo, caiga en estos holocaustos, ¡pero tú, Pimpinela! ¡Cómo puedes tolerar ese smugness, ese estar tan satisfechos de sí de todos estos nuevos ricos! Estrenando su burguesía, como si fueran los capitalistas del día de la creación. ¡Qué horror!

Pimpinela no varió su encantadora sonrisa, punto de destello de todo su físico dorado: —Recuerdo que mi abuelita decía que igual que la aristocracia porfiriana vio con horror la entrada a México de los Villa y los Zapata, ella y las viejas familias vieron entrar a Díaz y a los suyos el siglo pasado. Entonces las gentes decentes eran lerdistas. Aunque también ellos se habían hecho ricos con los bienes del clero.

—¡Me parece divino! Hay que ser leal a nuestros propios prejuicios —comentó Charlotte con una carcajada carrasposa. Sobre sus facciones, mantenidas en ese punto de elegancia sin edad por las cremas, los masajes y, sobre todo, por la actitud y la voluntad, bailaban los reflejos verdosos del Bosque de Chapultepec.

—Ponte a pensar, ¿a quién verán entrar con horror mañana los aristócratas de la Revolución? No hay remedio: Mexiquito siempre será Mexiquito. Y mientras tanto, hay que subsistir. Cuando veo a mi tía Lorenza atada a su nostalgia, creyendo todavía que don Porfirio va a resucitar y a correr con látigo a los bandidos y al peladaje... Cuando todos podrían aprovechar, como yo, esta necesidad de prestigio, de barniz aristocrático, de los nuevos peces gordos. Hay que tener un poco de sentido práctico en el mundo moderno, ¿no crees?

—Ay, Pimpi, tú eres muy lista, pero yo, que sólo veo el lado estético de las cosas, ¿cómo quieres que me sienta en medio de tanto llanto de padres sentimentales y mocos de niñas vestidas de tul? Si puede uno vivir en Nueva York o en París, en el centro del mundo, con gentes que hablan y se visten como tú, ¿quieres decirme qué estamos haciendo en México?

—Masoquismo, querida —dijo Pimpinela, agrandando sus ojos de miel cristalina a la vez que bajaba la voz—, y el agradable axioma de que en país de ciegos...

—¡Eres insoportable! —gimió Charlotte y se alborotó el pelo—. Cuéntame, ¿viste al modista ese espiando la boda desde la cocina y elogiando su creación con los gatos?

—Vi algo más impresionante: a Norma Larragoiti vieja por primera vez.

—Bueno, es que con ese marido. Te imaginas el miedo de que le haga un hijo igualito a él...

El auto se detuvo frente a un bar de la calle de Liverpool. En la tarde dominical, grupos de sirvientas con las bocas pintadas como grandes cerezas húmedas, vestidas de algodón y falso terciopelo negro y mocasines de charol, se paseaban abrazadas de cabos del Ejército. Los rebozos se enganchaban en los botones militares, algunas chupaban paletas de limón, otras tarareaban canciones. Iban y venían faldas anchas de colores chillantes, permanentes ensortijados y bañados en grasa, vendedores de helados y globos.

—Basta de zoociales —suspiró Charlotte al descender.

—¿Estás segura de que estará aquí Silvia?

—Todos los domingos. L'amour, tu sais...

Un cuarteto de guitarristas suspiraba junto a la mesa donde Silvia Régules, el mink detenido en un hombro, presidía con los ojos fijos en uno de los intérpretes, crespo y moreno.

—¿Cómo que esto es un old-fashioned? —gritó Bobó al jefe de meseros—. ¿Me va usted a decir a mí, nibelungo, lo que es un old-fashioned? Lugar: Nassau. Año: 1942. En noches de delirio, Windsor pedía mis old-fashioneds mientras la morganática se dejaba retratar para *Vogue*.

Silvia besó las mejillas de Charlotte y Pimpinela: —Su Alteza el Príncipe —indicó, y Charlotte ejecutó un torpe movimiento de rodillas—. A los demás los conocen: la Contessa Aspacúccoli, Cuquis, Bobó…

ay, amor ya no me quieras tanto, ay amor

Cuquis trataba de meter su mano entre el dorso y el brazo del Príncipe y éste —prógnata y oloroso a nardos— la retiraba con igual insistencia. Pimpinela tomó asiento al lado de Silvia, y Charlotte frente al Príncipe: —Conocí a sus augustos papás chez la Comtesse de Noailles…

—Los deplorables eventos de 1918 —suspiró, desde su escandalosa quijada, el real personaje.

—Ahora a las siete doy un cocktail en honor de Maryland Ainsworth, Soapy Ainsworth, ¿sabe usted?, y también de su caballo, si es que gana el handicap en el Jockey, y me honraría…

—Hoy la patria ancestral es presa de la tiranía roja…

—Recuerdas, Pinky, los últimos bailes, cuando tú y yo espiábamos desde el balcón de músicos… —dijo con voz nublada la Contessa Aspacúccoli.

—Liebe Zagreb!

La Contessa ingirió rápidamente el contenido de su copa: —Pinky, Pinky, todo se terminó, kaputt, es aquí el reino des épiciers et commerçants, oh damn! Voy a llorar. Hasta este lugar —por consanguinidad en tercer grado— pudo ser tuyo.

El Príncipe serbio, de pie, gruñó levantando su copa: —Vive l'Empereur!

—Sí, se lo matamos nosotros, ¿verdad? —interrumpió Charlotte—. Pues ahora, en desagravio, le ofrezco también a usted el cocktail de Soapy Ainsworth y Tennessee Rover Boy.

—¿Quién es Tennessee Rover Boy? —arqueó las cejas la Contessa.

—El caballo de Soapy que ya ha de haber ganado el handicap, si Dios quiere.

—Desconocemos el pedigrí de su Rover Boy, querida Charlotte, pero se está usted refiriendo con el mismo aliento a la línea de Reifferscheidt-Orsini, regentes de Aquisgrán desde el año 1147 y emparentados con las más viejas familias del Sacro Imperio.

—¿Pedigrís a mí, señora? Léase su Bernal Díaz, ahí viene mi tatarabuelo, que ya era Marqués de Aguas Floridas y pariente de Moctezuma cuando los suyos plantaban betabeles en el Danubio…

La Princesa, roja al duco, regó su martini y, de pie, levantó el índice y atropelló una serie de palabras incomprensibles. Se cruzó la estola sobre los pechos, infló la nariz y, ya impotente, gritó: —¡Hija de los galeotos y forzados que cruzaron el mar con escorbuto! —y tomó con furia los cabellos de Charlotte—: ¡Te voy a enseñar las posaderas donde está grabado eso que es el lunar de Charlemagne!

Los guitarristas se detuvieron en seco y sólo la augusta intervención impidió a la Contessa bajarse los calzones: —Liebe Sophia, je t'en prie… —Con una profunda reverencia y la Contessa agitada entre sus brazos, Su alteza se retiró.

—¡Me fregaron el romance! —se quejó Cuquis plantando su daiquirí en la mesa—. Ahora que ya me lo iba a amarrar…

—J'ai le cu de Charlemagne! —aullaba la Contessa desde la puerta del bar.
siempre que me preguntas, que dónde cuándo y cómo, yo siempre te respondo

Junior se acercó a la mesa del combate: —Buenas todos; ya vi tu royal match, Charlotte. La aludida se arreglaba el pelo: —¡Que viva el triunfo de trade over tradition! ¡Qué se puede esperar de gentes que desconocen las tinas de baño! ¿No olieron al Sacro Archiduque? ¡Fiúuuu! Siéntate, Junior.

Cuquis corrió a abrazar al columnista que se desprendía con evidente labor de la barra: —¡Mi ocho columnas adorado! ¡Ya me amarré a la testa real! Puedes poner que estuvieron aquí puros nobles para el suceso: el Príncipe serbio, la Aspacúccoli, Charlotte que nos ha resultado de la línea de Cuauhtémoc y yo que fui Soberana de la Primavera

quizá, quizá, quizá.

—Ya está arreglado tu asunto —le susurró Silvia a Pimpinela—. Mi marido habló con esa gente y han acordado la devolución de la hacienda de Chihuahua, por el momento, y después de las otras…

—¡Silvia! Esto es tan inesperado; tía Lorenza no va a tener palabras…

—¡Tch! A ti te debo algo más, ¿verdad? —dijo Silvia y apretó la mano del guitarrista crespo y bigotón.

Tennessee Rover Boy, en efecto y a Dios sean dadas, ganó el handicap. Colocado por una nariz en el primer lugar, su éxito corrió en ondas de creciente entusiasmo del estrado general del hipódromo a las mesitas friolentas que, en lo alto, constituyen el Jockey Club. Maryland Ainsworth levantó ambos brazos y los arremolinó en éxtasis. A su lado, Gus y Lally sufrieron colapsos, aunque aquél, con más sentido común, salió corriendo hacia el teléfono para avisarle a Charlotte. Desde el hall, observaba con una mirada lejana, mientras esperaba la comunicación, a los rosarios de niñas, gordas unas, macilentas y sacrificadas otras, que corrían en parvadas nerviosas de un rincón izquierdo a un rincón derecho, a los dandis aburridos que se lanzaban fumarolas esquivas unos a otros, a las demimondaines endomingadas de violeta —vestidos, párpados, labios—, a los disecados elementos de la vieja guardia, a las señoras que se aprestaban a iniciar, lastrando las sillitas plegadizas, sus partidas de canasta uruguaya.

—¡Rover Boy! —suspiró Gus a la bocina y colgó, corriendo de nuevo hacia las exaltadas extremidades de Maryland, quien ahora lloraba: —My old mammy should have seen this! She raised Rover Boy on clover and alfalfa, she did!

—No te preocupes, chula —se apresuró a añadir Lally, sofocada—: A mí me criaron entre puras lecturas místicas, desde el occiso Platón hasta Guisa y Azevedo, dizque para que distinguiera entre las estrellas de los cosméticos y las de la cosmología, ¡dime si no es para chotearse como de por vida!

—She says she understand your feelings —tradujo Gus.

—Oh, that's sweet —lacrimeó Maryland Soapy Ainsworth, infinitamente pecosa en el atardecer azulado del valle.

—Soapy, míster So-and-So, ¡el hombre más divino de México! —susurraba Charlotte mientras conducía a la heredera del imperio jabonero de un invitado a otro. El apartamiento, forrado de seda naranja, ostentaba en las paredes retratos autógrafos de celebridades: Shirley Temple, el Dr. Atl, Somerset Maugham, Elsa Maxwell, los Duques de Windsor, Alí Chumacero y Victoria Ocampo. Los taburetes de raso diseminados como hongos muelles constituían varios núcleos de academia social: sobre uno, se sentaba Lally; sobre otro, el Junior; sobre un tercero, Pedro Caseaux. Alternaban, desde un escondido magnavoz, Jacqueline François y Los Panchos. Una corona de gardenias, con las palabras Rover Boy escritas con nomeolvides, inundaba el salón de un triple olfato de velación, arrepentimiento y musgo fresco.

—Julia de Bulgaria —presentó Paco Delquinto a la ya demacrada y siempre muda Juliette ante el grupo peripatético de Charlotte y Soapy: —Charmed, I'm sure.

—Desde los sargónidas no se organizaba un huateque como el de San Fermín la semana pasada —comentó Pierre Caseaux, y Cuquis, a sus rodillas, suspiró: —¡Estaba el serbio! Y por más que Pichi le hizo la lucha, fue a mí a la que invitó al Te Deum del viernes. En honor de los difuntos Reyes de Montenegro, ¿sabes?
oh je voudrais tant que tu te

—En esta época la Place Furstenberg se llena de hojas muertas —sugirió Pimpinela de Ovando.

—Bueno, pero eso no le quita lo sangrón a los franchutes y lo mugroso a París —recogió la sugerencia el Junior—. Oye tú, Pimpis, que dizque la Ciudad Luz. ¿Dónde, digo yo? Ya quisieran tener la iluminación de Insurgentes para un día de fiesta. Eso está bueno para ir como yo, una vez al año, pero para vivir, México. ¿Dónde has visto en Francia tantas comodidades como hay en México? Empezando por los baños, oye, y luego las casas, y todo el nivel de vida. ¿A poco allá tienen zonas residenciales como Las Lomas o El Pedregal? No, allá puro vivir de museos y Napoleón.

les pas des amants désunis

—La señora Jaboncito dice que se ha casado siete veces y todavía no entiende por qué nunca la han embarazado —rumió con la sonrisa dentífrica Lally—; ¿verdad, *suit*?

—Sure, daddy makes a surplus of three million a year, tax deducted, but he likes to keep in touch with the finer arts and pays a roving culture-trailer with records and books.

—Que si eres homosexual, Gus.

—Homo sí, sexual quién sabe.

abre el balcón, y el corazón

Rodrigo Pola se acercó al visible perfume de Cuquis, quien, con el pelo caoba recogido en dos olas que partían de la sien y se agotaban, escondidas y exánimes, en la nuca, se acariciaba el occipucio, consciente de los blandos dobleces de su axila afeitada, de la redonda línea de músculo que acentuaba el contorno del seno y lo convertía en un objeto, a la vez, aéreo y grave. Junto a ella, charlaban Caseaux, Delquinto y Juliette. Rodrigo suprimió, mentalmente, toda referencia culta de su vocabulario: no había otra manera de agradar a Cuquis, pensó, pensó que era eso lo que había hecho huir a Norma; esas continuas referencias a lo que, lejos de ser un patrimonio común, resultaba la soporífera clave de un grupo de iniciados. ¿No quería tener éxito en todo lo que intentara? El éxito es asunto de pasividad, se dijo Rodrigo; basta plegarse a la ocasión, someterse a un tren de hechos automático que nadie ha puesto en marcha con inteligencia o pasión. Y además, ¡qué diablos!, resultaba pedante y poco democrático sacar a colación cuanta cita y asociación se le ocurrieran a uno. Recorría con los ojos los sabios movimientos de Cuquis, en los que alternaban una pasividad acogedora de gatita con otra tensión, reptil. Los gatos se cruzan con las serpientes y se hace el reino bovino, musitó Rodrigo al llegar, en su observación, al regazo de Cuquis.

—¿No les parece que el serbio se parece al cuero de Rock Hudson? —inquiría Cuquis cuando Rodrigo se decidió a penetrar la barrera de miss Dior, que la abrazaba.

—¿Quién va ganando en la carrera monárquica? —dijo Rodrigo, cruzándose de piernas sobre el tapete. Intuía que la pregunta no había sido oportuna; Cuquis frunció los anchos labios con los que pretendía crearse una personalidad muy joan-crawfordiana.

—Después de todo, yo te lo presenté —dijo Pierrot.

—Ay, mi ángel —contestó Cuquis y acercó los labios a los de Caseaux, agradeciéndole, sobre todo, el pie—: ¡Qué haríamos sin tu savoir faire estas tristes abandonadas de Tunaland!

—Oye, oye —gritó el Junior desde el taburete contiguo—, esos nobles estarán muy bien para darse taco, pero a la hora de que aquí está su convertible y aquí está su departamentito, ¿quién afloja la lana?

—Ay, Junior, pero si a ustedes también les conviene andar con chicas de tono. ¿A poco nomás por la buena chichi nos sacan a pasear? No te conoceré: si no hubiera ese tono distingué, ni caso nos harías.

—Oye, oye, los placeres ocultos déjaselos a los monjes —dijo el Junior lamiendo los bordes de su vaso—: ¿Quién anda con una vieja si no es para que los demás se enteren?

—¡Eres divino, Junior! —y Cuquis estiró aún más el cuello para volver a acercar sus transitados labios a los dos riñones colorados del higiénico joven.

—No hay vacilón que valga sin su séquito exterior —trató de mediar Rodrigo, conteniendo con dificultades una cita poética.

Cuquis cortó su prolegómeno de beso con una mueca de fastidio: —Oiga, señor, ya van dos veces que abre usted la boca y las dos para meter la pata. ¿Qué, usted me conoce, o qué? ¿De cuándo acá esas confiancitas conmigo?

—Nos presentó en una ocasión Norma, en casa de Bobó… —dijo, sin convicción, y sintiéndose ofensivamente ridículo en su postura de yoga, Rodrigo.

—Ah, pero si tú eres el zonzo aquel, ¡mi amor!

Rodrigo trató de suplir inmediatamente su desagradable sentimiento de reputación perdida: —Vous n'êtes si superbe, ou si riche en beauté, qu'il faille dédaigner un bon coeur qui vous aime.

Sintió que su mirada vergonzante y la actitud declamatoria de las manos no se avenían cuando Pierrot sofocó una risa histérica que pronto contagió, sin sentido, a Cuquis y al Junior. Los tres se pusieron de pie y fueron a sentarse en un rincón oscuro de la sala.

que yo también, tengo una pena muy honda

Como un pez ojeroso surgido del fondo de un acuario, surgió Natasha de ese rincón oscuro, desalojándolo en beneficio de la tertulia Cuquis-Junior-Pierre. Había en la vieja sapiencia de sus ojos un sentimiento, más que de recuperación, de afanoso verter de su mundo acumulado sobre nuevas cabezas. Aquella doble imagen —suntuosa una, amortajada la otra— de los viejos y primeros tiempos de Cuernavaca se había resuelto en una sola: la efigie calcárea, ahora, se había impuesto a la de carne, y pugnaba por apoderarse de todo el cuerpo de la mujer. Rodrigo sintió sobre su mejilla un colorete rasposo y dio la cara a los labios llenos de una pintura anaranjada de dos tonos:

—¿Me permites una cita? No, no digas nada; ya sé que aquí eso es, ¿cómo decir?, poco democrático, ¿no? No importa; escucha, hay impertinentes y hay fatuos; … alguien… dijo que el impertinente es un fatuo exagerado. El fatuo cansa, aburre, disgusta y enfada; el impertinente enfada, irrita, ofende: él comienza donde el otro finit… acaba.

Rodrigo observó con melancolía el alto cuello de terciopelo y el turbante de plumas de garza de Natasha; su rostro brillaba, entre los extremos verde y rosa, como la única luna antigua y demacrada de la creación.

—¿Y cuál cree usted que soy yo, señora?

Natasha puso los ojos en blanco y formó una arrugadísima "O" con los labios:

—¡Usted! ¡Usted! Sólo un mexicano piensa en seguir hablando de usted a una mujer desconocida que se acerca a decirle una preciosa frase de La Bruyère. ¡Usted! ¡Siempre esa cortesía! ¿Que qué cosa eres tú, mi amor? Mira a tu alrededor. Basurero dice a ensaladera: yo también soy ecléctico.

Natasha acercó un largo cigarrillo ruso al pecho de Rodrigo, en su pose favorita de solicitud de fuego. No entendió hasta que Natasha, con un gesto de impaciencia, subrayó su intención y Rodrigo, torpemente, hurgó en sus bolsillos hasta encontrar unos Clásicos. La pose de Natasha no varió:

—Todo es cuestión de alas, querido. Con alas: mariposa. Sin alas: gusano. Voilà! Convídame un drink.

Con gran ceremonia, Rodrigo tomó el brazo de Natasha; la mujer crujía al levantarse del taburete. —On n'est pas ce qu'on était… —suspiró mientras guiñaba el humo fuera de sus ojos glaucos, dos vasos de sombra irrespirable. La pareja caminó hasta el bar; Charlotte había apagado casi todas las luces, y Cuquis besaba al Junior mientras Pierrot ofrecía sus comentarios a la técnica oscular empleada y Lally le acariciaba la cadera a Soapy Ainsworth y Bobó comentaba, observándolas, las ventajas de la ambigüedad. Juliette, como acostumbrada a una ceremonia que a fuerza de juzgar siniestra le era ya indiferente, escuchaba la catarata verbal de Paco Delquinto. Natasha chocó su vaso con el de Rodrigo. —Cheers!

La cara se le iba palideciendo con cada nuevo sorbo. —Sabes, querido, déjate crecer las alas. No te salen, parece que... te las cortan a cada ratito, o te las dejas cortar, ¿quién lo sabe? Am I right?

Mientras mamaba, con una delectación intensa en la que el alcohol y la compañía inesperada conspiraban, los popotes de su manhattan, Rodrigo asintió. No quiso interrumpirla. Su cuerpo comenzaba a fundirse con la fiesta; sentía los muslos adormecidos, la nuca excitada; y Natasha, sobre el banquito del bar, le recordaba —no sabía por qué— alguna escena invertida de El ángel azul. La mujer comenzó a cantar, en voz baja, con una cuerda pastosa,

Surabaya Johnny, warum bist du so roh?
Du hast kein Herz, Johnny und ich liebe dich so

Ella un Emil Jannings femenino, y él una Marlene azorada; lo pensó y se enrolló el pantalón sobre una de las piernas: Natasha se llevó las manos a los ojos mientras su canción se le atrofiaba, quebrada, en risas

Du hast kein Herz, Johnny und ich liebe dich so

Rodrigo tomó la mano de la mujer y la besó; ella pasó la muñeca sobre la nuca fría y excitada. Pidieron más copas.

—¿Sabes que eres muy cariñoso y dulce? Lo sé, querido, no lo digas: aquí es muy difícil. Todas las mujeres mexicanas de nuestra clase son unas beatas hipócritas fruncidas o unas putas baratas. Quieren seguridad o manoseo, pero no una relación... ¿humana? Il faut savoir mêner les choses, ¿sabes?

—¿Y quién tiene la culpa?

—Los hombres mexicanos, bien sûr. ¿Qué cosa decía la monjita esa? "Hombres necios", etcétera. Ellos quieren que las mujeres sean beatas o putas, algo definido que no los obligue a gastar mucho la imaginación. ¿Y qué más? ¿Te lo digo? Écoute: no hay quien me pare de hablar mal de México. ¿Nuevos ricos que no saben qué cosa hacer con su dinero, que sólo tienen eso, como un caparazón de bicho, pero no todas las circunstancias, cómo se dice... de gestación que en Europa hasta a la burguesía le dan cierta clase? Claro, la burguesía en Europa *es* una clase; es Solbert y los Rotschild, pero es también Descartes y Montaigne; y produce un Nerval o un Baudelaire que la rechacen. Pero aquí, querido, es como un regalito imprevisto para unos cuantos, on ne saurait pas se débrouiller... No hay, cómo se dice... ligas, se trata de una casta sin tradición, sin gusto, sin talento. Mira sus casas y, sale marmite!, sus ajuares; son una aproximación a la burguesía, son toujours les singes... los changuitos mexicanos jugando a imitar a la gran burguesía.

Natasha soltó una carcajada y bebió el contenido de su copa: —¡Y los intelectuales! Chère, chère, son a la inteligencia lo que la saliva al correo, una manera, tu sais, de pegar la estampilla. Quieren prestigio y consideración, querido, et ça suffit; no quieren a las ideas ni a la obra ni a la pasión que lleva crearlas; nada más quieren estar en la vitrina; su conversación es triste cuando no es pomposa, su aspecto es feo, ¿sabes?, en el mal sentido, feo sin personalidad o grandeza, feo como la halitosis o las legañas. En fin... ¿sigo? Esos periodistas que con una mano rezan a la Guadalupe y con la otra reciben mordidas, porco Dio! Una persona de inteligencia mediana tiene derecho a leer algo más que anuncios de cine en los diarios. ¡Este país está más lejos del mundo que... que Júpiter! Todos con un set de ideas prefabricadas para sentirse, ¿cómo se dice?, personas justas y honorables que están del lado de la razón, buenos mexicanos, buenos padres de familia, buenos nacionalistas, buenos machos, ça pu, mon vieux! ¡Pero qué tristeza! Oye, y los pinches curas de México, y el pin-chí-si-mo catolicismo mexicano. ¡Pero qué tomadura de pelo, viejo! Pero si esto es grave, querido, si ser cristiano de veras —o budista de veras, si tú quieres— es un problemón... ¿cómo dices?... de la tostada, tu sais. Il faut avoir... unos riñones de acero. No es cuestión de mandar a las niñas a un colegio de monjas a aprender vergüenza y mezquindad, no es prohibir que se critique al papa a la hora de la comida y llorar ante una postal del Vaticano, ni siquiera de dar mendrugos o darse golpes de pecho para sentirse con buena conciencia, ¡ser cristiano es como agonizar tous les jours, ¿sabes?, y resucitar todos los días y sentirse al mismo tiempo la mierda más grande y el ser más bendito cuando se tiene que pedir perdón en serio y ser humilde de verdad! Lástima que el rito católico sea más impresionante que sus dogmas.

—¿Por qué vives en México? —Rodrigo quería reír y guiñar un ojo, solidarizarse tácitamente con lo que decía, desde la espuma anaranjada de sus labios, Natasha, pero se sentía realmente ofendido por las frases de la mujer.

—¿Por qué *vivimos*, chérie? ¿Por qué vivimos en una ciudad tan horrible, donde se siente uno enfermo, donde falta aire, donde sólo debían habitar águilas y serpientes? ¿Por qué? Algunos, porque son advenedizos y aventureros y éste es un país que desde hace treinta años le da prioridad a los aventureros y advenedizos. Otros, porque la vulgaridad y la estupidez y la hipocresía, comment dire?, son mejores que las bombas y el campo de concentración. Y otros... otros, yo, porque al lado de la cortesía repugnante y dominguera de la gente como tú hay la cortesía increíble de una criada o de un niño que vende esos mismos diarios enmerdeurs, porque al lado de esta costra de pus en la que vivimos hay unas gentes, ça van sans dire, increíblemente desorientadas y dulces y llenas de amor y de verdadera ingenuidad que ni siquiera tienen la maldad para pensar que son pisoteadas, comme la puce, hein?, y explotadas; porque debajo de esta lepra americanizada y barata hay una carne viva, ¡viejo!, la carne más viva del mundo, la más auténtica en su amor y su odio y sus dolores y alegrías. Nada más. C'est pour ça, mon vieux. Porque con ellos se siente uno en paz... y allá, en lo que dejamos, está lo mejor de lo que ustedes creen que es lo mejor, pero no lo mejor de lo que ustedes creen que es lo peor. Ça va?

Rodrigo permaneció unos instantes con los ojos perdidos en el fondo de una botella vacía. ¿No le quería decir Natasha lo mismo que Ixca: escoge, escoge tu mundo y no des más la cara a las ciudades de sal? Levantó la vista: —¿Paul Gauguin en cruzada otra vez? ¿Otra vez la búsqueda del buen salvaje y el color local y el candor primitivo, ahora entre los limpiabotas totonacas y las cocineras descendidas de la sierra de Puebla?

—Puede que sí, mi amigo. Por lo menos a nosotros nos queda siempre eso: la posibilidad de s'enfuir, de buscar el là-bas, El Dorado fuera de nuestro continente. ¿Pero ustedes? Ustedes no, mon vieux, ustedes no tienen su là-bas, ya están en él, ya están en su límite. Y en él tienen que escoger, vero? —Natasha sonrió con una explosión cálida que quería comunicar a Rodrigo un sentimiento verdadero de interés y preocupación—. Para ti no debe ser difícil. Déjate crecer las alas de un color o de otro. Es tan fácil. Cuestión de dejarse llevar, en uno de los casos, hein? Mira a tu alrededor. ¿Crees que existe en ellos algún escrúpulo moral? Fíjate qué fácil, mi amigo, fíjate nada más... —La voz de Natasha se iba alejando, con su cuerpo, con sus manos, de Rodrigo y del pequeño bar; las sombras de la fiesta, más profundas, por elaboradas, que las sombras nocturnas de un bosque perdido, se la tragaron: Rodrigo fijó hasta el último segundo los ojos en la luna escuálida y después quedó solo, mientras los ruidos y las voces y las invitaciones y el tedio volvían a zumbarle, a rezagarlo, a apartarlo del lugar central.

Ixca Cienfuegos camina a través del viejo mercado Juárez hacia el cuartito de Librado Ibarra en la calle de Abraham González. Atraviesa los puestos, vacíos después de la compra de la mañana, donde los vendedores se han sentado a consumir algunas sobras de carne resinosa y hierbas entre el olor penetrante de pollos degollados y sangre de huachinango que tiñe los pisos y se mezcla con los ríos de agua jabonosa que las mujeres gordas, de pelo envaselinado y verrugas negras, hacen volar de sus cubetas, entre aullidos de perros, mientras las otras mujeres, las recogidas y quietas, no dejan de contar los manojos de tomillo y mejorana, laurel, orégano y epazote, de perejil y hierbabuena y manzanilla que les sobraron, antes de emprender el regreso a las delegaciones, a Contreras, a Milpa Alta y a Xochimilco, a esperarse junto a la parcela mínima para regresar con más manojos escuálidos al día de plaza. Se deja escuchar alguna guitarra perdida; la modorra la arrastra, con dedos de siesta, y los pajarillos en venta, cubiertos por un trapo, ya no chirrian ni mueven las alas. Los cuerpos van cayendo pesados, sin postura fija, bajo el sueño. Van a dar las cinco de la tarde. Un gran silencio desciende sobre el mercado. El sol de la tarde hiere los ojos de Cienfuegos. Comienzan a alzarse, por todas las calles y las plazas, los tonos compungidos del organillo callejero. Algunos chamacos se unen al organillero y cantan las canciones tradicionales   rayando el sol me despedí   peregrina de ojos claros y divinos   y Cienfuegos busca el número correcto de Abraham González, penetra el largo patio de macetas abandonadas y asciende por una escalera crujiente al segundo piso.

Librado Ibarra

—¿Difícil hablar de Federico Robles? ¡Qué va! Difícil hablar de uno mismo, o de los demás cuando hay amor o hay odio de por medio. ¡Qué va! Con Robles no hay nada de eso. Es como sentir odio o amor por un encabezado del periódico, por algo que está allí, nomás, parte de otra cosa que a uno ni le toca.

—Sí, creo entender lo que me dice —intervino Ixca Cienfuegos—. Aunque veo que a usted sí le ha tocado de cerca.

—¿Por esta pata? ¡Qué va! Eso me lo hizo una máquina, no Federico Robles. No, quiero decirle que a mí mi propia experiencia me sobra y basta, que estoy contento de lo que he visto y vivido, y menguada la cosa que Robles le puede hacer a eso. Verá usted: yo conocí a Federico en la escuela de derecho, cuando los dos tendríamos unos veinticinco años. Federico era secretario de un general, y yo un pasante con tantas ambiciones, si no más, que Robles. No es ése el problema, ya ve usted. Puede que Federico haya hecho lo que yo no pude hacer. Puede que yo haya hecho lo que Federico no pudo hacer. Pero ahí nos tiene a los dos, de veinticinco años, los dos estudiantes pobretones, con el mismo México por delante. Obregón en la presidencia y una bola de jóvenes como nosotros, llenos de ambiciones. Seguros de que ahora empezaban las cosas en grande. ¡Cómo nos fregamos macheteando, amigo! Esas noches largas de noviembre y diciembre (el olor a castaña asada, ¿sabe usted?) en un cuartito mierda de Doctor Vértiz, lleno de humo y tazas de café repletas de ceniza, sobre el civil de Planiol y el constitucional de Lanz Duret, hasta que la cabeza nos zumbaba y los ojos los sentíamos a puro huevo cocido. Qué cosa serán esos lazos que se forman en la escuela, en esas noches desveladas, que después las gentes no se pueden volver a ver. Como que hay una entrega excesiva. Como que el otro se entera de la manera de pensar de uno, de todas las debilidades que cada quien trae dentro, ¡hasta del modo de mear! Y esto como que no lo aguantamos mucho nosotros, ¿no se le hace? Como que hay que guardar siempre las distancias, porque si no parece que se anda uno entregando demasiado. Así somos, mi estimado, ¡qué le vamos a hacer! Yo me conozco al dedillo al tal Federico, igual que él a mí. Sólo que él está donde puede jorobarme y yo donde me expongo a que me joroben. Total, que a veces hace hambre, ¿se da cuenta?, y ahí sí ni modo, hay que bajar la testuz. Pero entonces estábamos los dos igualitos, al mismo nivel. Esto de ser secretario de un general estaba muy bien como experiencia, pero no dejaba mucha mosca por el momento. Y yo litigando asuntos civiles de a cuartilla. De manera que andábamos los dos de café de chinos y putas del Dos de Abril, comprando libros usados en la Avenida Hidalgo y todas esas historias. ¿Le decía que hasta la manera de orinar le conocía? ¡Qué va! Me quedo corto. ¡La de veces que compartimos a la misma vieja en la misma cama! ¡Ah qué caray! Ya ve usted.

Librado Ibarra se rascó la calva y guiñó sus ojos bulbosos, de cebolla frita. En el estrecho cuarto de Abraham González, la luz penetraba a través de unas ventanas llenas de macetas de porcelana y cachitos de vidrio. Con la pierna enyesada, Ibarra trataba de acomodarse en la cama y, de vez en cuando, lanzaba un escupitajo al artefacto de cobre. En la incómoda postura, su pequeña y redonda barriga resaltaba como una cacerola mal avenida con la lividez escuálida de su cuerpo. Un aguamanil, un ropero antiquísimo, la silla de madera despintada sobre la cual se sentaba Cienfuegos, un buró con losa de mármol. Era todo.

—Pues sí, los dos igualitos, con los mismos caminos por delante. Era cuestión de escoger. Sí, se dice muy fácil. Todo estaba por hacerse, y uno tiende a irle a la segura, claro. Pero en esos días ¿cuál era la segura? Faltaba conocer los nuevos caminos del éxito. Parecían ser todos. Todo estaba por hacerse, sí señor. Íbamos a empezar en cero a construir a México. ¿Qué camino no ofrecía posibilidades? Fíjese: los nuevos gobiernos atraían a todos, a los obreros, a los campesinos, a los capitalistas, a los intelectuales, a los profesionales, ¡hasta Diego Rivera! Al revés de los científicos de Díaz, que se habían organizado de arriba abajo, la Revolución primero se atraía a todas las fuerzas vivas del país. Ésa era la situación cuando Federico y yo teníamos veinticinco años: oportunidades en todos los sectores, ¿ve usted?, promesas para todos. Para eso se había hecho la Revolución. Iban a tener las mismas oportunidades el obrero y el campesino y el abogado y el banquero. Sí, cómo no. En fin, así lo creíamos entonces. Era cuestión de escoger y aventarse, mi distinguido. Al fin y al cabo aquí la gente se hace de prestigio gracias a sus errores. En la escuela el maestro Caso hablaba mucho del empirismo inglés. ¡Qué va! Aquí les damos mate a cualquier hora. Pero entonces, pues no veíamos así las cosas. Yo dizque iba a especializarme en derecho agrario, por el porvenir que esto ofrecía para un joven de talento. Mandé a volar el bufete donde estaba y me lancé a ver cómo funcionaba la cosa. Federico ya iba por otro rumbo. En cuanto se recibió, el general le dejó muy buenos negocios.

Figúrese: se enteró de que unos porfiristas arruinados y además mensos vendían varias manzanas del centro a la quinta parte de su valor. Luego luego fue Federico a proponer la venta de los terrenos, que ni siquiera eran suyos, a tres veces su valor real a unos banqueros gringos. Como los banqueros le cicatearon al precio, Robles se consiguió un cheque falso del general por cinco veces el valor de los terrenos, dizque para uso del Gobierno. Los gringos capitularon, le pagaron los terrenos al precio que pedía Robles, y después Federico fue a hablar por primera vez con los porfiristas y se los compró a la quinta parte de lo que valían. Y yo, ¿que qué me encontré, señor? Pues que los ingenieros mandados a las viejas haciendas eran asesinados por los pistoleros de los hacendados que actuaban a sabiendas y a veces con el apoyo del cacique local. O que donde se hacían las distribuciones de tierra, el cacique armaba a los campesinos, se hacía de su ejército privado y explotaba las tierras igual que antes. O que los hermanos y tíos del Gobernador resultaban pobres indios titulares de una parcelita tras otra. Ya ve usted. Para qué le hago larga la historia. Me retaché a México, y después de aquella experiencia sólo quería vivir en la ciudad y ni oler algo que tuviera que ver con el campo. Venía impresionado, mi distinguido; ¡la de veces que tuve que salir corriendo de un latifundio, sospechoso de ser espía del Gobierno! Aquélla fue muy mala vida. Así que llegué y me casé con la primera que me encontré. Una chiquilla feúcha y flaca —que al fin y al cabo yo no soy Jorge Negrete, amigo—. Con la que me imaginé —¡mire usted, a esa edad!— que podría uno envejecer tranquilamente. En el bufete me mandaron al carajo, pero un sindicato me dio chamba de abogado. Pues ahí tiene usted a todos los profetas del proletariado con su casota en Cuernavaca —¿a qué horas, mi estimado, a qué horas? eso se llama ser el gaucho veloz— dándoles fiestas a las coristas y a uno que otro aristócrata del viejo régimen, y uno de idealista que va a dar con sus huesos a las Islas Marías. Con los comunistas, con los líderes honrados, con los chamacos de las juventudes socialistas, con uno que otro vasconcelista taimado, sí señor. Ahí me tuvo usted hasta el año de 34. Y mi feúcha clavada aquí; apenas la saboreé, y ¡pácatelas!, el trancazo. Ni tiempo de hacerle un hijo. ¡Ah, qué caray! Ésos fueron para mí los frutos de la Revolución —si es que la Revolución y el Jefe Máximo eran la misma cosa—.

Librado se rió quedamente y acercó un pañuelo a la nariz. En medio del estruendo, preguntó: —¿Y Federico Robles? Pues ahí lo tiene usted con los fifís de Sanborn's todas las mañanas y después, con lo que sacó de su primer negocio, comprando establos en Toluca. Luego se salió de eso y me dijo que en el campo mexicano no había nada que hacer, que eso quedaba fuera del mercado en virtud de las leyes agrarias, sobre todo ahora que iba a ser Presidente este Cárdenas, que era un hombre de cuidado, y que los caciques que andaban metidos en el asunto iban a acabar mal; que ahora la tierra que valía era la de la capital. Luego se fue al Norte —¿esto no lo sabía usted, verdad?, bien que se lo ha guardado— y estuvo metido en unos garitos de Baja California. Creo que la hizo de todo: de mandadero y conseguidor, con tal de conocer gringos y quedar bien con los meros meros. Cuando regresé de las Islas, me lo encontré al frente de una compañía de fraccionamientos en sociedad con unos gringos y con políticos mexicanos. Acababan de comprarse loma y media a cuartilla. Luego fue de los primeros en construir casas de apartamentos. La segura, ve usted. Para 1936 ya no había quién lo parara. Dinero llama dinero, amigo, y esos gringos le tuvieron confianza, lo pusieron de abogado consultor en sus compañías, después en los consejos de administración, después ya pudo él solo alzar el vuelo y meter su dinero en empresas propias. Para prestarlo ¡qué olfato tuvo! Se dio cuenta de que para la agricultura no había un centavo disponible, que ahora todo era predio urbano, comercio, industria, y todo en el Distrito Federal. Fue de los primeros en dar crédito en gran escala para la industria de la construcción. Y mientras tanto los terrenitos sube que sube, las rentas de los apartamentos también —y si no, a tumbar éste y construir otro—. La ciudad crece y crece, amigo, y él con ella. Ya ve usted esto retacado de gentes del campo que vienen aquí porque aquí hay trabajo en la construcción y al campo ni quien le haga caso. Y los demás de braceros. O la bola de familias que pasan de la aristocracia de Orizaba y Mazatlán y de donde usted quiera a la clase media de la capital, creyendo que aquí van a hacer fortuna rápida y acaban de mecanógrafas y de pequeños comerciantes. Robles, siempre a la segura. En política, contactos con los gringos, pero también, en tiempos de Cedillo, con los Camisas Doradas y los nazis, por si las moscas. ¡Ah, qué caray! Viajes a los Estados Unidos, y una esposa popoff, y todas esas cosas que dan prestigio. Se ha sabido manejar bien, cómo no. ¿Y yo? Pues cuando regresé de las Islas me encontré a mi pobre feúcha bien amargada, y no era para menos. Andaba bien desconectado, pero al fin Feliciano Sánchez, mi amigo de aquel sindicato, me consiguió chamba en Educación y me mandaron a promover dizque la aplicación del artículo tercero. Usted ya sabe lo que fue eso, y allí anduve. Ni modo de llevar a mi mujer conmigo, mi estimado. A una profesora de Villa de Refugio la agarró una gavilla de bandoleros pagados que la arrastraron de cabeza sobre un pedregal hasta dejarla hecha trizas. A otra le cortaron las orejas, a otros maestros los ahorcaron y les quemaron los pies. Siempre los caciques, señor, los caciques y los curas. Ésa fue la educación rural. Ya ve, empezamos igual, todo parecía ofrecer grandes oportunidades. Debía haberlas ofrecido más todo aquello por lo que se hizo la Revolución. La tierra, la educación, el trabajo. Pues ya ve usted cuál fue mi experiencia. En cambio, lo seguro era otra cosa, a lo que le fue Federico Robles. Para eso se hizo la Revolución, pues. Para que hubiera fraccionamientos en la ciudad de México.

Ibarra comenzó a reír con grandes carcajadas; no carcajadas justificadas o comprensibles, sino grandes ráfagas semejantes a un llanto disfrazado, y que con cada onda crecían, oleaje de ruidos guturales, hasta parecer infinitas e incontenibles.

—¿Y mi feúcha? Pues imagínesela. ¿Cómo le iba a hacer para conseguir dinero mientras yo andaba dando de tumbos? Feliciano Sánchez, mi amigo del Sindicato, le tuvo lástima y se la llevó a su casa y ella, claro, tuvo que corresponderle en especie. ¡Ah, qué mi feúcha! Pero no le guardo rencor. Total, era exigirle demasiado. Ahora me ha venido a visitar, ahora que he estado enfermo. A Feliciano lo mataron un 15 de septiembre: la ley fuga. Por andar de bochinchero en el interior. Pero mi feúcha prefirió quedarse con los hijos que le dio Feliciano. Ahora sí está vieja, y cuando recuerdo que al casarme pensé en que envejeceríamos juntos... Se necesita alguien que envejezca con uno, no crea usted. Todo lo que se pueda compartir no se pierde, sino que es como si se tuviera dos veces, ¿no se le hace? ¡En fin! Yo regresé a Educación, y allí estuve hasta hace poco de burócrata. Mire lo que son las cosas, hasta el obrero tiene hoy más defensa que el burócrata. La clase media está más amolada que el pueblo, mi estimado, porque tiene ilusiones, y más que ilusiones, tiene que mantener las apariencias. Tiene que aparentar cierta decencia en su casa, en su comida, en su ropa. No puede andar de huaraches y calzón de manta. Y no le alcanza, de plano. Vivimos en una sociedad de libre empresa, señor, y las gentes que viven de eso se van para arriba, pero la clase media se queda en donde está. Con ese trabajo sórdido, rutinario; en fin, para qué le cuento... A mí un día me entraron ganas de quemar todos los archivos y no volver a ver un papel empolvado en mi vida. Catorce años metido allí, señor, y todos los días lo mismo, el mismo trabajo sin utilidad para nadie, el mismo camión Cozumel de bancas duras, el mismo cuartito, el mismo no tener qué hacer después del trabajo, salvo buscar a una mujer, o meterse a una tanda doble en el cine Colonial. Y a las ocho del día siguiente, otra vez marcando una tarjeta. ¡Ah, qué caray! Mientras que Federico Robles... Pues quién no iba a doblar la nuca, dígame nomás. Con un sueldo de seiscientos pesos al mes. ¿Y a quién conocía yo en la nueva plutocracia sino a Federico Robles? Allí acabé, como usted sabe, prestándome a un chanchullo jurídico, aportando tres mil pesos que ni eran míos para hacerme socio de una S. de R. L. en apariencia y en realidad servir de capataz a una bola de infelices en una fábrica mal montada con maquinaria anticuada y defectuosa. Todo para evadir la ley. Aquí me tiene, pues. Habla usted con el brillante especialista en derecho obrero.

Ibarra inició otra carcajada infinita. Cienfuegos, desde su silla, sonrió.

—Ahora Robles me habla de "usted", ¡hágame el favor! Pero no, no es eso lo importante. Lo importante es que cada quien vivió su vida ¿no?, y que allá quedó él y acá abajo yo, dos vidas, nomás, dos ejemplos. Pero ni quien se queje, ¡qué va!

Antes de volver a sonarse, Ibarra gritó: —¡Ignacia! ¡Ignacia!… Es la criadita del edificio, amigo. De esas indias bonitas. Mire: ¿no le importa comprarme unos Monte Carlo y una Pepsi en el estanquillo? Se lo voy a agradecer. Aquí tiene… hombre, no faltaba más, ¿por qué me ha de convidar usted? Hombre, muchas gracias.

El sábado al filo de las diez de la noche la puta barata entra en una lonchería de San Juan de Letrán y pide una torta compuesta de chorizo y puerco con una taza de café. Mientras engulle, se mira en el espejo del lugar y saluda con tres dedos nerviosos a otras mujeres que, con rapidez, comen allí o se untan saliva en las carreras de las medias o fruncen los labios frente a un espejo de mano sin dejar de hablar. Todas son "manas" y en el lugar las conocen y cuando andan muy amoladas les regalan algo de comer, pero la que come la torta de chorizo y puerco no se mezcla con las otras; las otras creen que lo hace por apretada o por nueva en el oficio, pero ella sabe que le cuesta contar las mismas mentiras, inventar, como todas, que viene de Guadalajara y que tiene un viejo al cual mantener y que un político la encontró con su viejo y la golpeó; le cuesta inventar esas aventuras que rompan un poco la monotonía sin fechas de lo que sólo es su trabajo, sin excusas, sin madre vieja, hijo recién nacido o hermano tullido que mantener, por el puro gusto de ser puta, porque trabajar de criada o dependiente de almacén la aburre y ahora hasta de puta se aburre y cree que va a poder dormir toda la mañana y a las once del día ya está despierta y aburrida, contando las horas hasta las diez de la noche para llegar a la lonchería y comer su torta y subir al hotel cabaret y ver si le regalan otra torta y después esperar y hacer como que baila y pedir un agua pintada tras otra y despachar al cliente en diez minutos. Se arregla la cola de caballo, se polvea los pómulos oscuros y sale a la calle, con la mirada clavada en la acera por donde caminan los hombres de camisola y pantalones bombos y algunos jotos descarados que se acercan a cabos del ejército y no sabe que el aire delgado y el vapor que asciende de las aceras y el cielo cargado que araña las azoteas pelonas y los avisos luminosos y todo el perfil quebrado de la ciudad quieren acariciarla y hacerla suya, gota viva de la ciudad, y llevarla hasta el origen de la misma ciudad y todos sus habitantes, que es donde la ciudad y todos sus hombres y mujeres dejaron su sabiduría: así piensa Ixca Cienfuegos cuando, en la esquina de Mesones, ve cruzar a la puta barata que no levanta la vista de la acera y camina con un contoneo impuesto que ya es su meneo natural. Entonces Ixca Cienfuegos va arrastrando los pies por las calles, al lado de la puta barata que para la trompa y se detiene y se clava las manos en la cintura regordeta y mal fajada. "Si no compras no mallugues, mano." Y se pierde por un costado de Vizcaínas. En Niño Perdido, Cienfuegos entra en una cantina de humo bajo y voces dominadas por el guitarrón y la corneta que rasga de cobre todas las gargantas y el ir y venir de chicharrones colmados sobre bandejas de latón hasta la mesita donde Beto, con las mangas enrolladas, se abraza al cuello largo y negro de Gabriel y contesta con aullidos las voces gangosas y perdidas del mariachi.

Maceualli

¡Ay ay ay ay ay! Las olas de la laguna
    —¿Qué hay, Beto?
    —Pos ahi...
    —¿El negocio?
    —Ahi nomás
    —¿Y tu amigo?
    —Es Gabriel.
    —¿El que se fue de bracero?
    —¿Cómo...?
    —Teódula me lo contó.
    —Pos a poco.
¡Ay ay ay ay ay! unas vienen y otras van
    —Oyes, que el señor aquí es amigo de la viuda Teódula, Gabriel.
    —Pos sí.
    —¿Qué tal te fue por allá?
    —Pos ahi, cómo le diré...
    —¿Se toman algo?
    —Pa' luego...
¡Ay ay ay ay ay! unas van para Sayula
    —¿Tequila?
    —Ahi usté dirá...
    —Esto debe darles nostalgia por allá.
    —¿Cómo?
    —Que en los Estados Unidos deben extrañar su tequilita.
    —Extrañar el tequila. Pos luego.
    —Bueno, ¿por qué te fuiste de México, Gabriel?
    —Pos eso sí quién sabe.

—¿No encontrabas trabajo, o qué?

—No; usté sabe cómo son las cosas, que si esto, que si l'otro...

—¿Se sirven las otras?

—Pos luego...

¡Ay ay ay ay ay! y otras para Zapotlán

—La vida es dura en México, Gabriel.

—Usté dirá, patrón.

—¡Qué patrón! Soy tu cuate, Gabriel, igual que Beto.

—Usté dirá...

—¿De qué barrio eres?

—Ahi... este, del rumbo aquel... de por allá...

—De Boturini, señor, Boturini y Jamaica es nuestro cantón.

¡Ay ay ay ay ay! Allá va mi corazón

—Pero hombre, no seas desconfiado.

—No, si desconfiado no.

—¿Entonces?

—La mera verdad...

—Órale, Gabriel. El señor es jalador.

—Pos la mera verdad, la mera verdad que cuesta echar labia así de repente y la mera verdad que aquí vinimos a otra cosa...

—¿La que sigue, Gabriel?

—Pa' luego. Oyes Beto, ¿y el Tuno?

—Que luego se descolgaba.

—Está suave.

¡Ay ay ay ay ay! Sobre una viga nadando

—Me imagino que en los Estados Unidos, las circunstancias...

—Oyes, ¿qué le pasa al Tuno?

—Que al ratón, te digo.

—¿No que no?

Gabriel lanzó un chiflido agudo y el joven de pelo hirsuto y camisola de manga corta hizo un guiño y se abrió paso entre el humo y los mariachis y las cabezas gachas.

—Jaya boy!

—¡Ah qué Tuno más jijo!

—Aquí el señor...

—Gusto, míster.

—... el señor es jalador, Tuno.

—¡Aaaaaah! Nomás luego no se me chivié… Jaya boy! ¡Desde El Ei!

—¡Desde El Ei, Tuno! Ah que la chingada.

¡Ay ay ay ay ay, ¿Qué dice ese amor engrido

—¡La cuenta! Bueno, los dejo.

—Ándele nomás, señor.

—Gracias, patrón.

—Bisiña, míster.

¡Ay ay ay ay ay! ¿con el que me estás pagando?

—Voy voy, qué olorosos y perfumados nos estamos poniendo.

—No te la jales, Tuno. Es amigo de la Teódula.

—¿Y eso?

—Es cliente, y jalador. ¿A poco no, Gabriel?

—Ése es puro apretado.

—N'hombre, jala parejo.

—Puro apretado. Que si te va bien, que si te va mal; luego luego a tenerle compasión a uno.

—N'hombre, es buena gente.

—Qué buena gente ni qué la pinga. ¿A poco cree que así nomás suelta uno lo que trae dentro? ¿Qué chingados va a entender?

—Seguro, Gabriel. No hay que andarse dando, *chur*.

—Seguro. Sólo con los cuates, como tú y Beto…

—Y a veces ni así.

—Y a veces ni así.

—Seguro, mano.

—¿Qué anda averiguando? Pos a poco le iba a contar algo nuevo.

—¡Las otras!

—Seguro. Unas que me sepan suaves. ¿A poco? Ahi están, luego luego, que si fueron a la escuela, que si saben leer, que si la chingada… Salud.

—*Yurai*.

—Seguro, Gabriel.

—Ya ven lo que son las cosas; ¿quién va a andar recordando a cada rato? Bastante jodido anda uno para que encima…

—Ni hablar, *bróder*.

—Ya ves mano, ni quien se queje. Ahi empecé en la peluquería esa, no estaba tan peor, ¿a poco no? Pero no, tienes que salirte de lo seguro, ir a buscar por ahi, de metichi. Ni modo, mano.

—¿Quién se queja?

—Otros andan con suerte, Tuno. Luego luego les cae el gordo. Se arman con lo que sea. Ni modo.

—¡Ya estaría!

—Ni quien diga nada. A cada quien le va asegún quiere Dios, ¿a poco no?

—Ni modo.

—Pero al cabrón que le va bien, ni quien le diga nada. Pa' qué's más que la verdad; a mí tampoco me dijeron que si haz esto o haz l'otro; pero nomás había que verlos —¡a los viejos, mano!— para saber que como que estaban ahi nomás, esperando que hicieras algo. Luego, como eres el mayor y los hermanos se murieron y las viejas no sirven para nada y los jefes cada día más encogidos y dados a la desgracia, pues ni modo.

—Seguro. Ni modo.

—De chamaco las cosas son de otro modo. Nomás te andas paseando, buscando a ver qué encuentras. Te salen perros al paso, que conocen el cantón mejor que tú, y tú nomás te dejas llevar. Como que toda la colonia es tuya, todos te saludan y te convidan a jugar rayuela, mano. Pero ay jijos, apenas te ven la cara de machito, y luego luego empiezan las caras feas.

—No les vayas a comer el mandado...

—Las viejas, la lana, todo les da desconfianza, Beto. Luego luego te las esconden. Y luego te sale al paso un matoncito de ésos, nomás para probarte, y ahi sí ni modo...

—Segurolas. Que no se te frunza.

—Abusados. Nomás andas mirando p'alante y p'atrás, a ver si a l'hora de l'hora no te salen con una navaja. Y te joden si quieren, Beto. ¡Son más buenos para meter chisme! Y como ven la manera de arrimarse a los meros meros y estar listos para lo que sea...

—¡Y hasta les conviene tenerlos tranquilos! Al rato ya andan de fotingo y toda la cosa.

—...pues ahi está que si les caíste gordo, te llevó Cantinflas, mano. Tú les buscas la vuelta, pero hasta eso, ¿a qué le tiras? ¿Pos a poco servimos más que para lo que somos? Voy... En el cabaré ese en donde estuve de mozo, pos sí, muy suave. Pero luego les ves los hocicos a los mozos viejos, mano, y sientes rete gacho. Ya no dan una, ya nunca hicieron lana, y como que se les salió todo de adentro. Están pendejos. Y los cabrones lambiscones metidos allí todas las noches, buscando trancazos. No, mano... ¿Pero qué te queda entonces? Te vas de paletero y es la misma cosa. No, mano... Vamos al carajo, a buscar chamba al Norte. Ahi te dan dólares, te regresas a gastarlos en tu cantón y ni quien te esté jodiendo. ¿Que te tratan como mierda los gringos? Pos ni modo, para eso te pagan tu buena lana.

—Godán sonobich!

—¡Hijos de puta! Caray, Beto, a l'hora que te echan ese argüende para matar pulgas encima y te encueran y a veces hasta te rapan, te entran ganas de…

—De agarrar un chicote y…

—Un montón de pelados metidos en un cuarto para reses, Beto, todos encuerados y oliendo a la chingadera esa…

—Di Di Ti.

—Esa mera. Y un gringote de dos metros gritándote *gríser* y esculcándote todito. Pero ¡qué caray! A ése no lo vuelves a ver, ni a los otros. Luego, cuando sales del trabajo, pues duermes en un catre a gusto y tienes lana para ir a coger o a tomar. Se acaba la cosecha y te despachan volando. Y cuando cruzas la frontera, mano, pos hasta recuerdas bonito aquellas tierras. Acá no ves más que tierra seca y indios mugrosos, mano. Como que no crece nada, mientras que del otro lado…

—Ora me dijo el Fifo que en Sonora va a haber buenas tierras, Gabriel, con las presas…

A ver. ¡Qué más diera uno que trabajar bien y ganar lana en México!

—A ver.

El domingo siguiente —como todos— los sobrevivientes de aquella breve falange de la División del Norte se reunieron en casa del compadre Pioquinto. Doña Serena, que había sido la soldadera, con sus setenta años amarillentos; el antiguo teniente Sebastián Palomo, a quien el tiempo había quitado los arrestos, pero no los dientes de salvaje fulgor, para convertirlo en guardagujas en Indianilla; y el propio don Pioquinto, con la misma cara soñolienta de siempre. Ahora un acontecimiento especial colmaba la mesa de tamales costeños, ensabanados de oro, y de pulque rojo: Gabriel, el hijo de don Pioquinto, había regresado del otro lado del Bravo, curtido, fuerte y con muchos dólares. En el cuarto único y común de la casucha de Balbuena, con su puerta de maderos claveteados abierta para que entrara la luz del mediodía y el breve tañer de campanas, todos se sentaron en torno a la mesa. Gabriel se conocía de memoria la conversación, las anécdotas, las fotografías amoratadas que cada uno de los viejos traía en cada ocasión.

—Por la salucita del pollo —gritó doña Serena, meneando su cabeza de canas azules y levantando el jarrito de pulque.

—¿Y por qué no organizan otro reatazo a Columbus? —le preguntó Palomo a Gabriel, pelando los dientes.

—Los chamacos de ahora ya no son como nosotros, mi teniente —suspiró doña Serena—. Y qué le vamos a hacer. ¡Nosotros tampoco fuimos como los que llegaron alto! Se acuerda, compadre, cuando todos salimos de las mismas rancherías, de los mismos pueblos, todos igualitos, a la Revolución. Pues ya ve usted, cuántos son ahora gente fina, y nosotros igual que cuando comenzamos. ¡Pero no nos quejamos! Lo vivido, ni Dios…

Don Pioquinto, con la gorra de beisbolista que Gabriel le había traído de Laredo embarrada al cráneo, se paseaba sirviendo del garrafón: —¿Se acuerdan cuando vino a corretearnos la punitiva?

Los otros dos sobrevivientes levantaron los brazos con alborozo y se carcajearon en grande.

—Oye esto, pollo —le dijo doña Serena a Gabriel, quien ya conocía la anécdota—. Nos agarran en el puro bolsón de Mapimí, solitos tu viejo, Palomo aquí, yo y tres rasos descuachalangados. Nosotros, que conocíamos el terreno como el propio culo, nomás agachados, y los gringos perdidos y hechos una bola.

—Cinco días sacándoles el cuerpo en pleno desierto —señaló Palomo.

Doña Serena levantó los brazos y dejó caer la manos con estruendo sobre las rodillas cuadradas: —¡Y que se nos acaba el agua!

Los tres viejos se unieron en un coro de carcajadas.

—Cuéntalo tú, Palomo.

—Pues nada, que se nos acaba el agua, y pasan doce horas y todos con el gaznate más seco que el huizache del llano. Entonces vemos que uno de los caballos va a mear y… ¿quién fue el de la idea, Serena?

—Pos tú, quién había de ser…

—Pues se me ocurre rápido la solución y rápido le metí la cantimplora entre las patas.

—Y con agua de seis caballos estuvimos aguantando allí, bajo el sol ese de Chihuahua, que te pica hasta adentro de las orejas.

Y luego doña Serena sacó de su bolsón de mercado una tanda de fotografías viejísimas y teñidas que corrieron de mano en mano:

—¡Mírate nomás, Serena, a caballo y con tu rifle por el Cinco de Mayo!

—¡Nunca debíamos haber salido de México! Nos comieron el mandado a los villistas.

—¿A que no lo sabías, Gabriel, que tu viejo se sentó en la silla presidencial?

—¡Puerco coscorrón que le pegó mi general Villa cuando se lo encontró!

Todos guardaron silencio mientras engullían los complicados tamales y cuando trajeron las tortillas norteñas, de harina quebradiza, y los frijoles, Sebastián Palomo se atragantó y doña Serena tuvo que azotarle la espalda. Después del café,

Palomo comenzó a tañer la guitarra, y todos, fumando Faros deshilachados, se dieron a cantar,

> *Los carrancistas se fueron,*
> *un veinticinco de julio,*
> *dejando el campo regado*
> *con muertos de su peculio*

Con el rasgueo, doña Serena sentía que le hacían cosquillas en el ombligo y se soltó chillando. Gabriel se levantó y dijo que se iba a los toros.

En Los amores de Cuauhtémoc lo esperaban ya Beto, el ruletero, que los iba a llevar en el coche, y Fifo con su camisola abierta y su sombrero de palmas deshebradas. Luego llegó el Tuno, que también acababa de regresar de la cosecha de Texas, y que ahora se cortaba el pelo —de un negro de dos de la mañana— como los conscriptos navales yanquis y que usaba un pantalón abombado y un saco de cuadros amarillos. A las cuatro andaban trepándose entre las piernas de las mujeres regordetas y hediondas de vaselina, y entre los brazos de los vendedores de refrescos y cacahuates en lo alto del sol de la plaza. Cuando se sentaron y pasó el momento solemne del paseíllo y la banda de música se calló, el Fifo comenzó a chiflar con los dedos hinchando el labio inferior, mientras Beto aventaba avioncitos de papel apuntados a las nucas de los aficionados. El Tuno afectó una mueca de tedio:

—Voy, no será más *triling* el beis...

Los primeros pasos frustrados del diestro provocaron la tormenta de cien mil chiflidos; el Fifo se daba gusto, y Gabriel gritaba:

—¡Si no venimos a tomar tecito!

—¡Ordéñalas, güey!

Cuando una famosa estrella de cine entró agitando su estola de visón, un murmullo de resentimiento se encrespó por toda la gradería de sol:

—¡Si quieres cogidas, quédate en tu casa!

—¡Ay, mamacita, aquí está tu mero Miura!

Fifo se quitó el sombrero y sacó de él una culebra amarilla que se retorcía sofocada: —A ver, pásenla; no pica...

La serpiente comenzó a pasar de mano en mano, entre alaridos de las mujeres regordetas y manipulaciones obscenas de los hombres. Su trayectoria era visible; las contorsiones del reptil parecían imitadas por las filas de aficionados que la corrían.

El tedio se apoderó de todos. Los toreros no daban una; los picadores se ceñían sobre el cuello bufante de las bestias; los banderilleros saltaban al callejón y un espontáneo dejó los tenis en la arena y voló tres metros. La culebra regresó, muerta, a manos de Fifo. Todos empinaban sus cervezas. La rechifla se generalizó, y las almohadillas volaban incendiadas, y las botellas. Las bolsas de papel manila, llenas de orines, se estrellaban en las cabezas de los espectadores de barrera.

—¡Parecen salvajes! —gritó un hombre sentado a espaldas del grupo. —Semos, manito —suspiró el Fifo. Beto se volteó y le lanzó un chisguetazo de cerveza. El hombre comenzó a agitar los brazos mientras el Fifo le picaba el ombligo y el Tuno le hundía el sombrero hasta las orejas. El hombre salió limpiándose la cerveza mientras el Fifo le pellizcaba, con las puntas del zapato, las nalgas a una muchacha de la fila anterior.

—Sígale y llamo a un azul —chilló la muchacha.

—Voy, no tendremos influ.

—¡Aguas con los gringos! —chifló Gabriel.

Una pareja de turistas se disponía a sentarse adelante de ellos: El Fifo colocó un plátano vertical sobre el asiento y el norteamericano pegó un salto en tanto que la mujer tomaba cine de los cuatro rufianes mexicanos. El Tuno comenzó a hacerle cosquillas con un popote a la mujer mientras Beto le metía la culebra muerta en el bolso y le sustraía la cartera.

—Police! —intentó gritar la mujer, y sólo suspiró cuando el Fifo dejó asomar el filo de su navaja.

Los cojines seguían volando; un chaparrón de agua sucia descendió sobre el turista y el hombre manchado de cerveza regresó con cinco amigos y empezó a repartir cachetadas al Fifo y a Beto; el Tuno y Gabriel le metieron zancadillas a dos de los amigos y luego los patearon mientras el Fifo, de un solo navajazo, le cortó los botones de la camisa al hombre manchado y Beto le metió un rodillazo en la barriga al otro. Los gendarmes se picaban los dientes con palillos y reían, y el hombre manchado y su grupo se retiraron humillados y gritando: —Ya nos veremos a la salida, cabrones...

—*Ay wanna foc* —musitó el Tuno, y los cuatro salieron, rascándoles las cabezas a los espectadores y aventando gargajos a las filas de abajo y agitando la culebrita muerta sobre los bustos de las mujeres. Todavía hubo dos o tres encuentros de box antes de que alcanzaran la salida y —¡Pura vida! —aulló el Fifo— y —¿Qué les pareció mi descontón? —preguntó Beto.

En el coche de Beto todos siguieron aullando y cantando las canciones de moda y gritándoles palabras a los transeúntes y abrazándose.

—*Ay wanna foc* —insistía el Tuno, arreglándose las ligas y abombando más la valenciana del pantalón.

—Todavía no es hora. Primero a inflarle.

Estacionaron el coche enfrente del Margo y se echaron a andar por Santa María la Redonda, gris en el atardecer, en espera de las luces y la aglomeración nocturnas. En la esquina de La Libertad encontraron una cantina y entraron pateando las escupideras de cobre y mirando feo a los demás clientes hasta encontrar una mesita de mármol. El tequila comenzó a correr.

—¿Se van a regresar a los Esteits? —preguntó Beto.

—¡Pos a poco no! ¿Qué tal, Tuno, las viejas que te trinchas por allá?

—Puro *latin lóber* —dijo el Tuno—. Qué se me hace que esos gringos, en vez de coger, sólo les hacen pipí adentro.

—¡Ah qué Tuno más hijo de su pelona! Y tú, Fifo, ¿cómo va la chamba?

—Pos cuál chamba, digo yo. Esa de paletero que me dejaste tú cuando te fuiste a Gringolandia no era más que una chapuza tras otra. Ya hasta las gatas se me apretaban. No hay nada peor que una chamba fija; necesitas cosas más movidas que te traigan así al trote, y te den ese aire misteriosón que qué se traerá éste, que de dónde sacará la lana, ¡pícales la curiosidad, manito!

—Yo a veces sí quisiera chamba fija aquí en México. Pero con futuro, ¿sabes? —dijo Gabriel—. ¿Pero dónde te la ofrecen? Ya fui paletero, albañil, mozo de cabaré, ¿qué me queda?

—¡Pinche vida esta! —gimió el Fifo—. Sólo Beto está bien armado, con eso de ser ruletero.

—No creas —dijo Beto—. Claro que hay sus ventajas; que te levantas viejas, o les das un aventón a los cuates. Pero luego dejas toda la lana en el bailecito, y te aburres de andar todo el día traqueteando por la ciudad, así medio soledoso, y aprendiéndote nombres de calles. A veces me dan ganas de jalar con el Tuno y Gabriel.

—No te quejes, Beto. Tú has tenido suerte en todo. Oyes, ¿y qué fue de la vieja aquella del Bali-Hai?

—¿Gladys? Puta, la pinche vieja tenía una sífilis de a cuarenta y ni se las había olido... Si no es por el doctorcito ese de San Rafael, me lleva... Y te acuerdas que luego me salió al paso la güera esa, y ni modo de echarle pimienta al piloncillo, mano...

—¿Pos para qué nos exigen las viejas que dizque la fidelidad? ¿A poco a ellas no les gusta su castigo y su variedad también, a poco no?

—Es que no se saben respetar, y no jalan parejo con las demás viejas. ¿Te has fijado? Como los hombres, que somos todos cuates y jalamos parejo, como machos; como tú, Fifo, que eres mi mero hermano.

Fifo y Beto se abrazaron y se palmearon las espaldas.

—¡No hay como un cuate de uno!

—¿A quién, si no, le cuentas tus confidencias? ¿Y si no, cómo no se te ha de podrir toda la melancolía adentro? Con esta pinche vida que arrastramos ¿con quién si no con tus cuates?

—Ya ven cómo son los jefes de uno, que ni se ocupan de uno. Desde los nueve años te avientan como perro a la calle a vender periódicos o a levantar carteras, o de bolero.

—Pero así te haces hombre, Beto. Ahi les conoces las caras y las mañas a toda esta bola de cabrones. Yo que anduve hasta los trece años acompañando a un ciego, no lo sabré. Hasta en la manera de dar limosna los conoces. ¡Y lo que no sabía el ciego tarugo! Se me hace que hasta ocho ojos tenía, metidos en las orejas y en las puntas de los dedos y otro en el puro ombligo. Hasta por el olor sabía quién se acercaba, quién le iba a dar un peso y quién cinco fierros. Era abusado el viejo. Nunca dejó que averiguara dónde escondía la lana, y a la hora en que me lo machucó el camión, nadie supo dónde la tenía y me quedé sin chamba y sin lana.

—Lo que es parejo no es chipotudo, Fifo.

—Ésas sí que son buenas chambas; quise entrar a los Aztecas luego, pero ahí estaban sindicalizados.

—Bueno, túpanle que ya va a ser hora.

Salieron abrazados y cruzaron entre las filas de camiones escarapelados a la calle del Órgano. Las puertas y las ventanas abiertas iluminadas de luz verdosa ofrecían las camas de hierro oreado y sus sábanas azules a los ojos del tropel de soldados, albañiles, choferes, que paseaban con las manos en los bolsillos entre las hileras de mujeres chaparras y de carne inflada, embarradas de lipstick, de colorete grisáceo sobre las mejillas, morenas o encaladas con capas de polvo oloroso. Como títeres acoplaban, imitaban los movimientos tradicionales. Las había de paseo y contoneo, y las que sólo asomaban, envueltas en batas de algodón, la cara por las ventanas; las que esperaban, displicentes, junto a los muros, y las que abordaban, arañando las mangas de los hombres, explicando que con uno más completarían para los frijoles y el camión. El énfasis en las nalgas y el busto; las barrigas también paradas, y las rodillas cubiertas de tela adhesiva. Los ojos como penachos, agitados y saltarines, o como piedras, duros y aburridos. Bocas apretadas, dibujadas en forma de arcos y pétalos, y bocas llenas, de encías rojas y dientes de ratón. Y en todas, brillante, como una herida poblada de alhajas, el sexo oculto y blando, de fugaz bienvenida, alevoso y veloz, ratonera breve, flojo o apretado, amable y largo en su tertulia, o impaciente de soledades. Unos como cataratas y otros apenas de goteo, unos recientes y otros vetustos, unos patinados, ruinosos y sabios, otros estrenados al acaso, lacrimosos y sin concierto, unos desvergonzados y otros avergonzados, unos dados a reír y juguetear, otros sombríos y ceremoniosos. Unos como fresas magulladas que se ofrecen por última vez, otros fuertes como níspero maduro. Unos que saben cantar y decir palabras metálicas y otros que no tienen lengua y sólo gimen y se agitan. Todos de una velocidad lenta y arrullante, mestizos de ansia profunda, apremiante dolor.

—Vamos antes al Tívoli —sugirió Gabriel.

En la gayola, masticaban muéganos. Rechiflas y luces intermitentes corrían al tenor y a su smoking de solapas escarlata. Las vicetiples se tropezaban entre sí, agitaban las manos y saltaban sin gracia. Oxigenadas, con grandes ombligos y senos aplastados, aleteaban y alguna rodaba por el escenario. Luego entraba la diminuta estrella, enfundada en terciopelo negro y con un gran sombrero de plumas.

—¡Aguayón, aguayón! —gritaba el teatro.

El vestido caía, pese al atorón del zíper, luego el portabustos y los dos gigantescos senos de la enanita volaban divididos por una medalla guadalupana mientras el cuerpo se acercaba, las cortísimas piernas abiertas, al filo de la cortina y allí se regresaba y contorsionaba entre los gritos de la concurrencia:

—¡Pelos! ¡Pelos! ¡Pelos!

La mano de la exótica se acercaba a la pantaleta y fingía el último despojo. La luz se apagaba y la orquesta lanzaba un *crescendo* furioso.

Afuera, la noche levantaba entre sus manos los cimientos quebrados y las paredes sin espina de Santa María la Redonda. Los grupos de mariachis asaltaban los coches que penetraban en la Plaza Garibaldi; chaparreras y sombreros de fieltro cuajados de metal y guitarras y violines se agitaban de un extremo al otro del Tenampa; nenas con tobilleras rosa salían a bailar a cambio de un agua pintada. Los puestos de tacos de chorizo y gusano de maguey encontraban los dedos grasosos, las bocas gordas; el baileteo de luz neón se disparaba al cielo, y en las sombras de la calle invadida de hombres y mujeres lacios, abrazados, laxos y sin rumbo, se ofrecían las tarjetas obscenas y los sobres con drogas y polvos. Carteles de los médicos del barrio, basureros volteados y la avenida bullendo de pedazos de tortilla y perros sarnosos y enormes volantes de periódico desechado. Los pequeños cuerpos de overol y camisetas rayadas y raso se detenían en las taquerías y los puestos de revistas y entraban en los cabarets de humo poroso donde el danzón arrastraba suave los zapatos y las melenas rebotaban con el mambo. En Bellas Artes la feria nocturna se disolvía antes de cobrar nuevo ímpetu —más secreto, menos cargado de lentejuelas— por San Juan de Letrán. El río humano, indiferenciado, en busca del rito de un domingo, de caras nunca y siempre vistas, impresas de rasgos singulares, pero todas idénticas: prietas, pétreas.

El Fifo se alisó con las manos la melena envaselinada y tomando del bíceps al

Tuno se cortó hacia la calle del Órgano. El Tuno se abombaba el pantalón y sacaba el pecho.

—Bueno —gritó el Fifo desde media calle a Gabriel y a Beto—. Mañana nos vemos en la Villa.

—Eso es lo que me chingaba con los gringos —gruñó el Tuno—. ¡Que qué jus dis Virchin of di Guadalupi! Pero ahi sí no me cuarteaba: el escapulario bien plantado aunque todos se rieran de mí.

La noche se los tragó, y Beto y Gabriel caminaron hasta la calle del Meave.

—Puede que aquí esté mejor la cosa —dijo Gabriel.

Las luces mortecinas abrían paso al fulgor de la gran sinfonola iluminada desde donde gemía, cansado, el danzón *Nereidas*. "¿Cigarrito?", solicitaban las muchachas vestidas de lino blanco y lentejuela drapeada. Beto se levantó a pasear y se dirigió a los pequeños cuartos, separados entre sí por canceles corredizos. Una mesa con rollos de papel y una botella de alcohol, y el solitario diván de linóleo verde. Beto se recostó, seguro de que alguna llegaría. Él no las buscaba, caían solas. Y a todas sabía darles algo, a las más viejas y corridas, como a las recién embaucadas. Apagó la luz y encendió un cigarrillo. Al rato sintió la respiración cercana, el olor aceitoso a su lado. Alargó la mano y la pasó por el cuello de la mujer invisible. Le pellizcó la punta de un seno.

—No te conoceré, gordita.

—Te vi entrar, y ya te conozco las mañas...

—Aguaita, aguaita, que ya voy a dar.

—Siempre lo dije: chanceador como él solo... Beto —la voz se le adelgazó hasta ser otra, la voz recordada y vergonzante.

—Gladys —dijo casi en silencio Beto—. ¿Aquí viniste a dar?

Gladys se recostó a su lado, le quitó el cigarrillo y encendió el suyo. El silencio se le arremolinaba en el centro del vientre, y sin saberlo, sin poder expresar ni siquiera tocar con la sangre esa certidumbre, le corría por el cuerpo la advertencia de que, dijera lo que dijera Beto, a él le pasaba lo mismo: esa noche no se habrían de tocar. Las dos luciérnagas de humo bajaban y subían, de los labios a la postura laxa del brazo.

—Hay que pagar veinticinco pesos —dijo Gladys.

—Ahora en la mañana, cuando salgamos.

—¿Te ha ido bien?

—Pos ahi traqueteando, como de costumbre —Beto cerró los ojos.

—¿A cómo nos toca?

—¿De cuándo acá? Te acuerdas cuando me pelé con la güera esa, y ya no nos vimos... No fue cosa mía, Gladys, de que yo quisiera; era que así nos tocó, a los tres. Dizque hay gentes muy voluntariosas, que se les hace lo que se les antoja. Pero tú y yo...

Gladys se tapó los ojos con las manos y quiso decir algo; oraciones, palabras, un profundo temor al sueño le temblaban entre los senos

"Pedir, qué vamos a pedir; se nos cayó el circo encima y nos taponeó la boca; pero ni falta que hace; no hace falta hablar, nomás vernos... ¿te has fijado en la gente igualita a nosotros, que son un chorro, que son todas las que van por las calles y los mercados, todas como nosotros, que no dejan que la voz se les oiga?"

Beto aplastó la colilla contra la pared manchada de cucarachas. Él no sabía hablar, pero pensaba

"Yo nací y otro día me muero y no supe lo que pasó en medio los días se van y el domingo llega todo vestido de feria vamos a los toros le inflamos a la cervatana nos la jalamos en una carpa nos cogemos a una vieja y la pura verdad es que nomás esperamos agachados a que nos toque la de Dios"

—¿Te has fijado, Beto, que hay gente así como que tiene su nombre? —preguntó Gladys mientras se soltaba los zapatos que cayeron como dos cachetadas al piso astillado—. El Papa y Silverio y el Presidente.

"Gladys, no quiero que me hables; yo nunca le platico a la gente; me sale lo que me sale, así; ¿de qué te hablo si no tengo recuerdos? sólo me acuerdo de mi mamacita, y cada día como que se me borra más su cara, y sólo me acuerdo del último día, qu'es cuando mi cara se borra; pero no me pidas cuentas de en medio, que ahi es donde no supe lo que pasó; tengo frío y vuelvo a abrir los brazos, tengo sueño, ganas de irme hasta abajo"

Gladys cerró los ojos y dejó caer el cigarrillo en la escupidera de cobre

"Son tantos, como hormigas, si te pones a pensar en todos los que vivieron y ya entregaron su ánima"

—Empieza a contar a los bien jodidos, y no le sabes el nombre a uno solo.
"No hables Gladys, por favorcito... hoy es la fiesta, ya echamos relajo, pero es nuestra fiesta a oscuras, ya no como antes; es la fiesta negra, y antes era de puro sol"
"Nos fuimos sin nombre, Beto, como el chucho que nomás por gracia se lo ponen; son tantos, todos sin nombre; y quién quita y también soñaron, como tú y yo ahora

"Soñar juntos

"que sólo así la memoria de lo que pasó y todos los colores y los días uno uno tercera reversa hay un puente en Nonoalco y allí no crece nada pero hay pájaros enjaulados que son para venderse y un rincón para rezarle a la virgen no te hagas chiquita panza no te vayas y me andes dejando con el puro corazón para comer"

Los párpados de Gladys y Beto se juntaron y ambos se vieron rojos bajo el techo oscuro del burdel; un perro comenzó a ladrar a sus pies "son las enanas con largos cabellos aceitados que nos abrazan y bailan sobre nuestros ombligos; el guajolote nos habla desde el trono de amatistas y con las plumas nos coloca las máscaras del sueño y de la danza: la música es la voz de la mujer de piedra que agita las aguas del lago y luego se estrangula a sí misma con un nudo de flores: las flores mastican los hoyos de la luna para que el día de fiesta el sol líquido corra por las entrañas de nuestros signos, los que nos trajeron y nos llevarán, el conejo y el agua, la serpiente y el cocodrilo, la hierba y el jaguar. Nuestra es la casa de la diadema de turquesas, nuestras las insignias del que habla, nuestro el espejo negro de las premoniciones. En la matriz del poniente nos esperan las flores de tres pistilos para que el sol se levante cuando las hayamos regado con los secretos de nuestros vientres: toma el camino del maíz amarillo, con el papagayo, con el camote blanco, con el pozo del agua sangrante…

"Llegamos, recorrimos las sendas, pero llegamos al ojo de agua

"Y fue dicho el primer discurso, para que todos recibieran su grano de maíz y construyeran la ciudad

"Y desde el centro del ojo del águila salió la orden, y todos sembraron el maíz rojo y lo cubrieron con un manojo de soles

"Y los soles germinados abrieron sus fauces de piedra y convocaron a los abuelos a tomar asiento y entonces el agua se abrió y se incendió con los frutos rojos y la serpiente anduvo erecta hasta que el maíz regresó al surco y las aguas se refrescaron

"Y entonces supimos que también el sol tenía hambre, y que nos alimentaba para que le devolviésemos sus frutos calurosos e hinchados

"Y ya hubo quienes cargaran los fardos y metieran las uñas en la tierra y buscaran con cerbatanas al pájaro silvestre y a la bestia de escamas

"Pero llegaba el día de la fiesta, y era tocado por todos los dedos el trono de oro y las plumas del pavorreal caían de las nubes y el agua se convertía en piedra y ya no se escapaba de los labios

"Entonces podían ofrecerse las venas abiertas antes de hacer el viaje con el perro colorado

"Entonces podíamos alimentarnos sin vergüenza los unos a los otros

"Pero el viento de metal pudo convertir la piedra en arena y lodo

"Y llegó el día de llorar y buscar en vano, de sentarse en el polvo y hurgar los insectos, de abrirse el corazón y encontrar un sol calcinado, llegó el día de la orfandad, el día en que la palabra no salía más de nuestra boca

"Ay pordioseros, ay hermanitos, coman sus insectos, que el ojo de agua se secó y vuelve la marea del lodazal a cubrir las ciudades: bailen descalzos y abran los brazos sobre el nopal, clávense las manos a las alas del colibrí mientras el perro sarnoso les roe el ombligo, llénense de volcanes morados sus aguas y sus sexos, cárguense de limo sus ojos y sus *palabras: ya llegan al fondo, a la madre de las aguas, al abuelo de las mariposas con alas de cochinilla..."*

—Ya se soltó el frío —dijo Gladys cuando despertó.

Beto abrió los ojos para encontrar los últimos fulgores de un dosel amarillo en el techo.

—Ora es otro día —dijo entre dientes mientras se refregaba los párpados. Sus ojos encontraron los de Gladys, pequeña y aterida sobre el diván de linóleo.

—Por nuestro patrón —dijo Beto, con el estómago ardiente, con las manos tensas—, por nuestro patrón San Sebastián de Aparicio, te lo juro, Gladys...

Gladys acercó su cara a la de Beto. Los labios se unieron en un beso tierno y secreto.

—No hace falta ir a la Villa, porque la madrecita santa anda suelta por todos lados —murmuraba la viuda Teódula Moctezuma mientras se paseaba con la escoba sobre el piso de tierra de su jacal. La luz del atardecer se metía, enterrada, por las rendijas de las tablas viejas y la paja que formaban y cubrían las paredes del lugar. Dos petates amarillos, el comal, el racimo de chiles secos colgados de un clavo, la masa para las tortillas, una canasta llena de trapos. La viuda Teódula dejó la escoba, recogió un cántaro y comenzó a regar el suelo polvoso.

—Ahi quieta, tierra, ahi sosegada.

Su figura parecía lastrada por los grandes pendientes, las pulseras en las muñecas de venas moradas, los collares de oro que le ceñían el cuello hasta la barbilla. Teódula se esponjaba el ropón rojo y las joyas chocaban con el vaivén rítmico de los movimientos de la anciana. Cuando terminó de regar, se hincó y dijo en voz alta:
—Tú no necesitas altar, pues yo te ofrezco mi corazón, ay tilma de rosas, ay falda de serpientes, ay madre misericordiosa, ay corazón de los vientos. Trátame bien al viejo don Celedonio, que se me murió tan joven, y a todos los escuincles que te llevaste. Ya voy para allá, ya no tardo.

De pie, acariciaba las joyas. Arrugó, de repente, los párpados y se llevó la mano a la oreja, estirada en el lóbulo por el peso de las arracadas. —¿Ya llegaste? —exclamó—. Pasa, hijo, estoy sola.

La puerta desvencijada se apartó para que penetrara, primero, la luz granulada, después el alto perfil de un hombre. La viuda Teódula se sentó sobre el petate y le hizo una señal de invitación.

—No te dilates tanto —dijo Teódula— que ya siento cómo la sangre se me empieza a secar y a correr más despacio.

—De veras que se acerca tu día —dijo Ixca Cienfuegos mientras se acomodaba sobre el petate, cruzando las piernas a la vez que acariciaba la cabellera blanca de la viuda.

—Tú lo debes saber mejor que nadie, hijo. Ahora me paso los días sin orinar y las tortillas se me atragantan en el gaznate.

—Luego comenzarás a escupir sangre y a contar los minutos con los dedos. Sabes que puedes escoger la forma definitiva.

—No sé si será mejor así. Lo que sí quiero es el sacrificio, hijito, un sacrificio aunque sea chiquito… —La voz de Teódula se alteraba, y sin vacilar se estiró a lo largo del petate, hasta tocar las rodillas de Ixca con las puntas amarillas de los dedos—. … aunque sea uno así de chiquito. Me lo prometiste, hijo. Allá en mi tierra, antes de que me viniera a la capital, yo les hice su sacrificio a mi viejo don Celedonio y a todos los niños. Ninguno se fue solo; a todos les engalané los huesos, les dejé sus regalos, les ofrecí lo que pude. Ahora que yo me voy, sólo de ti me puedo fiar para que no me dejen sin mis regalos.

—No dudes de mí, Teódula —dijo Ixca, respirando hondo el aroma del brasero y los chiles morrones—. Alguno querrá hacerlo, alguno vendrá a darte lo que quieres.

—Déjalo nomás, hijito. Nomás faltaba que me fueras a dar un sacrificio forzado. Esas cosas salen así, como Dios manda, o más vale ni menearlas.

—¿Aquí nadie ha querido robarte las joyas?

—¡Cómo crees! Me decía el Tunito el otro día que yo soy como parte del barrio, y que aquí todos se habían puesto de acuerdo para respetarme y destripar al primero que me faltara en algo. Claro que no es lo mismo que en mi tierra; allá podía lucir las joyas en las fiestas, y como que se veían más bonitas con tanto helecho y tanto árbol frondoso alrededor. Los trajes de los demás también eran más bonitos, el sol llegaba más alto que aquí, y la luz del oro también se iba volando hasta alcanzarlo…

—Menos mal que nunca has intentado venderlas.

—¡A callar, hijo, a no mentármela! Vienen desde hace mucho tiempo, desde antes del abuelito más viejo que recuerdo, que era don Huismín y ya había cumplido ciento y pico de años cuando yo me puse los primeros moños. Luego, cuando me casé, me abrieron los hoyitos en las orejas, me colgaron todas las cosas, y ya desde entonces no me las quité nunca. Se me hace que sin ellas no podría rezar, ni siquiera pensar que luego voy a juntarme con Celedonio y los chamacos. Son como las alas del colibrí, o las escamas del armadillo, que si se las quitas se vuelven otra cosa, gusano rojo o perro pelón, pero ya no son lo que el gran tata quiso que fueran. Ahí me dirás que estoy loca, Ixca hijo, pero yo ahora me acuerdo de toda mi vida, que cuando la vas viviendo no tienes tiempo de acordarte de lo que te va pasando, y ahora sí, y me parece que yo soy la Teódula, la viuda Moctezuma, nomás porque he traído colgando desde que me esposaron a los catorce años todas estas cosas

"—Éntrate a calentarme, Teódula

"—Ya voy Celedonio, pero huele a canícula y sándalo, y antes quiero que me dé un poco el sereno para que primero me sientas fría y luego me gustes con calor

"—Déjame verte así, cerca de la puerta. Si hace apenas un año ni eras mujer

"—Todavía era la época de lluvias cuando me empezaron a crecer las tetas y a salirme los vellos, y ya ves, ahora soy tu mujer

"—Me gustas así, desnuda, sin nada más que las joyas de don Huismín

"—Nunca me las he de quitar, Celedonio, y cuando esté contigo será lo único que traiga puesto

"—¿Ya te sientes fresca?

"—Ya voy Celedonio, ya me enjuagaron bien las estrellas"

—Sí, Ixca, son como mi carne...

Ixca se levantó a encender un cabo de vela que se columpiaba, dentro de un jarrito, desde el techo de paja. Un leve ritmo de sombras bailó sobre los rostros de Teódula y de Cienfuegos: no era la primera vez que Ixca escuchaba el relato de la mujer, pero la viuda continuaba hablando, encandilada por la novedad recurrente:

—Luego por allá hay mucha selva, y culebras color de vidrio, y yo salía a pasearme con mis joyas. Quería hacerme una falda de fiesta con las pieles de las serpientes pero cuando salía a pasearme todas las bestias se quedaban asombradas del ruido y la luz de mis joyas, y era como cosa de encantamiento cómo se apartaban y yo ya no podía ponerles trampas a las inocentes. Pero allá las joyas eran, ¿cómo te diré?, un pedazo de toda la luz y el color, no eran cosas aparte para esconder o disfrutar a solas, hijo. Aquí en México es donde se me ocurrió que podrían robármelas, o que las joyas ya no eran de todos, sino sólo mías. Aquí hace falta que los muchachos me protejan, pero allá las joyas eran de todos, y sobre todo de los animales que tanto las admiraban. Cuando iban a nacer los chamacos, me ponía el collar sobre el ombligo para que todos salieran paridos con bien, y ¿sabes?, para que se continuara la trenza de oro sobre el ombligo de ellos. Por eso se han de haber ido tan pronto, para que gozara yo rápido su vida y luego su muerte. Para que les pusiera la joya al nacer y luego los regalos de muerto. No me puedo quejar, hijo...

La viuda encendió un Elegante y empezó a pujar agitando los hombros: —Allá estuve hasta quién sabe cuándo, porque todavía cuando se murió el primer niño recuerdo que pasaron por ahi las tropas aquellas del rey güero llevándose a todos los jovencitos en la leva —o deja ver, ¿fue después?—, y luego cuando me trajeron a México ya andaba por aquí el Niño Fidencio predicando y yo no sabía a qué horas habían pasado tantas cosas como contaban los vecinos.

Con una mueca de asco, Teódula arrojó el cigarrillo y se fue a sentar junto al comal, mientras Ixca estiraba las piernas, la cabeza recostada sobre el petate, y una luz de absorción brillaba en sus pupilas, más allá del relato, repetido cien veces, de la viuda. Teódula comenzó a fabricar tortillas, alzando la voz sobre el cacheteo de la masa: —Ahora luego de merendar los sacamos y les rezamos. Perdona, hijo, que no te haga tantas tortillas como otras veces, pero ahora me duelen los brazos mucho.

La anciana terminó de hacer las tortillas en silencio y, en silencio, después de desbaratar un par de chiles y rociarlos de cebolla, ofreció los tacos a Ixca. Con gran solemnidad, Teódula masticó la pasta picante y luego hizo buches con un agua de tejuino fresca. De pie, se limpió las manos en el ropón colorado y le hizo una seña a Ixca. Ambos, de rodillas, retiraron el petate y apartaron con las manos la tierra hasta dejar descubierta una plancha de madera. Ixca la levantó con esfuerzo y el jacal se inundó de un olor a la vez tibio y húmedo, olor de barro mojado y flores secas. Ixca se dejó caer al pozo abierto.

—Primero la de don Celedonio, que es la más grande —dijo Teódula. La caja de madera carcomida ascendió verticalmente, empujada por Ixca, y luego cayó con un sordo estrépito sobre el suelo polvoso. La viuda la arrastró a un rincón y ya sin aliento regresó a recoger las otras cajas, más pequeñas, que Cienfuegos había levantado del sótano funeral. Las cajitas hacían ruido de sonaja mientras Ixca, ya fuera del pozo, las acomodaba al lado de la caja grande. Teódula se persignó.

—Aquí la tierra es de agua, y luego luego se pudre la madera —comentó. Luego cayó de rodillas y separó la tapa de la caja mayor. Un hacinamiento de flores e ídolos de barro cubría la parte superior.

—Híncate también, hijo.

Cienfuegos se colocó junto a la anciana mientras ésta sacaba los ídolos.

—Aquí estás, Celedonio, y encima de ti el nahuaque cercano, para que tus huesos no dejen de cantar nunca —Teódula recogía un ídolo, lo besaba y se pegaba tres veces en el pecho—: Y la ixcuina de cuatro caras, que es la que te cubre y te llena de mugre para que no te olvides de quién eres, y luego el de las dos caras, para que los veas a ellos y nos veas a nosotros, y no llegues nunca y nunca te vayas. Y luego el patecal ese, que no te pudo salvar con sus medicinas, aunque tú ni las necesitabas, pues de que te llaman ya ni quien te detenga. Y luego todos los conejitos para que tus huesos le den de beber a la tierra y pueda haber fiestas…

Cuando apareció la calavera de Celedonio, la viuda Moctezuma juntó las manos y sollozó: —¡Ay mi viejo Celedonio, que tan joven te me fuiste, y que apenas me dejaste disfrutarte! ¡Ahora te llevó el huahuantli, te llevó igual de encuerado que él, ahora te quitó la piel y te llevó al puro corazón de las montañas, donde ya no hay aire! ¡Ay Celedonio, vé nomás cómo te han puesto!

Cienfuegos abrazó la espalda de la anciana y en seguida levantó la calavera de Celedonio para que le diera la luz. —Ya le toca otra manita —dijo la viuda, secándose el rostro de maíz oscuro con su ropón—. A ver, tráela.

Ixca recogió de una esquina un bote de pintura azul y un pincel y los llevó a la anciana. La viuda mojó el pincel y lo pasó sobre los pómulos de la calavera.

—A ver hijito, tú que sabes escribir…

Cienfuegos tomó la calavera con una mano y con el pincel en la otra escribió en la frente, con grandes letras azules, *Celedonio*. Una gran sonrisa se dibujó en la cara cuadriculada de Teódula: —Ahora sí. Lástima que no le pueda poner ahora sus flores, pero hay que traerlas de nuestro lugar; eso se lo prometí.

De rodillas, la viuda se dirigió a las otras cajitas: —Y aquí están los niños, que no supieron ni cuándo. Nomás se alejó la chihuateteo que nos mata al parir, y llegó el otro niño a llevárselos. Ahi están dormiditos con el de la carita negra que cura de todos los males, a ver si los durmió con bien. Ellos ya están pintaditos de la última vez, y sus flores son nuevas. Nomás rézales, Ixca, y no me los vayas a turbar. Pide que los alumbren los cuatrocientos del sur, que es adonde se quedaron mirando mis hijitos, pintados de campanas, como la luna.

La viuda Teódula Moctezuma bajó la cabeza y se quedó en un sueño vigilante y profundo. El oro del cuello, de las muñecas, iluminaba las figuras de barro que hacían fila junto al féretro. Inmóvil, los párpados cada vez más pesados y oscuros, Teódula permaneció mucho tiempo así, junto a sus muertos. Ixca la miraba fijamente, sin apartar los ojos del cráneo de la vieja. Después Teódula se quedó dormida y la vigilia de Ixca, a su lado, se prolongó hasta que una nueva luz hizo palidecer la de la vela y cayó desde un resquicio del techo sobre la calavera pintada de Celedonio. La viuda se removió sobre el nido de ídolos y polvo.

—Ya es hora de que me vaya, Teódula —dijo en voz baja Cienfuegos.

La viuda, sin abrir los pesados párpados, gimió: —¿Tendré la ofrenda, hijo?

—Estás cerca de ella.

—¡Alabada sea la madrecita santa! —suspiró Teódula, con los ojos siempre cerrados.

A esa misma hora, Rosa Morales, la vecina de doña Teódula, se miraba las manos y sentía un malestar profundo, unas ganas de vomitar, que sólo podía controlar fijando la vista en las manos cuadradas, cada día más enrojecidas por el vapor, los jabones, el agua caliente. Un ligero rumor en el catre de los niños la hizo volver la mirada. Se llevó un dedo a los labios, mientras Jorgito se pasaba una mano por el pelo y guiñaba los ojos, negros y ovalados. El niño bajó con sigilo de la cama y en voz baja le dijo a su madre:

—¿Ya te vas otra vez?

—Ya pasé dos días con ustedes, niño. No nos toca fiesta de guardar todas las semanas.

—¿Y por qué no vives siempre con nosotros como antes, mamacita?

—Porque ahora tu mamacita tiene que trabajar en vez de tu papacito, que se fue al cielo.

El niño ladeó la cabeza y se quedó interrogando a Rosa.

—Mira, Jorgito, no dejes que se despierten tus hermanos, y cuando se levanten dales su desayuno y llévalos a la escuela. Ahi le dejaré dicho a doña Teódula que mire de vez en cuando a Juan por si le vuelven las calenturas.

—Oye mamá, ¿y ya nunca vamos a volver a oír los mariachis como la noche que mi papacito se fue al cielo?

Rosa abrazó al niño desnudo: —A ver si para las navidades me dan los patrones mi aguinaldo, y les prometo que los llevo.

—¡Piocha! ¿Y qué tal son los nuevos patrones?

—Gente muy fina, Jorge, pero es la cocinera la que ordena todo. La señora Norma no se mete para nada.

—¿No me vas a llevar un día a conocer la casa?

—Un día sí, pero la señora dice que no quiere ver chamacos... Te llevo cuando estén de vacaciones.

Juanito empezó a respirar sofocado desde el catre. Rosa se levantó de la silla y corrió a mirarlo. Luego encendió una veladora y le besó la frente al niño.

—¿Ahora hasta el domingo que viene, mamá?

—Pues sí, ahora hasta el domingo. Si tu hermano se siente muy mal, ya sabes el teléfono...

Rosa salió con premura de la casita, sin volver a mirar al niño que agitaba el brazo desde la puerta de maderos claveteados. Se detuvo un instante en el jacal de la viuda: —Ahi le encargo a los chamacos, doña Teódula...

Tomó en la calzada de Balbuena el camión lleno de obreros, y mujeres que iban al mercado, y huacales con pollos y verduras. Una ligera neblina coronaba, a lo lejos, los edificios grises del centro; las luces se acababan de apagar en Fray Servando Teresa de Mier y ya se alargaba la cola de obreros frente a una ventanilla de empleos. Las marquesinas aún estaban calientes en los cines y los cabarets, y una banda de mariachis cansados comía pozole en la esquina del Salto del Agua. Los rostros de la ciudad corrieron veloces sobre el vidrio del camión, y Rosa, con la mejilla pegada a la ventana, sólo recordaba la tos sofocada del muchachito y, cercana a esa imagen, pero inconsciente, la del choque y Juan muerto en la plancha de la Cruz Roja y todos, los niños y ella, viéndolo allí, todavía con el sabor del vino rojo en los labios. *Qué gano con echarle la culpa a nadie, a poco así me lo devuelven... ay Juan, cómo te contaré todo, cómo te diré que las miserias y no ver a los chamacos casi nunca y todo eso ya no me duele, ya no me importa, que yo nomás quiero volverte a calentar la cama una vez más, antes de que ya no me acuerde de tu cara ni de tu cuerpo... porque te vas más lejos cada día, ya no puedo tocarte con los ojos, como hacía en los primeros meses después que te enterramos; ahora ya tengo que cerrar los ojos y arañarme los brazos para olerte y sentirte cerca como antes; yo quiero olerte y sentirte cerca, nomás, yo quiero que me vuelvas a calentar una vez más, nomás una vez aunque luego ya ni en el paraíso te vuelva a ver...* Entonces comenzaba el paisaje de setos altos y prados de Las Lomas y Rosa se abría paso para bajar y luego se iba caminando cinco cuadras hasta la casa de los patrones, de don Federico Robles y la señora Norma, a lavar trastos y hacer camas y a esperar hasta el domingo para regresar a Balbuena y ver si no se había muerto su hijo.

Un indio con chamarra azul eléctrico y huaraches volteó la cara y peló sus dientes de elote recién cortado. Gabriel se fregó la nariz y pasó el peso de una pierna a la otra. La cola se iba trenzando por Fray Servando Teresa de Mier. Habría, por lo menos, cincuenta obreros antes que él. La resolana del cielo encapotado picaba y excitaba la piel. Gabriel se abrió el cuello de la camisola y comenzó a chiflar. El indio que le precedía volvió a sonreírle entre los bigotes ralos, frunciendo una nariz larga y angosta de topo. Gabriel hizo un gesto de impaciencia y hurgó en sus bolsillos. El indio le ofreció un cerillo. Gabriel negó con la cabeza: buscaba un cigarrillo. El indio no tenía cigarros, sólo cerillos. *Estamos jodidos.* Quién sabe si habría lugar para él. No se necesitaban más de cincuenta obreros en esta construcción. Y ya habían pasado, durante la mañana, cerca de treinta. Una vendedora de antojitos pasó, envuelta en trapos y canastas, recorriendo la fila. Gabriel masticó y se llenó la boca de las hebras dulzonas de mole. Levantaba los hombros y se rascaba las orejas. "¡Se acabó!", gritó el contratista desde la ventanilla y la cerró rápidamente. La fila se desintegró en medio de un murmullo de descontento. La mayoría de los obreros se sentó a comer los tacos en la acera. Gabriel pateó una corcholata. —No hubo suerte —dijo el indio. Gabriel escupió un pedazo de tortilla e hizo una seña de despedida. Se fajó los pantalones y en la esquina se subió, chiflando, a un camión en marcha. Se abrió paso hasta un barrote y continuó chiflando. —¿Y ése? —aulló el chofer, guiñando los ojos en el espejo cubierto de estampas, altares mínimos de flores artificiales, tarjetas postales con mujeres desnudas. —¡No distraigas, mano! —Gabriel dejó de chiflar. Escupió una hebra de carne al suelo. En cada vuelta, le caían encima mujeres obesas cargadas de bolsas de petate y fibra, se le agarraban a los pantalones mocosos de overol y mejillas tiñosas. Gabriel brincó del camión y se dirigió a la cantina chaparra, pintada de azul y con grandes corcholatas de Pepsi-Cola dibujadas en la pared: *Los triunfos de Sóstenes Rocha*.

Eran las doce del día. Apenas dos borrachos se abrazaban y murmuraban palabras sin sentido en un rincón. Gabriel pidió un mezcal y se quedó observando sus facciones en el espejo, manchado de moscas y años, de la cantina. La piel se reproducía con un color mostaza. El pelo crespo se detenía en esas márgenes lisas, parejas, sin vello, de su frente y sus mejillas. Los labios entreabiertos cumplían un arco espeso, retador. Poco después se abrieron las puertas y dos hombres con sombreros gachos y trajes de gabardina entraron. Se le quedaron mirando. El más alto se acercó a la barra.

—¿Tú de vuelta?

—Qué tal —dijo Gabriel—. Sí, ya se acabó la cosecha.

—¿Y ahora qué vas a hacer?

—Pos aquí, buscando chamba.

Los dos hombres se codearon y fruncieron los labios en una mueca risueña.

—¿Conque buscando chamba?

—Pos luego. Hay que comer, ¿no? —Gabriel empinó el brazo para tomar su mezcal; el hombre alto se lo detuvo y la bebida se regó sobre la barra.

—Voy mano, ¿pos qué se traen? —Gabriel cerró los puños y sintió la sangre en las orejas.

—Dice que qué nos traemos, Cupido, óyelo nomás —le dijo el hombre alto a su compañero. Éste abrió la boca y suspiró. —Qué corta es la memoria de unos.

—Nomás vine de paseo —dijo Gabriel—. ¡Ya estuvo suave! Ni quien los ande buscando…

—¿Quién habla de que nos busques, manito? Nosotros te buscamos a ti, para que nos recuerdes, nomás. Para que nos recuerdes a tus cuates, ¿verdad tú?

El compañero del hombre alto volvió a abrir la boca. Ahora, movió también los ojos en redondo y tiró del ala del sombrero.

—Porque luego se les olvida a unos quiénes son los que parten el queso, y luego luego quieren volar por su cuenta, ¿a poco no?

—Yo no me ando metiendo con nadie —gruñó Gabriel y le hizo una seña al cantinero—. Sírvame otra igual.

El hombre alto metió un dedo en el ombligo de Gabriel: —¿No ves? Luego luego. ¿Quién te dijo que podías tomarte otra copa, manito? Mejor te la convidamos nosotros. ¿Verdad tú? —y volvió a codear a su compañero—. A ver, un mezcal aquí para mi cuate y dos cervezas.

Las moscas zumbaban sobre las cabezas de los tres hombres. No se escuchaba otro ruido: los dos borrachos, abrazados, se habían dormido. El cantinero iba y venía, en silencio, destapando botellas.

—Bueno, salud. —El hombre alto saboreó su cerveza. Y cuando Gabriel volvió a levantar el brazo para tomar el mezcal, el hombre alto volvió a pegarle en el codo. Gabriel se limpió el brazo lentamente mientras los dos hombres, sonriendo, lo observaban.

—Ya ves, mano —dijo el hombre alto—. Tú de turista en la California y uno aquí, igual que siempre, y recordando cosas.

Gabriel acercó su rostro al del hombre alto. —Óyeme, si una vez te di de cates, fue para que sepas que por más influyente que seas en el barrio, y por más lambiscón, mano, de todas maneras puedo rajarte la madre cuando se me hinchen.

El hombre flaco saboreó de nuevo la espuma del vaso. —Puesto, mano. Sólo que a mí no me agarras dos veces con los calzones en las rodillas, ¿verdad tú?

El compañero peló los dientes y, de su postura laxa, pasó a dar de macanazos a Gabriel mientras el hombre flaco le metía la rodilla en el vientre y, tomando la botella vacía, le golpeaba los hombros y el rostro.

—¡No la...! —trató de gemir el cantinero.

Gabriel se dobló con una mano sobre la cabeza y otra en el vientre. El hombre flaco seguía pateándolo mientras se arreglaba la corbata. —Aquí todos saben quién manda —dijo— y tú, aunque andes de vacaciones, más vale que te enteres, manito.

Los dos hombres pagaron la cuenta y salieron codeándose. Gabriel, tirado en el suelo, sentía la sangre correrle por los labios. Al tratar de levantarse, volteó una escupidera, cayó nuevamente y dejó que su sangre se mezclara con la saliva regada.

—Con ésos no te andes metiendo —gimió, ahora plenamente, el cantinero.

—Qué más da, qué más da...

—Qué le vamos a hacer…

La madre apretaba un trapo caliente contra la nariz hinchada de Gabriel. La hermana mayor ronroneaba canciones en un rincón y el padre ya dormía en el catre.

—Peor les fue a tus hermanos, Grabiel, que nomás se murieron.

—Yo sólo quiero trabajar. Te lo juro que no me ando metiendo con nadie, que no me la ando buscando.

La madre suspiró y fue a recoger otro trapo caliente del cubo de agua que hervía sobre la lumbre. —Si todo ha sido igual por aquí, Grabiel. Unos más que otros, pero todos con sus penas. Cada que me voy a confesar, la de penas que me cuenta el señor cura. Figúrate si él no las sabrá todas. Ahi me quedo horas oyéndolo hablar tan bonito, contándome las penas de todos los vecinos. Como que me confieso por mí y por todo el barrio. Se siente uno aliviada, no creas. Debías ir…

Con un gesto de impaciencia, Gabriel se quitó el trapo entibiado del rostro. —Para lo que me sirve. ¿A poco el señor cura me consigue trabajo?

La madre colocó el segundo paño sobre la cara de Gabriel. —Total te gastas lo que trajistes. No te hace falta trabajar ahorita mismo.

—Me siento gacho, palabra. Está bien el vacile, pero que te cueste tantito. Los cuates andan en sus chambas toda la mañana, y yo, ¿pos qué me hago? Fidelio de mozo todo el día, y el viejo en Indianilla. ¿Qué me queda? Sabes, de plano me quedo todo el tiempo en los Esteits. Allá no falta quehacer.

Al dejar caer el paño, la madre de Gabriel acercó ambas manos a la cabeza de su hijo y no quiso decir nada, sino apretarla contra su pecho, acercar su propio rostro rígido, de hondos surcos, al de Gabriel, mientras la muchacha ronroneaba y el viejo dejaba escapar una somnolencia pesada y olorosa desde el catre.

Un hombre de carnes flojas y esqueleto grande y derrumbado camina por la Avenida Mixcoac con un perrito blanco en los brazos. El perrito luce un traje de listones amarillos y azules, con cascabeles alrededor del cuello y en las cuatro patas. Detrás del hombre, camina otro, moreno y cerrado, más viejo que el hombre grande: carga un cilindro de cartón, una trompeta raspada y una escalerilla. Los dos hombres usan sombreros de fieltro desteñido, camisas sin corbata, pantalón y saco de distinto color y viejísimo uso, y los dos caminan sin ritmo, como si las calles mismas los fueran arrastrando. Pero el hombre grande, aun en su perplejidad, luce cierta seguridad teatral en sus ademanes, en tanto que el más pequeño casi se embarra al piso, casi no levanta los pies y se vería más natural tirado en la calle, dejado a un lado, que tratando de caminar con un cansancio tan absoluto que le luce en los ojos sin brillo, en la boca larga y cerrada, en todas las facciones alargadas como por la mano de un escultor sobre una pasta gris y sin resistencia. Caminan al lado de tendajones mixtos y cines de barrio y misceláneas, entre tranvías amarillos y postes de luz, caminan como dos figuras de un carnaval perpetuo que no se detiene a celebrarse a sí mismo, que va corriendo en pos de la consumación de su propia alegría decretada. Vienen desde la Colonia Portales, de donde salieron muy temprano, deteniéndose al mediodía en General Anaya, y más tarde en la Noche Buena. Las casas son iguales, la gente igual. Sólo el cansancio los obliga a detenerse y entonces comienzan a trabajar. El hombre grande tuerce su nariz aguileña y se chupa las encías desdentadas; cruza hacia la izquierda en 11 de Abril, y abraza más al perrito amarillento. Caminan hasta Héroes de la Intervención; el hombre pequeño, con la máscara gris y los ojos sumergidos, se ha atrasado. El hombre grande se detiene, se quita el sombrero y de su bolsa saca un cucurucho rojo. El hombre pequeño y cansado toca la corneta con un gemido desigual entre el aire y el metal, y el grande lo acompaña con un tarará sin letra desde su voz cascada. Algunas criadas se asoman a las azoteas de las pequeñas casas, de un gris polvoso. Ixca Cienfuegos, antes de entrar en una de ellas, se detiene para observar cómo el perrito camina sobre el cilindro rodante. El hombre grande se quita el cucurucho y saluda a las criadas. "Les pre-

sento al gran perrito Josué, de largo historial en los grandes circos internacionales que han visitado esta tierra donde la providencia ha dejado más dones que hojas tiene un laurel: ¡México!", resopla el hombre grande mientras el pequeño continúa berreando la corneta raspada y ahora, con lentitud, coloca en el centro de la calle mal pavimentada la escalera y el grande conduce al perrito hasta el pie de la escalera y el animal sube con rapidez y se queda sentado en el descanso, gimiendo y asustado. "Y ahora véanlo bajar, señoras y señores. Es el gran perrito Josué, de los Atayde y del circo Barnum, que ha dado la vuelta al mundo." El perrito gime y sus cascabeles se agitan en un temblor imperceptible. El hombre grande truena los dedos y por fin toma al animal del cuello y lo obliga a descender mientras la trompeta alcanza un crescendo roto. El traje ajironado y los cascabeles de terror brillan en el crepúsculo. Las criadas se han retirado. El hombre grande pasea su cucurucho ante ventanas cerradas. El pequeño se ha sentado en la banqueta con la cara más oscura que la próxima noche. Ixca Cienfuegos penetra en la vecindad y se dirige al cuarto de Rosenda Zubarán de Pola. "Pícale, que Portales está lejos", le dice el hombre grande al pequeño, pero éste parece no escuchar sentado en la banqueta. "Órale, hoy no hicimos mucho y no hay para el camión. Ándale, te regalo un taco en la esquina." Pero el hombre pequeño no se mueve. El grande se sienta, con las coyunturas entre sus enormes huesos rotas y líquidas, a su lado. "Ya estará. Prefieres pintarte a comer. Te daré gusto. No comas, pues. Píntate igual que antes. ¿Qué, te da vergüenza salir como eres? Y crees que yo me siento muy a gusto, nomás con el cucurucho éste. Ya, ya, te lo prometí, ¿no? Nomás no te la gastes toda de un jalón, no seas tonto." Y los dos se levantan pesadamente y recogen el cilindro y la escalera y acarician al perrito asustado y vuelven a agarrar la Avenida Revolución.

Rosenda

—No le habrán dicho todo

"porque todas las verdades están metidas en nuestros días y se quiebran en mil aristas a la luz de cada mirada, de cada golpe de corazón, de cada nueva línea del azar y usted, ni él tampoco, no supieron lo que fueron aquellos días que transcurrían velados como todos los anveses en cuartos repletos de cortinas de seda y bibelots y damasco y sillones de terciopelo y figuras de porcelana y cuadros con escenas campestres en nuestro mundo de paz y tranquilidad (antes del amor y la fiesta, sí, porque fueron eso por más caros que se hayan pagado, que se debieron pagar) cuando éramos una familia y salíamos con banderitas en la mano a saludar el paso de don Porfirio por las calles de una ciudad que no era como la de ahora, deforme y escrofulosa, llena de jorobas de cemento e hinchazones secretas, sino pequeña y hecha de colores pastel, donde no era difícil conocerse y los sectores estaban bien marcados (ahora ve usted a los pelados en todas partes, en todas las avenidas, sin el menor respeto sentados en la Alameda, arrastrando sus huaraches por la Reforma, regurgitando sus obscenas comidas manchadas a lo largo de lo que fue nuestra calle de Plateros) y los sitios de cada quien también, pero usted no sabe lo que va a suceder cuando las ventanas de una mansión sofocada en esos damascos y barnices quietos y untuosos se abren para que entre una tempestad de palabras que nadie quería escuchar (después, no entonces, no, nunca entonces cuando traían un perfume de verdad que después se secó, guardado en algo más escondido que las páginas amarillas de un libro o el arcón más clausurado: el corazón de una mujer que amó poco) en boca de un tipo varonil (mentiroso) hombruno (seductor) alto (pequeño en mis brazos, casi cándido en su inocencia frente a lo que aún, antes de saber nada del amor, sabemos nosotras) y ahora que yo me voy a morir"

—Me voy a morir, señor

"y él no vendrá a verme, le puedo decir que mire a su alrededor —él no gana nada, ya lo sé, pero aun así, aun así— y piense en aquel palacio que le acabo de perfumar y sabrá todo, cómo se pasa de una vida guarecida en la que cada uno está protegido por los demás, sobre todo cuando se es la niña de la casa (con trajecitos ampones y rizos tiesos, una nana

con bolas de orégano en las sienes que sabe cuentos de brujas nocturnas, nacidas de un vértigo de murciélagos, y una alacena abierta a la preciosa gula infantil, alacena de jamoncillos y cremas y dulces de leche blanca, sobre todo) y parece que nada, nunca, jamás, va a desordenar ese palacio de juguetería y entonces entran primero las palabras que queman el cristal y dicen lo que a pesar nuestro queremos saber (no entender, no, no saber así, sino de la otra manera). Así fue Gervasio Pola"

—Mi marido se llamaba Gervasio Pola

"una palabra, la palabra que no quería escuchar y que al imaginar me obligaba a cubrirme la cabeza con las sábanas y a llamar a la nana vieja de orégano, Gervasio que llegó con todos los hábitos de la seducción en un caballo negro y con bridas de luz a decirme que ya no era como antes la vida, que en un buque alemán el jefe de la familia se había marchado (y yo en la casa de muñecas, robándome el jamoncillo en silencio, sin darme cuenta) y que ahora él, Gervasio, era coronel y podía darme la vida acostumbrada, merecida, y sus bigotes pomadosos relucían entre los cortinajes de la sala y mis padres escuchaban desde el comedor, hasta donde llegaba todo el brillo de sus botones y sus botas y los cabellos llenos de pomada, partidos a la mitad, que dibujaban como avellana el contorno oliva de su piel. Pero eso fue un año, sólo un año; un año en que ellos lo toleraron (porque era coronel y Madero presidente y estaban en el candelero y había que conservar el pequeño palacio con los barnices quietos y el terciopelo) un año en que me llenó para siempre de palabras la cabeza y el vientre, y esa palabra del vientre (que él nunca conoció, porque la palabra vino al mundo mientras él se pudría en un calabozo y ya entonces me habían señalado mi estupidez, mi falta de reflexión, mi 'tú lo quisiste', y todos los hermanos sintieron la misma repugnancia de saberme en ese estado, aunque estuviera casada, que hubieran sentido frente a cualquier otro esposo mío, pero que acallaban si el matrimonio era conveniente, sí, si la mansa laguna no se agitaba, sí, si todo siguiera igual, y ahora eso ya no era, y Gervasio estaba en la cárcel y Madero asesinado y yo con el vientre hirviéndome de las palabras que él dejó allí, de la palabra Rodrigo que fue lo único que me dejó) que hube de germinar a solas, escondida, en una casa pequeña y fría lejos del calor untuoso de la otra que ellos me cerraron, que hube de tolerar a solas (gozando las primeras patadiitas en el vientre a solas, tratando de pensar en que se lo daría, con mis palabras, todo otra vez, toda la gestación lenta y oscura del ser creado por sus palabras y mi sangre, toda) mientras tejía toda la jornada segura de que al terminar estos zapatos de estambre, esta bufanda, él regresaría a acariciarme el pelo y decirme que ya estaba bien, que podía descansar, que fuera con él a la cama a sentir cómo crecía dentro de mí lo nuestro, a pasar la noche en silencio tratando de percibir la existencia del hijo, a hacer el amor sin contacto, con las manos, con el pelo acariciado, con las mejillas ardientes y no, no pudo ser así, él no estuvo allí mientras su palabra crecía redonda y grave en el centro de mis entrañas, él no estuvo *nunca ni supo nunca porque jamás lo volví a ver, y si hubiera estado yo habría sabido distinguir tres, tres, pero así no, así éramos siempre dos, yo y la palabra, yo y el padrehijo, yo y Gervasio-Rodrigo, una continuación, pero ahora ya no con las palabras de él sino con mi silencio, con mis decisiones aisladas, ¿ve usted? Y no podía haber más decisión que la de comer; de eso me di cuenta apenas vino a decírmelo, muchos años más tarde, el capitán Zamacona, cuando yo ya trabajaba (para comer) en un almacén del centro, y él quiso frecuentarme (era tres años después de la muerte, y yo aún creía que iba a regresar y con la pura voluntad mantenía mi perfil, el perfil suyo, para que no pensara en esos días y esos años sino que regresara al punto de partida y el adiós y el ejercicio dulciamargo y la bienvenida se fundieran en un solo momento en el que recuperáramos todo el tiempo de desolación e ignorancia y gestación) y así se enteró de quién era yo y me lo dijo: 'Yo mismo ordené el fuego, yo mismo estaba allí al frente del pelotón en la madrugada de Belén frente a la pared descascarada y los cuatro rostros que no quisieron que los vendáramos pero que al fin se dieron las manos y cerraron los ojos y yo mismo fui a darle el tiro de gracia al rebelde Pola que se torcía en el polvo —su marido— porque los rasos no sabían tirar bien y nada más los mataron a medias. Su marido está muerto desde hace tres años, señora. Fue un crimen más de Huerta, que bien caros los ha de pagar todos y ahora que yo estoy con el carrancismo puedo ofrecerle lo que usted se merece' sí, casi con las mismas palabras y otra vez un kepí ladeado, unos bigotes tiesos y un porte marcial: el mismo de siempre, que ahora venía con otras palabras a contarme que Gervasio había muerto y entonces supe que mi decisión no era otra más que comer porque pensé que a la calamidad y la muerte debe seguir, natural y amargo, el acto cotidiano; que yo debía haber velado a Gervasio para luego preparar sobre el catafalco nuestra cena (la de Rodrigo y la mía) y mezclar los olores de vela y gardenia con los de grasa y mantequilla humeantes pero no fue así, ya ve usted, fue tres años después, y no sabían dónde estaba enterrado así que yo respiraba el polvo (cuando se levantan las tolvaneras de este valle que he visto secarse, y que antes, en los días que recuerdo, era más florido y manso) creyendo que allí venían los despojos de mi marido pero el capitán insistía: 'No lo pene usted; me acongoja decírselo, pero no murió bien. Se hubiera ido él solo al paredón, pero no, tuvo que delatar a sus compañeros; no supo irse solo, tuvo que decir dónde estaban los otros fugitivos para no sentir miedo. Así fue señora' y yo no le reproché su cobardía (¿cobardía? ¿no era el jefe? ¿no tenía derecho a exigir todo de sus compañeros? hizo bien, pero no era eso lo que le reprochaba) sino que no me hubiera llamado a mí para que yo también cayera con él, porque si era el jefe de esos hombres que murieron a su lado, era mi hombre y el padre de mi hijo, y debió llamarnos, exigirnos eso; no, nos dejó solos, diciéndonos que siempre no era el que mandaba, que nos las arregláramos, que pudo darme su vida pero no su muerte: ésta fue su cobardía y el rencor que le guardo, que me ofreciera tan poco de su vida y luego ni siquiera me regalara su muerte,*

¿ve usted?, porque algo debió darme por entero, y no fue nada de él, sino esa prolongación que yo traje, que yo crié (quizá quiso que eso fuera todo, su vida y su muerte, ese niño, pero eso nunca lo dio a entender y yo nunca lo supe) y ese rencor, ese sentimiento de que me faltó su muerte, me obligó a renunciar para siempre a comprender ciertas cosas menos una: que Gervasio no había existido, que el niño había sido engendrado por mi voluntad y mi designio, que yo misma me había fecundado con el sueño de un hombre que sólo dormida conocí, que sólo en el vapor entre dos horas del amanecer me poseyó, que no estuvo allí y que esos dos momentos concomitantes —la fecundación de mí misma por mí misma y el largo parto del infante— eran eternos, que siempre estaba entrando en mí la concepción de mi sueño y saliendo su producto carnal y éste convirtiéndose en aquélla, siempre, sin solución. Pero él no quiso, señor, él no quiso ser parte de mi vida (mi vida, la mía, así, en esos dos momentos fundidos, de los cuales él debía ser parte permanente, atado siempre a mi cordón, engendrando el sueño que, a la vez, debía engendrarlo a él) y sin decirme nada, en sus ojos transparentes de niño, me advirtió que él no era su propio padre como yo quería, en el estilo que yo hubiera impuesto, su padreamante, sino su padrecrítico, no el padre que me hubiera aceptado siempre sino el que me hubiera espiado, diciéndome en los ojos Ya no eres la de antes; ahora cambias, ahora tus cuencas se oscurecen y tus ojos se marchitan, ahora tu piel se afloja y eres una viuda desventurada que envejece y trabaja inútilmente después de haber sido criada para el pequeño palacio de juguetería y la nana que contaba historias ociosas y la alacena que olía tan diferente de esta casa situada del mal lado del sol adonde las cosas saben a musgo y no pude tolerar eso: mi cara era, tenía que ser, la de siempre, para que él la recordara si regresaba, tenía que corresponder a las frases y a las palabras de amor que la habían convertido en otra cara, la cara de la esposa —pero Rodrigo no lo supo, él sólo vio que había minutos cuadriculados sobre la piel, y me espiaba, más, que me obligaba a observarme a mí misma, a saber que era cierto, y que me obligaba a ello este ser pequeño y delgado que se sentaba a hacer su tarea bajo una lámpara verde, que en vez de penetrar en mi vida se separaba de ella, se alejaba para mirarme y decirme No soy tú; puedo estar contigo, pero no seré, yo, tú"

—¡Mi hijo, mi hijo!

—¿Nunca le dijo usted toda la verdad, todo lo que pensaba? ¿Sólo quiso ser sin expresar, esperando que Rodrigo comprendiera todo? —preguntó Ixca Cienfuegos.

—Sí, así quise
"porque yo no podía abaratar, vulgarizar todo mi mundo, ¿ve usted? (mi mundo ya estaba abaratado en esas cosas que se tocan y se miden, y no, no podía abaratarlo más sacando a la luz todo lo que pensaba, porque antes las instituciones se daban claras y tácitas, todo aquello en lo que creíamos en la casa, mis padres y mis hermanos y yo, se daba así, a

la luz, sin necesidad de justificarse, de pedir perdón por lo que nos correspondía, en lo que se toca y en lo que se siente: en nuestro hogar y en nuestro sitio; ambos estaban justificados por el orden de las cosas y así debía ser también ahora, sólo que ahora era vulgar mi trabajo, mi casa, mi ropa; no podía ser vulgar también mi alma, ni mis palabras, ni la vida que le comunicara a mi hijo) pero ese alejamiento de él me obligó a volver a buscar a Gervasio, sólo que, igual que Rodrigo me había obligado a sentir que yo era distinta, me obligó a sentir distinto a Gervasio, y se canceló todo lo que había mantenido, el rencor, el tibio recuerdo de su cuerpo, la solución padrehijo, la necesidad de haber cometido mi muerte en la suya para que él cometiera el parto de nuestro hijo en el mío y así nos unieran muerte y parto, parto y muerte siempre, pues ahora mis horas eran esas horas vulgares de un trabajo gris y monótono donde nunca puede haber recompensa, porque el trabajo puede ser tan gracioso y puro como el ocio, sí, pero éste no lo es, señor Cienfuegos, está despojado de todo, y en esas horas vulgares sólo aprendí a reprochar a Gervasio, a reprocharle otras cosas que nada tenían que ver con el origen de nuestras vidas y nuestras cópulas y su fruto, que sólo tenían que ver con la nueva vida, la nueva ciudad que crecía a mi alrededor y sus nuevas gentes, las que habían llegado a ocupar los puestos abandonados, y de esa falsedad (de ese contorno ajeno a toda nuestra experiencia y a los hechos nuestros y personales del amor y la muerte y la vida y la concepción) salió el nuevo Gervasio, al que podía reprochar, y de esa nueva imagen salió también el destino que tracé para Rodrigo: porque lo otro, la verdad, lo que acabo de decir (mi vida auténtica) se perdió en ese cúmulo de vulgaridad y tuve que inventar nuevas razones y nuevas relaciones, y esto lo sé sólo ahora que ya estoy sola (pero no, no es estar sola lo que me obliga a darme cuenta, tampoco que voy a morir, es otra cosa) y se lo digo así. Entonces habían pasado diez años de la muerte de Gervasio, y yo volvía a comparar mi aspecto físico con el de aquellos días. Tomaba el retrato de mi esposo (cerca de una cabecera helada donde pasé mi viudez, porque después se deja de ser viuda, de recordar que algo penetró en la carne con tanta falta de escrúpulos y con tanta fuerza recogida y temblorosa, respetuosa de mí, al cabo, y es lo que no todos saben hacer, y él sí; era bueno, lo sé ahora, muy tarde, bueno y generoso y éstas son las cosas que se nos escapan porque complicamos el pensamiento y la carne también y queremos que las cosas sean otra cosa, y no lo que realmente son, al principio, y sin progreso posible, incanjeables y dignas de la mayor protección, de la única protección: bondad, generosidad) y lo ponía a la altura de mi rostro, los dos frente al espejo. Pensaba que ahora yo parecía su madre, y en voz alta lo recriminaba con esas palabras que no eran mías, que eran de mi trabajo desilusionado y de la ciudad y sus nuevas gentes que se venían como una marea a nublar mi corazón. Tú te quedaste siempre igual, muerto o donde estés: ya no podrás ser más que aquel iluso de treinta años, metido a bochinchero idealista y ¿no te das cuenta Gervasio que un hombre no tiene derecho a seguir su destino en cuanto tiene que alimentar a una mujer y a un hijo? Iluso, iluso, fusilado en una cárcel y ahora, diez años después, podrías ser rico y dejaba caer el brazo y recordaba las escenas del almacén, donde los nuevos iban a comprar ajuares para las nuevas casas de las nuevas colonias donde iban a habitar todos los que no murieron en la cárcel de Belén, todos, venidos en un tropel que me llenaba de vergüenza, y los antiguos que se habían sabido acomodar y Tú Gervasio no tenías derecho a exponerte; debías haberte protegido como todos estos que ahora son ricos e influyentes. No pensaste en mí, ni en tu hijo; me dejaste sola, a secarme poco a poco; quisiera perdonarte, Gervasio, pero no puedo, no me diste ni tu amor, ni las pocas cosas necesarias para vivir a gusto. Pero haré (ésta era la mentira, ésta era la mentira nacida de mi reproche, y hasta ahora lo sé, cuando es muy tarde, dígaselo al pobrecito, dígaselo antes de que sea muy tarde para él: que no hay triunfos ni derrotas en este país, que no hay memoria para el paso de los hombres sobre esta tierra, que todos fueron y serán fantasmas antes de nacer, sin proponérselo, porque sólo los fantasmas rondan en la verdadera vida de México, y ellos traen sus batallas muy hechas, muy sólidas, para que sean reales nuestros ejercicios de polvo, nuestras individualidades aplastadas por esa otra batalla permanente de fantasmas y sus luchas que no se han resuelto; dígaselo así) que tu hijo triunfe, como se triunfa aquí. Lo torceré pero le daré su carrera, le enseñaré a buscar a los poderosos y a ser sumiso con ellos, para que no me lo vayan a matar junto a un paredón como a ti y él sepa darle una vida normal a la mujer que escoja y esté presente en el alumbramiento de su hijo..."

—... el vaso, señor, el vaso del buró, pronto...

Ixca alargó el brazo en un doble movimiento —para recoger el vaso, para llevarlo a los labios transparentes de la anciana hecha de costras de cebolla que gemía ronca y desarticulada desde el lecho de latón, dando a sus ojos una infinidad de expresiones a medida que las palabras y los pensamientos impronunciables le cruzaban, como una inundación impetuosa, por el cerebro. El líquido gris y opaco bailó un instante entre las venas temblorosas del cuello de Rosenda: —¿Me entiende? *"pero no podía vulgarizarme, ¿me entiende?, ni al niño podía decirle esto, sólo al retrato de su padre (porque en el fondo de mis percepciones y mis recuerdos matrices seguía identificándolos y seguía confundiendo la cópula con el parto como en una hora parda del día naciente se confunden los astros y las dos caras de la luna, así fue) porque el niño era sólo un objeto de escarnio en la escuela y cada día se escondía más en su cuarto y yo abajo, tejiendo, desde mi mentira pensaba en las cosas que estaría haciendo, pensaba y me acercaba a la puerta de su cuarto a esperar algún ruido y pensaba en que ya estaba grande, que ya iba para los trece y entonces empezaban las tentaciones; pensaba que debía hablarle de su padre (del fracaso) para que se diera cuenta y no desperdiciara el tiempo (Gervasio, le iba a decir, sólo me dijo muchas frases bonitas y luego se dejó matar) y la mentira me gritaba:*

¡No quiero que Rodrigo salga así! él tiene que hacer cosas y por eso me resolví, en la mentira, desde la mentira, desde mi trabajo monótono, desde mi sentirme exilada en la ciudad que había sido mía sin pedir permiso, desde la ciudad que había sido nuestro centro de paz hogareña y después, por un instante, mi plexo convulso de amor y abandono y viudez y desde mi ansia (¿por qué, por qué un amor tan cruel, tan necesitado de destrucción para sobrevivir, tan premioso ante las naturales fatigas de los hijos, tan ansioso de chupar hacia el centro del vientre al niño que se nos escapa?) de que fuera mío, sólo mío, le dije que su padre era un cobarde, un tonto que delató a sus compañeros, un cobarde que nos dejó en la miseria: así le dije, y él sólo me había preguntado si Gervasio era bueno conmigo, y yo ya había perdido (en mi cama solitaria y en mis noches de viuda y mis días de empleada) la verdad, que (se lo he dicho) eran sólo la bondad y la generosidad de Gervasio, mi iluso, mi tonto, mi cobarde, mi niño, mi carne negra y erecta... Y era al escarnio de esos condiscípulos ricos, y no a mi amor (este amor del que le hablo) a lo que atribuía el silencio de Rodrigo, su cierto alejamiento de mí, su imposibilidad, desde que le hablé esa noche de su padre, su imposibilidad para volver a formar, aunque fuera como antes (mediante unos lazos hechos de miradas abiertas y azoradas, de silencios inverosímiles), un todo conmigo, con mis certezas y mis recuerdos y mis pobres, pobres anhelos: ninguno volvería a saber (como antes usé la palabra: saber) nada del otro. Lo deformaron en la escuela, decía yo, nosotros no somos ricos y se burlaron de él y le quitaron ese desplante necesario para triunfar; lo obligaron a esconderse en el cuarto a escribir, en vez de que pensara en todo lo que tenía que hacer (hacer lo que no hizo su padre; haberse aguantado; todos llegaron alto; Calles era maestro de escuela). Y Rodrigo crecía, y yo aumentaba la mentira: era hombre ya (eran otros deseos) y más que nunca se acercaba el momento de la decisión y el peligro y yo lo vigilaba —desde mi mecedora de mimbre le repetía en silencio, sin que él me escuchara nunca, cuánto temía que la falta de un hombre en la casa lo hiciera fracasar y después de la medianoche entraba en silencio al cuarto atufado donde escribía y comenzaba a fumar en secreto y entonces dormía y me hincaba cerca de la cabecera con los ojos muy abiertos a decir palabras, sólo a hablar, a decirle que ya no era niño y otras cosas y a arreglarle la almohada mientras él soñaba inquieto, moviendo la cabeza cuando mis palabras se repetían en un sonsonete bajo dentro de su sueño. Era un encantamiento, un encantamiento más que no supo surtir efectos: él se alejaba, en la liviandad exótica y prestigiosa de nuevos amigos (sabemos que no quieren a nuestros hijos, señor, que se juntan para olvidarnos, para hacerse la ilusión de la autonomía y acabar solos, como él ha acabado)"

—¿Usted es su amigo?

"llegaba tarde mientras yo permanecía con la mano húmeda sobre la manija de la puerta, como si en el cuarto de Rodrigo se escondiera una fiera, un monstruo oscuro que me hablara de su vida secreta, de las nuevas relaciones que él no me permitía comprender, sólo

aceptar (no impuestas, no, no obligadas: todo en el silencio, en el nuevo esquema mecánico del amor filial) y cuando me decidí sólo encontré ese nuevo amor, esos papeles (más que yo, más que sus amigos, más que él mismo, creí intuir entonces, no sé ahora: él es tan desvalido) llenos de versos y allí quise culminar la mentira, hacerla mi dueña y, quizá sin saberlo, permitir que me consumiera y me permitiera volver a la verdad"

—Él... ¿él se lo contó?

"¿lo que le dije entonces? pensé que ninguno tenía derecho a su destino, quise consumar la mentira: era tan grande, ya, el llano desolado entre mi destino, mi vida entre algodones, y mi nueva vida de viuda, que no lo creí, no quise que él tuviera el suyo, ¿ve, señor?: él como yo, sólo debía tener responsabilidades, eso le dije, y en realidad sólo quería contarle cómo quería que sí tuviera un destino pero que fuera prolongación del mío y del de su padre muerto; pero no me atreví y no me di cuenta, sólo di cima a la mentira y corrí fuera de la pieza, golpeándome contra las paredes del estrecho pasillo, hasta mi recámara, a encerrarme. Los vi a los dos, al padre y al hijo, por última vez, supe que había obligado a Rodrigo a partir —no en su cuerpo, ese día, ese año, pero sí alguno— a partir con sus ojos y el suave pulsar de las venas en la mano con la que me seguiría acariciando como a un monumento viejo y mudo, en su cortesía abstracta que me impediría volver a saber nada de su vida, en su paulatino alejamiento (hasta el día en que nunca regresó, nunca regresó pero con amabilidad, sin escenas, sin decirme una palabra de fuete que me hubiera salvado, ¿comprende?, que me hubiera salvado) para nunca regresar, nunca saber más de mí, ni el día de hoy, el día de mi muerte"

—(El vaso, señor Cienfuegos)

"y... y... ¿regresará Gervasio, cubierto de una sangre coagulada que me quedó a deber? porque era un niño lindo, al nacer..."

—... lo hubiera usted visto... pobrecito

"(allí, en el armario, sofocado en esas planchas manchadas de los fotógrafos de ayer) cuando corría una mano sobre mi cabeza; era chiquito, muy chiquito: nació de un borbotón de pólvora, sí, y no lo supo, no entendió..."

—... dígaselo usted, pobrecito...

"que no hay éxito ni derrota, que correrá a cumplir su destino (él lo quiso, ¿no?) ínfimo mientras la tierra entera se llena de viejos fantasmas donde yo viví de niña, con la nana y el dulce de leche antes de las palabras, dígaselo, no le habrán dicho todo porque las verdades están metidas en nuestros días y se quiebran en mil aristas a la luz de cada mirada, de cada golpe de corazón, de cada línea del azar y usted no supo lo que fueron aquellos días pero no podían durar, nada dura aquí, estamos un instante antes de que otro remolino nos abrace y nos chupe con dientes..."

—El vaso, señor...

"dígale que venga, por una vez… sé que es pobre, que no me podrá ayudar…"

—… venga, pobrecito…

La lengua de Rosenda se disparó, puntiaguda, fuera de sus labios lineares y un casi imperceptible ruido, ruido de cerrazón, en la garganta, hizo que Ixca se pusiera de pie y le cubriera la cara con la sábana. Apagó la veladora del buró y salió del cuarto.

—Saca la cuenta, Luis. Se me hace que no podemos.
La jovencita rubia y delgada, de perfiles afilados y quebradizos, de pelo lacio y dientes disparejos, se sienta sobre el sofá de brocado rosa. El apartamento, en un cuarto piso de la calle de Miguel Schultz, se ahoga esa noche —como todas— en el olor a gas, cocina y animal doméstico de los inmuebles mexicanos de modernidad intermedia. Un cubo oscuro conduce a pasillos oscuros con piso de mosaico gris, a la puerta despintada que se abre sobre la sala: la mesa de comer, dos sillas, el sofá, un silloncito de mimbre. Algunos cromos religiosos completan el decorado. —No te apures, Josefina. Tú verás si no—. El joven mestizo, de bigotes ralos y gafas ahumadas, con las mangas enrolladas, escribe números sobre un papel.
—Todavía falta pagar la recámara.
—De eso salimos pronto. Mira: me lo han prometido. Desde diciembre, salgo de dependiente. Si me dan el circuito del Norte, como viajante se puede hacer mucha lana. El negocio del algodón se va para arriba, chula, y allí se van a vender muchos implementos agrícolas…
—Ay, yo quisiera sacar a Luisito de esa escuela de peladitos y meterlo a la de los hermanos.
—Seguro que sí. Será lo primero que hagamos, no te apures. Después, ya tengo visto un apartamento por otro rumbo…
—¿Cuánto, Luis? Se me hace que…
—Seiscientos pesos, corazón. Doscientos más que aquí, y en un barrio padrísimo: por el rumbo de Nuevo León.
—Ya me cansé de San Rafael. A fuerzas hay que tratar con las vecinas. Te las encuentras en el mercado y en el parque, y como que no son iguales a uno… tú sabes. A veces, Luis, aunque te quiero y tengo tanta confianza en ti, me figuro que nunca vamos a salir de perico perro, y me dan…
—Ándale, ándale.
—¿No se echarán para atrás tus jefes?

—¡Qué va! Vieras lo recio que me llevo con el jefe del departamento. Y él ya le habló de mí al mero mero. Está hecho, te digo. En diciembre me hacen viajante, tú verás.
—Si haces mucho dinero en el Norte...
—¡Épale! Calmantes, Josefina. Espérate tantito. Hace falta averiguar si...
—Luis, es que quisiera tanto un coche. Luisito ya va para los siete, y sería tan bonito salir los domingos de excursión... Y después quisiera otro, porque no está bien que...
—Por favor. No nos podemos echar otra carga encima. Apenas si alcanza para tres bocas.
—Pero es que no está bien, te digo. Nada más porque te quiero mucho y tú me lo pides, pero a mí me enseñaron que es pecado, que hay que tener todos los hijos que Dios nos quiera dar. Si de vez en cuando me acompañaras a misa, sabrías que...
—¡Jose, por favor! ¡Qué sabe el cura de los problemas personales de cada quien!
—¡Luis! Ya sabes que yo respeto mi religión, no hables así...
—Está bueno. Pero no te preocupes. Ascenderé lueguito. Los jefes me estiman, palabra. Hasta puede que dentro de diez años...
—¿Nuestra casita?
—Seguro, Josefina. No te apures.
—Mira, recorté unas vistas de una revista americana. ¿Sabes lo que me gustaría más que nada? Pues un desayunador de ésos, junto a la cocina para trajinar menos. Y como que todo es más íntimo así, ¿no se te hace? Los Rodríguez tienen uno igualito, y María de la Luz me dijo que...
—¡Qué saben los Rodríguez! Y no te andes juntando con esa vieja que nada más te mete ideas.
—Pero si son muy distinguidos. El señor Rodríguez ha hecho mucho dinero en un dos por tres. Nos convienen esas amistades... Luis, ya no aguanto esta colonia. ¡Apúrales a tus jefes, por favor, diles que...!
—Seguro, Jose, seguro. Tú no te apures. Ya verás si no.

México en una laguna

A las siete de la mañana, llovía. El pulso adormecido de la ciudad continuaba indeciso entre los colores cuando Ixca Cienfuegos, envuelto en una gabardina negra, llegó con el carro funeral a la casa de dos pisos y profundidad de habitaciones dispersas en Mixcoac. Respiró el aire de vidrio, delgado y penetrante, y saltó de la carroza a la puerta de entrada: la callecita estaba anegada por un lodo amarillo.

—Yo les aviso —les gritó a los mozos de la funeraria desde la puerta. Con las piernas largas, ascendió, de tres en tres, los peldaños hasta el cuarto de Rosenda. Al abrir la puerta, se concentraron todos los tufos de la mujer. Era como si cada una de las palabras que Rosenda pronunció a lo largo de su vida se hubiesen ceñido, reuniéndose en olores que pugnaban por descender hacia otro verbo. La encontró idéntica a la noche pasada: la lengua puntiaguda, los ojos abiertos, la piel de costras vegetales más transparente. Puso una rodilla en la cama y con gran esfuerzo cruzó los brazos de Rosenda sobre el pecho. Le bajó los párpados. Tuvo que amarrar un pañuelo del cráneo a la quijada. Descendió.

—Pueden subir. Aquí los espero.

El toldo del carro goteaba. Ixca se subió las solapas de la gabardina hasta la nariz. Escuchó el ruido del descenso del féretro por la estrecha escalera, el chapoteo de los pies en la lluvia. Algunas mujeres se asomaron por las ventanas. Una banda de chiquillos que en la Avenida Revolución ofrecían sus servicios para pasar bultos de una acera a la otra, vinieron corriendo a ver el traslado de la caja.

—Órale patrón, un quinto por cargarle al muerto...

Uno de los niños no corría ni pedía dinero; con los pies desnudos en el agua, miraba en silencio los esfuerzos de los mozos por no resbalar sobre el lodo. Un fleco negro le cubría la frente y se le enriscaba entre los ojos. Con las manos hacía disimuladamente cruces, y sus labios se movían en silencio. Ixca lo llamó.

—¿Tú no eres el vecino de doña Teódula, chamaco?

—Jorge Morales para servir a usted —dijo el niño con una voz cantarina y sin pausa.

—¿Qué haces aquí a estas horas?

—Con las inundaciones se sacan unos fierros, señor. —No dejaba de hacer cruces y murmurar mientras miraba el agua turbia.

—¿Quieres ganarte unos centavos?

El niño meneó la cabeza afirmativamente y se rascó una rodilla. No permitía que su mirada se cruzara con la de Ixca.

—Toma volando un camión y vete a casa de doña Teódula. Dile: "Ha muerto la madre". Nada más. ¿Lo vas a recordar?

El niño volvió a menear la cabeza. —Que se murió la madre. Nomás. —Ixca le dio un peso y el chico salió corriendo, levantando una estela de espuma parda. El carro arrancó.

Entre Mixcoac y San Pedro de los Pinos, la mañana cobró sus derechos. La lluvia, ahora, caía pesada y tibia, esparciendo un vapor caluroso. Ixca pensó en el cadáver que, envuelto en su mortaja, semejaba por fin el fruto que Rosenda siempre había soñado como su gestación de un padre y un hijo, de Gervasio y Rodrigo. La gestación que ella añoraba repetir se cumplía ahora con su propio cuerpo. La ciudad que Ixca veía correr a su lado, chata, gris, teñida de una lluvia que no se resignaba a confundirse, bienhechora y momentánea, en la tierra que bañaba, sino que permanecía, intermedia, en el lodo y el regurgitar de alcantarillas, se transformaba, por el recuerdo de Rosenda, en una vasta placenta hinchada de fusilamientos y amor exigido e indiferencia personal y sacrificios gratuitos. Cuatro millones se alineaban, sin tocarse las manos, cada uno rígido al lado de los otros, a lo largo de un muro coronado de pólvora. Cuatro millones parían, con una mueca cerrada, la luz de cada día, la oscuridad de cada noche, sin solución, en un parto repetido con el ejercicio doloroso de la premura: el día jamás se encadenaba a los días, ni la noche a las noches. Cada uno nacía de esa flora humana para cumplir un horario estricto y desaparecer, sin memoria, sin posibilidad de resurrección. Éste era el cadáver, y ésta la ciudad. Todas las gestaciones de Rosenda se alargaban en una sola: ésta.

Una vereda fangosa se abría entre las hileras de cipreses. Las gotas de lluvia le escurrían a Cienfuegos por la cara mientras, con la cabeza baja, caminaba detrás de los que cargaban la caja. Seguía, inconscientemente y con la mirada fija, las huellas de los zapatos, visibles por unos segundos antes de que el balaceo de la lluvia las borrase. La fosa estaba llena de agua. El féretro de Rosenda descendió y los paletazos de tierra iban formando una efervescencia de burbujas.

—Perdón —murmuró Cienfuegos y salió del cementerio empapado.

Rodrigo Pola se había detenido frente al espejo del baño cuando Teódula Moctezuma, flotando entre sus ropones oscuros, cerraba la puerta de la pieza interior de la calle de Rosales. El reflejo pálido de Rodrigo era, sin embargo, más nítido que su propio rostro suspendido. Empezó a hacer caras de dolor, caras de risa, caras de interés o de suficiencia, hasta sentir que su rostro y el reflejado eran dos, distintos, y tan alejados entre sí como la luna verdadera que nadie conoce y su reflejo quebrado en un estanque. Husmeó el aire de flores secas que la mujer cuadriculada había dejado, antes de partir, en el cuarto. Los músculos faciales comenzaron a dolerle, pero Rodrigo no podía interrumpir su rápida sucesión de máscaras ante el espejo. ¿Qué cara le había puesto a Norma Larragoiti cuando le declaró su amor? Ésta. ¿Y qué cara había hecho cuando Mediana lo había cortado del grupo? Rodrigo frunció el ceño y formó una "O" con los labios. ¿Y cuál era su cara oficial de escritor? Arqueó una ceja y movió con avidez las aletas nasales. Entonces dejó caer los hombros, se rascó la cabeza y sintió una urgencia verdadera, ajena a su comedia de ese instante, de sentarse a escribir —de hablar consigo mismo, de alguna manera—, de dejar una sola constancia verdadera. Metió la mano en el cajón revuelto del buró y sacó un lápiz chato. Entre las páginas de una novela de Pío Baroja encontró un block de cuartillas pardas. Se sentó al filo de la cama. Se rascó la nariz. Escribió.

"El problema consiste en saber cómo se imagina uno su propia cara. Que la cara sea, en realidad, espantosa o bella, no importa. Todo es imaginarse la propia cara interesante, fuerte, definida, o bien imaginarla ridícula, tonta y fea. Yo tengo mis temporadas. A veces, cuando salgo de un cine, me imagino que lo más sugerente de los rostros que durante dos horas me han estado parpadeando se me ha contagiado. Arqueo las cejas, saco el labio inferior hasta sentirlo seco, inflo el pecho. Estoy seguro de que la gente, en la calle, me distingue y se percata de mi notable personalidad. Soy un hombre radiante, magnético. Soy una prolongación de Victor Francen o de Laurence Olivier. Otras veces, amanezco con un vacío inquietante en la boca del estómago, detengo los movimientos de la navaja para sentirme descorazonado ante esa efigie, barbada de jabón, en el espejo, salgo arrastrando los pies, con la cabeza baja, y estoy seguro de que todos, a mi paso, murmuran, se ríen y señalan con el dedo a ese pobre diablo. Todo depende, pues, de estados de ánimo, de impulsos exteriores. En consecuencia, debería bastar que esos impulsos se condicionaran adecuadamente para lograr el estado de ánimo y la personalidad queridos. Pero resulta que, en general, prefiero que la gente me señale como un pobre diablo y me tenga lástima. ¿Por qué será esto? Quizá porque desde ese terreno puedo saltar a una afirmación de mi personalidad y desmentir a los que me juzgaron pobre diablo. El procedimiento inverso sería, sin duda, mucho más penoso. Esto no quiere decir que, a veces, el contacto con las personas que me han tenido lástima sea tan fugaz, que no tengo tiempo de demostrarles lo contrario. Supongo que esas personas se llevarán la impresión definitiva de que se las han visto con un redomado imbécil. Por esto prefiero elaborar, a largo plazo, mis encuentros y la impresión que busco dejar en el ánimo ajeno. Alguien opinará que todo esto es ridículo, que los hombres pueden ser juzgados objetivamente, que su personalidad auténtica se abre paso a través de todos los disfraces. No estoy muy seguro. Puede ser que el juego, el artificio, a base de reiteraciones, llegue a ser lo auténtico, y que la personalidad original se pierda para siempre, atrofiada por la ausencia de función. No sé. Lo cierto es que, llevado por esta dialéctica personal, yo ya no sé cuál es mi verdadera máscara.

"Veamos algunos ejemplos. Supongamos que yo tengo —o tenía— alguna facultad particular. La de escribir, digamos. Yo empecé mi vida de hombre ostentándome como escritor, presentándole al mundo, como primera introducción, una tarjetita que decía 'Rodrigo Pola. Escritor'. De la misma manera que otros se anuncian como 'Fulanito, ingeniero civil', o 'Perengano, experto en restauración de óleos'. Sólo que éstos pueden demostrar inmediatamente, y de un modo tangible, que son ingeniero o experto en restauración de óleos: allí está su obra concreta, susceptible de ser apreciada por los cinco sentidos. ¿Pero cómo se demuestra a los demás que se es escritor? Por más tangible que sea un libro, verlo, tocarlo, olerlo, no dirán nada acerca, no digamos ya de sus excelencias de estilo, sino siquiera de su escueta existencia. Se verá un bulto determinado, hecho de papel, letras, goma, hilos. Se tocará ese bultito. Se olerá la goma con que ha sido encuadernado. Incluso se podrá pasar la lengua sobre una de sus páginas: todos estos actos sensibles nada dirán sobre el libro en cuestión. Hasta se podrá dudar de que, en cuanto libro, existe; ¡cuesta tanto aproximarse, en verdad, a él, a lo que, intrínsecamente, es! No sucede lo mismo cuando, directamente y con pruebas palpables, se ve que allí está un edificio de concreto, que allí está un viejo óleo del siglo XV, restaurado, brillante y oloroso a barniz. No existen, pues, pruebas definitivas de que se es escritor; puede, a lo sumo, haber un rumor de prestigio, y entonces se piensa en cómo utilizar ese prestigio para producir obras concretas, que no libros. Yo había escrito un pequeño libro de versos cuando era estudiante preparatoriano, y bien que lo exploté, no para escribir más libros apoyado en el primero sino para, apoyado en el primero, ver cómo le hacía para conseguir tareas más concretas. Pero, claro, si se saca un conejo de un sombrero de copa, las reglas del juego indican que el mago no puede, después de la función, guisar el mismo conejo que, si ha de ser congruente con su particular conejidad, nunca podrá ser sino conejo mágico.

"En efecto: no había otro camino que sentarme en un escritorio como jefe de oficina y dictar palabras que produjesen cartas, memoranda y oficios concretos. Pero aquí es donde interviene mi actitud original; como era preciso demostrar que yo era escritor, a propósito dictaba mal un oficio para, después, poder corregirlo y demostrar mi capacidad de escritor. Sólo que, llevada a sus extremos, esta tesis acarreó, en primer lugar, el odio de mis subordinados burocráticos y, en segundo, la convicción de que mi trabajo era lento y entorpecía las labores. Yo sólo quería causar, al principio, una mala impresión a fin de que la buena constituyese una revelación, una sorpresa.

"De allí que una actitud como la mía sólo pueda desarrollarse a largo plazo, asegurando que habrá tiempo para demostrar las cualidades superiores a partir de las inferiores. Sí, es difícil, porque la gente y las instituciones prefieren —y exigen— una definición pronta y clara, y si no se les da esto, les basta la primera impresión. ¡Qué falta de paciencia! Y de sabiduría. Si mis superiores burocráticos las hubiesen tenido, hubiesen acabado por reconocer las posibilidades inmediatas de mi genio literario. Pero se apresuraron, me juzgaron por los primeros frutos, y me cesaron. Perdieron ellos, no yo. Tales son las consecuencias de la premura espiritual.

"Como no es posible obligar a nadie a detenerse en estas consideraciones, la trascendencia pública de una actitud como la mía acaba por anularse, y entonces no queda más remedio que limitar su planteamiento y su resolución a uno mismo. Un día, de esta manera, decidí no cumplir con ciertas exigencias orgánicas. Me abstuve de ir al baño durante varios días, deleitándome en el progresivo malestar que ello suponía. El deleite se convirtió en una grave enfermedad —peritonitis, nada menos— y sólo entonces tuve que llamar a un médico y sentir, al salvarme de la muerte, que había en mi cura un triunfo que jamás me habría asegurado el hecho, monótono y cotidiano, de defecar.

"Es claro que semejante heroicidad, para serlo de veras, no puede repetirse a diario. Su carácter heroico es, precisamente, su carácter excepcional. Esta consideración obliga a buscar, en la vida diaria, sustitutos menores que, si se han de nominar apropiadamente, no son sino 'latas'. La categoría de la 'lata' merecería un estudio amplio y detenido. ¿Por qué se es 'latoso'? ¿Por qué se le da la 'lata' a nuestros semejantes? Quizá la 'lata' sea la definición, en el plano cotidiano, de mi estilo de heroicidad. Si —como es corriente— no hay tiempo para plantear y desarrollar ante la mirada ajena toda la actitud que yo asumo en la dimensión heroica, se acaba dándole la lata a los demás como prueba fehaciente de que es uno capaz de influir sobre ellos, de hacerse sentir. Así, en mi ocupación burocrática, le ordenaba a mi mecanógrafa que le sacara punta al lápiz; cuando me lo entregaba, lo dejaba caer al suelo y la punta se rompía. Esta operación, naturalmente, conducía, a la postre, a la desaparición del lápiz en sí. Entonces, me sentía autorizado para reclamarle a la mecanógrafa su falta de atención para tenerme el trabajo de máquina listo a tiempo, y si la confusa mujer se atrevía —cosa poco frecuente— a decirme que se había ocupado toda la mañana en sacarle punta al lápiz, siempre podía contestarle que su obligación era escribir a máquina y no sacar punta a los lápices, y que si ella misma desconocía la naturaleza de sus obligaciones, bien podía sugerir que la trasladasen de la máquina al sacapuntas.

"Éstas son, pues, las pequeñas modalidades de mi actitud general. Hay otras ocasiones que se pintan calvas. Hace poco, hice conscientemente el ridículo en una fiesta. Ixca Cienfuegos estuvo presente y se dio cuenta. Regresé a mi cuarto-habitación, preparando ya, como es lógico, el triunfo posterior ante la misma reunión de personas que había presenciado mi ridículo. Me preparé en la hornilla una taza de té y, por un descuido, dejé caer sobre los alambres ardientes mi cinturón de cuero al desvestirme. Sólo me di cuenta del hecho cuando un insoportable olor de cuero quemado me dio en las narices. Si se conoce mi actitud ante las cosas, no es de sorprender que, en primer lugar, dejara que el cuero se siguiera chamuscando y, en segundo, me acostara a dormir envuelto en una pestilencia insoportable. Cuando al día siguiente llegó Ixca Cienfuegos a despertarme, en seguida pensó que el olor era de gas y que yo intentaba suicidarme —sin duda con motivo del ridículo sufrido en la fiesta de la noche anterior—. Sí, la gente está acostumbrada a juzgarme débil e impetuoso. No, no desengañé a Ixca, lo confieso; por el contrario, le seguí la corriente, hablé piadosamente de mi conato de suicidio y de mi fracaso en la vida. Esa misma tarde, me llevó mi amigo a caminar a lo largo de la Reforma, para que 'tomara el aire', ¡válgame Dios!, después de estar allí oliendo tanto 'gas'. Me instó a que le contara cosas de mi niñez (ahora es la moda pensar que la niñez lo determina a uno, como si uno, en vez de llegar a ser, volviera a ser) y bien que me aproveché, dándole una versión que aumentara su sentimiento piadoso hacia mí. ¿Quién sabe…? Quizá dije sólo la verdad, pero es indudable que la teñí de esa actitud humilde, de ese afán de presentarme como un 'niño bueno'. No sé si se tragó todo. No sé, tampoco, si ahora mismo, pese a que tengo la recta intención de decirme a mí mismo la verdad, no me esté, al mismo tiempo, teniendo compasión.

"De cualquier manera, todo esto no es grave, y mucho menos culpable. Es culpable, por encima de cualquier consideración, la ausencia de generosidad. Pero para ser generoso se debe poseer algo digno de ofrecer a los demás. Capacidad de trabajo, amor, talento, comprensión, qué sé yo. Pero cuando no hay nada que dar, cuando uno está vacío, ¿puede ser culpable la falta de generosidad? Supongo que éste es mi caso. Asimismo, si no hay obstáculos que vencer, ¿es culpable no hacer nada, estarse quieto en un rincón? Yo no tengo tentaciones, por ejemplo. Luego no tengo que superarlas. Me imagino que Cristo, conducido por el Demonio a la cumbre de una montaña desde la que le exhibe todas las tentaciones del mundo, sabía muy bien: primero, que era el Demonio el que lo conducía; segundo, que como era Dios no podía, por un mínimo sentido de congruencia, o aunque fuera por salvar las formas, sucumbir a la tentación del Demonio. Estaba inmune, por adelantado, al Demonio y a sus tentaciones. El pobre Diablo hizo un ridículo espantoso. Dios no puede ser tentado; no existe para él la tentación, luego no puede ser nunca culpable. No tiene nada que superar. Igual me sucede a mí. Tentaciones no siento; puedo, a lo sumo, sentir entusiasmos, que no es lo mismo.

"En el fondo, sólo me interesa realizar mi dialéctica. A veces, como he apuntado, fracasa la tesis y de allí no pasa la cosa. Pero cada vez que fracaso en ese terreno, me voy al opuesto para ver si desde allí es posible. Mis amigos de la Prepa, por ejemplo, hicieron mofa de mi libro de versos; tuve que cortarme de su amistad y de sus ideas para irme al extremo opuesto. Si ellos eran esteticistas, yo sería un hombre de acción. Luché por la autonomía universitaria, anduve en el vasconcelismo, como para decirles: 'Yo no necesito de ustedes. Puedo irme a la posición contraria, y bien servido'. Pero al menor gesto de impaciencia de parte de las personas del nuevo grupo, allá voy volando a la posición anterior. Y así *ad-infinitum*.

"¿Que cómo se termina cuando se vive y piensa así? Es muy sencillo: la trama se agota y se sabe uno en el límite, por más que los cambios de posición se perpetúen. Sí, en el límite. Y en él, incapaz de cambiar nada. Pues querer siempre pasar por un hombre justo, y cambiar siempre y continuamente de lugar para aparecer en el que, en ese momento, se supone el justo, supone abandonar para siempre toda posibilidad de justicia. Es posible. Se vuelve uno esclavo de su propio juego, el movimiento supera y condena a la persona que lo inició, y entonces sólo importa el movimiento; uno es llevado y traído por él, más que agente, elemento. Ya no es uno bueno ni malo, redimible ni irredimible. Quizá esto se llama quedar fuera de la gracia. Es todo."

A las seis de la tarde, Ixca Cienfuegos se desabotonaba la gabardina negra en el atrio de Catedral. El Zócalo, a esa hora, se iba despoblando. Salían los últimos camiones cargados, pero llegaban los estudiantes que, rumbo a los cursos nocturnos de San Ildefonso y Santo Domingo, apresuraban el paso, clavaban las manos en los bolsillos y apretaban un cuaderno entre el brazo y el costado. En cada esquina, un vendedor de billetes de lotería gritaba las terminaciones y sumas. Los puestos de periódicos se doblaban, y los boleros chiflaban y recogían sus trapos manchados, sus cajas brillantes de espejos y chapas de cobre. Después, una parvada de niños descendía por Madero y Cinco de Mayo gritando la "extra" vespertina. El bulto informe de la viuda Teódula Moctezuma cruzó, por fin, la reja y se deslizó sobre el atrio hasta la puerta, turbia de crepúsculo, del Sagrario.

—¿Lo viste? —preguntó Cienfuegos al encender un cigarrillo.

—Sí, hijo —Teódula se sonó sin ruido con una punta del rebozo y clavó sus ojos huecos en los de Ixca.

—¿Y cómo le dijiste?

—Ay hijo, se me descompuso en seguida —la viuda sacó un cigarrillo mal hilado de su seno y le hizo una seña en solicitud de fuego a Ixca—. "Se murió tu mamacita anoche —le dije—, y yo buscándote por todita la ciudad, y nada." Que adónde estaba, me preguntó. Que bien enterrada le dije, y que no sabía dónde. Que dónde había estado él, mientras su mamacita se nos iba, le dije yo. Que en una fiesta, me dijo, y se me descompuso todito. Lo hubieras visto, hijo. "Quién te manda. La pobre ya estaba para el otro barrio de viejita y amolada", le dije yo, y ¿sabes lo que hizo, Ixca? —Teódula se quitó el cigarrillo de los labios y comenzó a reír como guajolote. El rostro, semejante a una tortilla vieja, se le cuadriculó.

Ixca sonrió. —¿Qué te dijo?

Teódula levantó las manos y las dejó caer sobre el estómago. —¡Que con qué derecho le hablaba de tú! ¡Válgame Dios! Le dejé mis señas, Ixca, no te preocupes.

Arrojó el cigarrillo y se fue flotando hacia la puerta central. Desde allí, volvió a mirar a Ixca, le sonrió y, tapándose la cara con el rebozo, penetró en Catedral. Ixca siguió fumando, apoyado contra la fachada del Sagrario. Cuando terminó el cigarrillo, sintió que el acto de fumar le había distraído, inconscientemente, de una mirada, y que esta mirada le producía una sensación, a la vez, de malestar y anticipo. Desde el Sagrario, recorrió con la vista los ojos cenicientos del crepúsculo. Un viejo vendedor de estampas religiosas, con su cara correosa. Dos mujeres que entraban de rodillas con grandes escapularios enredados entre las manos y el cuello. Dos ojos de niño: un fleco negro casi los cubría: cerca de la reja, con un par de periódicos bajo el brazo, rascándose la rodilla, descalzo. Jorgito se dirigía a Cienfuegos con una mirada inquisitiva, con una invitación tácita de conocer la voluntad del hombre y cumplirla. Colocó la mano sobre un barrote. Se veía lastimoso y un poco seguro de su piedad, con el pequeño cuerpo cubierto por un overol gris demasiado grande. Ixca caminó hasta la reja; el sol ya se había escondido detrás de los edificios del Zócalo, y su luz era lanzada del nivel de la tierra a una zona intermedia, grisácea, cada vez más estrecha entre las construcciones de tezontle y cantera y la capa oscura que descendía de la noche próxima. Ixca se sintió turbado por esa proximidad. Tosió y acarició la cabeza del niño.

—Te movilizas rápido, chamaco —le dijo.

Jorgito trató de sonreír: —¿No se lleva la extra?

—Ya va a anochecer... ¿No te espera tu madre? —Ixca no podía retirar la mano de la cabeza del niño. Y el sol se le escapaba.

—Mi mamá no vive con nosotros. Trabaja en una casa grande. —Jorgito se limpió la nariz con el brazo y sorbió, tratando de sonreír.

Ixca pasó la mano al hombro del niño. —Vives muy lejos... no quieres...

Jorgito, entre la sonrisa anunciada y la pregunta de sus ojos, se seguía rascando la rodilla. Sus ojos, al recorrer la altura, la gabardina negra, de Ixca, brillaron.

—¿Tu papá se murió, verdad?

El niño afirmó con la cabeza.

—No quieres... unos dulces, o cenar, sí, eso es mejor, cenar algo caliente y luego dormir... —Ixca tomó la mano del niño, la sintió helada, la frialdad repeliendo el cálido sudor de la suya. La sonrisa espontánea del muchacho se paralizó, sus ojos dejaron de interrogar, se volvieron contra Ixca en un impulso cierto, magnético, y trató de desembarazarse del puño del hombre. Ixca apretaba cada vez más la pequeña mano; no podía controlar los ojos, acercaba su cara a la del niño mientras éste, al arrojar los periódicos, luchaba por zafarse y, por fin, mordió la mano de Ixca, se libró y, corriendo, atravesó la calle y se detuvo en el filo de la plaza. Allí, miró una vez más a Cienfuegos y volvió a correr a lo largo del sendero polvoso hasta desaparecer, un punto gris y agitado, por Veinte de Noviembre.

Ixca Cienfuegos se cubrió con la otra mano la huella sangrante de los dientecillos. Cruzó el pavimento y llegó hasta el centro del Zócalo. Sorbió con los labios la sangre de la herida y, girando sobre sí mismo, bebió con la carne los cuatro costados de la gran plaza. Estaba desierta. El último rayo oblicuo del sol se perfilaba como un escudo. La sangre le corría con la rapidez cambiante del azogue. Cien fuegos se detuvo, la cara abierta hacia ese último rayo. Palacio, Catedral, el edificio del Ayuntamiento y el lado desigual, de piernas arqueadas, dejaban que la penumbra construyera una región de luz pasajera, opaca, entre la sombra natural de sus piedras rojizas y de marfil gastado. Por los ojos violentos y en fuga de Ixca corría otra imagen: en el sur, el flujo de un canal oscuro, poblado de túnicas blancas; en el norte una esquina en la cual la piedra se rompía en signos de bastones ardientes, cráneos rojos y mariposas rígidas: muralla de serpientes bajo los techos gemelos de la lluvia y el fuego; en el oeste, el palacio secreto de albinos y jorobados, colas de pavorreal y cabezas de águila disecada. Las dos imágenes, dinámicas en los ojos de Cienfuegos, se disolvían la una en la otra, cada una espejo sin fondo de la anterior o de la nueva. Sólo el cielo, sólo el escudo mínimo de luz, permanecía igual.

—¿Reaparecerá? —murmuró Ixca, envuelto y arrastrado por la doble imagen.

Bajó la cabeza y embarró la mano herida sobre la tierra suelta: apenas una gota de sangre chupada, transformada a un color seco por el polvo. Volvió a morderse la mano; hundió los dientes en la misma herida hasta sentir que por los labios le corría la nueva tibieza. Cerró los ojos; quería la boca llena del sabor acre, metálico, de su propia sangre. La cabeza le nadaba en ese sabor, y la sangre le zumbaba en las orejas como una doble respiración: la que se une en la hora del terror, la respiración del hombre y la del fantasma, el uno frente al otro, pero invisibles.

Ixca abrió los ojos a la noche. El sol se había puesto. En la oscuridad, con la mirada azorada, el hombre sentía correr una multitud de sombras por su pecho.

—Quiero otra noche, no ésta —murmuró—. Otra noche, no ésta. Una noche en que se puedan recoger los fragmentos de la luna, todos los fragmentos rotos del origen, y volver a tocarlos íntegros. Otra noche. —El alumbrado del Zócalo se encendió. Algunas beatas oscuras salían de Catedral. Encandilado, Ixca se llevó las manos a los ojos. Alrededor de un farol, un jicote zumbaba: entre la sombra y la luz, su vientre amarillo brillaba, su cuerpo negro se dejaba lustrar por el farol. Zumbaba sin penitencia, enamorado de su ruido, de su posesión de la noche, de su esclavitud a la luz ficticia. Ixca adelantó los brazos, ansioso de conjurar la oscuridad. Sus pupilas se alargaban queriendo rasgar la noche, penetrarla y olvidarla hasta el nuevo sol. Las cuencas cada vez más abiertas de los ojos, inyectadas de luz, buscaban por todo el firmamento un signo del astro.

Una lágrima, siquiera una —pensaba Rodrigo Pola con una intensidad de la que, razonablemente, se hubiese creído incapaz, al descender lentamente la escalera. El aire tenso, de clima irresuelto, de premonición natural, le dio en el rostro al salir a la calle de Rosales. La tempestad se preparaba, cargada, estremecida de relámpagos secos. Los anuncios luminosos se habían opacado bajo las luces intermitentes del cielo. Bajo ese piélago de firmamento, Rodrigo se sentía empequeñecido al caminar de Rosales a Puente de Alvarado. Era como si el mundo hubiese sido puesto de cabeza, y el océano ocupado el lugar del aire: agitado, concentrado en la fabricación de la tormenta de electricidad y nubes sin fondo, líquidas, que se radiaban negras como los nervios de un pólipo; relámpagos, jibias porosas que se abrían entre las corrientes de vapor: el mar entero se vaciaría sobre su cabeza minúscula, desde arriba. Oprimido por la amenaza natural, Rodrigo Pola pensaba que su realidad, su persona, sería como la roca —lo nombrable, lo singular— que, ahogada por el torrente de la inundación, no deja de ser roca, no deja de ser singular aunque la arrase esa catarata anónima, central, pero sin núcleo. No era ésta la única ilusión que fabricaba Rodrigo en su caminata nocturna: le obsesionaba, sobre todo en ese instante, en su afán de encontrar un punto de apoyo para lo que creía su dolor obligatorio, la ilusión de que era rechazado porque quienes lo rechazaban lo sentían superior, y la superioridad acobarda a la inferioridad. Tomás Mediana y el grupo de escritores de los Veintes lo habían rechazado, sin duda, porque sentían en Rodrigo, en su juventud y en su promesa, una fuerza y un talento que amenazaba sus posiciones literarias. Norma Larragoiti se había negado a querer a un hombre que la hubiese dominado, que le hubiese exigido una entrega y una devoción muy distintas a las que le exigiría un banquero aburrido y sin ideas. La grandeza, el honor, el poder, habían escapado a sus manos —pensó Rodrigo— no por una deficiencia, sino por un exceso. Pensó, y sonrió. En realidad, ese rechazo plural —de los compañeros, de los medios que había frecuentado— se reducía a uno solo, a otra roca singular y nombrable como él mismo: Norma Larragoiti. Se detuvo en el cruce de las calles, frente al jardín de San Fernando, y saboreó sus ideas, sus justificaciones. El momento anterior —la noticia de la muerte de Rosenda, la mujer terrible y anciana que se lo había comunicado, el intento de fijar en un papel destinado a la verdad la explicación más profunda de su vida— le parecía ya lejano e irreal. Necesitaba momentos sueltos en los cuales ir gastando, con esa sensación de lo absoluto que sólo el instante posee y otorga, las salientes mayores de su existencia. Una larga hilera de camiones y tranvías se formaba por Puente de Alvarado y la Avenida Hidalgo. Todos casi vacíos: iban a dar las once. Cruzó el parque, saludó a un Vicente Guerrero de bronce verdoso, custodiado por águilas. La estructura de San Fernando, anclada en un suelo de dignidad imperturbable, reflejaba en su piedra la agitación de los árboles del jardín. La larga galería enrejada que, en Orozco y Berra, representa el frente del panteón, silbaba en el viento que después pasaba, incapaz de reverencia, sobre los mármoles ilustres de las tumbas. Las letras conmemorativas brillaban durante un segundo de relámpago: *vivió por su patria y murió por ella sacrificado en el molino de Soria 1863 llegaba ya al altar feliz esposa allí la hirió la muerte aquí reposa* y las palomas, dormidas ya, reposaban en los nichos de la gran portada de piedra, alguna sobre el cuello de un santo decapitado. Rodrigo continuó por Guerrero. Pasó junto a las flores secas de la sacristía de San Fernando. Descenso de la altura de las casas; cabarets; fachadas quebradizas; misceláneas; torterías, fueron pasando a su lado, apenas visibles en la luz mortecina, agrias en sus sabores. En la esquina de la Violeta, arrojó la vista sobre el mundo circundante, expendio de todas las ocupaciones y vidas de la ciudad: lonchería familiar, abarrotes, ferreterías, zapaterías, molino de nixtamal, cantinas, hoteluchos, sanatorio de muñecas y santos, maderería, acumuladores, el conato de clasicismo abaratado por las marquesinas del Cine Capitolio, el estertor rosado del Cabaret Jardín, la bolería El brillo de oro y sus billares cavernosos; "encuadernación de tesis", "bromas, magia, pasatiempos", la galería de vidrios del grabador Tostado: calle del Insurgente Pedro Moreno, calle de Mina, calles de la Magnolia, de la Esmeralda y de Moctezuma. Y los cuerpos pequeños, las eternas caras mongólicas, de especie olvidada, como ictiosaurios comprimidos, jorobados sobre las comidas ardientes, escondidos detrás de todas sus máscaras. Y él anclado en el centro, el único hombre con conciencia de la zona intermedia, del estar entre dos mundos que lo rechazaban. Dio media vuelta y trató de mirar, entre la oscuridad esencial e impenetrable de este México en el que vivía, las luces más altas de Juárez y la Reforma. Él entre las dos zonas, en la ciudad de fronteras imperceptibles en la materia, pero altas, alambradas, férreas en el espíritu. ¿Creaba la ciudad esos abismos, o eran obra de sus hombres? Rodrigo creyó que sólo una vez había intuido esa necesidad —que jamás dicta la inteligencia— de no presentar defensas, cuando conoció a Norma. Había querido abrirse por entero y dejar que de él corriera todo y que en él penetrara todo lo que ella hubiese querido entregarle. Era la forma, el estilo, lo que construía la barrera que cada nuevo encuentro, cada beso nuevo, iba levantando. Se dio cuenta de que él había sentido siempre, con Norma, la necesidad de precisar su amor, de rellenarlo de palabras y ecos de palabras ajenas, de fijarlo, de insistir en el hecho abstracto de su amor en cada conversación, en cada beso —que nunca lo había sido plenamente, sino como un adjetivo más a sus palabras—; y que ella, en cambio, sólo había querido el fenómeno escueto y redondo de ser amada, sin esas palabras, sin esa insistencia verbal en lo que le importaba experimentar de la manera que ella quisiera, transformándolo a su vida de amor sin necesidad de que Rodrigo le preparara, en las palabras, la receta inflexible de lo que ambos vivían. "Dame lo que no sabes que tienes —pensaba ahora Rodrigo—, pues el amor sólo es abrir el terreno ignorado, el que nunca hemos nombrado o recorrido antes": ésa había sido la solicitud, el reto de Norma, ayer, de Natasha hace pocos días. Ahora, en la lenta caminata entre los olores sápidos y la sordina de los discos tropicales, Rodrigo quería pensar esto. Ella había planteado el reto, él no lo había aceptado. Había amado más sus ecos, sus palabras, que a la mujer que pudo quererlo a él, desnudo, sin palabras. El cielo se abrió: en su cúspide, una patena negra, oxidada, colmada de hostias verticales. Rodrigo se guareció bajo el toldo de una ostionería. El agua tamborileaba sobre la lona parchada; las gotas quebradas salpicaban sus hombros. La sinfonola del local se encendió con un estrépito de arco iris y guarachas.

Lo que nunca supo que poseía. Lo que nunca había entregado. Por eso ¿lo poseía aún? ¿O lo había atrofiado, acaso aniquilado, para siempre? Sí, tenía escritas las justificaciones: aparecer como lo que no era para sorprender con la revelación, posterior, de su ser auténtico. La cobardía llana hubiese sido más valerosa que este disfraz intelectual. Norma primero. Rosenda, su madre, después. ¡Cuántas veces, durante años, había llegado hasta la puerta en la callecita de Mixcoac, sabiendo de antemano que jamás pasaría del umbral, que sólo iba para engañarse a sí mismo, para pensar que su albedrío le dictaría la acción —entrar a visitar a su madre, no hacerlo— cuando sabía que no iba a entrar desde antes de encaminar sus pasos hacia el lugar! "Soy demasiado orgulloso —se había dicho al llegar a la puerta—; que ella me busque primero." Así pasaron cerca de once años sin verse. Sin darse cuenta de que no se veían: nada corre tan rápido, tan falto de relieves, como la indiferencia y la mezquindad. Pero había sido orgullosa su madre, no él. Él sólo había jugado al orgullo. Había jugado al orgullo cuando se negó a aceptar el reto de Norma, cuando abandonó su vocación porque los amigos lo criticaron: no había sido capaz de superar, con su obra, las críticas o, sencillamente, de seguir creando por encima de las críticas. Creía que los había dañado a ellos. No... Había sido orgulloso, había abandonado todo para demostrar... ¿qué? Esto se preguntaba Rodrigo: ¿demostrar qué? ¿Qué se había demostrado a sí mismo o a los demás cuando, desde su cuarto, espiaba la salida de los muchachos y muchachas del barrio rumbo a un baile o a una excursión, tomados de la mano y el talle, y él les arrojaba, escondido detrás de los postigos, el desprecio de su espíritu hacia aquellas que quería juzgar naturalezas vacías, ajenas al espíritu? ¿Qué? Rodrigo abandonó la protección del toldo y caminó rápidamente hacia Rosales. La tormenta lo envolvía en una persecución líquida, implacable. Arriba, el espacio se canjeaba a sí mismo estruendos, luz sombría: todos los mitos y símbolos fundados en la aparición de la naturaleza se concentraban en el cielo potente, ensamblador de un poderío oculto. Resonaba el firmamento con una tristeza ajena a cualquier circunstancia: no gratuita, sino suficiente.

Rodrigo subió los peldaños de azulejo hasta su pieza interior. Encendió un cigarrillo y levantó la vista: el fósforo había alumbrado un bulto posado frente a la puerta. Ixca Cienfuegos le sonreía desde el umbral en penumbra. La gabardina, el pelo negro, se perdían sobre el fondo oscuro, y sólo el rostro pálido y sonriente flotaba en las sombras. Rodrigo se llevó la mano a la boca, tomó mal el cigarrillo y se quemó los dedos.

—Tenías que venir, ¿no? —Rodrigo se metió el dedo quemado entre los labios y lo empapó en saliva. Abrió la puerta: Ixca entró y tomó asiento con las piernas abiertas y la gabardina escurriendo gotas de lluvia sobre el piso astillado.

—No me arruines el parquet —dijo Rodrigo y comenzó a pasearse por el cuarto: cinco pasos hacia la pequeña ventana de vidrios opacos, cinco pasos hasta la puerta del baño.

—¡Me agarró la lluvia! —exclamó Cienfuegos—. Pensé que me vendría bien una taza de té. ¿Qué te pasa?

Rodrigo encogió los hombros. Se quitó el saco mojado y lo arrojó sobre la cama. —Pon la tetera en la hornilla, si quieres.

Cienfuegos lo observó detenidamente y guiñó un ojo:

—Cuéntame, hombre. —Pola se detuvo y volvió a encogerse de hombros. —Hay que disimular, ¿no? Para eso nos educaron, ¿no? —Se llevó el dedo quemado al párpado. En la yema había nacido una inflamación—. Mi madre murió anoche. Una criada vieja la mandó enterrar esta mañana. Yo ya no la vi. Estaba... estaba tratando de conquistarme a un cuero en casa de Charlotte, estaba tratando de demostrar... ¡carajo! —Rodrigo trató de sonreír—. Ni siquiera estaba invitado. Me colé, igual que a la fiesta del Bobó ese el otro día. Es que si no tuviera esos momentos por lo menos, Ixca...

Ixca no habló. Las facciones de Rodrigo no correspondían con sus palabras. Como si leyera la reflexión de Cienfuegos, Rodrigo le dio la espalda y llevó la tetera al lavamanos.

—¿Qué? —dijo por encima del rumor de agua corriente. Creía que Ixca había respondido. Regresó, colocó la tetera sobre la hornilla. Se sentó al filo de la cama; después, se levantó y abrió la ventana. Una humedad corrupta, hecha de hierbas y desperdicios empapados, de periódicos viejos y cucarachas, ascendía por el cubo del patio encerrado. Rodrigo se dejó hipnotizar por la lluvia, parda, determinada por su destino, que iba perdiendo transparencia en el descenso al patio. *Ésta es* —se dijo— *la naturaleza que nos toca. Esta lluvia ocasional y contaminada.* Pensó que sólo llegaría a querer, ya, el silencio y la naturaleza. Sólo escuchar los ruidos que la naturaleza quisiera entregar, sin que nadie se los solicitase. La creación respiraba: no hablaba, no pensaba, sólo respiraba en respuesta de gratitud, murmuraba en el descenso de una cañada, aspiraba los sabores de pasto y mirto y tierra apisonada por caballos sin dueño, y al morir en una onagra dejaba un olor a vino nuevo. Sólo eso. En las noches, una lechuza y un grillo, para compensar la respiración vista con la escuchada. Ningún ruido más allá de eso. Rodrigo dio la cara a Cienfuegos; tuvo la sensación, inconsciente, violenta y olvidada, de que en el rostro de ese hombre se reproducía el mismo paisaje chato y oscuro del patio: que el rostro de Cienfuegos descendía sobre el suyo, igual que la lluvia sobre los montones de basura hinchada, sobre los techos de lámina y azoteas de tezontle y pavimentos de la ciudad. Y como en las calles, ese rostro se tragaba la naturaleza y la mataba, como las calles, con un gesto que equivalía al ruido de sinfonolas y claxons—. ¡Ciudad de los Palacios! ¡Calle de Rosales! ¡Primavera inmortal! —Rodrigo emitió la caricatura de una carcajada. Pensó que hacían falta estaciones, cambios de piel, para reconocerse y reconocer a los demás. Con los ojos detenidos en esa lluvia que ya, a medio aire, era polvo de alcantarilla, quiso recrear dentro de sí un verano caluroso, pesado, una gestación cargada de frutos dulces, ramas pesadas de oro junto a un arroyuelo que refrescara los cuerpos desnudos... un otoño visible, sepia y rojo, de cosechas y juegos que conmemoraran el trabajo cumplido... un invierno de costras blancas, desnudo de gama, cobertor de la tierra que recupera su fuerza y prepara sus semillas... una primavera: un renacimiento, no esta prolongación idéntica a sí misma, sin hitos, sin calendarios, sin un tiempo de reposo—. Perdemos la cuenta, Ixca. Todos los días aquí como que son iguales. Polvo o lluvia, un sol parejo, nada más. ¿Qué cosa puede resucitar este mundo parejo, Ixca?

Resucitar. Cienfuegos sintió nuevamente la carga de la noche, el cofre de sol cerrado por los candados de la oscuridad, de la misma manera que lo había sentido, ese mismo día a las siete de la noche, de pie en el centro del Zócalo. Fijó los ojos en la tapa de la tetera, que comenzaba a bailotear en el hervor. —No te puedo ayudar. Tú tienes tus signos. Tienes tu vida trazada. ¿Qué quieres que haga? ¿Decirte lo que yo pienso? ¿Lo que para mí es válido?

—¿Por qué no? —Rodrigo colocó dos bolsas de té en las tazas y vació la tetera.

—Porque no lo entenderías. Tu vida, la vida que me contaste hace unos días mientras caminábamos por la Reforma...

—¿No tiene nada que ver con lo que tú piensas?

—Todo, o nada. No sé. —El rostro como la lluvia, el rostro sin fijeza ni memoria—. El mundo no nos es dado —añadió Cienfuegos, comprimido en su gabardina mojada—. Tenemos que recrearlo. Tenemos que mantenerlo. El mundo es ciego y es bruto. Dejado a sus fuerzas, se arrugaría como una manzana arrancada al tronco, penetrada de gusanos. El tronco le dio su savia y su vida, sí. Pero la mano que arrancó la manzana debe conservarla, o morir con ella.

Rodrigo tomó asiento en la cama: —Sabes, eso pensé cuando... cuando traté de independizarme de mi madre. El día que me salí de la casa del Chopo, sin decir adiós ni nada... sentí eso, nada más, que me cortaba del tronco, que ahora yo era mi propio tronco. Después pensé... que la actitud de mi madre había motivado esa partida, más que mi propia decisión, ¿me entiendes? Por eso, ¿quién nos propuso arrancar tu manzana, Ixca? ¿No había una invitación implícita en ese tronco, en esa fuerza creadora, para que la arrancáramos? ¿Cómo puede desentenderse el creador? ¿No tiene la obligación, él mismo, de mantener su creación? ¿Por qué permite que se pudra la manzana?

Ixca, al parpadear el humo que se le colaba a los ojos, pensó en el padre de Rodrigo, en Gervasio Pola. El origen de un mundo y dos seres determinados por su sacrificio, por su voluntad de ¿heroísmo, libertad, gloria? —Sí, es posible que sienta vergüenza y remordimiento —dijo con una voz pareja que contrastaba con la excitación nerviosa en el tono de Rodrigo—. ¿Qué lo llevó, en primer lugar, a hacer el gesto mínimo de la creación: sé, árbol, sé, manzana? Pero quizá toda la vergüenza y arrepentimiento del creador no basten para deshacer lo hecho, la creación. Si la creación es divina, lleva ese sello original hasta en su podredumbre. Ni el mismo creador podría echar marcha atrás. Ni él mismo podría cancelar lo que ha creado: la creación de Dios es definitiva.

El mismo recuerdo, furioso en su afán de expresarse: fantasma que busca, aullando en silencio, prendido a su propia orfandad transparente, un cuerpo y una boca que lo digan, cruzó por el germen de cada sangre de Rodrigo. No lo supo: —Pero él pudo prever que esa creación sería corrupta, ¿no? ¿Cómo pudo engendrar el mal a sabiendas? ¿Dónde entra el mal en los planes de la creación? —La lluvia desigual era lenta, ahora. Caía pesada, como plomo exacto y numerado.

—Sí, ¿dónde entra, Rodrigo? Porque Dios debería estar alejado del mal, o éste no sería mal, ¿verdad? Mira… hace tiempo supe de un párroco de uno de nuestros barrios del que se hablaba muy mal —en los chismes de las mujeres, pero después entre los hombres también—. Su ejemplar actitud como sacerdote, como confesor, como orador admirado por esa gente, estaba muy lejos de su actitud humana fuera del templo. Se paseaba por la plaza, los domingos después de la misa, con una camisa abierta y un traje gris cualquiera, fumando y lanzando miradas cínicas a la gente; lo veían entrar a las cantinas, lo escuchaban decir palabras fuertes, discutir, en fin. Pero una vez en el templo, su recogimiento, su devoción, su sinceridad indudable durante la misa —que con su presencia dejaba de ser un trámite social para convertirse en un acto vivido y revivido—, la profundidad y alivio que contenían sus sermones, la pureza y dignidad con que confesaba, le valían el amor y el respeto de sus feligreses. Naturalmente, los superiores se enteraron de todo esto y reprendieron al párroco por su actitud frívola y escandalosa fuera de sus obligaciones estrictamente eclesiásticas. El párroco tuvo que frenar sus apetitos mundanos. Pero a medida que lo iba logrando, iba transformándose en su vida religiosa interna. Sus dicharachos cínicos de la calle se convirtieron en apotegmas cínicos, cubiertos de ropaje teológico, desde el púlpito. Se cree que una de sus confesiones arrojó a una muchacha al suicidio. Sin embargo, su actitud fuera del templo era ya irreprochable: vestía su sotana, caminaba lentamente por las calles poco concurridas del barrio con las manos unidas en una semblanza de beatitud permanente, multiplicó las obras pías. Por fin, un domingo, lo encontraron arrojado sobre el altar, gritando blasfemias y escupiendo sobre el cáliz. Lo encerraron en el manicomio.

Ixca bebió lentamente el té. —Ésta es la mentira: ese mal, esa corrupción, son también obra divina; él la quiso, él la previó, él la cumplió. Porque Dios es el bien infinito, Rodrigo, pero es también el mal infinito: es el espejo puro, sin fondo, interminable de todo lo que creó. En el bien y en el mal, somos sus criaturas. Nuestro destino puede ser diverso, pero si ha de ser destino verdadero, tiene que cumplir hasta su consumación cualquiera de esas dos realidades, el bien o el mal. Debemos dejarnos caer hasta el fondo de nuestro destino, sea cual fuere... El tránsito es tan breve.

De pie, Rodrigo no quería creer en esa brevedad, y menos en esa determinación. Quería rechazar a Cienfuegos, quería recoger en una o dos palabras su fe sumergida en la indiferencia y prenderse a ellas, pronunciarlas para conjurar las de Ixca. Sintió que no sabía pronunciarlas ya, y que esa incapacidad determinaba otra realidad: sólo dos cuerpos, el suyo y el de Ixca, frente a frente: el suyo quebrado, nervioso, estéril para engendrar una fuerza física explosiva que arrasara la presencia tenaz, de potencia fluida, en el cuerpo de Cienfuegos.

—Sin embargo, Dios es uno... —quiso murmurar, sin convicción.

Cienfuegos angostó los párpados, concentró la luz de su cuerpo en las rendijas oblicuas de la córnea: —Ésa es la otra mentira. Dios es múltiple. Cada Dios fue engendrado por dos parejas, y las dos parejas por cuatro, hasta poblar el cielo de más dioses que hombres han sido. —La voz de Ixca ascendía, su volumen llegaba al oído de Rodrigo como un insulto de afirmación y poderío—. Quizá haya un punto de contacto único, sin nombre, donde la singularidad se da cita. Pero de ese punto arranca un río de hombres que reciben la creación y se obligan a mantenerla, y otro río de dioses que crean. Cada hombre alimenta la creación de un Dios, Rodrigo; cada hombre, cada sucesión de hombres, refleja el rostro y los colores sin forma de un Dios que lo marca y lo determina y lo persigue hasta que en la muerte se reintegra a la dualidad original. Hay que saber, solamente, si ese tránsito entre la creación y la muerte, ese breve paso, se cumple con la intensidad propicia al alimento del creador, o si se gasta en el compromiso, en el simple transcurso inconsciente. ¿Tú qué quieres?

Rodrigo no respondió. No entendía si lo que Ixca solicitaba era un gran aumento de valores en la vida, o un escueto sacrificio, la renuncia que en un estallido final diera su significado a la vida y la rescatara de la mediocridad. —Hay tantas cosas que pesan sobre nosotros... —dijo Rodrigo— que es como sentir que otros cumplieron ya con esa parte de nuestra vida. Sólo mi padre, ¿ves?, pudo vivir lo que vivió, pero no sólo para él; para mi madre y para mí, también. Es como si esa posibilidad mía ya hubiera sido vivida por él, en la Revolución, fusilado. No, no entiendo lo que pides, Ixca. Pero ¿quién puede entenderlo y otorgarlo hoy, quién?

—El más humilde. —Ixca abrió los labios; los acercó, carnosos, al oído de Rodrigo—: Fue un leproso... un leproso, sí, el que se arrojó al brasero de la creación original para alimentarlo. Renació convertido en astro. Un astro inmóvil. Es que un solo sacrificio, así fuera ejemplar, no bastaba. Era preciso un sacrificio diario, un alimento diario para que el sol iluminara, corriera y alimentara a su vez. No, no veo un solo Dios ni un sacrificio aislado. Veo al Sol y a la Lluvia en la cima de la Ciudad. Veo los elementos visibles e inmediatos, copulados sin intermedio a la vida de cada hombre. Veo las pruebas fehacientes: sol, lluvia, de un poder superior, y sobre la tierra mi delgada pared de hueso y carne. Ésta es la zona del encuentro. Más arriba, los Dioses puros. Más abajo, los restos de nuestras vidas, escondidas a los ojos temerosos. Nada más. ¿Tú que quieres?

—Yo... yo no sé qué decir *(el fantasma quería hablar, se agitaba en una semilla espesa detrás de los ojos de cada ojo, de la lengua de cada lengua, pero la carne)*, qué pensar... Me cuesta trabajo decir la verdad... Yo sé que he fracasado *(pero la carne pellizcada por los barnices de la simulación),* por más que me justifique... no pude alcanzar la fama literaria que me devoraba de adolescente... no pude alcanzar el amor de la única mujer que quise... no pude darle a mi madre las dos gotas de cariño que bastaban...

—¿Y si hubieses renunciado a todo eso? ¿Si hubieses renunciado a la fama, al amor, a la generosidad?

—... ¿habrían nacido del sacrificio, Ixca?

—Pudieron haber nacido. Porque no supiste renunciar a ellos, los aceptaste a medias, ¿me entiendes?, los disminuiste. Hay un límite para los hombres como tú; en ese límite, se alcanza la contemplación...

Rodrigo se sintió justificado; las palabras que, ese mismo día, había escrito parecían encarnar, en este momento, en las de Ixca: —Sí, sí...

—... o se alcanza la situación de una ardilla en una jaula. Corres sobre el carril de la estrecha prisión, te haces la ilusión de que avanzas... Y un día, se apagó todo. Finis. Entonces, sólo el sacrificio te puede salvar. Entonces debes abrir los ojos a tu despreciable vida, sin contactos, y convencerte de que sólo cabe tu destrucción, con la esperanza de que algo mejor nazca de tu sacrificio.

El cuerpo de Cienfuegos llegaba a una vibración total y concentrada. Rodrigo sintió un escalofrío en su cercanía a ese cuerpo líquido y apretado. —Ni siquiera hay eso. Sólo faltó una palabra. No sé cuál; ya no la sabría pronunciar. Creo que mi madre, más que otra cosa, me exigió una palabra dura y fuerte. Quizá allí nos hubiéramos encontrado... hubiéramos encontrado a mi padre. No la supe pronunciar. Me fui, Ixca, ¿sabes?, me fui como las criadas sonsacadas, pretextando cualquier cosa... No le dije por qué me iba, lo que pensaba de ella, nada. Así fue todo. Nada fue dicho o hecho hasta el final. Tienes razón. Ahora, déjame ser lo que soy y no...

—Quieres el sacrificio. —Ixca silbaba las palabras entre los dientes, brillantes, esculpidos, que se alargaban fuera de la boca rígida—. En él te podrás redimir. Ven conmigo; yo te enseñaré... Olvida todo lo demás, lo que has sido, Rodrigo, los signos que ni siquiera has sabido vivir de una fe que sólo ha aumentado la compasión hacia ti mismo. ¡Escupe sobre lo sagrado si lo sagrado es esa misericordia ramplona que sólo acentuará tu mediocridad! ¡Escupe sobre esa otra mejilla del Dios cobarde! Tiembla y siente el terror en el sacrificio, sí, en el sacrificio, y llegarás a los nuestros, ahogarás al sol con tus besos, y el sol te apretará la garganta y te comerá la sangre para que seas uno con él.

La lluvia y la luz cada vez más amarilla y opaca del cuarto recortaban la figura de Ixca y agrietaban su voz, como si cada palabra estuviese construida de piedra; los ojos y la boca le brillaban con una calidad estremecedora, de exigencia total, ojos y boca prestos a devorar. Cambió el sentido del viento; la lluvia entró en ráfagas quebradas azotando los dos cuerpos. Ixca miró el rostro perdido, inútil, sin amarres, de Rodrigo Pola.

—¿No quieres el destino de tu padre y de tu madre? —silbó Cienfuegos sobre la cara inánime de Rodrigo—. ¿No querías, como ellos, la derrota y la humillación? Dime: ¿no es esto lo que querías, lo que me dijiste que querías aquella tarde? ¿Ser la prolongación de tu padre asesinado y de tu madre exprimida en vida de todos los jugos del amor y de la pertenencia? ¡Ah! "¡Quiero ser la prolongación moral de mi padre!" ¡Con qué facilidad lo dijiste entonces!

—Sí.

—Pues tu padre es el sacrificio, es la muerte enfrentada a solas...

—No, Ixca. Eso no fue lo que quiso decir mi madre. No fue capaz de morir solo. Tuvo que delatar a esos tres hombres para poder morir. Hasta en la muerte quiso caer con otros, no solo... no solo. Hizo lo mismo que mi madre me pidió a mí: protegerme, no quedar solo. Él lo hizo en la muerte. Mi madre me lo pidió en la vida. Pertenencia. Eso es lo que buscaron ellos, en realidad, y lo que yo te quise decir aquella tarde. Que yo sí quería participar, que yo sí quiero arrancarme a esa losa de derrotas que ellos me heredaron. No quiero caer hecho polvo como ellos. ¡Eso no, Ixca! ¡De eso me tienes que salvar! De la humillación, de la derrota… eso te dije entonces. ¿No me entendiste?

La boca de Cienfuegos lentamente perdía su rigidez. Encendió un cigarrillo, tratando de reasumir su actitud cotidiana. Hubiera querido reírse de su equivocación; los fantasmas de Gervasio Pola y Rosenda —pensó Ixca— acaso se reirían de él. Sí; siempre habría que regresar a aquella caminata a lo largo de la Reforma. Rodrigo había dicho que quería ser prolongación de su padre; pero había añadido que Federico Robles sí sabía lo que quería, sí estaba centrado en el mundo mexicano. Federico Robles era la imagen viva y prolongada de Gervasio Pola a los ojos de Rodrigo.

—Eso es muy fácil —volvió a hablar Cienfuegos—. ¿O no te has dado cuenta de la sociedad en que vivimos? Oportunidades sobran.

—Pertenecer —dijo, suspendido aún en el clima anterior, Rodrigo—. Sí. Eso me dijo ella. Yo debí haber hecho lo que ellos no pudieron hacer: pertenecer. "Tu padre debió haberse protegido como todos estos que ahora son ricos e influyentes", decía.

—Como Federico Robles…

—Sí, Ixca. Como Federico Robles, que viene también de ese origen revolucionario, pero que sobrevivió para servir a México, para crear…

—… riqueza y bienestar. ¿Eso es lo que quieres?

—No sé cómo decírtelo, Ixca: es que no veo otra posibilidad en México. Mi padre cumplió como había que cumplir en ese momento. Ahora…

Ixca chiflaba entre bocanadas de humo. —Parece que nunca se le va a hacer a mi viuda —masculló sonriendo.

—¿Eh?

—Nada. Cómo no, yo te ayudo, viejo. Para que veas: ya hablé con unos productores de cine. Les hacen falta buenos argumentistas. ¿Quieres conocerlos?

Rodrigo afirmó con la cabeza. La lluvia cesó y una humedad penetrante se dejó sentir desde el patio, mientras Ixca chiflaba y fumaba y alargaba las piernas.

Desde los vidrios azulados de la oficina de Federico Robles, Ixca Cienfuegos recorre con la mirada la extensión de la Avenida Juárez. Ve, sobre todo, a los hombres y las mujeres de todos los días —oficinistas, pasantes de derecho, comerciantes, vendedores, choferes, mozos, mecanógrafas, repartidores—; blancos, mestizos, indígenas, algunos vestidos con saco, otros de chamarra y camisola, ellas con su aproximación a la elegancia impuesta por el cine, subrayando el gusto local —senos, caderas—, y quiere desnudarlos sobre los días que señalan el recuerdo de la misma avenida, con otros hombres, pero con los mismos ojos duales, presentes en el origen y en el destino, alineados o mezclados en turba: el día de agosto en el que el anciano lastrado como un roble viejo, escondido detrás de las gafas azules y la gran barba crispada, entra al frente del ejército constitucionalista, tocado por el sombrero de campaña que ha sustituido al viejo bombín de senador; y los días increíbles de los ojos de estrella carbonizada que brillan con toda la pasión de Ayala, que adivinan la pasión de Chinameca: los ojos más tristes y más limpios que vieron la avenida, bajo un sombrero de ráfaga solar —y el mismo día, la gran sonrisa de maíz de Doroteo Arango: pantalón de montar, polainas, un sweater gris y Stetson texano—; el día de julio en que el Caballito florece en un nopal de vítores para el hombre pequeño y dulce, demasiado pequeño sobre su caballo, incongruente en su levita oscura, aplastado por la resaca de voces que hieren su continencia de pequeño santo, de pequeño hombre sin pies ni manos con los que golpear o agarrarse o rechazar; el día, también de julio, en que la vieja carroza negra, bañada por toda la tierra oscura de México, pasa por este mismo lugar, apretada en la efigie irreductible del insomnio, en la máscara de una vigilia inviolada; el día de junio en que la pareja de espléndidos juguetes engañados pasa bajo los arcos de flores escoltada por un mariscal napoleónico y un arzobispo poblano; el día de septiembre en que un viejo con rostro de león desdentado cae sobre la misma avenida agitando el estandarte de barras manchadas en la garita de San Cosme, en Chapultepec y Churubusco, mientras su regimiento de la Carolina y su batallón de marinos van siendo cercados por la noche de los léperos empuñalados; la noche de mayo en que la independencia se viste de carnaval para que un sargento impe-

rial y su turba oscura y su gente decente que ilumina las fachadas alumbren al Momo que ha traficado con todas las semillas y todas las hambres y todas las banderas; y más lejos, por fin, al lejano día de agosto en que las aguas se dividen y todo es confusión y escudos y silbos y penachos y estruendo de arcabuces y bergantines y el Señor Malinche se asoma a la azotea de una casa de Amaxac y ve aproximarse la canoa del vencido. Y desde entonces son dos —piensa Ixca Cienfuegos—, el del origen y el del destino, los dos plantados sobre la misma avenida, fuese de agua o de cemento. Del Yei Calli al 1951. Siempre dos, el águila reptante, el sol nocturno.

Cienfuegos tomó el periódico y se alejó del ventanal.

La voz de Robles se levantó con urgencia.

L'águila siendo animal

—Usted nomás léame en voz alta el periódico, amigo Cienfuegos, y no se preocupe por nada.

Tres taquígrafas formaban coro alrededor de la mesa de acero de Federico Robles. El hombre hinchado y tenso caminaba de un extremo al otro del despacho mientras Ixca Cienfuegos daba lectura a la prensa y la luz pareja del mediodía se filtraba por las persianas, dibujando de cebra la franela gris del banquero. Robles se detuvo en seco y señaló con el índice a Ixca: —Fue buena su idea, amigo Cienfuegos. Los regiomontanos han de haber hecho un colerón, por más que sus declaraciones indiquen que han bajado la cabeza. Pero donde manda capitán...

Robles mascó el puro con satisfacción y se lustró las uñas en la solapa.

—Que con su pan se lo coman, pues. Seguro que de no vender yo las acciones, ellos venden las suyas. A ver quién sienta a quién. Tuvo usted una buena idea, Cienfuegos. Eso se llama olfato. Les ha de haber caído como mentada encontrarse de pronto de socios del grupo de Couto. Ahora, por más caras de amabilidad que hagan, saben que o ellos se comen a Couto, o Couto se los merienda a ellos. Y nosotros, ya ve usted, manos fuera, y con el mejor precio.

Robles se golpeaba las gruesas caderas y sonreía. Cienfuegos no interrumpió la lectura en voz alta: con un sonsonete irónico, reproducía las declaraciones del grupo regiomontano. Robles angostó los párpados: había estado demasiado atento al contenido de la lectura para percibir, hasta ahora, el tono de voz de Ixca.

—Véngase a comer a la casa cuando acabe de dar órdenes. Hay que celebrar el golpe. Norma va a llevar a uno de esos intelectuales de coctel que tanto la visten; y yo voy a quedar en la berlina.

Ixca, con un crujido final de las páginas del periódico, terminó de leer. —¿Quién, licenciado?

—Un tal Zamacona.

—¿De Michoacán?

Cienfuegos no quiso, con ampliar su mueca inquisitva, provocar la reacción de desconcierto físico de Robles. El banquero bajó la mirada y apretó los labios. —¿Eh? Pues de repente. No lo conozco; ya le digo, es amigo de Norma. —Dio la espalda a Cienfuegos y se asomó por el gran ventanal a la Avenida Juárez. Pensó que Cienfuegos iba a seguir inquiriendo, como el otro día, y él no quería volver a caer en esa trampa. Creía estar muy seguro de sus móviles y acciones, y se había prestado a relatar la historia de su pasado sólo para convencerse a sí mismo de que podía enfrentarse a los hechos de su origen, a los nombres de su padre, de Froilán Reyero, del cura, de la muchachita aquella de la hacienda sin más emoción que la que sentiría al buscar un apellido en la lista de teléfonos. Era suficiente. No había por qué regresar una vez más...

—A ver, señorita —Robles dio la cara a la mujer nerviosa y delgada que no apartaba las manos sudorosas del block de taquigrafía—. Autorice el préstamo del banco a la fraccionadora y asegure los terrenos con la compañía. Memorándum para el Consejo: referencia al negocio de Prado Alto. Mismo procedimiento. —Nuevamente pasó las uñas por la solapa, observó a Cienfuegos y a él dirigió sus palabras—. Interés del jefe. Usted, señorita, recordatorio a Juanito de la caja de puros para el Secretario. Él ya sabe.

Robles comenzó a pasearse como un felino por el tapete hondo. —Fuera todas—. Las tres señoritas salieron sin hacer ruido, amortiguadas por el tapete, mientras Robles se desplomaba, con las piernas abiertas, sobre el sofá de cuero. Dejó caer una mano pesada sobre la rodilla de Ixca.

—Va usted a ver: el Banco —que es mío— le presta a la fraccionadora —que es mía— y la compra de terrenos se hace con pura saliva. Calculo que comprando a diez pesos metro al tarugo ese que cree salir ganando, puedo vender en seguida a treinta, o dentro de un año a sesenta. De cualquier modo, nos asegura la Compañía, que también es mía. Trescientos mil pesos de ganancia inmediata, o más de medio millón si nos esperamos, y ni quien se las huela. Ya ve usted —Robles suspiró y agitó las cenizas del puro sobre el cenicero de pie—, ahora hay que barajárselas solo. Todavía recuerdo que en tiempos del General para hacer lana había que meterse en cada argüende. Hubo quienes recibían igualas de cinco o seis mil pesos mensuales —¡y de aquellos pesos!— de los gobernadores de los estados dizque por cuidar sus intereses en la Presidencia. Ahora, pues siempre se requiere el respaldo moral de los meros meros, porque así son las cosas en México, pero adquirido con amistad y confianza, Cienfuegos, porque saben que uno trabaja por el bien del país y de acuerdo con la política nacional de progreso. ¡A ver!

Se puso de pie y volvió a recorrer con la tensión de un puma el tapete. —No, si lo que me tiene que brinco de gusto es haber vendido mi parte de la cadena sin decirles ni pío a los codomontanos esos, ¡el berrinchazo que habrán hecho! Ándele, véngase a tomar una copa para celebrarlo. Al fin a usted le toca algo del éxito.

Cienfuegos no había perdido su mueca; y Robles, aun cuando quería evaporarla con sus palabras de afirmación, no podía sustraerse a ella. —No, hoy no puedo, licenciado. De todas maneras, le interesará platicar con Manuel. Es un chico inteligente, y se enterará usted de cómo piensan las nuevas generaciones...

—¿A qué se dedica?

—Es poeta...

—¡Újule!

—... pero vive de los editoriales y columnas que escribe para un periódico. Conviene atraerlo, licenciado. Ustedes no se han preocupado mucho por atraer a esa clase de gente nueva que también da prestigio.

Robles gruñó mientras masticaba el cabo apagado del puro: —Aquí nos bastamos, amigo Cienfuegos. Y cada chango a su mecate.

—Bueno, en todo caso —Ixca acentuó su mueca, intermedia entre la sonrisa y el botezo—, dicen que hablar con los jóvenes rejuvenece. Y usted no tiene hijos.

Al mezclar un nuevo gruñido con una exhalación, Robles dijo: —¡Ay, amigo Cienfuegos! Ya no estamos para esas danzas. De aquí a diez o quince años, ya me habré cansado de trabajar, y no me quedará más satisfacción que corroborar el resultado de mis esfuerzos en el progreso del país. Ése será mi hijo, pues. No crea usted; hace falta hacer tanto, y éste es un país de holgazanes. Aquí un puñado de hombres tiene que hacer el trabajo de treinta millones de zánganos.

—Mejor; es casi sentirse un redentor, ¿verdad?

—No, si redentor no; nomás cumplir...

—Es que México siempre anda a la caza de un redentor, ¿no le parece? —Ixca afiló su sonrisa—: Ahora a ustedes les ha tocado acarrear con todos los pecados de nuestro país. A usted, en lo particular, puesto que le ha tocado vivir todos los hechos fundamentales de medio siglo de vida mexicana. De la huelga de Río Blanco a la venta de acciones del gran consorcio. Del sombrero de paja de Zapata al Panamá planchadito que legó J. P. Morgan a sus émulos universales. De pe a pa. Dígame: ¿qué se siente? Siempre he sentido curiosidad ante estas transformaciones radicales. ¿Se sigue siendo, pese a todo, el que se era en el origen? ¿O cuál es el elemento transformador? Todas estas cosas revueltas, el trabajo en una milpa, la batalla de Celaya, el tesón y la ambición y el colmillo para los negocios, ¿cómo se compaginan? ¿Cuál es su punto de concentración? ¿Se siente uno igual que en el origen, o recuerda uno siquiera el origen? ¿Se ha hecho uno mejor, o sólo ha ido desgastando un don original? ¿Somos originalmente, o llegamos a ser? ¿Nuestra primera decisión es, en realidad, nuestra decisión final?

Robles no atendía las palabras de Ixca, lo que estrictamente decían. Volvían a correrle por el cerebro una multitud de imágenes desordenadas que su postura, la expresión de su rostro, toda su actitud, pugnaban por disfrazar. Robles quería alcanzar, fijar una cualquiera: eran un tumulto de luces y sombras preñadas que querían decirle algo que había olvidado. Sólo pudo entender esto, antes de que tomara, con rapidez, el sombrero veraniego que yacía sobre un archivero, se lo clavara sin preocupación en la cabeza cuadrada y dijera: —Bueno, voy a llegar tarde. Vámonos, amigo Cienfuegos.

En cuanto se levantaron de la mesa, un mozo vestido con filipina y pantalón negro se acercó a Norma: —Hoy es viernes, señora. Las gentes ya están en la puerta.

—Ahorita voy —dijo Norma, obligándose a una sonrisa que juzgaba encantadora—. Los viernes vienen los pobres —le explicó a Manuel—. No creas que es pura filantropía. Sirve para deshacerme de las sobras, de la ropa vieja, hasta de los periódicos. Con permiso. Ahorita vuelvo.

Con Norma, se ausentó tanto un perfume ligeramente escondido, como el punto de unión entre Zamacona y Robles para sostener una charla. El banquero abrió las puertas de vidrio que conducían al jardín e invitó a Manuel a salir. Al fondo, detrás de la reja cochera, se apiñaban una docena de caras morenas, algunas oscurecidas por sombreros de petate, otras cubiertas hasta la boca por rebozos, todas inmóviles. Manuel trató de distinguir algún sentimiento particular en ellas: cada una no revelaba otra cosa que su muda e inmóvil espera: labios cerrados, ojos negros despojados de brillo, pómulos altos. Manuel los imaginó, idénticos, en todas las épocas, en todas las vidas. Como un río subterráneo, indiferente y oscuro, que corría por debajo de cualquier cambio o idea. Cuando el mozo y Norma aparecieron —aquél cargado de bolsas de papel, ésta con la barbilla en alto y un aire singular de persona que se dispone a colmar a sus semejantes—, algunas manos tomaron los rebozos, como para taparse y hacer aún más anónima su presencia, otras se alargaron entre los barrotes negros, y todas las cabezas se inclinaron. El mozo pasó las bolsas, sin abrir la reja. Un niño con los labios llenos de mocos comenzó a chillar en brazos de una mujer amarilla. Después todos dieron unas gracias, cantarinas o gruñidas, pero anónimas también, y se fueron con las bolsas de papel, algunos lanzando, ahora, silbidos agudos. Norma, desde la reja, indicó con el índice y el pulgar que tardaría un instante.

—¿De manera que usted es intelectual? —dijo, sin más preámbulos, Federico Robles una vez que Norma se había excusado.

—Sí —sonrió Zamacona—. Me imagino que para usted eso no acarrea gran prestigio.

Robles hurgó en su chaleco: —Maldito lo que me importa a mí el prestigio. Lo importante es hacer cosas.

—Hay muchas maneras… —volvió a sonreír Manuel.

—Correcto —Robles encontró un puro crujiente de celofán—. Pero no en este país. Aquí no podemos darnos lujos de esa clase. Aquí hay que mirar hacia el futuro. Y los poetas son cosas del pasado.

Manuel bajó la cabeza, clavó las manos en los bolsillos: —Habría que definir qué cosa es el pasado.

—El pasado es lo muerto, amigo, algo que le hace a usted, en el mejor de los casos, sentirse grande o sentirse piadoso. Nomás.

Manuel levantó la cabeza, y, guiñando, fijó la mirada en Robles: —¿Y el de México?

A pesar de su concentración en la envoltura del puro, Robles no dudó: —No existe. México es otra cosa después de la Revolución. El pasado se acabó para siempre.

—Pero para enfrentarse a ese futuro del cual me ha hablado —insistió en guiñar, en penetrar con los ojos los rayos del sol vespertino que caían sobre la cabeza y los hombros de Robles—, en algún momento debió usted darse cuenta de que había un pasado que, en todo caso, había que olvidar.

—Puede.

El sol cortaba la figura de Robles en un solo bloque, coronado de luz, sólido y sin transparencia en la mirada molesta de Manuel.

—Y cuando lo observó usted, licenciado, ¿qué sintió ante ese pasado? ¿Se sintió usted engrandecido o piadoso?

Por fin, Robles rasgó el celofán y se llevó a la nariz el primer aroma del habano, fresco y virgen: —Para mí el pasado fue la pobreza, amigo. Nomás. El pasado mío, quiero decir.

—¿Y el de México, licenciado? Usted tiene ideas…

—Está bueno. Pues para mí México es un país atrasado y pobre que ha luchado por ser progresista y rico. Un país que ha tenido que correr, que galopar diría, para ponerse al corriente de las naciones civilizadas. Durante el siglo pasado, se pensó que con darnos leyes parecidas a las de los Estados Unidos o Inglaterra, bastaba. Nosotros hemos demostrado que esas metas sólo se alcanzan creando industrias, impulsando la economía del país. Creando una clase media, que es la beneficiaria directa de esas medidas de progreso. Ahora deme usted su versión.

Hablar de México. Manuel no sabía por dónde empezar. Recordaba que un día había sellado un pacto de sol, tácito y permanente, con México. ¿Por dónde empezar? Se recordaba arrojando su papel, sus palabras, al centro del sol de México. Sólo así podía hablar. Y ahora… —No dejo de envidiar su claridad. Yo… pues yo quisiera explicarme con tanta nitidez como usted la historia de México. Precisamente, lo que siento es que no encuentro el silogismo… —Manuel quería encontrar ésta, alguna, cualquier palabra; se mordió el labio inferior—: … la palabra mágica o la simple justificación que me expliquen una historia tan teñida de dolor como la nuestra.

Robles abrió los ojos y apagó el fósforo antes de encender el puro: —¿Dolor? ¿Cuál dolor? Aquí estamos en jauja, amigo. Pregúntele usted a un europeo si esto no es el paraíso. Dolor es haber pasado dos guerras mundiales, bombardeos y campos de concentración.

—No, no, no me entiende usted —Manuel iba hundiendo la suela en la hierba floja del jardín—: Porque esos hombres que sufrieron el bombardeo y el campo de concentración, como usted dice, pudieron al cabo asimilar sus experiencias y cancelarlas, dar una explicación a sus propios actos y a los de sus verdugos. —Quería representarse muchas, dos, sólo una cara de un hombre torturado, desplazado, marcado con la estrella amarilla. Sólo podía recrear las caras del minuto anterior, las anónimas y pedigüeñas—. La experiencia más terrible, Dachau o Buchenwald, no hizo sino destacar la fórmula agredida: la libertad, la dignidad del hombre, como guste llamarla. —Como un río subterráneo, pensó, indiferente y oscuro—. Para el dolor mexicano no existen semejantes fórmulas de justificación. ¿Qué justifica la destrucción del mundo indígena, nuestra derrota frente a los Estados Unidos, las muertes de Hidalgo o Madero? ¿Qué justifica el hambre, los campos secos, las plagas, los asesinatos, las violaciones? ¿En aras de qué gran idea pueden soportarse? ¿En razón de qué meta son comprensibles? Toda, toda nuestra historia pesa sobre nuestros espíritus, en su integridad sangrienta, sin que sean nunca plenamente pasado ninguno de sus hechos o sus hombres.

Sin quererlo, tomó la manga de Robles y la estrujó, obligándolo a adelantar dos pasos. —Apolo, Dionisio, Fausto, *l'homme moyen sensuel*, ¿qué diablos significan aquí, qué diablos explican? Nada; todos se estrellan ante un muro impenetrable, hecho de la sangre más espesa que ha regado sin justicia la tierra. ¿Dónde está nuestra clave, dónde, dónde? ¿Viviremos para conocerla? —Manuel desprendió la mano de la manga de Robles—: Hay que resucitar algo y cancelar algo para que esa clave aparezca y nos permita entender a México. No podemos vivirnos y morirnos a ciegas, ¿me entiende usted?, vivirnos y morirnos tratando de olvidarlo todo y de nacer de nuevo todos los días sabiendo que todo está vivo y presente y aplastándonos el diafragma, por más que queramos olvidarlo: Quetzalcóatls y Corteses e Iturbides y Juárez y Porfirios y Zapatas, todos hechos un nudo en la garganta. ¿Cuál es nuestra verdadera efigie? ¿Cuál de todas?

—A ustedes los intelectuales les encanta hacerse bolas —dijo Robles al abrir la mitad de la boca retacada de tabaco—. Aquí no hay más que una verdad: o hacemos un país próspero, o nos morimos de hambre. No hay que escoger sino entre la riqueza y la miseria. Y para llegar a la riqueza hay que apresurar la marcha hacia el capitalismo, y someterlo todo a ese patrón. Política. Estilo de vida. Gustos. Modas. Legislación. Economía. Lo que usted diga.

El sol brilló sobre el jardín con su intensidad total: menos rotunda que la del mediodía, pero más penetrante, más inquietante por la proximidad de la luz que, al hacer el último esfuerzo, vibraba por dar testimonio de su partida.

—Pero es lo que hemos hecho siempre —balbuceó Zamacona—, ¿no se da cuenta? Siempre hemos querido correr hacia modelos que no nos pertenecen, vestirnos con trajes que no nos quedan, disfrazarnos para ocultar la verdad: somos otros, otros por definición, los que nada tenemos que ver con nada, un país brotado como hongo en el centro de un paisaje sin nombre, inventado, inventado antes del primer día de la creación. ¿No ve usted a México descalabrado por ponerse a la par de Europa y los Estados Unidos? Pero si usted mismo me lo acaba de decir, licenciado. ¿No ve usted al porfirismo tratando de justificarse con la filosofía positivista, disfrazándonos a todos? ¿No ve usted que todo ha sido un carnaval, monárquico, liberal, comtiano, capitalista?

Robles dejó caer un chorro de humo sobre las solapas de Manuel: —¿Y qué quiere usted, amigo? ¿Que volvamos a vestirnos con plumas y a comer carne humana?

—Es precisamente lo que no quiero, licenciado. Quiero que todas esas sombras ya no nos quiten el sueño, quiero entender qué significó vestirse con plumas para ya no usarlas y ser yo, mi yo verdadero, sin plumas. No, no se trata de añorar nuestro pasado y regodearnos en él, sino de penetrar en el pasado, entenderlo, reducirlo a razón, cancelar lo muerto —que es lo estúpido, lo rencoroso—, rescatar lo vivo y saber, por fin, qué es México y qué se puede hacer con él.

Robles se separó de Manuel y caminó hacia la reja: —No sea usted presuntuoso. Con México sólo se puede hacer lo que nosotros, la Revolución, hemos hecho. Hacerlo progresar.

—¿Progresar hacia dónde?

—Hacia un mejor nivel de vida. O sea, hacia la felicidad particular de cada mexicano, que es lo que cuenta, ¿no le parece?

—¿Pero cómo se puede hablar de la felicidad particular de cada mexicano si antes no se ha explicado uno a ese mexicano? ¿Cómo sabe si cada mexicano quiere lo que usted se propone otorgarle?

Manuel, ahora, seguía a corta distancia a Robles. El industrial dio la vuelta y la cara a Zamacona: —Soy más viejo que usted, amigo. Conozco la naturaleza humana. Los hombres quieren bienes. Un carro. Educación para sus hijos. Higiene. Nomás.

—¿Cree usted que quienes ya tienen eso se sienten plenamente satisfechos? ¿Piensa usted, por ejemplo, que la nación más rica que ha conocido la historia es una nación precisamente feliz? ¿No es, por el contrario, una nación presa de un profundo malestar espiritual?

—Puede. Pero eso es secundario, amigo. Lo importante es que la mayoría de los gringos come y vive bien, tiene un refrigerador y un aparato de televisión, va a buenas escuelas y hasta se da el lujo de regalarles dinero a los limosneros de Europa. Se me hace que su cacareado malestar del espíritu les viene muy guango.

—Quizá tenga usted razón. —Manuel sacó las manos de los bolsillos y quiso captar el origen del sol y el aire transparente. Se tapó los ojos con la mano—. No sé. Acaso haya planteado mal el problema. Quizá esté enfermo de odio hacia los Estados Unidos. Por algo soy mexicano.

Robles sonrió y le dio una palmadita obsequiosa en el hombro. —Ándele, no se me achicopale. Me gusta discutir con los jóvenes. Después de todo, ustedes también son hijos de la Revolución, como yo.

Al querer corresponder la sonrisa, Manuel se dio cuenta de que, en realidad, fabricaba una mueca. —La Revolución. Sí, ése es el problema. Sin la Revolución mexicana, ni usted ni yo estaríamos aquí conversando de esta manera; quiero decir, sin la Revolución, nunca nos hubiéramos planteado el problema del pasado de México, de su significado, ¿no cree usted? Como que en la Revolución aparecieron, vivos y con el fardo de sus problemas, todos los hombres de la historia de México. Siento, licenciado, siento sinceramente que en los rostros de la Revolución aparecen todos ellos, vivos, con su refinamiento y su grosería, con sus ritmos y pulsaciones, con su voz y sus colores propios. Pero si la Revolución nos descubre la totalidad de la historia de México, no asegura que la comprendamos o que la superemos. Ése es su legado angustioso, más que para ustedes, que pudieron agotarse en la acción y pensar que en ella servían con suficiencia, para nosotros.

—Ustedes tienen el deber de proseguir nuestra obra.

—No es lo mismo, licenciado. Ustedes tenían tareas urgentes por delante. Y su ascenso corría rápido, y parejo, a la realización de esas tareas. Nosotros nos hemos encontrado con otro país, estable y rígido, donde todo está más o menos asentado y dispuesto, donde es difícil intervenir temprano, y decisivamente, en la cosa pública. Un país celoso de su *statu quo*. A veces se me ocurre pensar que México vive un prolongado Directorio, una fórmula de estabilización que, a la vez que procura una notable paz interna, impide un desarrollo cabal de aquello que la Revolución se propuso en su origen.

—No estoy de acuerdo con usted, amigo. La Revolución ha desarrollado plenamente sus metas, en todos sentidos. Las ha desarrollado con suma inteligencia, por vías oblicuas, si usted quiere, pero las ha desarrollado. Usted no sabe lo que era México en 1918 o 20. Hay que darse cuenta de eso para apreciar el progreso del país.

Los eucaliptos del jardín tapaban el sol; los rayos se perdían, se enmarañaban entre las hojas y las ramas, y apenas protegían, con un tinte cálido, las cortezas.

—Pero ¿adónde nos conducen esas "vías oblicuas"? —dijo Manuel Zamacona—. ¿No resulta bastante contradictorio que en el momento en que vemos muy claramente que el capitalismo ha cumplido su ciclo vital y subsiste apenas en una especie de hinchazón ficticia, nosotros iniciemos el camino hacia él? ¿No es evidente que todo el mundo busca fórmulas nuevas de convivencia moral y económica? ¿No es igualmente claro que nosotros podríamos colaborar en esa búsqueda?

—¿Qué quiere usted? ¿Un comunismo criollo?

—Póngale usted el mote que quiera, licenciado. Lo que a mí me interesa es encontrar soluciones que correspondan a México, que permitan, por primera vez, una conciliación de nuestra sustancia cultural y humana y de nuestras formas jurídicas. Una verdadera integración de los miembros dispersos del ser de este país.

—A ver, a ver. —Una inmensa llaga rosada coronaba todas las cimas del jardín—. Hablaba usted de las cosas que la Revolución se propuso en su origen. ¿Qué cosas fueron ésas?

Zamacona no quería discutir más. Pensaba, inquieto sobre el césped húmedo, que todo tenía dos, tres, infinitas verdades que lo explicasen. Que era faltar a la honradez adherirse a uno cualquiera de esos puntos de vista. Que acaso la honradez misma no era sino una manera de la convicción. Sí, de la convicción: —Tácitamente, a ciegas, lo que le acabo de decir: descubrir la totalidad de México a los mexicanos. Rescatar el pasado mexicano del olvido y de la mentira. El porfirismo, también de una manera implícita, pensó que un pueblo sólo es feliz si sabe olvidar. De allí su mentira y su disfraz. Díaz y los científicos pensaron que era suficiente vestir a México con un traje confeccionado por Augusto Comte y meterlo en una mansión diseñada por Hausmann para que, de hecho, ingresáramos a Europa. La Revolución nos obligó a darnos cuenta de que todo el pasado mexicano era presente y que, si recordarlo era doloroso, con olvidarlo no lograríamos suprimir su vigencia. —¿Qué significaban todas sus palabras, pensaba Manuel detrás de ellas? ¿En qué punto real, concreto, se apoyaban? ¿A quién le servían? ¿O no era suficiente pensarlas, decirlas, para que se cumplieran y, llevadas por el aire, por su tangible estar dichas y pensadas, penetraran en todos los corazones? Sí, esto era, esto era, volvía a repetirse, detrás de sus palabras—: Y expresamente, la Revolución, al recoger todos los hilos de la experiencia histórica de México, nos propuso metas muy claras: reforma agraria, organización del trabajo, educación popular y, por sobre todas las cosas, superando el fracaso humano del liberalismo económico, anticipando el de los totalitarismos de derecha e izquierda, la necesidad de conciliar la libertad de la persona con la justicia social. La Revolución mexicana fue el primer gran movimiento popular de nuestro siglo que supo distinguir este problema básico: cómo asegurar la plena protección y desarrollo de lo comunitario sin herir la dignidad de la persona. El liberalismo económico sacrificó, en aras del individuo, a la sociedad y al Estado. El totalitarismo, en aras del Estado, sacrificó a la sociedad y al individuo. Frente a este problema universal, ¿no cree usted que México encontró un principio de solución en el movimiento de 1910 a 1917? ¿Por qué no lo desarrollamos? ¿Por qué nos quedamos con las soluciones a medias? No puedo pensar que el único resultado concreto de la Revolución mexicana haya sido la formación de una nueva casta privilegiada, la hegemonía económica de los Estados Unidos y la paralización de toda vida política interna.

Robles eructó tres pequeñas risas, mezcladas con la irritación del tabaco. —Calmantes montes, amiguito. En cuanto al primer punto, eso que usted llama casta privilegiada lo es en función de su trabajo y del impulso que da al país. No se trata ya de terratenientes ausentistas. El segundo: México es un país en etapa de desarrollo industrial, sin la capacidad suficiente para producir por sí mismo bienes de capital. Tenemos, en bien del país, que admitir inversiones norteamericanas que, al fin y al cabo, se encuentran bien controladas por nuestras leyes. El tercero: la vida política interna no ha sido paralizada por la Revolución, sino por la notoria incompetencia y falta de arraigo popular de los partidos de oposición.

—No, licenciado, no acepto su explicación. —Manuel sentía cómo le vibraban las aletas de la nariz, anticipando un encuentro definitivo con Robles y, sobre todo, con su mundo—. Esa nueva plutocracia no ha tenido su germen en el trabajo, sino en el aprovechamiento de una situación política para crear negocios prósperos; y su temprana creación frustró, desde arriba, lo más puro de la Revolución. Pues esta casta desempeña no sólo una función económica, como usted cree, sino una función política, y ésta es reaccionaria. Usted sabe también que el principio de la limitación de la participación extranjera en una empresa mexicana ha sido y es violado, y que se trata de empresas mexicanas de membrete. Usted sabe que las inversiones extranjeras, si no ayudan a la creación de un mercado interno mexicano, valen bien poco. Y sobre todo sabe usted que los precios de nuestra producción agrícola y minera, que la posibilidad de fomentar nuestra industria, que todo el equilibrio de nuestra economía, no depende de nosotros. Estoy de acuerdo en que el "partido único" es preferible a cualquiera de esos llamados partidos de oposición que parecerían, más bien, los aliados efectivos del PRI. Lo que rechazo es la somnolencia que el "partido único" ha impuesto a la vida política de México, impidiendo el nacimiento de movimientos políticos que pudieran ayudar a resolver los problemas de México y que podrían organizar y sacudir buena parte de la indiferencia en que hoy dormitan elementos que jamás se afiliarían a los partidos de la reacción clerical o de la reacción soviética. ¿O estará dispuesto el PRI a sancionar un *statu quo* sin solución alguna? Esto equivaldría a decirle al pueblo de México: "Estás bien como estás. No es necesario que pienses o hables. Nosotros sabemos lo que te conviene. Quédate allí". Pero ¿no es esto lo mismo que pensaba Porfirio Díaz?

—Habla usted como un irresponsable. Veo que no nos entendemos, amigo Zamacona.

—Y sin embargo, es tan necesario que nos entendamos, licenciado Robles.

Manuel tendió su mano y caminó hasta la reja del jardín, pálido en el atardecer, transparente en el vago cristal del crepúsculo de otoño: el valle estaba recién lavado por las últimas lluvias de la temporada, y era posible recoger, a cada paso, los olores de eucalipto y de laurel.

Con las yemas de los dedos hinchadas y eléctricas, Hortensia Chacón, en la oscuridad, recorría los brazos de Federico Robles. El pelo suelto de la mujer crujía levemente: un ambiente opresivo, avanzada de la próxima tempestad, se colaba por las rendijas. Federico abrió los ojos desde el fondo de un sueño pesado y tierno como la carne que lo recogía y sintió una revelación en toda la figura de Hortensia. No era su primera tarde en el apartamento de la calle de Tonalá y, sin embargo, sólo hoy creía entender así, en todos sus límites, y nunca más con la vaguedad de antes, la existencia de la mujer que, desde hacía tres años, le había otorgado su compañía y algo más que Federico aún no sabía nombrar. Ahora, al verla en la cama, unía a ella dos nuevos momentos que en todos los años del pasado inmediato no se hubiesen presentado. El desenterrar de imágenes del pasado con Cienfuegos. Y el leve rechazo, sentido por primera vez, de su mujer, el domingo que se arreglaba para ir a una boda. Entonces había querido, sin proponérselo, pensar en lo que realmente significaba Hortensia Chacón. Pero había necesitado estar con ella una vez más, y dormir a su lado en letargo pétreo, insondable, antes de decirse que era verdad lo que sin querer había pensado entonces. La mujer de treinta y dos años, gestadora de tres hijos, mantenía una suavidad cremosa de piel sobre el estómago hinchado y los senos flojos. Robles recordó el instante pasado, anterior al sueño. El silencio y la oscuridad de Hortensia, su falta de palabras o de gemidos, su entrega sin hacer ruido, sin anunciar con tambores esa entrega concentrada y furiosa. En el momento culminante, Federico sólo había mordido el pelo de la mujer, y los dientes apretados en la oscuridad habían convocado, fijado ante su memoria, resucitado del desorden de los últimos días, exprimido de los elementos circundantes de su vida diaria, la imagen del campo de Celaya, el día que mordió las riendas y sintió toda su carne erguida ante el combate, los hombres en batalla, el estruendo, que cercaban su cuerpo y que él podía dominar, desde su caballo, desde su rienda mordida, desde su carne erecta. Las preguntas de Cienfuegos regresaron, nítidas, a su memoria. Cerró nuevamente los ojos: no era Cienfuegos quien hacía esas preguntas, en su recuerdo: era el hombre joven que esta misma tarde había almorzado en su casa y le había tenido la confianza de expresar lo que pensaba, de tratarlo como a un ser vivo, no como a un emblema del éxito y los valores tácitos de México. La imagen de Manuel Zamacona turbó a Robles con una intensidad que lógicamente le pareció infundada. Miró fijamente a Hortensia, buscando entre la imagen recordada y la presente alguna liga, la unión que estos recuerdos súbitos parecían dictar. La mujer se movió con un cuidado exagerado.

—Ya desperté; no te preocupes —murmuró Robles desde la almohada.

—Está bien.

La voz queda y sumisa, pero dirigida a él, apretada en su intención de dirigirse sólo a él, desde la oscuridad y el silencio. Pensó que Hortensia era todo esto: el poder silencioso, directo; la consumación poderosa y directa de los actos singulares, los que se podían contar con los dedos y vivir sin intermediarios, por abajo, o por encima, de las exteriorizaciones diarias del poder. Sedimento, savia, aire. Llano ensangrentado de Celaya. Cuerpo húmedo y abierto de Hortensia. El pecho de Robles se llenó de aire; su pulso corrió rápidamente, invadido de sangre. Levantó las piernas, lampiñas y delgadas, y se sentó sobre el borde de la cama de nogal labrado. Hortensia, con los dedos, recorrió la espalda del hombre.

—¿Te sientes a gusto? —preguntó.

Robles trató de apretar todos los músculos del cuerpo al mismo tiempo, de trasladar a su carne la fuerza que sentía en cada centro vital del pensamiento.

¿A gusto? Poderoso, limpio, aligerado... "pero mañana —pensó—, se gastará toda la fuerza recogida aquí, con Hortensia". Volvió a observar el cuerpo mestizo de la mujer, y bajó la vista a su estómago, a su sexo oscuro. ¿Correspondía el origen de la fuerza a su destino?, volvió a preguntarle la voz de Ixca Cienfuegos desde los labios de Manuel Zamacona. La carne morena de Federico y Hortensia se recortaba sobre las sábanas.

—Hortensia...

La mujer colocó una mano sobre el hombro de Robles.

—¿Recuerdas a veces...?

Los dedos subieron a la nuca hirsuta: —Un poco.

Robles se restregó la cara; un mundo blanquecino, con bordes niquelados y ojos de gas neón, cruzó velozmente por sus pupilas; detrás de él, otro mundo, horizontal, rojizo, poblado de canciones y nombres y colores enarbolados y corceles furiosos. En el centro de cada uno de estos mundos, se plantaba su propia figura: transparente y pálida en uno, renegrida y quemada en el otro. El hombre incendiado alargaba los brazos al espectral; éste no tenía la voluntad de levantar los suyos. Robles acercó sus labios a la cabeza de Hortensia: sintió, allí, una vida sin roturas, una vida única, apretada. Del parto a la muerte, una sola línea, espesa y recargada, sin posibilidad de quebrarse... Quizá —ya no deseaba pensar más, sino correr fuera del apartamento de Hortensia con su tesoro de fuerza y arrojarlo a las fauces del mundo que esperaba las golosinas del hombre poderoso—, quizá sólo renunciando a ese trueque de la fuerza recogida en Hortensia por los elementos del poder exterior... quizá sólo así...

Se puso de pie y canceló su pensamiento. Los ojos opacos de Hortensia trataban de penetrar la sombra de Federico, y sólo sonrieron al escuchar los ruidos de la ropa recogida, de los zapatos sobre el piso de madera, de la respiración.

En la terminal de Ramón Guzmán, bajan del camión salpicado de fango el hombre con sombrero norteño, la mujer vestida de algodón y el muchacho de diez años, flaco y con una mancha de tiña en la mejilla. El hombre moja los gruesos labios sobre el cigarrillo negro y aprieta los ojos de chinche mientras vigila el descenso del equipaje, cubierto por un toldo de lona sobre el techo del camión. La mujer, sin ser gorda pero sin línea, como una paca, deja caer los hombros aún más y detiene del brazo al chamaco de pantalón azul y camisola abierta que grita y señala hacia la calle.
—Bueno, ya están las petacas. ¡Vas a ver, vieja, lo que es nuestra capital!
—Ay sí, como si tú ya hubieras estado.
—No, si no he estado; pero uno como hombre se entera de más cosas que ustedes, ¿quihubo?
—Mira, venden helados; mira, venden helados, ¡yo quiero mi helado!
—Cállese, escuincle latoso. ¡Qué ganas de ver crecido al demonio este!
—Sí, cómo no, y entonces te quejarás de que se encuete y se vaya con las putas…
—¡Cállese, Enrique! ¡Luego dice que quién le enseña tanta majadería al niño!
—Vénganse pues —dice el hombre de bigotes desiguales y ojillos de chinche—. ¡Mira nomás, Tere, mira nomás qué ciudad! ¡Por algo le dicen la ciudad de los palacios! ¡Ve nomás qué avenida! Mira allá, a la glorieta: ése es Cuauhtémoc. ¿Felipito? ¿Quién fue Cuauhtémoc?
—Ése de la noche triste; ¡yo quiero mi helado!
—Ya ves, Tere, para eso los manda uno que dizque a la escuela. ¡Felipito! ¡Dime quién fue Cuauhtémoc!
—¡Oh, qué fregar! ¡Yo quiero mi helado!
El hombre amenaza con la mano al niño; la mujer recrimina con los ojos al hombre.
—Bueno, ya estamos aquí, México lindo. Vas a ver, Tere, cómo en la capital salimos de dificultades. Aquí se hace dinero pronto, verás si no. Con mi oficio de talabartero, y con la clientela de gringos que hay aquí, al año somos ricos.

—Eso mismo dijiste cuando nos fuimos de Culiacán a Piedras Negras, y ya ves, ni para el arranque.
—¡No me hables de esos pueblos, Tere! Ve nomás dónde estamos ahora. Aquí, con nuestros ahorritos nos instalamos, y hasta tomo un aprendiz, y al año nos están entrando tres mil pesos al mes, libres. Tú verás.
La mujer sin forma tuerce la boca. El niño señala cosas.
El hombre de sombrero norteño respira hondo en el cruce de Reforma e Insurgentes.
—¡Ésta es mi capital, sí señor!

Pimpinela de Ovando

—Usted sí que es chistoso, Cienfuegos. Me cita en un bar —dese cuenta— y ahora quiere que le hable de mi vida.

—¿Y qué esperaba de mí?

—Cuando menos es usted franco. ¿Quiere que le haga la lista de posibilidades?

—¿Por qué no?

—En primer lugar: Cienfuegos es amigo de Robles y puede servirme para sacar ventajas. ¿De acuerdo?

—De acuerdo. Pero ¿le cuento una cosa? El poderoso banquero va que chuta al Asilo Mundet. Basta con que alguien llegue a pedir la liquidación de su cuenta para que la Maison d'Usher se tambalee.

—Pues no parece, oiga...

—No parece porque a nadie se le ha ocurrido que Robles pueda tener todos los depósitos del banco sumidos en quién sabe qué aventuras fantásticas de compras de terrenos arenosos y esas cosas... Pero en fin, como no es el caso...

Pimpinela se lamió los labios y aparentó una absoluta despreocupación:

—Segundo: Cienfuegos cree *qu'il peut coucher avec moi,* y yo nunca soy ajena a la tentación de darle lecciones a la gente. Crecí para aprender a dar lecciones. ¿De acuerdo?

—Sí, pero tampoco es el caso.

—Tercero, improbable en su caso, pero al fin mi métier: usted quiere que un nombre aristocrático le dé brillo, mi amigo. Para eso estoy yo. Creo que usted mismo lo dijo alguna vez, ¿no? Dame lana y te doy clase, dame clase y te doy lana. Pero como éste no es su caso, pues entonces me imagino que el caso es que le cuente mi vida, ¿no?

—Su vida, exactamente, no. Las vidas, en general, sí...

—Eso es el chisme.

—Y a usted bien que le gusta.

Pimpinela sonrió y se quitó los guantes. Miró a su alrededor, en busca de caras conocidas. El pequeño bar lo era, más bien, para amasiatos y canas al aire y novios sonrojados. Con avidez mayor, Pimpinela buscó caras conocidas. Una pequeña vela mortecina envuelta en un cucurucho de papel pergamino se sembraba sobre cada mantel. Las caras no se podían distinguir. La distribución del bar en caballerizas aumentaba el encubrimiento, y un pianista tenaz sumergía los ya imperceptibles murmullos de los hombres y mujeres diseminados por la salita.

—Por lo menos en los reservados de hace treinta años había *chaisse-longues* y otras facilidades.

—Vivimos en la época del cachondeo, señorita.

Pimpinela apretó el guante y dejó que sus ojos brillaran con una cólera helada:

—Le prohíbo… hay ciertas palabras que revelan la clase de la persona que las pronuncia.

—¿Qué toma, Pimpinela?

—¡Le estoy dirigiendo la palabra! No haga usted guiños de lépero.

—Querida Pimpinela: con esa falta de ductilidad no se llega a ningún lado, mucho menos a la devolución de haciendas y a la restauración del pasado…

—¡Qué sabe usted! Es muy fácil juzgar. ¡Qué sabe usted!

Pimpinela se levantó y dio la espalda a Ixca mientras se ponía los guantes. Forzó una sonrisa y salió del bar. En su Opel, corrió hacia el apartamento de la calle de Berlín. Ansiaba volver a estar, sólo a estar, en un receptáculo adecuado, en un lugar fabricado cuidadosamente para preservar, y demostrar, ese imponderable del que se sentía depositaria. Abrió la puerta y, antes de encender la luz, se detuvo un momento: quería oler las alfombras mullidas, el ramo de siemprevivas, el leve perfume que su propio cuerpo había ido dejando, suspendido, en cada día de vida aquí. En la oscuridad, recorrió con las puntas de los dedos los muebles de terciopelo rojo, las vitrinas enchapadas, el marco de los cuadros. Encendió el tocadiscos y colocó la aguja sobre el que ya estaba puesto. Un río domeñado de cuerdas insistentes inundó la sala; Pimpinela se recostó en el diván de terciopelo, cerró los ojos y dejó que Vivaldi la arrastrara a un mundo a la vez intangible y hondo, hecho de cristal marino, océano de aire. Creación plena, se repetía sin hablar Pimpinela, herida por la música, inerte, sin una sola célula en tensión: sentía que la música la licuaba; quería agradecer una creación que sentía destinada a ella sola, como una especie de premio providencial que se acumulara a los del nacimiento, a los de la colocación en la vida —y sin embargo, se repetía también que ella no lo había querido, ni pedido—. Se sentía, más que recompensada, definida, entera, absoluta —y al mismo tiempo, se repetía que vivía rota y fragmentada, y que era ese fragmento de algo lo

241

que luchaba y se fatigaba en la restauración de otros fragmentos, de otros fragmentos rotos que tampoco podrían volver a ser—. En un segundo sagrado, Pimpinela tocó, olió, recordó, sustrajo del pasado todos los elementos de su ansia de conservación; su memoria voló hacia atrás y hacia adelante, en un doble movimiento unido por el afán de recuperación, mientras sus ojos se llenaban de un humo opaco y volátil.

—*La niña Pimpinela no quiere comer, señora.*
La señora de Ovando se dirige, flotando entre la masa de corpiños y sedas ruidosas, a la niña de bucles rojizos que hace pucheros, sentada en su alta silla de caoba, sobre el plato de avena. Parece un alfiler dorado perdido en el centro del comedor, sobre los tapetes persas, bajo los dos candiles que jamás —recordaría— dejaban de surtir un levísimo campaneo de cristal, la mesa con incrustaciones de cobre hecha para acomodar a veinticuatro personas, los espejos —uno en cada extremo— que reproducen en un acordeón de imágenes el mundo intermedio y sus objetos: las paredes tapizadas de damasco verde, la cómoda en marquetería de concha nácar, los vasos de mármol blanco con las estaciones representadas en una guirnalda ininterrumpida de frías peras, flores, nueces, duraznos, castañas. Pimpinela abre los ojos un instante a los objetos de la gran casa, rodeada de jardines planos y elaborados. Sillones de tapicería y un gabinete de porcelana azul de Sèvres; el reloj en rocaille, coronado por un cupido gordiflón que iba levantando su arco a medida que avanzaban las horas; las mesas con patas en cabriola mantenidas sobre cuatro máscaras de leones. Más gabinetes de vidrio repletos de abanicos pintados que reproducen escenas de Watteau. Arabescos sobre los respaldos de punto, flautas suspendidas sobre las puertas, candelabros con listones amarillos de plata. El salón de entrada, con su escalera de doble ascenso. Dos bustos de Marco Aurelio, idénticos, en los nichos. Y el reflejo infinito de los dos espejos de marco dorado.
—*Una por papá, otra por mamá...*
La niña se prende al cuello de su madre.
—*¿Qué tiene mi niñita? ¿No le gusta su avena fea? Véngase con su mamá, mi sol.*
Un landó capitoneado espera en la puerta. Pimpinela clava sus ojos azules en el cielo, viéndolo correr entre dos playas de árbol. Mueve rítmicamente sus piernas en el aire, se acerca a las telas suaves, casi eléctricas, de su madre. Casas de uno, de dos pisos, pintadas de rosa y verde pálido, con balcones enrejados y altos zaguanes. Hombres con enormes sombreros puntiagudos se pasean cargando cubetas de agua. Puestos de dulces, calles empedradas, rígidas lámparas de gas. Y otra vez el cielo detrás del follaje. Encajes amarillos circundan los bordes del landó, y su olor es empolvado y penetrante. El medido clic-clac

de los caballos sobre la baldosa la adormece. Pimpinela huele los encajes amarillos, luego las ropas de su madre, esconde la cabeza en su regazo, y duerme.

—Defenderemos lo nuestro, Angélica.
—La niña ya está grande. Merece otras cosas, merece el ambiente para el cual la criamos. No puedes negarle eso a tu hija. No puedes destinarla a vivir a escondidas en un país destruido por la revolución y la vulgaridad.
—Defenderemos lo nuestro, Angélica. Mira a tu prima Lorenza. Ella y su hijo sí que viven a escondidas del país y de sus deberes. Nosotros rescataremos lo que se pueda de esta orgía de barbarie.
Don Lucas de Ovando se pasea por el vestidor con un dedo en la leontina roja que le cuelga del chaleco. Con la otra mano, da forma a la barbilla entrecana que se dispara de su mentón exagerado y firme, como sus ojos metálicos, como los dos surcos de las mejillas, la compacta rigidez de su escasa estatura. Alta, blanca, lánguida, Angélica cepilla su largo pelo de tonos cobrizos frente al espejo.
—No entiendo cómo, Lucas...
—¿Tú crees que esta revolución es distinta a cualquiera? No. Ya hemos visto demasiadas en México. Nuestras familias han pasado por la Acordada y la proclamación de Pío Marcha, por el Plan de Casamata y el Plan de Ayutla, por el de la Noria y ahora el de Guadalupe. Todo es lo mismo. Para superarla hay que entender de qué se trata cada revuelta económicamente y afianzarse por allí. Ahora el peligro son los zapatistas y todos esos rufianes agrarios. Allí va a venir el golpe.
—Pero si de eso vivimos, Lucas, de las haciendas. ¿Qué vamos a hacer entonces?
—Deshacernos de las haciendas. Venderlas rápido a los americanos. Cambiarlas por casas en la ciudad. En el Distrito Federal no va a haber revolución agraria, Angélica.
—Pero no es eso lo que me preocupa. Es la falta de un ambiente adecuado... ¡Pobre Pimpinela! Cuando pienso en mi vida de señorita...
—Prefiero a nuestra hija con un carnet de cotillón vacío que muerta de hambre. Está resuelto. Ya vi los terrenos del último tramo de la Reforma. Valen cuartilla. Y más de un hombre de escasas luces está dispuesto a cambiarme una esquina del centro por una hacienda. Verás cómo tengo razón.

—¿Tú fuiste a muchos bailes, mamá?
Angélica acaricia la cabeza de Pimpinela. El cuello, los brazos, la cara de la muchacha casi brillan en el contraste con el flojo ropón negro. Esa nariz —piensa Angélica—, esa

nariz de Lucas, ese signo de calidad, otra vez en Pimpinela. Sin embargo, era tan chatita de niña.

—Sí, entonces las cosas eran distintas —trata de reír Angélica—. Ahora, ya ves, hay que ser de Sonora o de Sinaloa.

—¿No sería precioso dar un baile cuando cumpla mis diecinueve? —Pimpinela, de rodillas, se acerca a las piernas de su madre. El vestidor es el mismo, pero con las cosas un poco estropeadas. Faltan criados que sacudan minuciosamente el polvo dormido entre los pliegues del mármol de los vasos y sus pedestales—. ¿No sería precioso? Ahora que ya pasó el luto de papá...

—Es que casi no queda nadie, hijita. ¿A quiénes invitaríamos?

—¿Por qué se han ido tus amigos y los de la familia?

—En fin; tu padre tenía ideas muy definitivas. Sí, rescató algo, como él decía. Pero la vida no es sólo eso. Es un ambiente, es estar con las gentes iguales a uno...

Pimpinela piensa en todos los bailes a los que no había podido ir; ¿para qué hablar?; conoce la respuesta de su madre:

—Mientras no puedas ir a bailes de gentes conocidas, acompañada por un muchacho decente, y al cual también haya sido invitada tu madre, te quedas en casa.

—Hay un muchacho, mamá... lo conocí con Margarita en un salón de té... es abogado, y...

—¿Cómo se llama?

—Roberto Régules.

—¿Régules? ¿Régules? Es la primera vez que escucho ese nombre.

Angélica sentada en un incómodo sillón bordado, come lentamente marrons glacés. A sus pies, Pimpinela frunce la frente, ceñida por una banda negra.

—Pero mamá, es un muchacho muy bien, se viste correctamente, es muy atento.

—El hábito no hace al monje, niña. Tú sabes que cuanto hago es por tu bien. Mira: tu padre fue muy inteligente y nos dejó acomodadas, mientras tantos lo perdieron todo. Podemos vivir decentemente de nuestras rentas. No hay necesidad de mezclarse en este nuevo ambiente. Rescatamos, como quería tu padre, algo de la fortuna. Sepamos también rescatar nuestra dignidad. Tenemos el deber, en honor de la memoria de tu padre, de ser fieles a él.

—Sí, mamá...

—No podemos sacrificar eso por un baile, Pimpinela. Pero te entiendo, te entiendo —Angélica acerca la cabeza a la de la muchacha—. ¡Cómo no voy a entender! Cuando pienso en mi juventud, tan distinta... Hubieras visto los uniformes que se usaban entonces, aquellos penachos, y los cascos. Las cuadrillas... llegó luego el vals, y volaban las telas, en un remolino, en brazos de jóvenes que... Era como una ceremonia, ¿ves? Tal día del año, el baile de una familia; otro día, el de otra, y así... —Angélica toma los hombros de Pimpinela—: ¡Y si vamos juntas a Europa!

Pimpinela salta agitando las manos: —¡Mamá! ¡Mamá! ¡Europa!
La madre recoge las faldas negras y corre al pequeño armario enchapado; excitada, revuelve los papeles amarillentos: los títulos, los contratos de arrendamiento, hasta sacar, al azar, uno. —Cinco de Febrero y Bolívar... cincuenta pesos el metro... hoy valdrá cien; ¡ya está, hija! ¡Eso es!

—¿Recuerdas al chico Régules, mamá?
—¿Régules? Primera vez...
—Primera vez. Sí.
—¿Qué le sucede a tu señor Régules? —*Angélica tose agudamente desde su cama espumosa, inundada de colchonetas y almohadones bordados.*
—Se ha casado —*Pimpinela recorre lentamente, con los dedos, el filo dorado de la cama. Siente en el porte de la mujer madura, aun aquí, en el lecho de enferma, cierto brillo que ella, al bajar la vista, refleja opaco en su propio cuerpo*—. Se ha casado con su secretaria. Van a Nueva York de luna de miel. ¿Recuerdas que lo conocí... hace seis años, cuando era un abogado joven? Ahora es...
Angélica se compone cuidadosamente el pelo bajo una cofia blanca: —Sí, me imagino. Las carreras se hacen pronto hoy. Alguna diferencia debe haber entre 1910 y 1935. Rapidez, modernismo, sí, eso es, todo eso —*Angélica vuelve a toser, arqueando las cejas.*
—Tienen una casa en Las Lomas, con un gran jardín, un automóvil. Roberto es el abogado de muchas compañías nuevas.
—Sí, sí, modernismo; antes sólo los hombres maduros tenían responsabilidades...
—Pude haberme casado con él.
Angélica mueve la cabeza con un signo de impaciencia:
—Estamos bien, hija, estamos bien. No nos falta nada. —*Pimpinela aprieta el filo de la cama con ambas manos:*
—¿Soy guapa?
—Más que guapa. Diría que eres distinguida, que has heredado la...
—¿De qué me sirve? Mamá, mamá, no quiero hacerte sufrir, lo sabes. Pero dime de qué me sirve ser una mujer decente, respetada, con un nombre ilustre. Dime.
—Hijita, no te excites. Estás en muy buena edad...
—Eso dijiste cuando fuimos a Europa. ¿Se acercó alguien a la mexicanita pobretona? ¿Se acerca alguien en México?
—Si te hubiera tocado vivir mi juventud, si te hubieran tocado los bailes, los paseos, la forma de vida del siglo pasado...

245

—Pero no me tocaron… Y no es un baile o un paseo, es pertenecer, saber que eres aceptada… no sé… mamá, te juro que no es por hacerte sufrir, pero quiero saber…
—No tuvimos la culpa —Angélica adelanta un brazo, requiriendo la mano de Pimpinela—. Se vino abajo nuestro mundo. No puedes culparme… Se cerraron las puertas.
—Roberto se casó con su secretaria.
—Déjalos, están bien, ése es su mundo, no el tuyo. Conténtate. Estamos bien, no nos falta nada. Y si nos falta, ya sabes que podemos vender una manzana, ir otra vez de viaje…

—Pimpinela de Ovando.
—¡N'hombre! ¿De los meros apolillados?
Pimpinela amplía una brillante sonrisa. Pasea la vista, con una delectación que sus anfitriones no dejarán de malinterpretar, por la sala. La cáscara californiana —ventanas de colores con marcos de poschurriguera, abundancia de rejas, pisos de azulejo— está rellena de muebles en estilo moderne: *patas niqueladas, asientos de caucho, mesas de laca roja; y la docena de espejos de todas las formas —estrella, luna menguante, ola, escalera—. La dueña de la casa, con visible entusiasmo, maniobra las persianas.*
—Están decorando precioso en México —suspira Pimpinela.
—Disponga, es su casa.
—¡Qué pintura deliciosa!
—No se crea; apenas una de las primeras cosas que compré.
—Un Tiépolo, se diría. Algo de esa gracia densa, crepuscular, de Venecia…
—Eso, eso, eso es. Venecia al atardecer, el crepúsculo, pues.
—Hmmm —Pimpinela desparrama su sonrisa sobre los anfitriones—. ¡Qué agradable! Hace mucho que no visitaba algo tan chic.
—Eso es.
—Usted que es connoisseur, *general, se interesaría en unos cuadros que yo tengo. Claro, datan del siglo* XVII *y han pasado de generación en generación, pero tratándose de usted…*

—Podemos tutearnos, ¿verdad?
—¡Pimpinela! He aprendido a apreciarla… a apreciarte tanto… —Silvia Régules sirve dos tazas humeantes de té.
—¿Limón?
—Gracias.
El atardecer entra oblicuo, por los anchos ventanales de la mansión de Las Lomas de Chapultepec y cae, en una coronación intangible, sobre la cabeza y los hombros de Pimpinela.

—Tus sugestiones para el party de la otra noche fueron espléndidas, sencillamente espléndidas, Pimpinela. No sabría cómo pagarte...
Pimpinela da dos pequeñas palmadas sobre la mano de Silvia. —Olvídalo. Da tanto gusto, en el ambiente de México, encontrarse con una mujer como tú. La distinción no se aprende, Silvia querida. Sabes, después de haberlo perdido todo con la Revolución, no tenemos más riqueza que la de encontrar gentes iguales a nosotros, con las cuales pensar, un poco, que nada se ha perdido, que los dones de la discreción y la elegancia...
—Pimpinela querida...
—En fin: encontrar espíritus afines.
—Tu amistad significa tanto para mí —*Silvia respinga un poco más su nariz y se acaricia el cuello y los pendientes.*
—Ya ves, Roberto siempre está cargado de trabajo, el pobre. De la Presidencia lo llaman a cada rato. Ya es consejero de quién sabe cuántas compañías.
—Sí, ya sé lo que es eso. Mi padre llevó una vida semejante. Pero todo eso se acabó para nosotros, Silvia. Nosotros fuimos alguien, ¿sabes?
—¡Pimpinela! ¡Fue horrible! —*Silvia se lleva la mano a la garganta y abre desmesuradamente los ojos*—. Todos esos asesinatos y esos curitas matados. Y los robos, los robos. Todas aquellas haciendas preciosas.
—Sí, todo es cierto. Pero te repito: es la amistad lo que importa conservar, no los bienes. La amistad, la distinción, la elegancia, los verdaderos bienes del espíritu.
—Sí, sí, Pimpinela. Eso es lo que siento contigo. A veces me desespero tanto, sola aquí, con los niños en la escuela y Roberto trabajando hasta las diez de la noche.
—Cuenta conmigo. Podemos salir cuando quieras, a dar la vuelta, a un cine, a tomar la copa.
Un claxon insistente penetra hasta la sala. Pimpinela saca su espejo de mano y se polvea.
—Ése es Pierrot Caseaux que viene por mí. Nos veremos mañana, ¿verdad?
—Sí. —*Silvia vuelve a los pendientes y sorbe una lágrima ficticia*—. ¿Pierre Caseaux, ese chico tan guapo que sale retratado cada rato en los sociales?
—El mismo. ¡Es encantador, y con la ventaja de que no tiene otra cosa que hacer que pasear a sus amigas, es divertido! ¿Quieres que te lo presente?

—Norma, Norma, si no fuera por la amistad que nos une...
—Para eso es, Pimpinela, ¡no faltaba más! Cómo no voy a atender tu asunto, si es el mío, si yo pasé por eso. Yo tuve la suerte de casarme con Federico, y eso me solucionó todos los problemas. Cómo crees que no voy a ayudar a una amiga de mi clase...
—Sí, eso nos salvará siempre, Norma, esa fidelidad a nuestra clase. Hay quienes no lo comprenden.

—Cuenta con lo que quieras. Hoy mismo le hablaré a Federico. No le gusta que me meta en sus negocios, pero por ti haré cualquier cosa.
—Tía Lorenza quedó encantada contigo.
—Es una monada. Me recuerda a mi madre, que en paz descanse.
—Dice que cuantas veces quieras la vayas a visitar; que le recuerdas su juventud.
—¡Qué monada! No cabe duda que las gentes que se han criado igual acaban juntándose. Sobre todo en este ambiente tan inmoral. ¿Qué te parece lo de Silvia y Caseaux?
—No hay que culparla. Vivía sola, sin la menor atención de su marido, sobre todo en esos pequeños detalles que tanto cuentan.
—Yo vivo igual y no me quejo ni ando buscando padrotes, tú.
—Ahí está la diferencia, claro. Tú eres gente decente. La decencia da fuerza.
—Seguro que ya la llevó a la hacienda esa, ¿verdad?
—Por supuesto, van todos los week-ends.
—Vivir para ver. ¡Qué gusto tenerte a ti de amiga, Pimpinela, tú que estás por encima de toda esta pelusa!
—Son cosas que no se aprenden, Norma... así nos criaron.
—Y no te preocupes por nada; ese asunto se va a resolver a tu favor. Me dejas apuntado lo que quieres, ¿verdad?

Pimpinela se levantó del diván y encendió las luces; la aguja saltaba del disco, repitiendo un chillido agudo de violín: era, sin embargo, parte de Vivaldi, pensó Pimpinela y dejó que el ruido se siguiera repitiendo, infinitamente, mientras ella se detenía frente al espejo a observar su elegancia rubia, su cuerpo delgado, su severo sastre negro, sus manos tensas sobre los muslos, su nariz aguileña, los dos ojos metálicos fijos en el reflejo, los surcos que comenzaban a hundirse en la barbilla altanera. Quiso recoger, detrás del vidrio, toda la minucia de su casa infantil, iniciar otra vez el recuerdo... "Señora, la niña Pimpinela no quiere comer"... "No tienen derecho a juzgarme", dijo, y volvió a apagar la luz mientras la aguja continuaba chirriando sobre el disco rayado.

El rostro catalán, de hachazos, se enfrenta a la cara gastada, redonda y rojiza. La mujer del rostro de hachazos está sentada en una silla tan rígida como sus propias espaldas, y en la pequeñísima estancia lucen fotos viejas, dos reproducciones de Los Caprichos, una fila de libros ojerosos: Prados, Hernández, García Lorca, León Felipe, Altolaguirre.
—¿De manera que lo habéis visto?
—Vamos, señora, ver es un decir… ya estaba tan malo su esposo… no lo hubiese usted reconocido.
—¿En qué lugar?
—Hombre, en las cercanías de Tarragona. Pero ya era otro. Nadie lo hubiese reconocido.
—Cumpliré pronto trece años en México, se olvida usted.
—Vamos, ni así. En fin, ya era otro, no era el mismo.
La mujer rígida, alta, sabe que el hombre redondo y colorado no la entiende. Ella quiere decir: su rostro es el mismo para siempre, es el rostro del miliciano, tostado por el sol, con el máuser oxidado al hombro, es ese rostro perdido que se voltea para decirle el último adiós, agitando la gorra mientras el aire de San Feliú mezcla Mediterráneo y Pirineos y todas las voces, de pueblo y milicia, cantan… en el frente de Teruel, primera línea de fuego… y los ojos cenicientos de Pablo se alzan hasta el balcón donde ella permanece con su mejor sonrisa, se alzan sobre el ruido de la marcha y las voces y el cruce de aires, de montaña y sal, y a ella le dirigen su canto raspado, de espuela y trinchera… si me quieres escribir, ya sabes mi paradero, en el frente de Teruel… Nada cambiará ese rostro: la mujer catalana con el perfil de hachazo lo sabe:
—No venirme con pamemas. Hable de una vez.
—¿Trece años en México, señora?
—Van a serlo. Ya veis, una tienda de dulces y allá vamos sin pasar hambres. Nada se nos ha negado. Ahora somos de aquí y de allá. Dos patrias siempre son mejores que una. ¿Y vosotros? ¿Escapasteis? ¿Cómo?
—Vamos, andando. De noche. Hasta la sierra de la Pena y de ahí a Jaca. Luego por lo

más alto, para bajar a Francia, a Laruns. Nada más. ¡Y que reviente el Moro barrigón si puede caminar lo que yo he caminado!

—Sois bravos, como siempre.

—Séalo usted también, señora, que dejé muy malo a Pablo en el campo.

—Él sabrá aguantar. Aguantó los stukas, ¿por qué no ha de aguantar las aluvias podridas de Franco? Aguantó Teruel y Guadalajara y el sitio de Madrid. Así es mi Pablo, sabedlo. ¡Qué cosas tenéis! Si él sabe que lo estoy esperando aquí, que para mí trece años… vamos. Eso me dijo cuando salía cantando de San Feliú con la milicia. Ya sabes mi paradero. Yo aquí; él allá: es lo mismo. La distancia no se mide por los mares.

—Señora… no sé. Pablo ha muerto. Quiso protegernos las espaldas. Lo acribillaron los guardias. Nos salvó la vida: creyeron que era sólo él. Era un valiente.

La voz atropellada del hombre redondo pasa por todo el cuerpo de la alta mujer rígida con ojos de ciruela y manos largas. Una percusión de escenas: despedidas, llanto limpio, fugas, soldados escondidos, caminantes por la nieve, cantos, rostros de meseta y de costa, de Navarra y Valencia, de Castilla y Extremadura, botas y alpargatas, vino y cebollas, los rostros de la única historia honrada y pura hasta la raíz, de la única prueba absoluta del hombre concreto, rasgan los ojos de la mujer. Las manos largas empujan su cuerpo fuera de la silla rígida. La voz apagada espera algo más.

—Ya le he dicho que la distancia no se mide así. De pie, señor, de pie… y cante conmigo, cante como antes, cante para despedir a Pablo.

La voz apagada de la mujer con el rostro de hachazos, la voz ronca y quebrada del hombre redondo y rojizo apenas se escuchan en la pequeña sala de la calle del Nazas: con el quinto quinto quinto, con el quinto regimiento, madre yo me voy al frente, para las líneas de fuego…

Aunque me espine la mano

Durante toda la cena, Robles se dedicó a hacer reminiscencias de su vida política. Sólo al tomar la copa de vino cortaba su flujo de palabras y Norma, ya mecánicamente, cumplía la lección y se dirigía a Ixca Cienfuegos:

—¿Ya leyó usted a Curzio Malaparte?... ahora viene un ballet hindú a Bellas Artes... el domingo pasado, en el Jockey... en fin, la dignidad y la discreción exigen ciertas cosas... cenamos Federico y yo con Su Alteza y la Condesa Aspacúccoli... tuve la suerte de encontrar un Orozco impresionante... encargamos ese bibelot de Bruselas...

y dejaba de hablar en cuanto su marido volvía a colocar la copa rosada sobre el mantel:

—Le iba diciendo, Cienfuegos, que nuestra borrachera con el petróleo ya debe acabar. No poseemos las capacidades para conducir exploraciones permanentes y en gran escala. Poco a poco, disfrazadas pero seguras, las compañías extranjeras tendrán que regresar a darnos su saber técnico y su dinamismo. De lo contrario, tendremos que seguir un proceso de industrialización lento, frenado por el afán patriotero de gritar que el petróleo es nuestro. El bienestar definitivo del país, se lo digo, está por encima de cualquier satisfacción patriotera.

Cienfuegos observaba en silencio este juego y se divertía contando los minutos, casi equivalentes, en que se desarrollaban sus fases en contrapunto. En una cabecera, la figura plomiza de Robles, rígida y lenta, y en la otra, la languidez natural y rubia de su mujer. Al finalizar, Robles encendió un puro y pidió permiso para retirarse:

—Tengo una junta extraoficial, pero todavía es temprano. Norma, atiende al señor Cienfuegos, ofrécele un licor. —Y con un abrupto movimiento de cabeza, se despidió.

—¿Cognac, menta, anís...? —inquirió Norma mientras se frotaba una muñeca sobre la otra, repitiendo los movimientos que hacía al perfumarse.

—Sí... un cognac —dijo, mirándola fijamente, Ixca Cienfuegos.

El silencio se prolongó; Norma preparaba la bebida. Y por varios minutos más, Cienfuegos calentaba la copa.

—No tiene usted ninguna obligación de quedarse —dijo Norma suprimiendo un, sin embargo, notorio bostezo—. Si he de serle franca, estas situaciones no son sino muestras de confianza que me da Federico. Las inició desde que nos casamos, figúrese.

—¿Le han servido de algo?

Norma rió: —Hoy sólo se engaña a los maridos por puritito sentido del deber. Y a mí me gusta hacer las cosas con peligro o alegría, ¡ja!

Había algo incómodo, tieso, en toda la estancia de muebles forrados de brocado azul que no hacían juego con la arquitectura colonial y con los vitrales ilustrados por escudos de armas que acompañan a la escalera en su ascenso. Una extraña mezcla de estilos señalaba a toda la mansión: paredes de imitación piedra, pintadas de un marrón amarillento, un balcón en el segundo piso, nichos para diversas vírgenes locales —los Remedios, Zapopan— lado a lado con bustos romanos y estatuillas chinescas. Los cuadros de Félix Parra que Pimpinela les había vendido a los Robles, y que en otra época decoraron el vestíbulo de la casa de Hamburgo. Algunos bibelots y un piano de cola; grandes espejos de patinación postiza. Los sofás de brocado azul y añadidos de madera labrada. El piso de mármol, los candiles del comedor, las rejas de las ventanas, todo parecía desentonar con la elegancia al día de la dueña de la casa, con su vestido y sus joyas. Cienfuegos pensó en este lugar mestizo del encuentro de Federico y Norma. Su mirada, fija, concentrada, no varió:

—Usted ha servido a su marido.

—Se lo acabo de decir: no hay mérito alguno. A mí me gusta hacer las cosas...

—No, no me refiero a eso. Quiero decir que Robles ha conseguido de usted lo que quería al casarse. Pero —dígame si me paso de la raya— ¿usted ha sabido aprovecharlo a él?

—No se preocupe. Creo que somos gentes de mundo. Y nada pierdo con decirle que me casé con él porque estaba arruinada. Mi familia perdió todo en la Revolución...

—Conocí a su hermano en el Norte, Norma. Entonces ganaba muy pocos centavos en aquella mina. Puede que ahora, de bracero, le vaya mejor.

Norma sintió que con sólo arquear la ceja y reír, como lo hizo, no lograría disfrazar su repentino malestar: —¿Es usted chantajista de profesión, señor Cienfuegos?

—En cierto sentido... Quiero decirle que conmigo no tiene usted que fingir. Acépteme así, o córrame ahora mismo.

—Ya se lo he dicho: peligro... o alegría.

—¿Qué le hacen sentir estos nombres: Santa María del Oro, Rodrigo Pola, Pedro Caseaux, la hacienda de San Fermín, Natasha, Pimpinela de Ovando: peligro, o alegría?

—Si quiere usted llamarme nueva rica, o social climber, o prostituta, me dan risa —dijo Norma al encender un Parliament—. Si quiere llamarme esnob, me da tristeza. ¿Quién no es esnob de alguna manera hoy en día?

—¿Y usted, de qué?

—Yo, pues de nombres y dinero y de sentirme que soy lo mejor que puede ofrecer este país. ¿Usted sabe lo que es arrancarse a la vida cursi de la clase media mexicana? ¿Usted sabe lo que es estar condenada por quién sabe qué reglas a ser mediocre, modesta, mal vestida, avergonzada de una misma, triste, tristísimamente casta hasta cuando se pierde la virginidad? Yo me crié en ese ambiente, y de haberme dejado, hoy vendería lociones en un almacén y viviría ilusionada por ir a un cine los sábados. Llámelo esnobismo, o talento, o afán de vivir, pero aquí estoy yo y allá abajo quedaron ellos.

Norma se puso de pie: —Le prohíbo que los mencione... Lo haré yo: mi madre y mi hermano. Ellos no pudieron, o no tuvieron lo que hace falta. Y esas victorias se ganan solas, no se pueden compartir. Si eso es esnobismo, me siento orgullosa de serlo. Ahí está.

—Quizá el esnobismo sea algo más grave de lo que usted dice. Quizá no sea sino una forma de ceguera del espíritu: considerar todas las cosas en sí, sin atributos. El esnob intelectual que sólo considera la inteligencia en sí, el esnob social como usted, el esnob de la ignorancia para quien no saber nada es un signo de superioridad, el esnob físico, el de la clase que usted quiera, vacían de contenido todas las cosas. Las que ellos prefieren son buenas; las que rechazan, malas. La mitad del mundo se les muere en la indiferencia. El mundo, sin embargo, nunca es una mitad, la mitad que nosotros quisiéramos. Pero volviendo a usted: yo sólo quiero llamarla Norma Larragoiti, la mujer que ha permitido a Federico Robles afirmarse frente a los otros, encontrar su diferencia frente a los que dejó, y superar todas sus vergüenzas. La cómplice.

—Tiene usted gracia. ¿Por qué no le dice eso mismo a Federico? Él es un *self-made man*. Yo, pues yo sólo he cumplido mi propio destino, aparte del de Federico. Yo sólo le sirvo a mi marido como hoy en la noche: hablándole de Malaparte a desconocidos.

—¿Lo cree usted, o no se da cuenta? Piense, Norma, que es usted la auténtica soldadera: ¿Cómo, sin usted, sin su estilo ficticio de amistades, sin su tipo ficticio de conocimientos marginales, pudo haberse desprendido plenamente Robles de ese pantano opresivo —y no digo esto con desprecio, sino, digamos, atestiguando un espesor, una succión hacia el fondo que hay en nuestra vida popular— de su origen? ¿Cree usted que le hubiera bastado el dinero y el éxito para hacerlo?

Norma se acariciaba la mejilla: —Casi repite usted las palabras que yo misma le dije cuando lo conocí. —Sus ojos y su boca formaron una caricatura de la ingenuidad—: "Hay que disfrutar de este México nuevo, alegre y cosmopolita, ¿no le parece? Hay que disfrutar, señor Robles, porque todo mundo tiene derecho a gozar después de trabajar toda la vida. ¡Pero hacen falta hombres de veras, con quienes disfrutar! Una chica decente, como yo, conoce tanto pelele sin personalidad, y tan pocos hombres con carácter a los que podría ayudar, pues en mil pequeños detalles. La vida social. La ropa. El buen gusto. El verdadero disfrute de los bienes verdaderos de la vida, ¿no le parece, señor Robles?"

Ixca y Norma rieron juntos. Ella, con movimientos alegres, se sirvió una copa. La chocó con la de Ixca, y ambos volvieron a reír mientras se daban la mano.

—No crea, Cienfuegos, hace bien soltarse el pelo. Me cae usted bien.

—¡Cuidado! Recuerde el terrible chantaje que puedo hacer con el bracero Larragoiti.

—*Touché.* Pero ya lo sabía usted. Y ninguno de estos cretinos que me rodean se había logrado enterar de ese complejito. Pero no le creerían si fuera con la intriga. Pueden más mi *pose* y mis alhajas que todas sus palabras.

—Ya ve usted que nos separan menos cosas de las que podrían unirnos.

—Si no sospechara algo más sobre usted de lo que usted mismo sospecha, le diría que se acerca peligrosamente a lo cursi.

—Derecho al talón. Pero déjeme insistir: si un estadígrafo con imaginación quisiera clasificarla, la colocaría en la columnita de las novedades, y bajo el título de "intermediaria social".

Norma bebió de un golpe el cognac. —La Procuratrice des Hauts Lieux, dat iz mi…

—Me imagino que Robles supo instintivamente —en nuestro país este adverbio suple todos los defectos de la inteligencia— que ni su dinero ni su éxito bastaban. En la otra orilla estaban los que, con más experiencia, sabían que la nostalgia de pasadas grandezas y los títulos apolillados no dan de comer. *Ergo,* Norma Larragoiti.

—¡*Ergo* Norma Larragoiti! Social Climber Number One! ¡A la bío, a la bau!

Los ojos de Ixca brillaban, seguían el ondular del cuerpo delgado y flojo de Norma sobre el sofá. Ixca, con un mismo instinto voluntario, aflojó y volvió tensos sus músculos. Sentía una potencia fluida en cada órgano, que le nacía de las piernas, recogía su fuerza en el nudo de sexo y vientre, le ascendía y huía de sus ojos, en una corriente cargada, hacia los de Norma y su nudo, sus piernas. Norma fijó los ojos, los sintió opacos y rompió con una risa el primer encantamiento, mientras se acariciaba la mejilla:

—Sabes, Ixca, cuando me dijo Federico que venías a cenar, creí que eras mujer, ¡con ese nombrecito! Y ahora vuelvo a pensarlo. ¿De dónde sacaste esa cara, rorro?, ¿por qué no te peinas de crew cut? A ratos pareces gitano, encanto, y al rato te me conviertes en una especie de guadalupana feroz.

—Óyeme, Norma…

Norma lanzó los brazos al aire; se pasó, desde lo alto, la mano por el cabello revuelto y rubio: —Ay, ya chole. "Instintivamente, los de la otra orilla se convirtieron en jocoque" —decía con la cara fruncida, imitando los gestos y la voz de Cienfuegos. Pero sabía ya que sus habituales actitudes no bastaban en esta ocasión, que Ixca Cienfuegos no era Rodrigo Pola: abrió los labios, los humedeció y cerró los ojos. Cienfuegos arrojó la copa al piso. El cristal pulverizado no afectó la actitud de Norma

"No debo permitirle que diga lo que me quiere decir ¿por qué él y ningún otro? mi mundo está hecho, me costó trabajo llegar aquí y ahora sólo quiero gozar de todo lo que tengo —y este hombre quiere decir palabras, palabras que me hagan desear más y más, y más, hasta que estalle; y yo no puedo callarlo con mis palabras, sino con mi cuerpo y nunca he sentido mi cuerpo tan peligroso y tan alegre como ahora, nunca, ninguna de las dos veces, la vez de Pierre y la vez de Federico, la misma vez repetida y monótona y mi cuerpo va a pedir y a hablar solo, sin que yo lo quiera, sin que yo quiera nada porque yo ya estoy arriba, donde nadie puede tocarme ni hacerme daño, y ya no puedo llegar más arriba porque me destruiría y estallaría, sí, y estallaría, sí, y estal"

Ixca arrojó la copa de Norma, también la hizo estallar

"Tú eres el amor como la muerte, más, como océano, capaz de contener a millones de cuerpos en su fondo, de tragarlos y nunca devolverlos"

"Amor como la muerte, más allá de nosotros, el que no podemos manchar, Ixca, el amor expulsado de la vida, llevado a su mundo y a su muerte, intocable para nuestras manos sucias"

"Porque un día es posible —¿lo has pensado alguna vez, Norma?— que ya no estés aquí, que ya no haya nada que le diga a los demás: ésa es Norma Larragoiti (que ya no te recuerden ni te busquen ni sepan nunca que Norma Larragoiti existió un día y vivió en lo más alto)"

Norma abrió los ojos y recorrió la figura de Cienfuegos, de pie, con los puños apretados y las piernas abiertas. Quiso descubrir en su actitud humildad, gratitud: lo que los demás le ofrecían cuando buscaban a Norma.

—¿Hay algo que no podemos tocar, donde somos lo que mereceríamos ser?
—Hay algo...
—¿Por qué lo crees?
—No lo creo. Lo acabo de sentir, junto contigo.

Norma se sintió, blanda y delgada sobre el *couch,* un poco despreciable. Sentía una pérdida de dominio; escuchaba, todavía dentro del cuerpo, imperceptible para Cienfuegos, un jadeo de animal herido y gozoso, una existencia radical de cada minúsculo poro, de cada poro y tejido palpitando en órganos, de todo el cuerpo que aquí, en su vida, a nadie había ofrecido con verdad y que ahora quería otorgar en un amor muerto, que ni ella ni el hombre pudieran tocar, un amor más allá de quienes lo practicaban.

—Dime "Te quiero" —angostó los párpados Norma.
—¿Por qué no vivir en el fondo del mar?... Hay tanto campo...
—Dime "te quiero, te quiero, te quiero"...

Norma sabía que nunca escucharía esas palabras. Sólo sabía del flujo oscuro y magnético que corría desde el centro de Cienfuegos hacia el de ella. De pie, apretó contra el suyo el cuerpo de Ixca y sobre sus labios cayeron los de él. Las lenguas se enlazaron mientras Norma buscaba la espalda tensa de Cienfuegos para allí clavar las uñas, e Ixca sentía los senos sueltos de Norma, calientes bajo la lana y luego, con los dedos, buscaba el pezón erguido y débil.

"Así soy", rió con una voz de murmullos, detrás de los labios de Ixca, Norma, y hundiendo aún más las uñas en la espalda del hombre y con un tono grave y espeso, sólo con la garganta: *"Sólo tú lo sabes ahora".*

Cienfuegos contaba números mientras se prolongaba el beso; masticaba la lengua de Norma, conocía ya todos los pliegues de su boca. Entonces ella se desprendió, lo alejó con los brazos y preguntó con una mueca feroz: —¿Qué tiene mi marido que no tenga yo? Dímelo ahora.

—El poder. Y saber cómo usarlo —dijo Ixca, saboreando la pintura labial.
—Ven conmigo —Norma lo tomó del brazo, y, perdiendo voluntariamente todo sentido de locomoción, golpeándose contra el barandal, riendo y acariciándose el pelo y arañando los brazos de Ixca, le hizo ascender. Abrió la puerta de la alcoba.

—¡El poder! ¡El poder! —decía a carcajadas mientras se quitaba los zapatos y el vestido—. ¿Ves? Nada. Sólo tú lo sabes.

Norma se paseaba las manos por el talle; extendió los brazos hacia Cienfuegos: —Te juro que no me he acostado con nadie más que con mi marido desde que nos casamos.

Ixca estaba frente a ella de pie, tenso y fugaz, en la oscuridad, como una llama, que sólo por obra de la oscuridad brilla, pero que aun sin ella se consume: —Y lo has hecho con miedo.

Norma se cubrió los senos con las manos, frente a Ixca: —Sí, miedo. Mira mi cuerpo, tócalo, y luego míralo a él, y dime si no me ha de dar miedo pensar que puede hervirme en la barriga otro igual a él... dime —Norma se dejó caer en la cama.

—¿Quieres uno como yo?

—No, ninguno... ven, Guadalupe feroz...

Cienfuegos tomó asiento en la cama y colocó la mano sobre el cuello de Norma. —Escúchame, desdichada, ¿quieres mi cuerpo o mis palabras? Yo no tengo sino palabras, hasta mi cuerpo es de palabras, y esas palabras pueden ser tuyas.

—Ixca, me lastimas.

—Voy a apretar hasta que la lengua se te paralice como un aguacate negro. Óyeme... tú no necesitas carne, quieres palabras, palabras para oprimir y palabras que regresen a ti convertidas en dolor de otros. No tienes derecho a sentirte satisfecha de ti misma, porque no se quiere lo que tú me acabas de decir que querías —el dinero, los nombres, el sentirte lo mejor de México— por sí solos, sino para usarlos. Tienes que ser tú, tú entera y con todas las consecuencias de tu vida, ¿me entiendes, no es eso lo que quieres?

Un gemido sin articulación escapaba de los labios de Norma, pero sus ojos no lanzaban miedo, sino un desprecio cercano a la avidez. El cuerpo, desnudo pero sin voluntad, perdía todo su atractivo, inerme.

—Toma el poder, te pertenece. No necesitas otra cosa. Y yo no te daré el gusto de que sientas mi carne hasta que te tragues todas mis palabras, te den náuseas y te embaracen como a un pulpo, hasta que las hagas tuyas.

Ixca volvió a clavar los dientes sobre los labios de Norma, hasta arrancarles sangre. Norma dejó escapar un nuevo gemido, involuntario, prolongado, fabricado de tiempo más que de ruido y abrazó con una fuerza nueva, fuerza de la primera entrega, entrega sin razón, poblada de ojos dormidos, lastrada por el azar y la locura, a Ixca. Las uñas en la carne, la boca gimiendo, los ojos implorantes, Norma sintió que una marejada de sol la levantaba y la arrastraba y la dejaba caer en una estela de ceniza honda y aérea que corría sola, a espaldas de ese sol, esclava de su ruta, y volvió a clavar las uñas y los labios mientras el aliento de Ixca Cienfuegos entraba, como un escape de vapor, a su oído: —¿Lo harás, Norma, lo harás?

Y no su voz, sino todos los ecos de ese nuevo mundo realizado en un instante, mundo de ojos dormidos y azar y locura, contestó: *"Haré lo que quieras, pero me harás tuya una y otra vez, ¿verdad?"*

Cienfuegos pensó que Norma se haría, y se destruiría a sí misma. Con los ojos abiertos buscó con su lengua la otra para hablarle desde dentro a la mujer, acre en los acentos de pasión de sus axilas, con una voz que sólo así podrían escuchar los dos, y ya no sentía las uñas de Norma que penetraban más y más en su carne hasta abrirla y rasgarla y gemir: —Dime te quiero, te quiero, te quiero.

El padre, la madre, la abuela y cinco niños llegan al puerto de Acapulco en un Chevrolet 1940 cuajado de lodo y olor a vómito y cáscaras de plátano. Los niños gritan al ver, por primera vez, la franja verdosa del mar. "¡A callar, escuincles babosos!" "No tienes por qué ponerte así, Pedro. Es natural." "Si usted siempre ha sido de lo más considerado —respinga la abuela—, de lo más fino en todo, cómo no. Luisa, ¿recuerdas a aquel joven tan guapo que te cortejaba antes de que cayeras con este… con este hombre tan considerado…?" "Cállese la boca, señora, si no quiere que le falte al respeto —aúlla, desde el volante, el hombre colorado de cerdas canosas—. Usted se olvida de que yo anduve con las fuerzas de Maytorena, y si ya no tengo que cuerear a un cabo borracho, todavía puedo hacérselo a una suegra metiche y loca como usted." "¡Usted no ha peleado en más batallas que las que yo le he dado, lépero!", grita la abuela desde el asiento posterior, inundada de niños sucios y despeinados. "¡Señora! ¡Mi paciencia tiene límites!" "Ándele, pelado; cuando pienso que Luisa pudo…" "Está bien, mamá. ¿Qué tal estará el hotel adonde vamos, Pedro? Ojalá no tenga piscina; me da tanto miedo que uno de los niños…" "¡Ah, cómo no! Nomás faltaba que después de dejar todos los ahorros del año zambutidos en este esquilmadero, se nos ahogue uno de los mocosos. Mira, Luisa, vámonos regresando. Ya veo lo que va a ser esta vacación. La vieja loca repelando…" "¡Lépero! ¡Así lo han de haber criado!", gruñe la abuela de chongos alborotados y mejillas temblorosas. "… tú sin descanso por cuidar a los escuincles…" "Y tú sin oportunidad de parrandearte, ¿verdad?", comienza a lagrimear la mujer morena y delgada. "No es eso; saca la cuenta; treinta pesos por persona con comidas, multiplicado por ocho… ¡es la ruina, Luisa! Y las propinas, y los meseros tan altaneros, y que su paseíto en lancha, y que su agua de coco, ¡francamente, es el cuento de nunca acabar!" "Entonces, ¿para qué nos prometiste?" "¡Poco hombre! Si Luisa se hubiera casado con…" El puerto sofocado, su olor a pescado corrupto y gasolina, brilla a cada lado del viejo Chevrolet. Los niños gritan y empiezan a desvestirse.

Paradise in the tropics

"Este hombre me quiere destruir", pensó Norma, ahora tendida sobre la arena amostazada de la playa particular que, en una breve ensenada de las rocas, brillaba al pie de la enorme casa amarilla de terrazas voladas y toldos azules y plantas de sombra apiñadas en torno al bar de bambú y cocoteros: dos puntos dorados, de luz artificial entre tanta como el cielo quería otorgar. Lo pensó ahora, cuando las olas se acercaban tímidas y extenuadas a lamer sus pies, y quería saber que lo creía desde el momento en que conoció a Ixca Cienfuegos. El sol la tostaba, ahora, como en el otro momento de sus recuerdos: Norma levantó la cabeza y vio la de Ixca, lejana en el mar, nadando rítmicamente hacia la playa. Los ruidos, escasos —lejano silbato en Icacos, el saludo ahogado de las golondrinas—, se reproducían con nitidez, con tanta nitidez como la cabeza de Ixca que, ahora, Norma veía como en el dibujo exacto de unos prismáticos. ¿Era esto lo que en realidad quería —se preguntó sin saberlo—: que el hombre la destruyese? Se mordió un dedo. ¿Por qué esa palabra precisamente, destrucción? ¿No se trataba, simplemente, de una demanda de otro tipo? ¿Qué había esperado de los otros? El cuerpo de Ixca surgió brillante de sal y espuma y cayó sobre ella; Norma no pudo hablar: fijó la vista en las huellas de los pies del hombre sobre la arena, y en seguida desató el nudo de su conciencia y se dejó avasallar por el otro cuerpo que reclamaba todo, que perseguía toda su carne para aniquilarla, para agotarla en un espasmo cercano a la muerte: quería gastarla, gastarla totalmente, y no otorgarle palabras o consuelos o la más leve promesa de que, gastada, exprimida, podría contar con otra cosa que con la repetición del mismo gasto sin propósitos. ¿No era esto lo que Norma quería, lo que Ixca afirmaba? Los cuerpos entrelazados y húmedos sobre la arena —la sal y la espuma de él excitando el cuerpo quemado y seco de ella— detenían el tiempo y toda relación futura: era aquí, aquí, todo aquí y ahora, sol paralizado, olas detenidas para siempre un instante antes de estallar, y ella pensando que su entrega era excesiva y creyendo distinguir en el silencio y la exigencia total de Ixca una sonrisa irónica y una compasión apenas disfrazada. Norma alejó el pecho del hombre de los suyos.

—Ahora déjame —dijo Norma con una voz ronca, e Ixca rodó sobre la arena, sonriendo, sin decir palabra, el cuerpo brillante y satisfecho, afirmativo, insultando la carne exánime de la mujer. Pero había en su sonrisa, en su ironía —se dijo Norma mientras con la toalla se quitaba la arena acarreada por Ixca— algo por completo ajeno a la burla, al libertinaje: era una risa seria, una ironía solemne, y era esto lo que la desconcertaba y, gastada, exprimida, la hacía volver sobre el hombre, arrojarse sobre su cuerpo y volver a sentir cómo le era exigida una entrega muda y mortal, sólo para saber qué había al final de todo, en qué razón comprensible se resolvían todos los elementos de la pasión de Cienfuegos. Pero saberlo —supo cuando los labios de Ixca mordían los suyos, no como un regalo, sino como una nueva exigencia de que destruyese sus defensas, dejase de ser, se aniquilase voluntariamente— sería como saber que él se había rendido, que había abierto las puertas a la dominación de la mujer. Era esta incapacidad de rendirse, de permitir una demanda equivalente por parte de ella lo que la agotaba y enloquecía: ¿cómo era posible —una ola grande estalló, por fin, y permitió a las aguas veloces bañar los dos cuerpos— estar radicado en semejante fuerza cuando él no recibía nada, cuando en realidad Ixca se sustentaba sobre un inmenso vacío, un vacío en el que ni la piedad, ni el amor, ni siquiera el odio de los demás, era admitido? Pedro Caseaux se había entregado a ella, ésta era la verdad; al ofrecerse a él, Norma había recibido, él la había carburado en su vida de mujer; Rodrigo Pola sólo había querido lo momentáneo, el cosquilleo y la disipación; Federico Robles había hecho de ella un pasaje intermedio, un instrumento, pero así le había otorgado un lugar en el mundo, un lugar exterior y visible que satisficiera su necesidad más apremiante. Sólo Cienfuegos le exigía todo sin permitirle a ella una sola reclamación. Tenía que haber una explicación final, murmuró Norma puesta la boca sobre el hombro salado de Ixca, una explicación clara e inmediata, que no fuese necesario explicar. Cienfuegos rió, se puso de pie y corrió hacia las olas, a perderse de nuevo mientras ella permanecía, sin fuerza, sobre la faja de arena, aplanada por el gasto sexual. Podría ponerse el traje de baño —pensó— y darle a entender que no estaba siempre a su disposición, desnuda sobre la toalla, esperando a que él regresara de su combate con las olas, a que emergiera rígido y sensual de su contacto con el gran cuerpo líquido, a vaciar la excitación contagiada de una naturaleza potente y cálida sobre su cuerpo mostrenco. Pero no pudo, y buscó la cabeza de Ixca en el mar y deseó otra vez el contacto mortal y la sospecha de la ironía y el sentirse, por primera vez, sojuzgada, esclava de un amo —esto creía pensar, mientras el sol alcanzaba su extrema altura y todos los ruidos minuciosos se ceñían a las alas planeantes de las golondrinas y en la cima de las rocas la casa de Federico Robles se embarraba en el firmamento, amarilla como un melocotón de yeso teñido—.

Natasha, arrastrada por un gran danés de ojos cocidos, presidía la pequeña procesión que caminaba por Caletilla hacia el Bar Bali. Un gran sombrero de *coolie* chino, un pañuelo de seda azul amarrado a la quijada, los enormes anteojos negros, cubrían casi completamente su rostro. El cuerpo se había mantenido esbelto, y Natasha podía lucir unos slacks negros y una camisa de cambaya. Charlotte, un poco más atrás, saludaba con el brazo regordete a todas las caras conocidas que emergían del mar, grueso de aceite y salivas, o que se recostaban sobre petates a lo largo de la breve playa, alguna vez límpida, y que, entonces, era ya el depósito conocido de botellas vacías, cocos aplastados y humanidad aceitosa. Las seguían Bobó y Gus; el primero había perdido la línea para siempre y aún no lo sabía: su estrecho bikini caía, fortuito y ejemplar, como una hoja seca sobre una masa de harina. Gus, envuelto en una bata a rayas, caminaba a saltos, evitando las colillas encendidas. Desde una lancha de motor Cuquis y el Junior, mientras se despojaban de los aqua-lung y los anteojos de buceador que los asemejaban a saurios lisos e intrépidos, agitaron los brazos y gritaron los nombres de los cuatro integrantes de la caravana. —¡De Neptuno a Baco, queridos! —aulló Charlotte, arrugando los párpados que, como una espuma demasiado sólida, rodeaban sus ojos miopes de huachinango, y señalando al bar que, bajo el copete de palma vieja, se cimbraba en un rumor de guitarras y vasos chocados. Natasha amarró al danés a una de las columnas de la cabaña ocupada por el Bali y buscó una mesa vacía. A la una de la tarde, el lugar comenzaba a llenarse de personas en traje de baño y de altos vasos de Tom Collins y Planter's Punch. El eterno trío de guitarristas, detalle inevitable de la expansión mexicana, rumiaba canciones melosas. Todo el que quería ser visto en Acapulco se sentaba a esa hora, hasta atestarlo, en el Bar Bali. Más tarde, irían cayendo, con aires de conquista oceánica, los aristócratas del yacht y la lancha que pasaba, sobre los esquíes, cortando las cabecitas boyantes de los nadadores. Charlotte, Gus y Bobó se abrieron paso hasta la mesa detentada por Natasha. La vieja cortesana bufaba, cercada por grupos sudorosos de jóvenes con copetes altos y rizados, mangas enrolladas hasta la axila, medalla del Sagrado Corazón sobre el pecho, quienes, a su vez, rodeaban a alguna muchacha lacia y teñida que fumaba sin interrupción, no entendía las alusiones y pedía socorro para desprenderse los tirantes del traje de baño.

—¿Vieron a la Cuquis con Junior? —dijo Charlotte al sentarse. —Te juro,

Natasha, que antes había que tener más cachet para amarrarse a tantos millones. Figúrate tú, la Cuquis esta era dependiente en un almacén de perfumes y ahora, ya la ves, en todos nuestros parties, dándose taco con el Junior éste que está podrido en lana y además es un cuerote.

Gus y Bobó llegaron a la mesa: —Otra excursioncita de éstas por las playas selváticas y entrego los documentos, Natasha —gimió Bobó.

—Fuchi, si ahora está requetefeo esto —intervino, mientras espolvoreaba su bata a rayas, Gus—. Acapulco era padrísimo hace veinte años, cuando nadie te conocía y podías correr desnudo por Hornos a las seis de la tarde. No había turistas y todo era virgen, virgen…

—Y tú, chamaco, chamaco —dijo Charlotte—. ¡Ay, Gus! Esto no será Cannes, ni modo, pero para lo que puede ofrecer el pinche país, date de santos. Por lo menos se ven caras conocidas y te puedes dar taco con los ricos. Además, de qué te quejas. Sale en los periódicos que viniste aquí, que anduviste en el yacht del Junior, que te fuiste a la fiesta de Roberto Régules. Todo eso se traduce en devaluados, entérate. Regresas a la Gran Tenochtitlán y te llueven las invitaciones, haces conexiones, ¡prosperas, gordito! No te hagas.

Gus se lamía la sal en los labios inflados: —¡Qué materialismo, Charlotte! Antes había un poco más de espiritualidad en México. Los intelectuales eran los intelectuales y no se andaban metiendo en chismes con la gente popoff. Ahora no hay más que este revoltijo en que el artista tiene que dárselas de hombre de mundo y las niñas bien de sabelotodo y nadie entiende nada. ¡No somos humanos!

Cuquis y Junior llegaron, empapados, hasta la mesa: —¡Quiobas! Tres alka-seltzers y un rompope para la niña. Ahorita volvemos. ¡Qué divino es el mar, a poco no! —y la pareja corrió hacia las olas, tomada de las manos.

—Después de esta revelación de las verdades naturales, que me sirvan un tequila doble —suspiró Charlotte—. ¿No les digo? "¡Ay, ay, qué divino el mar!" ¡San Pepitón de Huamúchil! Come elle est spirituelle, celle là.

—Es la única manera —Natasha dejó sentir su respiración, nostálgica, mal avenida con los ritmos del trópico—. ¿Cómo empezó Norma Larragoiti? ¿O Silvia Régules? Tu le sais, chérie. Las dos vulgares y de la clase media, que se pescan millonarios a base de decir que el mar es divino y poner los ojos en blanco. Los mexicanos no quieren problemas de otro estilo con sus mujeres. Nada más bobitas que se sientan seguras y contentas con la lana y se acuesten every now and then como cadáveres a recibir sin chistar los chorros de machismo satisfecho…

Bobó y Gus recibieron con un coro de carcajadas esta observación, que fue interrumpida cuando Charlotte, tensa en su perpetua radiación social, agitó el brazo para llamar la atención de Pimpinela de Ovando, que caminaba cubierta por una sombrilla roja y fumando, por Caleta. Su falda amplia y plisada parecía un rosetón entre los jóvenes musculosos que formaban pirámides humanas y simulaban luchas ante los ojillos sonrientes de sus conquistas de temporada.

—Bueno, el caso de Pimpinela es diferente —dijo Bobó entre sorbo y sorbo de un agua de coco con ginebra—. ¡Mira tú que mantener esa dignidad entre tanto pelandufas como trata! ¡Lo que no tendría que hacer para los frijoles, la pobre!

Gus se arropó en su bata. —Y prendida a su virginidad, toda chorita, como si la aristocracia se definiera por el culo. Palabra, Bobó, eso estaba bien cuando México era una aldea y todas las familias se conocían. ¡Pero ahora, con cuatro millones! Francamente, ni quien te lleve la cuenta de los orgasmos.

Cuatro sonrisas recibieron a Pimpinela:

—¡Pimpis querida!

—¡Estás chulísima!

—¡No tienes derecho a contrastar de esa manera con la plebe que ha invadido esta playa! Margaritas a los cerdos.

Pimpinela tomó asiento con su habitual aire de cordialidad glacial.

—¿Qué chismes hay en México? —dijo Charlotte.

—¿Ya descubrieron a qué contrabando se dedica el señor de Cienfuegos? —murmuró Bobó—. Darling! Llevamos una semana aquí, sin leer los periódicos ni nada, dedicados a recrearnos en Mater Natura…

—Brut, 1927… —interpuso Natasha.

—… como para hacernos de desear, oyes. Ya estábamos choteadísimos. Con la pachanga en tu casa, Charlotte, ya fue el colmo. Salí doce veces seguidas en la página social, tú, y al viejito ese todo despeinado que inventó la bomba atómica, ya ves, se muere y ni un lazo.

El regreso de Cuquis y Junior interrumpió la risa que Bobó esperaba como corona de su ocurrencia.

—Hola, Pimpinela —dijo el Junior y colocó una mano mojada sobre el *print* de la aludida—. ¡Chispas! Esto está rete internacional. Ya nomás falta que les caigan Norma y su nuevo amiguito…

El silencio ávido que acogió las palabras del Junior apenas dio pausa para las palabras atropelladas de Cuquis:

—¡Los vieran! Todos amartelados en una playita materialmente escondidísima. Qué tal si no vamos hoy por aquel rumbo, Junior. Aquí se averiguan más cositas que si pusieras un detective a espiar a la gente en México —y Cuquis se tomó, de un trago, los restos de la bebida de Charlotte, quien movía nerviosamente los pies y las manos: —¿Lo conocemos? ¿Lo conocemos? No es que quiera meterme en la vida de los demás, pero si se trata de un hombre casado, habrá que prevenir a su esposa. Está bien que los hombres se den sus escapaditas de vez en cuando, pero con mujeres inferiores.

—P's el tipo aquel que estaba en tu casa, Bobó, uno muy apretado y lleno de frases que nomás nos miraba…

—¡Cienfuegos! —aulló Bobó—. ¡Nuestro contrabandista!

Pimpinela esperó hasta entonces: —Seguro que tras el dinero no va.

—¡No! —eructó Charlotte—. Seguro que es por la tilma de Juan Diego.

Pimpinela se detuvo otro instante, sonriendo hasta saber que todos atendían sus palabras. Los cuatro cuerpos calurosos, sin nervio, y los dos que, de pie, se descascaraban en jirones de carne tostada, adelantaron las cabezas para escuchar el tono bajo y pausado de Pimpinela: —Federico Robles está en la ruina, en serio. Nada más mantiene el aparato, ¿saben?, para impresionar. Resulta que ha tomado todo el dinero del banco para unas inversiones rarísimas que no le resultaron, y anda a la cuarta pregunta, pidiendo prestado para recuperar lo que perdió. Yo, sinceramente, ya fui a sacar mis ahorritos de allí. Imagínense si voy a exponer a la tía Lorenza, con lo poquito que le quedó de la antigua fortuna, a que acabe sus días en el asilo. Claro que esto lo sé de la mejor fuente, y la misma discreción que me pidieron les pido a ustedes.

Las voces de los seis estallaron alrededor de Pimpinela. —¡Y a mí que me embarcó la tal Norma con cerca de mil acciones de no sé qué chivas! —gritó, fuera de sí, Charlotte.

—¡Deja eso! —chirrió Bobó—. A Roberto Régules le ha sacado quién sabe cuántos créditos. ¡Con razón!

—¡Y mi papá le descuenta sus bonos! —gimió el Junior.

Sólo Cuquis se desprendió del azoro general de la mesa y, contoneando su highball, se fue serpenteando a otra. —¡Hola, Cuquis! —le dijo la voz alegre y borracha que la presidía—. ¡Niña dorada, azote de los hombres, Mesalina totonaca!

—¡Mi ocho columnas adorado! —Cuquis abrazó al periodista de la guayabera repleta de puros—. Tú siempre con la flor y nata, como quien dice. —Cuquis dejó caer sus párpados oscuros al recorrer a los amigos del periodista, quienes saborearon, con una sonrisa reticente, el cumplido—. ¡A poco no está divino Acapulco! ¡Y cómo se averiguan chismes!

El periodista, columpiándose sobre su vaso, guiñó el ojo a uno de sus acompañantes: —¡Hombre! Por lo pronto, mañana se sabrá que ya te amarraste al heredero más sensacional de la meseta.

—¿De veras, mi amor? —Cuquis plantó un beso yodado en la coronilla del periodista—. ¡La rabia que van a hacer! Ya ves cómo cuesta ser independiente en México, luego luego te calumnian. Creen que vas a acabar de prostiputa, ¿a poco no? —Cuquis iluminaba su sonrisa, levantaba el brazo, le rascaba el pelo al periodista—. Al Junior me lo andan queriendo matrimoniar con la zonzita de la niña Régules, ¡dime tú!, cuando lo que necesita es una chica con experiencia, que sepa llevarle la corriente y tratar a la gente, dime si no. Y sobre todo que no lo ponga en ridículo, mi amor. —Cuquis se sentó en el regazo del periodista y cruzó la pierna—. Como la Robles, tú, que ya se echó un amante al plato, y eso que el viejo ya se hundió, de plano...

El periodista acercó la oreja a los labios de Cuquis, sin dejar de guiñarle al compañero.

—... ¿qué se te hace? Yo nomás pienso en las gentes que tienen sus ahorritos metidos ahí, tú, es medio como para que te dé el telele, ¿a poco no? ¡Júrame que no lo vas a publicar!

El periodista carraspeó y apretó el talle de Cuquis: —No, monada, mi deber es proteger los intereses del público. ¿Crees que voy a dormir con la conciencia tranquila después de lo que me has contado? Yo mismo ¿no tengo mi cuenta corriente con Robles? No, monada, no. Has hecho un servicio, palabra. Vas a evitar la ruina de muchas familias honradas.

Natasha, de lejos, seguía la maniobra de Cuquis. Más allá, fuera del olor a arena pegosteada sobre trajes de baño y el sudor de los tres guitarristas y el sentido tangible de las grasas y aceites que embadurnaban los cuerpos, pasaban los esquiadores como títeres rígidos y, más allá, se levantaban los mogotes de estuco, de teja y de mosaico, totales en su fealdad sin resquicios bajo el sol.

Cuquis inició, lentamente, el regreso a su mesa. Sus caderas apretadas entre los tirantes del traje rozaban los hombros y las espaldas desnudas.

—Si no se puede hablar de política, mano, qué sería de nosotros sin estos escandalitos —le dijo el periodista a uno de sus compañeros.

El Chino Taboada ofrecía, tirado en un petate, su macizo cuerpo al sol vespertino. Con los brazos abiertos, en una mano detenía un highball y en la otra un puro. Ocasionalmente, bajaba la del puro a los tobillos para rascarse un piquete. Dos algodones le cubrían los ojos. La malla de baño, blanca y con facsímiles estampados de autógrafos famosos, resaltaba sobre la piel quemada. Dos tobilleras enrolladas y un sombrerito de paja roja coronaban sus extremos. Simón Evrahim permanecía en la sombra, con visera, una pañoleta amarilla amarrada al cuello y pantalones baloon de lino. Tiesamente sentado en una silla de mimbre, Rodrigo Pola jugueteaba con un popote y hurgaba tesoneramente en su imaginación.

—Bueno —dijo por fin—. Hay un tema para la taquilla, pero puede que la censura lo prohíba.

—Aviéntamelo —gruñó Taboada desde su expansiva postura. El mar llegaba a los pies de la terraza con un murmullo de alas de pájaro. La tarde se reproducía en sordina.

—Es que se trata de lesbianas... —prosiguió Rodrigo.

—No li hace —intervino Simón—. Lu adaptamus, siñor, las hacemos maxicanas...

Rodrigo, con una curiosa alegría, rió. Se sentía, por fin, superior al medio. Repasó, sin darse cuenta, dos o tres frases de Mediana en la Preparatoria, uno o dos gestos de Norma Larragoiti, escuchó las risas sofocadas del Junior, de Pimpinela, de Bobó. Ahora estaba seguro de que podría dominarlo todo. Cuando Simón dijo "maxicanas", Rodrigo hubiera querido responder "el espíritu santo, el crespón negro de la casa del abuelo". Había recuperado el juego; ¡si le hubiesen dicho a tiempo que sólo faltaba conocer la nueva mecánica del nuevo juego para superarlo todo, intelectuales burlones, novias deslumbradas por la riqueza, madres opresivas! Pues el juego dependía de sus jugadores: una vez en él, era cuestión de tiempo dominarlo, hacerse indispensable.

—Las hacemos mexicanas, señor Evrahim, no faltaba más. Con eso queda resuelto todo: tenemos un tema universal, y las características locales que impresionan al público extranjero. Las dos chicas, ve usted, se crían en ambientes distintos. Una es popoff, la otra humilde.

—¡Es de festival! —volvió a gruñir Taboada.

—Perdón, es como si ya tuviera usted el León de San Marcos sobre su repisa —intervino decisivamente Rodrigo—. ¿Qué va a ser de las muchachas? Una lo tiene todo...

—¡Otra no tiene nada —suspiró Taboada—: nació en el arroyo, cuida a sus hermanitos!

—Es goérfana. Sabes, Chinu, hay una vecindad preciusa que puede servirnos. Les damus autoctonidad a esas escenas y nus ahurramus el set.

Taboada hizo gárgaras con el whisky. —La gente quiere realismo, Simón; muy bien. Les vamos a dar en la torre a los italianos. Fíjate: vecindad, ropa tendida a secar, la chismosa, el cinturita, todo el ambiente de los rebeldes sin causa, de la delincuencia infantil...

—Recuerdas que es en tejnicolor —Evrahim movía una pierna con impaciencia y sentía, experimentando con ello un singular alivio, cómo la brisa del mar se le colaba por el pantalón y le ascendía hasta la rodilla—. Hay que poner algo que luzca bonitu.

—Por eso —concluyó Rodrigo— la otra muchacha se cría en este ambiente popoff, en una mansión lujosa, saca ropa elegante y se pasea en un Cadillac convertible.

—¡Preciosu! —Evrahim estiró las piernas para que la brisa le llegara más arriba—. Lo veu todu. Una gran salón decoradu con gladiolas. Gran escalera de mármol. La Venus de Milu en el descansu de la escalera. Da muy bien en pantalla ancha.

Rodrigo se puso de pie, paseándose con la mirada brillante de Evrahim a Taboada, de Taboada a Evrahim. —¿Qué pasa entonces? La niña popoff sale con pachucos en su convertible rosa...

—¡Preciosu!

—... es una loca del mambo, presta su casa para fiestas desenfrenadas cuando sus papás salen de viaje de negocios, empieza a darle a la droga...

Taboada se sentó sobre el petate: —¡No siga, Pola! Lo visualizo todo. La otra, la chamaca humilde, cose en una máquina Singer destartalada para mandar a sus hermanitos a la escuela. Por fin, se organiza una posada y ella demuestra que se las trae como rumbera. Un empresario de teatro la ve...

—¡Preciosu! Papel clavadu para Dido del Mar.

—Mientras tanto, la otra se las truena, se la zampa el padrotito, cae en manos de unos explotadores...

—¡Magnífico, señor Taboada! —Rodrigo trazó un gran círculo con el brazo—. La idea del contrapunto es genial. La muchacha popoff, durante la Nochebuena, se acerca avergonzada a la casa de sus padres. Desde la calle, espía la cena. Llora. No puede entrar.

—Anda vestida con un traje de lentejuelas y medias caladas, ¿a poco no? —exclamó Taboada en el mismo instante en que los algodones se le desprendían de los párpados.

—Eso es. Demasiado tarde. Cruza la calle corriendo. Un camión la atropella.

—Mientras la otra —Taboada masticaba con furor el puro—, la chamaquita humilde, se casa con el empresario.

Taboada se secaba el sudor con una toalla: —¡Es de festival!

Rodrigo volvió a sonreír. Sí, estaba en el juego, pero ya les demostraría quién era él; que lo consideraran lo que quisieran ahora; él les demostraría... él escribiría el gran argumento, los sorprendería alguna vez con la revelación de su genio. Eisenstein, Pudovkin, Flaherty: Rodrigo lanzó una carcajada.

—Vamus despaciu —volvió a mover la pierna impacientemente Evrahim—. Hacen falta galanes para el públicu femeninu.

—Y que canten —gruñó Taboada. Volvió a acostarse, satisfecho. Un mozo, sofocado en su pechera rayada, pasó a colocar cubos de hielo en las bebidas.

—El padrote de la popoff —Rodrigo chupó los popotes con entusiasmo— canta boleros en un cabaret de altos vuelos. El empresario, por el contrario, es un muchacho del campo que en sus ratos de ocio se viste de charro y le lleva serenatas a la muchacha humilde.

—Mientras ella le reza a la Virguen. También hay que ser respetuosus con la religión —dijo Simón con las manos sobre su ancho regazo.

Rodrigo paseó la vista por la explanada de la casa de verano de Taboada. Sobre las mesitas yacían, exhaustos, molcajetes transformados en ceniceros, cacharros de barro, piezas de la cocina indígena. En la cocina —pensó Rodrigo— usarían ollas express y licuadoras. Quiso preguntarle a Evrahim si en las casas de Hollywood exponían sus sartenes y platos refractarios en la sala, pero se contuvo cuando la voz de Taboada volvió a tronar: —¡Ya está! Oyes, Simón, que Rodrigo se quede aquí una semana para escribir todo lo que acabamos de decir. Ya sabes, mano, diálogos poéticos, queremos hacer algo de calidad; por ejemplo, la chamaquita esta, dada al queso, y el empresario se vienen a Acapulco un fin de semana y él hace comparaciones, que si el mar se parece a esto, que si las olas a lo otro, que si tu boca y las palmeras; mientras yo busco locaciones y tú piensas en la producción. Dentro de una semana, podemos empezar los exteriores, y en dos más terminamos la película.

Simón frunció la nariz y se rascó la coronilla. —Rodrigu ya tiene muy bien visualizada la idea. En cuatro días la termina.

—Ándale, codales. —Taboada se puso de pie y empezó a ejecutar movimientos de gimnasia sueca. Las tetillas le brincaban y del pelo, lacio y enroscado en la nuca, le caían gruesas gotas de vaselina. —No te preocupes, mano; oyes, Simón, ¿la extra esa, la chatita que hizo de india oprimida en mi última película, anda libre?

—Pues si nu ya la libertaremus, Chinu.

—Que se la manden aquí al compañero Pola para que trabaje a gusto. ¡Esto va a ser un taquillazo! ¿Cómo le ponemos?

—Wczsyliczylszly es el espertu en títulus. Está en Cuernavacu pensandu unu. Para esu se le paga.

—O. K., O. K.

—A Rodrigu le damus doce mil por ser la primera.

—O. K., O. K.

Rodrigo descansó la cabeza sobre el respaldo de la silla. Cerró los ojos y tarareó un bolero. Sentía a gusto el vaso helado en la mano, la expansión de las arterias bajo el sol, el calor lento y sabroso del whisky en el estómago. El sol se iba poniendo, armonizando los colores de las nubes de manera espectacular, como para agradar en su intensidad estética los sentidos de Evrahim y Taboada. Los dos suspendieron la conversación para rendir un silencioso homenaje a la naturaleza. Rodrigo abrió los ojos y sintió ganas de escribir sobre el firmamento rojizo la palabra "fin".

—Está demasiado picado el mar —dijo Norma desde la silla de lona y hierro negro en el centro de la amplia terraza volada sobre las rocas.

—Mejor; probaremos el velero —respondió Ixca.

Norma no deseaba mover su cuerpo tostado. Cada poro reflejaba la luz del atardecer, y en cada uno, también, mientras se pasaba las manos por los hombros, revivían todas las imágenes de los últimos días, bañados de astro y sal, sobre arenas blancas y bajo un agua aturquesada, y las últimas noches, las únicas noches de amor —se decía en ese momento— que recordaría. Con los ojos a medio abrir, Norma observaba los escasos movimientos del cuerpo oliva de Cienfuegos que, con la mirada fija en el mar, fumaba lentamente con un pie sobre el filo de la terraza.

—¿Has estado contento?

Cienfuegos no respondió. Se dejaba colorear por el sol poniente que se estrellaba sobre sus facciones y su pecho, acentuando la morenía de la piel con un fulgor ocre.

—¡Castigador! —Norma cerró los ojos y frunció los labios—. No te atufes, farouche. Ya sabes que haré lo que tú quieras, que soy tuya.

Ixca sonrió sin dar la cara a Norma. Comenzaba a levantarse, desde el puerto, el rumor eléctrico de los danzones vomitados por las sinfonolas. Una brisa cada vez más intensa crespaba la superficie del mar.

—Ven, Norma.

—Va a soplar mucho viento. Aquí estamos tan a gusto.

—Ven.

Los dos bajaron por la escalinata de piedra hasta el embarcadero. Cienfuegos izó la vela mientras Norma saltaba, con los brazos en cruz, al velero. Boca abajo sobre la popa, vio correr a su lado el desfiladero de roca mientras Ixca maniobraba el velero hacia el mar.

—¡Qué tiempecito!

El mar iba oscureciéndose: el fondo cada vez más negro, el cielo agitado, envolvían a Norma en una placenta de sal opaca. Observaba la espalda de Ixca mientras maniobraba y quería levantarse a mordérsela. Un ansia irrefrenable de morderle la espalda la asaltó, de hacerlo aunque jamás lo volviera a ver, de morderle la espalda como una consumación de todos sus días de amor. Pensó que jamás podría regresar a la casa de Acapulco, que los lechos estaban teñidos, traspasados por la carne de Ixca, la que ahora quería morder. Volvió la cara hacia la costa, cada vez más perdida en la noche y el viento.

—¿Me quieres, Norma? —gritó Ixca por encima del aleteo de la vela.

—¡Sí, sí! ¡Más que a mí misma! —Un rugido ronco envolvió sus palabras—. ¡Ixca! ¡Vámonos regresando!

—¿Más que a ti misma? —volvió a gritar Ixca. Pero Norma no escuchó. Olas cortadas, quebradizas, sin integración, comenzaron a levantarse, a envolver el ligerísimo velero entre dos, tres columnas de agua, ahora concentrada, ciega, sin fondo.

—¡Baja la vela, Ixca!

—¿Más que a ti misma?

—¡Vamos a zozobrar! ¡Baja la vela!

Norma, de rodillas, miró rápidamente a ambos lados: dos curvas altísimas, anónimas, despojadas de luz —más oscuras que el cielo que amurallaban—, corrían, con la boca abierta, a encontrarse; en el estruendo inmediato, Norma se asió con desesperación al salvavidas: sintió que otra mano se lo arrebataba, no con desesperación, como ella quería tomarlo, sino fría y lúcidamente: otra mano que oprimía su muñeca y la separaba del duro círculo de salvación. Norma sintió que otro círculo, intangible, la succionaba y le zumbaba en la cabeza: la oscuridad se pobló de ráfagas plateadas, peces invisibles que surcaban el océano sin otra presencia que su desplazamiento de color sin forma; luego volvió a sentir el aire en la boca y, a su derecha, la respiración de Ixca, asido al salvavidas. —¡Dame, dame! —trató de gritar la mujer: no quiso creer en la sonrisa húmeda, como la de un tiburón incomprensible, que brillaba, en el centro de la oscuridad, en los anchos labios de Cienfuegos. Un nuevo rumor quebrado tronó: otra vez el mundo plateado, esta vez denso como una baba, otra vez las uñas de los pies alargándose hasta un fondo lejano, y otra vez el aire: allí estaba siempre, en el centro de sus ojos, la cabeza brillante apoyada sobre el salvavidas. Norma dio tres brazadas, su sangre inflamada, hasta el círculo blanco y duro: —¡Dame, dame! —jadeaba, arañando el rostro de Cienfuegos, clavando los dedos en el cuello del hombre, sólido como una faja de tierra, machacando y enturbiando el agua hasta abrazar la cabeza de Ixca, hundirla, hundirla, y apretar sus brazos sobre el salvavidas.

El mar se calmó. Las nubes pasaron veloces y tibias entre la noche, y Norma, extenuada, pataleaba hacia la costa, hacia los puntos diseminados de luz. Su propia efigie le brillaba ante los ojos, y la sangre le hervía en el pensamiento de su salvación, salvación de su cuerpo, de todo su poder.

Su barbilla se hundió en la arena. Aflojó los músculos, cerró los ojos. Sólo sentía el entrar y salir de olas suavísimas por los labios. No pudo encontrar palabras para una oración; sólo "Norma, Norma" escurría de su boca a la arena y al mar, nuevamente, el nombre ahogado, el cuerpo a salvo. Y de su cuerpo reptaban más nombres, salían de todos sus orificios pero no se desprendían de ellos, amarrados por un hilillo de baba. "Rodrigo… Pimpinela…" decía Norma cálida y espumosa en la playa, inconsciente, "…Ixca… Rodrigo… Federico…": atados a su cuerpo salvado. La cabeza le volvió a zumbar. Abrió los ojos.

Corrió sin orientación por la playa hasta encontrar una escalinata abrupta. Corrió hacia arriba. Era el camino de la Quebrada. Corrió hacia la puerta de su casa, corrió por el jardín de bugambilias y plantas de sombra, corrió por la sala abierta al mar, hasta su cuarto. No se detuvo a descansar; el peine, la toalla, el lápiz labial, la máscara, corrieron sobre su cuerpo y su cara. Un vestido estampado, zapatos blancos, la bolsa, dinero.

Metió la llave en la marcha del automóvil y salió velozmente a la carretera, corrió por la oscuridad hasta encontrar las luces azules del puerto, el tráfico tardío que ascendía de las playas a los hoteles, los convertibles llenos de jóvenes bronceados, de camisas abiertas hasta el ombligo, de bikinis y toallas arenosas y radios puestos a todo volumen; el pueblo laxo junto a los muelles de la bahía: mulatos verdosos, negras panzonas, niños amarillos, hilitos de pesca infructuosa, vendedores de coco: todos de espaldas a la ciudad, sentados frente al mar; el "cuar-cuar" de las bandadas de norteamericanos con sombreros de paja y faldas de colorines y anteojos oscuros y habanos y cámaras: las luces neón de los bares y los hoteles, el olor a gas y pescado descompuesto, los claxons insistentes, el pitido de los policías, las sinfonolas como acordeones ahogados en el calor; los edificios nuevos, descascarados ya, frente alto y brillantón que escondía tres techos de paja, una niña desnuda, el temblor del paludismo: cuerpos enjutos que caminaban de las playas populares al centro; trajes de baño de lana sobre cuerpos obesos y permanentes deshechos; batas, castillos de arena abandonados, playas cubiertas de colillas y botellas; perros viejos, cansados, calientes, de hocicos cremosos; el mar lleno de aceite, los esquíes aventados, las lanchas bamboleantes: ginebra y ron, batachán, ginebra y ron, batachán, batachán, iba y venía, de Playa Azul a Copacabana al Bum-Bum, el ritmo del tambor tropical, los cuerpos enlazados, ginebra y ron, las axilas al aire, batachán, la contorsión de miembros, la uña blanca y vegetal de Acapulco incrustada en el dedo de alcohol y cemento y dólares. Todo ello respiraba su aliento sobre las mejillas encendidas de Norma mientras su coche corría. Lo detuvo frente a un bar: el techo de palmeras se cimbraba con el cuádruple ritmo de los pies y el bongó, los vasos y la clave. Norma entró y arrojó los zapatos. Entró sola en la pista de baile, con las piernas abiertas, los brazos ondulantes, los labios y los párpados humedecidos de sudor y maquillaje. Un hombre musculoso, crespo, de bigote tupido y ojos oblicuos, la tomó del talle; Norma humedeció aún más los labios, pegó su vientre al del hombre, onduló los brazos sobre su torso.

—¿Tú no bebes?

—Yo sí bebo: que me pongan una hilera de daiquirís, de daiquirís frapé, en la barra —dijo Norma con la voz ronca y alegre.

Mientras bailaba, recogía los vasos y los bebía de un golpe. El ritmo del bongó era ya su ritmo natural mientras iba y venía, bailando, de mesa en mesa, de copa en copa: los demás bailarines desalojaron la pista.

—¡Así me gusta! —chilló Norma dentro de una voltereta de faldas. —¡Que reconozcan lo que vale! ¡Así me gusta! ¡Dejarme sola!

—Está aquí el barquito —le dijo al oído el hombre crespo.

—¿Cuál barquito, rorro?

—El brinco, tú, no te hagas…

—El brinco, pues, no me hago.

La lancha rebanaba el mar: fuera de la zona jurisdiccional, se mecía un yacht blanco con banderitas fosforescentes. Norma subió, bailando, por la escalinata. Un viejo corpulento y enrojecido le cerró el paso.

—Soy yo, el Macaracas —gritó el crespo.

—Come on, boy.

—¿Traes lana? —le preguntó el Macaracas a Norma.

Norma se detuvo en seco, miró los ojos oblicuos y congelados de su compañero, y se soltó riendo a carcajadas; abrió la bolsa de mano y le arrojó tres billetes de mil pesos a la cara: —Toma, pendejo, y aprende a distinguir.

Cayó sobre las mesas de ruleta; el barco se bamboleaba, pidió más daiquirís.

—Aquí hay nieve; ¿no quieres? —se acercó a decirle el Macaracas.

Norma no pudo contener, nuevamente, su risa.

—¡Estoy viva! ¿sabes?

—N'hombre…

—Y no dependo de nadie, ¿sabes?

—Ah qué niña…

—Y puedo jodérmelos a todos, ¿sabes?, a todos…

—Así me gusta, nena.

—Porque soy lo mejor... —Norma se llevó una mano a la sien y se pescó del cuello del Macaracas, reía sin interrupción— ... lo mejor que ha dado México, ¿sabes?

—Pues luego.

—Y los tengo a todos en mi poder, a Pimpinela, a Rodrigo, hasta al muerto que ya se ahogó.

—Vente.

Un norteamericano de barba azul, delgado, nervioso y tocado con una gorra de capitán, abrió la puerta.

—Yo quiero, yo quiero, mi nieve de limón —entró cantando Norma, abrazada al Macaracas, descalza y aérea.

En un corredor de los Tribunales del Distrito, en las sombras del patio interior con sus tableros de citaciones y fotografías de cadáveres desconocidos, el pequeño secretario de juzgado empuja el dedo índice de la mano derecha sobre la palma abierta y amarilla de la izquierda: —Ya sé que me dio usted cuatro mil pesos para arreglar el asunto a su favor, señor, pero las pruebas eran contundentes. No hubo manera de zafarse. —¿Conque sí? —*silba entredientes el hombre gordo y sudoroso*—. ¿A quién le ha visto usted la cara de pendejo aquí?
El hombrecillo demacrado y obsequioso pasa sus manos amarillas por las solapas del hombre gordo. —No se me sulfure, no se me sulfure. Verá cómo lo arreglé.
El aire limpio de septiembre pasa veloz sobre el patio oscuro y musgoso. Afuera, un anciano manco vende códigos de tapas rojas, cancioneros populares y ejemplares del Diario Oficial.
—Le di la mitad, ni más ni menos, al juez de segunda instancia. Ahora que su asunto pase allá, tiene usted ganado el pleito.
El hombre gordo ríe y se seca las gotas gruesas de sudor que ruedan de su Stetson gris. —Ah qué caray. ¿Y cuánto le dieron los de la otra parte por ganar el pleito en primera instancia?
El secretario responde con una sonrisa rota, de dientes amarillos y dispersos. —Cinco mil maracas, mi estimado. Ya ve que sale usted ganando de todas maneras. Y uno... pues uno qué va a hacer con el miserable sueldo que nos dan, óigame. Ya ve usted cómo sube la vida, cada día más. Ya no saben qué inventar. Ahora que dizque la guerra de Corea. Ya ve usted. Cada quien hace su luchita, ¿no? Ya le digo, no se preocupe por nada. Usted ganará el pleito. *El secretario, con un expediente junto al codo raído, corre con premura por el patio, saluda con la cabeza baja a un grupo de abogados, y sube, con su paso veloz de ratoncillo, por las escaleras de piedra gastada de los Tribunales del Distrito.*

La división de las aguas

Mientras caminaba, lentamente, por el campo de golf, Roberto Régules no dejaba de pensar en lo que Pimpinela de Ovando le había comunicado. Una rica gama de verdes procreada por las lluvias con la colaboración de un ejército de jardineros, rodaba a lo largo del campo. Con los ojos grises y los surcos de las mejillas ahondados en la piel tostada hasta el límite del pelo corto, de un rubio canoso, caminaba de regreso hacia el club después de haber suspendido el juego en el noveno hoyo. Detrás de él, un grupo de hombres ataviados con gorras diseñadas sobre el modelo de las de los almirantes norteamericanos del teatro de operaciones del Pacífico, sweaters de angora y cachemira, gruesos zapatos y pantalones de lino y franela, comentaba y reía. Régules frenó el paso para que los hombres lo alcanzaran.

—Se nos cuarteó usted muy pronto hoy, licenciado...

—Sí —sonrió Régules—. Quiero llegar temprano a la oficina.

—Pero si apenas son las once.

—No crea usted, hay un asunto que me preocupa.

—¡Hombre! Todos llevamos negocios muy importantes.

—Éste es urgente. Usted, don Jenaro, me comprendería...

—¿Yo? Ya lo creo... Después del sentón que nos dio Robles a los de Monterrey con esa transmisión de acciones, me va usted a contar lo que es sudar tinta...

—¡Cómo no! —exclamó Régules, jugando con la pelota de golf entre las manos—. Eso se llama falta de probidad. Pero ya ve usted, no hay quien pare a Robles. Yo digo que está bien trabajar por nuestros intereses personales, pero hay un límite: el respeto a los intereses de los demás. El exceso de ambición es peligroso, don Jenaro...

—¡Me lo dice a mí, licenciado! ¿Qué sentiría usted si lo convirtieran, de la noche a la mañana, en socio del bandido ese de Couto, así por las buenas? Pues eso nos hizo Robles; le transmitió su 51% al chinaco ese, y ahí nos tiene usted plantados.

—¡Ah! Fue Couto...

—Ese mero...

—Mi querido don Jenaro: ¿las acciones que Robles transmitió a Couto eran nominativas?

—Por desgracia, no. Todas al portador.

—Usted es muy amigo del grupo de Ibargüen, Velarde y Capdevila, ¿no es así?

—Hombre, no es ningún secreto. Somos quienes somos gracias a...

—Don Jenaro, le convido un whisky para celebrar nuestra sociedad.

—¿Eh? —Un brillo inteligente asomó en las pupilas acatarradas de don Jenaro, y los dos hombres se desprendieron del grupo al llegar a la cantina del club.

Esa misma tarde, Régules estaba en marcha. Su nueva oficina, frente a la glorieta de Colón, ostentaba una barra de cuero y vidrio empotrada a la pared, y desde ella, con un highball en la mano pecosa, Régules, atildado y fresco después del juego y el masaje, telefoneaba sin interrupción. Los ojos de miel cristalina de Pimpinela de Ovando parecían surgir de cada número del disco a medida que la uña de Régules lo arañaba. Recordaba, en esos breves instantes entre cada conversación nerviosa, rápida, definitiva, la figura juvenil de Pimpinela, el día que los presentaron en Sanborn's. Eran los días en que toda la gente bien de México se reunía a tomar el té y a merendar en la vieja casa de azulejos, y Régules, recién recibido, había llegado de Guanajuato lleno de ambiciones: dinero y clase eran sus divisas, y en Sanborn's esperaba encontrar ambas. Creyó que Pimpinela le daría lo segundo; hoy, agradecía que el cerrado orgullo de la familia De Ovando hubiese dado al traste con sus pretensiones matrimoniales. Él mismo —pensaba ahora Régules— se había creado su clase. La divisa era una sola, el primer término del binomio. El dinero daba la clase; su triunfo era más completo imponiendo a su antigua secretaria, Silvia, una muchacha de clase media, como la señora de Régules, y recibiendo las solicitaciones de Pimpinela para intervenir en la devolución de unas haciendas, los chismes de Pimpinela sobre la inestable situación económica de Federico Robles, que ingresando en el empolvado clan de los De Ovando.

—¿Silvia?... No, no me interesa; te hablo con urgencia. Pídele a tu amigo Caseaux que se comunique inmediatamente conmigo... ¿Qué, no tienes lengua?... ¿Cinismo? N'hombre, si yo lo mantengo en parte, bien puede hacerme un favor para corresponder... Te hablo en serio. Quiero que dentro de media hora me hable... Sí, ya sé que es cumpleaños de Betina, pero voy a estar muy ocupado. Consíguele una pareja y salgan al Versalles, o algo así... Está bueno. Adiós.

—¡Amigo Couto! ¡Qué milagrazo! Ya no se deja usted ver por su casa... ¿Eh? Sí, a todos nos abruma el trabajo. Óigame: ... Sí, cómo no, entiendo... óigame, esa prenda que tengo sobre acciones suyas por valor de novecientos mil... sí, las nominativas de la exploradora de azufre... mire, sé que por ahí viene un golpe... ¡ah, usted ya lo sabía también, y no me lo había contado!... Bueno, somos amigos, Couto, y los dos podemos zafarnos ese trancazo... Sí, se entera uno de las cosas, figúrese nada más... No, cómo no voy a creer en su buena fe. Pero en fin, si los dos estamos al tanto, ¿qué se le hace si cambiamos la prenda sobre las nominativas de azufre a una prenda sobre las de la cadena de don Jenaro? Sale usted ganando cien mil pesos, y puede negociar en seguida lo del azufre, antes de que nadie se entere. Fíjese, si no lo consigo a usted hoy, yo mismo me deshago de esas acciones, a como dé lugar... Hay maneras, sabe usted... Hoy por ti, mañana por mí, ¡no faltaba más! Por acá lo espero para la operación, amigo Couto... Siempre a sus órdenes...

—¿Don Jenaro? Hecho. Mañana soy acreedor prendario de las acciones al portador de Couto... Sí, ya hablé con él, está hecho... Sí, muy buitre, pero sólo ve el interés inmediato, la rapiña, no tiene visión. De hecho, ejerceré los derechos como socio de usted, y con una pequeña movida que hagamos... Eso es. Couto se contenta con los cien mil que sale ganando en el cambio... ¿Hoy mismo se le cancelan las concesiones a Robles? ¡Magnífico! ¿Y la suspensión de crédito?... Ah, claro, espaciadito, para que no se las huela. ¡Ah! ¿A usted no le interesaban esos terrenos adyacentes a su fábrica? ¡Ah, se le adelantó Robles! ¡Vaya! Se me hace que también puedo arreglar eso... usted dirá... ¿Violaciones a la Ley del Trabajo...? ¿Y usted puede crearle camorra con los líderes... ya sabe? Muy bien: dando y dando.

—Cómo le va, Caseaux. Voy al grano: ¿no ha concluido usted la venta de esos terrenos con Federico Robles?... Falta la firma solamente, ¿eh...? Ah, ya le hizo un fuerte anticipo. No le hace: le están viendo la p en la frente, amiguito... ¡Je! Una cosa son los negocios y otra darse tonos de elegante. Óigame, o váyase al carajo... Lo que oyó... Esos terrenos valen por lo menos el doble de lo que usted cree. Robles le está tomando el pelo. Yo le ofrezco veinte pesos metro... lo que oye... tiene usted muchas deudas, amiguito, cuesta caro vivir del cuento... no, si no lo amenazo; nada más por intercesión de Silvia me he guardado aquí esas letras sin chistar, ¿usted me entiende?... ¡ah, el anticipo! ¿Cuánto fue?... Hecho: aquí está ese dinero a su disposición para que mañana se lo entregue a Robles y suspenda ese asunto... Ándele, amiguito, ándele.

—Sí, señor. Yo mañana mismo retiro todo del Banco. La situación de Robles es muy mala. Ha invertido en lo de la azufrera, y usted ya sabe lo que va a pasar ahí. Se lo aviso porque sé que usted tiene metido allí... Mala política, cómo no. Mientras más de los interesados se enteren, mejor. Hay que cuidar los intereses de la familia financiera... Soy su servidor, señor, no faltaba más... Sí, me dijo Silvia. Que se pongan de acuerdo las señoras, estaré encantado. Es un honor. Hasta muy pronto, entonces...

—¿Licenciado Capdevila? Régules... Ré-gu-les, con R... sí, amigo de don Jenaro... Perdone, lo sé, pero tengo una noticia importante en relación con la industria...

Sí, la fábrica de Robles... sí, la competencia que le hace a usted Robles es desleal, por lo menos... y pérfida, cómo no... dumping?... No, es que aquí tengo unas pruebas de violaciones legales, sí... cómo no, están a su disposición. Y yo también, licenciado, y yo también... Soy su servidor.

Régules colgó el receptor y se ajustó la corbata de seda roja y las esquinas del pañuelo. Tomó asiento en el sillón de cuero azul y apretó un botón.

—Tome nota, señorita. Memo confidencial para el Departamento Jurídico, a primera hora. Preparación de contrato de prenda a celebrar con el señor Juan Felipe Couto sobre acciones al portador por valor de ochocientos mil pesos. Cancelación del contrato anterior con el mismo señor, posterior a la celebración del nuevo. Preparación de un contrato de compraventa con el señor Pedro Caseaux: diez mil metros a veinte. Otro igual; el suscrito vendedor; Jenaro Arriaga comprador; diez mil metros a treinta y cinco. Sáqueme eso y ordene que me traigan el expediente personal de Federico Robles.

Hasta las nueve de la noche, Régules se dedicó a extraer de ese expediente las cifras, los datos, todo cuanto fuera susceptible de dar una idea precisa de la fortuna y la vida de Robles.

—Estás negro, hijo, negro y morado como las noches de antes, las que recuerdo —dijo la viuda Teódula Moctezuma al admitir a Ixca en su choza de musgo húmedo y flores secas—. Como que has peleado con el sol, se ve lueguito. ¿Qué me traes?

Cienfuegos se dejó caer sobre el petate empolvado. La choza, detenida en una esfera de oración —tan impertinente al tiempo como un rezo que implora para que no suceda lo que ya sucedió—, lucía siempre el polvo exacto, las manchas de agua y comida exactas sobre el piso de tierra escarbada y las tumbas subterráneas.

—¿Qué me traes? —volvió a preguntar Teódula Moctezuma, con los ojos reducidos a un solo clavo negro y escondido en la carne, tenso en su espera de un mundo resucitado. Ixca hundió la cara en las manos y desde allí su voz sonó hueca, ultrajada, sin unión con su cuerpo. —Nuestro mundo ha muerto, Teódula, para siempre. Lo mismo daría que las cenizas de tus hijos y de Celedonio fueran regadas por la tierra sin un solo llanto, sin una sola esperanza de habernos alimentado.

—Hijo —la viuda se mascaba las encías mientras hablaba, encorvaba su silueta de guadaña carnal sobre la espalda de Cienfuegos— no son los hombres los que hacen la vida sino la tierra misma que pisan, ¿sabes? Pueden venir los que vinieron, todos, los que nos quitaron las cosas y nos hicieron olvidar los signos, pero debajo de la tierra, allá, hijo, en los lugares oscuritos a donde sus pies ya no pueden pisotearnos, allá todo sigue igualito, y se escuchan igualitas las voces de donde venimos: tú lo sabes.

Ixca, al levantar los ojos, besó las manos de Teódula. —No, ya no se escuchan. Mira que he querido escucharlas, mira que he pasado los años con los ojos cerrados esperando su rumor. Es como si un viento de palabras nuevas se lo hubiera llevado todo. El sol de hoy no es ya nuestro sol, Teódula, es un sol... ¡qué sé yo!, hecho para tostar las pieles cubiertas de aceite sintético, de...

La viuda observó a Ixca con una mirada lejana, de incomprensión total. Anclada en un día y un año que habían desaparecido hacía siglos, que nada tenían que ver con el momento ineludible de ese día, de ese año. Ixca sintió que la cáscara vieja que daba una forma inteligible al cuerpo de Teódula se desvanecía, que sólo quedaba una joya brillante, roja, sin reductos, suspendida entre el sol y la tierra. El tintineo de las joyas de la viuda, poco a poco, fue reuniendo otra vez, en la memoria y la mirada de Ixca, la silueta actual de Teódula, su margen de carne gastada, su rostro seco y apasado.

—Quién sabe, hijo, quién sabe cómo se llegue, por qué caminos... Puede que lo que tú creas no sea así. Puede que con nuevos trajes y otros ritos nuevos que tú y yo no conocemos se cumplan las mismas cosas. Porque esta tierra reclama —eso yo lo sé, hijito, lo sé muy bien—, reclama y acaba por tragarse todas las cosas para devolverlas como deben ser, aunque sea muertas. No hay manera de escaparse. Esta mujer, Ixca, esta mujer a la que le ibas a arrancar la raíz...

—Norma —dijo, sin tono, Ixca—. Recuerda su nombre.

—Esta Norma, puede que no entienda las cosas como tú y yo. ¡Qué más da, hijo! Haga lo que haga, digo yo, nuestra tierra acabará por tragársela, ya verás si no. Allá donde se acaba todo, donde se te acaba todo, donde se te acaba la cuerda, hijo, allá la vamos a encontrar. Antes no, porque la apariencia es otra, y la gente no tiene de dónde agarrarse para cumplir nuestros ritos y entender nuestra entrega; pero al final, cuando ya los pobrecitos no hablan ni se les entiende, ahí sí, hijo, ahí sí. Ahí podemos caerles encima y hacerlos nuestros, ahí sí. Ésa es nuestra región... después, ahí vivimos, después.

La viuda se sentó en cuclillas, cerca de sus piezas de cocina, a ronronear más palabras no dichas. Ixca, en silencio, trataba de escucharlas, de hilar todos los pensamientos de Teódula. Y le dijo:

—¿Es suficiente que tú y yo lo pensemos, Teódula, y tratemos de vivirlo, para que nuestro mundo exista en verdad? ¿No es ésa, quizá, nuestra única fuerza? ¿Podemos exigir más? ¿Me entiendes, Teódula?

La viuda cacheteaba la masa con una fuerza sinuosa, de correa tensa. —Yo sólo sé lo que te digo. Los nuestros andan sueltos, andan invisibles, hijo, pero muy vivos. Tú verás si no. Ellos ganan siempre. La de sangre regada, la de héroes que se murieron, la de muertos que se hundieron en esta tierra llenos de colores y cantos, hijo, como en ningún otro lado, se me hace. Tú sabes mejor que yo que ellos no nos dejan de la mano y que a la hora de la hora ahí están. Como para cobrarse de lo que pasó antes, como para decir que todo acaba donde empezó, en ellos y en sus signos, hijo, ¿no se te hace? Ahi nomás, en sueños mientras no son llamados. Porque son llamados, hijo, así como quien no quiere la cosa, los seguimos llamando a ellos para que den razón de nuestras vidas y la última cara, que es la que cuenta, no se nos olvide y la llevemos siempre puesta. Tú verás si no. Si alguno se te escapa, como tu amigo ese el de la mamacita que se murió, ya te caerá otro. Con uno está bueno, hijo. Antes de morirme lo veré, y a él le entregaré mis joyas y mi última mirada, para que sepa que alguien sabía. Al que haga la voluntad del sacrificio, hijito. Nos secamos, se olvidaron de nosotros en la vida. Se fueron y nos dejaron solos con el que vino disfrazado con la máscara de metal. Pero en la muerte nunca nos olvidan, Ixca hijo, ya verás.

Dejó caer la masa en el regazo y, con las manos viejas y rotas unidas, Teódula abrió los ojos, los clavó sobre el rostro desencajado de Cienfuegos, y dijo con una voz que jamás se escuchó, que de haber resonado sólo pudo hacerlo en un tiempo muerto y olvidado, sepultado en agua y cenizas y caracolas y piel de tambor, una voz de escamas más que de palabras: —Nos acercamos a la división de las aguas. Ellos morirán y nosotros resucitaremos al alimentar. Hemos pagado nuestro tributo de sueños; la ciudad lo pagará por nosotros. Arca de turquesas, corazón de piedra, viento de serpientes, no sueñes más.

Y Cienfuegos, en las palabras no dichas, vio apretarse, en una lengua de fuego y anunciación, las figuras de la ciudad dormida, los cuerpos de muñecos rotos de Robles y Norma, apretados en un sueño y en una recuperación finales.

—Vámonos de aquí, manito, vámonos de aquí. —El muchacho de pantalón vaquero desteñido se detiene en la esquina de Bucareli y la Avenida Chapultepec y lanza una mirada de desafío a todos los hombres y cosas de la ciudad. —Pero en mi casa, Lalo, en mi casa. —Órale, no te me chiviés. En tu casa creen que estás en la secundaria, igual que yo. De aquí a la hora de salida ya nos pelamos. Ni quién averigüe nada. —El otro muchacho, más bajo, vestido con una chamarra de lana amarillenta, se muerde la uña. —Ya… ¿A poco no te lo decía que te ibas a rajar? —Oye, manito, es que mi mamá se queda sola… —Voy, a poco tú llevas lana a tu casa. —No, pero ella quiere que me prepare y haga una carrera. Ya ves cómo trabaja la pobre para que yo estudie y vaya a la escuela. Se va a quedar toda inquieta si no regreso. —¡Sólo los tontos trabajan, mano! Tú y yo somos listos. Nomás que en esta pinche ciudad no nos saben apreciar. En Ciudad Juárez, ya verás… —Pero tu primo este, que nos va a hacer ricos, ¿ya le hablaste? —No, manito, pero es cuate, tú verás. Allá tiene su cabaret, y todas esas cosas suaves, donde haces harta lana divirtiéndote. ¿Aquí qué? Echa las cuentas: un año más en la secundaria haciéndonos majes, dos de la prepa, cinco o seis en la Uni. ¡Nueve años más sin un quinto, mano, haciéndonos tarugos con maistros que nomás te están tomando el pelo! N'hombre. Si tú naciste para eso, quédate aquí. Yo me voy a Ciudad Juárez. —El muchacho bajo, regordete, frunce el ceño y baja los ojos. El otro, esbelto, nervioso, se peina el copete negro y se pasa los dedos por la nuca. —¡Pinche ciudad esta! Aquí acabas de bolero. ¿No has visto a todos esos niños bien con coche, tú, Memo? ¿A poco tú y yo les vamos a hacer competencia? ¿Crees que así, a pata, te caen las buenas viejas? Aaaah… de veras que tú nunca has estado con una vieja, ¡puñetero! —El muchacho regordete mira avergonzado a su compañero. —Ponte abusado, manito, porque ahora en el Norte hay que fajarle a todo. Bueno, ¿te decides?

Ixca Cienfuegos camina hacia la calle de Tonalá y cruza la vista con el muchacho nervioso y esbelto. El muchacho le devuelve una mirada retadora y turbia. —Así te *miran todos aquí, Memo. Con puritita compasión. ¡No me voy a dejar! ¡Volveremos a vengarnos de todos estos capitalinos que se sienten tan salsa! —Y los dos muchachos cruzan la calle, evitando los tranvías, saltando entre los automóviles con las manos en los bolsillos.*

Hortensia Chacón

—¿De mí no le habló él, verdad? ¿Cómo supo de mí?
"él es demasiado dulce, demasiado pudoroso; yo no le reprocho que no me exhiba, por el contrario, prefiero así la cosa, sabe usted —los dos nos hemos visto siempre, menos la primera vez, únicamente solos, el uno con el otro, aquí. Como si nuestro mundo no pudiera extenderse un centímetro más";

—Allí por donde está usted, se sienta él también
"y me deja sentirlo de lejos primero";

—… ¿es el sofá donde está, verdad?
"no; no se lo reprocho, ni me avergüenzo; hacen falta lugares exactos para las cosas, para que nuestro amor y nuestro odio se asienten y penetren hondo —de otra manera temo, sí, temo que seríamos fantasmas; yo casi lo fui; y esto es lo que le agradezco a Federico, que me haya dado las medidas del amor y el odio para sentirme como me siento, de carne y hueso, hoy"

—Vaya; lo voy a aburrir, ¿desea un café? No, sé muy bien dónde quedan las cosas: mire, allí, donde está usted, el sofá de color café y a su izquierda una chimenea —de adorno nomás; no sirve— y después, aquí una silla y en el centro… pero lo aburriré aún más…
"y los sentidos me dicen que usted quiere saber algo, ¿no?, y sé que lo merece; ¿por qué lo sé? yo vine de lejos también, de donde nos entendemos sin hablar; mis facciones, si no ni modo, deben decírselo, ¿no? porque nos criamos sin palabras, sólo con esas miradas. No se pueden aguantar demasiado esas miradas, ¿no cree usted?; nosotros mismos no toleramos mucho tiempo nuestro verdadero rostro, ¿cómo le diré?, hay rostros que nos espantarían y nos llevarían a todos los extremos de las pasiones, buenas y malas, y eso no podría ser, ¿no le parece?, todavía hay tantas reglas, hay que saber medirse tanto para no caer, para no ser visto con horror y miedo por los demás, los que nos destruirían si mostrásemos la verdadera cara. Sí, ésa es la mirada que sospecho en usted, y que usted sabrá distinguir en mí: por eso sé que le puedo hablar, que merece usted mis palabras. Quizá nos parezcamos

en algo. Algunas gentes son semejantes; quiero decir, cada uno como debe ser, y esto no es igual a los demás. Pero en el principio yo fui igual, en una como agua estancada, sin ondas. Mi madre era una mujer humilde y yo su hija natural, ¿ve usted?, de manera que toda mi niñez fue mudarme de un cuarto clausurado, donde la única cama se apretaba contra las paredes llenas de baúles y ropa vieja (que a veces nos regalaban) a otro cuarto, igual de arrinconado que el otro; no era muy bonito, ¿no le parece?, pues apenas podía yo moverme, asomarme a las salas grandes, temer alguna grosería de los niños de la casa, saber que mi cumpleaños era un secreto que mi madre no se atrevería a comunicar a los dueños, pues eso era como mendigar el regalo y al fin ni las fechas de todos, ni la Navidad, nos regalaban nada. Pero eso no tiene importancia y..."

—... debo aburrirlo...
"No; lo que quiero decirle es que desde entonces aprendí, en secreto, sin nada de palabras, aprendí desde allí, en el centro de mi larga infancia, a saber esperar, es decir a ser mujer (pues no nos corresponde solicitar, pedir, abrumar: éstas no son mujeres, nunca lo serán, son cuerpos, son ratas blancas de una piel demasiado suave que el menor calor vuelve tiñosa y rala: la mujer tiene que esperar sin abrir los labios, esperar su momento de dolor y su momento de que la llamen, sin pedir anticipadamente ese dolor o esa llamada, usted lo sabe; y eso aprendí; no con palabras, le digo, no con claridad, pero sí en el lugar mudo de todo lo cierto"

—Mi madre —una mujer humilde— ahorró algo, señor Cienfuegos. Ya había paz (yo nací en 1918) cuando pude ir, demasiado grande y atrasada, a la escuela. Hice las primeras letras y luego el curso de taquimecanografía. De repente hubo más oportunidad para la gente como yo
"pero se abrió algo profundo entre mi madre y yo pues ella seguía vestida con sus rebozos y sus faldas hinchadas de llaveros y delantales y su cara de nuez seca, despintada, y sus cáscaras de cebolla en las sienes y su chongo tieso y devoto y yo ya pude usar medias de seda y pintarme la boca, pues pude ir al cine a ver cómo se vestían y arreglaban las artistas, y tratar gente distinta en la escuela; pero eso fue después, y antes sólo eran las cocinas olorosas, cocinas de tiro y brasero, cocinas de molcajete y azulejo, de las casas de antes: la casa donde crecí, sobre todo, de la señora De Ovando, donde espiaba a la señorita Pimpinela salir a la puerta y yo trataba de imitar sus gestos y de vestirme como ella"

—Recuerda usted las pieles que se usaban entonces, las faldas de olanes y los sombreros, muy encajaditos o de alas anchas
"yo los quería, ¿quién no los hubiera querido?; y por eso decidí entrar a la escuela y trabajar de mesera para pagarme la carrera (no, mi madre no entendió muy bien; ella creía que nuestro lugar estaba hecho, que ya habíamos hecho demasiado huyendo del pueblo aquel de Hidalgo para venir a México sin ninguna idea de lo que haríamos, ella embara-

zada y yo como una semilla calurosa, a buscar trabajo aquí); ella creía que estaba bien así, que yo debía colocarme en mi lugar, y que no tenía que andar haciendo tratando de coserme ropa como la de la niña Pimpinela ni menos trabajando en un café de chinos entre hombres que no la sabían respetar a una: (Hortensia Chacón, dieciocho años, cara indígena pero muy fina, de facciones delgadas pero con la boca gruesa, trompudita, y esbelta pero piernuda) y allí me encontró él"

—Mi marido, sabe usted... uno de esos hombres no muy altos pero fortachones, robustos, de bigote espeso y pelo ensortijado. Por ahí debo tener una foto... *"vestido de saco y corbata: eso era todo para mí, saco y corbata, entonces, que iba a tomar su vaso de café con leche y chilindrinas cuando salía del trabajo en la Secretaría de Hacienda: ¿cómo le diré, cómo me amó? sí, sigue siendo novedad, pese a todo, porque era como descubrir una ciudad —sí, esta ciudad—, darse cuenta del lugar en que estábamos, hacerlo nuestro por la ilusión del amor, por ser el sitio escogido, y olvidarse de todo para volar sobre sus azoteas y descender unos instantes a descansar, en un cine de barrio, en el Bosque de Chapultepec, en una feria con pajaritos adivinadores, y por eso me casé con él y tuve sus hijos"*

—Tuve tres hijos con él. Ya deben estar muy crecidos
"y esperé a que me volviera a llevar al cine y a la feria (¿cómo se espera, señor? no, ahora lo sé: se espera sólo lo que no puede volver a suceder, se espera la repetición de dos, tres momentos del principio que nos marcaron y nos impidieron seguir adelante, al momento de la conformidad —¿por qué, para qué esa memoria?; son dos, tres, instantes, el momento antes de un beso, el momento después de un alumbramiento, sí, alguna muerte: en ellos me quisiera, o me quería, concentrar y dejar que los otros, los largos, los que forman de verdad nuestras vidas ya no estuvieran allí—, de la conformidad, no, no la entendía) pero ya era otra vida, vida de mujer casada que sólo espera (y eso, se lo dije, es lo que aprendí) pero que debe esperar algo, sin pedir: no es lo mismo que saber que no quieren que esperemos, que ni para esperar servimos, que no esperan que esperemos; así fue Donaciano; él no me dio a entender nunca que apreciaba mi espera, que quizá nunca me daría nada, pero que entendía (o por lo menos veía, sólo veía) mi espera de eso que nunca me daría; pero no, era el silencio, silencio de la carne (sí, aun cuando la suya creía vibrar dentro de mis cámaras de espera lenta y ávida, de gérmenes de más hijos helados) hasta cuando él creía excitarse y no lo lograba sino como un ejercicio sudoroso y mecánico: sí. Silencio de la voz, se sabe; impaciencia por volver con los amigos, por emborracharse a medias, sin alegría ni compasión, sin lograr en el licor llegar hasta sí mismo, a lo que debía ser una borrachera de hombre, suntuosa, horrible, no así, arrastrada y vergonzosa —o su amor con otras mujeres, que también debió ser helado y sin asco, pero con más dichos (los que esperaba de esa mujer, porque iba en busca de dichos más que de sexo, iba en busca

de dichos ¿sabe usted?, porque los dichos se pueden llevar y traer, y con ellos se puede impresionar en el círculo del prestigio y las alabanzas y las confidencias y la presunción, pero con el sexo no se puede hacer nada de eso, porque se consume en un segundo, se consume entre dos y ya nunca, ese mismo acto, puede recuperarse: es demasiado amargo para ser relatado en el prestigio, demasiado cruel y pequeño para impresionar a los amigos: vuela y sin embargo se queda dentro, a curar las heridas más hondas causadas por él mismo: allí sabemos lo que somos: yo quise saberlo, pelota de él, caverna de él, esperando alguna verdad de su contacto) —o sus gritos en los toros, escondido entre miles de cabezas, lejos de la marioneta luminosa que lo dominaba a él, dominaba a las bestias, marioneta que no escuchaba sus soeces insultos —o sus bofetizas ocasionales por el quítame allá esas pajas: ¿qué eran? él y sus amigos: entendían que en esas actitudes vivían, se afirmaban, quizá: por lo menos, Donaciano regresaba con los ojos muy luminosos y creía que yo iba a adivinar el nuevo prestigio ganado en cada insulto, en cada bofetada, en cada burdel, en cada cantina (y debe haber sospechado que yo no, que yo sólo esperaba algo muy pequeño y tibio: beso, feria, cine, no sé, que nada tenía que ver con ese prestigio que se agotaba en un círculo de amigos; y así me violaba, me exigía todo de la carne, me rajaba y se rajaba a sí mismo en un esfuerzo divagado por darme toda la gloria de su machismo en un ejercicio mecánico, frío —y pensaba que al día siguiente regresaría a una mesa y a un archivo donde recibiría órdenes y nadie sabría de sus proezas varoniles, eso debe de haber pensado a la mitad de todos sus coitos conmigo porque se aflojaba todo y sin embargo no me decía nada, no lloraba allí mismo, no quería admitir ninguna verdad, no quería sentirse pobre diablo —y así se hubiera salvado, pues pese a su desilusión habría recogido algo, dos dedos de mi amor y algo más de respeto, pero esto no lo sabrá nunca un hombre así, ¿verdad?, y seguirá buscando esos momentos falsos, falsos de afirmación, ¿verdad?) y por eso nunca me perdonó que cuando se murió mi madre fuera a buscarlo a la oficina aquella, musgosa y escondida, a pedirle dinero para el entierro y él sólo sintiera que allí no estaba a la mano una sola de sus justificaciones, que allí era empleado inferior que no podía fornicar con los archivos ni emborracharse con la electropura ni abofetear al jefe por un quítame allá esas pajas: lo vi en sus ojos, en los movimientos desesperados de sus manos por alcanzar un legajo, o algo menos tangible que un expediente, para disfrazarse de importancia. Sí, sentí ternura, pero también desprecio: no pude, por más que quise, tolerar su voz mandona e impotente: 'Aquí no es funeraria, chata; a volar': no supo darse más importancia que ésa, ¿ve usted?"

—Le toleré todo a mi marido, señor Cienfuegos, pero llega un momento en que…

—¿Usted nunca le…?

—No, nunca le dije a su cara: ¡Mentiroso, mentiroso! No lo permita Dios que se lo diga nunca. Hoy lo odio; y daría algo muy mío, lo más que pudiera darle, si le dijera la verdad, si lo llamara ¡Mentiroso! Lo digo ahora, y suena como blasfemia en templo vacío. ¡No me avergüence usted, señor!

—¿Alguien niega aquí lo que otro se atreve, de una vez por todas, a afirmar? No, nuestra cortesía es parte de nuestro odio.

—Sí...

"... los obligamos a creer su mentira, para siempre, hasta su muerte. Así fue..."

—La vida sube y sube, señor, y él sin darme nada. Ya éramos cinco de familia, recuerda usted: mi mayorcita, Guadalupe, que ya debe estar muy crecida y hasta debe andar pintada; Chanito, que me decía las cosas que iba inventando, que me las dedicaba, en cuanto pudo saber algo, que lo entendió todo, que fue mi sostén en los últimos días con mi marido; y el niño Severo, el que se murió después. Ya éramos cinco, y por eso le dije a Donaciano, a mi marido, que yo trabajaría también, que al fin tenía mis cursos de secretaria para ayudarlo

"se quedó tonto otra vez, buscando fuera de su vida, de lo que él era, algo masculino con que contestarme. Que te estés quieta, que tú de aquí no sales, que parece que no tuvieras marido e hijos, que parece que no trabajara como un negro, que no me salgas con lo de siempre, que te estés quieta, que te atreves a dudar que soy capaz de traer el pan a esta casa, que te crees que no sé la verdad, que nomás quieres encadenarme como si fuera un perro faldero, ¡poco te importa el dinero! es que me quieres tener aquí encerrado, es que no aguantas un hombre a tu lado, seca, seca, seca, no puedes conmigo y yo puedo contigo y tres viejas más. Todo eso me dijo"

—Yo me fui a buscar trabajo, y lo encontré, señor. Y en cuanto lo tuve me fui con mis hijos y él no pudo aguantar

"no porque nos quisiera, no porque nos necesitara, sino porque le faltaba el eco de sus acciones, porque le importaba más que nosotros supiéramos de sus borracheras y sus prostíbulos a que lo supieran sus propios amigos: eso creo, y así me explico lo que hizo, lo que hizo también para que tuviera repercusión, para que alguien lo admirara. Ésa era la vida de mi pobre Donaciano, y la última vez que lo vi, creo que por primera vez se dio cuenta de que yo, la mujer silenciosa que lo esperaba, que yo, la infeliz a la que era capaz de invalidar para siempre, era más fuerte que él, podía aguantar más que él (que yo había aguantado la violación y el parto, la humillación y el desdoro, que yo, yo había aguantado el relato de sus inmundicias, señor, que yo era más hombre que él porque soportaba lo mío y lo suyo, que él no podía soportar su propia vida de paria a medias, que él necesitaba contarla y dejarla huir para que se depositara en mí y que ni en sus coitos sucios y torpes podría recuperar su propia vida, absorbida por mí, gesticulada por mis entrañas, incubada de nuevo, con nuevas palabras, con nuevas borracheras, con nuevas fornicaciones, con

nuevos golpes, en mí, para mí y nunca para él): eso supo entonces, eso vi en su cara en el instante antes de gritar y de llevarme las manos a los ojos"

—Llegó un momento en que no aguanté más, ¿ve usted?, y él quiso vengarse.

Hortensia se acomodó lentamente las gafas oscuras y acaso sonrió un poco. Ixca Cienfuegos esperó sus palabras husmeando el perfume de azucenas de la pequeña estancia, repasando los cuadritos de losa con motivos mexicanos.

—En el hospital sólo pensaba que qué necesidad había. Sólo eso. Mis amigas de oficina me pagaron la curación y atendieron a los niños. Entonces vino el jefe, al que yo no conocía, a visitarme. Recuerdo todavía igual su voz muy suave, deseándome bien, asegurándome que no me faltaría nada. Regresó, sí; yo no sabía por qué; me apenaba todo eso. Regresó a preguntarme lo que había sucedido

"y yo a decirle lo que he tratado de contarle a usted. Llegué a esperar su voz, su única presencia, ¿cómo le diré?, como un pan bendito y amargo que me obligaba a darme cuenta de lo que había sucedido, a no olvidar, quizá (dudaba entonces, lo sé hoy) a encontrar esos lugares exactos de mi amor y mi odio. Antes, con Donaciano, vivía yo sola; con Federico ya no. Puede que sea más fácil aguantar la soledad, señor. No estar solo es como morirse de pena; esto es lo que me ha enseñado Federico, sin saberlo él mismo, que vive solo, solo. Él también me habló de sus cosas, de su niñez, de su mujer, y de todo ello supe que lo mío (mi vida y mis imitaciones de la señorita Pimpinela y mi nostalgia de algunos minutos de amor y mis recuerdos de la infancia olorosa a cocina y luego los hijos que vinieron y todo, señor, todo lo que he querido decirle) era más sencillo y más evidente. Que yo quería esperar (como le he querido decir) y ser de un hombre que me hiciera esperar; que no quería serlo todo, ni de él ni de nadie, sino ser tan sólo digna de la espera de un hombre que supiera librar mis batallas por mí, y no hacerme el angosto pasaje de sus derrotas, ¿ve usted? (que no me contara sus minutos de vejación y fuerza, que yo lo supiera en silencio; que no me hiciera eco de su vida entre los hombres, que viniera pesado y erguido a buscar mi minuto de espera acumulada, de espera ciega). Ciega. Así lo quisieron los dos. Donaciano, que me dejó ciega, y Federico, que me buscó ciega. Que me ha hecho añorar su efigie y su cuerpo que nunca vi con mis ojos, que me ha dado su amor mientras me describe a mí misma y describe la luz que penetra por las celosías, mientras yacemos, y baila sobre mi frente y mi boca, en rayos parejos, y yo sólo puedo olerlo todo, tocarlo todo, y esperar siempre, esperar a que con una fuerza lúcida y penetrante, erguida y sin excusas, pero respetuosa de mí, de lo que soy exactamente, de lo que soy, pues él ni me ha levantado ni me ha hundido, me ha amado tal como soy, así, con mis recuerdos, mis ojos más quemados que el centro del sol, mis esperas y cuanto soy, me dé su amor varonil. Su amor y su odio. No, me ha alejado de mis hijos. Les paga un internado, pero no es lo mismo. Quizá por esto lo odie, y se lo he dicho. Pero él quiere eso, mi amor y mi odio (el primero solo, señor, sería

mi vida a medias) para él y para todos: él me enseñó a odiar a Donaciano, a regocijarme en la idea de su prisión, a pensar en la mugre que me había arrojado encima mi marido, en todo eso. Pero su brutalidad es dulce, ¿sabe usted? Es la parte de brutalidad que merezco y quiero, para querer y merecer mi vida, nada más, porque sé que la verdadera, la grande brutalidad la ha dejado en su vida de hombre, en el uso que hace de las personas que lo rodean (de su mujer, sí, nunca sombra para mí, sólo el fantasma sin mi amor y sin mi odio, sin el amor ni el odio de Federico, que forma parte del otro mundo). Porque el mundo que será al fin el mundo de Federico Robles está aquí, créame usted. Todavía no, porque Federico no es quien es en realidad, sino lo que la vida lo ha hecho. Como yo. Pero atrás, señor, atrás está esa cara verdadera, la primera, la única. Cuando Federico reconozca que yo existo, señor, que una persona existe fuera de él, de lo que ha sido, de su vida, entonces será lo que debió ser, sí. Éste era el mundo que quería. No merecía otro, y a mí me llena, me llena ofrecérselo, pues todo me dice que ahora soy yo quien le ofrezco algo y no él a mí. ¿Qué le ofrezco, piensa usted? Es lo que nunca me he atrevido a preguntarle, cada tarde que viene, pues es parte de lo que busca, ahora, que yo no pregunte ni penetre en su otra vida. Pero lo sé, sin embargo (mis ojos secos, a veces, reflorecen y recrean un espejo sin fondo en el que, más que las imágenes, vuelven a nacer unas aves turbias que vuelan detrás de mis párpados, cosidas al centro de mi vientre, y me devuelven horas de ciudad, de esta ciudad de México que me ha engendrado y me ha regalado mi vida y sus calles, que me ha visto correr por ella, parir mis hijos sobre su suelo, subir a sus camiones e interrogar su noche sin devolverme la imagen que le pido, hablándome siempre con olores de cosas tibias y corruptas: así lo siento, señor) y yo me dirijo al aire que respiro y al olor y al tacto que me devuelve y a ellos —a la presencia física de Federico no, aunque para mí sea ellos— les pregunto: ¿es la oscuridad lo que le ofrezco? ¿es la oscuridad el lugar donde puede encontrar su luz Federico Robles? ¿es esto, señor Cienfuegos? dígame usted"

Hortensia tosió y adelantó su silla de ruedas. Decidió, con rencor, romper el bochornoso silencio y dijo: —Él con seguridad que no le habló de mí. ¿Cómo se enteró usted de mí? ¿Qué quiere conmigo? ¿Qué hace aquí?

Para subir al nopal

Nueva aurora, nueva ciudad. Ciudad sin cabos —recuerdo o presentimiento—, a la deriva sobre un río de asfalto, cercana a la catarata de su propia imagen descompuesta: en la cima de la aurora, Ixca Cienfuegos caminaba entre los miembros sin coyuntura del esqueleto de México, Distrito Federal, de la fortaleza roja de las Vizcaínas al témpano de cemento y baratijas de San Juan de Letrán, túnel por donde volaban todas las hebras y cáscaras de la noche anterior con el estruendo brutal de lo que nada dice: cuerpos y papeles, el eco del rumor de los cabarets y los pies arrastrados por los pavimentos y las manos de pergamino que acariciaron todos los senos caídos, de Meave al Barba Azul a la Bandida, desprendidos tres o cuatro veces durante la noche a cambio de setenta, ciento cincuenta pesos, fruta magullada y sin zumo, al museo de cortinas de hierro que a esa hora es Madero, museo roto por la espera profunda y olorosa a claveles de San Francisco, por el olvido enhiesto del Palacio de Iturbide. Cienfuegos caminaba como era su costumbre, con las manos encajadas en los bolsillos del impermeable negro y los ojos detenidos en un punto sin lugar en la distancia, distraído sólo cuando la arquitectura inevitable, o la persona singular —barrenderos, tecolotes, chamacos, ancianas de osamenta negra— cruzaban esa zona de la visita sin relieve: Sanborn's, High Life, Maria Pavignani, Pastelandia, American Book, cine Rex, Mazal, Kodak, RCA, Calpini, Kimberley, Hotel Ritz.

Era ésta la hora de la ciudad. Bajo una luz del gris más acerado, sólo lo esencial, el perfil, el bosquejo, ajeno al sobresalto o la mentira de otras horas bajo el sol o la luna. Hora del instante previo a la resurrección. Ixca creía ser el testigo cotidiano, en su diaria caminata del despertar, de esta resurrección; desde sus dedos crispados sentía brillar la electricidad que pondría en movimiento el sistema y hoy sólo pedía, desde sus dedos, que la imagen final se fijara. Creía contar en la sangre con la verdad de Rodrigo, de Norma, de Robles. Norma y Rodrigo ya iban rumbo a su máscara definitiva; Robles era el enigma, el insondable, el que, amo del nuevo mundo mexicano ante el cual se arrodillaban Norma y Rodrigo, era más que cualquiera otro su esclavo y su rebelde, su Gran Pelado-Decente, el único que había conocido o intuido mundos más vastos en el origen y al margen del mundo central que, hoy, a todos los ceñía. ¿Cuál era este origen, verdadero origen, de Robles? Ixca, detenido en la esquina de Madero y Palma para encender un cigarrillo, sabía que debió ser de tal manera escueto y sencillo que él, Ixca, jamás lo entendería. Que la vida oscura y marginal que Hortensia Chacón le ofrecía era un sustituto, a lo sumo un reflejo intermedio de ese encuentro original, que el ejercicio de poder descrito por Librado Ibarra (y también, otra mañana, por el propio Robles) no era sino una fuga, que a la vez suponía una constitución, de ese mismo origen escondido. Y en el destino de ese origen, sintió en ese momento Ixca Cienfuegos, allí se libraría la batalla, allí triunfarían, o la nueva imagen de Robles, o Cienfuegos y Teódula, ahí, en el corazón de las espinas. Supo que el día cobraba autoridad y pensó en muchos ojos despiertos, cercanos a los suyos, ojos pensantes que precipitaran los destinos escogidos.

En la calle de Berlín, Colonia Juárez, en el departamento de barniz y terciopelo, de vitrinas enchapadas y última sequedad de las siemprevivas, Pimpinela de Ovando despierta con los ojos rasgados por la primera luz.

Norma Robles había regresado de Acapulco, quemada como un remolino de sol, despojada de todos los requerimientos anteriores que halagaban a Pimpinela, con una fuerza definitiva en cada miembro, un poco demacrada y flaca, pero tensa y total como un alumbramiento, a decirle que Benjamín había sido corrido del Banco y que ojalá y ella y toda su runfla de muertos de hambre se murieran de hambre, así le dijo y arqueó la ceja y añadió:

—Además ya sé lo de tus haciendas, preciosa. Si crees que gracias a que lambisconeas a Roberto Régules y le sirves de tapadera a Silvia vas a conseguir eso, te equivocas, chula. Por algo hizo Federico la Revolución y ahí está para defenderla: nomás te aviso. Más vale que te olvides de eso, bebesona, porque no va a ser desgarriate el que Federico te arma en los periódicos.

Y Pimpinela no podía decir lo que quería, con sarcasmo y negligencia, porque Norma, flaca y renegrida, tirada en el diván y envuelta en una bata floja, no le daba pie para el tratamiento acostumbrado, para destruirlo ahora como antes lo había construido, pero desde ese terreno, y no otro: Pimpinela no entendía la gratuidad de la nueva actitud de Norma. Los contactos entre ambas se habían desarrollado, siempre, en un lugar de encuentro claro y definido, el de sus intereses respectivos, y ahora todo era gratuito, gratuito como las siguientes palabras de Norma:

—Mira, bebesona, yo no soy de ninguna familia popoff; mi padre era un comerciante pobretón del Norte y mi mamá una vieja bastante vulgar —tú la viste un día, hace mucho, en la estación del tren, ¿te acuerdas?, y creíste que era mi criada.

Mi hermano picó piedras toda la vida y ahora anda de bracero, ¿qué se te hace? Pero a pesar de todos tus títulos y antepasados coloniales, chulita, yo soy más que tú, porque estoy acá arriba, y tú allá abajo, ¿ves?, y la vieja atufada de tu tía no es más que una criada, por más sangre azul que tenga, es tan criada como tú o Rosa mi recamarera.

Y ésta le parecía a Pimpinela más ficción, esta verdad sin complicaciones, que la ficción aceptada —haciendas robadas, gran familia en decadencia— del origen de Norma. Pimpinela sintió que nunca más le podría decir a la tía Lorenza: —Norma es una cursi y su esposo un barbaján salido de quién sabe qué chaparral—, nunca más, pues era la verdad, la verdad admitida, con todas sus consecuencias de pan cotidiano y chiles y centavos para Pimpinela y los suyos, cuando Norma, con una furia ininteligible para Pimpinela, volvió a hablar:

—¿A poco sabías que los padres de mi marido fueron peones de campo en la hacienda de tu tío? Ahí tienes, y ahora tú y los tuyos son los criados de Federico. ¡Ja! ¡Qué vueltas, chula, para qué te aviso! Pero criados de veras, ¿eh?, no de guasa, bebesona, porque el cretino de tu sobrinito sale hoy mismo del empleo y tú te quedas esperando que te devuelvan las tierras hasta que los burros tengan alas, ¿eh?

Y Pimpinela, erguida, sintió que le volaban por la cabeza todos los preceptos de dignidad no dichos, respirados, que habían sido y querían seguir siendo, el santo y seña de los De Ovando y allí, entonces, supo que ya no tenían aplicación concreta alguna, que a nada podían apelar, que se habían gastado y deteriorado para siempre: sin recursos, Pimpinela aflojó su cuerpo y dijo:

—Es que nos hace falta, Normita; la tía Lorenza está muy vieja, ya ves, y Joaquinito nunca ha trabajado, ¿de qué quieres que vivan? Mil pesos significan mucho para ellos. Piensa que lo tuvieron todo; es como si mañana...

Y las carcajadas de Norma, plenas, resonantes, de un triunfo sabido y gozado, incontenibles, todavía zumbaban en la cabeza de Pimpinela, despierta, despierta, calle de Berlín, Colonia Juárez.

"¿Y a qué te dedicas ahora, querido?"

Norma lo había citado para esta hora en el Nicte-Ha. Lo había citado por medio de una criada y al principio Rodrigo había decidido no ir, plantarla, y se había sentado una hora antes de la cita a escribir su segundo argumento —*Pasión truncada* ya había entrado en su última semana de filmación—, saboreando la espera de Norma hasta que, al filo de las siete, sintió una urgencia y una esperanza que no lo abandonaron hasta el momento en que entró en el bar y, en la penumbra, pudo distinguir el brillo inequívoco de Norma, su exigencia de rendición, su invariable condescendencia: —¿Y a qué te dedicas ahora, querido? —y él, en vez de afirmarse (o quizá, en su peculiar congruencia, por afirmarse), había dicho lo mismo que durante el último encuentro con Norma: —No sé… escribo un poco… —y ella había vuelto a aplaudir con las manos enguantadas y a murmurar detrás de un velo de humo: —¿Qué tomas, querido? —Un martini. —Uyy, ¡si antes eras de puro orange-crush! —y Rodrigo había ostentado, sin desearlo, su primera mueca de fastidio frente a Norma, mientras recorría, guiñando los ojos, a la concurrencia, disfrazada en las sombras del bar. —¿Qué, no te divierte?

—No, si tú siempre me has divertido, Normita.

—No veo cómo puedes divertirte zambutido en tu eterna pobreza. ¿Nunca vas a reaccionar, no tienes ambiciones? ¡Ja!

—¿Qué ofreces? —Rodrigo sintió que, por primera vez, su sonora dialéctica, la que tantas veces, a solas, había acariciado y repasado y explicado sin más testigos que una tetera y un catre de hierro, iba a serle útil: pretender que era un pobre diablo, y luego asombrar con la súbita revelación de su auténtico y glorioso ser—. Perdón, Norma. No tengo derecho a hablarte de esa manera. Llegamos, ¿me entiendes?, a una situación límite, donde desaparece la dignidad, donde, sencillamente, hace falta comer…

—¡Querido! Para eso te cité. Hay un momento en que tiene uno el deber de la generosidad, ¿no se te hace?, y se olvidan las cosas pasadas. De repente, tú, recordamos que hay viejos amigos, como tú, a los que la vida no ha tratado bien y que merecen nuestra compasión y nuestra ayuda… Podría hablar con Federico —si te interesa, viejito— y proponerle que te dé una buena chamba. Claro, tú no eres ambicioso, Rodrigo, de manera que te conformarías con algo, pues no de mucho bombo, tú, pero seguro. Que supieras que cada quincena… —Los ojos de Norma se perdieron detrás de una fumarola. Detenía un brazo sobre la mesa, y su sonrisa parecía congelada en una máscara de buena samaritana con *arrière-pensé*.

—Sí, Norma, eso es —repuso Rodrigo, afectando una imitación de los ademanes de la mujer—. Con eso me conformaría. Y quizá, de tarde en tarde, me honrarías con una copa —pagándola tú, naturalmente.

Norma rió: —Bueno, tú, no sé. Sabes, yo tengo amistades, ¿cómo te diré?, muy exigentes, de otro estilo…

—Claro, comprendo. Pero nos podríamos ver a solas, ¿no crees? Con el sueldo que me dé tu marido podría alquilar un apartamento mejor, y tú podrías visitarme allí; vernos solos, como cuando éramos muchachos. Yo me haría cómplice de tus gustos —reconóceme, por lo menos, cierto talento mimético— y de tu refinamiento, pondría una mesa para dos, con velas y champagne y música de Cole Porter a lo lejos. Como en los anuncios de *Life,* ¿ves? Y después de la cena, te iría desvistiendo lentamente, a medida que se apagaran las velas, y te besaría las nalgas, ¡puta!

El mozo se acercó. Norma, inmutable en la voz y el ademán, pidió el martini de Rodrigo. Se compuso el pelo con lentitud y sorbió su copa de bordes azucarados:

—Como te decía, exigentes, de otro estilo. A los que no se compadece, tú.

Rodrigo bajó la cabeza. Un pianista comenzó a bailar los dedos sobre el teclado, mientras conversaba con la mesa vecina. Un grupo de jóvenes con melenas enriscadas y ojos fríos entró en el bar, contoneándose con las manos en los bolsillos y el cigarrillo en la esquina de los labios, para tomar su sitio en la barra, y algunas norteamericanas cuarentonas bebían en silencio con los ojos pegados sobre el grupo de muchachos.

—Antes —murmuró Rodrigo—, ¿recuerdas?, no había necesidad de palabras fuertes para herirse el uno al otro.

Norma respingó la nariz. —¿Herirse? ¿Crees que alguna vez me tocaste siquiera? ¡Ja! Le das demasiada importancia a un incidente entre adolescentes babosos.

Pero ya Rodrigo estaba hablando, sin escuchar la respuesta de Norma: —¿Cómo fue, recuerdas?

—¡Ja! Pides que se acuerde uno de cada cosa...

Rodrigo se rascaba un párpado. —Sí. Tu tío era un vasco rubio y solemne, jefe del departamento de lencería donde trabajaba mi madre. Un día la mandó llamar y le pidió que me invitara a una fiestecita en tu honor. Sí. Recuerdo muy bien que al principio me negué a ir; nunca había ido a una de esas reuniones, y no sabía bailar. Pero mi mamá imploró, me pidió que lo hiciera por ella, que tomara en cuenta su situación en el almacén.

—¡Patanes tú y ella! ¡Y el tío! Allí te hubiera gustado verme para siempre, hecha una cursi de marca...

—Me tardé mucho en vestirme. Pasaba una y otra vez el cepillo por el pelo, me miraba la cara en el espejo, verde, lánguida, de facciones puntiagudas. Tu casa, ¿recuerdas?, estaba en la Colonia Juárez, cerca del Paseo de la Reforma, ¿cómo se llamaba?...

—... ¡Ja!

—... y tardé mucho en llegar, caminando desde el Chopo, deteniéndome en las esquinas y dudando hasta el último momento.

—No cambias, querido.

—Tenía diecinueve años, Norma. No puedes negar que tú...

—Oh, ya chole.

—La casita estaba iluminada, salía una melodía de moda... —Rodrigo sonrió y tarareó y luego cantó en voz baja—: *Heaven, I'm in heaven...* Bueno, yo traté de arquear la ceja. —Volvió a sonreír, como si la ceja arqueada y la mueca de Norma no estuvieran allí—. Traté de encontrar una actitud de mundanidad y desplante antes de entrar. Los muchachos reían en una esquina y lanzaban miradas furtivas a las filas de muchachas vestidas de rosa y azul que estaban sentadas en aquellas altas sillas de cuero, ¿recuerdas?, y que se exprimían las manos en pañuelos de encaje...

—Siguen igualitas —rió Norma.

—La victrola estaba tocando, sin que nadie se atreviera a bailar, y entonces tu tío me dijo que ya ibas a bajar, que era tu cumpleaños. Yo seguía bebiendo ponche con la ceja arqueada. Entonces apareciste tú...

—¡La pequeña Lulú! —Norma apuró, nerviosamente, su copa.

—... con los ojos verdes y el pelo rubio, vestida de beige, con un traje escotado.

Y la plantó con fuerza sobre la mesa: —¡Ya cállate, tú! ¿Crees que soy la misma? Mírame a la cara y dímelo. ¿Queda algo de...?

—Saludaste a cada invitado con una sonrisa fresca, húmeda. Nos presentaron, pero tú no hablaste; seguías con la sonrisa, bebiendo un ponche. Me dijiste que debíamos conocernos desde hacía mucho, que te habían hablado mucho de mí y de mis versos.

—¡Hermanito del alma! ¡Pero qué cursilería!

—Y yo no sabía qué contestar. Todo el mundo fuera de mis estudios y mis amigos escritores era nuevo, y la frase que acababas de pronunciar era... era como saber que alguien podía escucharme...

—¡Ni me lo recuerdes! Lo que me tuve que soplar. Palabra, eres vaciadísimo.

—... y decirme cosas que me alegraran. Así de fácil. Te dije que mis versos no valían gran cosa, y me contestaste que era tan joven y ya con fama, que mirara a todos esos niños amontonados en la esquina...

—"Ellos no tienen ambiciones", ¿a poco no?

—Sí. Luego me invitaste a bailar y te dije que no sabía, pero me colocaste los brazos, siempre con aquella sonrisa, y me pusiste la mano en la nuca, me estrechaste y me condujiste. Yo sólo olía tu pelo. Deseaba decirte que contigo podría hablar, sacar las cosas al aire, decir lo que pensaba de las cosas y que si no queríamos hablar bastaba estar así, cerca, para decirlo todo.

—Debías escribir las *Rutas de emoción*, rorro.

—Entonces me convidaste a salir al jardín, aquel jardincito sofocado de palmeras, y levantaste los brazos y me dijiste que lo importante era una persona, que estaba bien hacer fiestas para conocer a una persona y luego olvidarse de los otros, ¿recuerdas? Yo te dije que pensaba igual, que...

—Ahora cuéntame una de piratas.

—No; te tomé de la cintura, y tú reclinaste la cabeza en mi hombro.

—No me mates de la risa, bebesón.

—Te dije que de pronto uno sabía que no era una idea o una obra lo importante, sino una persona, y tú metiste la barbilla en mi corbata y me pediste que te volviera a visitar pronto, y que no hiciera promesas que luego no fuera a cumplir. Me dijiste: "A ver, déjame verte los ojos", y repetiste mi nombre. Yo sólo te tomé las manos, las oprimí, apreté tu cabeza contra mi mejilla y levanté tu cara y sentí cómo mis palabras entraban en tu boca y te pedí que me dejaras ser el primero. Tú sólo repetías "te quiero, te quiero" y no me dejabas decir nada mientras abrías los labios y...

Todo el ruido del bar, que Rodrigo había suprimido en su mente, regresó en una catarata de palabras sumergidas y teclas y risas estridentes. —¡Cállate! —gritó Norma—. Ni siquiera tienes gracia para decirlo. Has inflado un triste cachondeo de adolescentes a no sé qué...

—Lo digo como lo siento, nada más.

Norma se arropó la estola en torno a los hombros quemados, amarillos. —No sentiste nada; inventaste lo que sentías, como inventabas todo, que eras un gran escritor, que ibas a salvar al mundo, qué sé yo.

Rodrigo hubiese querido un espejo. —¿Y tú?

—Yo abusada, tarugo —dijo Norma, adelantando su cara hacia la de Rodrigo con la misma ferocidad gratuita que había demostrado frente a Pimpinela—. Yo sabía que no servías más que para el manoseo, para los ratos perdidos. Ahora lo sé mejor que nunca: sólo quieres sentirte bueno, ¡pobrecito!, incapaz de matar una mosca.

—Pero tus manos, tus labios, todo...

—¿Ah, sí? —Norma frunció los labios— ¿a calzón quitado, tú? Pues sí, pude haberte querido, si me dejas, fíjate. Se puede querer a cualquier gente; cuestión de voluntad. Si me hubieras dejado vencerte, o si me hubieras dominado. Pero no querías eso, ¿sabes?, querías complacerte a ti mismo, a ti solito, hacer tus monerías conmigo y luego irte a esconder y sentirte muy feliz y muy bueno. Pero a solas. Querías las cosquillas, nada más. Si hubieras tenido el valor de violarme, te lo hubiera agradecido.

Rodrigo jugueteaba con los cerillos, sentía la espina dócil, sin fuerza: —No mientas, fue mi pobreza.

—¡Qué tu pobreza ni qué ojo de hacha! Eso vino después, porque no me dieron otra cosa. Tú no querías ser mío, querías ser un salvador de los hombres, sin vida real, y hacerme a mí un testigo sin sexo de tu grandeza moral, de tu gran bondad y talento. Nunca me dijiste: "Te voy dominar; y si no, domíname tú". Ésa es la diferencia entre un guiñapo como tú y un hombre como Federico, que me ha sometido, que me demuestra, hasta en su indiferencia, que hace dinero y es poderoso para someterme. Tú, ¿cuándo?

El autor de *Florilegio* se daba cuenta de su figura lastimosa, de sus ademanes falsos, de todo lo que unas cuantas semanas de éxito aún no habían borrado de su vida. —No es cierto, Norma, te juro que no es cierto. Era real. No hay nada más real que el amor, porque exige la presencia real del ser amado. Eso es lo que yo exigía. Sólo el odio puede fabricarse en la irrealidad, pero no el amor, Norma.

—Ahí está. Tú lo has dicho. Que dizque la presencia real. ¡Ja! ¿Pues cuándo tuviste mi presencia real, tú? Te quedaste inventando ilusiones…

—No es cierto —Rodrigo quería suprimir ese tono plañidero, el mismo de los diecinueve años, cuando Norma dejó dicho que nunca estaba para Rodrigo y él telefoneaba y rondaba la casita de la Colonia Juárez y después la nueva, en Las Lomas—. Te volví a encontrar en otras mujeres que siempre eran tú, tu cara, tu cuerpo…

El mozo se acercó. Norma, con los dedos, indicó que quería la cuenta. —Bueno, no vine aquí a servirte de paño de lágrimas, sino a ofrecerte una chamba para que no te mueras de hambre. Abusado, Rodrigo. Ésta es una ciudad de mujeres interesadas, y todo el que quiere encuentra oportunidades. Se hacen fortunas nuevas todos los días, y de guaje se va a meter una mujer con un pobretón. Tira a la basura tu nostalgia, bebesón, y ponte al alba. Ya verás cómo te caen las viejas en cuanto huelan la mosca. De repente hasta te olvidas de mí, ¿eh? Bueno, ¿quieres la chamba o no?

Rodrigo dejó que Norma pagara el consumo. De pie, caminó detrás de ella hasta la puerta de Juárez. —Mi coche está en Balderas —dijo Norma—. ¿Te dejo por ahí? —El portero del Hotel del Prado abría la puerta de un jaguar convertible amarillo, con respaldos de cuero y entorchados de níquel. —Aquí está el mío. Gracias —contestó Rodrigo con una sonrisa que era, por fin, la de su plenitud y su triunfo, la sonrisa requerida por toda su vida de justificaciones y afanes truncos. Nada más —pensó Rodrigo—, no quería sino esto, este momento, frente a esta mujer. La mueca de Norma fue un bálsamo que lo curó de todas las nostalgias, de todas las enfermedades del alma. Un muchacho pasó corriendo, gritando el periódico vespertino, y cruzó entre Norma y Rodrigo. "¡Lea lo de la bancarrota! ¡La bancarrota del famoso banquero!", y se perdió en la noche de la Avenida Juárez. Rodrigo respiró hondo, abarcó con la vista las luces desiguales, las alturas sin simetría, el cañón de prosperidad de la Avenida, y subió al automóvil que, con impar generosidad, Evrahim le había regalado como anticipo de varios argumentos de cine.

—No, no me van a vencer —decía Federico Robles, en mangas de camisa entre un torbellino de secretarias y papeles revueltos y abogados que formaban una nueva hinchazón en torno a su figura obesa—. Se lo dije a Norma una vez, Cienfuegos, y ahora se lo repito a usted: si hoy me quedo en la calle, mañana rehago mi fortuna. ¡Verá!

Las voces mandonas o implorantes avasallaban a Robles.

—… la declaración tiene que afectar a todos los departamentos, licenciado…

—… aquí está el sandwich que pidió, licenciado…

—… que si quiere usted que el síndico…

—… Le leo: "Artículo 437: El proyecto de graduación se sujetará…"

—… llamó el licenciado Régules…

—¡Ah! —exclamó Robles, arrojando un expediente al aire—. ¡Ya apareció el buitre ese! Pues que lo sepa bien: aquí sólo hay lugar para su tiznada madre… Si cree que ahora va a dar el zarpazo…

—Créditos fiscales por impuestos corrientes; acreedores de la masa; y gastos generales de la…

—¡Dígale que tantos años de marquesa; que se atreva a aprovecharse ahora, dígaselo a él y a su…!

—Acreedores privilegiados, a los cuales se aplicará…

Robles se irguió, con la rapidez de un gato acorralado, y aulló con la voz chillona y rota: —¡Largo de aquí todos! ¡Fuera! ¡Al demonio! ¡Déjenme solo!

Cuando la puerta se cerró detrás del último abogado, todo el afán de paz y silencio y soledad de Robles quebró su rigidez. Su cuerpo se desinfló. Cayó sobre el sofá. Ixca, de pie, lo observaba.

—Tantos años… ¡de marquesa! —Estiró el cuerpo y dejó caer un brazo al suelo—. Así no se asesina en México, Cienfuegos. Así, no. Por la prensa y con base en un chisme, en una calumnia cualquiera. Así no. Que vengan a matarme cara a cara. Que me den de dónde agarrarme. Como hombres. Pero así no, le digo.

Cienfuegos, desde su altura rígida, dijo: —¿Usted les ha dado esa oportunidad a sus enemigos?

Como si dependiera de un resorte, Robles levantó la cabeza: —¿Qué quiere usted decir? No he hecho ni más ni menos que cualquier otro hombre de negocios. Pero no le he costado una lágrima a nadie. Sí, ya sé lo que piensa usted. Cuando me vino con la noticia de que los regiomontanos se preparaban a vender su parte, se lo agradecí, Cienfuegos, lo admití en mi confianza, le encargué gestiones serias y seguí su consejo: dar el golpe primero. ¿Eso es lo que me va a echar usted en cara ahora? —Y la dejó caer nuevamente—. Le he contado mi vida. Yo vengo desde la milpa aquélla, Cienfuegos, y he llegado por mi trabajo y mi ambición, sin ayuda de nadie. ¿Que yo he sido eficaz y los otros torpes? Pues ahí tiene usted toda la historia de este país en dos palabras. No hay más que eso.

Cienfuegos sonrió. Robles, con un gemido, se sentó en el sofá de cuero. Su piel amarilla se había dibujado, como un mármol viejo, de placas amoratadas. —Al rato van a caer los periodistas, esto va a ser el infierno. Mire, aquí cerca, en Aquiles Serdán, hay un café rascuache. Espéreme allí para que nos tomemos algo y me calme. Al ratito lo alcanzo.

Ixca bajó a la Avenida Juárez y caminó lentamente hacia Bellas Artes. Manuel Zamacona, con unos libros bajo el brazo, salía del pórtico desnivelado. Los árboles de la Alameda se mecían desde la tierra. La gente que abandonaba las oficinas y comercios, sin alegría, bajo el peso de una indiferencia sin nombre que ni siquiera posee el relámpago de injusticia que acicatea la rebeldía, arrastraba los pies sobre el pavimento. Los puestos de revistas se estaban doblando, había largas colas que esperaban el Lindavista, el Mariscal Sucre, el Lomas, el Pensil. Zamacona saludó a Cienfuegos:

—Una mesa redonda sobre la literatura mexicana. Que si se debe hablar sobre los sarapes de Saltillo, que si Franz Kafka dependía del presupuesto de Wall Street, que si la literatura social no es más que el eterno triángulo entre dos estajanovistas y un tractor, que si por más mexicanos más universales, que si debemos escribir como budistas o como marcianos. Mucha receta, y cero libros.

Cienfuegos tomó a Manuel del brazo:

—Te convido un café.

—Seguro.

Zamacona era más bajo que Cienfuegos, y los libros, la gabardina enrollada en el brazo, lo hacían redondo y pequeño a la mirada casual. Sólo la cabeza, grande, dibujada a tinta, y el perfil finísimo, permitían distinguir a Zamacona de cualquier otro mestizo, de estatura mediana y cuerpo sin músculo, que transitara por esas calles. —Mira: Guardini, *El laberinto de la soledad,* Alfonso Reyes, Nerval —dijo, a la altura del Banco de México, indicando los cuatro libros que llevaba bajo el brazo.

—¿Para qué? Nuestra vida cultural vive en un perpetuo *statu quo,* igual que nuestra vida política. Sólo la burguesía se mueve y remueve, avanza, se apropia del país. Dentro de diez años éste será un país dominado por los plutócratas, tú verás. Y los intelectuales, que podrían representar un contrapunto moral a esa fuerza que nos avasalla, pues ya ves, más muertos del miedo que una virgen raptada. La Revolución se identificó con la fuerza intelectual que México arrancó de sí mismo, de la misma manera que se identificó con el movimiento obrero. Pero cuando la Revolución dejó de ser Revolución, el movimiento intelectual y el obrero se encontraron con que eran movimientos oficiales. ¡Ay del que venga a remover estas aguas! Nacionalismo, valores falsos, simulación. ¡A todo dar!

La carcajada de Manuel rebotó sobre los muros, casi anaranjados, del palacio veneciano del Correo. Ixca Cienfuegos sonreía con él: en México es de mal tono no tomar a broma las propias desventuras. Los tranvías avanzaban lentamente por Tacuba: otro Palacio, el de Minería, resonaba con el estruendo de los cohetes: los estudiantes pedían vacaciones adelantadas. Ixca y Manuel entraron en el café donde el agresivo olor a *flit* corría por la galería de caballerizas apenas iluminada por la luz mortecina, verdosa, de los tubos neón. Ni la higiene ostensible, pulida, del modelo norteamericano, ni el sabor recoleto, la sensación de estar, de los viejos cafés mexicanos. Zamacona asoció este lugar, que no obedecía a necesidad alguna, con el perro, hijo de todas las cruzas, engendrado entre la sangría de gasolinas y aguas frescas de la ciudad, que se paseaba con la cabeza entre las mesas, husmeando el piso de linóleo agujereado.

—¿Qué van a hacer los intelectuales mexicanos el día que el debate se plantee? —sonrió Manuel, dejando caer en montón los libros y la gabardina sobre la mesa—. Porque se acerca el día, Ixca, en que la gente va a pedir sólo eso. No mitotes, ni balazos, ni siquiera que el PRI pase a la oposición. No. Sólo que las cosas se puedan decir abiertamente, que se puedan discutir las personalidades públicas y los problemas sociales. El candidato del PRI llegará, como siempre, a ser el Presidente. No es ése el problema. Lo que el pueblo quiere, y lo querrá cada día más, es que el candidato definitivo no sea escogido, a su vez, por un cónclave de ex presidentes. Querrá discutir a los hombres y, con ellos, los problemas. Nuestra prensa mercenaria, claro, no ayuda mucho. Y los intelectuales son, o los marxistas más tontos del mundo, o los que creen que es más importante hacer una obra en serio, aunque sea aislados, que mancharse en una vida pública tan estúpida y mecánica como la nuestra.

Ixca ordenó dos cafés a un mozo bovino que se rascaba las ingles. —Hay siempre un paso de más, el que nadie puede evitar: la violación —dijo, con la boca un poco torcida, Cienfuegos—. No bastan las lecciones reiteradas del pasado. Siempre se da el paso de más.

—Y éste es un país que ya ha sido violado demasiadas veces —guiñó los ojos, al encender un cigarrillo, Zamacona—: ¿Eso es lo que me quieres decir?

—No. —La voz de Ixca se reproducía en un monótono, como si su verdadera voz no fuese audible—. Una sola vez. Como todos.

—¿Cuándo?

—Cuando olvidó que la primera decisión es la última. —Ahora, pensó Manuel, la voz de Cienfuegos era demasiado espesa, demasiado consciente de una cualidad que el propio Ixca se había atribuido a sí mismo, de manera gratuita—. Que no se puede ser más que esa voluntad original, que todo lo demás son disfraces.

Manuel quería adivinar, a su vez, el disfraz aparente de Cienfuegos: —¿Cuál decisión original?

—La del primer México, el México atado a su propio ombligo, el México que realmente encarnaba en el rito, que realmente se creaba en una fe, que…

—… Que realmente se sometía a un poder despótico, sanguinario y disfrazado por una teología satánica… —interrumpió Manuel la cantinela de Cienfuegos.

Ixca lo miró con cierto desdén divertido. —¿Y el poder actual? Dentro de unos instantes llegará aquí Federico Robles. Hoy, él ejerce —o ejercía— el poder. ¿Es mejor este poder barato, sin grandeza, de mercachifle, a un poder que tenía, por lo menos, la imaginación de aliarse al sol y a las potencias reales, permanentes e inviolables del cosmos? Yo te digo que prefiero morir inmolado en una piedra de sacrificios que bajo la mierda de una triquiñuela de capitalistas y de un chisme de periódico.

Los dos cafés llegaron, sebosos y humeantes. Zamacona rechazó el ofrecimiento de azúcar de Cienfuegos. —Lo tomo negro. Sí, leí la prensa de la mañana. Quisiera saber qué pierde con esto un hombre como Robles. A qué renuncia…

—¿Renuncia?

—Sí. —Manuel sorbió con desagrado el café de garbanzo amargo—. Quisiera saber si su personalidad depende de esos elementos de poder que hoy le han sido arrebatados, o si hay algo más, una fuerza verdadera, algo que no permita reducir a Robles, pese a una quiebra. Esto es lo que me importaría saber, no el hecho escueto de que Robles se hunda… Para mí —Zamacona inquirió, con una leve sonrisa, los ojos de Cienfuegos—, Federico Robles es una persona.

La mano de Cienfuegos hizo una seña: Robles entraba. El mozo tropezó con el banquero y le gritó: —Órale, órale, fíjese por dónde anda…

Robles no pudo contener una sonrisa agria. Tomó asiento frente a Cienfuegos, al lado de Manuel. Los párpados avejentados, extendidos en gruesas bolsas de cuero, contrastaban con el brillo intenso, la mirada de cuervo, de Ixca Cienfuegos.

—Sí, conozco al señor… Ya ve usted, Cienfuegos —dijo arrojando el sombrero a un lado—. No he cambiado de ropa ni de ademán. Pero hasta los meseros adivinan que no soy un gran señor. *Órale, órale...* Hace tantos años que un inferior no me decía eso...

—Es un café rascuache, con clientela rascuache —opinó Ixca.

—Y uno se vuelve rascuache. Tomé tantos años para crearme un exterior invulnerable... En fin, a Zamacona ya lo conozco, podemos hablar. Ya ve usted, qué rápido se cae la fachada. Para ese mesero, no soy más que un indio gordo y torpe que le pisó los callos. Es muy duro renunciar a lo conquistado, Cienfuegos.

Ixca tomó un sorbo de café, diluido y fangoso en el fondo de la taza de plástico, todavía embarrada de lápiz labial mal enjuagado.

—¿Cree usted que es más difícil renunciar cuando se tiene todo, o cuando no se tiene nada? —guiñó Manuel, torciendo el cuello para ver a Robles, y clavando, en seguida, la mirada en Ixca.

—No, no hablo de bienes materiales —interrumpió Robles—. No me importan la casa ni el automóvil. Yo renuncio al poder, ¿se da cuenta? Yo inventé el poder. Sin mí, sin el puñado de Federicos Robles que han construido durante los últimos treinta años, no habría nada, ni la posibilidad de renunciar. Sin nosotros, quiero decir sin ese círculo mínimo de poder, se me hace que todo se hubiera perdido en la apatía tradicional de nuestro pueblo.

—¿La Revolución? —inquirió Zamacona.

—Sí, la Revolución. Ustedes saben cómo empezó, y yo lo viví. Sin programa, sin ideas, casi sin metas —aunque el amigo Zamacona aquí piense lo contrario—. Con jefes improvisados y pintorescos. Sin táctica ni pensamiento revolucionario auténticos. De acuerdo: mucho se perdió o fue traicionado. Pero algo se salvó, y lo salvamos nosotros...

—Los eficaces... —dijo Ixca, sin la intención de evocar la reciente conversación con Robles.

—Sí señor, los eficaces. Carranza y Calles contra los que nos hubieran llevado de cabeza al desastre, Zapata o Villa. Los que construimos por encima de la pereza y la apatía. Los que nos ensuciamos las manos...

Ixca, sin desearlo, pues sólo quería retener este momento, sin antes ni después, el momento singular del destino de Robles, sintió cruzar por su sangre las imágenes relatadas de los combates de Celaya, impulsadas por la voz y el recuerdo de Robles.

—... los que fuimos lambiscones con los de arriba y altaneros con los de abajo; los que acabamos con algo de nuestra dignidad para salvar cosas más importantes. ¿A todo esto voy a renunciar ahora?

El rostro de Cienfuegos, afilado y brillante como un perfil de hacha, se acercó al de Robles: —Renunciará usted cuando lo posee todo. Esto es fácil. La renuncia terrible vendrá después, cuando deba usted renunciar sin tener nada.

—¡Vaya chiste! —gimió Robles—. Ni a Dios se le pidió tanto.

—Dios... —murmuró Zamacona.

—Seguro. —Robles infló el pecho, volvió a afirmarse—. Si Jesucristo impresiona a la gente, es porque renunció a salvarse como Dios para que lo sacrificaran como ladrón. ¿Creen ustedes que la solución inversa habría sido efectiva? ¿Que siendo un ladrón se habría sacrificado como Dios? Se me hace que...

La voz nerviosa y rápida de Zamacona se interpuso en la afirmación de Robles: —Pero Cristo no murió como ladrón excluyendo la posibilidad de morir como Dios. Precisamente permitió que cada ladrón futuro muriese como un Dios. Su muerte asumió todas las muertes, todas las voliciones de muerte, de renuncia y de fracaso. Cristo no sólo renuncia a su divinidad aparente, no sólo renuncia a ser Dios ante los terceros: renuncia, asumiéndolas, a las posibilidades de hombre, de ladrón, de santo, de adúltero. Todos pueden morir como un Dios, porque Dios ha muerto por todos. Todos han de salvarse, todos, o nadie. Se han de salvar el que en la humildad y el sacrificio teje su vida anónima, y el que atenta a sabiendas contra la caridad y el amor —Manuel se detuvo un momento. Sintió en su voz acentos que jamás había percibido; recordó sus frases de unas semanas antes, en casa de Bobó, y se sorprendió ante el nuevo curso de su pensamiento: la sorpresa se dejó sentir en su voz—: El más grande criminal puede decir: "Voy a cometer mi crimen con toda premeditación, voy a infligir todas las indignidades y torturas, las que más hieran la libertad y la semejanza divina de mi víctima, y sin embargo el amor que Dios siente por mí, sangriento criminal, puede perdonarlo todo y puede salvarme" —Ixca mantenía su mirada de desdén y diversión. Robles observaba fijamente el montón de libros y la gabardina de Zamacona—. El único que nunca se salvará será el resurrecto, porque ya no puede cometer un crimen ni sentir una culpa. Ha conocido y ha regresado.

—¿Lázaro? —sacó los labios, en un intento de caricatura, Cienfuegos.

Los tres hombres rieron. Zamacona volvió a fruncir el ceño: —Lázaro. En el fondo inconsciente de su espíritu, late la convicción de que, cada vez que muera, volverá a resucitar. Tendría alevosía y ventaja; podría cometer todos los crímenes con la certeza de que a los días de muerto, regresaría a cometer nuevos crímenes: nadie le pediría cuentas. Lázaro no morirá sobre la tierra. Pero ha muerto, definitivamente, para el cielo. No es un inmortal: vivir para siempre en la tierra es la negación de la inmortalidad. El resurrecto ya no se salva, porque no puede renunciar a nada, porque no es libre, porque no puede pecar.

—¿Pero usted pide que se renuncie sin tener nada como condición básica? A ver, ¿por qué? Y barájela despacio —gruñó Robles.

—Porque entre Lázaro y nosotros media la posibilidad de la culpa; él no la posee, nosotros sí. Él ya no puede asumir el dolor o la culpa ajenas: se ha hecho hermético a la vida, nada cuenta para él sino la parálisis de conocer, en redondo, su propio destino. —El mozo se acercó, con una cara de vigilancia soñolienta. Robles pidió un Tehuacán—. Entonces no puede asemejar su destino al de sus semejantes. ¿Me entiende, licenciado? Se puede renunciar en primer grado cuando se tiene todo y entonces se ha ganado muy poco, y la renuncia puede pervertirse en la añoranza y el pesar y la duda. Hemos perdido el lugar entre nuestros iguales. Ellos allá, nosotros aquí. Pero cuando se renuncia sin tener nada, no cabe más que la posibilidad de asumir el dolor y la culpa, ya no de los iguales, sino de los semejantes. Es ésta la única riqueza que queda entre nuestra renuncia y nuestra perdición. Desnudos de todo lo nuestro, sólo podemos vivir con los demás, para los demás. Y usted, licenciado, ¿va a renunciar a todo para añorar lo perdido, o va a renunciar para acabar renunciando incluso a añorar, para arrancarse la piel de su individualidad falsificada y cubrirse con el llanto y la sangre desnudos de los otros mexicanos? Ésta es mi pregunta.

Robles se quedó mirando la superficie manchada de la mesa. Ajena a toda su lógica vital, una sensación inasible de adivinanza y misterio se apoderaba de él y encontraba su punto concreto en los ojos de Manuel Zamacona. Sus palabras le importaban menos; no eran sino un flujo que permitía a Robles dejarse arrastrar a otra región donde dos ojos que había olvidado para siempre trataban de recuperar la imagen misma de Robles. La sangre del banquero, como cruzada por una lanza de plomo, se reflejó con un color ceniza en su piel. Casi no escuchó las palabras de Ixca, coronadas por una carcajada:

—Mi querido Manuel, toda esta tesis está bien cuando se apoya en una idea de personalidad capaz de recibir, y engendrar, redención, culpa, etcétera. Pero no veo qué razón tenga en un país donde no hay persona, sino otra cosa: aire, sangre, sol, un tumulto sin nombre, una masa torcida de hueso y piedras y rencores, pero jamás una persona.

—Entonces éste es un país presa de lo satánico... —repuso Zamacona.

Cienfuegos rió nuevamente, adelgazando su córnea amarilla. —¡Lo satánico! Estoy hablando en serio, Zamacona, no como un mitómano medieval...

Al pegar con el puño sobre la mesa, Zamacona hizo saltar el Tehuacán del banquero, que se regó sobre el piso. Robles permaneció con la mirada fija, temblorosa, en Manuel. —Hablo de realidades. Hablo de la dispersión, de la ruptura infinita de la unidad humana. Ese punto oscuro donde no se puede alcanzar el amor, ni la compasión, ni siquiera la contemplación de sí mismo, porque hasta la unidad más nimia de la persona está atomizada, sin lugar de referencia con la liga vital que nos ata a un ser amado, a un simple, escueto admitir la vida de los demás. Esa vida ficticia que sólo admite la existencia de sí misma es lo satánico.

La sonrisa paralizada de Ixca Cienfuegos era negada por sus ojos densos y oscuros, colmados de una resaca de odio que se disparaba sobre las figuras sentadas frente a él. Parpadeó hasta aclarar esa laguna turbia. El mozo se acercó, lanzó el brazo al aire en una seña de maldición, y trapeó el agua mineral regada.

—Por eso quiero saber —dijo ahora Zamacona— qué significa esa conmoción anónima a que te refieres, Cienfuegos, qué sentido… Nada ganamos con saber que allí está, mostrenca. Quiero saber el sentido del tumulto sin nombre, de la masa torcida de sangre y rencor que para ti es México.

—De ella depende la salvación, la salvación de todos. —Cienfuegos adelantó el rostro, de una palidez brillante, hasta acercarlo al fruncido e inmóvil de Zamacona—. La salvación del mundo depende de este pueblo anónimo que es el centro, el ombligo del astro. El pueblo de México, que es el único contemporáneo del mundo, el único pueblo que aún vive con los dientes pegados a la ubre original. Este conjunto de malos olores y chancros y pulque viscoso y carne de garfios que se apeñusca en el lodo indiferenciado del origen. Todos los demás caen, hoy, hacia ese origen que, sin saberlo, los determina; sólo nosotros hemos vivido siempre en él.

Cienfuegos solicitó una respuesta de Robles; el banquero, hundido en su propia carne, estaba muy lejos. Todas las palabras dichas llegaban a él convertidas en sensación e imagen. Un gancho de memoria perdía su mirada, aniquilaba su cuerpo. Semejaba, sentado en el estrecho banco de la caballeriza, un montón de tierra ceñida.

—Federico Robles diría —dijo Cienfuegos— que eso es pedir que nos detengamos, que ya no trabajemos, no creemos industria, bienestar… Sí. Que los destruyan para que el amanecer nos encuentre sobre un desierto, sin más riqueza que nuestra piel y nuestra palabra. Para que todos partamos de la arena primera, del cuerpo tatuado de heridas y derrotas. *Y el mundo que gima y alce sus voces plañideras* —no supo Ixca si lo pensaba o lo decía, pero la mirada que le devolvía Zamacona parecía escucharlo todo—; *sabrá entonces que no es el suyo, el dolor de lo perdido, el verdadero dolor: que hay otra tierra, otros hombres, que no han vivido más que el dolor y el fracaso. El equinoccio del sufrimiento se dio en México; aquí se hermanaron todas las promesas, todas las traiciones; aquí el sol es más viejo y arrugado: y sólo aquí sus rayos son luz de tinieblas. El sol ruge sin cesar, pero siempre es de noche. Noche de los dioses que huyeron despavoridos, noches rezando para que no suceda lo que ya sucedió, noches lar-*

gas frente a un espejo, haciendo la mímica de los modelos mientras las espaldas se nos caen a jirones y el llanto nos suda por las manos. Noche cargada de fardos y de cofres de oro y plata, noche de la bayoneta y del pedernal —y Cienfuegos sabía que en la faz cada vez más antigua de Federico Robles, en el apremio desbocado de su memoria y sus ojos perdidos y su carne sin huesos, penetraban también, y corrían como una liebre de fuego, sus palabras no dichas—; *la sábana de ceniza volcánica vuela hasta las constelaciones, Robles, Zamacona, para decirles a todos: si no se salvan los mexicanos, no se salva nadie. Si aquí, en la tierra embrutecida de alcohol y traiciones y mentiras resplandecientes no es posible el don —el mismo don que tú pides, el de la gracia y el amor— no es posible en ninguna parte, entre hombres algunos. O se salvan los mexicanos, o no se salva un solo hombre de la creación. ¿Pero cómo decirlo, Robles, Zamacona, si los ratones nos han comido la lengua, si todo nuestro lenguaje son los colores y el sexo y las geografías mudas?:* —Y en ese origen, Zamacona, se sabrá que no ha habido dolor, ni derrota ni traición comparables a los de México. Y allí se sabrá que si los mexicanos no se salvan, no se salvará un solo hombre de la creación.

—Sí —dijo Manuel Zamacona, devuelto por las palabras de Ixca a remover sus libros, a jugar con una cajetilla de fósforos, a mojar su colilla en el residuo del café. —¿Pero a quién se hará responsable de ese dolor y esa traición? Insisto, Cienfuegos: no basta atestiguar la miseria y las derrotas de México. ¿A quién son imputables? Te lo digo en serio: por cada mexicano que murió en vano, sacrificado, hay un mexicano responsable. Y regreso a mi tesis: para que esa muerte no haya sido en vano, alguien debe asumir la culpa. La culpa por cada indígena azotado, por cada obrero sometido, por cada madre hambrienta. Entonces, sólo entonces, ese hombre singular de México será todos los mexicanos humillados. Pero ¿quién acarrea los pecados de México, Ixca, quién?

Viejo, cada minuto, cada palabra más viejo, montaña inmóvil y río subterráneo, sus ojos corriendo como lava entre lagunas petrificadas, Federico Robles sentía y tocaba las palabras de Manuel Zamacona. —Lo espantoso, Cienfuegos, es que a veces no sabe uno si esta tierra, en vez de exigir venganza por tanta sangre que la ha manchado, exige esa sangre. Si esto fuera cierto, entonces sí acepto tus ideas: volcán anónimo, dispersión y muerte del hombre.

Pero no era esto lo que escuchaba, en voces plegadas como serpientes, Federico Robles. Escuchaba un nombre olvidado, cancelado por el éxito y el poder; escuchaba el calor de una capital de provincia, la voz taconeada de un hombre gordo y olvidado, el rumor explotando en ecos de pólvora sobre un llano de yeso y matorrales. Se llevó los dedos a los párpados en un esfuerzo último por recordar esos nombres: en ellos, a ciegas, buscaba la encarnación de las palabras de

Zamacona. Un hombre muerto en vano; un hombre culpable. Las voces de Ixca y Manuel huían, por fin se dejaban devorar por una oscuridad lejana, y Federico Robles permanecía solo, antiguo y olvidado como la gota más vieja del mar, con los ojos cerrados, inviolable en este último apoyo de su conciencia, en el recuerdo definitivo que sólo este día, el del derrumbe de su poder, pudo convocar...

Feliciano Sánchez

Hasta la celda de Feliciano llegaban los rumores de la fiesta: 15 de septiembre, y él metido aquí. Con un movimiento de la cabeza cuadrada, Feliciano intentó dar un ritmo a los ruidos. Como que ya los había ordenado, dispersos, durante el tiempo que había estado en la prisión. Ahora se le agolpaban: todos juntos, deshacían su esquema. ¿De dónde venían? No de la gente, que afuera, en el aire, pactaba el silencio. Venían de otra parte: los creaban el recuerdo, las luces de bengala, el chisporroteo de la sangre. Porque nadie metía boruca, así al aire libre. Después —¡cómo le ardía a Feliciano hacer memoria de otros años!— venía el mitote, el relajo, ya a puertas cerradas. El sacrilegio, entre paredes. Con los dedos, marcaba Feliciano en el muro los sonsonetes que le devolvía esta noche. Ya estaba bien de encerrona. No era la primera: siempre había estado al frente, exponiéndose donde nadie quería estar. Con los ferrocarrileros, con los leñadores en El Chaparro regado de sesos, con los mineros. Ya debía estar aprovechado, descansando, cuando le cae la gorda. Ahora sí habían pellizcado sus palabras; y no sería la última vez. Se acercó a la reja y contuvo un estornudo:

—¡Oiga...! ¡Oiga! A usted le hablo, nalgafría.

Un indio envaselinado, con máuser, se acercó:

—Usted se la anda buscando, se la anda buscando...

—Déjese de payasadas. Oiga, ¿no han venido los muchachos?

—A usted no lo busca nadie, no lo busca nadie.

Siempre hacía la misma pregunta. Nunca habían venido los del sindicato. Nunca habían protestado por los encarcelamientos. Sabían aguantarse.

—Oiga, ¿qué clase de changarro es éste? Ya van tres días que pido un pañuelo. Estoy bien acatarrado.

El soldado miró, con sus ojos brillantes, esculpidos en aceite, a Feliciano. Y comenzó a reírse, con una risa inquieta, concentrada. Se fue por el pasillo del calabozo, gimiendo su risa, lenta, saboreada. Y gruñó desde el fondo: —Tú estás para catarros.

Federico Robles, con la mirada opaca y un traje *salt and pepper* nuevo, había sido encargado de ir a exponer la situación. Acababa de cumplir treinta y nueve años, y a su casa recién estrenada de Cuernavaca asistían, cada fin de semana, otros abogados jóvenes y ambiciosos, banqueros conservadores, diplomáticos alemanes y dirigentes de los Camisas Doradas. Pronto estaría lista la casa de la Colonia Hipódromo, pintada de rosa y con frisos alegóricos realzados en yeso sobre la portada. Había ascendido rápidamente, y ahora estos hechos —su juventud, la falta de resonancia exterior de sus ligas e ideas— lo convertían en el personaje perfecto para ir al Estado a comunicar el peligro que suponía la visita del líder Feliciano Sánchez.

—Éste viene a armar la grande —había dicho Federico Robles—. El hombre tiene cada día más fuerza en las centrales de México, pero si se le corta por lo sano, ni quién levante un dedo. Los que vienen detrás de él están dispuestos al compromiso, y preferirán dejar las cosas en paz con tal de asegurarse en sus puestos. Nadie va a salir a vengar a Sánchez, no se preocupe. ¿Un pretexto? No hace falta. Sánchez es muy aventado, dice las cosas claras y él mismo se encargará de darnos el pretexto. Aquí viene a hablar en las plazas, a pegar manifiestos en las paredes: a subvertir el orden público, mi general. Eso ya es delito suficiente, ¿no se le hace? Se lo digo en serio: el grupo se ha dado cuenta de que este hombre es capaz de dar al traste con todo si no se le frena a tiempo. La directiva de México y nuestros amigos extranjeros lo consideran nocivo para los intereses, no digamos del grupo, sino de la patria. Mientras haya hombres como este Feliciano en México, no se podrá trabajar en paz. Los inversionistas se asustarán y no nos darán un centavo.

—Pero si Sánchez también se opone al Gobierno —había taconeado las palabras, desde la silla de lona de la terraza sombreada, el General—. ¿No nos conviene más explotar esto?

Robles trató de penetrar la sombra que abrazaba al General. Lo habían sentado a diez metros del hombre, fuera de la terraza, bajo los rayos del sol. Una larga mesa se interponía entre ambos. En los extremos de la terraza, varios tipos armados permanecían de pie. Otros se paseaban por el patio, fumando lentamente. —No, mi General. Eso es lo que le da fuerza al cabrón. Su independencia. Los que le sigan se dejarán halagar y dominar por el Gobierno; los obreros perderán fe en los líderes, y entonces serán más fáciles de atraer hacia nosotros.

Los dientes blancos del General brillaron desde el fondo. —Está bueno, licenciado. Aquí le arreglamos al chivo.

Boca abajo sobre el catre, Feliciano trataba de conciliar el sueño con la tos y la irritación de la garganta, cuando una mano le pegó en la espalda. Feliciano gruñó y volvió la cabeza.

—Arriba, arriba.

—Oh, señor. Me siento muy mal. Todavía no amanece.

—De eso se trata. Vamos a curarle el catarro.

Feliciano se levantó, abotonó la camisa, se sobó las espaldas cuadradas, adoloridas. Con los puños, se restregó los ojos y el bigote entrecano. Sin saber qué lo movía, siguió al soldado fuera de la celda y, súbitamente, sintió el latigazo de la mañana de septiembre. Subió al camión, entre dos guardias.

—Adónde vamos —ensordeció su voz, le robó la interrogación, el escape del motor.

—A celebrar el quince —dijeron las encías blancas del soldado—: Éntrele al tequila. Se le quita el catarro.

El camión pasó las rejas mientras Feliciano empinaba la botella. Un breve resplandor parpadeante indicaba la presencia nocturna de la fiesta. Se iba haciendo pequeño y lejano... Como en un tobogán, Feliciano sólo veía el espacio de carretera negra iluminada frente a sus ojos. Pero olía la meseta, su vestido oscuro de llanos secos; sentía las paredes de basalto, los garfios de luna y piedra. Los soldados, con ojos de pescado, balanceaban sus cabezas indias al ritmo del camión. Y Feliciano respiraba, con cada vuelta de rueda, prisionero entre dos carnes armadas, el paisaje estéril, la naturaleza heráldica, parda, poblada, en el frío y la modorra de este amanecer, por aves de metal. El camión se detuvo. Todo el viento se hacía remolino, en el llano, sobre la cabeza de Feliciano Sánchez.

—¡Aquí mero! —dijo un soldado al otro. El farol buscador del camión cayó sobre Feliciano, cegándole.

—¡Ahora, a correr! —le gritó el cabo, y lo empujó fuera de la carretera, por la senda alumbrada de yeso. Feliciano se apretó la barriga, quería desplomarse allí mismo. Cayó de rodillas sobre la tierra dura. El cabo lo levantó y volvió a empujarlo, y Feliciano, limpiándose el caliche de las rodillas, despertó y corrió hacia la oscuridad, escapando a la luz punzante del camión.

—Agárralo bien, de espaldas —dijo uno de los soldados, mientras la luz bañaba, serpenteando, a Feliciano.

Una lluvia suave, hipnótica, entró por su espalda, y Feliciano cayó de boca sobre los matorrales enanos y la superficie de plomo.

Federico Robles se había plantado frente a su casa en construcción. Desde la orilla del Parque Hipódromo, observaba con las facciones rígidas el ir y venir de obreros por los andamios, olía los elementos de ladrillo, cal y pintura, y prefiguraba esos ornatos en relieve con Ceres ubérrimas trenzadas en espigas y cornucopias. A su lado, el hombre vestido de negro esperaba una respuesta. Las sombras veloces de las palmeras le bailaban a Robles sobre la cara morena, cuidadosamente afeitada, como una pasta amarillenta decorada por dos botones negros, más brillantes, menos penetrables que dos ojos cualesquiera.

—No, amigo, no. No exijo tanto por mis servicios. Agradézcale al General su oferta. Pero una cartera en su próximo gobierno revolucionario me viene demasiado ancha. Hay hombres que han prestado servicios más importantes a la causa, hombres con experiencia y dotes administrativas. Yo puedo serles más útil si no aparezco públicamente. Dígale al General que me conformo con unos cuantos metros de esos terrenos que tiene por allá arriba. Total no le cuesta nada y todo queda, como quien dice, en familia. Aquellos terrenos pelones, ¿sabe usted? Van a pasar muchos años antes de que alguien se decida a construir tan lejos de la ciudad. Ándele, pues.

Federico pensó que unos vitrales de color harían falta en el baño, y le hizo una seña al arquitecto.

Calavera del quince

El día siguiente al del atardecer pasado por Robles, Zamacona y Cienfuegos en el café de Aquiles Serdán, amaneció brillante de sol y extrañamente quieto. Era el 15 de septiembre, y trescientas mil personas habían abandonado, en trenes impuntuales, en camiones, en convertibles importados, la ciudad de México. Robles nunca supo en qué había terminado la discusión entre Manuel e Ixca; hubo un momento en el que se levantó de la caballeriza, caminó por las calles y sólo corrió el velo que cubría el brillo intenso de sus pupilas indígenas al penetrar, nuevamente, en la agitación de su oficina. Mecánicamente, había proseguido con los trámites de la quiebra. Su voz no volvió a levantarse: corría, lento como en los sueños, a lo largo de expedientes y consultas y papeles. El nuevo amanecer lo sorprendió, en mangas de camisa, derrumbado sobre un sofá de cuero. No percibió la primera luz —la más penetrante, sin embargo— y dejó que la noche se siguiera colando por sus ojos hasta no distinguir el color de sus propias manos: con tal de no encender la luz, o moverse del sofá. *Hay alguien que me quiere mirar* —pensó—, *hay alguien que me quiere mirar hasta adentro. No está aquí, junto a mí. No le hace. Me quiere mirar de otra manera. Quiere dejarme sus ojos dentro de los míos. Como dos huevos esperando que el cascarón se rompa y los pájaros crezcan dentro de mí y batan sus alas dentro de mí y se apoderen de mí*. No podía pensar otra cosa. Estaba solo. Sólo los zapatos lustrados brillaban —junto con los ojos apretados entre los párpados de cuero espeso— en la oscuridad intermedia que sigue al primer alumbramiento del día. Robles desinfló su pecho y sintió todo el peso del aire concentrado en el estómago. En el sexo, un hormigueo de ritmo desigual pugnaba por ascender al cerebro de Federico. Sus manos se apretaron como si cada una empuñara un látigo, hasta que las venas comenzaron a pulsar en desorden, apresurando la sangre por todo el cuerpo laso y, a la vez, inconscientemente rígido y expectante. Pensó levantarse y encender la luz. ¿Qué vería? Recorrió con la memoria los elementos reunidos en este despacho: archivos, una mesa dispuesta a solicitar comunicaciones y a expedir órdenes, una caja fuerte anticuada, la pintura de

Rivera, los sillones de cuero, el ventanal ligeramente azulado para filtrar la resolana. El recinto del poder. Robles sintió, por primera vez, que el lugar y el hombre no coincidían. Se levantó pesadamente y caminó hasta el baño anexo a la oficina. Se quitó la camisa: la camiseta arrugada no podía contener el pecho lampiño y acanelado, las tetillas gruesas, los pliegues de los brazos y la cintura. Mojó la brocha y dejó correr el agua caliente. Bajo la máscara de jabón, el rostro comenzó a aparecer, piel oscura bajo máscara blanca, a medida que la navaja recorría, minuciosamente, las mejillas de Federico Robles.

—Me voy a Acapulco —le decía Manuel a Ixca ese amanecer—. Vamos por mi carcacha; vente conmigo. Me voy a festejar a los héroes.

Los dos habían bebido toda la noche, discutido, Manuel enfático en sus contradicciones, Ixca frío, tratando de comunicar el pensamiento con los ojos. El taxi los dejó en Reforma y Neva. —Aquí está el fotingo. Vente. A Acapulco, Perla del Pacífico, a recuperarnos de nuestro desgaste intelectual. —Manuel se prendió de las mangas de Cienfuegos—. A ver los cueritos en las playas, manito, a hacer la vida que nos corresponde. ¿No vienes? —Manuel subió al automóvil y asomó la cara por la ventanilla—: No tengo el valor de morir por lo que digo. Eso es todo. ¿Y para qué seguir si no lo tengo? —Arrancó por la Reforma, e Ixca caminó, a paso rápido, a través de la neblina delgada del amanecer.

Natasha, Bobó, Charlotte, Paco Delquinto y Gus salían a las once de la mañana hacia Cuernavaca. Lally les había prometido un almuerzo de carne al carbón, preparada al lado de la piscina de su casa, y la asistencia de dos o tres columnistas de sociales.

—Es la oportunidad de tomar en nuestras manos la venganza de la pobre Pimpinela y contar todo lo que sabemos de la parvenue esa de la Larragoiti —dijo Charlotte, tapándose la nariz para no oler las excrecencias de la fábrica de papel de Peña Pobre.

Paco Delquinto, al volante, se contentó con sorber despectivamente. Gus, a su lado, esponjó su bufanda de seda. —No me dirás, Paquito, que esto no es tomarle el pelo a uno. ¡Tanto hablar de haciendas perdidas y doña Carmelita Romero Rubio! —Paco Delquinto asomó la cabeza fuera del automóvil y respiró honda y teatralmente el mal olor del lugar.

Desde las seis de la tarde, el Zócalo comenzó a llenarse. Por los cuatro flancos, en silencio, desfilaban arrastrando los pies. Una disciplina desordenada los mantenía a todos revueltos, callados. A las siete, los reflectores abrieron los párpados y acribillaron la Catedral, el Palacio, el Ayuntamiento. Alumbraron la piedra y las cabezas negras y el bullir de rebozos y camisetas blancas. Recortaron los castillos de fuego. La gran laguna negra, fauces de la ciudad, se apretaba, angosta, entre el cielo de polvo y la vieja tierra de agua. Y en el silencio, el primer estallido de petardo: no necesitaba acallar voces: el ruido del cohete podía reinar sin murallas, esparcirse, ser centella y redondez, estallar sin mutilar su eco. Nubes de pólvora ceñían a la muchedumbre. Los castillos abrieron sus pulmones de luz, respirando el estruendo de azul y escarlata, de chispas sin color, de humo nocturno. Entre el florecer de fuego, gran fanfarria de trompetas: verde, blanco, rojo, el fuego de artificio pasaba a habitar el cielo, latigazos de lumbre rociaban todos los perfiles. El olor se inundaba de carnitas y tortilla caliente y jícama fresca. El rito luminoso, en el aire. Y pegado al suelo, el polvo, las carnes apretujadas, toda la meseta de víscera seca, los cuerpos morenos, la mirada fija en el balcón.

—¡Mueran los gachupines!

Desde que tenía uso de razón, el Fifo venía a la fiesta del Grito: a robar carteras, a vender gorditas, después a arrimárseles a las mujeres, a gritar *¡mueran los gachupines!* Ahora que se abría paso a codazos entre la turba, para divisar mejor el gran balcón central y la campana de Dolores bañada de luz artificial, se perdía entre el surtidor de fuegos, lo iba masticando una de las multitudes. Alzó la cara; se sintió desaparecer entre la gente. La otra multitud, la que asomaba por las ventanas de Palacio, se veía tan nítida. Quería divisar, hasta adentro. La campana de Dolores sonó ronca, y la multitud gruñó, alzó los brazos, encendió más petardos. El Fifo buscó una actitud que le diera un aire de desplante, de estar allí, él, con su nombre y su cuerpo en medio de todas las cabezas sobre las cuales pasaban, volando, las ráfagas de la luz del cohete y de los reflectores.

—¡Fifo, Fifo!

—¡Mueran los gachupines!

—La trae atravesada, ya tan *erly* —dijo el Tuno—. ¿Qué nos queda pa'después, manito?

—Ya estuvo suave de tomar el fresco, Beto. Vámonos, jálense todos a la cantina —dijo Gabriel.

Todos asintieron con un alarido. El pequeño grupo se echó a andar por Moneda, silbando, el Fifo chancleteando, Gabriel rascándose las quijadas de pelos lacios:

—Ya sé a dónde vamos. Yo le quiero ver la cara a uno. A ver, Beto, empínense la botella.

El mezcal dio la vuelta al grupo, y Beto gritó: —Ayyy-jayjay, ¡hoy me la pela la mera muerte calaca!

—No será más *suit* una güera balín —suspiró el Tuno.

Todos se abrazaron y se metieron por la callejuela lateral de la Academia, rumbo a la Merced. La Santísima, con su cúpula de mantequilla, vibraba con luces bajo los castillos y los cohetes. Cantaban y chiflaban: … *desde la cuna comienza, y a vivir, martirizado…*

—¿Ya trajeron la caja?

—Ahi está, afuerita nomás. Ojalá y no tengan que usarla.

—¿De qué color la trajeron?

—Blanca, para el angelito. De ocote bueno. ¿No quiere el respaldo de seda?

Rosa Morales se asomó al cuarto alumbrado por dos veladoras. De su rebozo, sacó un judas pequeño, pintado de amarillo y morado, con gran nariz de carbón y un rabo puntiagudo.

—Esto lo mete de una vez. Es su juguete que más le gusta.

El enterrador tomó el judas por la nariz y lo metió en la caja, de lado, para que cupieran los dos.

—¿Me hace usted otro servicio? Nadie va a venir hasta que se muera. Avísele al pulquero que hoy hay velorio. El café lo hago yo.

Rosa entró de nuevo en la casa. Jorgito, amoratado, sacaba cada vez más la lengua.

—Ya estaría… si siquiera me hubieran averiguado de qué se murió.

Encendió una tercera veladora, pero no podía mantener la atención fija en la imagen de la Purísima. Su vista recorría el aposento, desnudo, el comal y los braseros, las ollitas pintadas, la masa en el suelo. Volteó a ver al niño. Ya estaba muerto. Rosa corrió la cortina que separaba al cuarto de la calle y salió a la vereda terrosa. Las cantinas, los abarrotes para los clientes de la noche del Grito, la cortina de humo de cohetes que volaba sobre el barrio: Rosa sintió que la castigaban, que se burlaban de ella. *Dime, Juan: ¿para qué venimos a dar aquí? ¿para qué una cosa o la otra, si las dos son lo mismo?* Se tapó la cara con el rebozo y levantó la cajita blanca para meterla en el cuarto.

Manuel Zamacona no encontró alojamiento en Acapulco y decidió seguir, por Pie de la Cuesta, hasta Coyuca, hasta gastar la noche. Había pasado las primeras horas nocturnas en la playa y ahora, poco después de las once, abandonaba el puerto iluminado por luces de tres colores, sudando en los pantalones de franela, con las mangas arremangadas y el montón de libros y gabardina al lado, zarandeados por las curvas y el calor que doblegaba y reblandecía las páginas. El mar rugía en Pie de la Cuesta, por encima del grupo que, alrededor de una fogata, tañía guitarras. La carretera descendió al pantano y se internó entre platanares espesos, cuando Manuel advirtió que el automóvil estaba dejando escapar la gasolina y que el tanque disminuía rápidamente. Prosiguió con lentitud a través de la geografía oscura y sofocante, coreada por papagayos despiertos, hasta distinguir unas luces. Tres o cuatro jacales de paja precedían al edificio de un piso, blanqueado de cal, de donde surgían voces cortadas y el rumor de una sinfonola. Algunas mujeres amarillas se mecían en hamacas y dejaban correr entre los charcos de la carretera a los niños desnudos que el ruido de la pequeña cantina, la noche del Grito, había arrebatado al sueño. Manuel detuvo el automóvil a pocos pasos de la cantina y quiso exhalar todo el cansancio y el sudor preñados. Encendió un cigarrillo y hojeó uno de sus libros: *et c'est toujours la seule —ou c'est le seul moment*… Descendió, abrió la cajuela y sacó una lata de aluminio. Repitiendo a Nerval, se dirigió a la cantina. El danzón lentísimo que carraspeaba la sinfonola se oponía a las altas voces, a los cuellos hinchados de gritos, de los hombres vestidos de blanco que apenas movían los cuerpos en su intercambio de palabras soeces: las bocas desdentadas, la morenía lívida de los rostros.

—Perdón: ¿me podrían vender unos litros de…?

Uno de los hombres le dio la cara a Manuel Zamacona; desprendido como un trompo de la barra de madera, con los ojos redondos y sumergidos de canica, disparó su pistola dos, tres, cinco veces sobre el cuerpo de Zamacona.

Manuel dejó caer el bote de aluminio, se clavó las manos en el estómago, salió con la boca abierta hasta el camino espeso de olores vegetales, y cayó muerto.

—A mí nadie me mira así —dijo el hombre con ojos de canica.

Durante todo el día de fiesta, Federico Robles había permanecido, costra inmóvil de sí mismo, reflejo denso y oscuro de todos sus recuerdos, sentado sobre el sofá de cuero de su oficina, la mirada lejana en los árboles de la Alameda, las cúpulas perdidas de la Santa Veracruz y San Juan de Dios. Más allá, una bruma exacta, de pólvora y luz, comenzaba a levantarse, desde la gran plaza olvidada de Santiago Tlaltelolco y sus cuarteles pardos, de altísimos muros descascarados, desde las calles festivas de Peralvillo. No era esto lo que percibía Federico Robles; en el primer plano, le bailaban por el cerebro un periódico que anunciaba a ocho columnas, en la página roja, la situación de quiebra inminente de un Banco, las aventuras audaces en que su gerente había comprometido, no sólo el capital social, sino todos los depósitos también; el periódico vespertino, graduado, que daba la noticia con nombres; el día siguiente, lleno de manos agitadas frente al Banco, la invasión gomosa de hombres y mujeres retirando su dinero, las operaciones costosas y los negocios apresurados para liquidar acciones, vender terrenos y casas, procurar crédito. El rostro de Roberto Régules, quemado en el campo de golf, de ojos grises y líneas acentuadas, le sonreía en la palma de cada mano extendida que exigía un depósito; Régules había negado los créditos, se había movido en todos los círculos aseverando la veracidad de los malos manejos de Robles, oponiendo intereses, preparando el derrumbe final, adquiriendo derechos reales a la mitad de su valor, títulos a la tercera parte, prometiendo en todos lados una participación lucrativa en la ruina de Robles. Pero detrás de esto, en una zona sin articulación en su mente, brillaba el rostro de Feliciano Sánchez, acribillado y blanco; y más atrás, en el último estanque de la memoria, el de Froilán Reyero, hablando con el padre de Federico Robles junto a una fogata en un jacal de Michoacán y embarrado de polvo junto al paredón. Los dos rostros se aliaban y confundían en esa zona última de la memoria: rostros asesinados, decorados de pólvora y sangre, ambos idénticos en la reproducción mental, no querida, de Robles. Ambos muertos en vano —creyó Robles que podría pensar—, sin una sola voz capaz de recordarlos o de decir: —¡Fui yo! ¡Yo soy tu asesino! Las dos cabezas muertas, en los ojos perdidos de Robles, se unían en un solo cuerpo de mil brazos acribillados, picoteados de plomo. Froilán Reyero, Feliciano Sánchez, los dos nombres que él recordaba, no eran sino una manera singular de nombrar a todos los muertos anónimos, a todos los esclavos, a todos los hambrientos. La tristeza y desolación de todas las vidas mexicanas cruzó, en ese instante, por la sangre de Robles. Albano... un viejo de pocas palabras, que las pocas que decía eran arrojadas fuera del mundo, como piedras candentes, al centro del sol, que manchaba todas las noches sus huaraches de lodo para que el sol los secara y quebrara su estampa calurosa en todo el sudor del hombre. Mercedes... una mujer amortajada de oscuridad, concebida en la oscuridad de las manos jóvenes de Federico... Metralla y sol, campos de Celaya, semilla y abono, y un caballo furioso, ligero y tenso entre el fuego del combate, idéntico al caballo que... que... Robles quiso volver a recobrar un nombre anterior, anterior y de ese instante mismo, y sólo pudo recuperar los nombres y los rostros lejanos de Froilán Reyero, Feliciano Sánchez. Las muertes de esos dos nombres rodeaban, como una placenta de fuego, el cuerpo y la vida de Robles en ese momento. Del mundo habían huido todos los objetos palpables: sólo una envoltura oscura y vasta, las dos estrellas errantes de los muertos y él, boca abajo, sin locomoción, con las alas rotas y los ojos pegados a la tierra. Sin palpitación, ondulantes, dispersos: sueño de fantasma: un ojo le decía a otro ojo espesos de una mímica de astros

"¿cómo, Ibarra? ¿accidente de trabajo?

"conviene que la noticia provenga de una institución privada

"viejo de ojos terribles y manos dulces

"entonces vino la huelga y todos sabían que no iba a haber qué comer... yo tenía pena y rabia, y ya nunca se me ha de quitar

"es un indito frágil y dócil, que ha comprendido

"hubiera usted visto aquellas caritas de porcelana

"y la otra hermana que iba a cumplir dieciséis

"dos mil quinientos pelones fueron los que se agarraron

"ora sí ya vienen las vacas gordas

"¡Maycotte está sitiado en Guaje!

"así, siempre, por favor, así, siempre, sucias

"un viejo amor, ni se

"hemos creado, por primera vez en la historia de México, una clase media estable, con

"¡ahora sí es una gran capital! hay que disfrutar de este México nuevo, cosmopolita, ¿no le parece a usted?

"¿somos originalmente o llegamos a ser? usted no tiene hijos, licenciado

"a veces pienso que no es vida, tanto trajín social; créeme que lo hago por ti

"no podemos vivirnos y morirnos a ciegas, ¿me entiende usted?

"¿te sientes a gusto?

"Hortensia

"Si los mexicanos no se salvan, no se salvará un solo hombre

"¿quién acarrea los pecados de México, Ixca?

"Feliciano cayó de boca entre los matorrales"

Con un movimiento brusco, Robles se llevó las manos a los ojos. La noche había caído, y un rumor concentrado, múltiple y, sin embargo, sordo, ascendía de toda la ciudad hasta el despacho. Se celebraba el Grito. Los petardos se aceleraban por encima de las voces cuando Federico, a las once de la noche, salió de su oficina y serpenteando para evitar los grupos de borrachos y celebrantes y niños que lanzaban cohetes, ascendió en su automóvil hasta Las Lomas. La sala de la casa estaba apagada. Federico pronunció el nombre de su mujer y subió a la recámara encendida: Norma, envuelta en un *deshabillé* de seda y encaje, le dio la cara desde la cama.

Ambos rostros, el del marido y el de la mujer, se habían reducido a las líneas definitivas: los ojos enrojecidos, la mueca, el cuerpo flojo de Norma —la concentración de la carne, las manos crispadas, los ojos antiguos de Federico.

Norma sólo dejó escapar un rugido hueco y arrestado en su origen, que rompía para siempre el destino evidente de la lujosa recámara de paredes capitoné, cristal enmarcado en oro y alfombras rojas.

—¿También esta casa se nos va? —dijo la voz sumergida de Norma—. ¡No mientas! ¡También la casa!

Federico paseó su nueva mirada por la pieza. Plantado como un macizo de plomo sobre el tapete, su figura no pertenecía ya al lugar. El color de la alfombra lo mareó; dos cuerpos, siempre dos rostros, le parecían surgir de esa mancha roja.

—También.

—Norma arañó la almohada: —¿Y qué vas a hacer? ¿Vamos a vivir de limosna, o qué? ¡Dime!

—Es por el momento. Ya nos recuperaremos. —Las palabras ascendieron a la garganta de Robles automáticamente; sintió, en el centro del cuerpo, un afán nuevo, de asco y destrucción y nuevo encuentro, que sin saberlo había germinado en las voces, los recuerdos y las horas solitarias del último día. Irguió el dedo índice, culebra escapada de la solidez monolítica de su carne—: Dame las joyas.

—¡Ja! —El cuerpo de Norma se irguió de la cama, los senos picudos bajo la bata, los nervios bailándole en el cuello—. ¿Y qué más? ¿Me meto de cabaretera para comer? ¿O vamos a poner un tallercito de costura a domicilio?

—No grites. Te van a escuchar los criados.

—Ni eso, tú. —Norma cruzó los brazos y acentuó su mueca, revisando a Federico de pies a cabeza—. La cocinera se fue a su tierra a celebrar, a Rosa se le está muriendo un mocoso. No has sido para venir a acompañarme... —Dejó caer la cabeza—. Sentí que me moría de rabia y de soledad.

Robles hubiese querido correr, por primera vez, a consolarla, a tomarla entre sus brazos, con algo más que la mecánica helada de sus noches juntos, proyectadas de antemano, exactas y lúcidas, cada uno llevando la cuenta y la observación de los movimientos, de los preparativos y de la higiene del otro. Era este recuerdo el que se interponía entre Federico y el cuerpo quejoso de su mujer. Y era, sin embargo, la primera vez que ella no lucía con todo el esplendor de su elegancia minuciosa, pronta a evaporar el olor de los contactos, de los cuerpos de poros cerrados. Robles no movía un músculo:

—Las joyas.

Norma adelantó su cuerpo hasta el filo de la cama: —¡No! ¡Te digo que no! ¡Por lo menos con eso me quedaré!

—Me darás las joyas y te quedarás conmigo.

El remolino de sábanas y seda y encaje de Norma se acentuaba frente a la inmovilidad espantosa, irreal, de su marido.

—¡Contigo! ¡Pero si estás arruinado, bebesón! ¡Hoy hablé con Silvia Régules; me dijo cómo estaban las cosas, más de lo que dice el periódico...! ¡Contigo! ¡Pero si yo estoy casada con esta casa, con el automóvil, con mis joyas, no contigo!

Robles extendió la mano y Norma se retrajo hasta las almohadas: —Vete de aquí. No quiero verte hoy, Federico. No quiero decir cosas que no digo, que el momento... No sé... déjame en paz. No somos lo que debíamos ser, ninguno de los dos. Hemos jugado. Está bien. Pero ya somos lo que somos ahorita. ¡Que te vayas! ¡No te soporto hoy... no!

Como un autómata, Federico avanzaba hacia Norma, impulsado por un mecanismo que la mujer adivinaba incontrolable, monstruoso, ajeno al propio Robles.

—¿Qué, te duele la verdad? ¡Vete, Federico, te digo! ¿Qué, me vas a pegar? ¡Ja! —Las palabras de Norma chocaban con su cuerpo aterrado, sin fuerza, paralizado sobre la cama. Robles llegó hasta ella, le apretó los hombros, acercó sus labios al cuello de la mujer. Norma se zafó del abrazo pesado, metálico.

—¡Vete, vete!

—Las joyas —murmuró Robles—. Dámelas ahora mismo.

—No te doy nada. —Norma corrió hasta la puerta—. Y mañana me voy con ellas. No me haces falta, ¿ves? Yo tengo mi mundo, que nada tiene que ver con un tipo como tú... yo tengo mis propias fuerzas, no porque esté casada contigo, entérate. ¿Pero qué crees que he hecho todo el tiempo que me has dejado sola, buscándome una vez a la semana para que me acostara contigo? —Todo el cuerpo de la mujer se iba hinchando de fuerza—. Pero si desde nuestra noche de bodas averiguaste que no era virgen, ¿qué te esperabas? ¿Y por qué me toleraste? Porque yo te daba algo, ¿verdad?, lo que no te podían dar todos tus millones. La sensación de que pertenecías, de que no eras un barbaján, un indio mugroso, que podías llegar a ser gente decente, ¡ja!... Y sabes... —Norma rió, detenida frente al cuerpo rígido y pesado de Robles, en cuyos ojos volvía a brillar la lejanía, la evocación presentida— ... no soy fuerte porque soy tuya; yo sola puedo vivir, y amar y torcer a la gente e imponerme, no porque esté casada con... con un pelado con aires, con un peón de hacienda, con... ¿Pero te has visto bien? ¿Crees que eres un galán de cine, o qué? ¡Ja!

En su risa, Norma volvía a sentirse arrastrada por el mar, arrastrada por el mar que ella vencía y dominaba, lejos de la sonrisa eléctrica de Ixca Cienfuegos, hasta tocar la tierra: ella sola, singular, Norma Larragoiti, aún frente al hombre que la había vencido.

—Nunca sentiste el asco que me daba acostarme contigo, tratando de aguantarme, hasta vencer mi propia carne y dejarte pasar por ella como si fueras... otra cosa, un camaleón, no un hombre? ¿Nunca? ¿Crees que...?

De pie, sin ritmo, tambor de carne extendida, Robles desató su furia hurgando en los cajones, revolviendo los closets, arrancando cortinas. La risa de Norma ascendía, se estrellaba contra la risa anterior y la que subía, urgente, por su garganta. La furia de Robles lo arrastró fuera de la recámara, al pasillo, a la escalera, mientras Norma seguía riendo. En cuanto sintió los pasos desiguales de Federico en el mármol de la sala, Norma cerró la puerta y arrojó la llave sobre la cama revuelta. Allí se tendió, con los brazos y las piernas abiertos, a sentir cómo le ascendía la risa desde el vientre y después se le iba perdiendo entre los senos y volvía a surgir de sus labios un murmullo seco, furioso, que no era ya en beneficio de nadie, que a nadie trataba de impresionar. Que al escuchar Norma temblaba, como si surgiese de otros labios cercanos, no de los suyos.

Evrahim, el Chino Taboada y Rodrigo llegaron después de las doce de la noche a la casa de Lally en Cuernavaca. Los tres hombres habían pasado el día junto a la piscina, discutiendo los pormenores del nuevo argumento de Rodrigo. La idea original de Rodrigo —una monja que deja los hábitos y se lanza a la conquista del mundo— había sido transformada, por respeto a los sentimientos católicos del público, en la historia de una cabaretera que termina en monja. La casa de Lally, que pretendía ser un *show-place* de la decoración mexicanista, se escondía tras de una alta barda color mamey. El azul añil y el blanco enjalbegado alternaban en las restantes paredes, cubiertas de bugambilia. Las puertas habían sido enmarcadas por tiras de feria en diversos colores, y en las cúpulas de mosaico se encontraban los baños. Estofados de un falso siglo XVII, exvotos de lámina, trípticos coloniales, corroboraban los motivos. En la amplia terraza que veía sobre la barranca, Paco Delquinto se paseaba, bailando con una botella de champagne entre los brazos.

—¡El Lubitsch de Coatzacoalcos! —gritó Bobó al distinguir, entre las plantas del jardín, la figura envaselinada del Chino.

—Mira, Bubú, esta casita está chicha paru la película de cruz Diablu que pensamus... —dijo Evrahim, que lo tocaba todo.

—Les presento a Rodrigo Pola, nuestro nuevo genio literario, ¡más puesto que un zapato japonés! —movió el brazo Taboada sobre las cabezas, recostadas en sillas de lona y cuero, de Gus, Natasha, Charlotte, Pimpinela de Ovando, Paco Delquinto y el mismo periodista que, en Acapulco, había recibido las comunicaciones de Cuquis. La mayoría recordaba a Rodrigo de las fiestas de Bobó y Charlotte: la presentación de Taboada logró que todos, con un brillo de interés en los ojos, creyeran ver a Pola por la primera vez. Un "Mucho gusto" colectivo lo recibió; sólo Natasha, detrás de sus permanentes gafas negras, sonrió y le extendió los huesos azules a Rodrigo.

—Es guapo, ¿verdad, tú? —le dijo en un aparte Charlotte a Pimpinela.

—En su estilo; morisco, ¿verdad? —habló con voz alta Pimpinela y dio la cara al periodista—: Le decía que subir por el propio esfuerzo me parece muy bien; lo que le choca a una gente de raza es la simulación, la mentira. Usted sabe que a Norma la aceptamos porque creíamos que había sufrido lo mismo que nosotros en la Revolución…

—Chère —gimió Natasha al doblar las rodillas sobre el canapé de cuero—: Une révolution, ça ne se fait pas: ça se dit —y se puso de pie, acomodando sobre su estómago plano los pliegues del pantalón de terciopelo. Rodrigo la esperaba, con una sonrisa. Natasha encontró el briquet de oro que alumbró su largo cigarrillo ruso—: Mmm. Hasta en eso, mon petit. —Lo tomó del brazo para recorrer la terraza; Rodrigo respiraba plenamente el aire del valle dulce y templado de flamboyana y aguacate.

—Veo que te decidiste. Ya tienes las alas de un color. Sacrificaste algo, ¿verdad? —Rodrigo no quiso dar crédito a las palabras de Natasha quien, desde sus dientes postizos y parejos, volvió a hablar—: On n'a… no se tiene más que un solo destino. ¿Para qué tener, *mon vieux,* el destino opuesto al del mundo? oh, la rébélion, les révoltés; on les a bienfoutus, ceux-lá! Ce sont des poétes, tu vois! Mais toi! Yo te vi la ambición en la frente desde la primera vez, ¿sabes?; sólo un ambicioso podía sentirse tan a disgusto de no pertenecer en la fiesta de ma chère bête Charlotte. Ahora que ya perteneces, tâchez, oui, tâchez de plegarte a ellos, de obedecer sus leyes, y tendrás cuanto quieras. No es cuestión de hacer, sino de laisser faire. El mundo viene a los que nada hacen y se aleja de los que tratan de reformarlo, tú verás.

—¡Vautrin con faldas! —rió Rodrigo, apretando el brazo frío de Natasha.

—Tu as de l'esprit, chérie… Sí, la cosa se parece, no creas. Yo conocí otro mundo, hecho, estable, digno. No es muy agradable vivir estos momentos de la iniciación burguesa. Me da risa estar viviendo aquí lo que pasó en Europa hace más de un siglo. Nueva casta dominante hecha a base de dinero y negocios turbios sancionados por la ley. Les Révolutions ont toujours son Empire; les Robespierre deviennent Napoléons… ¡Qué le vamos a hacer! Así es el mundo. A ti te toca vivirlo, de acuerdo con sus leyes. Tu arriverai, Rodrigo. Llegas en el momento en que se abren en México todas las posibilidades de fortuna personal; la Revolución está enterrada. Ahora hay una corte burguesa que sólo respeta el dinero y la elegancia; ten eso, y serás alguien en México; sin eso, caes de narices en el *lumpemproletariat* de los pícaros que acompañan todo gran crecimiento de una ciudad. Sí, tienes razón: haré de ti mi pequeño Rastignac, mi Lucien de Rubempré mexicano... —Charlotte rió, y Rodrigo le hizo eco, pero en el centro de su cuerpo sentía un calor fecundo, ambicioso, de gloria alcanzada. Vio que Pimpinela de Ovando no dejaba de observarlo; los slacks bien cortados, la elegante camisa Bermuda de finas rayas azules, todo el nuevo porte de Rodrigo era muy diferente a su viejo atuendo, típico de la clase media mexicana: traje de gabardina oliva con pantalones bombos, demasiada hombrera y solapas anchas. —Pimpinela es muy agradable —sugirió Natasha al arrebatar las dos miradas cruzadas—. Sólo una persona no la quiere —añadió con toda intención— porque le tiene envidia, porque sabe que con todo su dinero no puede alcanzar el chic y las cualidades de race de Pimpinela: Norma Robles. Cette petite parvenue!

Las palabras de Natasha justificaron a Rodrigo en su nueva actitud; desde ese momento, no tendría dudas o razones falsas. Todo un mundo, un mundo seco de pólvora y paredón, de privaciones infantiles, de largas noches al pie de la mecedora de Rosenda, de conatos de gloria literaria, todo lo pensado o recordado por Rodrigo se canceló, en ese instante, para siempre. Las palabras de pesadilla que acompañaron a Rosenda toda su vida, en ese instante se hundieron en verdad con ella hasta el fondo de la tumba de San Pedro de los Pinos: nadie más volvería a decirlas o a pensarlas. Los dos hilos de vida que se cruzaban y entretejían en la sangre de Rodrigo, que partían de una mañana gris y un paredón acribillado en Belén y terminaban en una charla de fantasmas entre Rosenda e Ixca Cienfuegos, se cortaban y huían para siempre.

—¡Oigan a la maldita raza de bronce! —aulló Delquinto cuando un cohete estruendoso retumbó por la barranca—. ¿Qué carajos celebran? Miren que de tener a un virrey con peluca a otro con barras y estrellas, se me hace mejor lo primero.

Rodrigo se acercó a Pimpinela y tomó el lugar del periodista, quien ahora bailaba una samba con Charlotte. —Delquinto *nos* hace reír —dijo Rodrigo, subrayando el pronombre—; ya es algo en una sociedad tan triste como la nuestra, donde tan pocas gentes saben mantener el aplomo, el ingenio y la elegancia que hacen, de la vida social, un elemento ejemplar para el pueblo.

—Se llegará a eso —contestó Pimpinela, acercando su brazo al de Rodrigo—. Nuestra sociedad es demasiado nueva; ya se irá limando. Afortunadamente hay quienes hemos salvado ciertos valores tradicionales; la Revolución mexicana fue un choque tan espantoso, pero ya ve usted. No todo se perdió.

Rodrigo sintió una invitación cordial en los ojos de Pimpinela. —Tiene usted razón, Pimpinela. Mi madre —que fue la hija de don Ramiro Zubarán, amigo íntimo del general Díaz— siempre me dijo lo mismo. Puedo comprenderla; nosotros pasamos de un palacete en la Colonia Roma a una casita pobre del Chopo. Eso sólo sirvió para que nos aferrásemos más a nuestros verdaderos valores...

—Me agrada su sinceridad.

Pimpinela y Rodrigo se tomaron las manos. Con los ojos, él la invitó a bailar. Una mano fresca y perfumada, un brazalete helado, acariciaron la nuca de Rodrigo.

—Mira, Chinu. Luegu luegu se ve el buen gustu de Rodrigu.

—No tendrá mucha lana, Evrahim, pero para darse taco...

—Él tendrá la lana, Chinu, ella le dará categoría. Two eggs fer da prize of one.

Lally, en cuclillas junto al tocadiscos, escogía las piezas. Ahora, colocó una docena de blues seguidos y suspiró sobre su copa de champagne; debía rebajar diez kilos. I love you, for sentimental reasons.

Gabriel, abrazado a Beto, se acurrucaba en la caballeriza. Vasos se desparramaban, veladoras pasaban ardiendo, y los mariachis cantaban. —¡Que me canten los mariachis que hoy me tanteo a la pelona! Ay, Beto, cómo te entra la melancolía cada quince de septiembre; cómo te acuerdas de cosas que no te quisieras acordar. Siempre se la anda uno buscando, ¿a poco no? Quién nos manda...

—Por ser la fiesta de la patria, y en honor de la clientela, hoy hay comilona para el que quiera. Ahi se las preparó la señora, para que estén más contentos... —gritó el patrón gordo, en cuyas manos se podían contar los poros, por encima de los chiflidos y aullidos. Pasaron humeando las cazuelas de mole y totopos con frijoles y tamales costeños de piel dorada y chipocles y las jarritas de atole rosa y las tortillas grises; y los dulces (jamoncillos, ates, macarrones, biznagas) bullendo de moscas y los vasos de pulque amarillo rociado de canela comenzaron a correr por encima de las cabezas. Las uñas ávidas, las bocas infladas, embarradas de salsa oscura y los hilos espesos rodando por las barbillas y las salsas desperdiciadas en las camisas. Las guitarras se hacían carne y los dedos con la tensión de un adiós prolongado.

—¡Ábranme que vengo herido! —gritaba Gabriel desde su caballeriza—. ¡Canten como si aquí mero nos fusilaran! ¡Aaaaaaay, ay, ay!

Sus gemidos fueron coreados por la multitud: sentada, de pie, sobre las mesas, ojos vidriosos, carne oscura, labios húmedos, la que rodeaba a los mariachis, con sus ojos almendrados y bigotes caídos, de relumbrón, y sus sombreros cuajados de plata oxidada: *En las barrancas te aguardo, a orillas de los nopales, como que te hago una seña, como que te chiflo y sales...* y los brazos se agitaban en movimientos rectos y cortantes, de reto y entusiasmo seco, y las gargantas se llenaban de espuma y picos de navaja:

—Seguro, Gabriel. Te empiezas a acordar de todo la noche del quince. Te hace falta contárselo a tus cuates, para sacarte las cosas del pecho. —Beto empinó su copa y meneó la cabeza—: ¡Cada descontón que te pega la vida! ¡Cada recuerdo que te dan ganas de llorar!

—Puro *rimember moder* —el Tuno se rascaba las orejas.

—Me cae que sí. Sufre, Beto, sufre. Si no es con tus meros hermanos como yo, ¿con quién? Me cae de madre. ¡Palabra que te quiero, Beto, palabra que eres mi hermano! —Gabriel se prendía al cuello del ruletero y le palmeaba los hombros.

—*Ay wanna foc* —dijo el Tuno con una cara impasible, perdida, lejana.

—Si no fuera por los cuates, Beto. Si yo te empezara a platicar mis desgracias. ¿Conoces a Yolanda, ésa que dizque acá está su mamacita, y a la hora de la hora resulta más apretada que un culo de chinche? —Fifo, al hablar, castañeteaba los dedos.

—Aquella de los ojos de zarzamora, que camina como si fuera ola de mar...

—Esa mera. Ésa es Yolanda. Pero que no te hagan de chivo los tamales, Beto... Es traicionera, y el corazón de un hombre le viene más guango que el aire a Juárez, mano.

—Ésas son las que me hieren, ¡jaaaaaaay, jay! Ésas son... *qué se creían esos americanos, que combatir era un baile de carquís...* Ya, Fifo, ¿quién va a platicar una noche como ésta?... *se regresaron corriendo a su país, se regresaron...* Uuuuuy, juy, juyyyyy, ¡qué gordos me caen los gringos! ¡Un mexicano se come vivos a cien güeros de ésos! ¡Jijos del mal dormir! —Gabriel se paró gritando.

Entre los dedos del mariachi, el guitarrón cabalgaba con la fluidez secuestrada de las cataratas. Amasijo de cuerpos, las mujeres con trajes de chaquira abrazadas al cuello de sus hombres, el pequeño olor a vómito que comenzaba a vencer al de pipián, los alaridos viejos, con los puños cerrados y los ojos apretados, *y sentir hervir la sangre por todito el cuerpo entero y al gritar ¡Viva Jalisco! con el alma y corazón*

—Ésa la cantaba George Negreti. Teníamos el discacho en el campamento de Texas, ¿te acuerdas?

—¡Que me echen a los gringos!

—¡Ahi está Gabriel! —chilló una mujer pintarrajeada, con dientes de oro.

Los mariachis se sirvieron sus copas y volvieron a tañer con lentitud, sacándole el nervio a cada cuerda. La cantina bajó a un susurro mientras Gabriel se abría paso hasta la mujer. *Xochimilco, Ixtapalapa, ay qué lindas florecitas mexicanas...* El hombre flaco y alto con el sombrero gacho y traje de gabardina entró en el lugar, seguido del que siempre lo acompañaba con la boca abierta y los ojos en redondo.

—Séntido, séntido —suspiraba Gabriel, pisando pies y apartando codos, su mano en todos los hombros, su aliento en todos los oídos, la mirada opaca y vacilante... Brilló el metal y Gabriel pegó un grito.

—Te dije que a mí no me agarrabas igual dos veces, manito —dijo el hombre flaco, con la navaja ensangrentada en la mano—. A mí no me manoseas así... Vámonos, Cupido.

Gabriel se retorcía en el piso de la cantina, regado de pólvora y serpentinas. Los mariachis callaron. El hombre flaco con el sombrero gacho guardó la navaja y empujó, contoneándose, hasta llegar a la puerta. —El que se la busca... —El compañero se rascó la cabeza, abrió más la boca y rió con un chillido prolongado.

Gabriel ya no se movía. Beto llegó hasta el cuerpo moreno, hasta los pantalones de mezclilla enrojecida. El mariachi volvió a cantar, con los petardos y los buscapiés, los gritos y las banderitas de papel de china, *se agacha y se va de lado, querido amigo*

La mujer pintarrajeada le dijo a Beto: —Ya se murió.

—¡Aguas! ¡La chota!

—Doña Teódula, háblele a mi patrona —le había dicho Rosa, con la cara escondida en el delantal, a la viuda Moctezuma—. Es la señora Norma; ahorita le doy el teléfono. ¡Dígale que se murió, que hoy tengo que velarlo! —La viuda, con las manos dobladas sobre el regazo, observaba las facciones filosas y frías de Jorgito, metido en la caja de ocote con un judas. *Norma: recuerda el nombre* —le había dicho Ixca a Teódula. Los ojos profundos de la viuda no habían variado, apresados por una intuición. —Si viene el hombre alto y moreno ése a verme —le había dicho Teódula a Rosa Morales— dile que lueguito regreso; que me espere. Que te acompañe con el chamaco.

—Ya estamos cerca —había pensado Teódula, sentada en la banca de madera del autobús vacío que la conducía a Las Lomas de Chapultepec. El chofer la miraba, reflejada en el espejo, con inquietud. Nadie viajaba hacia Las Lomas, esa noche, en un camión de segunda. Las criadas y jardineros que los utilizan se habían volcado al Zócalo, o habían pedido permiso para ir a su tierra a celebrar las fiestas patrias. Las joyas de la viuda chocaban entre sí a medida que el camión se apresuraba por llegar a su destino y cancelar la jornada. El oro pesado, recargado de relieves y signos, bailaba en las muñecas de Teódula; sobre su pecho seco, una pequeña máscara de oro reía con ojos oblicuos, amarrada a la nuca de la mujer por una cadena. —Ya estamos cerca.

Por eso, al descender, no se sorprendió del cielo rojizo, del humo que ascendía. La mansión de estuco amarillo y ventanas labradas y rejas negras y nichos y azulejo y vitrales azules brillaba como una tea que ennegrecía y perdía, en la nueva envoltura de llamas, los perfiles antiguos. Como un coágulo oscuro, la puerta encendida brillaba al fondo de un jardín de rosas aplastado por los pies apresurados de los curiosos y los bomberos.

—¡Atrás, atrás!

La viuda arrugó los párpados sobre las cabezas que miraban el incendio. Serpiente de oro, su cuerpo se fue trenzando entre los demás hasta alcanzar la reja. El chorro de agua logró, por un instante, apretar las llamas en un solo haz erguido y tembloroso: en seguida, el fuego volvió a estallar, disperso.

—¡Detengan a esa vieja!

Teódula, arrancándose las joyas de los brazos, del cuello, de las orejas, corrió con una suavidad tensa de conejo hasta la puerta en llamas; su piel de costras antiguas, sus ojos, carbón apagado, toda su vida oscura y escondida a los ojos del mundo brilló junto con el incendio: Teódula levantó los brazos: en sus manos, relumbraban las joyas antiquísimas, más potentes que el estruendo de las llamas.

—¡Gracias, hijo! —gimió, más con el cuerpo entero que con la voz, y arrojó las joyas hacia el centro del salón sofocado de humo.

Las manos calurosas y húmedas de los bomberos tomaron los hombros de la viuda. —¿Qué hace usted aquí? ¿No se da cuenta del peligro?

—Es que aquí vive mi amiga Rosa; es la cocinera, señor —sonrió, con una mueca cenicienta, Teódula Moctezuma.

—No había nadie en los cuartos de criados, ni en la planta baja. Si había alguien, se quedó arriba y ya ni remedio. ¡Quítese, señora!

Teódula volvió a sonreír. Limpia de oro, sentía los brazos y el cuello ligeros. —Así lo queríamos los dos, Ixca hijo —murmuró mientras se alejaba del puño de fuego negro de la mansión de Federico y Norma Robles—. Te lo dije; ellos andan escondidos, pero luego salen. A recibir la ofrenda y el sacrificio.

Norma, tosiendo, con una mano sobre el rostro y otra pegando en la puerta, había caído, poco a poco, de rodillas. Las manos nerviosas del primer terror, cuando olió el humo seco que se colaba por las rendijas y luego vio la llama gigantesca que nacía al pie de la ventana, no pudiendo encontrar, entre las sábanas revueltas, la llave. El incendio que subía, crujiendo sobre la enredadera seca, lamió en un segundo las cortinas de gasa: Norma había corrido hasta la puerta, a gritar y a pegar con los puños: la lengua roja avanzaba sobre los tapetes, acariciaba las sábanas, por fin tocó su bata y las plantas de sus pies. —¡Ja! —dijo Norma cuando sintió el dedo llagado sobre su espalda y se dejó caer hasta el fondo de sus propios ojos.

Fuera de la puerta iluminada por dos cabos de vela, Ixca Cienfuegos, con la espalda pegada al polvo de los adobes sueltos, escuchaba el llanto de Rosa Morales sobre la caja de su hijo. La adivinanza total brillaba en las pupilas de Ixca; todas las palabras y ritos de su corazón le corrían entre la sangre hasta apeñuscarse, hernia de voces, en su estómago: *Cuatro días para llegar a la feria* —decía entre dientes, en silencio, a las sombras de la mujer y la caja que se proyectaban, lanzadas por la luz desigual de las velas, sobre el cuerpo de Ixca Cienfuegos, apretado contra la pared—; *cuatro días; subirán las bandadas de penachos a alimentar el sol; hacia el poniente, se las llevarán tiradas de las piernas, el ombligo entre las serpentinas del cielo.*

Su voz inaudible mascaba las dos sombras, se tragaba el llanto de Rosa: —*A la feria de las ofrendas suntuosas, las finales... llevaremos dones y ofrendas, Rosa. En alto, con los brazos de pluma, entre las dos montañas que nos quieren destrozar...* —Hundía los omóplatos en el adobe, quería ser testigo y no sabía cómo, quería penetrar en el llanto y las luces tenues de Rosa Morales, y no sabía cómo—. *Ocho desiertos, ocho colinas nos separan del santuario... Te miraré como al primer extraño de la noche, te lo juro, porque sé que vamos juntos a la feria, donde soplan las ánimas de los peregrinos. Se abre el corazón de las montañas para que lleguemos a la feria oscura. Aceite entre las piernas, sangre en el pelo, para llegar dignamente. El perro rojo nos lleva por el río* —Ixca se mordía los labios, doblaba los hombros bajo una oración que no sabía pronunciar—; *ya estamos en la tierra regenerada, la misma tierra que dejamos, vuelta a nacer. No la hemos abandonado; toda ella es la sepultura. No hemos viajado. Entramos a los nueve infiernos, al punto de donde salimos...* —Los sollozos de Rosa, por debajo de la oración de Ixca, fluían adormecidos. Un sol colgado a la pólvora y a las serpentinas lanzó su primer vaho. Teódula Moctezuma caminaba, ligera dentro de su ropón colorado, por la vereda de tierra suelta hacia la figura, quebrada en ángulos de sombra, de Ixca Cienfuegos.

—Ya se cumplió el sacrificio —silbó la viuda al oído de Ixca cuando, en su velo de aire, llegó hasta el cuerpo embarrado a la pared de polvo—. Ya podemos volver a ser los que somos, hijo. Ya no hay por qué disimular. Volverás a los tuyos, aquí, conmigo. Me diste mi regalito antes de que me vaya. La mujer esa, Norma, ya se la chupó el mero viejo. —La anciana alargó un dedo, doblegado y amarillo como una hoja de maíz, hacia el sol naciente—: Mira: ya salió otra vez. Ya podemos entrar. Te espera tu nueva mujer, hijo, con el niño que ya está con mis escuincles y con Celedonio.

Ixca no quería comprender; sólo repetía, dentro de un sueño sin cabos, la oración y las palabras incomprensibles. Recordaba a Jorgito vivo, con sus periódicos bajo el brazo, entre el atardecer frente a la Catedral, y lo adivinaba ahora como un anuncio del regreso al hogar y a los ritos y a la vida oscura de Teódula y sus muertos.

—Óyela nomás llorar, Ixca hijo. La pobre no sabe. Tú nomás rézale aquí, igual que le rezamos a mis chamacos, y luego entra a consolarla.

—Queda una vida, madre —murmuró Ixca, uno con la pared.

—Ve y vela si quieres, hijo. Pero tú ya estás aquí, con nosotros. Aquí vas a vivir. Ya se acabó lo otro. Ya cada quien es quien debe ser, tú lo sabes.

Teódula Moctezuma entró, aligerada del peso antiguo, en la casucha desde donde gemían los cirios y el féretro y la voz de Rosa Morales.

La ciudad se había descascarado. Los últimos grupos, fatigados, de mariachis, se iban caminando, entonando con desidia, entre bostezos, arrimándose a las paredes rosa, verde, gris, el himno del nuevo día,

era de madrugada,
cuando te empecé a querer,
un beso a la medianoche,
y el otro al amanecer…

Mercedes Zamacona

Cerca de la ventana, la sombra otorgaba un corte severo al perfil de la mujer. La línea más recortada de frente, nariz, garganta, brillaba apenas y detrás de ella, al fin, se abrían el aire y la plaza, empedrada, robustecida por el viento, desigual en la respiración mohosa de los ahuehuetes, alta protección de las casas bajas, rodeadas en balcones enrejados, detrás de las cuales se extendían nuevos jardines de enredaderas y tapias añosas, antiguas caballerizas transformadas, pozos de agua limosa. Mercedes Zamacona repasaba con lentitud las cuentas del rosario. Pronto se escucharían las vísperas de la parroquia de Coyoacán. Los otros ruidos —camiones, bicicletas, voces— no le llegaban. Mercedes sólo escuchó (era la hora acostumbrada para un vaso de leche con pastas y dulces amasados por las monjas de San Jerónimo) los pasos de la criada sobre el piso de tezontle oscuro, la puerta de vidrio que se abría (y el retintín del visillo roto) y los pasos sofocados sobre la alfombra que hacían el circuito necesario para evitar la consola de pino.

—Señora... la buscan —dijo con una voz muy baja la criada.

—¿Manuel? —Mercedes dio la espalda a la ventana y el aire agitó su pelo, entrecano, restirado hasta el chongo inmóvil y apuñado.

—No; un señor Cienfuegos.

—¿Cómo es?

—Alto, señora, alto y...

—¿Qué más?

—Moreno, con los ojos muy negros, muy oscuros.

Mercedes repitió las palabras casi no dichas de la criada: —Moreno, con los ojos muy negros, muy oscuros—. Su mirada se recuperó de una lejanía furiosa que la había sofocado, hecho perder pie en su actitud estricta. Se dio cuenta de que, frente a la criada, había bajado la cabeza y dejado caer los hombros de su habitual rigidez. Se compuso la pechera de encaje y el camafeo que en su centro, como un relieve más nítido del mismo encaje, destacaba. —Ya sabes que no recibo a nadie sino a Manuel, mujer. Dile que no estoy.

—Sí, señora.

El esquema de los pasos, del visillo de cobre azotado contra el vidrio, del tezontle claro como una campanada bajo los tacones de la criada, se repitió en sentido inverso. Mercedes paseó la vista por las cuatro paredes enjalbegadas, desnudas de decorado. Volvió a erguirse sobre el sillón y a dar el perfil a la tarde. Un hombre moreno, con los ojos muy oscuros. Oscuros. Recogió el rosario; abrió el misal y con una mueca de repugnancia volvió a cerrarlo. Pensó que no eran éstas las palabras verdaderas: esta prosa azucarada y despojada de grandeza. Un hombre moreno y oscuro. Un viento repentino levantó hasta el aullido el mar de hojas de la plaza, y en seguida se detuvo en el mismo silencio. Mercedes asomó un ojo a la calle. Las grandes palabras debían ser inventadas —habría que pensar esto, pensó— y tener en sí la resonancia de las cosas terribles y oscuras del espíritu y la religión. Oscuras. Se llevó la mano a los ojos. No quería volver a recordarlo todo; y sin embargo, ¿qué otra cosa había hecho durante todos estos años sino recordar, día tras día, cada detalle, cada leve olor, brisa de aire, de fruta, que la ayudara a recrear la imagen de aquel hombre y de aquel momento? No; hoy no —se dijo y, en voz alta, conjurando al pensamiento, las palabras que le corrían como un tiro de caballos desbocados por el cerebro:

—El espíritu de la verdad dará testimonio de mí "sí, porque sólo después, mucho después, había pensado Mercedes en esas palabras del Evangelio que su tío, el párroco, le había hecho memorizar, de niña, cuando ella tuvo que ir a Morelia para asistir a las clases de primeras letras. Una señorita tiesa, que olía a alcanfor, le enseñaba las letras y los números, pero era el padre el que se ocupaba de predicarle la palabra del Señor, y eran éstas sus palabras, para que Mercedes aprendiera a distinguir las falsas apariencias de la verdad, para que aprendiera a mantener la verdad pese a las tentaciones del mundo y la murmuración de la gente: que la verdad triunfaría al fin, y daría testimonio de sí misma y de Mercedes, como llegó a dar testimonio del Cristo. Pero esto sólo lo pensaba ella —no entonces, o quizá desde entonces, pero sólo lo recordó años más tarde— porque su tío el párroco sólo le exigía la memoria, repetir, repetir sin descanso el-espíritu-de-la-verdad-dará-testimonio-de-mí"

—No me toques aún, aún no he ascendido hasta el padre
"pero a los trece años una señorita ya sabe todo lo que puede aprender de letras y de números, y dicen que debe regresar a enseñarse en otras cosas, al lado de su madre. Pero su madre está atada a una silla de ruedas, y su hermana mayor no se

ha casado y cada día del tiempo la adelgaza más, como a un metal aplanado y recto que debe irse despojando de todos sus excesos hasta ser una lámina invariable, irreductible, exacta en el punto de resistencia, y su hermano anda de oficial en el ejército federal fusilando revoltosos

"—Cuatro hombres el domingo pasado, Merceditas, cuatro bochincheros que tuvieron que morir juntos, llenos de orgullo, sin temor de Dios, creyendo que los cuatro se perdonaban entre sí y se daban fuerzas los unos a los otros, sin temor de Dios

"Mercedes arrojaba el estambre y se tapaba los ojos: no me toques aún… hasta ascender al padre; no antes —había pensado, o recordaba ahora que había pensado, y en realidad sólo ahora lo pensaba— nunca antes de que Él nos convoque y nos juzgue, antes no. Sólo después —o ahora— creería que estaría recordando esas palabras: al escuchar los relatos de su hermano cuando gozaba de licencia y se presentaba, con el kepí ladeado, las botas brillantes y los bigotes rubios y erizados, a la Káiser, en la hacienda cercana a Uruapan; o al sentir a su hermana como una columna delgada de lámina fría y ojos de nitrato, juzgando sin hablar a todos, sintiéndose juzgada ya, arrinconada a los treinta años en la soltería que la llenaba de compasión hacia sí misma: su único, irreductible placer; o al ver a su madre atada a la silla de ruedas, muda también, como si no tuviera ya tiempo suficiente para callar y en silencio reprocharle a Dios su invalidez: como un medio sin lengua entre su propia cólera y la cólera de Dios que la había lisiado, como el tamiz entre dos juicios que se nutren sin hablar y se mezclan en una arena única; donde no hace falta hablar; y sólo el hermano juzgando con la espada, juzgando en nombre de las palabras no dichas y el silencio estruendoso de la madre y la hermana, compensando sus juicios mudos con la sangre y el hierro y todos los muertos que lo eran en juicio de la madre inválida y la hermana virgen —así era su casa cuando Mercedes llegó de Morelia, a los trece años, vestida de calicó y con el pelo castaño hecho en dos trenzas que le caían hasta el talle y con las puntas de los senos irritadas y nuevas, y con dolores de vientre que quería comunicarle con la vista a su madre y a su hermana y que ninguna de las dos entendía o le explicaba, porque la madre ya había olvidado eso y la hermana lo escondía entre los trapos negros de su vergüenza—. Así pasaban las noches, sentadas en silencio sobre mecedoras de respaldos tiesos mientras el olor a granos de café tostado y el rumor del pasto eléctrico de grillos entraba, acarreado por un viento suntuoso, amasado con lentitud entre la montaña y la tierra tropical, que hormigueaba en la nariz de Mercedes y la obligaba a cerrar los ojos y dejar que el acento perfumado de aquella piedra, de estos frutos, descendiera hasta el vientre pesado y adolorido, y más abajo, y más abajo, penetraba por las ventanas abiertas de par en par"

—Tú, cuando ores, cierra la puerta, ora a tu Padre, que está en lo secreto; y tu Padre, que ve en lo oscuro, te recompensará

"habría querido —cree pensar que sabía— golpear las voces no escuchadas de su madre y de su hermana, para que ellas formaran el coro de su vida y Mercedes pudiese orar detrás de la puerta cerrada y de esta manera un ritmo, sí, un ritmo cualquiera, se estableciese, rigiéndolas, entre su oración y su vida, ligándolas, pero no así, planas ambas, silenciosa la vida, silenciosa la oración. Mercedes salía por las mañanas, penetrando en el polvo delgado que levantaban los primeros pies, las carretas iniciales, filtradas por un sol violento que comenzaba a animarse en el olor previsto de la cocina feroz y ardiente que quemaba las aletas nasales y los dedos antes de llegar a un solo paladar caluroso. Algunos gallos se paseaban, orondos, raspando sus espolones contra las piedras, irregulares y redondas, de la breve calle que desembocaba, a poca distancia, en el corral, y después la vereda que se iba abriendo entre los campos cosechados y todo el llano quebrado entre el río y la montaña. Mercedes caminaba entre los cosecheros y recogía algunos granos de ese café moro y perfumado que dominaba cualquier otro olor de la comarca: hombres morenos, de cráneos largos y ojos como jade quebrado, levantaban los rostros a su paso, sobre todo cuando cumplió catorce años y sintió que caminaba de otra manera, que existían nuevos elementos, pesados y, a la vez, erguidos, que exigían portarse con un aire levantado y un ritmo casual pero consciente: así se paseaba Mercedes, a los catorce años, por los cafetales, tratando de distinguir las miradas de los hombres que trabajaban sombreados por la paja y al mismo tiempo evitándolas porque así lo exigía el nuevo porte que exigía el aire levantado y ella sólo quería el coro, el comentario que en realidad no escucharía y menos atendería, pero que en su escueto murmullo crearía el ritmo que, por fin, le permitiese entrar y cerrar la puerta —que daría fe— y orar sola —que atestiguaría— y arrepentirse de algo —del porte provocativo— y pedir perdón por algo —por las miradas oscuras—: así creería hoy que había pensado entonces. Hasta que logró fijar una de aquellas miradas —pero sin consecuencias, pues no volvió a ver a ese hombre singular, o si lo vio no supo que era suya la mirada fija— y entonces perdió el paso, se detuvo, miró sobre el hombro y escuchó una voz, que era la suya, y que le decía: —Me va a suceder algo, pronto me va a pasar algo —y pudo regresar, rápidamente pero sin prisa, con un frío concentrado en la nuca y en las piernas flojas, a la casa y a su cuarto y cerrar la puerta y darse golpes de pecho y murmurar en silencio su arrepentimiento por haber provocado lo que no entendía —pues sólo lo que ella sabía era lo sancionado; el cura le había explicado la palabra de Dios; tenía que saber, tenía que distinguirlo a Él del Demonio— y Dios, que veía en lo oscuro, la recompensaría, la recompensaría de todo, aun de haber pecado cuando supiera concurrir al perdón: pero nunca la recompensaría —pensaba ahora— por no haber vivido, por haber juzgado contra la gracia en silencio, como las otras dos mujeres de la casa. Había que seguirlo; dejarlo todo y seguirlo, seguirlo en su palabra y su espíritu pero también en su encarnación"

—Sígueme y deja que los muertos sepulten a sus muertos

"en su encarnación viva de pecado y perdón, de centro y rostro último de todas las cosas: los muertos sepultaban a los muertos en la silla de ruedas y en las mecedoras rígidas, en el rígido sabor de almidones y clausuración sedentaria, allí, en ese rectángulo de silencio y furias no expresadas, sofocadas por los trapos negros, benditas por el tío que olía a orines pegosteados, allí aún más que en los paredones sobre los cuales, con un movimiento nervioso y decisivo del sable, ordenaba su hermano las descargas, allí: fuera de allí se le podía seguir; Él tenía que estar fuera de allí, en cualquiera de los hombres oscuros que olían a tierra húmeda y grano de café y si no en ellos en el aire tamizado por los colibríes o en esa simple faja verde que se extendía de un extremo al otro de su vista. A veces, Mercedes subía al campanario de la capilla y, con la cabeza inmóvil, corría los ojos de un extremo al otro de las cuencas, tratando de abarcar, en ese espacio, la totalidad de Su mundo, donde los muertos no enterraban a los muertos, sino que un acto de creación perpetua descendía de Sus dedos sobre la costra verde poblada de miradas que debían fijarse, que querían decirle algo, lo que no podría escuchar en el rectángulo de silencio de la madre, la hermana, el cura y ella misma, destinada por ellos al cuarto rincón, a ser el testigo, mudo como las mujeres, o elocuente y martilleante en todas las fórmulas

"—*el espíritu de la verdad*

"—*dad de comer al hambriento, dad de beber*

"—*los humildes de espíritu*

"—*apártate, Satanás, no tentarás a tu Dios y Señor*

"de su tío, el cura. Afuera estaba lo que se debía seguir: un galope de sangre le subía por las piernas cuando pensaba esto, sólo esto: que Su mundo era éste, y no el clausurado de la casa. Entonces no eran necesarios el porte y la conciencia de sus pechos nuevos, de la navaja inasible entre las piernas, sino la escueta existencia de los nuevos centros brillantes como tres lunas gemelas que cantaran entre sí, que dialogaran sobre su nacimiento súbito, atónito, y sobre su muerte de vidrios pulverizados: su otra mitad, oscura: lunas redondas, negras frente al sol, plateadas en la noche: así las sentía. Y todas las miradas escondidas en el cafetal no alcanzaban a decírselo, a ponerla en contacto seguro con lo que sólo su imaginación le revelaba en los momentos aislados —de pie en el campanario, arrodillada en su propia alcoba cerca de la cama de barroquerías cobrizas, drapeada de redes blancas, de pequeños insectos verdes y pálidos que corrían azorados ante su paso o, persistentes, ajenos a la posibilidad de un manotazo súbito, volaban imbéciles alrededor de la lámpara de keroseno, furiosos, embebidos en la luz que los sojuzgaba, furiosos porque sabían que ésta no era la natural de la noche— no como algo sólido, penetrado para siempre en su cuerpo, sino como la novedad intermedia, preparatoria a su destino verdadero: el drenaje fosforescente y profundo que la bañaba para mejor discernir, después, la obligación de sus oraciones y sus golpes de pecho y su solicitud de perdón. Esto era las tres lunas, los frutos gemelos y la navaja, que desde el campanario blanco dominaban, de uno a otro extremo de la vista, la faja feraz, hogar de la semilla y los grillos, de Uruapan, patios de flores asfixiadas y líquenes guiñantes, paredes de blancura descascarada, caídas de agua en la tierra lodosa y rica germinada sobre la falsa esterilidad de cenizas volcánicas, hombres rígidos de huesos delgados y cabezas largas, mujeres sin lengua hincadas y apretujadas sobre los bultos de comida, de ropa, de hijos, el rumor persistente y olvidado de Tzaráracua y su estruendo ahogado en la vegetación de color majestuoso y moribundo que circunda el horno frutal del Balsas, y un aire tibio y oloroso a la procreación de frutos aromáticos, menudos, apenas transitorios entre la semilla original y el jugo, el licor, el dulce. Mercedes pensó: —Ahora, aquí, me va a suceder algo"

—Entrad por la puerta estrecha, porque ancha es la puerta y espaciosa la senda que lleva a la perdición "después, cuando las mujeres hablaran y recordaran cosas dirían que Mercedes, cuando acababa de cumplir quince años, supo que su tío el cura llegaría de Morelia acompañado de un joven limpio, escueto, sin una línea excesiva de carne, ceñido como el paisaje mismo que se recupera en una o dos memorias suficientes y más que los ojos que la perseguían en su diario paseo por los cafetales. Era el sacristán de la parroquia, dijo el cura cuando llegó, un indito humilde, trabajador, respetuoso —esto lo machacó, como acostumbraba repetir sus frases de martillo teológico— y Mercedes sólo lo vio, al principio, al llegar, porque en seguida fue despachado a comer a la cocina mientras el cura repetía *humilde trabajador respetuoso* y Mercedes recobraba el recuerdo fugaz de los ojos oscuros que apenas levantaban una mirada densa y como recién sorprendida por una revelación. Era todas las miradas de los campesinos del lugar, pero no diversa y plural como ellas, sino única, inseparable de ese cuerpo, de ese hombre, a otros más. Mercedes se dio cuenta de que el muchacho asomaba sus ojos intransferibles entre las tiras de concha nácar que separaban al comedor del pasillo oscuro que conducía a la cocina, durante cada comida, y sólo ella podía darse cuenta, sentada en la cabecera opuesta a los ojos que como dos abejorros furiosos se hundían en la oscuridad del pasillo, cada vez más atrás, hasta desaparecer con un leve rechinar de la puerta. Esto sucedía en la mañana, cuando las tres mujeres desayunaban solas, y durante el largo y condimentado almuerzo presidido por el cura y, por fin, cuando a las ocho de la noche un olor de café humeante y mantequilla derretida volaba de la cocina por los corredores hasta todas las piezas, dispuestas en cuadro sobre el patio de mosaicos azulados. Al pasearse, cada mañana, entre los cafetales, Mercedes se decía que hoy, sí, hoy, esos ojos brillarían un instante entre las hojas pardas, y después asomarían con todo su cuerpo a hacer una presencia íntegra bajo el sol, sin reductos. Pasaron los días calurosos, uno tras otro, mordiéndose las colas de sol, y los ojos seguían espiando durante cada comida, y ella buscándolos en sus paseos matutinos: esta vez sí era él, con la cabeza baja, caminando por el mismo sendero: su ropa era ya la del muchacho urbano, pero poco acostumbrado a ella; el cura había pasado ese traje rabón de un sacristán a otro. Se cruzaron; Mercedes no se atrevió a buscar, una vez allí, la mirada; pero se detuvo, se compuso la hebilla del zapato y con el rabo del ojo siguió el trayecto cabizbajo del muchacho. Lo siguió a corta distancia, deteniéndose de vez en cuando a acariciar una planta, o la nariz de una yegua, mientras el muchacho caminaba hacia el corral, al finalizar el sendero, y una nube cada vez más espesa de polvo corría camino abajo: una nube bufante, explosiva, que preñaba de relinchos la quebrada extensión de las tierras: Mercedes se detuvo, apretó su cintura contra la barda y esperó, paralizada, el paso de la cabalgata de ruido y cascos enloquecidos; por fin, pudo distinguir las aletas nerviosas, la espuma dilatada de los belfos del caballo; pateando la barda, embistiendo el polvo, su carrera, por errática, no era menos veloz; el polvo envolvió a Mercedes: los ojos del animal caían como dos alfilerazos sobre sus pechos. Cuando se quitó las manos de la cara, Mercedes sintió una dominación cercana, que acentuaba el sudor, los relinchos y la cólera del caballo: el muchacho, con un garrote erizado de pernos, se había colocado frente a la bestia: un clavo negro brillaba en el lomo del animal, y la mano del muchacho se acercaba cautelosamente a las riendas sueltas. El muchacho le daba la espalda a Mercedes: ella sólo distinguía los músculos tensos de su brazo, el pelo revuelto y el puño apretado en torno al garrote. La bestia relinchaba, oscura y con el clavo de sangre nueva enterrado en el lomo; todo el cuerpo del caballo se levantaba y caía con bufos espesos. Fascinada, Mercedes recorría con la vista al caballo, tratando de descubrir, en la exaltación de toda la carne animal, el reflejo y la explicación de su propia carne erguida, de todas las carnes: a medida que el muchacho ganaba dominio sobre las bridas y se acercaba al cuello doblegado del caballo, la exaltación de éste se concentraba: los ojos llameantes, los belfos húmedos, el florón de sangre que manchaba el perno y, entre las piernas, la navaja gruesa y nerviosa, como la semilla de la fuerza, como el origen vibrante de toda la cólera y locura y majestad de la furia desencadenada. Mercedes no pudo respirar —o sintió, supo que cada respiro no anunciaba otro, que su posibilidad de respirar quedaría cortada al terminar cada exhalación—: su vista telegrafiaba, del muchacho con el garrote que se abrazaba al cuello de la bestia, al muñón de carne erecta del animal. Un río de poder corría, magnético, entre las carnes exaltadas del hombre y el animal, trenzados como un centauro roto, y la triple efigie lunar de la muchacha: lunas que pulsaban, levantadas como toda la naturaleza de su tierra, en ese instante de dominación y orgullo. Jadeante, el caballo bajó el testuz; entonces se desató la cólera del muchacho, que sólo esperaba la abyección de la bestia y la destrucción de su poder para afirmar su cólera y su poder humanos: sin gritar, con los dientes apretados, con el sudor vivo sobre las sienes, golpeaba al caballo con el garrote, abriéndole, como a un zapote maduro, gajos de sangre empalagosa y negra. Mercedes cerró los ojos y pensó en el puño de carne vibrante del caballo, escondido ahora en el muchacho, hombre y bestia idénticos en el grano irreductible, en el origen del poder. Al cesar el tumulto, la vereda se abría ancha y espaciosa: el polvo había descansado en su lecho invariable, y los hombres del campo se alejarían del lugar del combate, despejando aún más el camino dilatado por el caballo y su domador"

—... y limpiará la era y recogerá su trigo en el granero, pero quemará la paja en fuego inextinguible...

"no, nunca volvería a saber cómo supieron, los dos, el lugar de la cita no expresada, el lugar a oscuras donde los ojos se escondían en las uñas y las yemas de los dedos, ni cómo entendieron, vírgenes ambos, ambos sin verse, sin hablarse, lo que era necesario hacer, así, sin ofensas, en una pura intuición sensual, sin voces, en el entresuelo oscuro de la capilla, donde jamás llegaba la luz y ambos abrían más los ojos como si sus retinas pudiesen llegar a rasgar todos los velos de la oscuridad y lanzar machetazos de luz: no sólo desde los ojos, sino desde cada nuevo centro de amor táctil, otorgado totalmente a las manos oscuras y sabias del otro. Sin verse jamás, pues él sólo espiaba a la hora de las comidas y ella no alcanzaba a ver sino sus ojos escondidos y después él ya estaba en el entresuelo cuando ella llegaba y sin hablar, a tientas, buscaba sus manos y apretaba su cuerpo contra los pechos que ya no le ardían, que encontraban un reposo violento sobre su cuerpo y ambos buscaban a ciegas sus labios y la cruz definida y el tornillo de velos y reían al tocarse y caían sobre las viejas mantas de la sacristía clausurada mientras, afuera, los acompañaba el rumor doblegado de la tarde, de la siesta, del reposo. Y ella quería alimentar su fuerza, sólo eso; darle parte de su semilla de poder para que con ella venciera a los caballos y tomara entre sus manos un enorme garrote claveteado y abriera con él los caminos y recogiera los frutos y le dijera que sus tres astros vivían y tenían una razón de ser y daban calor y sabores a un mundo: porque nunca olieron, nunca sintieron asco o desdén o compasión: Mercedes olía a café y a cirio, y estaba segura de que todas sus tardes en el campanario habían preparado este momento, que su pensamiento de entonces era tan limpio como su obra de hoy, y que todo formaba parte natural de su oración, del paisaje que le rodeaba, de cuanto hubiera podido decir o pensar o creer antes de hacerlo. Por eso el horror, la pesadilla, la ruptura de lo que ella sentía ordenado por Dios —aquí, en sus encarnaciones seguras y palpables—, el Dios que confundía con el mundo de la siembra y el sol y las tierras al pie del campanario, vino en boca y manos de los dos seres negros, de las voces y la luz que una tarde invadieron la antigua sacristía para que Mercedes pudiese ver los dos cuerpos juntos por primera vez y el muchacho se cubriese los ojos con la mano, no como si lo cegaran las luces, sino tratando de dividir la luz de las sombras y recobrar éstas mientras la voz chillona de la hermana tosía y se cubría la boca con sus trapos negros mientras el cura aullaba y movía los brazos como un cuervo

"*te lo dije tío yo vi esas miraditas esas inquietudes esa nueva cara en la niña ¡la niña! como si un vaso roto se pudiera reparar cría cuervos ernestina cría cuervos dale de comer al hambriento para que así te pague deshonra de esta casa pura hasta hoy inviolada por la murmuración y el escándalo y mi ejemplo tío mi ejemplo de honradez y castidad mis años aquí sacrificada cuidando a mi madre enferma para que ésta ésta míralos como dos perros míralos el asco y la perdición y el pecado míralos cría cuervos eso se saca uno por traer indios piojosos donde la gente decente gente decente y a oscuras como ciegos los dos asco asco y la gente decente que dirá dirá dirá dios mío se acabó la honra el pecado dios mío devorados por el pecado y la lujuria llévate a esta niña ernestina escóndela de la vista de las gentes honradas que de este demonio me encargo yo puta puta ernestina ella es inocente fue violada por este salvaje ella no sabe no se da cuenta de lo que ha hecho te consumirás en las llamas eternas mercedes no puede haber salvación mientras yo me he hecho vieja aquí cuidando a nuestra madre de pie zángano ya te enseñaré a distinguir entre una niña decente y tus indios malparidos como su madre hijo de la mala sangre y yo aquí guardando la honra de la familia dime tío dime tío y yo y yo y yo*

"porque Mercedes ya había olvidado *y yo y yo y yo* que aferra a la circunstancia y a la vida medida y prevista y en ese instante *y yo y yo y yo* se dio cuenta y se sintió al filo de una muerte personal, la suya, la de su carne y su ser fecundado y quiso asirse a yo-soy y dejó de ser lo que era pues dio la cara con furia al muchacho doblegado mientras la luz y el tiempo acostumbrados —nuevos— perdían su simetría, su localización, y Mercedes corría descompuesta hacia la casa, a la vista de todos los ojos amodorrados que se levantaban de las siestas pegajosas, corría con un orgullo abyecto —diría que el orgullo no se da, sino que se aprende y se construye, y ella, sin quererlo, lo aprendía en ese momento— y se repetía que ella era decente y él un indio mugroso, que su hermana se había sacrificado y su tío poseía la palabra de Dios, y todo —el orgullo, el llanto, la vergüenza— se le apretaba entre las piernas como una disecación madura, como las cuerdas rotas por un tijeretazo de palabras, y un medio terror (pues desde entonces se diría que no habría plenitud, que todo se daría a medias: el orgullo y el pecado, y el amor y la vergüenza) que pulsaba por ascenderle al vientre y allí mismo, detenida de pronto como un corcel arrestado por su furia, imposibilitado por el exceso de su poder, supo que iba a tener un hijo y sintió crujir en su seno el esqueleto de la razón a medida que las campanas de vísperas comenzaban a tenderse, llanas y ojilechuzas, sobre el valle feraz y las caras azoradas de los hombres y mujeres de Uruapan y los venidos del trabajo desde los Reyes del Salgado y Paracho, desde Tingambato y Parangaricutiro, de toda la tierra de luto húmedo que en este momento, con los ojos tibios que sentía acarrear entre las manos, Mercedes quiso aprehender en todas las fases, de cosecha y siembra, de plenitud y sequía, de sol y estrella, de extensión roturada y verticalidad ósea, apresurar y comprimir todas las fases de esa tierra en su seno y apresurar así, con toda la tierra pesando sobre su estómago, su propio alumbramiento: así fue. Después la gente habló —todavía habla hoy— de esa figura de orgullo satánico y ojos de inocencia turbada que se paseaba a todas horas del día, con la barriga hinchada, por los cafetales y el corral y hasta frente a la iglesia, a la casa sagrada, luciendo su deshonra, orgullosa de su nueva forma, con el feto brillándole en el centro como un carbón final, de día y a veces de noche, aplanando el polvo con los pies descalzos y pidiendo de beber a los labriegos y recriminándoles sus miradas —como si nunca hubieran visto a una mujer embarazada en sus vidas, como si su carne no fuese la misma que cuando se paseaba antes, miraban de otra manera, como si entonces no acarreara los mismos frutos que ahora, dormidos aún, pero los mismos— y luego se acostaba entre el llanto seco de la madre seca y los golpes de la hermana sobre la puerta de su recámara, pidiendo que la dejara entrar para que rezaran juntas y no se condenaran, Mercedes por sus acciones, Ernestina por sus omisiones y Mercedes, grande sobre la cama bronceada, se dormía con el orgullo y el pecado en la garganta, condenándose cada noche, durmiéndose a sabiendas en pecado, en espera de la muerte, de su muerte, presentida en aquel caos de luz y tiempo en que se convirtieron su inocencia y su placer —así habló la gente. Y hablaron, por fin, la madre y la hermana, hablaron desde sus sillones tiesos, hablaron con sus caras de hierro pintado de carne, hablaron sobre el pecado y la eterna perdición de las almas, hablaron como si su silencio eterno y doblado jamás hubiese existido, hablaron de la virtud y de la honra, de lo que habría hecho el paradigma de caballeros que fue el difunto padre, sobre lo que haría el colérico hermano del fuete y los paredones cuando se enterara, hablaron todo lo que no habían hablado en sus vidas, hablaron desde su inmunidad conquistada por las misas pagadas y las indulgencias plenarias y los rosarios nocturnos y las cantinelas dominicales y por todos los muertos visitados y continuaron hablando el día mismo en que Mercedes gimió y mordió las sábanas con los dientes y ellas esperaron, hablando y recordando sus obras pías, a que el fruto del pecado llegara y se fuera solo, evaporado del mundo por sus buenas conciencias: sola, Mercedes apenas tuvo fuerza para llegar hasta el balcón de su recámara, abrirlo y gritar palabras de su garganta, no de su razón, palabras que dieran voz de una mujer sola en el parto y vio pasar, envueltas en fundas negras, a su madre en la silla y a su hermana empujándola, ambas rumbo a la iglesia, mientras el niño se abría ya entre sus piernas, vivo y oloroso e inquietante como un río que sólo de noche fluye: oscuro, silencioso como el momento de su concepción, palpable en su oscuridad y su silencio ante la cabeza atónita de Mercedes que esperaba un estruendo natal y sólo pudo arrebatar unas tijeras de la mesa y caer sobre la cama nuevamente y torcerse y morderse las manos mientras el niño nacía y después, con los ojos dormidos, con el cerebro retrotraído a cualquier otro día y hora menos ésos, encogerse sobre su carne extenuada y mover las tijeras y levantarlo por los pies y golpearlo mientras cantaba algo, una canción también de otro día, este futuro, que sólo al cantar después recordaría haber entonado entonces y después olvidarse y despertar y no encontrarlo mientras los senos le ardían como dos rocas escupidas por un terremoto carnal y ella lo buscaba y ofrecía al aire sus pechos adoloridos y la leche bramaba por salir y el niño no estaba. Sólo entonces recordó y buscó al otro elemento, al padre, y en su sueño vaporoso y urgente lo condenó a la oscuridad —a la de la concepción y el parto—, a vivir a ciegas y a sólo encontrar en lo oscuro su verdad y su satisfacción y su origen y sobre todo —esto apenas lo intuía— a vivir presa del yo-soy, a condenar su poder maltratado, el que ella recordaría en la doma del caballo, en el flujo de cópulas, a un despeñadero inútil, egoísta, que le asegurara a Mercedes, en su delirio, que los frutos erguidos y reales de ese poder sólo fueran de ella, que los había germinado en aquel momento, y después se disiparan para siempre: lo condenó, sin voz, sin pensamiento, sólo buscando con las manos al hijo ausente de ese padre, a recobrar en la oscuridad su poder y a gastarlo en la luz, a no encontrar jamás la fórmula exacta de la razón entre el poder y su fruto. Y sólo recordó el nombre del padre de su hijo, recordó que él jamás se lo había dicho, que sólo el cura lo había pronunciado una vez, ocasionalmente, al llamarlo, y ahora, sin poder volverlo a recordar en su vida, brotado del centro tumultuoso de su sueño y su cuerpo pálido y postrado, gritó:

"—¡Federico!'"

Aquí, siempre, en ese minuto en el que coincidirían el recuerdo y el nombre, la memoria de Mercedes se detendría. Ya había oscurecido y sólo los alfileres brillarían sobre el pelo atornillado de su nuca. Pues habría cerrado los ojos y después "y después permaneció durante horas no señaladas, no medidas, con los ojos cada vez más enormes sobre la almohada viendo pasar por las paredes de su recámara el rostro último en el que se confundían el no visto del hijo con el apenas recordado del padre, y desde la sala llegaban los murmullos de oración vergonzante, quietos y filosos en el atardecer caluroso de la tierra, cuando el cura acercaba su cara de pastel lechoso y sus dos ojos, dos pasas rojas incrustadas sin simetría sobre la máscara de harina, a los de la madre, que ya no estaban allí, que poseía otra máscara, lupina no a fuerza de enfermedad y fatiga o de dolor, sino a fuerza de no estar allí, de irse escondiendo, presa del terror por tantas palabras jamás dichas, en el último refugio de los huesos y más allá: los dos muy cerca cuando el cura dice: —Tu hija se ha condenado, Ana María, ha pecado contra la carne y también contra el espíritu y jamás me admitirá en su recámara para escuchar su confesión y repetir conmigo las palabras que podrían darle el consuelo de Nuestra Santa Madre la Iglesia y así la salvación y tú Ana María, tú también debes condenarla y estar del lado de Dios y su Iglesia mientras ella no baje la cabeza y acepte las cenizas del remordimiento —y piensa   *sálvame, Dios mío, sálvame de tus infiernos y tus congojas sobre esta tierra y hazme un hombre justo y permíteme, en tu nombre, distribuir la justicia de este mundo y del otro y el perdón y la culpa con ella y no me permitas abrirle el corazón a quienes te ofenden con su concupiscencia y su delectación: condena a esta niña para que yo me salve ejecutando tu voluntad terrible y tu condena, Dios mío, para que yo pueda ser tu ejecutor y tenga la oportunidad de probarte mi Fe*   y dice otra vez, mientras pega los labios a la oreja que no está allí de la madre que ya no está allí: —Sé fuerte, Ana María, y condénala conmigo; en nombre de tu esposo que Dios tenga en su gloria y de todos los muertos en el seno de la Iglesia, condénala para siempre pues creo que la gracia jamás volverá a descender sobre esta infeliz muchacha y que su arrepentimiento no será sino obra del orgullo satánico que la domina —y piensa, sin saber que el eco de su pensamiento, concentrado en un grano definitivo y que ella entendería sin saberlo, llegaría hasta la recámara donde Mercedes esperaba   *pues ahora ella ha sufrido y sabe que el pobre ser mortal es capaz de tolerar todo el dolor por sí, solo, sin más alivio que el que sepa encontrar dentro de sí, y entonces encontrará las palabras justas y la vía recta a la paz del espíritu, sin necesidad de mí, a través de su dolor y tocará Tus dedos y sentirá Tu aliento cercano al dolor y no necesitará ni de mis palabras ni de mi recta decisión en Tu nombre ni del perdón que como Tu ministro yo puedo otorgarle en Tu nombre y será, en verdad, una mujer de Dios, sin mí sin mí*   pero Mercedes había escuchado el murmullo del pensamiento de su tío, el cura, y estaba pronunciando las palabras de vida y muerte que había aprendido en dos instantes de carne abierta y carne fecundante y en ellas encontraba paz y decisión. Por eso pudo salir de la casa, erguida, como sería siempre desde entonces, erguida y con el nuevo sentimiento, que jamás la abandonaría, de una agresiva resignación —*las cosas no deben hacerse, las cosas tienen que hacerse*—, erguida con una sombrilla de seda azul y dos maletas y una criada indígena a buscar por los orfanatorios de Michoacán y de todo el Bajío, con la bolsa repleta de los centenarios que la madre que ya no estaba allí le había entregado sin decir palabra, azorada por la letanía del cura, aterrada por tantas palabras jamás dichas, un instante antes de hundirse para siempre en el esquema de sus huesos, azorada ante la perdición y la condena totales. Mercedes pudo viajar por el Bajío en una vieja diligencia de la hacienda con la criada indígena y un cochero vestido de blanco, con la sombrilla de seda tiesa, recuperando los cabos, ajena al nuevo estruendo enarbolado de jirones de estandarte y metralla, buscando entre los ojos de la tropa los ojos del que la había fecundado, segura de que en algún paraje sus ingles oscuras se erguirían domando un caballo bravo, de que su poder requería esta coyuntura de la sangre y el fuego y la batalla, hasta que lo dio por muerto el día que en Celaya, en una casa de niños recogidos, encontró —días antes de los combates entre las fuerzas de Obregón y Villa— al de rostro rojizo y perfiles delgados que había dejado allí, con su firma, su hermana Ernestina, y con él viajó a México y compró una casa en Coyoacán y bautizó al niño Manuel y lo crió en el amor a la verdad y así pasaron los años, sin pasar, detenidos en dos o tres momentos que recogían todo el tiempo y toda la vida: pulsando como un coágulo sobre el tiempo, sólo esto: *padre de mi hijo, no tendrás más poder que el que me exprimiste a mí, y deberás regresar a mi imagen y a la de tu hijo para encontrar la verdad y el origen de tu fuerza y lo demás será la disipación y el orgullo sin frutos y el crimen más horrible, el que no se sabe que es crimen* y lo presentía corriendo por el mundo, por el nuevo mundo y la nueva ciudad, domando, domando siempre, hinchado de poder por la fuerza que ella y cuanto la circundaba —tierra húmeda, frutos de la tierra, ojos y manos y rostros mexicanos que sin verlos fueron testigos de su amor— le habían dado en el origen"

Ya se había apagado el cielo. Un escuadrón de caballería que regresaba del desfile del 16 de septiembre rompió, con sus cascos cansados, el silencio de la plaza. Mercedes se puso de pie y cerró la ventana. Nuevamente, los pasos de la criada corrían por su sendero habitual a anunciarle la cena. Como una lámina de lutos incomprendidos, Mercedes caminó en la oscuridad. Sus espaldas rígidas cargaban sólo aquellos instantes de revelación y amor y orgullo y redención. Después no había sucedido nada. Manuel Zamacona no había muerto estúpidamente en una cantina de Guerrero, la noche anterior. Federico Robles no había desencadenado su poder en la muerte antes de volver a encontrar la verdad ofrecida, en la semilla inicial, por Mercedes. La mujer se sentó y vació la jarra de chocolate perfumado dentro de una taza de barro tosco.

El águila reptante

La luz del amanecer se condensó en Federico Robles: en su opacidad, el hombre viejo y silencioso, con el traje arrugado y las manos escondidas en el saco, parecía el origen de la misma luz que lo bañaba. Había caminado, sin rumbo, sin sentirlo, por barrios que le eran desconocidos, que habían surgido fuera de su memoria mientras él se aferraba al círculo urbano estricto desde donde había cumplido su vida y su poder. No buscaba nada, no preveía nada en su caminata fría y ciega; el somero esqueleto gris de la ciudad apenas lograba rasgar su vista mientras caminaba, sin lentitud y sin prisa, acarreado por sus ojos antiguos, entre los residuos de la fiesta del Grito; los grupos de mariachis desvelados, de borrachines simpáticos, de mujeres que hacían cola frente a las lecherías de barrio, con los niños envueltos como nudos de lombriz en los rebozos, corrían sin sentido alrededor de Federico Robles: sabía, sin verlo, que nadie lo observaba detenidamente, que a nadie le resultaba fuera de lugar su figura negra, su vejez repentina, todo su nuevo contorno; que su persona excepcional de ese instante era la persona común que todos aceptarían. Robles se detuvo en seco al cruzar una calle, cuando el estruendo de un camión materialista logró penetrar más allá del estruendo de fuego que se había apoderado de su oído. El cuerpo de Robles volvía a desplazarse, con una pesantez furiosa, por los salones de la mansión de Las Lomas —con una secreta intuición destructiva, jamás deseada, jamás consciente; era el estruendo de tibores estrellados sobre el piso de mármol, de lámparas arrancadas a sus contactos, de un mantel arrastrado con toda su cuchillería y platos de porcelana, con la cena helada que jamás se había consumido, con los candelabros parpadeantes que iluminaban el comedor; era el estruendo de la risa sollozante de Norma golpeando la puerta cuando Federico, sin distinguir la luz helada de los cubiertos y el mármol de la lenta y lamida de las velas caídas, salió de la casa con un portazo y se lanzó en su automóvil Lomas abajo, con todas las imágenes superpuestas y bailarinas, imagen de luz y risa y destrucción y carne azorada. Cuando abrió los ojos y metió, con un asombro repentino, el freno, respiró el aire de madrugada de un lugar que desconocía; se sintió al final de un largo viaje: los muros despintados le cerraban las vías, los postes de luz y teléfonos, reblandecidos, formaban una selva de alambre impenetrable. Robles descendió con el traje arrugado de tres días de vida y vio la placa de la calle: *Fray J. de Torquemada*. Una vía recta, donde el color sin tonos del pavimento se continuaba en las casas y en el firmamento. Robles caminó sin rumbo, perdido en su afán secreto, conducido por otras manos y otros pies al centro y ombligo de la urbe, al lugar del nuevo encuentro. Los olores de la ciudad se apretaban en un solo haz nítido que el trajín y dispersión del día hacían desaparecer. Ese olor de vapor y ruedas de tren, de gas escapado, de flores despiertas llevadas al mercado, de orines húmedos sobre la pared y el polvo, de las primeras cocinas del día y de la ciudad. Envuelto en un aire transparente, sin peso, de navaja líquida. Las calles de Algarín y la Colonia Obrera no tenían nombre ni rostro: como una serpiente gris, reptaban los pliegues de la ciudad, se enrollaban y erguían bajo los pies cansados de Federico. Un murmullo de letanía y sollozo que partía, más que de las voces, de la alta neblina que nacía en una alcantarilla y rodeaba una casucha de adobes pardos y maderos claveteados, lo detuvo.

—Estrella matutina...

—Arca de la alianza...

Desde la puerta abierta, Federico Robles guiñó los párpados ante las velas, altas y trenzadas de flores, que por un momento sumergían en la oscuridad a los cuerpos de trapo negro que rezaban al pie de una caja de madera blanca.

—Arca de David...

—Cordero de Dios...

—Cálmese, doña Madalena, cálmese.

—Había de venir a que lo mataran, nomás a eso...

—¡Pobre Grabiel! —dijo el viejo con ojos de insomnio, sosteniendo la gorra de beisbolista entre las manos de pan seco.

—Tan ilusionado que vino, con sus regalos para toda la familia. ¡Quién le iba a decir...!

—Era mi mero cuate... —sorbió desde la nariz Beto—. Tómese su cafecito, don Pioquinto, ya no hay de qué quejarse.

—Ya le veremos la cara al flaco ese, jijo... —comenzó a hablar el Fifo.

—Respeto, *bróder* —dijo con la cabeza gacha el Tuno.

El olor de gardenia y cirio alumbró la pequeña habitación ante los ojos de ave descendida de Federico Robles.

—Pásele, señor; ¿usted era su cuate también?

Beto tomó del codo el cuerpo sin voluntad de Federico y le colocó un vaso de pulque amarillo en las manos. —¡Ya se nos fue Grabiel, señor! Él no se la buscó, palabra; le cayó nomás; así es la suerte.

—La suerte... —repitió Federico en su sueño de ojos abiertos.

—¡Averiguar por qué se muere la gente! De que les toca, ya estaría de Dios. —Beto empinó el vaso e hizo un gesto de salud a Robles. El murmullo de las mujeres obligaba al suspiro de las otras voces: —Pero Grabiel, señor, tan joven... Morirse así nomás, sin razón, de repente. Sin verle la cara a su ultimador, sin que le hayan dado chance de defenderse. Es como morirse en balde, señor.

Los ojos antiguos de Robles recorrieron el cuerpo rígido de Gabriel, la mancha humeante de su vientre, la cadena de mujeres oscuras que amordazaban el cadáver. Ojos y carne y muerte del pueblo. *Éste es mi primo Froilán la mañana que lo fusilaron en Belén* —dijeron esos ojos cada vez más viejos de Robles sin que su lengua pudiera pronunciar los nombres o su memoria saber cuáles eran—; *éste es Feliciano Sánchez, asesinado por la espalda, corriendo en un llano de caliche...* Y eran la voz adivinada y los ojos ondulantes de Manuel Zamacona los que repetían estas palabras en el centro carnal de Robles: el hombre moreno y obeso dio la cara a la puerta, al cielo cada vez más claro de estrellas cercanas, feroces, oprimidas hacia la tierra por el temblor del sol. Quiso volar hacia esa cercanía de astros; volar porque sentía el estómago pegado a la tierra, su cuerpo reptando entre los cadáveres injustificados. *No es necesario hacer algo para morir* —le decían esa voz adivinada, esos ojos de su carne reflejada—, *para morir en vano no cuenta la voluntad.*

Federico volvió a mirar el cadáver de Gabriel. ¿Quién dará razón de su muerte? —resonó, hasta la furia, la voz adivinada—, *¿quién es el asesino de este hombre, de todos nuestros hombres?* Con un sollozo seco que nadie escuchó, Federico cayó de rodillas sobre el suelo de petate y polvo. La mano de Beto tocó el hombro doblegado de Robles.

—Era de los nuestros —dijo Beto—. Como que no éramos cada uno distinto del otro, sino todos igualitos, ¿me entiende? Como que Grabiel era yo y yo Grabiel. Así son los cuates.

Las rodillas de Federico se hundían en la tierra suelta. Tierra de laguna y surtidor subterráneo, escondida para siempre, seca en su costra visible, húmeda y ronca en su centro antiguo, en el lugar de los encuentros. Desde sus huesos, Robles sintió surgir, negándola, una explicación inmediata. Más allá de sus huesos y de su sangre, en las vidas de otros que en ese minuto de humillación y carne rendida eran su propia vida, en las vidas mudas que lo habían alimentado, sintió la razón verdadera: y esas vidas mudas, cuyos nombres quizá no recordaba, se multiplicaban en una escena de pantomimas fatales, hasta abarcar toda la tierra de México, todas las derrotas y asesinatos y batallas, hasta regresar, hablándole, reconociéndole, al cuerpo de Federico.

De rodillas, Robles levantó el brazo y pasó la mano por la frente helada de Gabriel.

Al subir la escalera de la pequeña casa de apartamientos de la calle de Tonalá, el hombre súbitamente viejo y cansado sentía que cada peldaño era un recuerdo. La casa tenía tres pisos, con dos apartamentos en cada uno. La escalera de mosaico quebradizo corría al lado de una pared rayada, de yeso embadurnado por manos de niños y sirvientas. El tragaluz de la azotea dejaba caer una capa de polvo gris. Hortensia Chacón habitaba el tercer piso, pero Federico Robles supo que había algo más —una vida, hubiese querido decir— entre la planta baja y Hortensia, ciega en su tercer piso, esperando con su criada vieja las visitas de Federico en la tarde, rumiando, como él, recuerdos confusos, sin coyuntura, inexplicables a la luz de la razón inmediata que teje el hilo exigente de lo cotidiano, hilo de dogal, tejido en la premura. Ahora no. Ahora los recuerdos se detendrían y caerían en su verdadero orden, en su explicación original y ambigua. Peldaño de Albano Robles y su tierra húmeda y cocida. Peldaño de Froilán Reyero y sus bigotazos lacios mojados en la jícara: Froilán en los tumultos de carabina y hambre y muros acribillados, para quien no estar solo era como morirse de pena. Peldaño de Mercedes Zamacona, tibia y oscura en el centro de la siesta, convocándolo con su carne a una cita sin ojos ni palabras, en quien todas las semillas germinaban sin ruido entre las manos del amor, en quien las horas de la vida se alargaban en una sola línea, honda y surcada, de poder inconsciente: frente a los caballos, relincho, en el ofrecimiento secreto de amor, tibieza de germen insuflado por la primera vez, en la creación primitiva, honda y oscura. Peldaño de Celaya: campos abiertos a todos los ríos de la carne, campos donde, en la metralla y las bayonetas y la diana y las herraduras quemadas de velocidad, todo un mundo perecía para siempre y todo un mundo, sin hitos anteriores, creado por los hombres plantados con su sangre y su pólvora en ese campo, abierto por esos mismos hombres para que lo dominasen y lo hiciesen suyo, nacía. Peldaño de Librado Ibarra: noches de juventud y ambición, y noches deformadas por la ciudad, noches de aprendizaje en la triquiñuela, noches en que los caminos se abrían fáciles y las aristas eran limadas por la solicitud y el engaño a sabiendas y la justificación tácita. Peldaño de Feliciano Sánchez: último acto de la sangre, última decisión de la sangre antes de llegar al lugar de cita de la singularidad y el poder aceptado y bendito. Peldaño de Norma Larragoiti: fluye mansa la carne por los cauces establecidos, donde nadie nos puede dañar, donde nada vive y todo dura, donde los garfios del origen, pulidos, se van doblando en la esfera de la complacencia y la escueta, larga perduración. Y el último peldaño, roto, donde el pie muelle pierde el equilibrio y toda la vida es vuelta a sacudir, exigiendo que se le recuerde, que se sepa que fue todo lo anterior, que se niega a ser cancelada. Allí, a la altura del último peldaño, se abría la puerta de Hortensia Chacón.

Como una intuición viva, como si un oído de murciélago hubiese acompañado a Federico en su lento ascenso por la escalera de la casa de Tonalá, la mujer sin ojos, sentada en la silla de ruedas, esperaba con la puerta abierta. Ni él ni ella hablaron; se tomaron las manos, y Federico condujo la silla a través de la pequeña sala, hasta la alcoba. Allí, tomado siempre de la mano cálida, regordeta, morena de la mujer, la contempló. Las facciones finas e indígenas de Hortensia sonreían ligeramente. Las gafas oscuras escondían sus ojos. La sangre le pulsaba en las puntas de los dedos, ligeros sobre las yemas de Federico. Toda la sangre del hombre se disparó hacia ese lugar de encuentro. Los dos sentados, con la vida entre los dedos, sin hablar. Parte de esa sangre era de esclavo, de señor sometido, de vida que ha olvidado para siempre su vida. El hombre y la mujer morenos, vestidos con las ropas de la civilización occidental, sólo tenían esos dedos para decirse que eran iguales, y otros. Una ternura común anticipaba, a través de ese contacto, un reconocimiento. No hablaban.

Federico sintió que el sol de ese día llegaba a su punto más alto, desierto de color, llagado y suntuoso. Sabía que aquí, entre los dedos de Hortensia Chacón, iba a saber. Acarició la cabellera negra de la mujer.

—Has venido… —dijo por fin Hortensia.

—Sí.

—No sé; ¡te esperaba tanto!

—¿Me esperabas?

—Sí, tanto…

Con los ojos entre las manos, Hortensia buscó el filo de la cama y se sentó al lado de Robles. Después se recostó. Robles acercó su mejilla a los senos de la mujer. Más que en el latido del corazón, más que en la cercanía de las voces del cuerpo, ambos sintieron que se acercaba el deseo. A ciegas, en la oscuridad del cuarto, ambos se buscaron con un tacto y una respiración directos y sin palabras. No era como si estuvieran solos, ni como si ya fuesen uno; tampoco como si aún fuesen dos. Eran dos, sí, pero cada uno era otro porque había sido reconocido así, como el otro nuestro, como el otro que me pertenece. Era esta sabiduría sin palabras la que le comunicaba a Hortensia un deseo, y a Federico una voluntad: la de otro ser dictado por ese momento exacto de la carne, la de otro ser vivo ya en el centro caluroso de ambos, el ser que los reconocía ya y clamaba por su propia vida en el contacto entre este hombre y esta mujer. No necesitaban decirlo; los cuerpos enlazados, la cópula temblorosa de Hortensia Chacón y Federico Robles eran sólo la primera caricia dada al hijo vivo ya, al hijo que en ese instante los obligaba a anudar sus sexos.

Federico dormía y Hortensia lo vigilaba. Detrás de las cortinas más densas de su sueño, Robles se veía con otros, nunca más solo, y el rostro que mojaba los bigotes en la jícara de barro le decía que no es la soledad lo terrible, que estar con otros es el único dolor. Y Hortensia vigilaba ese sueño, lo vigilaba con los ojos ciegos y abiertos, para que al abrir Federico los suyos fuese ella lo primero que viese, y en ella viese al mundo.

La noche descendió, con pasos sofocados, sobre el 16 de septiembre de 1951.

3

Betina Régules

Jaime Ceballos siempre se había distinguido por su ambición y su capacidad. Desde los quince años, comenzó a publicar poemas en las fugaces revistas de provincia y, ya en la escuela de leyes, lo llamaron a decir discursos en varias ocasiones: frente al Gobernador, cuando se inauguró una presa, y después para el Presidente un dieciséis de septiembre. Sus estudios fueron especialmente brillantes, y su porte distinguido, su estilo maduro de vestir y accionar, le atrajeron la simpatía de toda la gente decente de Guanajuato. Por eso, cuando en abril de 1954 fue a pasar una temporada Betina Régules, una de las chicas bien más populares de la capital, y a la cual los cronistas de sociedad llamaban "la niña dorada", hija del famoso abogado y hombre de negocios don Roberto Régules, todas las señoras procuraron que los dos se conociesen.

Al principio, Betina casi no habló con nadie. Siempre saludaba con corrección, sonriente, pero nunca dejaba de levantar una barrera entre ese encuentro casual y el primer grado de la intimidad. Andaba, sin duda, calando el ambiente. Las primeras veces, le dio a Jaime el mismo tratamiento que a los demás galanes locales. Pero, poseída ya del clima social de la provincia, procedió sin titubeos a elegirlo a él. Jaime sintió que la barrera desaparecía; bastó un brevísimo movimiento de Betina mientras se polveaba la nariz.

Jaime la sacó a bailar; lentamente, sus mejillas se acercaron; luego, él se atrevió a apretar sus dedos en torno de aquella cintura de diecinueve años, y por fin los dos perfiles se unieron estrechamente, en silencio, ajenos ambos al ritmo de la música. Las señoras sentadas en fila a lo largo del salón daban muestras de contento.

—Betina es chulísima. ¡Quién nos iba a decir que una chica así, con tanto éxito en la capital, había de caer con una de nuestras promesas!

—La tierra llama, doña Asunción. No en balde el padre de Betina también es guanajuatense y de aquí salió a valerse en el mundo.

—¡Qué pareja tan primorosa!

—Y don Roberto está millonarísimo. ¡Fíjese usted qué ventaja para Jaime! Ahora, en cuanto se reciba, podrá ir a México, a que lo encarrile don Roberto en los negocios. ¡Ay, se han sacado la lotería, los dos, los dos!

Todas las noches parecían insuficientes. Primero, tomados de la mano, por el paseo de la Presa; luego, del talle, por los callejones morados; por fin, en el fondo del automóvil de Betina, los ojos brillantes, los labios repitiendo docenas de veces las mismas palabras, gastadas y cada vez pronunciadas por la primera vez, y en seguida el prólogo del silencio:

—¿Estás a gusto, mi amor?

—Sí, Jaime…

—¿No te molesta el humo del cigarrillo?

—No, te lo juro, estoy bien…

—¿Seguro?

para sentir los labios y la lengua comunes, y los senos de Betina, apretados, contra su camisa.

Las noches del joven amor huían veloces. El calor animal, la carne dulciamarga, que se quieren conservar en los únicos instantes sin tiempo:

—¿Para siempre, Betina?

—¡Para siempre, Jaime, mi amor, mi amor!

—¡Mi vida! Quisiera llenarte de estrellas el pelo…

—No hables, Jaime; apriétame…

y el pelo de Betina se llenaba de estrellas, y los dos cuerpos caían abrazados, las manos de ella temblorosas sobre la nuca de él, los dedos de él hundidos en el hueco de la espalda de ella y recorriendo con las yemas ligeras la cintura, los brazos, la visible división de los pechos. Eran noches de provincia, tan lentas como ellos las querían, tan silenciosas —apenas el murmullo del disco favorito, tocado una y otra vez por la sinfonola del bar desierto

the important thing is here and now
and our love is here to stay

mientras los pies apenas se desplazaban y Betina sentía la respiración apasionada de Jaime en la oreja.

Sólo los domingos parecía Betina mudar de personalidad; entonces, cuando los dos se presentaban al tradicional té danzante de las cinco de la tarde en el hotel, una Betina distinta se desprendía de la totalidad formada con Jaime —la que él quería sentir e imaginar— para exhibir sus vestidos de corte severo y provocante entre los tules indiferenciados de las chicas locales. Entonces Betina arqueaba la ceja, afirmaba su elegancia y superioridad capitalinas y la palabra "cursi" salía a cada momento de sus labios y de su mirada. Entonces gustaba de bailar con alegría y pasos complicados entre los movimientos torpes de las parejas provincianas.

—En París nos alojamos en el Crillon —le decía con la voz más alta que de costumbre a Jaime—; papá dice que por allí ha pasado toda la historia de Francia. Figúrate, en esa misma plaza estaba la guillotina.

Jaime la sentía distinta, pero no dejaba de aplaudirla y de agradecer esta sensación de independencia frente a la provincia que él también hubiese adoptado de poseer las armas de Betina.

A principios de junio, Betina tuvo que regresar a México. En cuanto Jaime se recibiera, iría a verla y entonces decidirían las cosas.

La tesis de Jaime no resultó tan brillante como todos esperaban. Él, con íntima satisfacción, se repetía los motivos: las largas noches con la mirada perdida, los largos pliegos de cartas diarias, el calor permanente en la boca del estómago.

En la estación de Buenavista lo esperaba la niña soñada, de pelo rubio ceniza y ademán lánguido. Betina agitó la mano, pero Jaime no pudo dejar de observar la pequeña mueca de fastidio en la boca de la muchacha. Descendió del tren, vestido con su traje dominguero, negro, su chaleco y un clavel en el ojal; corrió a abrazarla:

—No, Jaime, ahora no. Nos están viendo,

En el MG amarillo, con el cabello azotado, corrieron hasta la pensión que le habían recomendado a Jaime, en la calle de Milán.

—Ve pensando qué vamos a hacer, Jaime. ¿Qué te gusta? ¿Golf, tenis, equitación?

—Ya sabes que no soy deportista, Betina. Los estudios, las letras…

—Pues eso vamos a remediarlo. Escoge pronto. Te recojo hoy a las nueve de la noche. ¡Ah! Y no tienes ropa menos solemne, así como más británica, tú? Sabes, elegante pero cómoda. Y oyes, aquí no se usan flores en el ojal.

—No sé… tendré que comprarla… A ver si me acompañas…

—Okey. Aquí estamos. Chao, mi amor. ¡Hasta las nueve!

Betina arrancó, brillante bajo el sol, levantando una nube de polvo y humo.

La sala de Bobó era la misma de siempre; el cordial anfitrión, más abotagado, con el chaleco de ante que ahora apenas ceñía sus ociosas lonjas, recibió a Betina y a Jaime, balanceando entre los dientes amarillos su boquilla de oro:

—Caros! Entren a aprehender las eternas verdades. Por ahí anda un indígena con charola y bebestibles. Voici, oh Rimbaud…

Y corrió, transfigurado por la niebla del tabaco y el agrio sabor de ginebra y whisky que permeaba la estancia. Jaime se sentía molesto con su traje negro arrugado por el viaje, y hasta el grueso anillo con el escudo de la escuela parecía fuera de lugar. Se arreglaba continuamente las puntas del pañuelo; con disimulo, se lustraba los zapatos contra la valenciana.

—Gus darling! —exclamó Betina y abrazó a un pequeño hombre regordete y con las cejas depiladas,

—¡Belleza! ¡Tanto tiempo! ¡Desde los idus de marzo!

Ambos rieron en honor del pequeño chiste privado, y Gus, con la mano en la cintura, observó detenidamente a Jaime:

—Preséntanos a tu agente de funeraria, Betina...

Pero Jaime ya le había dado la espalda y se dirigía a la cantina. Betina le siguió, apretando los dientes:

—Cuando menos, *algo* de educación, querido...

Ambos se fundieron en el diapasón de la fiesta. Betina se desplazaba con un profundo conocimiento del terreno, y Jaime, detrás de ella, apenas farfullaba unas palabras *mucho gusto... mucho gusto... llegué hoy... sí, Betina me ha dicho...* y luego recorría con la vista el salón de Bobó, sus paredes de distintos colores, los cuadros y las estatuillas. Desde lo alto de la escalera, Pichi se asomaba, los ojos cargados de rímel, a suspirar:

—Mon romance royal! ¡Ya llega mon romance royal!

Bobó se acercó a Betina y Jaime:

—No cabe duda que ya estamos viernes. Hace poco, tus papis eran el elemento joven aquí. Ahora, tú eres la princesa del salón. ¡Cómo ha corrido agua bajo el puente! ¡Y los desengaños y sufrimientos! México no volverá a ser el mismo desde la horrenda muerte de Norma...

—Bueno, era medio cursilona la pobre, pero en fin —interrumpió una Charlotte García más tiesa, como si le faltara aceite, blandiendo los mismos impertinentes de estructura mantenida con tela adhesiva—. ¡Mira que morirse así, achicharrada, en plenas Lomas de Chapultepec! Si te digo que aquí todavía anda suelto Huichilobos, palabra. Oyes, ¿y has sabido del famoso banquero?

—Nada —gimió Bobó, masticando su boquilla—; algo de que se casó con una gata, algo así de espantoso. ¿Y qué me dices del impostor de Vampa?

Charlotte se llevó una mano al corazón: —¡Ay! Ni me recuerdes ese golpe mortal. ¡No sé cómo respiro después de eso! ¡Mira que tomarnos el pelo de esa manera!

El rostro de Bobó se arrugó de angustia: —¡Resultarnos con que no era más que cocinero titulado de una pizzería de San Francisco!

—¡Nosotros que lo tratamos como si fuera de sangre azul! Ni me lo recuerdes, Bobó, que me muero de la indignación... y pensar que Pierrot Caseaux lo tomó para su servicio... ¡si cada vez que como ahí siento que los macarrones conocen todas mis intimidades!

—Ay, pero cuánta desgracia —rió Betina, jugando con su collar de brillantes. Charlotte repasó con sus ojos miopes a Jaime: —No, chulita, también han pasado cosas muy buenas. ¡Estoy encantada, Bobó, con lo felices que son Pimpinela y Rodrigo!

—Si te lo dije desde que Rodrigo vino por primera vez a un cocktail aquí —dijo entusiasmado Bobó—. "Ese chico tiene talento", ¿a poco no?

—Sí. ¡Y cómo reciben! La casa del Pedregal les ha quedado linda. Eso sí da gusto, tú, Tanto cachet, tanto cómo te diré de refinamiento y buen gusto. Luego luego se ve quién es quién en esta miserable aldea.

La Contessa Aspacúccoli se acercó haciendo buches de guacamole: —Perdí las llaves, queridos. ¿Quién me invita a dormir chez lui? —Su mirada, ávida, recorrió el grupo—: ¿Usted, joven desconocido? —dijo señalando imperialmente a Jaime. Todos rieron y Jaime no supo evitar un sonrojo. La risa de Betina, al notarlo, se suspendió en medio aire. Dio la espalda al grupo y se dirigió, con rapidez, al tocador. Allí estaba Natasha, reducida a la línea intermedia entre el esqueleto y la piel, y una Cuquis ya fodonga, con las líneas en torno a los labios impresas sobre la piel.

—Salut, Betina! —gimió Natasha desde su lápiz labial perfumado e intenso—. Ya vimos a tu futuro. ¿Es ése, no?

—Un auténtico merenguero —añadió enfáticamente Cuquita—. ¿Por eso cortaste con César? Francamente, chula... ¡Pensar que la beatita hipócrita esa de María del Rosario se va a llevar tantos millones! ¡Pero qué desperdicio, mi amor!

Betina se soltó llorando, la cara escondida entre las manos.

—Conocer el destino es no tenerlo —declaró Rodrigo Pola al grupo que, atento y servicial, lo rodeaba—. El éxito en el cine es eso, una perpetua aventura, donde triunfa el que sabe dominar, el que sabe poner su talento al servicio de las grandes masas. Es evidente que en México ya existe un público enorme que pide cosas que lo entretengan, fáciles de digerir, pero con cierta clase. ¡Todos, estrellas, argumentistas, productores, nos debemos a ese público, nuestro público!

—Tu éxito ha sido maravilloso, Rodrigo —insistía Charlotte—. ¿Y no intervienes en la selección de nuevas estrellas?

—Bueno, no es propiamente mi terreno, pero una sugestión mía *pesa,* ¿me entiendes? —Un traje italiano de tres botones y una corbata de seda gris vestían a Rodrigo. Su rostro, ágil, irradiaba un aplomo total.

Junior se acercó a Jaime: —¿Usted es el pior-es-nada de Betina, no? Fíjese, mi mamá es fantástica: ¡fue hasta la Basílica a hacer una manda a la Virgen para que Betina y usted no se casaran! ¡Qué detalle más padre, a poco no!

Entraron, entre la indiferencia general, los miembros de la orquesta tropical, e iniciaron su ritmo y su estribillo *vacilón, qué rico vacilón, cha cha cha, qué rico cha cha cha*

Cuquis, observándose en el espejo, susurró a Betina: —No dejes de recordarle a tu papi mi asunto. Aquellos terrenos por el rumbo de Barrilaco, ¿recuerdas?

Pero Betina no escuchaba. "No sólo es pobre —pensaba con la polvera en la mano—; no sabe hacer las cosas, es triste, sí, es ramplón y barato. No se siente a gusto con la riqueza y la elegancia." Pero la sensación de las caricias y los besos chocaba contra su pensamiento, y entonces resurgía la imagen del pequeño payo, mal trajeado, inepto para hacer conversación o brillar con la luz inequívoca de la pertenencia y la elegancia, y volvía a sucederla el recuerdo de sus manos nerviosas, de los besos los besos los besos.

ricachá, ricachá, ricachá, así llaman en Marte al cha cha cha

—Todas las cosas son viejas, y sólo son novedosas al tener éxito —repetía Rodrigo Pola ante el grupo de admiradores que, con su sola presencia, lo coronaban de aplausos—. Éste es el secreto del buen argumentista de cine. Ya vieron el éxito de *Almas desnudas*. La eterna historia de Romeo y Julieta, pero llevada al ambiente de los bajos fondos, con un Romeo cinturita y una Julieta fichadora que además es hija de un viejo torero ciego. Luego, la novedad del cha cha cha, y Doris Leal en un papel completamente distinto al de esposa abnegada que venía haciendo. Fórmula vieja y probada, drapeados novedosos: ¡taquillazo!

pican, no pican los tamalitos de Olga, Olga

—¡Ya llega mon romance royal! —seguía suspirando Pichi cada vez que un nuevo invitado entraba en el salón.

—¿Quién es tu pinche romance, Pichi, se puede saber? —dijo en voz baja Gus al oído de la muchacha. El rostro de Pichi se descompuso, y volvió a suspirar—: Ya llega, Gus, ya llega mi Chevalier royal...

tome chocolate, pague lo que deba

Pierrot Caseaux entró con una chica nueva, radiante, de colores subidos y ojos de gacela. —Allí está el señor Pola —suspiró la niña, con los labios llenos, a Pierrot—. ¿Vamos trabajando una prueba de cine?

pimpollo, pimpooooollo, pim-pim-pimpollo

Jaime se quedó solo, con los brazos cruzados, frente al ventanal. Betina se acercó y lo tomó del brazo. Quiso hacer conversación ligera, y con una voz cantarina le dijo: —¿Qué te parece el grupo, Jaime? —Betina colocó la mano sobre el brazo de Jaime—. Mañana vamos a ver a papá. Está de acuerdo en todo y quiere que entres luego luego al bufete. Me dijo que nos iba a regalar una casa en Anzures.

Los dos guardaron silencio. Jaime acarició lentamente la mano de Betina.
no quieeeero codazos, ni tampoco cabezaaaazos

Rodrigo Pola

A la una de la mañana, Rodrigo abandonó la fiesta de Bobó y descendió a la Avenida de los Insurgentes. Su automóvil estaba estacionado en la esquina con Nápoles: Rodrigo abrió la portezuela y se dispuso a penetrar cuando percibió, dentro del automóvil, una figura oscura. Dio un paso atrás y cerró con fuerza la portezuela. Pasado ese segundo de miedo repentino, trató de distinguir el rostro del bulto oscuro a través del vidrio. Una sonrisa amarga contestó a la mirada inquisitiva de Rodrigo, quien volvió a abrir la puerta.

—¿Tanto he cambiado? —le dijo la voz del rostro moreno y gastado.

—¡Ixca! Es que desde hace tres años...

—Súbete. Vamos a dar una vuelta.

Rodrigo siguió por Insurgentes. A su lado, sentía a un Cienfuegos distinto, no sólo en el abandono de su aspecto físico, en su camisa sin corbata, en el aflojamiento de esa máscara que, antes, parecía eternamente ávida y rígida. Ixca pasó los dedos sobre el cuero del Jaguar. —Esto es muy distinto del cuarto aquel de la calle de Rosales —dijo por fin Ixca, al llegar el automóvil al cruce de Chapultepec, Oaxaca e Insurgentes, donde un rostro plano y sonriente lanzaba humo por la boca desde el anuncio de los cigarrillos Raleigh.

—¿Adónde te dejo? —preguntó Rodrigo mientras se ponía los guantes, detenido por la luz roja. La noche era de diciembre, y un viento tenue, pero cortante, cruzaba bajo el cielo estrellado.

—¿Adónde vas?

—A mi casa; en el Pedregal de San Ángel. Pero te puedo dejar donde quieras.

—Dondequiera...

Ixca trató de sonreír al observar las facciones renovadas de Rodrigo, figuradas de nuevo por la piscina y el whisky, su pesado abrigo de pelo de camello, sus guantes amarillos.

—¿Qué ha sido de tu vida? —preguntó Rodrigo al arrancar.

—No importa. ¿Qué ha sido de la tuya?... Regálame un cigarro.

Rodrigo sacó una cajetilla de la bolsa cálida del abrigo y apretó el encendedor. Ixca guiñó los ojos entre el humo: —Ahora eres lo que querías ser, ¿verdad? Me da gusto verte así.

—¿Qué?

—Tu éxito, tu dinero, tu esposa. No es lo mismo que cuando te encontré en el cuartito de Rosales, medio muerto con las ventanas cerradas y el gas...

Rodrigo rió con ganas. ¿Qué había sido de aquella confesión escrita en las cuartillas pardas alojadas entre las páginas de Pío Baroja? Le hubiese gustado, ahora, leérselas a Ixca. Pero su primera decisión, al abandonar el cuarto de Rosales, había sido la de no llevarse nada de aquel lugar, dejarlo todo ahí e indicarle al portero que podía disponer de la cama de latón, de su ropa, de los trastos del té, de Baroja y de la confesión. A falta de aquellas cuartillas, un pequeño demonio confortable, guardado también entre la nueva ropa elegante, comenzó a zumbarle, a exigirle que viviese, una vez más, lo escrito en ellas frente a Ixca Cienfuegos.

—¡El gas! ¡El éxito! ¡Mi esposa! ¡El dinero! —rió Rodrigo, nuevamente detenido por el alto de la Avenida Álvaro Obregón—. Claro, ni quién se queje... pero, ¿y la otra vida, Ixca, no era mía también? ¿Crees que porque estoy aquí ya no estoy allá? ¿Crees eso? ¿Crees que una nueva vida destruye a la antigua, la cancela?

—Tu nueva vida debía cancelar la anterior...

—¡Pinches ideas! —Rodrigo arrancó con un respingo—. ¡Puras pinches ideas, Ixca, no sabes responderme con otra cosa, siempre con recetas! ¿Te cansaste de esta receta? ¡Venga la otra! Caray, qué fácil... Y tú con tus misterios y tu pasado ignorado, ¿tú qué? ¿Puedes pararte en la otra orilla a ver pasar el desfile, a taparte la nariz y ordenar en el cerebro el destino ajeno?

—In vino veritas.

—¡Vamos al carajo! Has de ser... no sé, puto o algo... sólo así se explica que juegues de esa manera con los demás...

—¿Jugar con los demás?

—¡Sí! Sólo así se explica... que le hayas escondido a un hijo la muerte de su madre, que...

—¿Te importaba?

—¿Me importaba? —Rodrigo pensó en Rosenda, en el único testigo que realmente le hubiese importado de su prosperidad y su éxito. ¿Norma? Norma no; Norma había sido testigo, la noche que ambos salieron juntos del Nicte-Ha. Allí había terminado Norma para él, pensó en lo más secreto, no sin cierta vergüenza, y con ganas de confesarlo. Pero Rosenda nunca fue testigo. Le era ya muy difícil reconstruir el rostro de su madre; más que carne, un viento de polvo, un olor concentrado, cruzó por sus sentidos. La cadena interminable de anuncios luminosos y focos de colores —se aproximaba la Navidad— amarraba los miembros de Insurgentes. —No, no sé, no ella, como ella era, así, con su nombre y su cara de siempre, puede que eso no… Me importaba… es que ella nunca supo, ¿ves?, nunca supo lo que yo quería ser, sólo sabía lo que era en ese momento, en cada ocasión, pero no lo que yo quería… Empezar las cosas bien, no terminarlas, justificarme, destruirme. ¡Caray, cómo me justifiqué! Y te echo en cara tus recetas, Ixca, todavía me atrevo, ¡carajo!

Entre sus palabras, Rodrigo iba pensando y dudando de su veracidad. No tenía por qué darle gusto a Ixca Cienfuegos, su nueva vida exigía cierta conducta frente a los demás: una conducta que, sobre todo, suprimía la necesidad de ofrecer razones y justificarse. Y sin embargo…

—Óyeme, Ixca: entonces era muy fácil destruirlo todo, y sin embargo se trataba de las cosas que no se pueden destruir. Y ahora que sólo tengo cosas que piden ser destruidas, que dizque se las lleva el viento, ahora no puedo tocarlas, las respeto, las conservo. Todo lo nuevo. Y mandé a la chingada el amor, el respeto a mí mismo, la vocación, todo… y mi madre sabía que así iba a ser, ¿sabes?, por eso me exigía esas defensas, sí, burguesas, las mismas que he terminado por crearme. Mi madre me entendía, cómo no, pero me entendía en cada ocasión, en el momento mismo; no lo sabía, ¿cómo te diré?, por entero, abarcando toda mi vida, y lo sabía sin decirlo, Ixca, buscando otros pretextos fuera de lo que yo quería ser, y yo tenía que justificarme por las cosas que ella sabía pero que no decía. Era como un juego donde los dos jugadores jamás se encuentran, cada uno jugando como loco por su lado y creyendo que el otro está en el juego.

—Pero si ahora estás haciendo lo mismo, ¿no te das cuenta? No puedes verte a ti mismo con verdad, por más que trates. Ahora mismo sé que quieres ser sincero, Rodrigo, y sólo estás buscando que te compadezca y me admire de tus nuevas justificaciones. Eres un…

—¡Cállate, pendejo! Tú qué vas a saber de nada, tú que vives como sombra, hurgando, escondido, comiéndote las vidas de los demás. Tú que no tienes carne ni huesos. ¡El hombre puro! Hijo de la gran chingada. Más te valdría justificarte una sola vez y sentirte pobre diablo una sola vez…

—Siéntelo entonces, no hay necesidad de que lo digas.

Rodrigo clavó el dedo en el encendedor. —¡El hombre puro! ¡El hombre fuerte capaz de llevar toda su tragedia adentro! ¡Cobarde! Nunca le has dado nada a nadie, sino tus recetas, tus malditas soluciones de hombre justo; nunca has querido… ¡Bah; ahora ya no puedes ningunearme!

Ixca fumaba con lentitud, derrumbado sobre una esquina del auto. —Te duele lo de Norma.

Rodrigo metió el freno. Ixca fue arrojado hacia adelante y se detuvo con ambas manos sobre el parabrisas. —¡Cabrón, repite eso y...! —Rodrigo acercó el puño al rostro de Cienfuegos—. ¡Tú qué sabes! Tú te la cogiste una vez para probar qué sé yo —quién va a entender por qué haces tú las cosas—, no porque la querías; nunca la quisiste, ¡nadie la quiso más que yo, me oyes! Tampoco voy a pensar que lo hiciste para demostrarme que podías a la primera de cambios lograr lo que yo no logré en toda mi vida. Pero tú no te la cogiste cada vez que tenías que salir a escondidas de tu casa a un burdel, tú no tuviste que darle a cada puta la cara y el cuerpo de Norma para poder quererla un poco, tú no tuviste que decirles a las putas las mismas palabras que le hubieras querido decir a Norma, que habías pensado sólo para Norma; tú no tuviste que sustituir a Norma por las docenas de cuerpos sin nombres y sin caras y sin oídos, ¡cabrón!

Amontonado en su rincón, con el cuerpo flojo, Ixca sonreía.

—Seguro, mano, seguro. Ríete. A ti qué más te da.

El automóvil, lentamente, volvió a correr. Las manos enguantadas de Rodrigo arañaban sin fuerza el volante. Sólo esta vez —se juraba a sí mismo— sólo esta vez, nunca más. Pensaba que todas las explicaciones son posibles, y que él no tenía por qué regresar a las que le dolían, a las que no debían tener lugar en su nueva vida.

—Perdóname, Ixca. —"¿No era ésta la actitud que le correspondía?", pensó Rodrigo—. Sé que eres mi amigo, que harías cualquier cosa... claro, cualquier cosa desde tu punto de vista. Dos y dos son cuatro. Telón. No, no es así... porque cuando tienes talento y no lo desarrollas... cuando sabes que puedes amar y no amas... cuando sabes la verdad y te rellenas a sabiendas de mentiras...

—¿Y ahora, ahora que lo tienes todo?

Por última vez, lo juraba: —¿Qué? ¿Pimpinela? Ella me da cosas, me da su nombre, su elegancia y sus relaciones —pero igual me daba Norma otras cosas, aunque ella no lo supiera— y yo sigo sin darle nada. Me casé con Pimpinela por eso. Por lo que ella me da —desde su virginidad, oye—. Ella ha de creer que yo le doy algo. La tía Lorenza ya pudo reconstruir su pinche casa de Hamburgo y darse el gusto de correr a los judíos y a los gachupines y volver a recibir a las momias que quiera. Joaquinito pudo morirse en paz, con una botella de Hennessy abrazada al pecho. El retrasado de Benjamín ya no tiene por qué preocuparse. Pero yo no les he dado nada mío, Ixca. En cambio ella sí me ayuda, ¿ves?, me relaciona bien, me lleva más momias al Pedregal. Pero no sabe ni sabrá nunca quién soy...

—¡Más vale!

—No te rías: no sabrá la mierda que soy; sinceramente ha de pensar que soy el gran tipo, que con diez argumentos taquilleros se hace de una casa de grandes muros blancos y jardines de piedra y piscina y esculturas de Henry Moore, Jaguar a la puerta y esposa con apellido. Seguro que eso piensa y se siente muy satisfecha. Pero lo que yo soy, eso se quedó solo, como un pedazo de tierra convertido en isla, a que yo lo piense y lo repiense a solas —porque ya no puedo hablar con nadie sobre estas cosas, no me lo tolerarían— y nunca sepa quién soy, qué me pasó. Mira: —Rodrigo soltó el volante y acercó sus manos al rostro de Ixca—. No son distintas de otras manos…

—No juegues. Conduce bien —sonrió Cienfuegos.

—Mano puñetera y mano que escribe y acciona y busca un sexo de mujer y que juega y trabaja: mírala. Con esta mano no he hecho otra cosa que… sacarme los mocos, Ixca. Esta mano —¡tú lo sabes, no te pido tu compasión!— pudo haber escrito el gran poema, pudo haber amado a Norma Larragoiti… mírala… pudo, pudo, pudo. Mi madre pensó que esta misma mano pudo arrancarla de la pobreza y el culto al muerto… pudo. Y no sirvió ni para cerrarle los párpados. No, estaba muy ocupado sacándome los mocos. Pudo.

Arrinconado, presa de sí mismo, Ixca rugió: —Ya cállate. Me das asco. Ya tienes lo que merecías.

—¡Merecer! ¿Qué merecía mi madre: que papá resucitara de su paredón de ajusticiado? ¿Qué merecía Norma: que un destripado llamado Rodrigo Pola la amase? Merecemos esto, lo que somos, mi madre su nostalgia y Norma su muerte y yo mis mocos.

Al pasar el puente en el cruce de Nuevo León, los automóviles corrían veloces. Disminuían las luces, aumentaban los jardines.

—¿No te comprometen mis confidencias? —sonrió Rodrigo.

—Sólo soy tu espectador —respondió Ixca.

—Sí, es mucho más cómodo. Es como ser el único hombre libre, ¿no? —Rodrigo rió ampliamente—. Déjame ver: una vez, en la Preparatoria, con el grupo de Tomás Mediana; tendrías entonces diecisiete años, pero tu cara ya era la de ahora, igualita. Otra vez durante las huelgas de la autonomía universitaria. Después, hasta 1951 en que apareces de seudoconfidente de Federico Robles. Y ahora. ¿Qué haces ahora?

—No vivo en esta ciudad —respondió Ixca—. Aquí ya hice lo que tenía que hacer.

—¿Qué cosa? ¿Se te acabó la posibilidad de sacarle el jugo a Robles y a Norma, y a volar? ¡Valiente vida para el hombre justo!

Ixca permanecía derrumbado en una esquina del automóvil. Sin corbata, con un saco negro cruzado y pantalón gris viejo, no se distinguía de cualquier hombre de la ciudad. —Todos encontraron su destino. Hasta yo...

—¿Destino? Ah, sí, hablabas mucho de eso, y del sacrificio. ¡Vaya!

—El sacrificio —volvió a murmurar la voz gruesa de Cienfuegos—. Así murió Norma, pero sin darse cuenta.

—Sí, cuéntame aquello. ¿Qué tuviste que ver tú?

—¿Yo? Yo nada. Ellos dieron lo que traían adentro.

—Del que se perdió todo rastro fue de Robles. ¿Tú sabes qué fue de él? Me dijeron que se había vuelto a casar. —Rodrigo conducía con movimientos elegantes y seguros de la cabeza y los brazos. Quería que ésta fuese la última impresión de Ixca. Pasaron al lado de varias pollerías y restaurantes de un piso.

—Sí, se casó. Vive en el Norte; creo que tiene unas tierras y cultiva algodón. Creo que en Coahuila. Tiene un hijo.

—¿Nunca se explicaron el origen del incendio?

—No. Robles fue a la policía y dijo que la culpa era suya. Que él era el responsable de la muerte de Norma. Estaba muy trastornado y no le dieron crédito, sabiendo, sobre todo, lo de su quiebra.

—¿Quién le habrá inventado el chisme aquel? Pobre hombre, después de todo. Dicen que todo fue una maniobra de Roberto Régules, mi distinguido compañero de banca. Bueno, ¿y tú?

Cienfuegos sintió que el viejo brillo le regresaba a los ojos: —¿Y yo?

—Sí, ¿y tú? A veces me pregunto si comes o duermes —rió Rodrigo.

Ixca puso un pie sobre el derecho de Rodrigo, que oprimía levemente el acelerador.

—Cuidado...

Y oprimió el pie de Rodrigo mientras el automóvil ascendía en su marcha: —¿Y yo? ¿Qué quieres? ¿Mis recuerdos, mi vida? ¿Crees que no daría algo por conocerlos?

—¡Ixca, quita el pie...! —Rodrigo apoyó un brazo sobre el claxon, que comenzó a berrear por encima del chillido de ruedas.

—¿Crees que recuerdo mi propia cara? Mi vida comienza todos los días —le gritaba Ixca a Rodrigo— y nunca tengo el recuerdo de lo que pasó antes, ¿ves?, nunca; todo fue un juego espantoso, nada más, un juego de ritos olvidados y signos y palabras muertas; ¡estará satisfecha, ella sí que estará satisfecha, ella sí, que cree que Norma fue el sacrificio necesario, y que una vez que el sacrificio nos fue dado podíamos volver a hundirnos en la vida del pobre, a rumiar palabras histéricas sobre nuestros deudos, a jugar a la humildad!

—¡Ixca, quita el pie del acelerador, voy a perder el control del...!

—¡Ella me obligó a vivir con esta criada y con sus hijos, otra vez en la oscuridad! Tú no conoces a mi madre, Rodrigo... mi madre es de piedra, de serpientes, no tiene... —Ixca gritaba y reía, hundiendo el pie cada vez más sobre el de Rodrigo. Los faroles de los autobuses y de los otros autos pasaban como luciérnagas rojas entre los ojos de los dos hombres. Por fin, sin dejar de reír, pero sin el ruido de la risa, Ixca retiró el pie. El automóvil se detuvo abruptamente, con un estremecimiento de aceite y vapor y dinámica arrestados. Estaban frente al convento del Carmen. Ixca se subió las solapas del saco y le torció, riendo, una oreja a Rodrigo. Descendió. El automóvil arrancó nuevamente hacia el Pedregal, y Cienfuegos, riendo, junto al muro del viejo convento sintió que el frío le entraba en los huesos. Una ligera neblina se levantaba del jardín del atrio; una neblina que iba envolviendo su cuerpo, limando sus contornos, penetrando en su carne hasta poseerla y convertirla en otra neblina, menos real y transparente que la que ascendía, con la respiración helada, de la tierra. El frío viento de diciembre arrastró a Cienfuegos, con pies veloces, por la avenida, por la ciudad, y sus ojos —el único punto vivo y brillante de ese cuerpo sin luz— absorbían casas y pavimentos y hombres sueltos de la hora, ascendían hasta el centro de la noche y Cienfuegos era, en sus ojos de águila pétrea y serpiente de aire, la ciudad, sus voces, recuerdos, rumores, presentimientos, la ciudad vasta y anónima, con los brazos cruzados de Copilco a los Indios Verdes, con las piernas abiertas del Peñón de los Baños a Cuatro Caminos, con el ombligo retorcido y dorado del Zócalo, era los tinacos y las azoteas y las macetas renegridas, era los rascacielos de vidrio y las cúpulas de mosaico y los muros de tezontle y las mansardas, era las casuchas de lámina y adobe y las residencias de concreto y teja colorada y enrejado de hierro, era los nombres y los sabores y las carnes regadas a lo largo del gran valle hundido, pesado, sin equilibrio, y era todas las losas de las tumbas y las voces, y las voces, era Gervasio Pola que quería salvarse solo, como su hijo, era Froilán Reyero y Pedro Ríos y Sindulfo Mazotl que murieron con el ¡Viva Madero! en las gargantas y era Mercedes Zamacona con la memoria cercana a un amor oscuro y a un poder germinado y era Norma Larragoiti cubierta por una tumba de pieles de visón y alhajas y era la catalana erguida que cantaba con lágrimas las canciones de la Guerra de España y era Federico Robles chupado hasta el origen del origen, hasta el centro de la sangre de México, sólo para reconocer a los otros y al ser singular: los ojos ciegos de Hortensia Chacón, esperando hasta el final, hasta que una voz diera fe de su existencia, y era todos los títeres seguros y confiados, Charlotte, Bobó, la Contessa Aspacúccoli, Gus, Pedro Caseaux, Cuquis, Betina Régules, Jaime Ceballos, y era un talabartero del Norte que llegaba ilusionado a la ciudad de los palacios y era un payaso al que no le alcanzaba para comprar pinturas para su rostro, y era Rosenda en el fondo de su tumba, unida por fin al polvo que había sido su primera alucinación de amor y palabras y fecundaciones y era Librado Ibarra que sólo cumplió su vida y un anciano de bigote amarillo que añoraba los palacios porfirianos y era Gladys García en su oración inconsciente de la felicidad mínima, y eran Beto, el Fifo y el Tuno y doña Serena y también los cadáveres gratuitos y las muertes irracionales de Manuel Zamacona y Gabriel y era una familia que dejaba todos sus ahorros en una vacación acapulqueña y Feliciano Sánchez muerto sobre un llano de plomo y Pimpinela de Ovando y era, por fin, su propia voz, la voz de Ixca Cienfuegos.

La región más transparente del aire

Dueños de la noche, porque en ella soñamos; dueños de la vida, porque sabemos que no hay sino un largo fracaso que se cumple en prepararla y gastarla para el fin; corazón de corolas, te abriste: sólo tú no necesitas hablar: todo menos la voz nos habla. No tienes memoria, porque todo vive al mismo tiempo; tus partos son tan largos como el sol, tan breves como los gajos de un reloj frutal: has aprendido a nacer a diario, para darte cuenta de tu muerte nocturna: ¿cómo entenderías una cosa sin la otra? ¿cómo entenderías a un héroe vivo? el cuchillo de jade es largo, y la noche te lo entregó con una boca sangrante y desdentada, ¿cómo puedes rechazar las súplicas de la noche, que son los ruegos de tu imagen? largo es el cuchillo, cercanos los corazones, pronto el sacrificio que otorgas sin caridad, sin furia, veloz y negro, porque te lo pides a ti mismo, porque tú quisieras ser ese pecho herido, ese corazón levantado —mátalo en la primavera de resurrecciones, la primavera eterna que no te permite contar las canas, las otras caricias, las señales, los tránsitos; mata a ése, igual a sí mismo, que eres tú, mátalo antes de que pueda hablar porque el día que oigas su voz, no lo podrás resistir, sentirás odio y vergüenza y querrás vivir para él, que no eres tú, que no tienes nombre: mátalo y creerás en él, mátalo y tendrás tu héroe: acerca, acerca el fuego a sus pies para que la carne ascienda hasta el polvo y tus restos vuelen sobre el valle, exactos sobre el meridiano de los nombres, nombres densos y graves, nombres que se pueden amasar en oro y sangre, nombres redondos y filosos como la luz del pico de la estrella, nombres embalsamados de pluma, nombres que gotean los poros de tu única máscara, la máscara de tu anonimato: la piel del rostro sobre la piel del rostro, mil rostros una máscara Acamapichtli, Cortés, Sor Juana, Itzcóatl, Juárez, Tezozómoc, Gante, Ilhuicamina, Madero, Felipe Ángeles, Morones, Cárdenas, Calles, Obregón, Comonfort, Alzate, Santa Anna, Motolinia, Alemán, Limantour, Chimalpopoca, Velasco, Hidalgo, Iturrigaray, Alvarado, Gutiérrez Nájera, Pánfilo de Narváez, Gutierre de Cetina, Tetlepanquetzal, Porfirio Díaz, Santos Degollado, Leona Vicario, Morelos, Calleja del Rey, Lerdo de Tejada, Moctezuma,

Justo Sierra, Amado Nervo, Zumárraga, Xicoténcatl, Bazaine, Axayácatl, Malinche, Zapata, O'Donojú, Genovevo de la O, Winfield Scott, Allende, Abasolo, Aldama, Revillagigedo, Ruiz de Alarcón, Vasconcelos, Carlota, Fernández de Lizardi, Escobedo, Riva Palacio, Sóstenes Rocha, Zachary Taylor, Gómez Farías, Linati, Posada, Forey, Huitzilíhuitl, Vanegas Arroyo, Tolsá, Sahagún, Pancho Villa, Antonio de Mendoza, Sigüenza y Góngora, Fernández de Eslava, Echave, Díaz Mirón, Bernardo de Balbuena, Servando Teresa de Mier, Nezahualpilli, Mina, Antonio Caso, Juan Escutia, Lupe Vélez, Cervantes de Salazar, Carranza, Vasco de Quiroga, Xavier Villaurrutia, Ávila Camacho, González Ortega, Nezahualcóyotl, Cantinflas, Labastida, Maximiliano de Habsburgo, Quintana Roo, Iturbide, Emilio Rabasa, Eulalio Gutiérrez, Anaya, Miramón, Ignacio Vallarta, Roberto Soto, José Clemente Orozco, Bernal Díaz del Castillo, Juan Álvarez, Guadalupe Victoria, Victoriano Huerta, Bustamante, Andrés de Tapia, Ignacio Ramírez, Nuño de Guzmán, Juan Diego, Cuauhtémoc, Altamirano, Pino Suárez, Abad y Queipo, Manuel Acuña, Otilio Montaño, Nicolás Bravo, Tizoc y tú sin tu nombre, tú que fuiste marcado con el hierro rojo, tú que enterraste el ombligo de tu hijo con las flechas rojas, tú que fuiste el bienamado del espejo nocturno, tú que metiste las uñas en la tierra seca y exprimiste el maguey, tú que lloraste en el altar de los monstruos del crepúsculo, tú que fuiste el juez y el sacerdote, y el nombrado flor de turquesa del maíz, tú que tomaste el sexo de tu mujer bajo el signo del mono, tú que danzaste estrangulado por las flautas, tú que hiciste el viaje del perro colorado, tú, tú mismo que viste la agonía del sol resurrecto, tú que señalaste el camino, tú que caíste acribillado en la laguna, tú que lloraste la orfandad y la derrota, tú que diste a luz un nuevo hijo con dos ombligos, tú que pintaste el ángel solferino y esculpiste el dios espinoso, tú que sembraste la caña, tú que olvidaste tus signos, tú que rezaste entre cirios, tú que te quedaste sin lengua, tú que acarreaste el fardo, tú que labraste en el hambre, tú que levantaste un palo y una piedra, tú, el decapitado sin nombre, tú, el de la picota, tú, y tú, el que no tuvo parque, tú el que nació sin recuerdos, tú que te alojaste en las bayonetas, tú que volviste a caer labrado de plomo, tú que caminaste descalzo con un fusil oxidado, tú que cantaste aquellos nombres, tú que te vestiste de papel de china y cartón de colores, tú que enciendes los petardos, tú que vendes los billetes y las aguas frescas, tú que voceas los periódicos y duermes en el suelo, tú que te pones hojas de tila en las sienes, tú que te amarras a la frente el fardo, tú que gritas los pescados y las legumbres, tú que arrastras los pies en el cabaret y corres por las calles con la boca abierta a ver si te cae una palabra, tú que corres lejos a cruzar el río granizado de plomo y a arrancar las naranjas vecinas, tú, tú tameme, que no supiste ni cuándo, que sientes a los hijos salir chupados y negros, que buscas qué comer, que duermes en los portales, que viajas de mosca en los camiones, que no sabes hablar del dolor, tú que nada más te aguantas, tú que esperas en cuclillas, tú que ya sientes las ganas, tú que te quedaste solo en una barriada donde hay que defenderse, tú que no tienes zapatos, que te llenas de fritangas y aguardiente, tú que te fuiste y llegaste y te volviste a ir sin que nadie pronunciara la palabra de bienvenida o de adiós, tú que te pusiste a contar lo que faltaba, tú que te sentaste a tejer las sillas de paja, tú que tocas la guitarra por unos centavos, tú que eres ciego y suenas un silbato al cruzar las calles, tú que los domingos te pintarrajeas y te compras un rebozo morado, tú que traes un manojo de hierbas a vender a la plaza, tú que esperas la llegada del hombre sobre un catre de hierro, tú que sales a escarbar los basureros y a recoger las colillas, tú que nomás no das una, tú que te la pelan, tú que se las mientas, tú que juegas rayuela, tú que te moriste de viruela loca, tú que fuiste a quemar Judas, tú que te quedaste a rezarle a la Virgen, tú que te dejaste apachurrar por un tranvía, tú que te diste de cates en la esquina, tú que ya no amaneciste, tú que estiraste la pata, tú que fuiste a empeñar tu mesa, tú que colocas los ladrillos y truenas cohetes el día de la Santa Cruz, tú que te vas de rodillas a la Basílica, tú que hinchas los labios y chiflas en la Arena México, tú que manejas un libre, tú que llegas y te encuentras a un chamaco muerto, tú que comes chicharrón y garnachas, tamarindo y mamey magullado, sopes y frijoles refritos, quesadillas de flor y gusanos de maguey, carnitas y pozole, ponches de granada y mangos de Manila, sandías ennegrecidas, salsa de pipián y cajeta quemada, pulque curado y chilaquiles, chirimoya y guanábana, dulces fríos de cristal y jamoncillo tricolor, tú que te pones un overol azul y un sombrero de petate y una camisola de rayas y medias caladas y calzón de manta y un chal de estambre y cinturones con hebilla de plata y anillos con la piedra del sol y aguamarinas rosa y chamarras de mezclilla y tú que no te rajas y tú que me la mamas

y en el centro vacío mi corazón que delira

y en la otra orilla ustedes que esperan el bienestar y la fama —yo, nosotros, ustedes, nunca tú, nunca el tercero— y ustedes que burlaron el azar para no ser tú, ustedes que pudieron haber sido ¡bastaba un sol, un parto! el mismo tameme, el mismo suplicante, pero ustedes que fueron los contados, los elegidos del reino de la tuna: ustedes que viajan y van y vienen y poseen un nombre y un destino claro y ustedes que suben y bajan y ustedes las hormigas y ustedes que construyen carreteras y altos hornos y sociedades anónimas y consorcios industriales y comparten su consejo de administración con míster aquiteinvierto y míster acálastortas y ustedes que del jockey al versalles al amba al focolare al club de yates al penthouse de don lamemelculo a la hacienda de don pintaviolines y ustedes que se barnizan la cara y se joden a maxfactor y se arreglan las chichis y ustedes con su pompón y su poodle y ustedes que recibieron su corte de brístol y ustedes que se treparon a un alfarromeo platinado con entorchados de cromo y respaldos de cuero oloroso a reses sacrificadas y ustedes con su barrera de primera fila y ustedes que son amigos del zar del azufre y la reina del *bebop* y ustedes que son tratados con respeto, que guardan sus distancias, y ustedes que ancho es el mundo y ustedes con bidet y lociones y ustedes que tienen su nombre, su nombre, y fícole y fúcole y sus antepasados ¡Lo Cortés no quita lo Cuauhtémoc! ¡Jijos de Ruiz de Alarcón! ¡Don Asusórdenes y doña Estaessucasa, míster Besosuspies y miss Damelasnalgas: no hay cuidado, se lo ruego, usted primero, sufragioefectivo, norreelección!

Y soñamos el discurso, y las palabras se nos quedaron en la punta de un puñal, en la carcajada de un cohete: él dijo mi nariz brilla de lejos como la luna, mi trono es de plata y la faz de la tierra se ilumina cuando salgo frente a mi trono y le contestaron de las casas sobre las pirámides, de la mansión de los peces llegaron las mazorcas amarillas y las mazorcas blancas pero en la noche cuando se apagan los tubos neón y los cuerpos se aprietan contra los perros y se busca el rincón de un nicho para dormir cubierto de lonas y periódicos otra vez nos dice míranos, escúchanos, no nos dejes, no nos desampares, danos nuestra descendencia, antiguo secreto, antigua ocultadora, abuela del alba y su doble les contesta ¡serán esclavas las palabras esclavos los árboles esclavas las piedras! Pero entonces tenían una boca en cada articulación y con todas mordían, entonces cuando nacía el niño la madre agonizaba y el niño tenía la ventura de que lo criaran las serpientes y de que las cuatrocientas liebres se llevaran los huesos sagrados de la madre: esto decían las voces y se pasaban las palabras de aire en aire y las palabras eran un escudo de plumas de águila, palabras de dardo de turquesa y se sabe que la madre posee un rostro con máscara y los niños pueden ir bajo su signo a tremolar flores en el lugar del humo y todas las voces cantan a la vez, se escuchan sobre los montes y en las alas del colibrí, en las garras del tigre y en la piedra labrada; cantan las barcas ensartadas como esmeraldas a la laguna, cantan los peldaños de piedra y las cabelleras de aceite que no venimos a vivir, que venimos a dormir, que venimos a soñar, cantan todas las voces a un tiempo pero un águila les comió la lengua, y la piedra se ennegreció de fuego, y sonaron las cornetas y gritos y silbos y se levantaron los penachos y divisas de oro por última vez sobre la ciudad, muerte de falo erecto, muerte de alarido mudo, y entonces fue el tiempo de la viruela y de la pestilencia, y de arrancar el oro a las sepulturas, y el tiempo de huir al monte y buscar el signo silvestre y el tiempo de bajar a la mina y ponerse el hierro en los labios mientras otros vestían el jubón y el sayo y la chupa y eran otros los que andaban pobres y descalzos y conversaban mansamente: he aquí que la medalla se vuelca y el troquel es de arrieros y cachopines, clérigos y pleitantes, y festones y frisos de oro estriados: he aquí el emporio de Cambray y Scita, Macón y Java, y el emporio de relaciones y plegarias, romerías y sermones, regocijos, bizarrías, jaeces, escarches, bordaduras, fiscales, relatores, ediles, canciller (resguardo inútil para el hado), alcahuete de haraganes, el que tiraba la jábega en Sanlúcar y un cucurucho negro: simulador confidente, relapso, dogmatista y luego la empresa eternamente memorable

porque el anciano sólo quería libertad para los esclavos

porque el rayo —sitiado entre águilas— sólo quería el mejor arreglo y felicidad interior

porque sólo fueron dos cabezas paseadas entre la burla de la tropa y expuestas en una lanza roja: canas teñidas, y el rostro de cuero con las sienes apretadas, amortajadas por el paño blanco desde la primera espada

porque las castas se hallaban infamadas por derecho y porque eran tributarios y se hallaban en el mayor abatimiento y degradación y el favor de las leyes les aprovechaba poco y han de dividirse las tierras realengas (no son mis palabras, es mi hambre de corazón)

porque veis este anciano respetable, es mi padre, y la patria es primero, porque las victorias no son de las cabezas paseadas en una lanza, porque las victorias son de las cabezas de laurel y del que las cortes del imperio designaren y de los primeros hombres del imperio por sus destinos, por sus fortunas, representación y concepto y el producto total del diezmo eclesiástico y mil quinientas noventa y tres fincas de regulares del sexo femenino y bienes raíces de las obras pías y limosnas y obvenciones anuales que reciben los regulares de ambos sexos y primicias que se pagan en mil doscientos cuatro curatos y el valor material de la colegiata de Guadalupe incluso los retablos, pinturas, campanas, ornamentos, mármoles y todos los adornos y los vasos ciriales cruces blandones incensarios y el valor de las alhajas en pedrería perlas oro y plata en los expresados templos porque ya es la noche de mayo de mil ochocientos veintidós y Doña Nicolasita se ha convertido en Princesa y los demás en ujieres de palacio y gentileshombres de cámara con ejercicio

porque el anciano sólo quería libertad para los esclavos y las tierras para las comunidades de los naturales (no son mis palabras, es mi hambre de corazón)

porque el gallero proclama adhesión absoluta al federalismo, al progreso, a la libertad, a todos los conceptos abstractos que la moral del siglo impone como banderas en la lucha social y es el supremo redentor de México: religión y fueros, ochocientos pesos para los pasteles de monsieur Remontel, y un párroco que cabalga a enterrar la pierna: que no me nieguen el único título que quiero donar a mis hijos: el de buen mexicano, y Mr. Poinsett, los escoceses y los yorquinos, *El Sol* y *El Correo de la Federación* y los puros y los moderados y Barradas y Gómez Farías y el cólera morbo

Old Zack's at Monterrey Bring on your Santa Anner For every Time we lift a gun Down goes a Mexicanner barrancas pardas de Buenavista chaparral que ciñes el Cerro Gordo campanas mudas de Puebla y por fin el Ayuntamiento de México protesta del modo más solemne a nombre de sus comitentes, ante la faz del mundo y del general en jefe del ejército norteamericano, que si los azares de la guerra han puesto a la ciudad en poder de los Estados Unidos del Norte, nunca es su ánimo someterse voluntariamente a ningún jefe, persona ni autoridad, sino a las que emanan de la Constitución Federal sancionada por el gobierno de la República mexicana, sea cual fuere el tiempo que de hecho dure la dominación extraña: el capitán Roberts del regimiento de rifleros, que había mandado la cabeza de la columna de asalto en Chapultepec en todas las operaciones del trece, fue designado por mí para enarbolar la bandera estrellada de nuestro país en el palacio nacional; la bandera, primera insignia extraña que había ondeado sobre este edificio desde la conquista de Cortés, fue desplegada con entusiasmo por todas mis tropas; el palacio, que se había llenado ya de ladrones y rateros, fue puesto a cargo del teniente coronel Watson y de su batallón de marinos

porque Mr. Lane ya está en la Mesilla y Raouset de Bourbon en Guaymas y Su Alteza Serenísima decreta las ocasiones en que pueden usar bastón los Consejeros de Estado y un reglamento establece que únicamente los miembros del gabinete pueden vestir de amarillo a sus lacayos y los barcos llegan cargados con cajones de la Orden de Guadalupe y se compran y venden gubernaturas y comandancias y los polkos siguen bailando y ya hay quienes prestan sobre los bienes del clero y después se los guardan y entonces son otra vez los rostros oscuros y las banderas manchadas y las palabras mudas y los ojos brillantes de Ayutla: se ha corrido el telón sobre el carnaval, pero antes deben pagarse sus galas: en Tacubaya y sobre las cabezas de Ocampo y Santos Degollado y entre las garras de Márquez mientras las palabras se iban hundiendo en la tierra seca de costras pardas a esperar entren al dominio de la Nación todos los bienes del clero habrá perfecta independencia entre los negocios del Estado y los puramente eclesiásticos. Se convoca a un Congreso Extraordinario para que constituya libremente a la Nación bajo la forma de república democrática representativa mientras otras palabras se hincaban ante el trono La corona imperial de México (non te fidare) se ofrece a Su Alteza Imperial y Real (torna al castello) el príncipe Fernando Maximiliano (trono putrido di Montezuma) para sí y para sus descendientes (nappo galico pieno d'espuma) y el indio de Guelatao, con la capa negra y el alto sombrero negro recorre en la carroza negra la tierra aplanada por la sequía y la pólvora, los desiertos de espina verde, las montañas de puño cerrado mientras en Chapultepec se decide que el limosnero mayor no dirigirá nunca, por ningún motivo, la palabra a los Emperadores en la Capilla y se decide que el Director de la Música de la Cámara le presente al Emperador para su aprobación los ajustes eventuales de artistas y se decide que habrá en la Casa Imperial el Gran servicio de honor y el pequeño servicio de honor y el Servicio de Campo y se decide que durante la entrega de la birreta a los Cardenales las damas de honor y de palacio vestirán escotado, con la Banda de San Carlos y la cifra de la Emperatriz y se decide que el río anónimo manche los paredones blancos a lo largo de las tierras calientes y la meseta polvosa, que los cuerpos sigan cayendo bajo la metralla de Bazaine y Dupin, que el gran lago de sangre de México no se seque, no se seque jamás, único río eterno, única humedad floreciente bajo el sol furioso pero también se decide que (en lo hondo de su pecho) el luto Nacional no se lleve más que (ya sienten la derrota) por la muerte de los Emperadores de México (adiós mamá Carlota) durante este tiempo (adiós mi tierno amor) las oficinas de la Corte sellarán sus comunicaciones con lacre negro y ella ya sabe que ¡no debí haber deshonrado la sangre de los Borbones humillándome ante un Bonaparte aventurero! y él cree saber que ¡continuaré al mando del timón hasta que la última gota de mi sangre sea derramada en defensa de la nación!: el valiente general Márquez, el galante general Miramón, el intrépido general Mejía, el patriótico general Vidaurri, y enfrente los veinticinco mil hombres sin nombre que marchan por las orillas del río San Juan y cierran el círculo sobre Querétaro abandonaste esos países envidiables donde en unión de tu Carlota allá vivías, tú que viniste a desafiar al indio Juárez siendo a la vez que a tu nación no la ofendía son las siete y cinco minutos de la mañana del día diecinueve de julio de mil ochocientos sesenta y siete tal fue el análisis de un hijo de la Europa, y que después de cumplir tan sangrientos dramas, y que la Historia nunca borrará en sus hojas, el memorable gran Cerro de las Campanas y era el criado que corría a apagar las llamas, causadas por el tiro de gracia, que incendiaban la levita en vano fue tu noble esposa hasta París, a recibir sólo un desdén de Napoleón, en vano fue hasta el Vaticano la infeliz, sólo a perder el pensamiento la impresión y después sólo era el cadáver embalsamado con los ojos negros de una virgen queretana, lampiño después de una inmersión en tanques de arsénico, ennegrecido por las inyecciones de cloruro de zinc, que sube a la cubierta del Novara

y el rostro impasible vuelve a hablar mexicanos: el gobierno nacional vuelve hoy a establecer su residencia en la ciudad de México mexicanos: Encaminemos ahora todos nuestros esfuerzos a obtener y a consolidar los beneficios de la paz. La paz era el deseo verdadero del país, el anhelo del pueblo mexicano de un extremo al otro de la República, desde las puertas de La Profesa hasta la esquina del Jockey Club, la paz era después de La Noria y Tuxtepec, la paz era Mr. Hearst y Mr. Pearson, la paz era ¡mátalos en caliente!, la paz era poca política y mucha administración, la paz eran las tierras de las comunidades divididas entre los latifundistas, la paz eran la acordada y los rurales, la paz era la paz trancazo, el enganchador y el jefe político, la paz era Belén y el Valle Nacional y Cananea y Río Blanco, la paz eran *El Hijo del Ahuizote* y las calaveras engalanadas de Posada y ya lo hemos dicho, el general Díaz desea hacer el mayor bien posible a su patria, siempre que sea compatible con su permanencia indefinida en el poder: sí estamos aptos para la democracia: el pueblo mexicano no debe fiar sus destinos en manos del general Díaz y debe resolverse a representar el papel que le corresponde en la próxima campaña electoral: ¡escoged! Si queréis el grillete, la miseria, la humillación ante el extranjero, la vida gris del paria envilecido sostened la Dictadura que todo eso os proporciona; si preferís la libertad, el mejoramiento económico, la dignificación de la ciudadanía mexicana, la vida altiva del hombre dueño de sí mismo venid al Partido Liberal que fraterniza con los dignos y los viriles

y el pecho constelado y las grandes cortinas blancas que esconden los labios lineares y la piel de indio polveada y las anchas aletas de saurio altivo se agitan cuando una parvada de palomas vuela alrededor del Castillo de Chapultepec: "Vería con gusto la formación de un partido oposicionista en la República de México"

y todos los hombres y cantos y frases y ordenanzas y batallas y ritos no son sino el recuerdo de mañana, el recuerdo que no quisimos encontrar hoy: es cuando (cometa, si hubieras sabido) el tiempo preñado da a luz todos sus hijos y cada hueso se yergue desde la tierra de lutos y dice su palabra y cae (lo que venías anunciando, nunca hubieras salido): las tumbas y los rostros tienen fuegos rayados entre la sangre, y la memoria (por el cielo relumbrando) es, por fin, la de todos, todos aquí, hoy, todos vivos y adivinándose los unos a los otros como surtidores sobre las ruinas, reconociéndose sobre la tierra cuadriculada de sangre (el veintidós de febrero, fecha de negros pesares) y entre la tormenta de humo y sobre los caballos veloces y los corazones que se dejan beber por la noche y los cañones que se limpian el polvo de la garganta Ciudad Juárez la Ciudadela "los terrenos montes y aguas que hayan usurpado los hacendados científicos o caciques entrarán en posesión de los pueblos" Villa se unió con Urbina y con don Maclovio Herrera con Pereyra y los Arrieta Aguirre y el jefe Contreras "para la organización del ejército encargado de hacer cumplir nuestros propósitos nombramos como primer jefe del ejército que se denominará constitucionalista" adiós todos mis amigos me despido con dolor ya no vivan tan engreídos de este mundo traidor el nombre Emiliano Zapata Hilario Salas

Cesáreo Castro Otilio Montaño Catarino Perdomo Antonio Villarreal Francisco Múgica Pedro Colorado Eulalio Gutiérrez Cenobio Moreno es el nombre de todos, de ellos y de los anteriores, el río de tierra que corre entre el río de voces surgido de una huella del tamaño de un hombre, de una tumba del tamaño de un hombre, de un canto del tamaño de un hombre (campanas de Villa Ayala ay Villaldama Chihuahua para sarapes Saltillo camino de Huehuetoca Vicente Cornejo canta en el puente del Naranjo): sólo la tierra habla, ¡no va más! Las memorias están echadas. Aquí está, por un segundo, fijo, abierto como un balcón de oración en las nubes, el rostro de todos que es el único rostro, la voz de todos: la única voz, de la axila de Puerto Isabel al puntapié de Catoche, de la cadera del Cabo Corrientes a la tetilla del Pánuco, del ombligo de México al costillar de Tarahumara

y después el humo desciende, las herraduras duermen cansadas en el llano, las guitarras quiebran el último aire rasgado y se acabaron las pelonas ¡pompas ricas! ¡de colores! y es nuevamente la ciudad inflada, en el centro, sin memoria, sapo de yeso plantado de nalgas sobre la tierra seca y el polvo y la laguna olvidada, vino de gas neón, rostro de cemento y asfalto, donde el sexo es un cazador inerme, donde los mataderos de la prostitución trabajan noche y día, cercenando las yugulares de desperdicio y billetes y ordeñando a la luna y perdiendo las huellas: es la Candelaria Pantitlán Damián Carmona Balbuena Democracias Allende Algarín Mártires de Río Blanco Bondojito Tablas Estanzuela Potrero del Llano Letrán Norte Artes Gráficas San Andrés Tetepilco Progreso del Sur Coapa Portales Atlántida Altavista Polanco Guadalupe Inn Florida Nochebuena Américas Unidas Letrán Valle Vértiz Narvarte Eugenia San Pedro de los Pinos Hidalgo San Miguel Virreyes Jardines del Pedregal Nueva Anzures Roma Pino Suárez Santa María Barrilaco Popotla Elías Calles Atlampa San José Insurgentes Peralvillo Nacozari Magdalena de las Salinas Héroes de Churubusco Buenos Aires Juárez San Rafael Lindavista Tepeyac Ignacio Zaragoza Deportiva Pensil Cuauhtémoc Marte Retorno Sifón Coyoacán Tlacopac Oxtopulco San Jerónimo Alfonso XIII Molino de Rosas Boturini Primero de Mayo Guerrero Veinte de Noviembre Jóvenes Revolucionarios Aztecas Lomas de Sotelo México Nuevo y sus cuatro millones, es Gabriel puñado de alcantarillas, es Bobó de vahos, es Rosenda de todos nuestros olvidos, es Gladys García de acantilados carnívoros, es Hortensia Chacón dolor inmóvil, es Librado Ibarra de la brevedad inmensa, es Teódula Moctezuma del sol detenido, del fuego lento, es el Tuno del letargo pícaro, soy yo de los tres ombligos, es Beto de la risa gualda, es Roberto Régules del hedor torcido, es Gervasio Pola rígido entre el aire y los gusanos, es Norma Larragoiti de barnices y pedrería, es el Fifo de víscera y cuerdas, es Federico Robles de la derrota violada, es Rodrigo Pola con el agua al cuello, es Rosa Morales de calcinaciones largas, son los rostros y las voces otra vez dispersos, otra vez rotos, es la memoria vuelta a la ceniza, es el bracero que huye y el banquero que fracciona, es el que se salvó solito y el que se salvó con los demás, es el jefe y es el esclavo, soy yo mismo ante un espejo, imitando la verdad, es el que acepta al mundo como inevitable, es el que reconoce a otro fuera de sí mismo, es el que carga con los pecados de la tierra, es la ilusión del odio, es el tú eres del amor, es la primera decisión y la última, es hágase tu voluntad y es hágase mi voluntad, es la soledad apurada antes de la última pregunta, es el hombre que murió en vano, es el paso de más, es el águila o sol, es la unidad y la dispersión, es el emblema heráldico, el rito olvidado, la moda impuesta, el águila decapitada, la serpiente de polvo: el polvo que huye en constelaciones sobre todos los perfiles de la ciudad, sobre las ilusiones rotas y las conquistadas, sobre las antiguas cimas de penacho y sangre, sobre las cúpulas de cruz y hierro, sobre los palacios del vals y la polka, sobre los altos muros que cubren a la vista las mansiones con piscina y tres automóviles y cuerpos escondidos entre el visón y el diamante, el polvo veloz que acarrea todas las palabras dichas y no dichas

"por lo menos que uno se salve el pellejo; más vale que uno viva solo y no que los cuatro mueran juntos

"nosotros tenemos todos los secretos; sabemos lo que necesita el país, conocemos sus problemas

"sólo le pido a Dios que no me arrebate mi orgullo; es lo único que tengo, que verdaderamente siento mío: mi orgullo

"no hay nada indispensable en México, Rodrigo

"tu padre no tuvo destino: tuvo muerte, desde que nació, muerte para él y los suyos

"cuando levantas el dedo en clase porque eres el único que sabe la lección, cuando esperas a que otros pasen por la calle para entregar la limosna al mendigo

"se necesita alguien que envejezca con uno, no crea usted. Todo lo que se puede compartir no se pierde, sino que es como si se tuviera dos veces, ¿no se le hace?

"luego luego a tenerle compasión a uno

"¡qué más diera uno que trabajar bien y ganar lana en México!

"y entonces supimos que también el sol tenía hambre, y que nos alimentaba para que le devolviésemos sus frutos calurosos e hinchados

"ninguno se fue solo; a todos les engalané los huesos

"que yo nomás quiero volverte a calentar la cama una vez más, antes de que ya no me acuerde de tu cara ni de tu cuerpo

"y así nos unieran muerte y parto, parto y muerte siempre

"que yo sí quería participar, que yo sí quería arrancarme a esa losa de derrotas que ellos me heredaron "vivirnos y morirnos tratando de olvidarlo todo y de nacer de nuevo todos los días sabiendo que todo está vivo y aplastándonos

"¿traes lana?

"hay que cuidar los intereses de la familia financiera

"como para cobrarse de lo que pasó antes, como para decir que todo acaba donde empezó, en ellos y en sus signos, hijo

"se espera sólo lo que no puede volver a suceder, se espera la repetición de dos, tres momentos del principio, el momento antes de un beso, el momento después de un alumbramiento, sí, alguna muerte

"piensa que lo tuvieron todo; es como si mañana tú…

"si no se salvan los mexicanos, no se salva nadie

"por cada mexicano que murió en vano, sacrificado, hay un mexicano responsable

"dime, Juan: ¿para qué venimos a dar aquí?

"Tu as de esprit, chérie

"si no fuera por los cuates, Beto; si yo te empezara a platicar mis desgracias

"ya cada quien es quien debe ser, tú lo sabes

"condena a esta niña para que yo me salve ejecutando tu voluntad y tu condena, Dios mío

"padre de mi hijo, no tendrás más poder que el que me exprimiste a mí

"era de los nuestros

"no sé; te esperaba tanto"

y sobre el puente de Nonoalco se detiene Gladys García, veloz también dentro del polvo, y enciende el último cigarrillo de la noche y deja caer el cerillo sobre los techos de lámina y respira la madrugada de la ciudad, el vapor de trenes, la somnolencia de la carne, los tufos de gasolina y alcohol y la voz de Ixca Cienfuegos, que corre, con el tumulto silencioso de todos los recuerdos, entre el polvo de la ciudad, quisiera tocar los dedos de Gladys García y decirle, sólo decirle: Aquí nos tocó. Qué le vamos a hacer. En la región más transparente del aire.

Epílogo
LA REGIÓN MÁS TRANSPARENTE:
HITO DE NUESTRA HISTORIA CULTURAL

Pedro Ángel Palou

Carlos Fuentes nació en Panamá —de padres mexicanos— el 11 de noviembre de 1928. Al cumplir los treinta años de edad, publicó *La región más transparente* en la Colección Popular del Fondo de Cultura Económica, una colección que pronto alcanzaría la importancia que hasta nuestros días conserva gracias a los autores que conforman su catálogo. Poco después *La región más transparente* apareció traducida en Nueva York, París, Oslo, Estocolmo, Praga y Varsovia. En 1958, Fuentes comenzó a colaborar en el suplemento *México en la Cultura* del diario *Novedades,* a invitación expresa de Fernando Benítez. Ese mismo año inicia una fructífera e inquebrantable amistad con Arnaldo Orfila Reynal, Joaquín Díez-Canedo, José Luis Martínez, José Alvarado, Alí Chumacero y Abel Quezada, todos ellos editores y escritores imprescindibles para la vida cultural mexicana.

Al poco tiempo de la primera edición de *La región más transparente*, Fernando Benítez escribió la siguiente reflexión en *México en la Cultura*: "Cualquiera que sea el destino del libro mexicano ya no le espera el miserable y caduco ninguneo". Para la generación de Fuentes, el problema que se habían planteado no consistía en descubrir la modernidad de México, sino su tradición. Cardoza y Aragón calificó a la novela como una obra de la mayor significación de los últimos años. Por su parte, Elena Garro señaló que el libro se adentraba en un espíritu confuso que sólo podía darse, por sus propias condiciones, en Hispanoamérica. Jomi García Ascot —el autor de *Con la música por dentro*— habló de la novela de Fuentes desde ese gran humanismo que lo caracterizaba. Muchos críticos literarios dedicaron páginas enteras a *La región más transparente*. ¿Quién tuvo el valor para escribir esas páginas tan dolorosas, tan enfebrecidas y tremendas? Allí estaba, en primer término, una creación literaria con el fervor por lo suyo, sin señoritismo, como lo decía Cardoza y Aragón: sin hipocresía, con furia. De todo esto resultó un hito de nuestra historia cultural: la significación social que alcanzó Fuentes, lo que le daba ya un indiscutible lugar en una sociedad que no se pronunciaba entonces necesariamente por las manifestaciones culturales.

Luego de la edición de *La región más transparente*, el propio Carlos Fuentes declaró: "En este libro se pueden notar fácilmente las influencias que tengo, hay mucho de tipo formal, evidente, de Dos Passos, de Joyce, de Faulkner, y están subrayadas como homenaje a esos autores. Pero quizá lo que más profundamente ha influido en mí es, en primer término, la lectura de la infancia; en mis sueños se siguen apareciendo Edmundo Dantés y el Abate Faría en las mazmorras del Castillo de If, el pirata Long John Silver con su pata de palo y su perico al hombro, Tom y Huck sobre una balsa en el Mississippi. Después el Siglo de Oro y por supuesto Shakespeare".

Y es justamente a la aparición de *La región más transparente* cuando Carlos Fuentes decide dedicarse de lleno a la actividad literaria. La novela había sido un éxito inmediato, impresionante, lo que le permitió recibir el reconocimiento de varias revistas estadunidenses que lo invitaron a colaborar en sus páginas.

"Un tropel de caballos desbocados", así definió, sucinta y certeramente, Elena Poniatowska a Carlos Fuentes a partir de la aparición de *La región más transparente*, una obra llena de colores diversos, brillantes hasta la estridencia, llamativos y seductores en la que el escritor maneja ideas de progreso, cambio, actualidad y futuro, como si fueran también personajes.

Se podría decir que Carlos Fuentes vive ahora el presente de las nuevas manifestaciones culturales. Un presente, por cierto, nervioso e inestable que se siente triunfador pero inseguro. Fuentes vive de cerca las vanguardias, los movimientos literarios o políticos más novedosos. No sólo está al corriente de los nuevos movimientos: asiste a su creación y contribuye a darles forma y sentido.

Fuentes sabe imponer su personalidad, sus ideas y su lenguaje; o más bien, los lenguajes en los que se desdobla a través de sus personajes. Octavio Paz escribió alguna vez: "El mundo no se presenta como la realidad que hay que nombrar, sino como palabra que debemos descifrar. La divisa de Fuentes podría ser: dime cómo hablas y te diré quién eres. Los individuos, las clases sociales, las épocas históricas, las ciudades, los desiertos, son lenguajes: todas las lenguas que es la lengua hispanomexicana y otros idiomas más. Una enorme, gozosa, dolorosa, delirante materia verbal que podría hacer pensar en el barroquismo del *Paradiso* de José Lezama Lima, si es que el término *barroco* conviene a los escritores modernos".

La región más transparente es la primera novela de Carlos Fuentes, y en la historia la ciudad de México ocupa el primer plano. El título es irónico, pero para reflejar la vida caótica, violenta y (a los ojos de Fuentes) absurda de la capital; el relato se rompe, se fragmenta, se convierte en un enorme rompecabezas con miles de pedazos esparcidos, yuxtapuestos, sin aparente orden lógico ni cronológico. Novela-

collage sin héroes, es la historia de un ser colectivo. El relato se dispersa y se une, y aquí estriba la influencia del Dos Passos de *Manhattan Transfer* o de la trilogía *U.S.A*, para convertirse en un conjunto descabellado de canciones populares, de comunicados de prensa, de trozos de discursos, de anuncios luminosos que recrean las horas agitadas y violentas de la Revolución de 1910 y el falso brillo de la dictadura de Porfirio Díaz.

En "este mundo donde el hombre sólo existe aplastado", como escribió André Malraux acerca del universo faulkeriano, Fuentes distingue dos niveles de lectura: el primero, el más inmediatamente inteligible para el lector, es un vasto fresco crítico de la sociedad mexicana de los años cincuenta. Sus personajes socialmente representativos —un banquero enriquecido por la Revolución, su mujer advenediza que disimula sus orígenes plebeyos, una heredera arruinada, etc.— evolucionan, viven, se mueven y se nutren en una ciudad donde, desmintiendo la leyenda y el título del libro, la atmósfera está viciada y el sol, si se puede expresar así, está ahogado. La pluma acerada de Fuentes penetra en la atmósfera sofocante de los barrios populares, en el mundo silencioso de los indios que vagan a los pies de los edificios ultramodernos, en la pajarera dicharachera y perfumada de la *dolce vita* de México en los círculos de los negocios y la especulación.

En el centro de la novela y de las preocupaciones de los personajes: la Revolución de 1910. Pero la novela no es una novela de la Revolución, suplementaria. Es a la vez un balance y un libro prospectivo que escapa a la esclerosis con la que esta forma romántica parecía golpeada desde hacía muchos años, como ha subrayado Manuel Pedro González. Cuarenta años después, Fuentes formula la pregunta: "¿Ha sido traicionada la Revolución?", y frente al desajuste entre el entusiasmo del pasado y la palidez del presente, cada personaje se siente más o menos culpable. Las palabras *compromiso, revelación, justificación, demostración, prueba*, vuelven constantemente.

En *La región más transparente* de Carlos Fuentes encontramos una novela que busca las responsabilidades de cada uno. Todos, aun aquellos que han llegado a la cumbre de la gloria y del triunfo, están plenamente conscientes del fracaso y de la pérdida de una especie de pureza inicial. Aun Ixca Cienfuegos, el incorruptible, fiel a los mitos antiguos, enamorado del regreso a los orígenes, terminará por renunciar. En cuanto al pueblo, alimentado con las imágenes revolucionarias de Epinal, su vida se desliza ruidosa y vana entre la semana agotadora y la noche del sábado en la que a veces termina con una cuchillada en el amanecer frío del domingo.

No resulta extraño que la capital tenga un lugar cada vez más grande en la novela mexicana. Azuela abrió el camino con *La malhora* en 1923, pero su perspectiva se limitaba a la descripción realista y sarcástica del crapuloso ambiente del mercado de Tepito. A partir de *La región más transparente*, la visión se amplía y se profundiza simultáneamente: a través de la descripción de la vida urbana, es el alma, la personalidad, la identidad de México lo que se trata de encontrar y definir. Centrada en México, la novela es global. En algunas ocasiones, los personajes difieren y plantean una interrogación que está ahí desde el inicio: ¿quiénes somos? Y cada uno trata de ofrecer una respuesta satisfactoria para ellos: el banquero Robles, los intelectuales Manuel Zamacona y Rodrigo Pola, el misterioso y omnipresente Ixca Cienfuegos, cuyo papel parece ser precisamente el de conducir a los personajes a "revelarse"; la masa de los macehualli, el pueblo, los eternos jodidos. En esa búsqueda de la identidad se ha planteado un dilema: ¿debe México volver a los primeros tiempos de los grandes mitos precolombinos?, ¿debe de nuevo hacer sacrificios al culto de Quetzalcóatl y restaurar la herencia cultural y religiosa de los aztecas, a fin de resistir la ola del materialismo y arribismo que revienta en el país?, ¿debe proclamarse, con Ixca Cienfuegos, que "México es algo fijado para siempre, incapaz de evolución"? ¿Se debe, por el contrario y como lo sostiene Federico Robles, hacer tabla rasa en nombre del capitalismo triunfante y adorar a esa diosa moderna del consumo y de la alineación que Fuentes ha bautizado con todo el sarcasmo del que es capaz Pepsicóatl y sobre la cual volvió en posteriores ensayos? Escribe Fuentes en *Tiempo mexicano*: "Los carcomidos muros de adobe de los jacales en el campo mexicano ostentan, con asombrosa regularidad, anuncios de la Pepsi-Cola. De Quetzalcóatl a Pepsicóatl; al tiempo mítico del indígena se sobrepone el tiempo del calendario occidental, tiempo del progreso, tiempo lineal". El porvenir y la evolución del país se sitúan entre esos dos polos: "¿Qué es este país, Ixca, hacia dónde camina, qué se puede hacer con él?", pregunta Rodrigo Pola.

A esta pregunta responde con otros interrogantes, con esa virulencia que le hace ser Carlos Fuentes. Encuentra en la ocasión el verbo, lo satírico que no es sólo la acción de los escritores, sino que pertenece a la tradición de los pintores y los grabadores mexicanos. La violencia traduce la alineación que es —a los ojos de los artistas y escritores— el sello del México actual. En *La región más transparente* se trasluce esencialmente el nivel de un lenguaje a la vez brutal y tierno, plagado de norteamericanismos —como el de Gabriel y sus compañeros—, desabrido y anquilosado debido a la acumulación de expresiones francesas y norteamericanas, como en el caso de la fauna intérlope que frecuenta los *cocktail-parties*.

A propósito del lenguaje, Fuentes dijo en una conferencia que ofreció en 1965: "El lenguaje popular es la máscara defensiva de las violencias sofocadas, un lenguaje de emboscadas permanentes, que quema la lengua, que exige su amortiguador, su diminutivo, su albur, para mantener un equilibrio entre el mutismo verbal y la violencia física, y el lenguaje culto es otra máscara, la de un medio tono, una elegancia pegada con saliva, un falso pudor y una expresión anémica que pretende una vez más, disfrazar y ordenar la violencia circundante". Fuentes aborda en *La región más transparente* el problema de la cultura mexicana, se ve en la necesidad de hacer un balance y plantear la gran pregunta: ¿la Revolución de 1910, a la que el Poder se refiere constantemente en sus discursos oficiales, no ha sido finalmente traicionada? En esta novela donde confluyen las obsesiones prehispánicas y la angustia existencial contemporánea, Fuentes trata de hacer caer las máscaras con las cuales se cubren los mexicanos y que terminan por servirles de identidad. "Puede ser que el juego y el artificio a base de reiteraciones llegue a serlo auténtico —dice Rodrigo Pola— y que la personalidad original se pierda para siempre, atrofiada por la ausencia de función. No sé. Lo cierto es que, llevado por esta dialéctica personal, yo ya no sé cuál es mi verdadera máscara".

Fuentes ha traspuesto al plan novelesco una serie de temas que estaban en el aire desde muchos años antes de que escribiera la novela, temas que los ensayos de Samuel Ramos, Leopoldo Zea y Octavio Paz habían cercado y determinado poco a poco: la tensión entre el mito y la historia, entre el tiempo subjetivo y objetivo, entre el pasado y el presente, entre la identidad personal y la colectividad, entre la vida interior y las relaciones sociales. Por eso es por lo que no se puede verdaderamente hablar aquí de la psicología de los personajes; la perspectiva de Fuentes es ontológica, sobrepasa al individuo para expresar una realidad humana que tiene a la vez prolongaciones sociológicas y metafísicas. Pero esa novela de ideas donde algunos personajes de intelectuales como Rodrigo Pola o Manuel Zamacona entregan aún por escrito sus reflexiones sobre la realidad mexicana se apoya desde las primeras páginas en un deslumbrante virtuosismo técnico destinado a cercar la realidad.

"Yo no creo —dice Fuentes— en la literatura o en el arte que, bajo el signo de lo que sea, se fundan en la asimilación sentimental, en la cosquilla emotiva. Creo, por el contrario, en la literatura y en el arte que se oponen a la realidad, que la agreden, la transforman y, al hacerlo, la revelan, la afirman."

La región más transparente se abre y se cierra con dos grandes visiones líricas, imágenes flameantes y distorsionadas. Tras el panorama crítico se dibuja la evocación extrahistórica de las grandes líneas de fuerza de México: omnipresencia de la muerte, conciencia de la culpa, necesidad del sacrificio, intemporalidad. "México es el país del instante —explica Carlos Fuentes—. El mañana es absolutamente improbable, peligroso: pueden matarlo a uno en un bar a la vuelta de la calle. El sentido permanente del sacrificio para mantener el orden del cosmos ha sido en México el triunfo final del mundo indígena." *La región más transparente* es la novela de una ciudad y de una sociedad que se adentra en la era industrial y neocapitalista sin poder desprenderse de su pasado mítico y tratando a la vez de conquistar su pasado histórico. Lo irracional de algunas situaciones sólo puede explicarse por una especie de maldición que pesa sobre el país y que rastrea sobre sus orígenes.

En una entrevista con motivo de la aparición de *La región más transparente*, que data de 1965, Fuentes comentó: "En mi novela hay simplemente un marco de referencia social cuyo sentido es revelar un fondo, una carga de otro tipo". Quizá esa carga sean los mitos eternos, intemporales, omnipresentes; es en un cuadro mítico donde es necesario ubicar la derrota secreta que abruma a México y que hace que Robles, Rodrigo Pola, Manuel Zamacona, Gabriel, Ixca, terminen por fracasar. México, nación en eterno desarrollo, donde la Revolución de 1910 provocó un choque benéfico y la alejó luego de su camino, vive aún al ritmo de una serie de cataclismos cíclicos que han ensangrentado su pasado y comprometido su porvenir.

Carlos Fuentes ha indagado incansablemente, sin duda, sobre la realidad íntima e intemporal de México. Es uno de los grandes novelistas en lengua espanola que ha dedicado casi toda su obra narrativa a reflexionar sobre la identidad y la historia mexicanas y latinoamericanas. Comenzó su tarea con *La región más transparente*. Y continúa.

AGUA QUEMADA

Cuarteto narrativo

Prólogo
AGUA QUEMADA: CUENTO Y CUARTETO

Steven Boldy

Los cuentos de *Agua quemada* forman un género híbrido y nuevo para Carlos Fuentes, con características específicas. Se puede esclarecer la diferencia entre los primeros cuentos y la primera obra de Fuentes y colecciones posteriores de relatos como *Agua quemada, Constancia* y *El naranjo* aludiendo esquemáticamente a la que existe entre los cuentos de Cortázar y los de Borges.

Para Julio Cortázar, el cuento era como una fotografía instantánea de Cartier Bresson; una entidad discreta, autónoma, cuya función era la de "recortar un fragmento de la realidad, fijándole determinados límites, pero de manera tal que ese recorte actúe como una explosión que abre de par en par una realidad mucho más amplia".[1] Los cuentos son completos en sí mismos antes de entrar en la conciencia del lector: "son criaturas vivientes, organismos completos, ciclos cerrados, y respiran".[2]

Para Borges, sin embargo, el cuento se abre necesariamente a otros cuentos, es el centro de una red de conexiones. "Los dos reyes y los dos laberintos" es una *mise en abyme* de otro cuento: "Abenjacán el Bojarí muerto en su laberinto". La trama del cuento "La otra muerte" se prolonga en el epílogo de la colección *Ficciones*. "Historia de Rosendo Juárez" sólo se entiende como la reescritura de un texto anterior de Borges: "El hombre de la esquina rosada". En *El informe de Brodie,* el cuento "El duelo" es francamente incomprensible sin la lectura de otro cuento: "El otro duelo".

En 1981 Carlos Fuentes publicó *Agua quemada* con el subtítulo de *Cuarteto narrativo*. El subtítulo la diferencia de sus primeras colecciones de cuentos, *Los días enmascarados* (1954) y de *Cantar de ciegos* (1964), donde cada cuento es independiente dentro del conjunto. Después de *Cantar de ciegos,* Fuentes publicó seis novelas seguidas. A partir de *Agua quemada,* sin embargo, tres de sus seis producciones narrativas han pertenecido a un género nuevo para él. Los cuatro relatos de *Agua*

---

[1] "Algunos aspectos del cuento", *Casa de las Américas,* 2: 15-16, noviembre de 1962 a febrero de 1963, p. 6.
[2] "Del cuento breve y sus alrededores", en *Último round,* México, Siglo XXI Editores, 1969, p. 43.

quemada y los cinco relatos[3] de *Constancia y otras novelas para vírgenes* (1989) y *El naranjo y los círculos del tiempo* (1993), aunque pueden leerse de manera autónoma forman una flotante y dispersa unidad, una especie de mosaico a mitad de camino entre novela y colección de cuentos. Unidad férrea, pero también, paradójicamente, unidad rota e inconclusa. Intentaré mostrar cómo ciertas constantes temáticas decretan la fragmentación narrativa.

Los relatos comparten elementos temáticos y formales, aunque no suelen compartir personajes. A *El naranjo* le presta coherencia, aparte de la irónica recurrencia del árbol epónimo, un dualismo fundamental: entre la conquista de América y la invasión de Andalucía por los mayas, entre los dos hijos de Cortés, el español y el mestizo, las dos Numancias, el ser y la representación. *Constancia* es una obra mucho más compleja. Entre sus cinco relatos se teje una serie vertiginosa de simetrías, analogías y ecos: entre ciudades como Savannah y Sevilla, México y Glasgow, entre exiliados como Benjamin, un actor ruso y una familia de campesinos salvadoreños, entre Goya y Pedro Romero y el cartel-toro que anuncia el brandy Osborne. El voyeurismo, una ubicua virgen que se muere periódicamente, una problemática trinidad y un niño Jesús a veces en forma de esqueleto y a veces de niño negro mantienen un ambiguo diálogo de texto a texto. Uno de los personajes, Constancia, sueña los argumentos de los otros relatos. Si hay unidad en la colección, es difícil y proteica, entrevista más que asida, hay núcleos, haces provisionales de sentido, hay caos dentro del orden y orden dentro del caos.[4]

En *Constancia* el gesto es conscientemente posmoderno: exhibe un terror a la totalidad y una valorización de lo local, pregona la descentralización. El edificio ideal

---

[3] Quizá sea más apropiado hablar de "novelas cortas" ya que tienen un promedio de 70 y 50 pp., respectivamente.

[4] Como los fractales dentro de los conjuntos caóticos que descubren los ordenadores potentes. Véase Katherine Hayles, *Chaos Bound. Orderly Disorder in Contemporary Literature and Science*, Ithaca y Londres, Cornell University Press, 1990. Hablando de la inseparabilidad de caos y orden, lo global y lo local, dice: "Meanwhile, from the information technology with wich our future seems entwined are emerging images that I offer as correctives to the ideology of local knowledge. I am thinking of the haunting and evocative computer simulations of complex systems wich show regions of overall symmetry intermixed with asymmetric hazy regions. When one of the hazy regions is magnified, it continues to show a mixture of symmetry and haze; and when one of the hazy regions of this magnified portion in magnified it continues to show a mixture of symmetry and haze. The image neves resolves to either order or chaos, continuing to show infinitely fine-grained complexity for as long as the magnification proceeds. Is this not an apt image for the interplay between the local and the global?" (p. 235). Hay un diálogo interesante sobre la aplicabilidad de estas ideas a la literatura en la *Revista de Estudios Hispánicos*, 26: 2, mayo de 1989, pp. 203-276.

del arquitecto mexicano-escocés en "Gente de razón" puede valer de ejemplo de esta estética, todo él es un juego entre la similitud y la diferencia: "Ferguson coqueteaba… con la visión, tentadora y abominable a la vez, de una perfecta simetría que sería tanto el origen como el destino del universo… La feliz identidad romántica del sujeto y el objeto no sólo me repugna; me llena de terror… Es una idea totalitaria… Un edificio me permite, simplemente, recuperar la diferencia entre las cosas, apuntando hacia la simetría como la idea que contiene tanto similitud como diferencia".[5] En sus últimos ensayos, Fuentes ha afirmado el valor de los relatos múltiples: "Se ha agotado lo que Jean François Lyotard llama 'los metarrelatos de liberación' de la modernidad ilustrada. Pero el fin del metarrelato, por definición abstracto y absolutista, ¿no promete la multiplicación de los *multirrelatos* del mundo policultural? La 'incredulidad hacia las metanarrativas' puede ser sustituida por la credulidad hacia las polinarrativas".[6] Quiere hacer suyo el mandato de Lyotard de "activar las diferencias".

Agua quemada se publicó ocho años antes que *Constancia* y comparte algunos de sus rasgos formales y sus tensiones. Sin embargo, más que gozosa afirmación posmoderna de un mundo y de una estética descentralizados, plurales, todavía habla nostálgicamente de la fragmentación de una unidad anterior, una caída. Fuentes dijo que *Agua quemada* era "en cierto modo una elegía, una oración fúnebre" a una novela, *La región más transparente,* y a la ciudad que encarnó: México D. F.[7] Georgina García Gutiérrez en un excelente artículo sobre la colección sugiere que su forma fragmentada era "una de las posibilidades de adecuar los medios de expresión a un objeto de naturaleza difícil, casi no aprehensible".[8]

Esta pérdida queda patente en los arranques de los cuatro relatos. En "El día de las madres", donde "madres" significa tanto progenitoras (la violada y muerta Clotilde, la asesinada Evangelina, la violada y expulsada Manuela) como desgracias, el anciano y priápico general Vicente Vergara bebe café instantáneo: "Ya nadie sabía hacerle su café de olla, sabor de barro y piloncillo, de veras nadie, ni la pareja de criados traídos del ingenio azucarero de Morelos. Hasta ellos bebían Nes-

---

[5] *Constancia,* Madrid, Mondadori, 1989, pp. 336-337.
[6] *Valiente mundo nuevo,* México, FCE, 1990, p. 25. Véase también *Geografía de la novela,* México, Alfaguara, 1993, p. 218.
[7] Fuentes en una entrevista con Sylvia Fuentes, recogida en Reina Roffé, ed., *Espejo de escritores,* Hanover, Ediciones del Norte, 1985, p. 91.
[8] "Postscriptum" de la "Introducción" de su edición de *La región más transparente,* Madrid, Cátedra, 1982, p. 67. Véase también Amaryll Chanady, "La problematización del pasado en 'Estos fueron los palacios' ", en Ana María Hernández de López, ed., *La obra de Carlos Fuentes: una visión múltiple,* Madrid, Pliegos, 1988, pp. 289-296.

café".⁹ En "Estos fueron los palacios", el tiempo pretérito del título alude a los antiguos palacios del centro de México convertidos en vecindades, y al deceso de México como la "ciudad de los palacios" cantado por Bernardo de Balbuena y Salvador Novo y que dio su título a un capítulo de *La región más transparente*. En la primera línea de "Las mañanitas" cuando el aristócrata Federico Silva se asoma al balcón de su casa en la Colonia Roma, vemos la misma evocación del pasado: "Antes, México era una ciudad con noches llenas de mañanas... Eso era antes, ahora su casa quedaba a una cuadra de la gigantesca plaza a desnivel del metro Insurgentes" (438). En el cuarto cuento, "El hijo de Andrés Aparicio", donde el padre del título está tan ausente como Pedro Páramo para Juan Preciado, la pérdida se extiende a la nominación, la villa miseria donde vive Bernabé y su familia "No tuvo nombre y por eso no tuvo lugar. Otras colonias fueron nombradas. Ésta no. Como por descuido" (454).¹⁰

Ya en los epígrafes de la colección, de dos de los "padres" literarios de Fuentes, Alfonso Reyes y Octavio Paz, se anuncia la ruptura de la unidad. El primero es de "Palinodia de polvo" de Reyes: "¿Es ésta la región más transparente del aire? ¿Qué habéis hecho, entonces, de mi alto valle metafísico?" Evoca tristemente el dicho de Von Humboldt sobre México que Reyes había usado como epígrafe a su *Visión de Anáhuac* y que Fuentes se apropió como título de *La región más transparente*. El de Paz proviene del poema "Vuelta", que forma parte de un conjunto de tres poemas con el título de "Ciudad de México": "se quebraron los signos / atl tlachinolli / se rompió / agua quemada". El fragmento le proporciona el título a *Agua quemada,* un antiguo nombre nahua de México-Tenochtitlan, a la vez que alude a la ruptura del lenguaje mexicano. Las siguientes líneas del poema expresan una dispersión que se encarna en la forma de los cuentos de Fuentes: "No hay centro / plaza de congregación y consagración / no hay eje / dispersión de los años / desbandada de los horizontes".¹¹ Es interesante notar, en otro de los poemas, "Petrificada petrificante", el papel que Paz le asigna a la violencia política en esta dispersión: "Imágenes reventadas / imágenes empaladas / salta la mano cortada / salta la lengua arrancada / saltan los senos tronchados / la verga guillotinada / tristrás en el polvo tristrás / en el patio trasero /

---

⁹ *Agua quemada*, México, FCE, 1981, p. 11. Las referencias a esta edición en lo sucesivo se darán entre paréntesis en el texto.
¹⁰ Hablando de los pobres en México, Elena Poniatowska comenta: "Nunca han tenido derecho a nada, ni siquiera a que se les designe con un nombre; toda su vida ha sido un largo y continuo soportar que se les haga a un lado", "Prólogo" a *Fuerte es el silencio,* México, ERA, 1987, p. 11.
¹¹ Octavio Paz, *Poemas (1935-1975),* Barcelona, Seix Barral, 1981, p. 601.

podan el árbol de sangre / el árbol inteligente".[12] Esta violencia es la misma que fractura el mundo de *Agua quemada* a la vez que da su escalofriante unidad: la matanza de estudiantes en la Plaza de las Tres Culturas en Tlatelolco el 2 de octubre de 1968, la matanza del 10 de junio de 1971 perpetrada por un grupo fascista paramilitar llamado "Los Halcones",[13] la guerrilla y la guerra sucia de los años setenta.

De *Agua quemada* Georgina García Gutiérrez dice que "la ciudad dispersó ese haz de vidas humanas todavía reunida en *La región más transparente*". En ésta, la novela clave del D. F. de los años cuarenta y cincuenta, la lista de los personajes ocupa tres densas páginas, la trama es compleja, pero existe una comunidad, existe quizá una metanarrativa que genera escenas inconcebibles en *Agua quemada*. El patriarca Federico Robles (equivalente al general Vicente Vergara, al jefe fascista Mariano Carreón y al padre ausente Andrés Aparicio), guiado por Ixca Cienfuegos, atraviesa como en trance toda la ciudad hasta llegar al velatorio de un humilde trabajador, un macehual y espalda mojada, Gabriel, donde ocurre una especie de anagnórisis que anuda muchos hilos de la novela (Gabriel, su hijo Manuel, Feliciano Sánchez) y estimula una memoria totalizadora que le otorga cierto sentido global a la vida de Robles. En la última página de *Agua quemada* Bernabé Aparicio entrevé en el panteón español de Azcapotzalco a su padre ausente. Pero aquí no hay reconocimiento, el hilo está roto. "Bernabé sintió vergüenza. Que no regrese. Basta una memoria vaga, un desconocimiento."

Geográficamente, las cuatro familias de los cuatro relatos de *Agua quemada* han tendido a dispersarse. El casero Federico Silva y el general Vergara viven en la colonia Roma después de la Revolución, pero mientras Silva se niega a que los rascacielos desplacen su caserón de los años veinte, Vergara se traslada a la nueva zona rica de los Jardines del Pedregal, al sur de la ciudad. Después de la muerte de Clotilde, Manuela, la criada de los Vergara, es expulsada con su hija que quizá sea fruto de su violación por el general. La familia del niño lisiado Luis y los Aparicio viven después de la Revolución en una vecindad de la calle de Guatemala, cerca del Zócalo, en una casa que es propiedad de Federico Silva. Mientras Luis y su familia quedan, a los Aparicio les fuerza a marcharse el licenciado Carreón, enemigo político de Andrés Aparicio. Su familia acaba de paracaidista en una villa miseria en un anónimo y polvoriento llano sin agua ni sanitación, cerca del aeropuerto.

Los escasos contactos que mantienen estas familias entre sí desde sus barrios alejados más bien sirven para acentuar su incomunicación. Un día Bernabé Aparicio

---

[12] *Ibid.*, p. 609.
[13] Véase Poniatowska, *op. cit.*, pp. 69-71, y Bethell, ed., *Mexico Since Independence,* CUP, Cambridge, 1991, p. 366.

lleva a su novia a conocer a su ex amigo Luis; sus tíos consiguen trabajo en una gasolinera propiedad de Tin, el hijo de Vicente Vergara, porque su padre había sido caballerango del general, así como uno de ellos consigue un puesto en la sonora acapulqueña a través de Carreón, a quien le interesa reclutar a Bernabé como miembro de la brigada de los Gavilanes, diáfano disfraz de los Halcones con contactos que pertenecen simplemente a la red del patrimonialismo. Otras veces el texto nos da la ilusión de un contacto realmente no existente: Plutarco, el nieto de Vergara, tiene un fálico Ford Thunderbird rojo, y el Güero, guarura o guardaespaldas de Carreón, tiene uno igual pero de segunda mano; Plutarco va al Panteón Francés a ver la cripta de su familia y Bernabé va a hacer el amor con Martincita en una cripta casi idéntica en el Panteón Español. Son simulacros de unidad.

Como en *Constancia,* la presencia recurrente de la Virgen de Guadalupe da una continuidad paródica y dudosa a los relatos: para Vergara, "la guadalupana es una virgen revolucionaria… una virgen a toda madre, pues" (405-406). La hija que Manuela tiene toda la juventud en una silla de ruedas[14] para protegerla de los instintos gateros de Agustín Vergara se llama Lupe Lupita, "doblemente virgen, dos veces amparada" (435), pero queda reducida a simplemente Lupe cuando la "estropeó" el hermano de Luisito. Otra medalla de la Lupita sirve para que Martincita reconozca a su amante Bernabé, y la última vez que la vemos tiene un papel más bien chusco: "la señora Carreón encuerada salvo las medallas religiosas, sobre todo una en forma de concha de mar con la imagen en oro de la Virgen de Guadalupe sobrepuesta que la señora se puso sobre el sexo mientras el Jefe Mariano se acercó a levantársela con la lengua y la señora rió con una voz coqueta y tiplada de quinceañera y dijo no amito mío no mi rey respeta a tu virgencita y él en cuatro patas encuerado con las pelotas moradas de frío… ay mi gorda cachonda ay mi putita santa mi huilita perfumada mi diosa bucles de nácar deja a tu papacito bendecirte a tu virgencita mi amor" (475-476). Para Vergara "el amor a la Virgen y el odio a los gringos" (404) une a los mexicanos. Frágil vínculo.

El tema que efectivamente une los relatos de *Agua quemada* es el mismo que asegura su fragmentación, reflejo a su vez de la naturaleza dañada de la sociedad mexicana de los años setenta: la transmisión y la herencia de "la violencia impune". Cada cuento tiene un hijo, un delfín que depende de una figura paterna para heredar y forjar de nuevo su ser: Plutarco Vergara, Luisito, los hippies del metro Insurgentes (El Artista, Pocajonta, El Barbero), y Bernabé Aparicio. Vicente Vergara castró a un hombre en la Revolución, violó a su mujer Clotilde que luego le amó entrañable-

---

[14] Nos recuerda "La muñeca reina" de *Los días enmascarados.*

mente,[15] mató a la mujer de su hijo por infiel y violó probablemente a la criada Manuela: "amor de criada, a oscuras, a tientas, rehusado... hecho de una sola palabra repetida mil veces. / —No... no... no... no..." (437). En una época sin heroicas acciones militares, reta a su hijo y a su nieto: "... a ver si son capaces de hacer lo que yo hice, ahora que ya no se puede, a ver si saben heredar, además de mi dinero, algo más difícil. / —Mi violencia impune" (421). Plutarco asume perfectamente esta violencia: fornica brutalmente a una prostituta mientras los mariachis presentes tocan *Camino de Guanajuato* y su abuelo, castrado e impotente por la edad y el alcohol, se conforma con mirar. Le ha "pasado la espada" a su nieto.

Como en Rulfo, la violencia es contagiosa y omnipresente, pero disgrega, disuelve el ser, niega la comunidad. Esta violencia impune es la del 68, y de los Halcones/Gavilanes en el 71. Nunca se les aplicó el rigor de la ley a los presuntos responsables ni de la primera ni de la segunda matanza. El personaje Mariano Carreón en el cuento alude a Alfonso Martínez Domínguez, el jefe del Departamento del Distrito Federal. Fuentes asocia el concepto de la violencia impune con Rómulo Gallegos y sobre todo con su novela *Canaima*,[16] donde representa la barbarie sarmentina, a la que siempre temen regresar los protagonistas de Gallegos: "la tempestad de elementos infrahumanos".[17] Ésta es la violencia impune, irresponsable, que recorre los cuentos de *Agua quemada* a la vez que destruye la comunidad. "... ustedes son la mera brigada de los gavilanes... lo importante es que cuando se los encuentren se suelten el alma, chinguen sin piedad... si le sacan un ojo a un cabrón rojete de ésos no le hace..., aquí los protegemos, eso lo saben llévenlo muy metido en la azotea cabrones aquí los protegemos... la policía los va a conocer por los moños y los brazales" (477-478). Fuentes siempre ha temido esa violencia. Es la misma violencia mítica que mata al protagonista de "Por boca de los dioses" al quitarse los disfraces de la civilización: "todos los trituraremos, todos quedarán desnudos, y no habrá más ropa que la piedra y la escama verde, la de pluma sangrante y ópalo de nervios".[18]

[15] Es el caso también de Regina en *La muerte de Artemio Cruz*.
[16] Véase "Rómulo Gallegos: la naturaleza impersonal", en *Valiente mundo nuevo*. En *Canaima*, Madrid, Espasa-Calpe, 1977, p. 13, leemos, "Guyana era un tapete maravilloso donde un azar magnífico echaba los dados y todos los hombres audaces querían ser de la partida. Y eran, juntos con los de presa —mayorazgo de la violencia que allí encontraría impunidad— los segundones de la fortuna o del mérito..."
[17] *Canaima*, p. 185.
[18] *Los días enmascarados*, México, ERA, 1982, p. 69. México es "el monstruo de piedra labrada de un país inútil, impotente, bien mostrenco que sólo subsiste mientras las fuerzas del éxito ajeno quieran respetarlo... Disfraces de Galilea, disfraces de Keynes, disfraces de Comte, disfraces de Fath y Marx; todos los trituraremos..."

En su artículo sobre *La guerra de Galio* (1991) de Héctor Aguilar Camín, que trata el mismo periodo de violencia política, Fuentes retoma el mismo vocabulario animal: "El réferi se llama modernidad, pero debajo del ring esperan, gruñentes, los salvajes, los bárbaros, los caníbales... Se teme al México bronco, al tigre desatado".[19] El Galio de la novela de Aguilar Camín es el mismo intelectual fascistoide Ureñita de "El hijo de Andrés Aparicio", Emilio Uranga, otrora miembro del grupo Hiperión y más tarde marxista.[20]

Este vocabulario infrahumano, animal, y "el tigre" es su índice más claro, informa todos los cuentos. Cuando Vergara y Plutarco con sus mariachis a sueldo causan grandes estropicios en el Club de los Aztecas, para irse luego dejando "ese reguero de centenarios para pagar los desperfectos" (415), su violencia es una repetición de la batalla de Celaya: "a ver, al asalto, mis tigrillos... puros jotos envaselinados con corbatita de moño y esmokin brillante de tanta planchada, planchados te voy a dejar los güevos, vejestorio, órale mis muchachos, ya me bravearon y eso no, por la santísima virgen que no, cápalos, abuelito... sáquenle las tripas al piano como a los caballos de Celaya... descontón a la panza... patada al culo" (415). Es el mismo lenguaje que recibe Bernabé del licenciado Carreón, que lo crió para humillar a su verdadero padre agrarista, cardenista, cuando les habla a los Gavilanes antes de la matanza: "... ustedes son la mera brigada de los gavilanes... pateen, descontón y a los güevos... luego agazapados como fieras, luego a la fiesta, a pegar recio, a venirse de gusto pegando recio" (477-478).

Lo infrahumano y lo no socializable cobran cuerpo otra vez en los perros que pueblan "Estos fueron los palacios" y que parecen ocupar los mismos descampados y yermos que las familias de "El hijo de Andrés Aparicio". Los perros fornican y se separan de la misma manera como se tuvo que ir Andrés Aparicio dejando a su hijo a merced de modelos y valores antagónicos a los suyos. Los muchachos le cercenan el rabo a un perro como el tranvía le rompe las piernas al niño Luis. Lo sociable y lo compartido se desvanece: los curas echan a Manuela y a sus perros de la Catedral a crucifijazos un tanto buñuelescos; Luisito deja el colegio por la crueldad de sus compañeros. Sólo al final del cuento en un fantasmagórico vals bailado por Manuela y el lisiado en su vecindad-palacio devuelta a su antiguo esplendor, la vieja consigue transformar a Luis en su amante ausente, quizá el general Vergara, como antes en *Aura* Consuelo transforma a Felipe Montero en el ausente y muerto general Lorente.

---

[19] *Valiente mundo nuevo*, pp. 117-118.
[20] Véase Francisco Larroyo, *La filosofía iberoamericana*, México, Porrúa, 1978, pp. 162-163.

La ausencia y el hueco es lo que se ha instalado en el México de estos cuentos: el hueco entre las familias y entre los cuentos y la ausencia dentro de ellos. En "Las mañanitas" el hueco lo cava en el solterón Federico Silva primero las castradoras tiranías de su esperpéntica madre doña Felícitas, pero luego el mercenario bisturí que cercena su posible paternidad: "te has visto obligado a llevar a una muchachita al doctor para que la operen o, peor tantito, le mandas el dinero con tu criado para que se haga abortar" (453). Pero en estos cuentos los hijos no son siempre biológicos. El mismo Silva asocia a su hijo ausente con una fuerza animal dentro de él. Asocia la humedad de la subterránea laguna azteca con una fuerza que le "haga reaccionar visceralmente, como un animal… Temo que regrese… el fantasma de un animal que pude ser yo o el hijo que nunca tuve" (453). Y estos hijos se apersonan en el cuento: son los nacos, los mendigos chamagosos, la jipiza, que él siempre se ha negado a ver sentados en la calle Insurgentes, "los ojos de resentimiento, los tigres enjaulados dentro de los cuerpos nerviosos" (441). Estos mismos hijos irrumpen en su casa una noche y lo degüellan con una navaja barbera: "—Ah que la chingada, ora sí… ya la regamos" (451). Su obsesión con la guillotina y el sino del chaplinesco Monsieur Verdoux con el que le compara su amiga, la separación de la cabeza y el tronco, trazan otro tajo en el gangrenado cuerpo de la ciudad de México.

Violencia impune, hueco, ausencia. Este haz de vocablos inseparable, creo, de los cuentos y de su misma estructura, tiene su cifra más notoria en el pene del macho mexicano y su ausencia en la castración, el hueco real y metafórico que deja. El mismo nombre del general Vergara, el primer patriarca anuncia hiperbólicamente su poder fálico: "Verga rara y alabío, alabau, alabimbombá, Verga, Verga, ra, ra, ra… Vergara Plutarco, presente y parada" (403). La fama del general se asienta en el hecho de que castró a un hombre: "el General Tompiantes, cuídate los aguacates, ríete pero no me mates" (403). A pesar de los juegos de palabras, la realidad del sol mexicano que le come al capado no es bonita: "Ese hombre desangrándose hasta el amanecer sobre el polvo del desierto. Luego se lo comió el sol y los zopilotes lo velaron" (410).

Bernabé en "El hijo de Andrés Aparicio" es definido por la ausencia paterna, consecuencia de una violencia anterior. Su padre, un pasante de agronomía, probablemente de la Escuela de Chapingo y cardenista como el padre de Fuentes,[21] se había cruzado con un cacique de Guerrero, Mariano Carreón, al intentar investigar una matanza en una cooperativa agrícola. Este Carreón humilla y destroza a Aparicio

---

[21] Véase *Espejo de escritores*, p. 84, sobre el papel del padre de Fuentes en la defensa diplomática de la política de Cárdenas.

hasta que un día éste mata a patadas a un guarura del cacique y desaparece. La violencia genera ausencia y silencio, los cuales a su vez generan violencia: "[A Bernabé] las palabras le costaron mucho… porque ya no recordó la voz de su padre" (455); "las palabras nomás no le salían y por primera vez supo oscuramente… que si no había palabras entonces había cates [golpes, violencia]" (457). La herencia paterna original, el cardenismo, la justicia, se troca en su opuesto, la violencia impune de su otro Jefe, su padre sustituto el fascista Carreón. En la última página de la colección el pene ya no está con el individuo, con el padre de verdad, al que Bernabé prefiere desconocer, sino ya institucionalizado en la cruel deidad solar Huitzilopochtli ("chile" en español mexicano puede aludir al pene): "un viejo distraído orinando detrás de un ciprés, calvo, sonriente, como un bobo, sonriendo sin parar, que luego se fue caminando con la braqueta abierta bajo ese sol picante como un gran chile amarillo del mediodía de Azcapotzalco".

Finalmente, una palabra caracteriza tanto la situación del hombre mexicano de *Agua quemada* y la coherencia de su sociedad, como la forma de los cuentos que la encarnan: *inconcluso*. Federico Silva manda que, cuando muera, su criado ponga en el tocadiscos la *Sinfonía Inconclusa* de Schubert, y deje abierto en su mesilla de noche un ejemplar de *El misterio de Edwin Drood,* la novela inconclusa de Charles Dickens. Cuando está en la Penitenciaría por asesinato, Bernabé recuerda unos retazos de "Alturas de Machu Picchu" que había leído Ureña: "tuvo un sueño en el que él se iba rodando en silencio, muriéndose, rodando como un pedacito de hombre ¿qué? ¿de hombre qué?" (480). "El pedacito roto de hombre inconcluso" es el verso de Neruda que imperfectamente recuerda.

El cuarteto narrativo combina continuidad y discontinuidad, un caos irremediable y un orden implacable. Al ser un reflejo de la universalidad de la violencia impune y la dislocación no menos universal que produce, es la forma literaria que más ceñidamente se adecua a la realidad social de la ciudad de México de los años sesenta y setenta según la percibe Carlos Fuentes.

¿Es ésta la región más transparente del aire? ¿Qué habéis hecho, entonces, de mi alto valle metafísico?
ALFONSO REYES, "Palinodia del polvo"

se quebraron los signos
                    atl tlachinolli
se rompió
                    agua quemada
OCTAVIO PAZ, "Vuelta"

Índice

El día de las madres • 401

Éstos fueron los palacios • 423

Las mañanitas • 438

El hijo de Andrés Aparicio • 454

1
El día de las madres

A Teodoro Cesarman

Todas las mañanas el abuelo mezcla con fuerza su taza de café instantáneo. Empuña la cuchara como en otros tiempos la difunta abuelita doña Clotilde el molinete o como él mismo, el general Vicente Vergara, empuñó la cabeza de la silla de montar que cuelga de una pared de su recámara. Luego destapa la botella de tequila y la empina hasta llenar la mitad de la taza. Se abstiene de mezclar el tequila y el Nescafé. Que se asiente solo el alcohol blanco. Mira la botella de tequila y ha de pensar qué roja era la sangre derramada, qué límpido el licor que la puso a hervir y la inflamó para los grandes encuentros, Chihuahua y Torreón, Celaya y Paso de Gavilanes, cuando los hombres eran hombres y no había manera de distinguir entre la alegría de la borrachera y el arrojo del combate, sí señor, ¿por dónde se iba a colocar el miedo, si el gusto era la pelea y la pelea el gusto?

Casi dijo todo esto en voz alta, entre sorbo y sorbo del cafecito con piquete. Ya nadie sabía hacerle su café de olla, sabor de barro y piloncillo, de veras nadie, ni la pareja de criados traídos del ingenio azucarero de Morelos. Hasta ellos bebían Nescafé; lo inventaron en Suiza, el país más limpio y ordenado del mundo. El general Vergara tuvo una visión de montañas nevadas y vacas con campanas, pero no dijo nada en voz alta porque no se había puesto los dientes falsos que dormían en el fondo de un vaso de agua, frente a él. Ésta era su hora preferida: paz, ensueño, memorias, fantasías sin nadie que las desmintiera. Qué raro, suspiró, que hubiera vivido tanto y ahora la memoria la regresara como una dulce mentira. Siguió pensando en los años de la revolución y en las batallas que forjaron al México moderno. Entonces escupió el buche que hacía circular en su lengua de lagartija y sus encallecidas encías.

Esa mañana vi a mi abuelito más tarde, de lejos, chancleteando como siempre a lo largo de los vestíbulos de mármol, limpiándose con un paliacate las permanentes lagañas y las lágrimas involuntarias de sus ojos color de maguey. Lo miraba así, de lejos, era como una planta del desierto, nomás que moviéndose. Verde, correoso, seco como los llanos del Norte, un viejo cacto engañoso, que iba reservando en su entraña la escasa lluvia de uno que otro verano, fermentándola: se le salía por los ojos, no alcanzaba a bañar los mechones blancos del cráneo, que parecían pelos de elote muerto. En las fotos, a caballo, se veía alto. Cuando chancleteaba, ocioso y viejo, por las salas de mármol del caserón del Pedregal, se veía chiquito, enjuto, puro hueso y piel desesperada por no separarse del esqueleto: viejito tenso, crujía. Pero no se doblaba, eso no, a ver quién se atreve.

Volví a sentir el malestar de todas las mañanas, la angustia de ratón arrinconado que me cogía al ver al general Vergara recorrer sin propósito las salas y vestíbulos y pasillos que a estas horas olían a zacate y jabón, después de que Nicomedes y Engracia los lavaban, de rodillas. La pareja de criados se negaba a usar los aparatos eléctricos. Decían que no con una gran dignidad, humilde, muy de llamar la atención. El abuelo les daba la razón, le gustaba el olor de zacate enjabonado y por eso Nicomedes y Engracia fregaban todas las mañanas metros y más metros de mármol de Zacatecas, aunque el licenciado Agustín Vergara, mi padre, dijera que lo había importado de Carrara, pero dedo sobre la boca, que nadie se entere, eso está prohibido, me ensartan un ad valorem, ya ni fiestas se pueden dar, sales a colores en el periódico y te quemas, hay que ser austero y hasta sentir vergüenza de haber trabajado duro toda la vida para darle a los tuyos todo lo que

Salí corriendo de la casa, poniéndome la chamarra Eisenhower. Llegué a la cochera y subí al Thunderbird rojo, lo puse en marcha, el portón levadizo del garaje se abrió automáticamente al ruido del motor y arranqué a ciegas. Algo, un mínimo sentido de la precaución, me dijo que Nicomedes podía estar allí, en el camino entre el garaje y la maciza puerta de entrada, recogiendo la manguera, tonsurando el pasto artificial entre las losas de piedra. Imaginé al jardinero volando por los cielos, hecho pedazos por el impacto del automóvil y aceleré. La puerta de cedro despintada por las lluvias del verano, hinchada, crujiente, también se abrió sola al pasar el Thunderbird junto a los dos ojos eléctricos insertados en la roca y ya estuvo: rechinaron las llantas cuando viré velozmente a la derecha, creí ver la cima nevada del Popocatépetl, era un espejismo, aceleré, la mañana era fría, la niebla natural del altiplano ascendía para encontrarse con la capa de smog aprisionada por el circo de montañas y la presión del aire alto y frío.

Aceleré hasta llegar al ingreso del anillo periférico, respiré, aceleré, pero ahora tranquilo, ya no tenía de qué preocuparme, podía dar la vuelta, una, dos, cien veces, cuantas veces quisiera, a lo largo de miles de kilómetros, con la sensación de no moverme, de estar siempre en el lugar de partida y al mismo tiempo en el lugar de arribo, el mismo horizonte de cemento, los mismos anuncios de cerveza, aspiradoras eléctricas, las que odiaban Nicomedes y Engracia, jabones, televisores, las mismas casuchas chatas, verdes, las ventanas enrejadas, las cortinas de fierro, las mismas tlapalerías, talleres de reparación, misceláneas con la nevera a la entrada repleta de hielo y gaseosas, los techos de lámina corrugada, una que otra cúpula de iglesia colonial perdida entre mil tinacos de agua, un reparto estelar sonriente de personajes prósperos, sonrosados, recién pintados, Santa Claus, la Rubia de Categoría, el duendecito blanco de la Coca-Cola con su corona de corcholata, Donald Duck y abajo el reparto de millones de extras, los vendedores de globos, chicles, billetes de lotería, los jóvenes de playera y camisa de manga corta reunidos cerca de las sinfonolas, mascando, fumando, vacilando, albureando, los camiones materialistas, las armadas de Volkswagen, el choque a la salida de Fray Servando, los policías en motocicleta, los tamarindos, la mordida, el tapón, los claxons, las mentadas, otra vez el arranque libre, idéntico, la segunda vuelta, el mismo recorrido, los tinacos, Plutarco, los camiones de gas, los camiones de leche, el frenón, los peroles de leche caen, ruedan, se estrellan sobre el asfalto, en las barandillas del periférico, contra el Thunderbird rojo, la marea de leche. El parabrisas blanco de Plutarco. Plutarco en la niebla. Plutarco cegado por la blancura inmensa, líquida, ciega ella misma, invisible, haciéndolo invisible a él, un baño de leche, mala leche, leche aguada, leche de tu madre, Plutarco.

Seguro, el nombre se presta a guasas y en la escuela me habían dicho todo aquello de ¿quequé?, ¿a poco?, ¿repite?, y Verga rara y alabío, alabau, alabimbombá, Verga, Verga, ra, ra, ra, y cuando pasaban lista nunca faltaba un chistoso que dijera Vergara Plutarco, presente y parada, o chiquita, o dormidita. Luego había trancazos a la hora del recreo y cuando me dio por leer novelas, a los quince años, descubrí que un autor italiano se llamaba Giovanni así, pero eso no iba a impresionar a la bola de cabroncitos relajientos de la Prepa nacional. No fui a escuela de curas porque primero el abuelo dijo que eso nunca, o para qué había habido revolución, y mi papá el licenciado dijo que okey, el viejo tenía razón, había tantísimo comecuras en público que era mocho en casa, era mejor para la imagen. Pero yo hubiera querido hacer como mi abuelito don Vicente, que le hicieron una vez esa broma y mandó castrar al chistoso. Usté es pura pirinola, puro pizarrín arrugado, puro pajarito coyón, le dijo el prisionero, y el general Vergara, que lo capen, pero ahoritita. Desde entonces lo llamaron el General Tompiates, cuídate los aguacates, ríete pero no me mates, y otros estribillos que corrieron durante la gran campaña de Pancho Villa contra los Federales, cuando Vicente Vergara, entonces muy jovencito pero ya fogueado, militaba con el Centauro del norte, antes de pasarse a las filas de Obregón cuando la vio perdida en Celaya.

—Ya sé lo que cuentan. Tú sácale el mole al que te diga que tu abuelo cambió de chaqueta.

—Pero si nadie me ha dicho nada.

—Óyeme, chamaco, una cosa era Villa cuando salió de la nada, de las montañas de Durango, y él solito arrastró a todos los descontentos y organizó esa División del Norte que acabó con la dictadura del borracho Huerta y sus Federales. Pero cuando se puso contra Carranza y la gente de ley, ya fue otra cosa. Quiso seguir guerreando, a como diera lugar, porque ya no podía detenerse. Después de que Obregón lo derrotó en Celaya, el ejército se le desbandó a Villa y todos sus hombres volvieron a sus milpas y a sus bosques. Entonces Villa fue a buscarlos uno por uno, a convencerlos de que había que seguir en la bola, y ellos decían que no, que mirara el general, ya habían regresado a sus casas, ya estaban otra vez con sus mujeres y sus hijos. Entonces los pobres oían unos disparos, se volteaban y miraban sus casas en llamas y sus familias muertas. "Ya no tienes ni casa, ni mujer, ni hijos —les decía Villa—, mejor síguele conmigo."

—Quizás quería mucho a sus hombres, abuelo.

—Que nadie diga que fui un traidor.

—Nadie lo dice. Ya se olvidó todo eso.

Me quedé pensando en lo que acababa de decir. Pancho Villa amó mucho a sus hombres, no podía imaginar que sus soldados no le correspondieran igual. En su recámara, el general Vergara tenía muchas fotos amarillas, algunas meros recortes de periódico. Se le veía acompañando a todos los caudillos de la revolución, pues anduvo con todos y a todos sirvió, por turnos. Como iban cambiando los jefes, iba cambiando el atuendo de Vicente Vergara, asomado entre la multitud que sumergía a don Panchito Madero el famoso día de la entrada a la capital del pequeño y frágil e ingenuo y milagroso apóstol de la Revolución, que tumbó al omnipotente don Porfirio con un libro en país de analfabetos, no me digas que no fue un milagro, ahí estaba el jovencito Chente Vergara, con su sombrerillo de fieltro arrugado, sin listón, y su camisa sin cuello duro, un peladito más, encaramado en la estatua ecuestre del rey Carlos IV, ese día en que hasta la tierra tembló, igual que cuando murió Nuestro Señor Jesucristo, como si la apoteosis de Madero fuese ya su calvario.

—Después del amor a la Virgen y el odio a los gringos, nada nos une tanto como un crimen alevoso, así es, y todo el pueblo se levantó contra Victoriano Huerta por haber asesinado a don Panchito Madero.

Y luego el capitán de dorados Vicente Vergara, el pecho cruzado de cananas y el sombrero de paja y los calzones blancos, comiéndose un taco con Pancho Villa junto a un tren sofocado, y luego el coronel constitucionalista Vergara, muy jovencito y pulcro con su sombrero tejano y su uniforme kaki, muy protegido por la figura patriarcal y distante de don Venustiano Carranza, el primer jefe de la revolución, impenetrable detrás de sus espejuelos ahumados y su barba que le daba hasta la botonadura de la túnica, ésa parecía casi foto de familia, un padre justo pero severo y un hijo respetuoso y bien encarrilado, que no era el mismo Vicente Vergara, coronel obregonista, pronunciado en Agua Prieta contra el personalismo de Carranza, liberado de la tutela del padre acribillado a balazos mientras dormía sobre un petate en Tlaxcalantongo.

—¡Qué jóvenes se murieron todos!, Madero no alcanzó a cumplir los cuarenta y Villa tenía cuarenta y cinco, Zapata treinta y nueve, hasta Carranza que parecía bien vetarro apenas tenía sesenta y uno, mi general Obregón cuarenta y ocho. Dime si no soy un sobreviviente, pura suerte chamaco, si mi destino era morir joven, por puritita chiripa no estoy enterrado por ahí, en un pueblo de zopilotes y cempazúchiles, y tú ni hubieras nacido.

Este coronel Vergara sentado entre el general Álvaro Obregón y el filósofo José Vasconcelos en una comida, este coronel Vergara de bigotes a la káiser, uniforme de parada, oscuro, cuello alto y galones dorados.

—Un fanático católico nos mató a mi general Obregón, chamaco. Ay. Asistí al entierro de todos, toditos los que ves aquí, que todos murieron de muerte violenta, menos al de Zapata, que lo enterraron en secreto para poder decir que sigue vivo,

que tampoco era el general Vicente Vergara, ahora vestido de civil, a punto de despedirse de la juventud, muy cuidado, muy esmerado, con su traje de gabardina clara y su perla en la corbata, muy serio, muy solemne, porque sólo así se le daba la mano a ese hombre con rostro de granito y mirada de tigre, el jefe máximo de la Revolución, Plutarco Elías Calles.

—Ése era un hombre, chamaco, un humilde profesor de escuela que llegó a Presidente. Nadie podía sostenerle la mirada, nadie, ni los que habían pasado por la tremenda prueba de los fusilamientos de a mentiras creyendo que les llegaba la hora y ni siquiera pestañearon, ni esos. Tu niño Plutarco. Tu padrino, chamaco. Míralo, mírate nomás en sus brazos. Míranos, el día que te bautizó, el día de la unidad nacional, cuando mi general Calles regresó del destierro.

—¿Por qué me bautizó? ¿No era un terrible perseguidor de la iglesia?

—¿Qué tiene que ver una cosa con otra? Ni modo que te dejáramos sin nombre.

—No, abuelo, usted también dice que la Virgen nos une a los mexicanos, ¿quihubo?

—La guadalupana es una virgen revolucionaria que lo mismo aparece en los estandartes de Hidalgo, en la Independencia, que en los de Zapata, en la Revolución, una virgen a toda madre, pues.

—Pero oiga, gracias a usted no fui a escuela de curas.

—La iglesia nomás sirve para dos cosas, para bien nacer y para bien morir, ¿está claro? Pero entre la cuna y la tumba, que no se meta en lo que no le importa y que se dedique a bautizar escuincles y a rezar por las almas.

Los tres hombres que vivíamos en la casota del Pedregal sólo nos reuníamos para la merienda, que seguía siendo la que ordenaba el general mi abuelo. Sopa aguada, sopa seca, frijoles refritos, chilindrinas y champurrado. Mi padre, el licenciado don Agustín Vergara, se vengaba de estas cenas rústicas con largas comidas de tres a cinco en Jena o Rívoli, donde podía ordenar filetes Diana y crepes Suzette. Lo que más le repugnaba de las meriendas era un hábito peculiar del general. Al terminar de comer, el viejillo se sacaba la dentadura postiza y la dejaba caer en un medio vaso de agua caliente. Luego le añadía medio vaso de agua fría. Esperaba un minuto y vaciaba la mitad de ese vaso en otro. Volvía a añadirle una porción de agua caliente al primer vaso, vaciaba la mitad en un tercero y volvía a llenar el primero con el agua tibia del segundo. Enfrentado a las tres mezclas turbias donde nadaban retazos de ropavieja y tortilla, sacaba los dientes del primer vaso, los remojaba en el segundo y el tercero y habiendo obtenido la temperatura deseada, se colocaba los dientes en la boca y los apretaba con las mandíbulas como quien cierra un candado.

—Bien templaditos —decía—, hociquito de león, ah qué caray.

—Es de dar vergüenza —dijo esta noche mi papá el licenciado Agustín, limpiándose los labios con la servilleta y arrojándola luego con desdén sobre el mantel.

Miré con asombro a mi padre. Nunca había dicho nada y el abuelo llevaba años de repetir la ceremonia de la dentadura. El licenciado Agustín debía retener la náusea que le provocaba la paciente alquimia del general. Pero a mí mi abuelito se me hacía muy cotorro.

—Debía darle vergüenza, es un asco —repitió el licenciado.

—Újule —lo miró con sorna el general—, ¿de cuándo acá no puedo hacer mi regalada gana en mi propia casa? Mi casa, dije, y no la tuya, Tin, ni la de tus cuatezones popoff...

—Jamás podré invitarlos aquí, a menos que antes lo esconda a usted en un closet bajo llave.

—¿Te dan guácara mis dientes pero no mi lana? A ver, cómo está eso.

—Eso está muy mal, muy muy... —dijo mi papá meneando la cabeza con una melancolía que nunca le habíamos visto. No era un hombre grave, sólo un poquitín pomposo, aun en su frivolidad. Su sincera tristeza, sin embargo, se disipó enseguida y miró al abuelo con un helado desafío y una mínima mueca de burla que no alcanzamos a comprender.

Más tarde el abuelo y yo evitamos comentar todo esto en la recámara del general, tan distinta del resto de la casa. Mi papá el licenciado Agustín dejó todos los arreglos en manos de un decorador profesional que nos llenó el caserón de muebles Chippendale, arañas gigantescas y falsos Rubens cobrados como si fuesen de a devis. El general Vergara dijo que le importaba un pito todo eso y se reservó el derecho de amueblar su recámara con los objetos que siempre usaron él y su difunta doña Clotilde, cuando construyeron su primera casa en la Colonia Roma, allá por los veinte. La cama era de metal dorado y a pesar de que había un closet moderno, el general lo condenó instalando un ropero viejo y pesado, de caoba y espejos, que quedó atrancado contra la puerta del closet. Miró con cariño su viejo armario.

—Cada que lo abro, siento todavía el olor de la ropa de mi Clotilde, tan hacendosa, las sábanas bien planchadas, todo bien almidonado.

Abundan en esta recámara cosas que nadie usa ya, como una cómoda de aseo con tapa de mármol, aguamanil de porcelana y altas jarras llenas de agua. Escupidera de cobre y mecedora de mimbre. El general siempre se ha bañado de noche, y ésta de los misterios de mi papá me pidió que lo acompañara y fuimos los dos juntos al baño, el general con su jícara de patitos y flores pintadas a mano y su jabón Castillo, porque odiaba los jabones perfumados y con nombres impronunciables que ahora se usaban, decía que él no era ni estrella de cine ni maricón. Yo lo ayudé con su bata, su piyama y sus pantuflas forradas. Cuando se metió a la tina de agua tibia, enjabonó un zacatón y comenzó a fregarse vigorosamente. Me dijo que era bueno para la circulación de la sangre. Le dije que prefería una ducha y me contestó que eso era para los caballos. Luego, sin que me lo pidiera, lo enjuagué con la jícara, vaciándole el agua sobre los hombros.

—Me quedé pensando, abuelo, en lo que me dijo de Villa y sus dorados.

—Yo también en lo que me contestaste, Plutarco. Puede que sí. Qué falta nos hacen a veces los demás. Todos se han ido muriendo. Y no le hace que nazcan nuevas gentes. Cuando se te mueren los amigos con los que viviste y peleaste, te quedas solo, de plano.

—Usted se acuerda de muchas cosas muy padres y a mí me encanta oírlas.

—Eres mi amiguito. Pero no es lo mismo.

—Haga de cuenta que yo anduve con usted en la Revolución, abuelo. Haga de cuenta que yo…

Me entró un extraño bochorno y el viejo sentado en la tina, bien enjabonado otra vez, me interrogó con las cejas blancas de espuma. Luego me agarró la mano con la suya mojada y me la apretó mucho, antes de cambiar rápidamente de tema.

—¿Qué se trae tu jefe, Plutarco?

—Quién sabe. Conmigo nunca habla. Usted lo sabe bien, abuelo.

—Nunca ha sido respondón. Hasta me gustó cómo me contestó a la hora de la cena.

El general se rió y pegó un manotazo en el agua. Dijo que mi papá siempre había sido un güevón que se encontró con la mesa puesta, con negocios honrados, cuando el general Cárdenas les hizo el honor a los callistas de barrerlos del gobierno. Contó, mientras se lavaba la cabeza, que hasta entonces él había vivido de su sueldo de oficial. Cárdenas lo obligó a vivir fuera del presupuesto y a ganarse la vida en los negocios. Las viejas haciendas no producían. Los campesinos las habían quemado antes de irse a la bola. Dijo que mientras Cárdenas repartía la tierra, había que producir. Se juntaron los hombres de Agua Prieta para comprar los cachos no afectados de las haciendas, como pequeños propietarios.

—Sembramos caña en Morelos, jitomate en Sinaloa y algodón en Coahuila. El país pudo comer y vestirse mientras Cárdenas echaba a andar sus ejidos, que nunca arrancaron porque lo que quiere cada hombre del campo es su pedacito de tierra propio, a título personal, ¿ves? Yo puse en marcha las cosas, tu papá nomás administró cuando yo me fui haciendo viejo. Que se acuerde de eso cuando se me pone alzado. Pero palabra que me gustó. Le ha de estar saliendo la espina dorsal. ¿Qué se traerá?

Me encogí de hombros, no me han interesado nunca los negocios ni la política, ¿qué riesgo hay en todo eso?, ¿qué riesgo comparable a lo que antes vivió mi abuelo, las cosas que sí me interesaban?

Entre tantísima foto con los caudillos, la de mi abuelita doña Clotilde es algo aparte. Tiene una pared para ella sola y al lado una mesa con un florero lleno de margaritas. Si el abuelo fuese creyente le pondría veladoras, creo. El marco es ovalado y la foto está firmada en 1915 por el fotógrafo Gutiérrez, de León, Gto. Esta señorita antigua que fue mi abuela parece una muñeca. El fotógrafo coloreó la foto con tonos de rosa pálido y sólo los labios y las mejillas de doña Clotilde están incendiados con una mezcla de rubor y sensualidad. ¿Fue realmente así?

—Fue de película, me dice el general. Era huérfana de madre y a su papá lo fusiló Villa porque era agiotista. Por donde pasaba, Villa suprimía las deudas de los pobres. Pero no le bastaba. Mandaba fusilar a los prestamistas, como escarmiento. Yo creo que la única escarmentada fue mi pobre Clotilde. Recogí a una huerfanita que hubiera aceptado al primer hombre que le ofrecía protegerla. La de huérfanas de esa región que acabaron de putas de los soldados o, con suerte, de artistas de variedades, con tal de sobrevivir. Luego aprendió a quererme mucho.

—¿Usted la quiso siempre?

El abuelo asintió, bien arropado en la cama.

—¿Usted no se aprovechó porque la vio desamparada?

Ahora me lanzó una mirada de cólera y apagó violentamente la luz. Me sentí ridículo, sentado en la oscuridad, meciéndome en la silla de mimbre. Sólo se escuchó, un rato, el ruido de la silla. Después me levanté y caminé de puntas, dispuesto a irme sin decirle buenas noches al general. Me detuvo una imagen bien dolorosa y bien sencilla. Vi a mi abuelo muerto. Amanecía muerto, una mañana de éstas, ¿por qué no?, y yo nunca pude decirle lo que lo quería, nunca más. Él se enfriaba rápido y mis palabras también. Corrí a abrazarlo en la oscuridad y le dije:

—Lo quiero mucho, abuelo.

—Está bien, chamaco. Lo mismo digo.

—Oiga, yo no quiero empezar la vida con la mesa puesta, como usted dice.

—Ni modo. Todo está a mi nombre. Tu papá nomás administra. Cuando me muera, todo te lo dejo a ti.

—No lo quiero, abuelo, abuelo, quisiera empezar de nuevo, como empezó usted...

—Ya no son los mismos tiempos, ¿qué ibas a hacer?

Sonreí apenas: —Me hubiera gustado castrar a alguien, como usted...

—¿Todavía cuentan ese cuento? Pues sí, así fue. Sólo que esa decisión no la tomé solo, ¿ves?

—Usted dio la orden, cápenlo pero ahoritita mismo.

El abuelo me acarició la cabeza y dijo que lo que nadie sabe es cómo se toman esas decisiones, que nunca se toman a solas. Recordó una noche de fogatas, en las afueras de Gómez Palacio, antes de la batalla de Torreón. Ese hombre que lo había insultado era un prisionero, pero además era un traidor.

—Había sido de los nuestros. Se pasó a los Federales y les contó cuántos éramos, cómo veníamos armados. Mis hombres lo hubieran matado de todos modos. Yo nomás me les adelanté. Era la voluntad de ellos. Se volvió la mía. Me dio la oportunidad con su insulto. Ahora cuentan esa historia muy pintoresca, ah qué cabrón mi general Vergara, el mero General Tompiates, sí señor. No, qué va. No fue así de fácil. Lo hubieran matado de todos modos y con derecho, si era un traidor. Pero también era un prisionero de guerra. Ésas son cosas del honor militar como yo lo entiendo, chamaco. Por más despreciable que fuera ese tipo, ahora era prisionero de guerra. Salvé a mis hombres de matarlo. Creo que eso los hubiera deshonrado a ellos. Yo no los podía contener. Creo que eso me hubiera deshonrado a mí. Mi decisión fue la de todos y la de todos fue la mía. Así pasan esas cosas. No hay manera de saber dónde empieza tu voluntad y dónde empieza la de tus hombres.

—Regresé a decirle que me hubiera gustado nacer al mismo tiempo que usted para haberlo acompañado.

—No fue un bonito espectáculo, qué va. Ese hombre desangrándose hasta el amanecer sobre el polvo del desierto. Luego se lo comió el sol y los zopilotes lo velaron. Y nosotros nos fuimos, sabiendo en secreto que lo que habíamos hecho lo habíamos hecho todos. En cambio, si lo hacen ellos y yo no, ni yo soy el jefe ni ellos se hubieran sentido tranquilos para la batalla. No hay nada peor que matar a un pobre tipo solitario al que le estás mirando los ojos antes de matar a muchos tipos sin cara, que ni conoces sus miradas. Así son esas cosas.

—Qué ganas, abuelo…

—No te hagas ilusiones. No volverá a haber una revolución así en México. Eso pasa una sola vez.

—¿Y yo, abuelo?

—Pobrecito mi chamaco, abráceme fuerte, mijito, lo entiendo, palabra que lo entiendo… ¡Qué ganas de volverme joven yo para andar contigo! La que armaríamos, Plutarco, tú y yo juntos, ah qué caray.

Con mi padre el licenciado yo hablaba pocas veces. Ya he dicho que los tres sólo nos reuníamos para la merienda y allí el general llevaba la voz cantante. Mi papá me llamaba de vez en cuando a su despacho, para preguntarme cómo iba en la escuela, qué tal mis calificaciones, qué carrera iba a seguir. Si le hubiera dicho que no sabía, que me la pasaba leyendo novelas, que me gustaba irme a mundos lejanos, la Siberia de Miguel Strogoff, la Francia de d'Artagnan, que me interesaba muchísimo más saber lo que nunca podría ser que lo que quisiera ser, mi papá no me hubiera regañado, ni siquiera con desilusión. Simplemente, no me habría comprendido. Conocía bien su mirada perpleja cuando se decía algo que escapaba por completo a su inteligencia. Eso me dolía a mí mucho más que a él.

—Entraré a Derecho, papá.

—Muy bien, muy acertado. Pero luego especialízate en administración de negocios. ¿Te ilusionaría ir al Harvard Business School? Es difícil el ingreso, pero puedo mover palancas.

Yo me hacía el disimulado y me quedaba mirando los tomos, idénticamente empastados de rojo, de la biblioteca. No había nada interesante, salvo la colección completa del Diario Oficial, que siempre empieza con los permisos para usar condecoraciones extranjeras. La Orden de las Estrellas Celestes de China, la del Libertador Simón Bolívar, la Legión de Honor francesa. Sólo en ausencia de mi padre me atrevo a entrar, como espía, a su recámara alfombrada y forrada de madera. Allí no hay ningún recuerdo, ni siquiera una foto de mi madre. Ella murió cuando yo tenía cinco años, no la recuerdo. Una vez al año, el 10 de mayo, vamos los tres al Panteón Francés, donde están enterradas juntas mi abuelita Clotilde y mi mamá, Evangelina se llamaba. Tenía trece años cuando un compañero de la secundaria "Revolución" me mostró una foto de una muchacha en traje de baño, y es la primera vez que sentí una excitación. Igual que doña Clotilde en su foto, sentía gusto y vergüenza al mismo tiempo. Me puse colorado y mi compañero, con grandes risotadas, me dijo te la regalo, es tu mamacita. Una banda de seda le cuelga del hombro a la muchacha de la foto, le cruza los pechos y se le ajusta a la cadera. La leyenda dice "Reina del Carnaval de Mazatlán".

—Mi papá dice que era un cuero tu jefa —me dijo carcajeándose mi compañero de escuela.

—¿Cómo era mi mamá, abuelo?

—Guapa, Plutarco. Demasiado guapa.

—¿Por qué no hay ninguna foto de ella en la casa?

—Por puritito dolor.

—No quiero quedarme fuera del dolor, abuelo.

El general me miró muy raro cuando le dije esto; cómo no iba a recordar su mirada y mis palabras esa noche famosa, cuando me despertaron las voces levantadas, en esta casa donde no se oía un ruido después de que mi padre salía acabando de cenar, manejando su Lincoln Continental, y regresaba muy temprano, como a las seis, a bañarse y rasurarse y a desayunar en piyama, como si hubiera pasado la noche en casa, ¿a quién engañaba?, si a cada rato lo veía fotografiado en las páginas sociales acompañado siempre de una viuda riquísima, cincuentona como él, pero la podía mostrar, yo no pasaba de irme de putas los sábados, solo, sin cuates. Quería ligarme a una señora de a deveras, madura, como la amante de mi papá, no a las niñas bien que conocía en fiestas de otros riquillos como nosotros. ¿Dónde estaba mi Clotilde para rescatarla, protegerla, enseñarla a quererme, cómo era Evangelina, la soñaba, con su traje de baño blanco, de satín, marca Jantzen?

Soñaba con mi madre cuando me despertaron las voces que rompían los horarios de la casa, me senté en la cama, me puse instintivamente los calcetines para bajar sin hacer ruido, claro, en mi sueño había escuchado al abuelo chancletear, no había sido sueño sino verdad, no, yo era el único en esta casa que sabía que el sueño es la verdad, eso me iba diciendo mientras caminaba en silencio hacia la sala, de allí venían las voces, la revolución no era verdad, era un sueño de mi abuelito, mi mamá no era verdad, era un sueño mío, y por eso eran ciertas, sólo mi papá no soñaba, por eso era de a mentiras.

Mentiras, mentiras, eso gritaba el abuelo cuando me detuve sin entrar a la sala, me quedé escondido detrás de la reproducción tamaño natural de la Victoria de Samotracia que el decorador había mandado poner allí, como una diosa guardiana de nuestro hogar, de la sala a la que nadie entraba nunca, era de exposición, ni una pisada, ni una colilla de cigarro, ni una mancha de café y ahora el escenario de este pleito a la medianoche entre mi abuelo y mi padre, gritándose, mi abuelo el general con la voz que le imaginaba al ordenarle a un soldado, cápenlo, pero ahoritita mismo, quémenlo, fusílenlo, primero lo matamos y luego averiguamos, el mero General Tompiates, mi padre el licenciado con una voz que jamás le había escuchado.

Me imaginé que el abuelo, a pesar de su coraje, estaba gozando que al final el hijo le saliera respondón, lo estaba maltratando como a un cabo borracho, si hubiera tenido un fuete a la mano le deja la cara como crucigrama a mi papá, de hijo de la chingada no lo bajaba, y mi papá de viejo pendejo al general, y el abuelo que pendejo no había más que uno en esta familia, le había entregado una fortuna sólida, honrada, nomás para que la administrara, con los mejores abogados y cepetés, no tenía que hacer nada más que firmar y cobrar rentas y meter tantito al banco y otro tantito reinvertirlo, ¿cómo que no quedaba nada? dése de santos, viejo pendejo, dése de santos, por lo menos no voy a la cárcel, yo no firmé nada, muy abusado, dejé que los abogados y los contadores firmaran todo por mí, al menos puedo decir que todo se hizo a mis espaldas pero que yo respondo de las deudas, yo también fui víctima del fraude, igual que los accionistas, hijo de la chingada, yo te entregué una fortuna sólida, sana, la riqueza de la tierra es la única riqueza segura, el dinero es puro papel si no se basa en la tierra, mequetrefe, puro bilimbique, quién te manda levantar un imperio de pura saliva, financieras fantasmas, venta de acciones balín, cien millones de pesos sin nada que los respalde, andar creyendo que mientras más deudas se tiene más seguro el asunto y más intocable, pendejo, no se apure, general, le digo que el proceso se seguirá contra los abogados y contadores, a mí me engañaron también, eso mantendré, mantendrás madre, tienes que responder con la tierra, con las propiedades de Sinaloa, los cultivos de jitomate, jitomate, jitomate, cómo se ríe mi padre, nunca le he oído reírse así, ah qué bruto será usted, mi general, jitomates, ¿se le ocurre que con jitomates construimos esta casa y compramos los coches y nos damos la gran vida?, ¿cree usted que soy placera de la Merced?, ¿qué cree usted que se da mejor en Sinaloa, el jitomate o la amapola?, qué más da, campos rojos, desde el aire ni quien diga que no son jitomates, ¿ahora por qué se queda callado?, ¿quiere saberlo todo?, si respondo a las deudas con los campos, eso tiene que salir al aire, entonces quema pronto los cultivos, cabrón, arrasa y di que te cayó el chahuistle, ¿qué esperas?, ¿y usted se anda creyendo que me van a dejar hacer eso?, cómo será usted un viejo tarugo, los gringos que me compran el producto y lo comercializan, pues, mis socios de California, donde se vende la heroína, ¿qué cree usted?, se van a cruzar de brazos, cómo no, ahora dígame de dónde saco cien millones de pesos para reembolsar a los accionistas, dígame nomás entre la casa y los coches apenas arañamos los diez millones y en la cuenta de Suiza habrá otro tanto, pobre diablo, ni a la droga le sacaste jugo, te babosearon los yanquis.

Luego el general se quedó callado y el licenciado hizo un ruido de desesperación con la garganta.

—Cuando te casaste con una puta, sólo te deshonraste a ti mismo —dijo finalmente el abuelo—. Pero ahora me has deshonrado a mí.

Eso no quería oírlo, que no siguieran, rogué, amparado por las alas de la Victoria, eso era ridículo, una escena de mala película mexicana, de telenovela de la caja idiota, yo escondido detrás de una cortina oyendo a los mayores decirse las verdades, escena de Libertad Lamarque y Arturo de Córdova, clásica, el abuelo salió con paso militar de la sala, yo me adelanté, lo agarré del brazo, mi padre nos miró estupefacto, le dije al abuelo:

—¿Trae usted lana?

El general Vergara me miró derecho y se acarició el cinturón. Era su viborilla llena de centenarios de oro.

—Hecho. Véngase conmigo.

Nos fuimos, yo abrazando al viejo, mientras mi padre nos gritaba desde la sala:

—¡A nadie le voy a dar el gusto de verme vencido!

El general le dio un empujón al gigantesco florero de vidrio cortado del vestíbulo, que cayó y se hizo pedazos. Dejamos detrás de nosotros un reguero de alcatraces de plástico y arrancamos en el Thunderbird rojo, yo con mi piyama y mis calcetines, el general muy compuesto con su traje de gabardina clara, su corbata marrón con una perla de alfiler clavada debajo del nudo, y acariciando continuamente el cinturón lleno de oro: ahora sí daba gusto, arrancarse a lo largo del periférico a la una de la mañana, sin tránsito, sin paisaje, vía libre a la eternidad, eso le dije al abuelo, agárrese fuerte, mi general, que voy a hundir el fierro hasta ciento veinte, cuacos más broncos he montado, rió mi abuelo, vamos a ver a quién le cuenta usted sus recuerdos, vamos a encontrar gente que lo oiga, vamos a botarnos los centenarios, vamos a empezar de vuelta, abuelito, chamaco, seguro, desde cero, otra vez.

En la Plaza Garibaldi, a la una y cuarto de la mañana, lo primero es lo primero, chamaco, unos mariachis que la sigan con nosotros toda la noche, ni preguntes cuánto, nomás si saben tocar "La Valentina" y "Camino de Guanajuato", a ver muchachos, qué tal templan el guitarrón, el abuelo lanzó un aullido de coyote, Valentina, Valentina, yo te quisiera decir, éntrenle con nosotros al Tenampa, vamos a empinarnos unos tequilas, con eso me desayuno yo, muchachos, a ver quién aguanta más, así me templé para el encuentro de Celaya, cuando le echamos los villistas la caballería encima a Obregón, una pasión me domina, y es la que siento por ti, y frente a nosotros sólo veíamos el llano inmenso y al fondo las artillerías y los jinetes inmóviles del enemigo y aquí las bandejas abolladas llenas de cervezas y nos lanzamos a todo galope, seguros de la victoria, con unos bríos de tigres salvajes, y entonces los mariachis nos miran con sus ojos de piedra, como si mi abuelito y yo no existiéramos y entonces de las loberas invisibles en el llano salieron de golpe mil bayonetas, muchachos, en esos hoyos estaban escondidos los yaquis fieles a Obregón, cuidado, no derramen las frías, así de raro nos miraban, un viejito hablantín y un chamaco en piyama, ¿qué se traen?, nomás nos iban clavando las bayonetas en las panzas de nuestros caballos, manteniéndolas firmes hasta rajarles las tripas, esos yaquis con arracadas en las orejas y las cabezas cubiertas de pañoletas rojas bañadas de sangre y tripa y cojón de caballo, otra vuelta, seguro, la noche es joven, nos espantamos, cómo no nos íbamos a espantar, quién iba a imaginarse esa táctica tan tremenda de mi general Obregón, allí comencé a respetarlo, palabra que sí, ¿a qué hora cantamos?, ¿no nos contrató para cantarle, señor?, nos miraban diciendo éstos no traen ni morralla, retrocedimos, atacamos con cañones, pero ya estábamos vencidos por la sorpresa, Celaya era un campo de humo y sangre y caballiza agonizante, humo de cigarrillos "Delicados", un mariachi aburrido le untó sal y le exprimió un limón a mi abuelo en el puño cerrado, le volamos un brazo al general Obregón, así de dura estuvo la cosa, allí me dije, contra éste no se puede, se encogió de hombros y le untó la sal a la boca de la trompeta y comenzó a juguetear con ella, a sacarle tristezas, Villa es pura fuerza desatada, sin rumbo, Obregón es fuerza inteligente, es el más chingón, ya estaba dispuesto a meterme en ese campo de batalla como quien se mete a un rastro, a buscar el brazo que le volamos a Obregón, para devolvérselo diciéndole mi general, usted es el mero chingón, aquí tiene su bracito y dispense, ah qué caray, aunque ustedes ya saben lo que pasó, ¿no?, ¿nadie sabe?, ¿no les importa saber?, pues que el propio general Obregón lanzó un centenario de oro al aire, así, y el brazo mutilado se levantó volando de la tierra, el puño sangriento pescó al aire la moneda, así, ah que caray, te gané, mariachazo, ¿ahora sí te interesó mi historia?, te gané, igual nos ganó Obregón y así recuperó su brazo en Celaya, si me han de matar mañana, que me maten de una vez, quiero que me quieran, muchachos, nomás, quiero que me sean fieles, aunque sea esta noche, nomás.

A las dos de la mañana, en el Club de los Aztecas pintado de plata, la sensacional Ricky Rola reina del chachachá, cubas libres para todos, aquí los muchachos son mis cuates, cómo que no pueden sentarse, usted es un pinche gato sangre de limón, mírese nomás qué verdes ojeras se trae, pinche barrendero de tapancos, cállese el hocico o lo dejo bien exprimido, cómo que mi nieto en piyama no, si es su único trajecito, si nomás vive de noche, si se la pasa durmiendo con tu mamacita toditito el día, está bien cansadito, cómo que van a protestar los músicos, también mis mariachis son de la CTM, siéntense muchachos, se los ordena el general Vergara, ¿qué dices, pinche asistente?, que a sus órdenes mi general, aprende, cara de limón, vete a mear vinagre, luces amarillas, color de rosa, azules, la inmarcesible Azucena reina del bolero sentimental, se metió con calzador el traje de lentejuelas, mire mi general, se levantó las chichis con grúa después de jugar futbol con ellas, ésta es de las que se meten goles solas, ha de tener el ombligo del tamaño de la plaza de toros, le dieron ocho manitas de pintura antes de salir, mi general, mire nomás esas pestañas que parecen persianas negras, te vendes, ¿no me digas?, ¿cuánto cuestan tus ojitos de luto, gorda?, hipócrita, ¿a quién le canta esas canciones de padrotes, muchachos?, a ver, al asalto, mis tigrillos, sencillamente hipócrita, te burlaste de mí, una canción de machos, súbanse allí al templete, nalgada a la inmarcesible Azucena, a pelar chayotes, gorda, ah qué chillido, respeto para los artistas, a bañarse, sudorosa, despíntese la cara de payaso, no grite, si es por su bien, al asalto mi tropa, cante mi general, y nuestro México febrero dieciséis, nos manda Wilson diez mil americanos, venga la guitarra que suena a llanto, venga la trompeta que sabe a sal, tanques, cañones y hartos aeroplanos, buscando a Villa, queriéndolo matar, bájese pinche viejito, al rastro mariachones balines, y ese puto de piyama, pabajo, aquí nomás tocan los músicos sindicalizados, puros jotos envaselinados con corbatita de moño y esmokin brillante de tanta planchada, planchados te voy a dejar los güevos, vejestorio, órale mis muchachos, ya me bravearon y eso no, por la santísima virgen que no, cápalos, abuelito, pero ahoritita mismo, una patada al tambor, guitarrón contra las baterías, sáquenle las tripas al piano como a los caballos de Celaya, cuídese abuelito del tipo del saxofón, descontón a la panza, clávele la cabeza en el tambor a ese pelado, Plutarco, duro, mis tigrillos, quiero ver la sangre de estos chamizcleros en la pista de baile, ése de la batería usa peluquín, Plutarco, arráncaselo, ora sí, cabecita de huevo, que te pasen por agua antes de que yo te pase por mis cojones, patada al culo, Plutarco, y a correr todos que el Limonadas ya llamó a los azules, róbense el arpa, muchachos, no quedó una tecla en su lugar, tome, mi general, las pestañas de la cantante y ahí les dejo este reguero de centenarios para pagar los desperfectos.

Pasaditas las tres, en casa de la Bandida, donde yo era bien conocido y la mera dueña nos dio la bienvenida, qué chulo piyama Plutarco y se sintió muy honrada de que el famoso General Tompiates y qué idea tan a todo dar traerse a los mariachis y que nos toquen el "Siete Leguas", ella misma, la Señora, lo iba a cantar, porque era composición suya, Siete Leguas el caballo que Villa más estimaba, escancien los rones, pásenle muchachas, todas recién llegaditas de Guadalajara, todas muy jovencitas, será usted cuando mucho el segundo que las toca en su vida mi general y si prefiere le traigo a una virgencita como quien dice, qué buena idea tuviste, Plutarco, así, así, en las rodillitas de mi general, Judith, no te hagas la remolona, ay, es que está deatiro pa los liones, doña Chela, ni mi abuelito está tan carcas, oye tú pinche enana, es mi abuelito y me lo respetas, no me hace falta que me defiendas, Plutarco, ahora va a ver esta mariposilla nocturna que Vicente Vergara no está para los leones sino que yo soy el mero león, véngase, Judicita, a ver dónde dejó su petate, va a ver lo que es un macho, lo que quiero es ver el color de los centavos, ahí te va, péscalo, me lleva, un centenario de oro, doña Chela, óigame, el viejito viene forrado, cuando oía pitar los trenes, se paraba y relinchaba, escojan, muchachos, les dijo mi abuelito a los mariachis, recuerden que son mi tropa de tigrillos, ni regateen.

Me quedé esperando en la sala, oyendo discos. Entre mi abuelo y los mariachis acapararon a todas las muchachas. Me bebí una cuba y conté los minutos. Cuando pasaron más de treinta, comencé a preocuparme. Subí por la escalera al segundo piso y pregunté dónde trabajaba Judith. La toallera me llevó hasta la puerta. Toqué y Judith abrió, chiquitita sin sus tacones, encuerada. El general estaba sentado al filo de la cama, sin pantalones, con los calcetines detenidos por unas viejas ligas rojas. Me miró con los ojos llenos de esa agua que a veces se le salía sin querer de su cabeza de biznaga vieja. Me miró con tristeza.

—No pude, Plutarco, no pude.

Agarré de la nuca a Judith, le torcí el brazo detrás de la espalda, la puta me llegaba al hombro, chillaba, no fue mi culpa, le hice su show, todo lo que me pidió, hice mi trabajo, le cumplí, no lo robé, pero que ya no me mire así, si quiere le devuelvo el centenario, pero que ya no me mire triste, por favor, no me hagas daño, suéltame.

Le torcí todavía más el brazo, le jalé todavía más el pelo ensortijado, veía en el espejo su cara de gatita salvaje, chillando, con los ojos muy cerrados, los pómulos altos y la boca pintada con polvo plateado, los dientes chiquititos pero filosos, sudorosa la espalda.

—¿Así era mi mamá, abuelo? ¿Una huila así? ¿Eso quiso usted decir?

Solté a Judith. Salió corriendo, tapándose con una toalla. Fui a sentarme junto al abuelo. No me contestó. Lo ayudé a vestirse. Murmuró:

—Ojalá, Plutarco, ojalá.

—¿Corneó a mi papá?

—Como venadito lo dejó.

—¿Y qué?

—No le hacía falta, como a ésta.

—Entonces lo hacía por placer. ¿Qué tiene de malo?

—Fue una ingratitud.

—Seguro que mi papá no le cumplió.

—Se hubiera metido al cine, no a mi hogar.

—¿De manera que le hicimos el gran favor? Mejor se lo hubiera hecho mi papá en la cama.

—Yo nomás sé que deshonró a tu papá.

—Por necesidad, abuelo.

—Cuando recuerdo a mi Clotilde.

—Le digo que lo hizo por necesidad, igual que esta puta.

—Yo tampoco le cumplí, chamaco. Ha de ser la falta de práctica.

—Déjeme enseñarle, déjeme refrescarle la memoria.

Ahora que ya rebasé la treintena, recuerdo esa noche de mis diecinueve años como entonces la sentí, la noche de mi liberación. Eso sentí mientras me cogía a Judith con los mariachis en la recámara, bien zumbos, dale y dale al corrido del caballo de Pancho Villa, en la estación de Irapuato, cantaban los horizontes, mi abuelo sentado en una silla, triste y silencioso, como si mirara la vida renacer y ya no fuese la suya ni pudiese serlo nunca más, la Judith colorada de vergüenza, nunca lo había hecho así, con música y todo, helada, avergonzada, fingiendo emociones que yo le sabía falsas porque su cuerpo era el de la noche muerta y sólo yo vencía, la victoria era sólo para mí y nadie más, por eso no me supo a nada, no era como esos actos de todos de los que hablaba el general, quizás por eso la tristeza de mi abuelo era tan grande y tan grande fue, para siempre, la melancolía de la libertad que entonces creí ganarme.

Llegamos como a las seis de la mañana al Panteón Francés. El abuelo le entregó otro de los centenarios que traía en su viborilla cuajada al guardián tullido de frío y nos dejó entrar. Quería llevarle serenata a doña Clotilde en su tumba y los mariachis cantaron "Camino de Guanajuato" con el arpa que se robaron del cabaret, no vale nada la vida, la vida no vale nada. El general los acompañó, era su canción preferida, le traía tantos recuerdos de su juventud, camino de Guanajuato, que pasas por tanto pueblo.

Les pagamos a los mariachis, quedamos en vernos todos pronto, cuates hasta la muerte, y regresamos a la casa. Aunque había poco tránsito a esa hora, yo no tenía ganas de correr. Íbamos los dos, el abuelo y yo, de regreso a nuestra casa en ese cementerio involuntario que se levanta al sur de la Ciudad de México: el Pedregal. Mudo testigo de cataclismos que nadie documentó, el negro terreno vigilado por los volcanes extintos es una Pompeya invisible. Hace miles de años, la lava inundó la noche de burbujas ardientes; nadie sabe quién murió aquí, quién huyó de aquí. Algunos, como yo, piensan que nunca debió tocarse ese perfecto silencio que era como un calendario de la creación. Muchas veces, de niño, cuando todavía vivíamos en la Colonia Roma y vivía mi mamá, pasé por allí para visitar la pirámide de Copilco, piedra corona de la piedra. Recuerdo que todos, espontáneamente, guardábamos silencio al mirar ese paisaje muerto, dueño de un crepúsculo propio que jamás disiparían las mañanas (entonces) luminosas de nuestro valle, ¿se acuerda, abuelo? Es lo primero que yo recuerdo. Íbamos de día de campo, porque entonces el campo estaba muy cerca de la ciudad. Yo viajaba siempre sentado en las rodillas de la criada, ¿era mi nana?, Manuelita se llamaba.

Ahora que regresaba a la casa del Pedregal con mi abuelito humillado y borracho, recordé cómo se construyeron los edificios de la Ciudad Universitaria y la roca volcánica fue maquillada, el Pedregal se puso anteojos de vidrio verde, toga de cemento, se pintó los labios de acrilita, se incrustó de mosaicos las mejillas y venció la negrura de la tierra con una sombra de humo aún más negra. El silencio se rompió. Del otro lado del vasto estacionamiento de automóviles de la Universidad, se parcelaron los Jardines del Pedregal. Se definió un estilo que unificara la construcción y el paisaje del nuevo barrio residencial. Muros altos, blancos, azul añil, bermejón, amarillo. Vivos colores mexicanos de la fiesta, abuelo, y tradición española de la fortaleza, ¿me oye usted? La roca fue sembrada de plantas dramáticas, desnudas, sin más adorno que algunas flores agresivas. Puertas cerradas como cinturones de castidad, abuelo, y flores abiertas como heridas genitales, como el coño de la puta Judith, que usted ya no se pudo coger y yo sí y para qué, abuelito.

Ya vamos llegando juntos a los Jardines del Pedregal, a las mansiones que debieron ser todas iguales, detrás de los muros, Japón pasado por Bauhaus, modernas, de un solo piso, techos bajos, ventanales amplios, piscinas, jardines de roca. ¿Se acuerda, abuelo? La totalidad del fraccionamiento fue circundada por murallas y el acceso limitado a cierto número de rejas anaranjadas custodiadas por guardias. Qué lastimoso intento de castidad urbana en una capital como la nuestra, despierte, abuelito, mírela de noche, México, ciudad voluntariamente cancerosa, hambrienta de extensión anárquica, pintaviolines de toda intención de estilo, ciudad que confunde la democracia con la posesión, pero también el igualitarismo con la vulgaridad:

mírela ahora, abuelo, como la vimos esa noche que nos fuimos de mariachis y de putas, mírela ahora que usted ya se murió y yo pasé la treintena, presionada por sus anchísimos cinturones de miseria, legiones de desempleados, inmigrantes del campo y millones de niños concebidos, abuelo, entre un aullido y un suspiro: nuestra ciudad, abuelo, otorgará escasa vida a los oasis de exclusividad. Mantener el de los Jardines del Pedregal era como cuidarse las uñas mientras el cuerpo se gangrenaba. Cayeron las rejas, se fueron los guardias, el capricho de la construcción rompió para siempre la cuarentena de nuestro elegante leprosario y mi abuelo tenía la cara gris como los muros de concreto del periférico. Se quedó dormido y cuando llegamos a la casa tuve que bajarlo cargado, como a un niño. Qué ligero, enjuto, piel pegada al esqueleto, qué extraña mueca de olvido en su cara tan cargada de memorias. Lo recosté en su cama y mi papá me esperaba en el umbral.

Mi padre el licenciado me hizo un gesto para que lo siguiera por los vestíbulos de mármol hasta la biblioteca. Abrió el gabinete lleno de cristalería, espejos y botellas. Me ofreció un coñac y le dije que no con la cabeza. Rogué que no me preguntara dónde habíamos andado, qué habíamos hecho, porque habría tenido que contestarle con una de esas cosas que él no entendía y eso, ya lo dije, me dolía a mí más que a él. Le rechacé el coñac como le hubiera rechazado sus preguntas. Era la noche de mi libertad y no la iba a perder aceptando que mi padre podía interrogarme. Yo tenía la mesa puesta, ¿no?, para qué andaba tratando de averiguar, nuevamente, para mí nada más, qué cosa era amor, ser valiente, ser libre.

—¿Qué me reprochas, Plutarco?
—Que me hayas dejado fuera de todo, hasta del dolor.

Me dio lástima mi papá cuando le dije esto. Se paró y se fue caminando hasta el ventanal que daba sobre el patio interior rodeado de cristales y con una fuente de mármol en el centro. Apartó las cortinas con un gesto melodramático en el momento mismo en que Nicomedes puso a correr el agua, como si lo hubiera ensayado. Me dio pena: eran gestos que había aprendido en el cine. Todo lo que hacía era aprendido en el cine. Todo lo que hacía era aprendido y pomposo. Lo comparé con el relajo espontáneo que sabía armar mi abuelito. Llevaba años de codearse con millonarios gringos y marqueses con títulos inventados. Su propia cédula de nobleza era salir fotografiado en las páginas de fiestas de los periódicos bigote a la inglesa peinado para arriba, pelo entrecano, traje discreto, gris, pañuelo llamativo brotándole del pecho, como las flores de las plantas secas del Pedregal. Como para muchos mexicanos ricachones de su generación, el modelo era el Duque de Windsor, la corbata de nudo grueso, pero nunca encontraron a su señora Simpson. Pobres: codeándose con un tejano vulgar que vino a comprarse un hotel en Acapulco o con un vendedor de sardinas español que le compró la aristocracia a Franco, cosas de ésas. Era un hombre muy ocupado.

Se apartó de la cortina y me dijo que de seguro no me iban a impresionar sus argumentos, mi madre nunca se ocupó de mí, la encandiló la vida social, era la época en que llegaron los emigrados europeos, el rey Carol y madame Lupescu con valets y pequineses, era la primera vez que la ciudad de México se sentía una capital cosmopolita, excitante, no un poblacho de indios y cuartelazos. Cómo no iba a deslumbrarse Evangelina, una provincianita bella que tenía un diente de oro cuando él la conoció, una de esas hembras de la costa de Sinaloa que se hacen mujeres pronto, y altas, y blancas, y con ojos de seda y largas cabelleras negras, que traen metidos el día y la noche en el cuerpo al mismo tiempo, Plutarco, brillándoles juntos en sus cuerpos, todas las promesas, todas, Plutarco.

Fue al carnaval de Mazatlán con unos amigos, abogados jóvenes como él y ella era la reina. La paseaban por el malecón de las Olas Altas en coche abierto adornado de gladiolas, todos la cortejaban, las orquestas tocaban "Amor chiquito acabado de nacer", lo prefirió a él, ella lo escogió, la felicidad con él, la vida con él, él no la forzó, no le ofreció más que los otros, como el general a la abuelita Clotilde que no tuvo más remedio que aceptar la protección de un hombre poderoso y valiente. Evangelina no. Evangelina lo besó por primera vez una noche, en la playa, y le dijo tú me gustas, tú eres el más tierno, tus manos son bonitas. Yo era el más tierno, lo era, Plutarco, de veras, quería querer. El mar era tan joven como ella, los dos acababan de nacer juntos, Evangelina tu madre y el mar, sin deudas con nadie, sin obligaciones como tu abuelita Clotilde. No tuve que forzarla, no tuve que enseñarle a quererme, como tu abuelo. Eso lo sabía el general en su corazón, y le dolía, Plutarco, su veneración por mi mamá Clotilde, él era como el dicho, nunca perdía y si perdía arrebataba, mi mamá era parte de su botín de guerra, por más que quisiera disfrazarlo, ella no lo quería pero llegó a quererlo, en cambio Evangelina me escogió a mí, yo quería querer, el abuelo quiere que lo quieran, por eso decidió que Evangelina debía dejar de quererme, al revés de lo que le pasó a él, ¿ves?, el día entero la comparaba con su santa Clotilde, todo era mi difunta Clotilde no lo hubiera hecho así, en tiempos de mi Clotilde, mi Clotilde que en paz descanse, ella sí sabía llevar una casa, ella sí era modesta, ella nunca me levantó la voz, mi Clotilde era modosa, nunca se retrató enseñando las piernas y lo mismo, más cuando naciste tú, Plutarco, mi Clotilde sí era una madrecita mexicana, ella sí sabía criar a un niño.

—¿Por qué no le das los pechos a Plutarco? ¿Tienes miedo de que se te estropeen? ¿Pues para qué los quieres? ¿Para enseñárselos a los hombres? Se acabó el carnaval, señorita, ahora a ser señora decente.

Si mi padre logró hacerme odiar el recuerdo de mi mamá Clotilde, cómo no iba a exasperar a Evangelina, cómo no iba a aislarse primero tu mamá y luego alejarse de la casa, ir al dentista, buscar las fiestas, buscar a otro hombre, si era tan elemental mi Evangelina, deja a tu padre, Agustín, vamos a vivir solos, vamos a querernos como al principio y el general que no se te trepe la vieja al cuello, déjala salirse una sola vez con la suya y te dominará siempre, pero en el fondo estaba deseando que ella me dejara de querer para que yo tuviera que obligarla a quererme, igual que él, para que yo no tuviera la ventaja que él no tuvo. Para que nadie tuviera la libertad que a él le faltó. Si a él le costaron las cosas, que también nos costaran a mí y luego a ti, así lo ve él todo, a su manera, nos puso la mesa, como él dice, no va a haber otra revolución para ganarse de un golpe el amor y el coraje, ya no, ahora hay que probarse en otros terrenos, ¿por qué iba a costarle todo a él y a nosotros nada?, él es nuestro eterno don Porfirio, ¿no ves?, a ver si nos atrevemos a demostrarle que no nos hace falta, que podemos vivir sin sus recuerdos, sus herencias, sus tiranías sentimentales. Le gusta que lo quieran, el general Vicente Vergara es nuestro mero padre, estamos obligados a quererlo y a emularlo, a ver si podemos hacer lo que él hizo, ahora que es más difícil.

Tú y yo, Plutarco, qué batallas vamos a ganar, qué mujeres vamos a domar, qué soldados vamos a castrar, veme diciendo. Ése es el horrible desafío de tu abuelito, date cuenta ya pronto o te va a doblar como me dobló a mí, eso nos dice a carcajadas, a ver si son capaces de hacer lo que yo hice, ahora que ya no se puede, a ver si saben heredar, además de mi dinero, algo más difícil.

—Mi violencia impune.

Evangelina era tan inocente, tan íntimamente indefensa, eso me irritaba más que nada, que no podía culparla y si no podía culparla tampoco podía perdonarla. Eso sí es algo que nunca vivió el abuelo. Sólo con un sentimiento así podía ganarle para siempre, dentro de mí, aunque me siguiera manteniendo y burlándose: yo había hecho algo más o algo diferente. Aún no lo sé. Tampoco lo supo tu mamá, que se ha de haber sentido culpable de todo menos de lo único que yo la culpaba.

—Su irritante inocencia.

Mi padre había bebido toda la noche. Más que el abuelo y yo. Fue hasta el high-fidelity y lo prendió. Avelina Landín cantó cuando los hilos de plata se asomen en tu juventud, mi padre se dejó caer en un sillón, como Fernando Soler en *La mujer sin alma*. Ya no me importó si esto también lo había aprendido.

—El parte médico dijo que tu mamá había muerto atragantada con un pedazo de carne. Así de sencillo. Esas cosas se arreglan fáciles. Le amarramos tu abuelo y yo una mascada muy bonita al cuello, para el velorio.

Bebió de un golpe el resto del coñac, depositó la copa en un anaquel y se quedó mirando largo rato las palmas abiertas de sus manos mientras Avelina cantaba como la luna de plata se retrata en un lago azul.

Claro que se arreglaron los negocios. Los amigos de mi papá en Los Ángeles cubrieron la deuda de cien millones para que los campos de Sinaloa no fuesen tocados. El abuelo estuvo encamado un mes después del parrandón que nos echamos juntos, pero ya estaba muy repuesto para el 10 de mayo, Día de las Madres, cuando los tres hombres de la casota del Pedregal fuimos juntos, como todos los años, al Panteón Francés a depositar flores en la cripta donde están enterradas mi abuelita Clotilde y mi mamá Evangelina.

Esa cripta de mármol se parece, en miniatura, a nuestra mansión. Aquí duermen las dos, dijo el general con la voz quebrada y la cabeza baja, sollozando, con la cara escondida en un pañuelo. Yo estoy entre mi papá y mi abuelo, agarrado de sus manos. La mano del abuelo es fría, sin sudor, con esa piel de lagartija. En cambio, la de mi papá arde como lumbre. Sollozó de nuevo el abuelo y descubrió su rostro. De haberlo mirado bien, seguro me habría preguntado por quién lloraba tanto y por quién lloraba más, si por su esposa o por su nuera. Pero en ese momento, yo sólo trataba de adivinar mi porvenir. Esta vez fuimos al cementerio sin mariachis. Me hubiera gustado un poco de música.

2
Éstos fueron los palacios

A Luise Rainer que supo ver

Nadie le creyó cuando comenzó a decir que los perros se iban acercando, vieja chiflada, vieja loca que habla sola toditito el día, malas pesadillas ha de tener, con lo que le hizo a la hija, ¿cómo no ha de pasar malas noches? Además, a los viejos se les va secando el cerebro hasta que se les vuelve una nuez arrugada, sonando como una canica dentro de la cabeza hueca. Pero doña Manuelita tiene tantas virtudes, no sólo riega sus macetas sino las de todos sus vecinos del segundo piso, todas las mañanas la pueden ver con su verde bote de gasolina, rociando con los dedos amarillos los macetones de geranios colocados en el barandal de fierro, todas las tardes poniéndoles sus fundas a las jaulas para que los canarios duerman tranquilos.

Y otros opinan, doña Manuelita, ¿no es la persona más tranquila del mundo?, ¿por qué la difaman? Solitaria y vieja, sólo hace cosas ordinarias, nada de llamar la atención. Las macetas en la mañana, las jaulas en la tarde. Como a eso de las nueve, sale a hacer su mandado a La Merced y de regreso se detiene en el Zócalo, entra a la Catedral y reza un rato. Luego vuelve a la vecindad y se hace su comida. Frijoles refritos, tortillas recalentadas, jitomates frescos, yerbabuena y cebolla, chiles desmenuzados: los olores de la cocina de la señora Manuela son iguales a los que salen con el humo de todas las viejas estufas de carbones rojos. Luego de comer sola contempla un rato las parrillas negras y descansa, ha de descansar. Dicen que se lo merece. Fue criada de casa rica tantos años, toda su vida, como quien dice.

Después de la siesta, al atardecer, vuelve a salir, encorvada, con la canasta llena de tortillas secas, y es cuando los perros empiezan a juntársele. Es natural. Les va echando las tortillas y los perros ya lo saben y la siguen. Cuando logra juntar para un pollo guarda los huesos y luego se los echa a los perros que la van siguiendo por la Calle de la Moneda. El carnicero dice que no debía hacerlo, el hueso de pollo es malo para el perro, puede atragantarse, es hueso como astilla que perfora las tripas.

Entonces los mal pensados dicen que esto prueba que doña Manuelita no es buena persona, nomás anda atrayendo a los perros para matarlos.

Regresa como a las siete, empapada en época de lluvias y con los zapatos grises de polvo en temporada de secas. Todos la recuerdan así, blanqueada, amortajada por el polvo entre octubre y abril, y entre mayo y septiembre hecha una sopa, el rebozo pegado a la cabeza, las gotas de lluvia suspendidas en la punta de la nariz, perdidas en los surcos de los ojos y las mejillas y en los pelos blancos del mentón.

Regresa de sus andanzas con la blusa negra, los faldones y las medias negras que pone a secar durante la noche. Es la única que se atreve a secar la ropa de noche. Ahí tienen, está bien loca, de noche puede llover y entonces de qué sirvió. De noche no hay sol. De noche hay ladrones. No importa. Ella cuelga sus trapos mojados en el secador común cuyas cuerdas atraviesan en todos sentidos el patio de la vecindad. Que les dé el sereno, murmuran los habladores en nombre de doña Manuelita. Porque la verdad es que nadie la ha oído hablar. Nadie la ha visto dormir. Son suposiciones. La ropa de doña Manuelita desaparece del tendedero antes de que nadie se levante. Nunca la han visto en los lavaderos, hincada junto a las demás mujeres, fregando, enjabonando y chismeando.

—Parece una reina vieja y solitaria, olvidada de todos, decía el Niño Luisito, antes de que le prohibieran verla o dirigirle siquiera la palabra.

—Cuando ella sube por la escalera de piedra, sólo entonces, imagino que éste fue un gran palacio, mamá, que aquí vivieron señores muy poderosos y ricos hace mucho tiempo.

—No la verás más. Recuerda lo de su hija. Tú, más que nadie, debías recordarlo.

—Yo no conocí a su hija.

—Quieres ponerte en lugar de ella. Y eso sí que no, faltaba más, bruja.

—Es la única que me sacaba a pasear. Todos los demás siempre están tan ocupados.

—Tu hermanita ya está grande. Ella puede sacarte ahora.

Al Niño Luisito en su silla de ruedas lo empujaba su hermanita Rosa María como él le iba indicando, según él quería. Rumbo a la calle de Tacuba si lo que deseaba era mirar los viejos palacios de cantera y tezontle del virreinato, los anchos zaguanes de madera clavada con tachones como monedas, los balcones de fierro labrado, los nichos con vírgenes de piedra, los altos canalizos y los desagües de lámina verde. Rumbo a las casitas chatas y despintadas de la calle de Jesús Carranza si, en cambio, lo que se le antojaba era pensar en doña Manuelita, pues él era el único que había entrado al cuarto y a la cocina de la vieja y podía describirlos. No había nada que describir, eso era lo interesante. Detrás de las puertas que eran ventanas, de madera la de la cocina y de visillos, cortinas de sábana detenidas por varillas de cobre, la del cuarto, no había nada digno de recordarse. Sólo un catre. Todos adornaban sus cuartos con calendarios, altares, estampas, recortes, flores, banderines de futbol y carteles taurinos, la enseña nacional de papel, los retratos sacados en la feria, en la Villa de Guadalupe. Manuelita no, nada. Su cocina, sus trastes de barro, su costal de carbón, la comida de cada día y un cuarto con un catre. Nada más.

—Tú has estado allí. ¿Qué tiene, qué esconde?
—Nada.
—¿Qué hace?
—Nada. Todo lo hace afuera del cuarto. Cualquiera la puede ver, con las macetas, los mandados, los perros y los canarios. Además, si tanta desconfianza le tienen, ¿por qué la dejan regarles los geranios y encapuchar a los pájaros? ¿No temen que se sequen las flores y se mueran los pajaritos?

Qué lentos son los paseos con Rosa María, parece mentira, tiene trece años y es menos fuerte que doña Manuelita, tiene que pedir ayuda en las esquinas para subir el carrito a las banquetas y después de cruzar cada calle. La vieja podía sola. Con ella, era el Niño Luisito el que hablaba si se iban por el rumbo de Tacuba, Donceles, González Obregón y la plaza de Santo Domingo, era él quien imaginaba la ciudad como había sido en la Colonia, él quien le contaba a la vieja cómo se había construido la ciudad española, trazada como un tablero de ajedrez, encima de las ruinas de la capital azteca. De niño, le decía a doña Manuelita, lo habían mandado a la escuela que fue un martirio, las bromas crueles, el inválido, el cojito, la silla de ruedas volteada entre risas y fugas cobardes, él tirado allí, esperando que los profes lo recogieran. Por eso pidió que no, que lo dejaran en la casa, los niños eran crueles, era cierto, no era un decir, esa lección ya la sabía, ahora que lo dejaran solo, leyendo en la casa, todos salían a trabajar menos su mamá doña Lourdes y su hermana Rosa María, que lo dejaran leer a solas y educarse a solas, por el amor de Dios. Las piernas no se las iban a curar en ninguna escuela, juró que iba a estudiar más él solito, de veras, que organizaran una colecta para comprarle libros, más tarde iría a una vocacional, lo prometió, pero ya entre hombres a los que pudiera hablarles y pedirles un poco de compasión. Los niños no saben qué cosa es eso.

Doña Manuelita sí, sí sabía. Cuando le empujaba la silla hacia los lugares feos, los terrenos baldíos del Canal del Norte, a la derecha de la glorieta de Peralvillo, era ella la que hablaba y le mostraba los perros, había más perros que hombres por estos rumbos, perros sueltos, sin amo, sin collar, perros paridos quién sabe dónde, nacidos del encuentro callejero entre otros perros igualitos a ellos, un perro y una perra que se quedaron trabados después de culear, ensartados como dos eslabones de una cadena tiñosa mientras los chamacos del barrio reían y les tiraban piedras y luego separados para siempre, para siempre, para siempre, ¿cómo iba a recordar la perra a su macho cuando paría sola, en un terreno de éstos, a su camada de cachorros abandonados al segundo día de nacer? ¿Cómo iba a recordar a sus propios hijos la perra?

—Figúrate, Niño Luis, figúrate que los perros se recordaran unos a otros, figúrate nomás lo que pasaría.

Qué secreto temblor, lleno de un frío placer, recorría la espina dorsal del Niño Luisito cuando miraba a los muchachos de Peralvillo apedrear a los perros, corretearlos, provocar sus ladridos enojados primero, luego sus aullidos de dolor, finalmente sus lloriqueos cuando huían con las cabezas sangrantes, las colas entre las patas, los ojos amarillos, las pelambres ralas, lejos, hasta perderse en los llanos despoblados bajo el sol ardiente de todas las mañanas de México. Los perros, los muchachos, todos lacerados por el sol. ¿Dónde comían? ¿Dónde dormían?

—Ves, Niño Luis, si tienes hambre tú puedes pedir. El perro no puede. El perro tiene que tomar, donde halle.

Pero al Niño Luis le dolía pedir y tenía que pedir. Se hizo la colecta y le reunieron los libros. Él sabía que antes, en la casa grande de Orizaba, lo que sobraban eran libros que el bisabuelo mandaba traer desde Europa y luego iba hasta Veracruz a esperar las remesas de revistas ilustradas y libros de aventuras de gran formato que les leía a sus hijos durante las largas noches de la tormenta tropical. Todo se había ido vendiendo a medida que la familia empobreció y vino a dar a la ciudad de México, porque aquí había más oportunidades que en Orizaba y a su padre le dieron chamba de archivista en la Secretaría de Hacienda. La casa de vecindad estaba cerca de Palacio Nacional, su papá se iba caminando todos los días, ahorraba camiones, casi todos los oficinistas tenían que perder dos o tres horas diarias para llegar al Zócalo de sus casas en las colonias apartadas y regresar después del trabajo. El Niño Luis vio cómo se iban desvaneciendo con los años los recuerdos, las tradiciones de la familia. Sus hermanos mayores ya no pasaron de la secundaria, no leían, uno trabajaba en el Departamento del Distrito Federal y el otro en el departamento de zapatos del Palacio de Hierro. Seguro, entre los tres reunían bastante para irse a vivir a una casita de la colonia Lindavista, pero eso quedaba muy lejos y en cambio aquí, en la vecindad de La Moneda, tenían los mejores cuartos, una sala y tres recámaras, más que nadie. Y en un lugar así, que había sido un palacio siglos atrás, al Niño Luis le era más fácil imaginar algunas cosas y recordar otras.

Si los perros se recordaran, dijo doña Manuelita; pero también nosotros nos olvidamos de los demás y de nosotros mismos, le contestó el Niño Luisito. A la hora de la cena, le gustaba hacer recuerdos de la casa grande de Orizaba, que de frente era una fachada blanca con ventanas enrejadas y por detrás se derrumbaba hacia un barranco podrido, oloroso a manglar y plátano negro. Al pie del barranco se escuchaba el rumor perpetuo de una cañada impetuosa y detrás, encima, alrededor de Orizaba se levantaban las enormes montañas, tan a la mano que daban miedo. Era como vivir junto a un gigante coronado de niebla. Y llovía, llovía sin cesar.

Los demás le miraban muy raro, su papá don Raúl bajaba la cabeza, su mamá suspiraba y meneaba la suya, un hermano se reía abiertamente, el otro se tocaba la sien con el dedo índice, el Niño Luisito está medio loco, ¿de dónde saca esas cosas, si nunca ha estado en Orizaba, si es puro chilango, si desde hace cuarenta años la familia se vino al D. F.? y Rosa María ni siquiera lo escuchaba, seguía comiendo, sus ojitos de capulín eran de piedra, sin memoria. Cómo le dolía al Niño Luisito mendigarlo todo, los libros o el recuerdo, yo no olvido, junto tarjetas postales, hay un baúl lleno de fotos viejas, lo usan de cómoda, yo sé lo que hay adentro.

Doña Manuela sabía todo esto, porque el Niño Luisito se lo había dicho, antes de que le prohibieran sacarlo a pasear. Cuando se quedaba sola en su cuarto, acostada sobre el catre, trataba de comunicarse en silencio con el muchacho, recordando lo mismo que él.

—Imagínate, Manuelita, cómo era antes la vecindad.

Ése era el otro recuerdo del Niño Luisito, como si el pasado de esta casa de vecindad, común a doce familias, completase la memoria de la casa única, la de Orizaba, que sólo fue de una familia, la suya, cuando tenía un apellido importante.

—Imagínate, éstos fueron palacios.

La vieja hacía un gran esfuerzo por recordar lo que el muchacho le contó y luego imaginar, como él y con él, un palacio señorial, con zaguán sin expendio de lotería, con fachada de cantera labrada, sin almacenes de ropa barata, tienda de vestidos de novia, fotógrafo, miscelánea, sin todos los anuncios que desfiguraban la antigua nobleza del edificio. Un palacio limpio, austero, noble, sin los tendederos y fregaderos del patio, con la fuente rumorosa en el centro, la gran escalera de piedra, la planta baja reservada a la servidumbre, los caballos, las cocinas, los almacenes de grano y los olores de paja y jalea.

¿Y en la planta alta, qué recordaba el Niño? Sí, salones olorosos a cera y barniz, clavecines, decía, bailes y cenas, recámaras con piso de ladrillo fresco, camas con mosquiteros, roperos con espejos, candiles. Así le hablaba a solas, de lejos, doña Manuelita al Niño Luisito, cuando los separaron. Así se comunicaba con él, recordaba lo mismo que él y así se olvidaba de lo suyo, la casa donde trabajó toda su vida, hasta que se hizo vieja, la casa del general Vergara en la colonia Roma, veinticinco años de servicios, hasta que se mudaron al Pedregal. No tuvo tiempo de hacerse amiga del niño Plutarco, la nueva señora Evangelina se murió a los pocos años de casada y su ama doña Clotilde se había muerto antes, Manuela sólo tenía cincuenta años cuando la despidieron, le traía demasiados recuerdos al general, por eso la despidió. Fue generoso. Le seguía pagando la renta en la vecindad de La Moneda.

—Vive en paz tus últimos años, Manuela —le dijo el general Vergara—, cada que te veo recuerdo a mi Clotilde, adiós.

Doña Manuelita se mordía un dedo amarillo y nudoso cuando recordaba estas palabras de su patrón, estos recuerdos se entrometían con los que estaba compartiendo con el Niño Luisito, no tenían nada que ver, doña Clotilde se había muerto, era una santa, en medio de la persecución religiosa y siendo el general personaje influyente de tiempo de Calles, celebraba la misa en el sótano de la casa, todos los días se confesaban y comulgaban doña Clotilde, la criada Manuelita y la hija de la criada, la Lupe Lupita. El cura llegaba vestido de paisano, con un maletín como de doctor, donde traía su ropa eclesiástica, el sagrado, el vino y las hostias, el padre Téllez, un cura jovencito, un santo, que la santa doña Clotilde salvó de la muerte, dándole refugio cuando todos sus amigos fueron a dar al paredón, fusilados de mañanita con los brazos abiertos en cruz: ella vio las fotografías en *El Universal*.

Por eso sintió que cuando el general la despidió, fue como si quisiera matarla. Había sobrevivido a doña Clotilde, recordaba muchas cosas, el general quería quedarse solo con su pasado. Quizás tenía razón, quizás era mejor para los dos, el patrón y la criada, separarse cada uno con sus recuerdos secretos, sin que uno fuese el testigo del otro, mejor así. Se mordió el dedo amarillo y nudoso, el general se quedó con su hijo y su nieto, Manuelita perdió a su hija, no la volvió a ver más, todo por traerla a esta maldita vecindad, se rompió la soledad de la niña Lupita, en casa de los patrones no veía a nadie, no tenía por qué moverse de la planta baja, podía andar tranquila en su silla de ruedas. En la vecindad ni modo, los acomedidos, los metiches, tuvieron que subirla y bajarla por las escaleras, que le diera el sol, el aire, que saliera a la calle, me la quitaron, me la robaron, me la van a pagar. Hasta sangre se sacó doña Manuelita con los colmillos que le quedaban. Tenía que pensar en el Niño Luisito. A la Lupe Lupita no la iba a ver más.

—Llévame hasta el llano ese —le pidió el Niño Luisito a Rosa María— donde se juntan los perros.

Unos albañiles estaban levantando una barda en el terreno baldío de Canal del Norte. Pero apenas comenzaban a colocar los tabiques de cemento en un costado del lote abandonado y el Niño Luisito le dijo a Rosa María que se metieran por otra parte, lejos de los obreros. Ahora no había niños, eran unos grandulones vestidos de overol y camisetas rayadas, se reían mucho, tenían agarrado a un perro gris como la barda que se levantaba, los obreros miraban de lejos, trabajaban con sus palas de mano y sus mezclas de arcilla, mirando y codeándose de vez en cuando. Detrás de ellos el rumor de la armada de camiones que se estrangula en la glorieta de Peralvillo. Camiones de pasajeros, camiones materialistas, mofles abiertos, humo, cláxones desesperados, un ruido imperturbable. En Peralvillo cogió el tren al Niño Luisito, el último tranvía de la ciudad de México, y lo tenía que agarrar a él. Los grandulones le cerraron el hocico a la fuerza al perro, otros le detuvieron las patas y uno de ellos le cortó trabajosamente el rabo, un reguero de sangre y pelo gris, mejor hubiera sido de un tajo de machete, limpio y rápido.

Le cortaron el rabo deshilachado, con dificultad, dejando hebras de carne y un chorro de sangre que se le perdió al animal en los pálpitos escurridos del ano. Pero los demás perros de esta jauría que se reunía todas las mañanas en el llano que los obreros comenzaban a bardear no habían huido. Allí estaban todos los perros, juntos, lejos pero juntos, viendo el suplicio del perro gris, silenciosos, con los belfos espumosos, perros del sol, mira Rosa María, no huyen, tampoco están allí nomás azorados, como esperando que les toque a ellos, no, Rosa María, mira, se miran entre sí, se están diciendo algo, se están acordando de lo que le están haciendo a uno de ellos, doña Manuelita tiene razón, estos perros se van a acordar del dolor de uno de ellos, de cómo sufrió uno de ellos a manos de un grupo de grandulones cobardes, pero los ojos de capulín de Rosa María eran de piedra, sin memoria.

Doña Manuelita se asomó por el visillo de la puerta cuando la niña regresó empujando a su hermano como a eso de la una. Miró de lejos el polvo de los zapatos y supo que los niños habían ido al llano de los perros. En la tarde, la vieja se cubrió la cabeza con el rebozo, llenó de tortillas secas y trapos viejos su bolsa de mandado y salió a la calle.

En la puerta la esperaba un perro. Lo miró con ojos vidriosos y gimió, pidiéndole que la siguiera. Cuando llegaron a la esquina de Vidal Alcocer se les juntaron como cinco perros más y a lo largo de Guatemala otros de toda laya, marrones, pintos, negros, hasta veinte, que la rodearon mientras doña Manuelita les repartía pedazos de tortilla seca, verdosa ya. La rodearon y luego la precedieron, señalándole el rumbo, la siguieron, empujándola suavemente con sus hocicos, las orejas muy paradas, hasta llegar a las rejas frente al Sagrario de la Catedral Metropolitana. De lejos, la vieja vio al perro gris, echado junto a la puerta de madera esculpida, bajo los aleros barrocos de la portada.

Doña Manuela y sus perros entraron al gran atrio de losas y la vieja se sentó junto al perro herido, ¿tú eres al que le dicen el Nublado, verdad, pobre perro tuerto?, ciego, mira nomás, da gracias que tienes un ojo muerto y azul como el cielo, para ver nomás la mitad del mundo, bendito sea Dios, mira nomás cómo te han puesto, vente acá, Nublado, sobre mi regazo, déjame vendarte tu cola, malditos, ventajosos, hijos de su triste madre, nomás porque ustedes no pueden defenderse ni hablar ni pedir socorro, ya no sé si les hacen estas cosas a las pobres bestias para no hacérselas entre sí, o si sólo se entrenan con ustedes para lo que se van a hacer ellos mismos mañana, quién sabe, quién sabe, a ver, Nublado, cachorrito, si desde que naciste te conozco, abandonado en un basurero, tuertito de nacimiento, tu madre no tuvo tiempo ni de lamerte, luego luego te echaron a la basura, de ahí te saqué yo, ahí está, ¿ya te sientes mejor?, pobrecito mi chiquilín, contigo se habían de meter esos cobardes, con el más desvalido de mis perros, vengan, vamos a dar gracias, vamos a pedir por la salud de todos los perros, vamos a rogar allá adentro, que es la casa de Dios Nuestro Señor, creador de todas las cosas.

Suave, con caricias, agachada, más encorvada que de costumbre, con palabras dulces, entró esa tarde doña Manuela a la Catedral de México con sus veinte perros rodeándola, hasta el altar mayor logró meterlos, era la mejor hora, no había más que unas cuantas beatas y dos o tres huarachudos que miraban al cielo con los brazos abiertos. Doña Manuelita se hincó frente al sagrado pidiendo en voz alta, un milagro Señor, dales voz a los perros, dales manera de defenderse, dales manera de recordarse y de recordar a los que los martirizan, Señor, Tú que sufriste en la cruz, ten compasión de tus cachorros, no los abandones, dales fuerzas para defenderse ya que no le diste piedad a los hombres para tratar con ternura a estos pobres brutos, Señor Mío Jesucristo, Dios y Hombre Verdadero, demuestra que eres todo esto dándole lo mismo a todas tus criaturas, no la misma riqueza, eso no, no te pido tanto, nomás la misma compasión para entenderse o si eso falla, la misma fuerza para defenderse, no quieras a unas criaturas más que a otras, Señor, porque menos te amarán las que Tú menos amaste, y dirán que eres el Diablo.

Chistaron varias beatas y una pidió con amargura silencio y otra gritó respeto para la Casa del Señor y luego los acólitos y dos curas llegaron corriendo hasta el altar, despavoridos, qué sacrilegio, una vieja loca y un montón de perros sarnosos. Qué se iba a dar cuenta doña Manuela, nunca había vivido instantes más exaltados, jamás había dicho palabras tan bonitas y tan sentidas, casi tan bonitas como las que sabía decir su hija la Lupe. Allí estaba la vieja contenta, sintiéndose más que bañada, embalsamada por la luz de la tarde, filtrada desde las altísimas cúpulas, prodigada en los reflejos de los órganos de plata, los marcos dorados, las humildes veladoras y el reluciente barniz de las sillerías. Y Dios, al que ella le hablaba, le estaba contestando, le estaba diciendo:

—Manuela, debes creer en Mí a pesar de que el mundo sea injusto y cruel. Ésa es la prueba que te mando. Si el mundo fuese perfecto, no tendrías necesidad de creer en Mí, ¿me entiendes?

Pero ya los curas y los acólitos la arrastraban lejos del altar, empujaban a los perros; un acólito enloquecido de furia les pegaba a los brutos con un crucifijo y otro los sahumaba con incienso para atarantarlos. Todos comenzaron a ladrar juntos y doña Manuela, maltratada, miró los féretros de cristal donde yacían las estatuas de cera de los Cristos todavía más maltratados que ella o su perro el Nublado. Sangre de tus espinas, sangre de tu costado, sangre de tus pies y de tus manos, sangre de tus ojos, Cristo de mi corazón ve nomás cómo te han puesto, ¿qué son nuestros sufrimientos al lado de los tuyos?, entonces ¿por qué no nos dejas a mí y a mis perros decir nuestro dolorcito aquí en tu casa que es tan grande para que quepan tu dolor y el nuestro?

Arrojada de bruces sobre las baldosas del atrio, rodeada de los perros, se sintió humillada porque no supo explicarle la verdad a los curas y a los acólitos y luego sintió vergüenza cuando levantó la mirada y encontró, inmóviles, incomprensivas, las del Niño Luisito y Rosa María. Los acompañaba su madre la señora Lourdes. Ella sí, su mirada sí decía miren la prueba de lo que es la vieja Manuela, lo que siempre he dicho, hay que echarla de la vecindad como los sacerdotes la echaron del templo. En la recriminación escandalizada de esos ojos vio doña Manuelita la amenaza, el chisme, otra vez todos recordando lo que ella había procurado olvidar y hacerles olvidar a los demás con su discreción, su decencia, su acomedida labor de todos los días, rociando los geranios, tapando a los canarios.

Luisito miró rápidamente de los ojos de su madre a los de la señora Manuela. Se empujó a sí mismo, con ambas manos sobre las ruedas de la silla, hasta el sitio donde estaba tirada la vieja. Extendió la mano y le ofreció un pañuelo.

—Toma, Manuela. Tienes una herida en la frente.

—Gracias, pero no te comprometas por mí. Regresa con tu mamacita. Mira qué feo nos está viendo.

—No importa. Quiero que me perdones.

—¿Pero de qué, Niño?

—Siempre que voy al llano y miro cómo maltratan a los perros siento gusto.

—Pero Niño Luis.

—Me digo que si no fuera por ellos, a mí me tocaría la paliza. Como si los perros estuvieran siempre entre los demás muchachos y yo, sufriendo por mí. ¿No soy más cobarde que nadie, Manuela?

Quién sabe, murmuró la vieja atarantada mientras se secó la sangre de la frente con el pañuelo del Niño, quién sabe, mientras se puso de pie trabajosamente, apoyando esta mano contra el suelo y la otra contra su rodilla, luego pasándolas a su abultado vientre y de allí al brazo de la silla de ruedas, levantándose como una estatua de trapos caída desde el más alto nicho del Sagrario, quién sabe, ¿puedes hacer algo para que los perros te perdonen?

Tengo catorce años, voy para quince, puedo hablarles como un hombre, siempre me dirán niño porque nunca creceré mucho, estaré sentado en mi silla haciéndome todavía más chiquito hasta morirme, pero hoy tengo catorce años, voy para quince y puedo hablarles como hombre y ellos tienen que escucharme, repitió muchas veces estas palabras mientras revisó esa noche, antes de la cena, las fotos, las postales, las cartas metidas en el baúl que ahora servía de arcón porque todo tenía que tener doble uso en estas habitaciones de vecindad, que antes fueron palacios y ahora servían de refugio a familias venidas a menos que aquí convivían con antiguos criados, ellos que fueron ricos en Orizaba y la Manuelita que sólo fue criada de casa rica, esto se repitió el Niño Luis sentado en su habitual lugar en la mesa que lo mismo servía para comer que para preparar las comidas, para las tareas escolares que para las horas extras de contabilidad con que su papá lograba que cada mes les alcanzara.

Sentado en silencio, esperando que alguien hablara primero, mirando intensamente a su madre, desafiándola a que ella comenzara, a que contara aquí, a la hora de la cena, lo que le había pasado a doña Manuela esa tarde, para que aquí mismo empezara el chisme y mañana toda la vecindad lo supiera: la corrieron a palos de Catedral, junto con todos sus perros. Nadie hablaba porque la señora Lourdes sabía, cuando quería imponer un silencio helado, hacerles notar a todos que no era momento de bromas, que ella se reservaba el derecho de anunciar algo muy grave.

Dirigió una sonrisa amarga a todos, a su esposo Raúl, a los dos hijos mayores que estaban impacientes por irse al cine con sus novias, a Rosa María que se caía de sueño pero esperó a que todos se sirvieran la sopa seca de arroz con chícharos para contar otra vez la misma historia, la que siempre se sacaba a cuento para comprobar la maldad de doña Manuelita, cómo le hizo creer a su propia hija, la tal Lupe Lupita, que de niña había sufrido una caída y por eso era lisiada y debía andar siempre en silla de ruedas, puras mentiras, si no tenía nada, puro egoísmo y maldad de la Manuela para tener a la muchacha siempre a su lado, para no quedarse sola aunque le arruinara la vida a su propia hija.

—Gracias a ti, Pepe —le dijo doña Lourdes a su hijo mayor—, que algo sospechaste y la convenciste de que se bajara de la silla y tratara de caminar y le enseñaste cómo, gracias a ti, hijo, la Lupe Lupita se salvó de las garras de su madre.

—Por Dios, mamá, eso ya pasó, ya no cuentes eso, por favor —contestó Pepe, ruborizándose como cada vez que su madre repetía esa historia, acariciándose el finísimo bigotillo negro.

—Por eso prohibí que Luis se juntara más con la Manuela. Y ahora, esta misma tarde...

—Mamá... —interrumpió Luis—, voy para quince, tengo catorce, mamá —interrumpió—, puedo hablarles como hombre y miró la cara de su padre, derrotada por la fatiga, la carita dormida de Rosa María, una niña sin recuerdos, las caras estúpidas de sus hermanos, el imposible orgullo, el temor altivo del hermoso rostro de su madre, nadie heredó esos huesos altos, duros, eternos.

—Mamá, esa vez que yo me caí por la escalera...

—Fue un descuido, nadie fue culpable...

—Ya lo sé, mamá, no es eso. Lo que yo recuerdo es que toda la vecindad se asomó a ver qué pasaba. Grité. Me asusté mucho. Pero ahí se quedaron todos, mirando, hasta tú. Sólo ella fue corriendo a recogerme. Sólo ella me abrazó, vio si estaba herido y me acarició la cabeza. A los demás les vi las caras, mamá. No vi una sola cara que quisiera ayudarme. Al contrario, mamá. Todos, en ese momento, estaban deseando que me muriera, lo estaban deseando dizque por compasión, pobrecito, que ya no sufra más, mejor así, ¿qué le puede ofrecer la vida? Hasta tú, mamá.

—Eres un mentiroso, peor tantito, un fantasioso vil.

—Soy muy tonto, mamá. Perdóname. Tienes razón. Doña Manuela me necesita porque perdió a la Lupe Lupita. Quiere ponerme en su lugar.

—Así es. ¿Hasta ahora te das cuenta?

—No. Siempre he sabido, aunque sólo ahora encuentre las palabras para decirlo. Qué bueno es saberse necesitado, qué bueno saber que si no fuera por uno, otra persona estaría muy sola. Qué bueno necesitar a alguien, como la Manuela a su hija, como yo a la Manuela, como tú a alguien, mamá, como todos... Como se necesitan la Manuela y sus perros, como todos necesitamos algo, aunque no sea verdad, escribir cartas, decir que no nos ha ido mal, al contrario, vivimos en Las Lomas, ¿no es cierto?, papá tiene una fábrica, mis hermanos son abogados, Rosa María está de interna con las monjas en Canadá, yo soy tu orgullo, mamá, número uno de la clase, campeón de equitación, yo, mamá...

Don Raúl rió quedamente, asintiendo con la cabeza:

—Lo que siempre quisiste, Lourdes, qué bien te conoce tu hijo...

La mamá no apartó su mirada de desesperación altiva del Niño Luis, negando, negando con toda la intensidad de la que su silencio era capaz y el papá seguía meneando la cabeza, ahora negativamente:

—Qué lástima que no pude darte nada de eso.

—Nunca me has oído quejarme, Raúl.

—No —contestó el papá—, nunca, pero una vez, al principio, dijiste lo que te hubiera gustado tener, sólo una vez, hace más de veinte años, yo nunca lo he olvidado, aunque tú nunca lo hayas repetido.

—Nunca lo he repetido —dijo la señora Lourdes—, nunca te he reprochado nunca nada y miró con esa súplica salvaje al Niño Luis.

Pero el muchacho estaba hablando de Orizaba, de la casa grande, de las fotos y postales y cartas, él nunca había estado allí, por eso tenía que imaginarlo todo, los balcones, la lluvia, la montaña, el barranco, los muebles de una casa rica de entonces, las amistades de una familia así, los pretendientes.

—¿Por qué se escoge a una persona sobre otras para casarse con ella, mamá?, ¿nunca se arrepiente uno, se hace ilusiones de lo que pudo haber sido, con otro, y luego le escribes cartas para hacerle creer que todo salió bien, que no se escogió mal?, tengo catorce, puedo hablarles como un hombre…

—No sé —dijo don Raúl, como si volviera de un sueño, como si no hubiera seguido muy bien la conversación—, a todos nos desquició la Revolución, a unos para bien y a otros para mal. Había una manera de ser rico antes de la Revolución, y otra manera después. Nosotros sabíamos ser ricos a la antigüita, nos quedamos atrás, ni modo, rió suavemente, como siempre reía.

—Nunca mandé esas cartas, lo sabes muy bien— le dijo doña Lourdes al Niño Luis con voz muy apretada cuando lo acostó, como todas las noches, en la misma cama al lado de Rosa María, que se había quedado dormida en la mesa…

—Gracias, mamá, gracias por no decir nada de la Manuela y sus perros —la besó con cariño.

Todo el día siguiente doña Manuelita esperó lo peor y anduvo buscando señas de animosidad. Quizás por ello se dio cuenta de que muy de mañana, cuando recogía su ropa o luego rociaba los geranios, muchos ojos la espiaban, las cortinas se apartaban sigilosamente, los volantes entreabiertos se cerraban con premura, muchos ojos negros, cubiertos de espesos velos de vejez unos, jóvenes, redondos y líquidos otros, la miraban en secreto, la esperaban sin decírselo, aprobaban que hiciera esta labor como para hacerse perdonar lo de la Lupe Lupita. Doña Manuela cayó en la cuenta de que sí, ella hacía su deber para que se lo agradecieran, para que no le echaran nada en cara. Más que nunca, tuvo ese día ese sentimiento, pero al tenerlo se dio cuenta de que era algo constante, todos se habían puesto de acuerdo sin necesidad de palabras, le agradecían que rociara las flores y encapuchara a los pájaros, nadie hablaría de lo que pasó en la Catedral, nadie la humillaría, todos se perdonarían todo.

Doña Manuela se pasó ese día encerrada. Se había convencido a sí misma de que no pasaría nada, pero la experiencia le pedía estar precavida, muy águila, doña Manuela, póngase changa, al camarón dormido se lo lleva la corriente, cómo no. Metida en su cuarto y su cocina, una extraña amargura, nada propia de ella, la fue ganando ese día. Si habían dejado de pensar mal de ella, ¿por qué no se lo habían demostrado antes?, ¿por qué sólo ahora que la habían humillado en la Catedral la respetaban todos en la vecindad? No entendía esto, de plano no lo entendía. ¿Por qué esa señora Lourdes, la mamá de Luis y Rosa María, no había chismeado?

Se recostó en su catre y miró las paredes desnudas y pensó en sus perros, cómo gracias a ella, a través de ella, se pasaban noticias, se hablaban, le hablaban a ella, hirieron al Nublado, está acurrucado junto al Sagrario, malherido el pobre, vamos a pedirle a Dios Nuestro Señor que ya no nos persigan ni maltraten, doña Manuela.

Igual era con el Niño Luisito, se dejaban sentir, ella lo sentía, él debía sentirla igual, tenían tantas cosas en común, sobre todo una silla de ruedas, la de Luisito, la de la Lupe Lupita. El joven Pepe, el hermano del Niño Luis, sacó de su silla de ruedas a la Lupe Lupita. La Manuela la sentó allí para protegerla, no por necesidad de compañía, una criada siempre está sola por el solo hecho de ser criada, no, sino para salvarla de esos apetitos, esas miradas. El general Vergara con su mala fama, su hijo el niño Tin, tan gatero, no, que no le tocaran a su Lupe Lupita, con una lisiada nadie se atrevería, daría asco, vergüenza, vaya usted a saber...

—Ahora te lo digo, hija, ahora que ya te fuiste para siempre, fue para salvarte a ti, siempre quise salvarte del mal destino de una hija de criada cuando es guapa, desde niña quise salvarte, por eso te nombré así, dos veces, Lupe Lupita, doblemente virgen, dos veces amparada, hijita mía.

Fue un día muy largo y doña Manuelita supo que no había que hacer nada más que esperar. Ya vendría el momento. Ya llegaría el signo. Ya se dejaría sentir el otro, su amigo, Luisito. Tenían tanto en común, la silla de ruedas, su hermano Pepe que estropeó a la Lupita, la dejó con un solo nombre, se fue para siempre su niña.

—Te lo digo ahora, Lupe, cuando no he de verte más. Quise protegerte porque eras lo único que me dejó tu padre. Ésa es la verdad. Quise a tu cabrón papá más que a ti y como lo perdí te quise como a él.

Entonces oyó el primer ladrido en el patio de la casa. Eran las once pasadas pero doña Manuela no había cenado, perdida en tantos pensamientos. Nunca, pero nunca uno de sus perros se había metido al patio, todos sabían bien los peligros que les esperaban. Y otro ladrido se juntó al primero. La vieja se cubrió la cabeza con un rebozo negro y salió del cuarto. Los pájaros estaban inquietos. Se le había olvidado ponerles las capuchas para dormir. Se movían nerviosos, sin atreverse a cantar, sin atreverse a dormir, como en esos días de eclipse que ya le había tocado dos veces en su vida a la Manuela, cuando los animales y las aves se quedan callados apenas desaparece el sol.

Esta noche, en cambio, había luna y un calor de primavera. Cada vez más segura del sentido de su vida, del papel que le correspondía representar en espera de la muerte, doña Manuelita fue colocando cuidadosamente las capuchas de lona sobre las jaulas.

—Anden, duerman tranquilos, esta noche no es de ustedes, es mi noche, duerman.

Terminó ese trabajo que todos le agradecían y que ella hacía para que se lo agradecieran y todos vivieran en paz y caminó hasta el lugar donde la gran escalera de piedra iniciaba su descenso. Como lo sabía, allí estaba el Niño Luis, sentado en la silla, esperándola.

Todo fue tan natural. No tenía por qué ser de otra manera. El Niño Luis se levantó de la silla y le ofreció el brazo a doña Manuela. El muchacho se tambaleó un poco, pero la vieja era fuerte, le prestó todo su apoyo. Era más alto de lo que ella o él suponían, catorce años, entrando para quince, un hombrecito ya. Los dos bajaron por la escalera, el Niño Luisito doblemente apoyado en la balaustrada de piedra y en el brazo de Manuelita, éstos fueron los palacios de la Nueva España, Manuela, imagina las fiestas, la música, los criados de librea llevando en alto los candelabros chisporroteantes, precediendo a las visitas las noches de baile, quemándose sin chistar los puños con la cera ardiente de las velas, baja conmigo, Manuela, vamos juntos, Niño.

Los veinte perros de la señora Manuelita estaban en el patio, ladrando todos juntos, ladrando de alegría, todos, el Nublado, los tiñosos, los hambrientos, las perras hinchadas de gusanos o de embarazo, quién sabe, el tiempo lo diría, las que habían parido hace poco más perros, con las tetas arrastrándoles, más perros para poblar la ciudad de huérfanos, de bastardos, de hijitos de la Virgen refugiados bajo los aleros barrocos de los Sagrarios: doña Manuela tomó de la cintura y la mano al Niño Luisito, los perros ladraban felices, miraban a la luna como si todas las noches de luna fuesen la primera noche del mundo, antes del dolor, antes de la crueldad, y Manuela guió a Luisito, los perros ladraban pero la criada y el muchacho oían música, música antigua, la que hace siglos se escuchó en este palacio. Mira a las estrellas, Niño Luisito, la Lupe Lupita preguntaba siempre ¿cuándo se apagan las estrellas?, ¿se seguirá preguntando eso, donde quiera que esté? Claro, Manuela, claro que se lo pregunta, baila, Manuela, dímelo todo mientras bailamos juntos, somos iguales, tu hija y yo, la Lupe Lupita y Luisito, ¿no es cierto? Sí, sí es cierto, ahí están los dos, ahora sí los veo, una noche de luna y estrellas, igual a ésta, bailando un vals, los dos juntos, iguales, esperando lo que nunca llega, lo que nunca pasa, hijos del sueño los dos, capturados en un sueño: no salgas nunca, hijito, no salgas a buscar, mejor espera, espera, pero la Lupita se fue, Manuela, tú y yo nos quedamos aquí, en la vecindad, no somos ella y yo, somos tú y yo, esperando, ¿qué esperas tú, Manuela?, ¿qué esperas además de la muerte?

Cómo ladran los perros, para eso está la luna esta noche, para eso nomás salió, para que le ladren los perros y oye Luisito, oye la música y deja que yo te lleve, qué bien bailas, Niño, olvídate que yo soy yo, haz de cuenta que bailas con mi linda Lupe Lupita, que la tienes tomada de la cintura y que al bailar hueles los perfumes de mi niña, oyes su risa, miras sus ojos de venadito tonto, y yo me hago de cuenta que todavía sé recordar el amor, mi único amor, el papá de Lupe, amor de criada, a oscuras, a tientas, rehusado, nocturno, hecho de una sola palabra repetida mil veces.

—No... no... no... no...

Atarantada por el baile, embriagada por tantos recuerdos, doña Manuelita perdió el paso y cayó. Cayó con ella el Niño Luisito, abrazados los dos, riendo, mientras la música se apagó y los ladridos aumentaron.

—¿Prometemos ayudar a los perros, Niño Luisito?

—Prometemos, Manuela.

—Tú puedes gritar. El perro no. El perro toma.

—No te preocupes. Vamos a cuidarlos siempre.

—No es cierto lo que dicen, que quiero a los perros porque no quise a mi hija. Eso no es cierto.

—Claro que no, Manuela.

Y sólo entonces doña Manuelita se preguntó por qué, en medio de tanto escándalo de ladridos y música y risas, nadie se había asomado, ninguna puerta se había abierto, ninguna voz había protestado. ¿También esto le debía a su amiguito el Niño Luis? ¿Nadie la molestaría más, nunca más?

—Gracias, Niño, gracias.

—Imagina, Manuela, ponte a pensar. Éstos fueron palacios hace siglos, grandes palacios, hermosos palacios, aquí vivía gente muy rica, gente muy importante, como nosotros, Manuela.

Le dio mucha hambre hacia la medianoche y se levantó sin despertar a nadie. Fue a la cocina y encontró a tientas un bolillo. Lo embarró de crema fresca y comenzó a masticar. Entonces tuvo una reacción de honor o deber; ya no supo bien qué. Antes, siempre había pedido. Hasta eso: un bolillo embarrado de crema. Ésta era la primera vez que tomaba sin pedir. Tomó las tortillas secas que quedaban y salió al patio para tirárselas a los perros. Pero los brutos ya no estaban allí, ni Manuelita, ni la luna, ni la música, ni nada.

3
Las mañanitas

A Lorenza, Patricia y Graciela

I

Antes, México era una ciudad con noches llenas de mañanas. A las dos de la madrugada, cuando Federico Silva salía al balcón de su casa en la calle de Córdoba antes de acostarse, ya era posible oler la tierra mojada del siguiente día, respirar el perfume de las jacarandas y sentir muy cerca los volcanes.

El alba todo lo aproximaba, montañas y bosques. Federico Silva cerraba los ojos para aspirar mejor ese olor único del amanecer en México; el rastro sápido, verde de los légamos olvidados de la laguna. Oler esto era como oler la primera mañana. Sólo quienes saben recuperar así el lago desaparecido conocen de veras esta ciudad, se decía Federico Silva.

Eso era antes, ahora su casa quedaba a una cuadra de la gigantesca plaza a desnivel del metro de Insurgentes. Algún arquitecto amigo suyo había comparado ese cruce anárquico de calles y avenidas —Insurgentes, Chapultepec, Génova, Amberes, Jalapa— a la Plaza de la Estrella en París y Federico Silva había reído mucho. El cruce de Insurgentes, más bien, era como un portavianda urbano: una vía alta, a veces más alta que las azoteas vecinas, por donde corren los automóviles, luego las calles cerradas por mojones y cadenas, después las escaleras y túneles que comunican con la plazoleta interna llena de restoranes de mariscos y expendios de tacos, vendedores ambulantes, mendigos y trovadores callejeros; y estudiantes, esa cantidad salvaje de jóvenes, sentados comiendo tortas compuestas, chiflando y mirando el paso lento del smog mientras el bolerito les limpia los zapatos, chuleando y albureando a las muchachas de minifalda, chaparritas, nalgonas, de piernas flacas; la jipiza, plumas, párpados azules, bocas espolvoreadas de plata, chalecos de cuero y nada debajo, cadenas, collares. Y finalmente la entrada al metro: la boca del infierno.

Le mataron sus noches llenas de amanecer. Su barrio se volvió irrespirable, intransitable. Entre los miserables lujos de la Zona Rosa, patético escenario cosmopolita de una gigantesca aldea y el desesperado aunque inútil intento de gracia residencial de la Colonia Roma, le habían abierto a Federico Silva esa zanja infernal, insalvable, ese río Estigio de vapores etílicos que circulaba en torno al remolino humano de la plazoleta, cientos de jóvenes chiflando, mirando pasar el smog, dándose grasa, esperando allí sentados en esa especie de platillo sucio que es la redonda y hundida plaza de cemento. El platillo de una taza de chocolate frío, grasoso y derramado.

—Qué infamia —decía con voz impotente—, pensar que era una ciudad chiquita y linda de colores pastel. Podía uno caminar del Zócalo a Chapultepec sin perderse nada: gobierno, diversión, amistad o amor.

Era una de sus tantas cantinelas de viejo solterón, aferrado a cosas olvidadas que a nadie le interesaban más que a él. Sus amigos, Perico y el Marqués, le decían que no fuera terco. Mientras no se moría su mamá (y mira que tardó en morirse la santa señora) estaba bien que respetara la tradición familiar y mantuviera la casa de la calle de Córdoba. Pero ahora, ¿para qué? Recibió magníficos ofrecimientos de compra, el mercado alcanzaría su tope y debía aprovechar el momento. Lo sabía mejor que nadie, él mismo era rentista, vivía de eso, de la especulación.

Luego pretendieron forzarle la mano construyéndole en cada costado de su propiedad un edificio alto, dizque moderno, porque Federico Silva decía que sólo es moderno lo que dura para siempre, no lo que se construye de prisa para que se descascare a los dos años y se venga abajo a los diez. Le daba vergüenza que un país de iglesias y pirámides edificadas para la eternidad acabara conformándose con una ciudad de cartón, caliche y caca.

Lo encajaron, lo sofocaron, le quitaron el sol y el aire, los ojos y el olfato. Y en cambio, le retacaron las orejas de ruidos. Su casa, aprisionada entre las dos torres de cemento y vidrio, sufrió sin comerlos ni deberlos el desnivel del terreno, las cuarteaduras de la presión excesiva. Una tarde se le cayó una moneda mientras se vestía para salir y la vio rodar hasta topar con pared. Antes, en esta misma recámara, había jugado a los soldados, había dispuesto batallas históricas, Austerlitz, Waterloo hasta un Trafalgar en su tina de baño. Ahora no la podía llenar porque el agua se desbordaba del lado inclinado de la casa.

—Es como vivir dentro de la Torre de Pisa, pero sin ningún prestigio. Ayer nada más me cayó caliche en la cabeza mientras me rasuraba y toda la pared del baño está cuarteada. ¿Cuándo entenderán que el subsuelo esponjoso no resiste la injuria de los rascacielos?

No era una casa verdaderamente antigua, sino uno de esos hoteles particulares, de supuesta inspiración francesa, que se levantaron a principios de siglo y dejaron de hacerse por los años veinte. Más parecida, en verdad, a ciertas villas españolas o italianas de techos planos, caprichosas simetrías de piedra en torno a pálidos estucos y escalinata de entrada a una planta de recepción elevada, alejada de la humedad del subsuelo.

Y el jardín, un jardín umbrío, húmedo, solaz de las calurosas mañanas del altiplano, recoleto, en el que se reunían sin pena, todas las noches, los perfumes de la mañana siguiente. Qué lujo: dos grandes palmeras, un caminito de grava, un reloj de sol, una banca de fierro pintada de verde, un borbotón de agua canalizada hacia los lechos de violeta. Con qué rencor miraba esos ridículos vidrios verdes con los que los edificios nuevos se defendían del antiguo sol mexicano. Más sabios, los conquistadores españoles entendieron la importancia de la sombra conventual, los patios frescos. ¿Cómo no iba a defender todo esto contra la agresión de una ciudad que primero fue su amiga y ahora resultó ser su más feroz enemiga? De él, de Federico Silva, llamado por sus amigos el Mandarín.

Es que sus rasgos orientales eran tan marcados que hacían olvidar la máscara indígena que los sostenía. Sucede con muchos rostros mexicanos: esconden los estigmas y accidentes de la historia conocida y revelan el primer rostro, el que llegó de la tundra y las montañas mongólicas. De esta manera, la cara de Federico Silva era como el perdido perfume de la antigua laguna de México: un recuerdo sensible, casi un fantasma.

Muy circunspecto, muy limpio, muy arreglado y pequeñito, dueño de esa máscara inconmovible y con el pelo eternamente negro, que parecía teñido. Pero ya no tenía los dientes blancos, fuertes y eternos de sus antepasados, debido al cambio de dieta. Pero el pelo negro sí, a pesar de la dieta distinta. Se iban agotando, para las generaciones que la abandonaban, las fuerzas esenciales del chile, el frijol y la tortilla, calcio y vitaminas suficientes para los que comen poco. Ahora miraba en esa maldita Glorieta que parece una taza sucia a los jóvenes comiendo pura porquería, aguas gaseosas y caramelos sintéticos y papas fritas en bolsas de celofán, la comida-basura del norte, más la comida-lepra del sur: la triquina, la amiba, el microbio omnipotente en cada chuleta de cerdo, agua de tamarindo y rábano desmayado.

Cómo no iba a mantener, en medio de tantas cosas feas, su pequeño oasis de belleza, su personalísimo Edén que nadie le envidiaría. Voluntaria, conscientemente se había quedado a la vera de todos los caminos. Miraba pasar la caravana de las modas. Se reservó una de tantas, era cierto. Pero fue la que él escogió y conservó. Cuando esa moda dejó de serlo, él la mantuvo, la cultivó y la aisló del gusto inconstante. Así, su moda nunca pasó de moda. Igual que sus trajes, sus sombreros, sus bastones, sus batas chinas, los elegantísimos botines de cuero para sus pequeñísimos pies orientales, los sutiles guantes de cabritillo para sus minúsculas manos de mandarín.

Pensó esto durante muchísimos años, desde principios de los cuarenta, mientras esperaba que su madre se muriera y le dejara la herencia y él, a su vez, se fuera muriendo solo, en paz, como quería, solo en su casa, libre al fin de la carga de su madre, tan vanidosa, tan excesiva y al mismo tiempo tan ruin, tan polveada, tan pintada y tan empelucada hasta el último día. Los maquillistas de la agencia fúnebre se dieron gusto. Obligados a proporcionarle un aspecto más fresco y rozagante en la muerte que en la vida, acabaron por presentarle a Federico Silva, orgullosamente, una caricatura delirante, una momia barnizada. Él la vio y ordenó cerrar para siempre el féretro.

Se reunieron muchísimos familiares y amigos los días del velorio y el sepelio de doña Felícitas Fernández de Silva. Gente discreta y distinguida que los demás llaman aristocracia, como si semejante cosa, opinaba Federico Silva, fuese posible en una colonia de ultramar conquistada por prófugos, tinterillos, molineros y porquerizos.

—Contentémonos —le decía a su vieja amiga María de los Ángeles Negrete— con ser lo que somos, una clase media alta que, a pesar de todos los torbellinos históricos, ha logrado conservar a lo largo del tiempo un ingreso confortable.

El más antiguo nombre de esta compañía hizo fortuna en el siglo XVII, el más reciente fundó la suya antes de 1910. Una ley no escrita excluía del grupo a los nuevos ricos de la revolución pero admitía a quienes, damnificados por la guerra civil, después aprovecharon a la revolución para recuperar su *standing*. Pero lo normal, lo decente, era haber sido rico lo mismo durante la Colonia que durante el Imperio que durante las dictaduras republicanas. El solar del Marqués de Casa Cobos databa de tiempos del Virrey O'Donojú y su abuelita fue dama de compañía de la emperatriz Carlota; los antepasados de Perico Arauz fueron ministros de Santa Anna y Porfirio Díaz; y Federico, por lo Fernández, descendía de un edecán de Maximiliano y, por lo Silva, de un magistrado de Lerdo de Tejada. Prueba de estirpe, prueba de clase mantenida por encima de los vaivenes políticos de un país tan dado a las sorpresas, tan dormido un día, tan alborotado al siguiente.

Todos los sábados se reunía a jugar mah-jong con sus amigos y el Marqués le decía: —No te preocupes, Federico. Por más que nos choque, debemos admitir que la revolución domesticó para siempre a México.

No habían visto los ojos de resentimiento, los tigres enjaulados dentro de los cuerpos nerviosos a todos esos jóvenes sentados allí, mirando pasar el smog.

II

El día que enterró a su madre empezó realmente a recordar. Es más: se dio cuenta de que sólo gracias a esa desaparición le regresaba una memoria minuciosa que fue soterrada por el formidable peso de doña Felícitas. Fue cuando recordó que antes las mañanas eran anunciadas por la medianoche y que él salía al balcón a respirarlas, a cobrarse el regalo anticipado del día.

Pero eso era sólo un recuerdo entre muchos y el más parecido a un instinto resucitado. Lo cierto, se dijo, es que la memoria de los viejos es provocada por las muertes de otros viejos. Esperó desde entonces que le anunciaran la muerte de algún tío, de algún amigo, con la seguridad de que nuevos recuerdos acudirían a la cita. Y así, algún día, lo recordarían a él.

¿Cómo sería recordado? Acicalándose cada mañana frente al espejo, admitía que en realidad había cambiado poco en los últimos veinte años. Como los orientales, que son idénticos a su eternidad desde que envejecen. Pero también porque en todo ese tiempo había usado y repetido el mismo estilo de ropa. Sólo él, sin duda, seguía usando en época de calor un carrete como el que puso de moda Maurice Chevalier. Repetía con gusto, saboreando las sílabas, los nombres extranjeros de ese sombrero, *straw bat, cannotier, paglietta*. Y en invierno, el *homburg* negro con ribete de seda que impuso Anthony Eden, el hombre más elegante de su época.

Siempre se levantaba tarde. No tenía por qué pretender que era otra cosa sino un rentista acomodado. Los hijos de sus amigos fueron capturados por la mala conciencia social. Esto significaba que debían ser vistos de pie a las ocho de la mañana en alguna cafetería, comiendo hot cakes y discutiendo política. Felizmente, Federico Silva no tenía hijos que se avergonzaran de ser ricos o que quisieran avergonzarlo a él de permanecer en la cama hasta el mediodía, esperar a que su valet y cocinero Dondé le subiera el desayuno, beber tranquilamente el café y leer los periódicos, asearse y vestirse con calma.

A lo largo de los años, había conservado las prendas de vestir de sus mocedades y al morir doña Felícitas reunió y ordenó los extraordinarios atuendos de su madre en varios armarios, uno correspondiente a la moda anterior a la primera guerra, otro a la de los años veinte y un tercero con la mezcolanza que la señora se inventó en los treinta y que de allí en adelante ya fue su estilo hasta la muerte: medias de colores, zapatos plateados, boas de furiosos tonos escarlata, faldas largas de seda malva, blusas escotadas, miles de collares, sombreros de campana, sofacantes de perla.

Todos los días se iba caminando hasta el Bellinghausen en la calle de Londres, donde le reservaban la misma mesa en un rincón desde la época en que se mandó hacer el traje que llevaba puesto. Allí comía solo, digno, severo, inclinando la cabeza al paso de sus conocidos, mandando pagar las cuentas de las mesas de señoras solas conocidas de él o de su mamá, nada de abrazotes, gritos, quihúboles, vulgaridades, felices-los-ojos, qué milagrazos. Detestaba la familiaridad. Era dueño de un pequeño espacio intocable en torno a su persona menuda, morena, escrupulosa. Que se lo respetaran.

Su verdadera familiaridad era con lo que contenía su casa. Todas las tardes se deleitaba en mirar, admirar, tocar, retocar, a veces acariciar, los objetos, las lámparas Tiffany y los ceniceros, estatuillas y marcos de Lalique. Estas cosas le daban especial satisfacción pero poseía también todo un mobiliario artdeco, lunas redondas en mesas de boudoir plateadas, altas lámparas tubulares de aluminio, la cama con respaldo de estaño bruñido, toda su recámara blanca, de raso, seda, teléfono blanco, piel de oso polar, muros de laca color marfil deslavada.

Dos eventos marcaron su vida de hombre joven. Una visita a Hollywood, donde el cónsul mexicano en Los Ángeles le consiguió visitar el set de *Cena a las ocho*. Estuvo en la recámara blanca de Jean Harlow y vio de lejos a la actriz. Todo allí era un sueño platinado. Y en Eden Roc conoció a Cole Porter cuando acababa de componer *Just One of Those Things* y a Scott Fitzgerald con Zelda cuando escribía *Tierna es la noche*. Salió en una foto con Porter pero no con los Fitzgerald, ese verano en la Riviera. Una foto de camarita de cajón, sin necesidad de flash. En la recámara del Hotel Negresco conoció en la oscuridad a una mujer desnuda. Ni él ni ella sabían quién era el otro. Súbitamente, la mujer fue iluminada por la luz de la luna como por la luz del día, como si la luna fuese el sol, un foco desnudo, impúdico, sin la hoja de parra que son las pantallas.

La visita a la Costa Azul era motivo constante de memorias en las reuniones sabatinas. Federico Silva jugaba con destreza el mah-jong y tres de los jugadores habituales, María de los Ángeles, Perico y el Marqués, habían estado con él ese verano. Todo era memorable menos eso, el amor, la muchacha rubia que se parecía a Jean Harlow. Si alguno de los amigos sentía que otro se iba a meter en ese territorio vedado, le dirigía una mirada cargada de advertencias atmosféricas. Entonces todos cambiaban de tema, evitaban las nostalgias, retomaban sus discursos normales sobre la familia y el dinero.

—Las dos cosas son inseparables —les decía Federico Silva durante el juego—. Como no tengo familia inmediata, cuando yo desaparezca el dinero se irá a otra parte, a otra familia lejana. Qué chistoso.

Pedía perdón por hablar de la muerte. Del dinero no. Cada uno de ellos había tenido la suerte de apropiarse oportunamente una parcela de la riqueza de México, minas, bosques, tierras, ganado, cultivos y convertirla rápidamente, antes de que cambiara de manos, en lo único seguro: bienes raíces en la ciudad de México.

Federico Silva pensó con cierto ensueño en las casas que tan puntualmente le producían rentas, los viejos palacios coloniales de las calles de Tacuba, Guatemala, La Moneda. Nunca los había visitado. Desconocía por completo a la gente que vivía allí. Quizás un día le preguntaría a los cobradores de rentas que le contaran, ¿quién vive en esos antiguos palacios, cómo son esas gentes, se dan cuenta de que habitan las más nobles mansiones de México?

Jamás explotaría un edificio nuevo, como esos que le quitaban el sol y le desnivelaban su propia casa. Esto se lo había jurado a sí mismo. Lo repitió, con una sonrisa, cuando pasaron a la mesa, ese sábado del mah-jong en su casa. Todos sabían que ser recibidos por Federico Silva era un honor muy especial. Sólo él tenía esos detalles, plano de la mesa en cuero rojo, los lugares dispuestos de acuerdo con el protocolo más estricto —rango, edad, antiguas funciones— y la tarjeta con el nombre de cada invitado en el lugar preciso, el menú escrito a mano por el propio anfitrión, la forma impecable de Dondé para servir la mesa.

La máscara oriental de Federico Silva apenas se quebró en un gesto irónico cuando recorrió esa noche la mesa con la mirada, contando a los ausentes, a los amigos que le habían precedido. Se acarició las manitas de mandarín de porcelana: ah, no había protocolo más implacable que el de la muerte, ni precedencia más estricta que la de la tumba. La araña de Lalique iluminaba perversamente, desde muy alto y en vertical, los rostros goyescos de los comensales, la carne de flan cuajado, las comisuras hendidas, los ojos huecos de sus amigos.

¿Qué habrá sido de la muchacha rubia que se desnudó una noche en mi cuarto del Hotel Negresco?

Dondé comenzó a servir la sopa y su perfil maya se interpuso entre Federico Silva y la señora sentada a su derecha, su amiga María de los Ángeles Negrete. La nariz le nacía al criado a mitad de la frente y los pequeñísimos ojos miraban bizco.

—Qué extraordinario —comentó Federico Silva en francés—, ¿se dan cuenta de que este tipo de perfil y de ojos eran los signos de belleza física entre los mayas? Para lograrlo, les aplastaban las cabezas al nacer y les obligaban a seguir el movimiento pendular de una canica sostenida por un hilo. ¿Cómo es posible que siglos más tarde se sigan heredando dos rasgos impuestos artificialmente?

—Es como heredar una peluca y unos dientes postizos —rió como yegua María de los Ángeles Negrete.

El perfil de Dondé entre el anfitrión y la invitada, el brazo ofreciendo la sopera, el cucharón colmado, la ofensa inesperada del sudor de Dondé, se lo había advertido de una vez por todas, báñate después de hacer la cocina y antes de servir, a veces es imposible, señor, no alcanza el tiempo, señor.

—¿Los tuyos o los de mi madre, María de los Ángeles?
—¿Perdón, Federico?
—La peluca. Los dientes.

Alguien empujó el cucharón, Federico Silva, Dondé o María de los Ángeles, quién sabe, pero la ardiente sopa de garbanzos fue a perderse por el escote de la señora, los gritos, cómo es posible, Dondé, perdón, señor, le aseguro, yo no, ay las tetas de queso cuajado de María de los Ángeles, ay el chicharrón de chichi, báñate Dondé, me ofendes, Dondé, la peluca y los dientes de mi madre, la rubia desnuda, Niza...

Despertó con un espantoso sobresalto, la angustia de un esfuerzo desesperado por recordar lo que acababa de soñar, la certeza de que jamás lo lograría, otro sueño perdido para siempre. Ebrio de tristeza, se puso la bata china y salió al balcón. Respiró profundamente. Husmeó en vano los olores de la mañana siguiente. Los limos de la laguna azteca, la espuma de la noche indígena. Imposible. Como los sueños, los perfumes perdidos se negaban a regresar.

—¿Pasa algo señor?
—No, Dondé.
—Oí gritar al señor.
—No fue nada. Sigue durmiendo, Dondé.
—Como mande el señor.
—Buenas noches, Dondé.
—Buenas noches, señor.

III

—Desde que te conozco eras de lo más cuidadosito para escoger la ropa que te pones, Federico.

Nunca le perdonó a su vieja amiga María de los Ángeles que una vez lo tratara con burla, buenos días Monsieur Verdoux. Quizás había algo de chaplinesco en la elegancia anticuada, pero sólo cuando disfrutaba una disminución de fortuna. Y Federico Silva, lo sabían todos, no era alguien venido a menos. Simplemente, como toda persona de verdadero gusto, sabía escoger las cosas para que durasen. Un par de zapatos o una casa.

—Ahorra luz. Acuéstate temprano.

Jamás usaría al mismo tiempo bastón y polainas, por ejemplo. En su paseo diario de la calle de Córdoba al restaurant Bellinghausen, se cuidaría de equilibrar el efecto llamativo de un saco color ladrillo con cinturón Buster Brown, que se mandó hacer en 1933, gracias al impermeable indescriptible que, con estudiada *sans façon,* le colgaba del brazo. Y sólo en los contados días de auténtico frío se pondría el bombín, el abrigo negro, la bufanda blanca. Lo sabía muy bien: a sus espaldas, sus amigos murmuraban que esta perpetuación del guardarropa era sólo la prueba más humillante de su dependencia. Con lo que le pasaba doña Felícitas, tenía que hacer durar las cosas veinte o treinta años...

—Ahorra luz. Acuéstate temprano.

Entonces, ¿por qué después de la muerte de doña Felícitas seguía usando la misma ropa vieja? Eso jamás se lo preguntaban, ahora que él era el titular de la fortuna. Dirían que doña Felícitas lo deformó, convirtió la necesidad en virtud. No, su mamá sólo fingía la ruindad. Todo empezó con esa frase dicha en un tono de broma hiriente, ahorra luz acuéstate temprano, que doña Felícitas empleó una noche para despistar, para conservar las apariencias, para no darse por enterada de que su hijo ya era grande, salía de noche sin pedirle permiso, se atrevía a dejarla sola.

—Si te mantengo, lo menos que puedo esperar es que no me dejes sola, Fede. Puedo morirme en cualquier instante, Fede. Ya sé que aquí se queda Dondé, pero no me gusta la idea de morir en brazos de un criado. Está bien, Fede. De veras ha de ser como tú dices, un compromiso muy muy importante como para que abandones a tu madre. Abandones, sí, ésa es la palabra. Ojalá compenses el daño que me haces, Fede. Tú sabes cómo. Prometiste seguir este año los ejercicios espirituales del padre Téllez. Hazme ese pequeño favor, Fede. Ahora voy a colgar. Me siento muy fatigada.

Colgaba el teléfono blanco, sentada en la cama con respaldo de estaño bruñido, rodeada de almohadones blancos, cubierta por las pieles blancas, la gran muñeca anciana, el polichinela lechosa, polveándose con grandes aspavientos la cara harinosa en la que los ojos flameantes, la boca anaranjada, las mejillas rojas eran cicatrices obscenas, manipulando con *panache* la borla blanca, envolviéndose en una nube perfumada y tosijosa de polvos de arroz, talcos aromáticos, la cabeza calva protegida por una cofia de seda blanca. De noche, la peluca de rizos negros, tiesos, brillantes, era colocada sobre la cabeza de tela rellena de algodón del maniquí sin cuerpo en el tocador plateado, como las pelucas de las antiguas reinas.

A veces, Federico Silva gustaba de introducir un toque fantástico en sus conversaciones con los amigos del sábado. Nada hay más satisfactorio que un público agradecido y María de los Ángeles se espantaba fácilmente. Esto halagaba mucho a Federico Silva. María de los Ángeles era mayor que él, de niño la había amado, había llorado por ella cuando la preciosa muchacha de diecisiete años prefirió ir al baile Blanco y Negro con muchachos mayores y no con él, el amiguito devoto, el rendido admirador de aquella perfección rubia, esa piel color de rosa, esos tules vaporosos y listones de seda que escondían y ceñían sus formas deseables, lindísima María de los Ángeles, ahora se parecía a la reina María Luisa de Goya. ¿Se daba cuenta de que al espantarla Federico Silva le seguía rindiendo homenaje, igual que a los quince años, el único homenaje posible: ponerle la piel de gallina?

—Ven ustedes, supuestamente la guillotina fue inventada para evitarle dolores a la víctima. Pero el resultado fue exactamente el contrario. La velocidad de la ejecución, en realidad, prolongó la agonía de la víctima. Ni la cabeza ni el cuerpo tienen tiempo de acostumbrarse a su separación. Creen que siguen unidos y la conciencia de que ya no lo están tarda varios segundos en hacerse patente. Esos segundos, para la víctima, son siglos.

¿Se daba cuenta la anciana con risa de yegua, dientes largos, pechos de requesón tan cruelmente iluminada desde arriba por la lámpara Lalique que sólo podía favorecer a Marlene Dietrich, sombras acentuadas, cavidades fúnebres, misterio alucinante? Cabezas cortadas por la luz.

—Decapitado, el cuerpo se sigue moviendo, el sistema nervioso sigue funcionando, los brazos se agitan y las manos imploran. Y la cabeza cortada, llena de sangre agolpada en el cerebro, alcanza el máximo grado de lucidez. Los ojos desorbitados miran al verdugo. La lengua acelerada impreca, recuerda, niega. Y los dientes muerden ferozmente la canastilla. No hay un solo canasto usado al pie de una guillotina que no esté mordisqueado como por una legión de ratas.

María de los Ángeles lanzaba una exhalación desmayada, el Marqués de Casa Cobos le tomaba el pulso, Perico Arauz le ofrecía un pañuelo empapado en agua de Colonia, Federico Silva salía al balcón de su recámara a las dos de la mañana, cuando todos se habían ido, pensaba cuál sería el siguiente cadáver, el próximo muerto que le permitiese reclamar una parcela más de sus recuerdos. También se podía ser rentista de la memoria pero la única manera de cobrarla era la muerte ajena. ¿Qué recuerdos desataría su propia muerte? ¿Quién lo recordaría? Cerraba las ventanas del balcón y se acostaba en la cama blanca que fue de su madre. Intentaba dormirse contando a la gente que lo recordaría. Era tan poca, a pesar de ser toda gente conocida.

Desde que murió doña Felícitas, Federico Silva empezó a preocuparse de su propia muerte. Dio instrucciones a Dondé:

—Cuando descubran mi cuerpo, antes de avisarle a nadie, pones a tocar este disco.

—Sí, señor.

—Míralo bien. No te equivoques. Aquí lo dejo encimita.

—Pierda cuidado, señor.

—Y abres este libro sobre mi mesita de noche.

—Como mande, señor.

Que lo encontrasen muerto mientras escuchaba la *Inconclusa* de Schubert y con *El misterio de Edwin Drood* de Dickens abierto junto a su cabecera... Ésta era la menos elaborada de sus fantasías póstumas. Decidió escribir cuatro cartas. En una de ellas se describía a sí mismo como suicida, en otra como condenado a muerte, en la tercera como enfermo incurable y en la cuarta como víctima de un desastre natural o humano. Ésta es la que ofrecía mayores problemas. ¿Cómo sincronizar los tres factores: su muerte, el envío de la carta y el terremoto en Sicilia, el huracán en Cayo Hueso, la erupción volcánica en la Martinica, el accidente aéreo en...? En cambio, las otras tres podía enviarlas a personas en lugares apartados de la tierra, pedirles que apenas supieran de su muerte le hicieran el favor de expedir esas tres cartas escritas por él, firmadas por él, dirigidas a sus amigos, la del suicida a María de los Ángeles, la del condenado a muerte a Perico Arauz, la del enfermo incurable al Marqués de Casa Cobos. Qué confusión, qué incertidumbre, qué duda eterna: ¿éste que aquí velamos, que aquí enterramos, era realmente nuestro amigo Federico Silva? Sin embargo, la confusión y la incertidumbre ajenas y previsibles nada eran al lado de las propias. Mientras releía las tres cartas que ya había escrito, Federico se dio cuenta de que sabía perfectamente bien a quiénes enviarlas, pero no a quiénes pedirles que le hicieran el favor de enviarlas. No había vuelto a salir al extranjero desde aquel viaje a la Costa Azul. Cole Porter había muerto sonriendo, los Fitzgerald y Jean Harlow llorando, ¿quién iba a enviarle las cartas? Recordó, vio a sus amigos Perico, el Marqués, María de los Ángeles, jóvenes, en traje de baño, en Eden Rock, hace cuarenta años... ¿Dónde estaba la muchacha que se parecía a Jean Harlow?, ¿ella era su única aliada secreta, ella le compensaría en la muerte del dolor, de la humillación que le reservó en vida?

—¿Y quién demonios eres tú?

—Yo mismo no lo sé cuando te miro.

—Perdón. Me equivoqué de cuarto.

—No. No te vayas. Yo tampoco te conozco.

—Suéltame o grito.

—Por favor...

—¡Suéltame! Ni aunque fueras el último hombre sobre la tierra. ¡Chino cochino!

El último hombre. Dobló cuidadosamente las cartas antes de devolverlas a sus sobres. La mano pesada cayó sobre su hombro, tan frágil, con un estruendo de pulseras, cadenas, metal chocando contra metal.

—¿Qué guardas en los sobres? ¿Tu lana, viejales?

—¿Es él?

—Segurolas. Si lo vemos pasar todos los días frente al merendero.

—Nomás que de batita de Fu Manchú no lo conocíamos.

—De bastón sí.

—Y de baberitos sobre los cacles, ah que la chingada.

—Mira viejales, no te asustes. Aquí mis cuates el Barbero y la Pocajonta. Yo el Artista, a tus órdenes. Palabra que no te vamos a hacer daño.

—¿Qué quieren?

—Puras cosas que a ti no te sirven, de plano.

—¿Cómo entraron?

—Que te lo cuente el joto cuando despierte.

—¿Cuál joto?

—Ése que te hace los mandados.

—Lo noqueamos bien padre, ah que la...

—Siento defraudarlos. No tengo dinero en la casa.

—Te digo que no andamos detrás de tu pinche lana. Ésa te la metes por donde te quepa, viejales.

—Artista, no pierdas tiempo con explicaciones. ¿Empezamos?

—Zás.

—Mira Barbero, tú entretén al carcas mientras la Poca y yo descolgamos.

—Simón.

—¿Los demás se quedan abajo?

—¿Los demás? ¿cuántos son?

—Ah que la, no me hagas reír, carcas, oye manís, dice que cuántos somos, ah que la.

—Acércatele, Pocajonta, que te mire bien la careta, enséñale bien los dientes, hazle cuzicús con la trompita, así, mi Pocajonta, dile cuántos somos, carajo.

—¿Nunca nos has mirado cuando pasas frente al merendero, viejito?

—No. Nunca. No me ocupo de...

—Ahí está el detalle. Debías de fijarte más en nosotros. Nosotros sí nos fijamos en tí, llevamos meses fijándonos, ¿verdad, Barbero?

—Cómo no. Años y felices días, Pocajonta. Yo que tú me sentiría de lo más ofendida, palabra, de que el viejales no se haya fijado en ti, tú tan cuero, tú tan a todo dar, con tus andares de Tongolele de la nueva onda, nomás.

—Ves, Fu Manchú, me has ofendido. Nunca te has fijado en mí. Te apuesto que ahora sí nunca me vas a olvidar.

—Ya déjense de vaciladas, compais. A ver qué encuentras en los roperos, Poquita. Luego suben los muchachos a llevarse los muebles y las lámparas.

—Tú dices, Artista.

—Te digo que entretengas al viejito, Barbero.

—A ver, a ver, nunca he rasurado a un caballero tan distinguido, como quien dice.

—Mira nomás Artis, la sombreriza del Momias, la zapatiza, qué bruto, ni que fuera ciempiés el viejito cochino.

—Podrido está.

—¿Qué quieren?

—Que te estés quieto. Déjame enjabonarte bonito.

—No me toque usted la cara.

—Uy, primero no nos miras y ahora no me toques. Si serás delicado, Momis...

—Miren muchachos y no se queden ciegos.

—¡Qué bruta, Pocajonta! ¿Dónde encontraste esas boas?

—En la fonda de al lado. Hay tres roperos llenos de tacuches antiguos, la lotería, manizales. Collares, sombreros, medias azules y rojas, lo que sus mercedes gusten y manden, por mi mamacita se los juro.

—No se atrevan. No toquen las cosas de mi madre.

—Estése silencio, don Momias. Palabra que no le vamos a hacer daño. ¿Qué más le da? Son puras cosas que a usted no le importan, cosas viejas, todas sus lámparas y ceniceros y demás cachivaches, ¿pa' qué chingaos le sirven, a ver?

—Ustedes no entenderían, salvajes.

—Oyes manís, mira qué feo nos dijo.

—N'hombre, es una flor. ¿Qué, porque nomás uso mi chaleco de cuero y nada debajo y tú porque te pones plumas en la cabeza, Poquita, parecemos nacos salvajes, de a tiro la última carcajada de los aztecas? Pos ve nomás, don Momia, que de aquí salimos ajuareados yo con tus tacuches y mi Poquita con los de tu mamacita, que nomás a eso venimos.

—¿A robarse la ropa?

—Todo, viejillo, tu ropa, tus muebles, tus cucharas, todito.

—Pero por qué, qué valor puede tener...

—Ahí está el detalle. La polilla se puso de moda.

—¿Van a vender mis cosas?

—Uy, en la Lagunilla esto se vende mejor que el Acapulco Gold, lo que vamos a sacar por esta chachariza, vejete...

—Primero te reservas las cosas que te gustan, mi Poca linda, el mejor collar, la boa más chillona, lo que mejor te cuadre, mi culito con perro.

—No vaciles, Artista. No me pongas caliente, que se me antoja esa camota blanca y voy a querer quedarme con ella pa' que cojamos bonito tú y yo.

—¿Más?

—Hasta ahí. Tópese con pared y no sea cabrón, mi Artista.

—Tú entretenlo, Barbero.

—Miren qué bonito lo puse, todo enjabonado de su carita, si parece Santiclós.

—No me toque usted más, señor.

—¿Quequé? A ver, voltéese un poquito pa' que lo rasure bien.

—Le digo que no me toque.

—Muévame la cabecita para la izquierda tantito, sea bueno.

—¡No me toque la cabeza, me está despeinando!

—Chuchú, a la meme lolo, quietecito mi cuás.

—Pobres mendigos.

—¿Qué dices, viejo boinas?

—¿Méndigos nosotros?

—Méndigos los que piden, ñaco viernes. Nosotros tomamos.

—Ustedes son la lepra, la fealdad, los chancros.

—¿Quequé, vejestorio? Oyes Artista, ¿estará grifo el ñaco este?

—N'hombre nomás le arde estar tan viernes y nosotros tan chavos.

—La puta que los parió, a todos ustedes, cucarachas, ratas, piojos.

—Cuidado, Fu Manchú, ya sabes que con la mamacita no, de plano eso sí que no...

—Cuidado, Barbero.

—Usted, el que le dicen Barbero, usted...

—¿Sí mi ñaquito?

—Usted es el más asqueroso hijo de puta que he conocido en mi vida. Le prohíbo que vulva a tocarme. Si quiere, mejor tóquele el coño a su puta madre que lo parió.

—Ah que la chingada, ora sí... ya la regamos.

IV

Entre los papeles de Federico Silva fue encontrada una carta dirigida a doña María de los Ángeles Valles viuda de Negrete. El albacea se la hizo llegar y la vieja señora, antes de leerla, pensó un rato en su amigo y los ojos se le llenaron de lágrimas. Apenas una semana de muerto y ahora esta carta, escrita, ¿cuándo?

Abrió el sobre y sacó el pliego. No tenía fecha aunque sí lugar de origen: Palermo, Sicilia, sin fecha. Federico hablaba de la serie de leves temblores que se habían sucedido durante los últimos días. Los expertos anunciaban el gran terremoto, el peor conocido por la isla desde el muy terrible del año 1964. Él, Federico, tenía la premonición de que aquí terminaría su vida. No había obedecido las órdenes de evacuación. Su caso era singular: una voluntad de suicidio anulada por una catástrofe natural. Estaba escondido en su cuarto de hotel, mirando el mar siciliano, espumoso como dijo Góngora, y qué bien, qué apropiado para él, morir en un lugar tan bello, lejos de la fealdad, la falta de respeto, la mutación del pasado: todo lo que más detestó en vida...

> Querida amiga, ¿recuerdas a aquella muchacha rubia que armó un escándalo en el Negresco? Puedes pensar, con razón, que soy tan simple, que mi vida ha sido tan monótona, que me quedé para siempre embelesado por la imagen de una mujer bellísima que no quiso ser mía. Me doy cuenta de la manera como tú, Perico, el Marqués y todos los amigos evitan el tema. Pobre Federico. Su única aventura se le frustró, luego se hizo viejo al lado de una madre tiránica, ahora se murió.
>
> Tendrán ustedes razón por lo que hace al meollo del asunto, mas no por lo que se queda en apariencias. Esto nunca se lo he dicho a nadie. Cuando le rogué a esa muchacha que se quedara, que pasara la noche conmigo en el hotel, se negó, me dijo "Ni aunque fueras el último hombre sobre la tierra". Esa frase tan hiriente, ¿lo creerás?, me salvó. Sencillamente, me dije que nadie es el último hombre ante el amor, sólo ante la muerte. Sólo la muerte puede decirnos: Eres el último. Nada más, nadie más, María de los Ángeles.
>
> Esa frase fue capaz de humillarme, mas no de amedrentarme. Y si nunca me casé fue por miedo, lo admito. Sentí terror de prolongar en mis hijos lo que mi madre me impuso. Esto lo deberías saber tú; nuestra educación fue muy similar. Pero yo no tuve oportunidad de educar mal a los hijos que nunca tuve. Tú, en cambio, sí. Perdona mi franqueza. La situación, creo, la autoriza. Llámalo, en todo caso, como quieras: temores religiosos, avaricias cotidianas, disciplinas estériles.
>
> Claro que esta cobardía se paga cuando tus padres han muerto y tú mismo, como es mi caso, no tienes descendencia. Perdiste para siempre la oportunidad de darles a tus hijos algo mejor o algo distinto de lo que tus padres te die-

ron a ti. No sé. Lo cierto es que se corre el riesgo de la insatisfacción y el error, hágase lo que se haga. A veces, si eres católico, como yo, y te has visto obligado a llevar a una muchachita al doctor para que la operen o, peor tantito, le mandas el dinero con tu criado para que se haga abortar, sientes que has pecado. Esos hijos que nunca tuvo uno, ¿se salvaron de venir a un mundo feo y cruel? O todo lo contrario, ¿te echan en cara que no les hayas brindado los riesgos de la vida, te llaman asesino, cobarde? No sé.

Temo deveras que esta imagen titubeante sea la que ustedes recuerden. Por eso te escribo ahora, antes de morir. Tuve siempre un amor, sólo uno, tú. El amor que sentí por ti a los quince años lo seguí sintiendo toda mi vida, hasta morir. Te lo puedo decir ahora. En ti conjugué la necesidad de mi celibato y la necesidad de mi amor. No sé si me entenderás. Sólo a ti podía amarte siempre sin traicionar todos los demás aspectos de mi vida y sus exigencias. Siendo lo que fui, tenía que amarte a ti como te amé: constante, silente, nostálgico. Pero porque te amé a ti, fui como fui: solitario, distante, apenas humanizado por cierto sentido del humor.

No sé si me hago entender o si yo mismo supe entenderme profundamente. Todos creemos conocernos a nosotros mismos. Nada más falso. Piensa en mí, recuérdame. Y dime si puedes explicarte lo que ahora te digo. Acaso sea el único enigma de mi vida y muero sin descifrarlo. Todas las noches, antes de acostarme, salgo al balcón de mi recámara a tomar aire. Trato de respirar los presagios de la mañana siguiente. Había logrado ubicar los olores del lago perdido de una ciudad, también, perdida. Con los años, me va resultando cada vez más difícil.

Pero no ha sido ése el verdadero motivo de mis salidas al balcón. A veces, parado allí, me pongo a temblar y temo que una vez más esa hora, esa temperatura, ese eterno anuncio de tormenta, aunque sea de polvo, que cuelga sobre México, me haga reaccionar visceralmente, como un animal, domesticado en este clima, libre en otro, salvaje en una latitud muy distante. Temo que regrese, con la oscuridad o el relámpago, la lluvia o la tolvanera, el fantasma de un animal que pude ser yo o el hijo que nunca tuve. Había una bestia en mis tripas, María de los Ángeles, ¿puedes creerlo?

La vieja señora lloró mientras guardó la carta en el sobre. Se detuvo un instante, horrorizada, recordando la historia de la guillotina con que Federico la espantaba los sábados. No, se negó a ver el cadáver, el cuello rebanado por la navaja de afeitar. Perico y el Marqués, los muy morbosos, ellos sí.

4
El hijo de Andrés Aparicio

A la memoria de Pablo Neruda

No tiene santuario alguno, ningún techo.
Carta de Milena

El lugar

No tuvo nombre y por eso no tuvo lugar. Otras colonias fueron nombradas. Ésta no. Como por descuido. Como si un niño hubiera crecido sin ser bautizado. Peor tantito: sin ser nombrado siquiera. Fue una como complicidad de todos. ¿Para qué nombrar este barrio? Puede que alguien dijo, sin pensarlo mucho, que nadie viviría demasiado tiempo aquí. Fue un lugar pasajero, como las chozas de cartón y lámina corrugada. El viento se coló por las paredes de bagazo mal ensamblado; el sol se quedó a vivir para siempre sobre los techos de lámina. Ésos eran los habitantes deveras de este lugar. La gente vino aquí por distracción, medio atarantada, sin saber por qué, porque peor es nada, porque este llano de matorrales enanos, hierbas cenizas y gobernadoras fue la frontera siguiente, después del barrio anterior que ése sí tuvo nombre. Aquí ni nombre ni desagüe y la luz eléctrica se la robaron de los postes, conectando los alambres de sus focos a la corriente pública. No le pusieron nombre porque se imaginaron que estaban allí de paso. Nadie se sentó sobre su propio terreno. Eran paracaidistas y sin decirlo se pusieron de acuerdo en que no opondrían resistencia al que viniera a sacarlos de allí. Se irían a la siguiente frontera de la ciudad. De todos modos el tiempo que pasaran aquí sin pagar renta sería tiempo ganado, un respiro. Muchos de ellos vinieron de colonias más acomodadas, con nombres, San Rafael, Balbuena, Canal del Norte, hasta Nezahualcóyotl que ya tenía dos millones de gentes viviendo mal que bien allí con una iglesia de cemento y uno que otro supermercado. Vinieron porque ni en esas ciudades perdidas pudieron juntar los cabos y se negaron a sacrificar la última apariencia decente, se negaron a ir a dar por los rumbos de los pepenadores de basura o los areneros de las Lomas. Bernabé tuvo una idea. Que este lugar no tuvo nombre porque era algo así como todo lo que fue la ciudad grande, aquí estaba lo peor de la ciudad y puede que lo mejor también, trató de decir y por eso no pudo tener un nombre especial.

No lo pudo decir porque las palabras siempre le costaron reteharto.

Su madre conservó un espejo antiguo y se miró en él muchas veces. Pregúntale Bernabé si miró el barrio, la ciudad perdida con sus costras de tierra sepultada en el invierno, sus remolinos de polvo en la primavera y en el verano sus lodazales de lluvia confundidos por fin con los arroyos de excremento que corrieron el año entero buscando la salida que nunca hallaron. ¿De dónde viene el agua, mamá? ¿A dónde va la mierda, papá? Bernabé aprendió a respirar más despacio para tragarse el aire negro, aplastado bajo las nubes frías, aprisionado entre el circo de montañas. Un aire vencido que apenas logró ponerse de pie, tambaleándose en el llano, buscando las bocas abiertas. No le dijo a nadie su idea porque las palabras nunca le salieron. Se le quedaron todititas adentro. Las palabras le costaron mucho, porque lo que su madre dijo nunca tuvo nada que ver con lo que pasó, porque los tíos rieron y aullaron a fuerzas como para sentirse bien por obligación una vez a la semana antes de regresar al banco y a la gasolinera pero sobre todo porque ya no recordó la voz de su padre. Llevaban once años viviendo aquí. Nadie los había molestado, nadie los había corrido. No tuvieron que oponerle resistencia a nadie. Hasta se murió el viejo ciego que le cantaba a los postes con su guitarra el corrido de la luz eléctrica, *luz eléctrica refulgente y luminosa.* ¿Por qué, Bernabé? El tío Rosendo dijo que era una burla. Habían venido de paso y se habían quedado once años. Y si se habían quedado once años, se iban a quedar para siempre.

—Sólo tu papacito se peló a tiempo, Bernabé.

El padre

Lo recordaron por los tirantes. Nunca dejó de usarlos, como si de ellos dependiera su salvación. De ellos dijeron que se prendió a la vida y que ojalá hubiera sido como ellos, se hubiera estirado un poquito más. Vieron que la ropa se le hizo vieja pero los tirantes no; fueron siempre nuevos, brillosos, con hebillas doradas. Los tirantes fueron como su gentileza, proverbial dijeron los viejos que todavía usaban palabras como ésa. No, le dijo el tío Richi, terco como las mulas y arrastrando su decepción, así fue tu padre. En la escuela Bernabé tuvo que pelearse con un grandulón sabroso que le preguntó por su papá y Bernabé dijo se murió y el grandulón se rió y dijo eso dicen todos, la mera verdad es que ningún padre se muere nunca, lo que pasa es que tu papá te abandonó o a la mejor nunca lo conociste, ni eso, se cogió a tu mamá y la abandonó cuando tú ni nacías. Terco pero buena gente, dijo el tío Rosendo, ¿te fijaste?, si no sonreía, se veía viejo, por eso sonreía sin razón toditito el tiempo ah qué guasón el marido de la Amparito ríe que te ríe sin razón cual ninguna, con esa amargura adentro de haber sido un joven pasante de agronomía que lo mandaron muy ciruelito a ocuparse de una cooperativa en un pueblo del estado de Guerrero, recién casado con tu mamacita Bernabé. Cuando llegó el lugar estaba quemado, muchos cooperativistas asesinados y las cosechas robadas por el cacique y los dueños de los camiones. Tu padre quiso reclamar, dizque iba a poner en marcha a la autoridad central y a la suprema corte, lo que no dijo, lo que no prometió, lo que no intentó. Era su primer trabajo y el mar se le hacía chiquito para un buche de agua. Pues ahí tienes que apenas se las olieron que iban a venir extraños a remediar las injusticias y los crímenes, todos se juntaron, las víctimas lo mismo que los verdugos, para negar la acusación de tu padre y hacerlo responsable a él. Entromedido, chilango lleno de ideas de justicia, empedrador de infiernos, qué no le dijeron. Ellos estaban aliados por viejas historias de rencillas, rivalidades y muertes pesadas. Las generaciones se encargarían de ir equilibrando las cosas. La justicia estaba en las familias, su honor y su orgullo, no en un ingenierito metiche. Cuando vino la autoridad federal, hasta los hermanos y las viudas de los muertos dijeron que el culpable era tu papá. Se rieron; que la justicia federal se las entienda con el agrónomo federal. Él nunca se recuperó de esta derrota, como quien dice. En la burocracia lo miraron con recelo por idealista y por incompetente y ya nunca avanzó. Al contrario, se quedó pasmado en un empleíto de escritorio, sin avances ni aumentos y con deudas sobre deudas, todo porque se le quebró algo allá adentro, se le apagó una lucecita en el corazón, así dijo él, sin dejar nunca de sonreír, estirándose los tirantes con los pulgares. Quién le manda. La justicia puede estar enemistada con el amor, dijo a veces, aquellas gentes se amaban hasta en el crimen y eso fue más fuerte que mi promesa de justicia. Era como ofrecerles una estatua de mármol de una bellísima diosa griega cuando ellos ya tenían su prieta feicita pero cariñosa y muy tibiecita entre las cobijas. ¿Para qué buscarle? Tu padre Andrés Aparicio se quedó pensando, sonriendo siempre, en las montañas del Sur, en un pueblo perdido sin carretera ni teléfono donde el tiempo lo medían las estrellas, las noticias sólo llegaban por la memoria y lo único seguro es que todos iban a ser enterrados juntos, en la misma parcela vigilada por ángeles color de rosa y cempazúchiles secos y lo sabían. Ese pueblo se juntó y lo derrotó, mira nomás, porque la pasión une más que la justicia y tú también, Bernabé, ¿quién te pegó, por qué traes la boca rota y el ojo morado? Pero Bernabé no les iba a contar a sus tíos lo que le dijo el grandulón sabroso de la escuela ni cómo se agarraron a cates porque Bernabé no supo explicarle al grandulón quién era su padre Andrés

Aparicio, las palabras nomás no le salían y por primera vez supo oscuramente, sin permitir que nada de esto se volviera claro, que si no había palabras entonces había cates. Pero la verdad es que hubiera querido decirle al abusón ese jijo de su chingada madre que su padre se murió porque sólo le quedaba esa dignidad, porque un muerto posee poder ante los vivos, aunque sea un muerto desgraciado. A un muerto se le respeta, ¿o qué carajos no?

La madre

Ella mantuvo ese vocabulario decente con mucho esfuerzo, en él debe haberse formado su carácter a la vez sentimental y frío, soñador y duro, como para hacer creíble su lenguaje que ya nadie hablaba en este barrio perdido. Sólo algunos viejos, los que hablaron de la proverbial gentileza de su marido Andrés Aparicio, le dieron por su lado y ella insistió en poner un mantel en la mesa y los cubiertos en su lugar, dijo que nadie empezara hasta que todos estuvieran servidos y que nadie se levantara de la mesa mientras ella la mujer la esposa la señora de la casa no hiciese lo propio. Todo lo pidió por favor o pidió a los demás que no olvidaran el por favor. Su casa fue siempre la casa de usted, la casa del invitado, cuando aun vinieron invitados y hasta hubo cumpleaños, Santos Reyes y hasta una posada con peregrinos, velitas y piñata. Pero eso era cuando todavía vivía su marido Andrés Aparicio y traía su sueldo del Departamento Agrario; ahora sin pensión siquiera no alcanzó, ahora sólo vinieron los viejos que con ella decían palabras como esmerado y puntual, dispense y permítame, finezas y por descuidos. Pero también los viejos se fueron acabando. Llegaron con vastas familias unidas, tres y a veces cuatro generaciones ensartadas como un collar de abalorios pero en menos de diez años ya sólo se veían jovencitos y niños y hubo que buscar como agujas en el proverbial pajar a los viejos que decían palabras bonitas. ¿Ella qué iba a hablar si sus viejos se le fueron muriendo todos?, pensó mirándose en el espejo de ondulante marco plateado que heredó de su madre cuando vivían todos juntos en las calles de República de Guatemala antes de que se descongelaran las rentas y el propietario don Federico Silva les aumentara sin piedad las suyas. Ella no pudo creer lo que el propietario mandó a decir, que eran exigencias de su mamá, que doña Felícitas era tiránica y avara, porque luego la vecina doña Lourdes le contó que la mamá del señor Silva se murió y sin embargo él no bajó las rentas, qué va. Cuando Bernabé tuvo edad de razón, trató de asociar las cortesías de su madre, el esmero de sus palabras en público con alguna forma de ternura pero no pudo. Sólo se ponía sentimental cuando hablaba de la pobreza o del padre; pero nunca se ponía más dura que cuando hablaba de lo mismo. Bernabé no supo qué significaban esos teatros de su mamá pero sí supo que a él no le tocaba lo que ella parecía decir, como si entre los actos y las palabras hubiera una barranca, tú eres un niño decente Bernabé no lo olvides nunca, evita rozarte con los peladitos de tu escuela, trátalos con distancia, recuerda que tú tienes un tesoro que no tiene precio, la buena cuna y las buenas costumbres. Sólo dos veces su mamá Amparo fue distinta. Una vez lo oyó a Bernabé por primera vez gritarle chinga tu madre a otro chiquillo en la calle y cuando el niño entró a la casucha ella se derrumbó sobre la mesita del tocador, juntó los puños sobre la frente y dejó caer el espejo al suelo diciendo Bernabé no pude darte lo que quería, tú merecías otra cosa, mira nomás dónde te tocó crecer y vivir, no es justo Bernabé. Pero el espejo no se rompió. Bernabé nunca le pidió razón. Entendió que cada vez que se sentó ante el tocador con el espejo en la mano y se miró de reojo a sí misma, acariciándose el mentón, dibujándose con un dedo silencioso la ceja, borrando con la palma de la mano el goteo del tiempo en los ojos, su mamá habló y esto le importó más que lo que ella dijo porque para Bernabé hablar fue siempre algo milagroso, se necesitó más coraje para hablar que para los trancazos porque los trancazos sólo ocuparon el lugar de las palabras. Cuando regresó del pleito en la escuela con el grandulón no supo si su mamá habló sola o si supo que por allí andaba él, detrás de una de las cortinas de manta que los tíos colocaron para separar los espacios de la pequeña casa que los domingos fueron sustituyendo poco a poco, cambiando cartón por adobe y adobe por ladrillo hasta darle cierto aire de decencia, como el que tuvieron cuando su padre de ellos fue el ayuda de campo del general Vicente Vergara, el famoso General Tompiates de las leyendas que los invitaba a desayunar menudo el aniversario de la Revolución mexicana, la fría madrugada del fin de noviembre. Ahora ya no; Amparito tuvo razón, los viejos se murieron y los jóvenes tuvieron caras tristes. Andrés Aparicio no, siempre sonrió para no verse viejo. Su proverbial gentileza. Sólo una vez dejó de sonreír. Un hombre aquí del barrio le dijo algo feo y tu papá lo mató a patadas, Bernabé. Nunca lo volvimos a ver. Mira hijito cómo te han puesto dijo por fin doña Amparo pobrecito hijo mío mira dónde te tocó pelear y dejó de mirarse en el espejo hasta ver a su hijo mi escuincle del alma mi chamaquito santo mira nomás por qué te pegan a ti santito mío y el espejo cayó al suelo de ladrillos nuevos y esta vez se rompió. Bernabé la miró sin asombrarse de la ternura que tan pocas veces le mostró. Ella lo observó como si entendiese que él entendió que no debía asombrarse de lo que siempre mereció o que la ternura de doña Amparo fue tan pasajera como el barrio perdido donde vivieron los últimos once años sin que nadie llegara con una orden de desalojo, al grado que los tíos se animaron a cambiar el cartón por adobe y el adobe por ladrillo. El muchacho se preguntó si su padre había muerto. Ella le dijo que nunca lo soñó. Le contestó con palabras exactas, dándole a entender a su hijo que su lado frío y preciso no fue vencido por la ternura. Mientras no soñara a su marido muerto, no lo daría por muerto, le dijo. Ésa era toda la diferencia, se soltó, quiso ser lúcida y emotiva al mismo tiempo, ven y abrázame Bernabé te quiero mi monigotito adorado y óyeme bien. No mates nunca porque te paguen. No mates sin saberlo. Aprovecha la oportunidad de matar por tu razón, por tu pasión. Te harás limpio y fuerte. Nunca mates mi hijito sin ganarte un poco de vida para ti santo.

Los tíos

Fueron los hermanos de su mamá y ella los llamó los muchachos aunque los tres tenían entre treinta y ocho y cincuenta años. El tío Rosendo fue el mayor y trabajó en un banco contando los billetes viejos que se devolvieron al gobierno para que los quemara. Romano y Richi, el más joven, fueron empleados en una gasolinera pero se vieron más viejos que Rosendo porque él se la pasó de pie casi todo el día y aunque ellos se movieron para despachar clientes, engrasar y limpiar parabrisas, vivieron alrededor de una nevera llena de gaseosas y las barrigas se les hincharon. En las horas muertas de la gasolinera que quedaba por el rumbo de una nube de polvo en el barrio de Iztapalapa desde donde no se veía bien nada ni gente ni casas sino coches mugrosos y manos pagando Romano bebió pepsis y leyó los periódicos de deportes pero Richi tocó la flauta sacándole sones sabrosos y calientes y refrescándose de vez en cuando con su pepsi. Sólo los domingos bebieron cervezas antes y después de irse al campo yermo detrás de las casuchas de la colonia con sus pistolas a matar conejos y sapos. Se pasaron los domingos en eso y Bernabé los miró desde la parte de atrás de la casa, trepado en un montón de tejas rotas. Rieron con una como alegría babeante, limpiándose los bigotes con las mangas después del trago de cerveza, codeándose, aullando como coyotes cuando cayó muerto un conejo más grande que los demás. Los vio luego abrazarse, palmearse las espaldas y regresar arrastrando de las orejas a los conejos sangrientos y Richi con un sapo muerto en cada mano. Mientras Amparo abanicó la cocina de brasas y les sirvió los elotes espolvoreados con chile y el arroz enjitomatado ellos se disputaron porque Richi dijo que iba para los cuarenta y no quería morirse panzón y pendejo con perdón de Amparito en una gasolinera propiedad del licenciado Tin Vergara que les hizo el favor por órdenes del viejo general y en un cabaré de San Juan de Letrán le iban a dar audición para entrar como flautista a la orquesta tropical. Rosendo cogió enojado el elote entre las manos y Bernabé vio la lepra de sus dedos enfermos de tanto contar billetes sucios. Dijo que tocar la flauta era de maricas con perdón de Amparito y Richi le contestó que si era tan macho por qué nunca se había casado y Romano le dio un coscorrón entre cariñoso y enojado a Richi, porque se le quería escapar de la gasolinera donde era su única compañía pero dijo que porque entre los tres sostenían esta casa, a su hermana Amparo y al niño Bernabé por eso nunca se casaron, no iban a alimentar más de cinco bocas con lo que ganaban tres hermanos y ahora sólo dos si Richi se largaba con una banda danzonera. Se pelearon y Richi dijo que en la orquesta iba a ganar más, Romano que se lo iba a botar en viejas para apantallar qué sé yo a los de la marimba, Rosendo que por pinche que fuera con la venia de Amparito la pensión de Andrés Aparicio en algo ayudaría si por fin lo dieran por muerto y Amparo lloró y dijo que era su culpa claro y pidió disculpas. Todos la consolaron menos Richi que se acercó a la puerta y se quedó callado mirando el atardecer pardo del llano sin hacerle caso a Rosendo que volvió a hablar como el mayor de la familia. No es tu culpa Amparito pero tu marido pudo avisarnos si se murió o no. Todos trabajamos en lo que podemos mira mis manos Amparito crees que me divierte eso pero sólo tu marido quiso ser algo más (por mi culpa dijo la mamá de Bernabé) porque un barrendero o un elevadorista gana más que un burócrata pero tu marido quiso obtener carrera para tener pensión (por mi culpa dijo la mamá de Bernabé) pero para tener pensión hay que estar muerto y tu marido nomás se hizo humo Amparito. Allá afuera hay una enorme oscuridad gris dijo Richi desde la puerta y Amparito que su marido luchó como un caballero para evitar que todos nosotros nos hundiéramos en lo más bajo. ¿Qué tiene de bajo el trabajo?, dijo Richi con irritación y Bernabé lo siguió al llano lento y dormido en el crepúsculo con los olores fuertes de mierda seca y tortilla humeante y la imaginación de las plantas gobernadoras verdes y chaparras. El tío Richi tarareó el bolero de Agustín Lara *cabellera de plata, cabellera de nieve, ovillo de ternuras donde un rizo se atreve* mientras los aviones volaron bajo acercándose al aeropuerto internacional y las únicas luces eran las de una pista distante. Ojalá me acepten en la orquesta le dijo Richi a Bernabé mirando la bruma amarilla, en septiembre van a Acapulco a tocar en las fiestas patrias y puedes venir conmigo Bernabé. No nos vayamos a morir sin conocer el mar Bernabé.

BERNABÉ

A los doce años dejó en secreto de ir a la escuela. Se acercó a la gasolinera donde trabajan los tíos y ellos le dieron permiso de agarrar un trapo desgarrado y aventarse sobre los parabrisas de los coches sin pedir permiso, como parte del servicio: por pocos centavos que se ganen siempre es mejor que nada. En la escuela ni notaron su ausencia ni les importó. Las clases estaban repletas a veces con cien niños y niñas y uno menos era un alivio para todos aunque nadie se enterara. A Richi siempre no lo aceptaron en la sonora tropical y le dijo Bernabé de plano vente a ganar unos centavos y no pierdas más tiempo o vas a acabar como tu pinche jefecito. Dejó de tocar su flauta y le firmó los cuadernos para que Amparo creyera que seguía en la escuela y así se selló la complicidad entre los dos que fue la primera relación secreta en la vida de Bernabé porque en la escuela él estuvo demasiado dividido entre lo que vio y escuchó en su casa donde su mamá habló siempre de decencia y buena cuna y malos tiempos como si hubiera otros que no fueran malos y cuando él quiso decir algo de esto en la escuela se encontró con miradas ciegas y duras. Una maestra lo notó y le dijo que aquí nadie daba o quería compasión porque la compasión era un poco como el desprecio. Aquí nadie se quejaba y nadie era superior a los demás. Bernabé no entendió pero le dio muina la maestra que se daba aires de entenderlo mejor de lo que él se entendía solito. Richi sí lo entendió, anda Bernabé gánate tus fierros y mira lo que puedes tener si eres rico mira ese Jaguar que viene entrando a la gasolinera jijos si por aquí pasa pura carcacha, ah es nuestro patrón el licenciado Tin echando vidrio a su negocio y mira esta revista Bernabé no te gustaría una vieja así para ti solito así han de ser las viejas del licenciado Tin mira qué tetas más ricas Bernabé imagina que le levantas la faldita y te pierdes allí entre sus muslos calientes como leche tibia Bernabé me lleva mira este anuncio de Acapulco nos jodimos Bernabé mira los chamaquillos ricos en sus Alfarromeos Bernabé piensa cómo vivieron de niños, ahora de jóvenes, luego de viejos, con la mesa servida pero tú Bernabé tú y yo a fregarnos desde que nacimos, con la misma edad desde que nacimos, ¿a poco no? Le envidio al tío Richi la labia fácil porque a él las palabras le costaron mucho y como ya supo que cuando no hay palabras hay catorrazos se salió de la escuela para darse de catorrazos con la ciudad que por lo menos era muda como él, ¿no es cierto Bernabé que las palabras del grandulón abusador dolieron más que sus golpes? Si la ciudad pega al menos no habla. ¿Por qué no lees un libro Bernabé, le dijo esa maestra que le dio muina, te sientes inferior a tus compañeritos? No le pudo decir que sintió algo muy gacho cuando leyó porque los libros hablaron como su mamá. No entendió la razón y de tanto esperarla le dolió la ternura. En cambio la ciudad se dejó ver y querer y desear aunque al final de cuentas, corriendo por la Reforma, por Insurgentes, por Revolución y por Universidad a las horas del tránsito pesado, limpiando parabrisas, aventándose contra los coches, toreándolos, juntándose con los otros chamaquillos desempleados a jugar futbol con pelotas de papel periódico en llanos como el de su niñez, sudando humo de gasolina y meando riachuelos de lodo y robándose refrescos en esta esquina y chicharrones en aquella y colándose de oquis a los cines, se alejó de los tíos y de la madre, se hizo más independiente y mañoso y ganoso de todo lo que empezó a ver y empezó a hablarle, otra vez las cabronas palabras, no hubo manera de escaparse de ellas diciéndole cómprame, ténme, me necesitas en cada vitrina, en la mano de la mujer asomada por la ventanilla para darle veinte centavos sin una palabra para agradecer la limpiada veloz y profesional del parabrisas, en la mirada del niño bien que no lo miró al decirle no me toques mi parabrisas chamagoso, en los programas de televisión que pudo ver desde la calle, sin palabras, del otro lado del vidrio del aparador donde los vendieron, mudos, intoxicándole de deseos, haciéndose grande y pensando que no ganaba a los quince años más que a los doce, fregando parabrisas con un trapo desgarrado en Reforma, Insurgentes, Universidad o Revolución a la hora del tránsito tupido, que no se acercó a ninguna de las cosas que le ofrecieron las canciones o los anuncios, que su impotencia se hizo larga larga y nunca terminó como los deseos del tío Richi de tocar la flauta en una sonora tropical y pasar el mes de septiembre en Acapulco volando con esquíes sobre la bahía en tecnicolor, colgado de un paracaídas anaranjado sobre los palacios de los cuentos de hadas Hilton Marriott Holiday Inn Acapulco Princess. Su mamá cuando se enteró, se resignó ya no le recriminó nada, pero también se conformó con hacerse vieja. Sus pocos amigos viejos y remilgosos, un boticario viudo, una carmelita descalza, una prima perdida del ex presidente Ruiz Cortines vieron en su mirada la tranquilidad de una lección bien dada, de unas palabras bien dichas. No pudo dar más de sí. Se pasó horas mirando por los rumbos vacíos del horizonte.

—Oigo el viento y el mundo cruje.

—Muy bien dicho doña Amparito.

La encerrona

Le cogió odio al tío Richi porque salirse de la escuela y limpiar parabrisas en las grandes avenidas no lo hizo rico ni le dio todo lo que otros tenían sino que lo hizo más pinche que antes. Por eso los tíos Rosendo y Romano, cuando Bernabé cumplió dieciséis años, decidieron darle un regalo muy especial. ¿Dónde te figuras que nos la hemos pasado todos estos años, sin viejas?, le preguntaron, lamiéndose los bigotes. ¿Dónde crees que nos íbamos después de tirarles a los conejos y comer con tu mamá y contigo en la casa? Bernabé les dijo que de putas pero los tíos se rieron y dijeron que era de pendejos pagar por una vieja. Lo llevaron a una fábrica abandonada por el rumbo muerto y silencioso de Azcapotzalco con su terrible olor de gasolina podrida donde el velador les dejó entrar a cambio de un peso por cabeza y los tíos Rosendo y Romano lo empujaron por delante a un cuarto oscuro y cerraron la puerta detrás de ellos. Bernabé sólo pudo ver un relámpago de carnes morenas y luego tentar. Se quedó con la que le tocó, de pie los dos, ella apoyando la espalda contra la pared y él apoyado contra el cuerpo de ella, desesperado Bernabé, tratando de entender, sin atreverse a hablar porque esto que estaba pasando no necesitó palabras para ocurrir, seguro de que este placer desesperado se llamaba la vida y la tomó con las manos llenas, pasando de la lana dura y rasposa del suéter a la suavidad de los hombros y la crema de las tetas, del percal tieso de la falda a la arañita mojada entre las piernas, de las medias gruesas y agujeradas a las corvas de algodón azucarado. Lo distrajeron los mugidos de los tíos, sus faenas apresuradas y derrotadas pero se enteró que distrayéndose él todo duraba más y por fin logró hablar, asombrado de sí mismo, cuando le metió la pinga a la muchacha suave, derretida, cremosa que se colgó de él dos veces, con los brazos de su nuca, con las piernas de su cintura. ¿Cómo te llamas, yo soy Bernabé? Quiéreme le dijo, sé santo y bueno, monigotito le dijo igual que su mamá cuando fue tierna con él, ay papacito chulo qué chile me estás metiendo. Luego se quedaron sentados sobre el piso cuando los tíos empezaron a chiflar como lo hacían en la gasolinera, chiflidos de arriero, ya vámonos chamaco, órale, ya no te ensartes más, deja algo pal domingo entrante, que no te chupen los güevos estas mancornadoras ay sí mis devoradoras mis castradoras bay-bay ya estará maríafeliz. Le arrancó la medallita del cuello a la muchacha y ella gritó pero el sobrino y los tíos salieron demasiado rápido de la encerrona.

Martincita

La esperó desde muy temprano el domingo siguiente, apoyado contra la barda de la entrada de la fábrica. Todas fueron llegando muy mustias, exagerando la nota a veces con velos de misa o con canastas de mandado, otras no, más naturales, vestidas como criaditas de ahora con suetercitos de tortuga y pantalones de cuadritos. Ella llegó otra vez con la falda de percal y el suéter lanoso, fregándose los ojos contra la picazón del aire espeso y amarillo de la refinería de Azcapotzalco. Supo que era ella porque él se la pasó juguetenado con la medallita de la Virgen, columpiándola con un movimiento constante de su muñeca, haciéndola girar para que el sol le diera en los meros ojos a la Lupita y ella se deslumbrara también, tuviera que detenerse y mirar y mirarlo y darle a entender, con un gesto delator de la mano llevada al cuello, que ella era ella. Era fea. De a tiro feicita. Pero Bernabé no pudo echarse para atrás.

La medalla no dejó de mecerse en su mano y ella se acercó a tomarla sin decir palabra. Daba grima, con un pelo chamuscado por fierros de permanente mal usados y los dientes de oro mal puestos, devolviéndole su brillo a Nuestra Señora de Guadalupe y una cara aplastada de otomí. Bernabé le dijo que mejor se fueran a pasear pero no le salió preguntarle, ¿verdad que tú no lo haces por dinero? Dijo que se llamaba Martina pero todos le decían Martincita. Bernabé la cogió del codo y se fueron por la calzada hasta el Cementerio Español que es el único lugar bonito del rumbo, con sus grandes coronas de flores y sus ángeles de mármol blanco. Qué chulos son los camposantos dijo la Martincita y Bernabé se imaginó a los dos cogiendo dentro de una de esas capillas donde fueron enterrados los ricos. Se sentaron sobre una losa en letras doradas y ella sacó un alcatraz de un florero, lo olió y se llenó la punta chata de la nariz de polen anaranjado, se rió y luego hizo coqueterías con la flor blanca, cosquillas en sus narices y en las de Bernabé que se soltó estornudando. Ella se rió con sus dientes de mediodía eterno y le dijo que como él no hablaba nada ella le iba a contar todo de una vez, todas iban a la fábrica por gusto, había de todo, las que llegaron del campo como Martina y las que llevaban tiempo en la capital, eso era lo de menos, lo importante es que a la fábrica todas vinieron por su gusto, era el único lugar donde podían sentirse un ratito libres de los patrones gateros o de sus hijos o de los galanes de barrio que se aprovechan y luego si te vi no me acuerdo y por eso hay tantísimo escuincle sin papá, aquí a oscuras, sin conocerse, sin problemas qué sabroso era un ratito de amor cada semana, ¿no? la verdad es que a todas ellas les parecía bonito coger en lo oscuro sin que nadie se viera las caras ni supiera qué pasó o con quién pero ella de todas maneras estaba segura de que a los hombres que venían aquí en realidad no era esto lo que les interesaba sino sentir que las podían con las más débiles. En su pueblo eso es lo que le pasaba a las mujeres de los curas que pasaban por sus sobrinas o criadas que cualquier hombre se las cogía diciéndoles si no vienes te acuso con el cura cabrona. Antes dicen que les pasaba lo mismo a las monjas cuando los hacendados se metían a los conventos a cogerse a las hermanitas porque allí quién iba a repelar pues nadie. Esa noche de sus dieciséis años Bernabé no durmió pensando en una sola cosa: qué bonito habló la Martincita, a ella no le faltan las palabras, qué bien cogió también, tenía todo menos belleza, lástima que fuera tan ojete. Dieron por encontrarse en el Cementerio Español y coger los domingos en el mausoleo gótico de una familia de industriales muy mentada y ella le dijo que él era muy raro, muy niño siempre como si en su casa tuviera algo que no le correspondía a su pobreza y a su lengua trabada, quién sabe, no lo entendía, ella desde el rancho supo que sólo los hijos de los ricos tienen derecho a ser niños y luego crecer y hacerse grandes, ellos la gente como Martincita y Bernabé ya tenían que nacer grandes, tú y yo a fregarnos desde que nacimos Bernabé pero tú eres distinto, parece que quieres ser distinto, no sé. Al principio hicieron lo que todas las parejas jóvenes y pobres. Vieron las cosas gratis como los paseos de charros en Chapultepec los domingos y los desfiles que se sucedieron durante los primeros meses de sus amores, primero el desfile patriótico del día de la Independencia en septiembre cuando el tío Richi quiso estar con su flauta en Acapulco, después el desfile deportivo del día de la revolución, en diciembre las iluminaciones de navidad y las posadas antiguas en la antigua casa de Bernabé, la vecindad de Guatemala donde vivía su amigo enfermo Luisito. Apenas se saludaron porque era la primera vez que Bernabé llevó a la Martincita a conocer gente que él ya conocía y que conocía a doña Amparito su mamá y doña Lourdes la mamá de Luisito y Rosa María ni los saludó siquiera y el niño lisiado los miró con unos ojos sin porvenir. Luego Martina dijo que quería conocer otros amigos de Bernabé. Luisito le daba miedo porque era igualito a un viejo de su pueblo y al mismo tiempo nunca iba a ser viejo. Buscaron a los chamaquillos que jugaron fut con Bernabé y limpiaron parabrisas y vendieron chicles y klínex y a veces hasta cigarros de carita en Universidad, Insurgentes, Reforma y Revolución pero una cosa era correr por las avenidas anchas chanceando, albureando, disputando clientes y luego gastando la energía sobrante en un potrero con una pelota de papel y otra cosa salir con muchachas y hablar como gente, sentados en una lonchería frente a unas silenciosas tortas de cachete de puerco y unas chaparritas de piña. Bernabé los miró allí en la lonchería, le envidiaron a la Martina porque cogía de veras y no en sueños mojados ni en puras echadas pero no se la envidiaron porque era feicita. Para vengarse o distinguirse o nomás para diferenciar sus suertes los muchachos les contaron que un político que todos los días pasaba por Constituyentes rumbo a las oficinas del Ejecutivo en Los Pinos les regaló con aspavientos boletos para el juego de fut a dos de ellos para impresionar a un guardia presidencial que miró la escena y los demás juntaron bastante dinero para ir el domingo y lo invitaron a él pero sin ella porque no alcanzaba la lana y Bernabé dijo que no, no iba a dejarla sola el domingo. Acompañaron a los muchachos hasta la entrada del Estadio Azteca y Martincita le dijo que podían ir al Cementerio Español pero Bernabé nomás meneó la cabeza, le compró un refresco a la Martina y comenzó a pasearse como ocelote enjaulado enfrente del estadio, dando de patadas contra los postes de luz neón cada vez que oía la gritería allá dentro, el aullido de ¡gol! y Bernabé pateando postes y diciendo por fin me lleva la chingada puta vida esta por dónde me le cuelo a la vida, ¿por dónde?

Palabras

Martina le preguntó qué iban a hacer, ella era muy sincera y le dijo que podía engañarlo dejándose embarazar por él pero para qué si antes no se pusieron bien de acuerdo en lo que de veras iban a ser. Ella le soltó indirectas como cuando él le propuso que se fueran a Puebla al desfile del cinco de mayo de aventón y lograron que un camión materialista los llevara hasta la iglesita de San Francisco Acatepec brillante como un dedal de donde se fueron caminando a la ciudad de azulejos y caramelos, ensoñados todavía con la aventura juntos y el paisaje limpio de pinos y volcanes fríos que para Bernabé era novedad. Ella llegó de los llanos indios de Hidalgo y conoció el campo pobre dijo pero limpio también no como la mugre de la ciudad y mirando el desfile de los zuavos y los zacapoaxtlas, las tropas de Napoleón contra las del licenciado don Benito Juárez, le dijo que le gustaría verlo de uniforme, marchando, con su banda y todo. Iba a tocarle el turno de ser sorteado en la conscripción militar y allí era sabido dijo la Martina con un aire de estar muy al tanto les daban a los conscriptos la educación que les faltó y la carrera de soldado no era mala para los que no empezaban ni con un petate donde caerse muertos como él. Las palabras se le trabaron como pinole en la garganta a Bernabé, sólo allí sintió que él no era como la Martincita pero que ella no se daba cuenta y mirando los jamoncillos, las cajetas y las panochitas de una dulcería se comparó con ella en el reflejo de la vitrina y se vio más guapo, más esbelto, hasta más blanquito y con una como centellita verde en los ojos, no esas negruras impenetrables de capulín en la mirada sin blanco de su novia. No supo cómo decirle nada y por eso la llevó con su mamá. La Martincita lo tomó muy a pecho, se emocionó y casi lo entendió como una propuesta formal. Pero Bernabé sólo quiso que ella viera que ellos eran distintos. Quizás doña Amparito esperó largo tiempo un día así, una oportunidad así que le diera ánimos de juventud otra vez. Sacó sus mejores trapos, un traje sastre con hombrotes anchos, las nylon atesoradas y los zapatos puntiagudos de charol, colgó algunas fotos antiguas que sacó celosamente de una maleta de cartón, fotos amarillentas que comprobaron la existencia de antepasados, no salieron de la nada, ayer nomás, faltaba más señorita vea a qué familia se pretende usted meter y una foto donde el presidente Calles estaba en el centro y a la izquierda el general Vergara y por allá atrás el caballerango del general, el papá de Amparito, Romano, Rosendo y Richi. Pero la apariencia de la Martincita dejó muda a doña Amparo. La mamá de Bernabé supo competir con otras mujeres como ella, inseguras de su lugar en el mundo, pero la Martincita no mostró ninguna inseguridad. Era una campesina y nunca pretendió ser otra cosa. Doña Amparo miró desoladamente la mesa dispuesta para el té, los pastelitos de moca que mandó traer con Richi de una panadería lejana. Ahora no supo cómo ofrecerle té a esta gatita, gatita primero y luego fea fea fea como pegarle a Cristo por Dios que era fea, pudo luchar hasta contra una criada bonita, pero ser gatupería y espantapájaros, ¿qué palabras venían al caso cómo le iba a decir tome asiento señorita, dispense las estrecheces pero la decencia se lleva adentro y también en los modales, la siguiente vez podemos comparar nuestros álbumes de familia si le parece bien a usted, ahora gustaría un sorbo de té, limón o crema, un pastelito de moca señorita, Bernabé ama la pastelería francesa por encima de todo, es un chico de gustos refinados sabe usted? No le dio la mano. No se levantó. No le habló. Bernabé rogó en silencio habla mamá, tú sí sabes qué palabras hay que decir, en eso te pareces a la Martincita, las dos saben hablar, a mí de plano no me salen las palabras. Vámonos Bernabé dijo la Martina muy orgullosa después de cinco minutos de silencio terco. Quédate a tomar tú té conmigo, sé cuánto te gusta, dijo doña Amparo, buenas tardes muchacha. La Martina esperó un par de segundos, luego se arropó en su suetercito lanudo y se fue rápido de la casa. Se vieron otra vez, uno de sus domingos siempre juntos y muy acurrucados y llenos de las palabras bonitas y cachondas de la Martincita pero ahora con un filo duro, ofensivo.

—Yo desde niña supe que no podía ser niña. Tú no Bernabé, ya vi que tú no.

Separaciones

Bernabé intentó una vez más, ahora por el lado de los tíos, cuántas *erres* rió Martina mostrando sus dientecitos de oro, Rosendo Romano y Richi sentados con las pistolas entre las piernas después de pasarse la mañana de un domingo matando conejos y sapos y después cortando las plantas cenizas en el llano de gobernadoras verdes y chaparras. Richi dijo que las hojas de la ceniza eran buenas para los calambres de estómago y los sustos y codeó a su hermano Rosendo mirando a la Martincita sonriente de la mano de su sobrino Bernabé y Romano le dijo a Bernabé que le iba a hacer falta un té de hojas de ceniza para recuperarse del espanto. Los tres se rieron feo y esta vez la Martincita sí se tapó la cara con las manos y salió corriendo ligero con Bernabé detrás de ella, espérame Martina ¿qué tienes? Los tíos aullaron como coyotes, se lamieron los bigotes, se abrazaron entre sí y se palmearon las espaldas muertos de la risa, oye Bernabé dónde recogiste a la huerfanita, está de a tiro para los leones, un sobrino nuestro con semejante redrojo, ya ni la amuelas sobrino, deja que te busquemos algo mejor, de dónde la sacaste escuincle, no nos digas que de la encerrona de los domingos, ah cómo serás tarugo sobrino, con razón tu mamacita andaba tan afligida la pobre. Pero Bernabé no tuvo palabras para decirles que ella le habló bonito y además fue cariñosa, lo tuvo todo menos la belleza, quiso decirles y no pudo, me va a hacer falta, la vio correr por el llano, detenerse, mirar hacia atrás, esperarlo por última vez, decídete Bernabé, yo no te doy dolores de panza ni te espanto el sueño, yo te arrullo, yo te acaricio, yo te hago probar los dulces Bernabé decídete mi amorcito Bernabé. De a tiro ojete, sobrino; una cosa es tirarse a una criadita gratis los domingos para echar fuera la leche y otra es quién muestras y llevas por el mundo y para eso te va a hacer falta lana, Bernabé, ven aquí, no seas bruto, déjala irse, nadie se casa con la primera vieja que se acuesta y menos con semejante espanto de tu Martincita cara de cachetada mira nomás cómo serás güey Bernabé ya es hora de que te hagas hombrecito y ganes tu lanurria para sacar a pasear a las viejas, nosotros no tuvimos hijos, todo te lo dimos a ti, estamos contando contigo, Bernabé, ¿qué te hace falta?, ¿el carro, la lana, la ropa, cómo te vas a vestir, qué vas a decirles a las gordas, sobrino, cómo te les vas a acercar, desplante torero, Bernabé, son vaquillas toréalas así con salero, con garbo como dice el pasodoble, ven Bernabé, enséñate a usar la pistola, ya va siendo tiempo, júntate con tus viejos tíos, nosotros nos sacrificamos por ti y por tu mamacita, tú no tienes por qué, olvídala Bernabé, hazlo por nosotros, ahora te toca a ti salir adelante chavo, con la felina esa te ibas patrás muchacho, no nos digas que nos sacrificamos en balde, mira mis manos descascaradas de perro tiñoso, mira la panza inflada de tu tío Romano, igual tiene una llanta de grasa y gases en la cabeza, a qué le tira ya y mira los ojos muertos de tu tío Richi que nunca fue a Acapulco y los sueños que se le quedaron como lagañas en la pestañiza, a eso le tiras chamaco? Sepárate, para arriba Bernabé, ya estoy viejo y te lo digo, aunque no lo quieras todo nos va separando, como ahorita te separaste de tu novia igual te vas a separar de tu mamá y de nosotros, con dolor cual más o menos, a todo se acostumbra uno, luego las separaciones te van a parecer normales, así es la vida, es una separación tras otra, no lo que se junta lo que se separa eso es la vida, ya verás Bernabé. Pasó esa tarde solo sin la Martina por primera vez en diez meses, recorriendo la Zona Rosa, mirando los carros, los trajes, las entradas a los restoranes, los zapatos de los que entraban, las corbatas de los que salían, chicoteando la mirada de una cosa a otra, sin detenerla demasiado tiempo en nada ni en nadie, temeroso de una fuerza amarga una bilis en los cojones y en las tripas que le hiciera entrarle a patadas a los muchachos elegantes, a las señoritas meneosas que entraron y salieron de los bares y comederos de Hamburgo, Génova y Niza, como le entró a patadas a los postes afuera del estadio. Se agarró a patín por todo Insurgentes en domingo, repleto de los coches que regresaban de Cuernavaca dándose de topetones, los globeros, las torterías también repletas, imaginando que podía patear a la ciudad entera hasta quebrarla en pedacitos de luz neón y luego moler los pedacitos y tragárselos y ahi nos vidrios Bernabé. Fue cuando el tío Richi al que le tenía coraje desde antes de que se burlara de la Martincita le hizo señas alebrestadas sentado en una ostionería al aire libre cerca del puente de Insurgentes.

—Ya se me hizo sobrino. Me aceptaron de flautista y me voy a Acapulco con la orquesta. Para que veas que cumplo te convido. La mera verdad creo que te lo debo todo a ti. Mi jefe quiere conocerte.

El Güero

No tuvo que ir con el tío Richi a Acapulco porque el jefe le dio chamba luego luego. Bernabé no lo conoció en seguida, sólo oyó su voz gruesa y entonada como la de un locutor de radio detrás de las puertas de vidrio de la oficina. Que se encargaran de él los muchachos. Lo miraron de arriba abajo en los vestidores, otros le pintaron un violín con los dedos en las narices, otros lo mandaron al carajo con un gesto de la mano y siguieron vistiéndose, fajándose bien los calzoncillos y acomodándose los testículos. Un prieto alto con la cara larga y las pestañas duras le rebuznó y Bernabé estuvo a punto de írsele encima pero otro medio güerejo se le acercó y le dijo que cómo prefería vestirse, el Jefe ponía un guardarropa nuevo a disposición de los recién llegados y que no le hiciera caso al Burro, el pobre rebuznaba para nombrarse a sí mismo, no para ofender a nadie. Bernabé recordó las insinuaciones de la Martina en Puebla, éntrale al ejército Bernabé, te educan primero, aprendes a obedecer, luego te ascienden y si te corren te compras un cañón y trabajas por tu cuenta bromeó. Le dijo al Güero que estaba bien el uniforme, él no sabía cómo vestirse, estaba bien el uniforme. El Güero le dijo que por lo visto iba a tener que ocuparse de él y le escogió una chamarra de cuero, unos vaqueros tiesos todavía de la fábrica y un par de camisas de cuadros. Le prometió que cuando tuviera novia le daría un traje de salir, ahora que se conformara y para los ejercicios del pentatlón camiseta blanca y cuidado con los güevos, bien acomodados dentro de la canasta porque a veces los trancazos son duros. Lo instalaron en uno como campamento militar pero que no se anunciaba por ningún lado, con muchos camiones grises esperando siempre afuera y a veces hombres vestidos de paisano que al entrar se amarraban un pañuelo blanco al brazo y al salir se lo quitaban. Durmieron en catres de campaña y entrenaron desde temprano en un gimnasio con olores de eucalipto que se colaban por los vidrios rotos. Primero hubo argollas y paralelas, barra fija y plintón, pesas y potros. Luego siguieron con varas, cuerdas nudosas, troncos sobre barrancos y tiro al blanco, sólo al final del entrenamiento cachiporras tubos de hule y manoplas de fierro. Se miró en el espejo de cuerpo entero del vestidor, encuerado, dibujado con una punta de fierro, con la cabellera rizada naturalmente, no con fierros calientes como la pobre Martincita lacia, con las facciones mestizas delgadas y huesudas, con perfil, no como la Martincita cara de manazo, buen perfil en la cara y buen perfil entre las piernas y en la barriga y un orgullo verde en los ojos que antes no estaba allí. El Burro pasó rebuznando y riendo al mismo tiempo, con una reata más larga que la suya y las dos cosas le dieron coraje a Bernabé. Otra vez el Güero lo detuvo y le recordó que el Burro no sabía reírse de otra manera, se anunciaba con su rebuzno como él, el Güero, se anunciaba con su transistor, con la música por delante siempre, donde se oye la música está mi Güero. Un día Bernabé sintió que la tierra cambió debajo de sus tenis. Ya no fue más la tierra blanda de las Lomas de Chapultepec, arenosa y regada de alhumajos. Ahora todos los entrenamientos fueron en un enorme frontón para enseñarse a correr duro, pegar duro, moverse duro sobre pavimento. Bernabé dio en fijarse en el Burro para sentir coraje, girar con agilidad y plantar un manotazo seco en la nuca del enemigo. Le metió un rodillazo al muchacho larguirucho de pestañas duras que fue el descontón y el Burro tardó diez minutos en recuperarse pero luego rebuznó y siguió entrenando como si nada. Bernabé sintió que se acercaba el momento. El Güero le dijo que no, entrenó muy bien, a toda madre, se mereció su vacación. Lo trepó a un Thunderbird rojo y le dijo diviértete metiendo los casetes, tú mismo escoge la música, si te aburres pon la tele mini está allí vámonos a Acapulco Bernabé, voy a darte una probadita de lo que es la vida, *yo nací con la luna de plata y nací con alma de pirata, he nacido rumbero y jarocho,* escoge lo que quieras. No es cierto, se dijo después, no escogí nada, escogieron por mí, la gringa estaba lista para mí en esa camota de colchas que daban cardillo, el mozo vestido de changuito cilindrero estaba listo para cargarme las maletas, otro igualito para traerme el desayuno al cuarto y llevarme la nevera, lo único que no me regalaron porque ya estaban allí fueron el sol y el mar. Se miró en los espejos del hotel pero no supo si lo miraban a él. Aparte de la Martincita, no supo si les gustaba a las mujeres. El Güero le dijo que para que él mismo pagara tenía que hacer mucha lana, para no sentir que las cosas le tocaban de propina; mira este Thunderbird colorado, Bernabé, será de segunda mano pero es mío, lo compré con mis tlacos, rió y le dijo que ya no se verían tan seguido, ahora le tocaba pasar a manos de Ureñita, nada menos que el doctor Ureñita, ése sí que era un pesado, con una cara agria de solterona y feo como un mico estreñido, no como el Güero que sí sabía gozar, hey negra sabor, chao, dijo escupiéndose sobre las dos manos antes de embarrarse la saliva en el copete color de centavo nuevo y arrancar en el Thunderbird.

Ureñita

—¿Hasta qué grado llegaste, mi distinguido?

—Cree que ni me acuerdo.

—No seas burro. ¿Segundo, tercero?

—Usted dirá señor Ureña.

—Claro que te diré, Bernabé. Para eso estoy aquí. Las cabecitas huecas como la tuya llegan a carretadas aquí. Ni modo. Tal es la materia prima. A ver cómo la refinamos, cómo la hacemos exportable, pues.

—Como usted diga señor Ureña.

—Presentable, quiero decir. Dialéctica. Nuestros amigos creen que no tenemos historia ni ideas porque ven a burros como tú y se ríen de nosotros. Mejor así. Que lo crean. Así ocupamos toda la historia que ellos dejen vacía. ¿Me entiendes?

—No maestro.

—Ellos han llenado de mentiras la historia de la patria para debilitarla, para hacerla chiclosa y entonces éste arranca un pedazo de chicle y aquel otro pedazo y al principio no se nota. Pero un día despiertas y no tienes la patria grande, libre y unida que soñaste, Bernabé.

—¿Yo?

—Sí, hasta tú, aunque no lo sepas. ¿Por qué crees que estás aquí conmigo?

—El Güero dijo. Yo no sé nada.

—Pues yo te voy a enterar, borrico. Estás aquí para ayudar al nacimiento de un mundo nuevo. Y un mundo nuevo sólo puede nacer de orígenes tumultuosos, odiosos, terribles. ¿Me entiendes? La violencia es la partera de la historia.

—Si usted lo dice señor Ureñita.

—No uses el diminutivo. Los diminutivos disminuyen. ¿Quién te enseñó a llamarme Ureñita?

—Ninguno se lo juro.

—Pobre tarado. Si quisiera te analizaría en dos patadas. Esto es lo que nos mandan. La culpa es de John Dewey y Moisés Sáenz. Dime Bernabé, ¿tienes miedo a hundirte en la pobreza?

—Ahí estoy señor Ureña.

—Te equivocas. Hay peor. Imagina a tu mamacita trapeando pisos o peor tantito, imagínatela de huila.

—Usted igual profe.

—No me ofendes burrito. Yo sé quién soy y lo que valgo. Los conozco a ustedes, lumpens de mierda. ¿Crees que no los conozco? De estudiante yo fui a las fábricas, tratando de organizar a los obreros, despertar su conciencia radical. ¿Tú crees que me hicieron caso?

—De repente maestro.

—Me dieron la espalda. No escucharon mi mensaje. No quisieron ver la realidad. Ahí los tienes. La realidad los castigó, se vengó de ellos, de todos ustedes pobres diablos. No han querido ver la realidad, eso es, han querido castigar a la realidad con ilusiones y se han frustrado como clase revolucionaria. Aquí me tienes sin embargo tratando de formarte Bernabé. Te lo advierto; no cejo fácilmente. Bueno ya dije lo que tenía que decir. Ellos han propalado estos infundios sobre mí.

—¿Ellos?

—Nuestros enemigos. Pero yo quiero ser tu amigo. Cuéntamelo todo. ¿De dónde vienes?

—Pues ahí de por ahí.

—¿Tienes familia?

—Asegún.

—No te me cierres. Quiero ayudarte.

—Segurolas profe.

—¿Tienes noviecita?

—Puede.

—¿A qué aspiras, Bernabé? Tenme confianza. Yo te la tuve, ¿o que no?

—Asegún.

—Puede que el ambiente del campamento sea excesivamente frío. ¿Prefieres platicar en otra parte conmigo?

—Me da igualdad.

—Podemos ir juntos a un cine, ¿te gustaría?

—Quién quita.

—Date cuenta de una cosa. Yo puedo ayudarte a humillar a los que te humillaron.

—Me cae de madre.

—Tengo libros en mi casa. No, no sólo libros de teoría, también libros menos áridos, toda clase de libros para muchachos.

—Suavena.

—¿Entonces vienes monigotito?

—Chóquela señor Ureñita.

El licenciado Mariano

Lo llevaron a verlo cuando le mordió la mano a Ureña y dicen que el jefe se tumbó de la risa y quiso conocer a Bernabé. Lo recibió en una oficina de cuero y encino con libros parejitos de color y estatura y óleos de volcanes en llamas. Dijo que podía llamarlo licenciado, el licenciado Mariano Carreón, eso del "Jefe" como le decían en el campamento sonaba muy pretencioso, ¿no? Sí Jefe dijo Bernabé y el licenciado le pareció igualito al barrendero de la escuela, un barrendero con anteojos, una cabecita de aceituna muy peinada y anteojos de fondo de botella y un bigotillo de ratón. Le dijo que le gustó cómo le respondió al sangrón de Ureña, era un antiguo rojillo que ahora los servía a ellos porque los otros jefes del movimiento decían que una barnizadita teórica era importante.

Él no lo creía así y ahora iba a verlo. Llamó a Ureña y el teórico entró cabizbajo y con la mano vendada donde Bernabé le enterró los dientes. Le ordenó que bajara un libro de la estantería, el que quisiera, el que más le gustara y lo leyera en voz alta. Sí señor como usted mande señor dijo Ureña y leyó con la voz temblorosa *no pude amar en cada ser un árbol con su pequeño otoño a cuestas*, tú entiendes algo Bernabé, no dijo Bernabé, sigue leyendo Ureñita, usted manda señor, *y en las últimas casas humilladas, sin lámpara, sin fuego, sin pan, sin piedra, sin silencio, solo, rodé muriendo de mi propia muerte*, síguele Ureñita, no desfallezcas, quiero que el chamaco entienda qué chingaos es eso de la cultura, *piedra en la piedra, el hombre, dónde estuvo, aire en el aire, el hombre, dónde estuvo, tiempo en el tiempo*, Ureña tosió, pidió mil perdones, *fuiste también el pedacito roto de hombre inconcluso*, párale Ureñita, ¿entendiste algo chavo? Bernabé negó con la cabeza. El jefe le ordenó a Ureña que pusiera el libro en un cenicerote de vidrio soplado de Tlaquepaque similar a los anteojos del licenciado, allí mero, y le prendiera fuego con un cerillo pero ya, a paso redoblado Ureñita dijo con una risa seca y seria el licenciado Carreón y mientras las páginas ardían a mí no me hizo falta leer nada de eso para llegar a donde estoy, quién quita y me hubiera sobrado, Ureñita, ¿por qué le iba a hacer falta a este escuincle? Dijo que tuvo razón en morderlo y si usted me pregunta para qué tengo esta biblioteca aquí le diré que es para recordar a cada rato que quedan muchos libros por quemar todavía. Mira chamaco le dijo a Bernabé mirándolo con todo el fulgor de que era capaz detrás de sus ocho capas de vidrio congelado, cualquier pendejo puede atravesar la cabeza más inteligente del mundo con un balazo, no te olvides de eso. Le dijo que se le pegara, le gustaba, le recordaba cómo había sido, le renovaba los ánimos y cómo le hubiera gustado, le dijo cuando lo convidó a acompañarlo en un Galaxy negro como una carroza fúnebre con todos los vidrios oscurecidos para ver hacia afuera sin ser visto hacia adentro, tener hace cuarenta años alguien que se ocupara de él, de gente como él, al general Almazán le birlaron la elección, el sinarquismo hubiera cuidado a la gente como ellos, como ellos lo estaban haciendo ahora, no te preocupes, si nos hubieras tenido a nosotros tu vida y la de tus padres habría sido distinta. Mejor. Pero ya nos tienes, chavo Bernabé. Le dijo al chofer que regresara como a las cinco y a Bernabé que lo acompañara a comer, entraron a uno de los restoranes de la Zona Rosa que Bernabé sólo vio por fuera un domingo con rabia, todos los mayordomos y meseros se les inclinaron como acólitos en la misa, señor licenciado, su privado está listo, por aquí, a sus órdenes señor, lo que usted mande, abusado Jesús Florencio te dejo al señor licenciado en tus manos. Bernabé se dio cuenta de que al Jefe le gustaba contar su vida, cómo salió de a tiro del culo de la ciudad y con tenacidad, sin libros, con una idea de la grandeza de la patria eso sí, llegó a donde estaba. Comieron mariscos gratinados y bebieron cervezas hasta que los interrumpió el Güero con un mensaje y el Jefe lo oyó y le dijo que trajera a ese hijo de puta y a Bernabé sigue comiendo tranquilo. El Jefe siguió contando muy tranquilo sus anécdotas y cuando el Güero regresó con un señor transparente y bien trajeado el Jefe no dijo nada más que buenas tardes señor ministro aquí el Güerito le va a decir lo que usted necesita saber. El Jefe le entró con parsimonia a su langosta thermidor y el Güero agarró del nudo de la corbata al ministro y le soltó un rosario de improperios, que aprendiera a tratar con el señor licenciado Carreón, que no se saltara trancas para llegar al señor presidente, esos asuntos pasaban primero por el mero señor licenciado Carreón porque a él le debía la chamba el señor ministro, ¿okey? Y el Jefe no miró ni al Güero ni al ministro, nomás a Bernabé y en la mirada de ese momento Bernabé leyó lo que tenía que leer, lo que el Jefe quiso que leyera, tú también puedes ser así, tú puedes tratar así a los meros meros, impunemente Bernabé. El Jefe pidió que le retiraran los restos de la langosta y Jesús Florencio el mesero se inclinó con celeridad cuando vio al señor ministro pero miró la cara del señor licenciado Carreón y prefirió ya no saludar al señor ministro sino atarearse en retirar los platillos sucios. Como no podía cruzar la mirada con nadie más, Bernabé y Jesús Florencio cruzaron las suyas. A Bernabé le cayó bien el mesero. Sintió que con él pudo hablar porque compartieron un secreto. Aunque tuvo que lambisconear igual que todos se ganó su vida y su vida era sólo para él. Supo esto porque dieron en verse, Jesús Florencio le agarró simpatía a Bernabé y le advirtió cuídate, cuando quieras venir a trabajar aquí de mesero yo te ayudo, la política da muchas vueltas y el ministro no te va a perdonar que lo hayas visto humillado por el licenciado pero el licenciado tampoco te va a perdonar que lo hayas visto humillar a alguien el día que lo humillen a él.

—De todos modos, te felicito. Creo que ya agarraste boleto chavo.
—¿Tú crees, mano?
—No me desampares —sonrió Jesús Florencio.

El Pedregal

Lo que allí sintió Bernabé es que éste sí era un lugar con nombre. El Jefe lo llevó a su casa en el Pedregal y le dijo siéntete a gusto, haz de cuenta que te adopto, muévete por donde gustes y vuélvete cuate de los muchachos de la cocina y la intendencia. Entró y salió por la casa que empezaba a nivel de tierra por los servicios pero luego en vez de subir iba bajando por unas rampas de cemento color escarlata por uno como cráter hacia las recámaras y finalmente hasta las estancias abiertas alrededor de una piscina cavada en el centro subterráneo de la casa pero iluminada desde abajo por las luces subacuáticas y desde arriba por el techo de emplomados azul celeste que servía de sombrero a la mansión. La esposa del licenciado Carreón era una gordita con bucles muy negros y medallas religiosas debajo de la papada, sobre los pechos y las muñecas que cuando lo vio le dijo que qué era si terrorista o guarura, si venía a raptarlos o a protegerlos todos eran igualitos, los nacos. A la señora su chiste le dio mucha risa. Se la oía venir de lejos, como una fanfarria, como el Güero y su transistor, como el Burro y su rebuzno. Bernabé la escuchó mucho los dos o tres primeros días que anduvo como bobo recorriendo la casa, esperando que el Jefe lo llamara y le diera chamba, tocando los chismes de porcelana, las vitrinas y los jarrones y topándose a cada rato con la señora sonriente como dicen que lo fue su papá Andrés Aparicio. Una tarde oyó la música, los boleros sentimentales tocando a la hora de la siesta y se sintió lánguido y guapetón como frente a los espejos del hotel de Acapulco, atraído hacia la música suave y triste pero cuando llegó al segundo piso se perdió y entró por uno de los baños a un vestidor con docenas de kimonos y sandalias de playa con tacón de hulespuma y la puerta entreabierta.

La cama tan grande como la del hotel de Acapulco estaba cubierta de pieles de tigre y en la cabecera vio una repisa de veladoras y estampas y debajo un aparato de cintas como el que traía el Güero en su Thunderbird de segunda mano y sobre las pieles la señora Carreón encuerada salvo las medallas religiosas, sobre todo una en forma de concha de mar con la imagen en oro de la Virgen de Guadalupe sobrepuesta que la señora se puso sobre el sexo mientras el Jefe Mariano se acercó a levantársela con la lengua y la señora rió con una voz coqueta y tipluda de quinceañera y dijo no amito mío no mi rey respeta a tu virgencita y él en cuatro patas encuerado con las pelotas moradas de frío a saber queriendo acercarse a la medalla en forma de concha ay mi gorda cachonda ay mi putita santa mi huilita perfumada mi diosa bucles de nácar deja a tu papacito bendecirte a tu virgencita mi amor y el bolero en la grabadora todo el tiempo *yo sé que nunca besaré tu boca, tu boca de púrpura encendida, yo sé que nunca llegaré a la loca y apasionada fuente de tu vida*. Los muchachos de la intendencia y la cocina le dijeron luego se ve que el Jefe te agarró buena voluntad chavo, no pierdas eso porque él te protege contra todo. Salte si puedes de la brigada, ése es trabajo peligroso, ya verás. En cambio aquí en la cocina y la intendencia vieras que a todo dar la pasamos. El Güero andaba por la intendencia contestando teléfonos y convidó a Bernabé a dar una vuelta en el Jaguar de la señorita hija de los señores Carreón, ella estaba en una escuela para refinar modales con las monjas de Canadá y el coche tenía que correr de vez en cuando para no amolarse. Dijo que los muchachos de la intendencia tenían razón algo te vio el Jefe que te trae adoptado. Aprovéchate Bernabé. Tú le entras a la guaruriza y te armaste de por vida, dijo el Güero corriendo el Jaguar de la niña como quien ejercita un caballo para una carrera, palabra que te armaste. El punto es que te enteras de todos los chismes y luego ni modo que te jodan, los traes medio vampirizados y ni modo que te jodan, a menos que te asilencien para siempre. Pero si sabes jugar bien tus cartas, mira nomás, tienes todo, la lana, las viejas, los coches y hasta comes lo mismo que ellos. Pero el Jefe Mariano tuvo que estudiar, contestó Bernabé, primero se hizo licenciado y luego se armó. El Güero rió mucho de esto y dijo que el Jefe no había estudiado más que la primaria, lo de licenciado se lo pegaron porque así le dicen en México a toda la gente importante, aunque no haya visto un libro de leyes ni por las tapas, no seas güey Bernabé. Lo que debes saber es que todos los días nace un millonario que va a querer que un día tú le protejas la vida, los escuincles, la laniza, las piedras. ¿Y sabes por qué Bernabé? Porque cada día también nacen mil cabrones como tú dispuestos a darle en la madre al rico que nació el mismo día que tú. Uno contra mil, Bernabé. No me digas que no es fácil escoger. Si nos quedamos donde nacimos, nos va a llevar la chingada. Más vale pasarnos con los que nos van a chingar, como que dos y dos son Dios, ¿no? El Jefe lo llamó al bar junto a la piscina y le dijo a Bernabé que lo acompañara y mirara el retrato de su hija Mirabella en la foto a colores de la pared, ¿no era bonita?, seguro que sí y era porque fue hecha con amor, con sentimiento y con pasión porque sin eso nomás no hay vida, ¿verdad Bernabé? Le dijo que se miraba en él, sin nada, sin techo siquiera pero con todo por delante para conquistar. Le envidió eso, dijo con los anteojos ciegos de vapor, porque luego lo tienes todo y nomás te agarras odio a ti mismo, odio porque no aguantas el aburrimiento y el enervamiento de haber llegado hasta arriba, ¿ves?, por una parte sientes terror de volver a caer allá abajo de donde saliste pero por otra parte te hace falta la lucha para llegar a la cumbre. Le preguntó si no le gustaría un día casarse con una muchacha como Mirabella, ¿él no tenía novia? y Bernabé comparó a la muchacha de la foto retocada, rodeada de nubes color de rosa, con la Martincita tan deatiro dada a la desgracia pero no supo qué decirle al señor licenciado Mariano porque decirle que sí o decirle que no era ofenderlo igual y además el Jefe no lo oyó a Bernabé, se oyó a sí mismo creyendo oír a Bernabé.

—El dolor que uno sufre, uno tiene derecho a hacérselo sufrir a los demás, chavo. Ésa es la santa verdad, por ésta te lo juro.

La brigada

Van a juntarse en el Puente de Alvarado para tratar de bajar por Rosales hacia el Caballito. Nosotros vamos a estar en los camiones grises en Héroes y Mina al norte, y en Ponciano Arriaga y Basilio Badillo al sur, de modo que por cualquier lado los copamos. Todos usen el brazal blanco y el nudo de algodón blanco sobre el pecho y tengan listos los pañuelos con vinagre para protegerse de los gases cuando venga la policía. Cuando la manifestación esté a cuadra y media del Caballito ustedes que van a estar en Héroes bajan por Rosales y la atacan por detrás. Griten Viva el Che Guevara, muchas veces, griten fuerte que no quepa duda qué cosa defienden. Traten de fachistas a los de la manifestación. Repito: fa-chis-tas. Entiéndanlo bien, creen una confusión absoluta, lo que se llama el rosario de Amozoc y luego peguen duro, no se guarden nada, con las cachiporras y las manoplas y ya digan lo que quieran, suéltense muchachos, dénse gusto, los que vienen del sur van a gritar Viva Mao pero ustedes mándenlos a volar, ya ni hagan caso, tómenlo como una fiesta, dénle vuelo a la hilacha, ustedes son la mera brigada de los gavilanes y ahora van a probarse en el terreno, chavos, en la calle, en el asfalto, contra los postes y las cortinas de fierro, apedreen cuanto comercio puedan, eso crea mucha tirria contra los estudiantes, pero lo importante es que cuando se los encuentren se suelten el alma, chinguen sin piedad, pateen, descontón y a los güevos, tú y tú nomás ustedes dos con picahielos por lo que pase y si le sacan un ojo a un cabrón rojete de ésos no le hace, va por el escarmiento y aquí los protegemos, eso lo saben llévenlo muy metido en la azotea cabrones aquí los protegemos de modo que a hacer lo que Dios manda y bien hecho, la calle es de ustedes, ¿tú dónde naciste? ¿y tú dónde? ¿Azcapotzalco, Balbuena, Xochimilco, Canal del Norte, Atlampa, la colonia Tránsito, Mártires de Tacubaya, Panteones? Pues hoy se vengan mis gavilancitos, nomás piensen eso, hoy la calle donde tanto los jodieron es de ustedes para joder a quien sea, no va a haber castigo, es como la conquista de México, el que ganó ganó y ya estuvo, hoy se me salen a la calle gavilancitos y se me vengan de cuanto jijo de su pelona los haya hecho sentirse gacho, de cuanto desprecio hayan sentido en sus pinches vidas, de cuanto insulto no pudieron contestar, de las cenas que no cenaron y de las viejas que no se cogieron, salen y se me desquitan del casero que les subió la renta y del buscapleitos que los desalojó de la vecindad y del matasanos que no quiso operar a su mamacita sin los cinco mil bolillos por delante, van a zurrarle a los hijos de sus explotadores, ¿ven?, los estudiantes son niños popis que también van a ser caseros, cagatintas y mediquillos como sus papis y ustedes nomás van a desquitarse, a pagar dolor con dolor, mi brigada de gavilanes, ya saben, silencios en los camiones grises, luego agazapados como fieras, luego a la fiesta, a pegar recio, a venirse de gusto pegando recio, pensando en la hermanita violada, en la mamacita fregada de rodillas trapeando y lavando, en el papacito jodido con las manos chuecas de tanto escarbar mierda seca, hoy les toca desquitarse gavilancitos, hoy y nunca más, no vayan a fallarle, no se preocupen, la policía los va a reconocer por los moños y los brazales, va a hacer como que les pega, síganles la comedia, va a hacer como que los mete a la julia a uno que otro, es de a mentiras, para apantallar a la prensa pero lo importante es que mañana la prensa diga refriega entre estudiantes de izquierda, mitotes subversivos en el centro de la capital, la conspiración comunista levanta cabeza, ¡a cortársela pronto!, a salvar a la república de la anarquía y ustedes mis gavilanes nomás piensen que mientras otros sean reprimidos ustedes no lo serán qué va se los prometo yo, ahora duro oigan la carrera sobre el asfalto, la calle es suya, conquisten la calle, pasen fuerte, entren al humo, no le tengan miedo al humo, la ciudad está perdida en el humo. No tiene remedio.

Desconocimientos

Su mamá doña Amparo no quiso ir por la vergüenza, le dijeron los tíos Rosendo y Romano, no quiso reconocer que un hijo suyo fue entambado; Richi logró instalarse para siempre, dependiendo, con la sonora acapulqueña y mandaba cien pesos de vez en cuando para la jefecita de Bernabé: ella se moría de vergüenza y desconocimiento y Romano le dijo que después de todo su marido Andrés Aparicio había matado a un hombre a patadas. Sí contestó ella pero nunca fue a dar a la peni, ésa es la diferencia, Bernabé es el primer entambado de la familia. Que tú sepas, vieja. Pero los tíos miraron a Bernabé de manera diferente, desconociéndolo también; ya no fue el chamaquito zoquete sentado sobre las tejas mientras ellos mataron liebres y sapos en el llano cenizo. Bernabé mató a un muchacho, se le fue encima con un picahielo en el mitote del Puente de Alvarado, se lo clavó hondo en el pecho y sintió cómo eran más fuertes las entrañas del muchacho herido que el fierro frío del arma de Bernabé pero a pesar de todo el picahielo le ganó a las vísceras, las vísceras nomás chuparon para adentro al picahielo como un amante se chupa al otro. El muchacho dejó de reír y rebuznar al mismo tiempo y se quedó mirando a los arcos de luz neón con las pestañas duras. El Güero vino a avisarle que no se preocupara, tenía que hacer un poco de show, él lo entendía, en unos días lo soltaban, mientras se resolvían las cosas y se demostraba que había justicia. Pero tampoco el Güero le reconoció y por primera vez tartamudeó y hasta se le llenaron los ojos de lágrimas. ¿Por qué tuviste que escabecharte a uno, Bernabé y más a uno de los nuestros? Te hubieras fijado más. Además tú conocías al Burro, pobre Burro, era bien pendejo pero buena gente en el fondo. ¿Por qué Bernabé? En cambio Jesús Florencio el mesero ese sí vino nomás como cuate y le dijo que al salir debía irse a trabajar con ellos al restorán, él lo podía arreglar con el dueño y le iba a decir por qué. El licenciado Mariano Carreón se emborrachó en el restorán el día de la refriega en el centro, estaba muy excitado y se soltó contándoles a sus amigos que había un chavo que le recordaba muchas cosas, primero cómo fue el propio don Mariano de chamaco y luego un hombre que conoció veinte años atrás, en una cooperativa del estado de Guerrero, un ingenierito que no se dobló, que trajo dizque la justicia al estado y se lo llevó sin dizque alguno la chingada. El licenciado Mariano contó cómo organizó él la resistencia contra el ingeniero Aparicio jugando a la unión de todas las familias del pueblo, pobres y ricas, contra el fuereño entrometido. Es tan fácil explotar los localismos provincianos. Lo importante dijo Mariano Carreón es que se fortalezcan los cacicazgos porque donde no hay ley el cacique impone el orden y sin orden no hay propiedad ni riqueza para acabar pronto señores les dijo a sus amigos. Ese ingenierito tenía una como santa cólera, una convicción de cruzado que picó al señor licenciado Carreón. Durante los próximos diez años trató de corromperlo, ofrecerle esto y aquello, ascensos, casas, dinero, viajes y viejas, impunidad pues. Nada. El ingenierito Aparicio se le volvió una obsesión y como no pudo comprarlo trató de arruinarlo, crearle problemas, aplazarle ascensos, hasta sacarlo de una vecindad donde vivía por las calles de Guatemala y lanzarlo a las ciudades perdidas del cinturón de la miseria. Pero la obsesión del licenciado Mariano fue tal que compró todos los terrenos del rumbo donde se fueron a vivir Andrés Aparicio y los suyos y las demás familias de paracaidistas para que no los fuera a desalojar nadie y dijo no, que se queden allí, los viejos se van a morir, de honor nadie vive y la dignidad no se sirve con caldo de médula, está bueno tener un vivero de chamaquillos enojados para cuando crezcan yo los encarrile, mi nido de gavilanes. Contó que todos los días saboreó el hecho de que el ingenierito que no se dejó corromper viviera con su mujer y su hijo y sus cuñados los muy güevones en un terreno propiedad del licenciado Mariano y sólo por su venia. Pero la broma para saborearse de veras tuvo que ser conocida por el ingenierito. De manera que el licenciado mandó a uno de sus roperos armados a decírselo todo a tu padre Bernabé, has estado viviendo de la limosna de mi jefe, chamagoso méndigo, diez años de limosnero tú tan puro y mi padre que nunca dejó de sonreír para no verse viejo más que una vez esa vez agarró a patadas al guarura del licenciado Carreón y lo mató a patadas y luego desapareció para siempre porque sólo le quedaba la dignidad de pasar por muerto y no enterrado en el tambo como tú por unos días nomás Bernabé. Más vale que lo sepas dijo Jesús Florencio, ya ves que lo que te ofrecen no es tan seguro como dicen. Un día te encuentras un hombre de a de veras y te vale pura sombrilla la impunidad. Ha de ser bien gacho pasársela protegido todo el tiempo, con miedo, diciéndote si no me protege el Jefe valgo un puro carajo. Bernabé se quedó dormido en su catre, protegido hasta la coronilla por la cobijita de lana delgada, hablándole en sueños al Jefe coyón, no te atreviste a mirar a mi papá a la cara, tuviste que mandarle un matón y te mataron al matón, culero. Pero luego tuvo un sueño en el que él se iba rodando en silencio, muriéndose, rodando como un pedacito roto de hombre ¿qué? ¿de hombre qué? Soñó sin poder separar su sueño de un deseo vago pero impetuoso de que cuanto existió fue para la tierra, para todos unidos, el agua, el aire, los jardines, la piedra, el tiempo.

—El hombre, ¿dónde estuvo?

El Jefe

Salió de la peni odiándolo por todo lo que le hizo a su padre, lo que le hizo a él. El Güero lo recogió a la salida del Palacio Negro y lo subió al Thunderbird rojo *una vez nada más se entrega el alma con la dulce y total renunciación* hey familias dónde está su Güerito están la música y el sabor. Le dijo a Bernabé que el Jefe estaba esperándolo en el Pedregal en cuanto el chavo quisiera pasar a verlo. Estaba muy apenado de que Bernabé hubiera pasado diez días entambado en Lecumberri. Peor peor le había ido al Jefe. Bernabé no lo sabía, no leía periódicos ni nada. Pues había una tormenta en contra del Jefe dizque por andar de provocador y lo andan amenazando con mandarlo de gobernador a Yucatán que es como irse de bracero a la luna, pero él dice que se va a vengar de sus enemigos políticos y que le haces falta. Tú fuiste el más hombre de la brigada, dijo. Aunque te hayas llevado de corbata al pobre Burro, pero el Jefe dice que entiende tu pasión él es igual. Bernabé se soltó chillando como un niño, todo le pareció tan pinche y el Güero no supo qué hacer más que detener la música de la casette como por respeto y Bernabé le pidió que lo dejara en la Calzada de Azcapotzalco, por el rumbo del Panteón Español pero el Güero se preocupó y lo siguió a vuelta de rueda mientras Bernabé caminaba por las banquetas de polvo junto a los floristas que arreglaron las grandes coronas de gardenias y junto a los marmoleros que cincelaron las losas, los nombres, las fechas, el principio y el fin de cada hombre y mujer, ¿Dónde estuvieron?, se fue repitiendo Bernabé, recordando el libro quemado por órdenes del licenciado Carreón. El Güero decidió tener paciencia y lo esperó cuando salió por la reja del cementerio una hora después, chanceó, ya van dos veces que sales hoy de tras la reja, chavo, cuidadito, Bernabé entró odiando todavía al Jefe a la casa del Pedregal pero sintió lástima apenas lo vio, con su cara de barrendero miope, agarrado a un vasote de whisky como a un salvavidas. Le dio pena recordarlo encuerado en cuatro patas y con los güevos helados tratando de vencer la coquetería cruel de su esposa. ¿No tenía derecho la Mirabella, después de todo, caray, a ir a una escuela de refinamientos en vez de vivir en un tendajón de lámina y cartón en la ciudad perdida? Entró a la casa del Pedregal, vio al Jefe amolado y sintió pena pero también seguridad, aquí no le iba a pasar nada malo, aquí nadie lo iba a abandonar, aquí el Jefe no lo iba a condenar a joderse fregando parabrisas porque el Jefe no iba a llevar justicia al estado de Guerrero no iba a morirse de hambre con tal de sentirse puro como una hostia, el Jefe no era un pendejo como su Jefe, su Jefe Mariano Carreón su Jefe Andrés Aparicio ay jefecito no me abandones. El licenciado le dijo al Güero que le sirviera su whiskicito al chavo que tan valiente había estado y que no se preocupara, la política no es más que una larga paciencia, en eso se parece a la religión y ya vendría la hora del desquite contra los que le andaban intrigando y tratando de mandarlo de exiliado a la península. Quiso que Bernabé, que estuvo con él a la hora de los cocolazos, también estuviera con él a la hora del desquite. La brigada iba a cambiar de nombre, se volvió demasiado notoria, un día iba a reaparecer blanquita, blanqueada por el sol de la venganza contra los criptocomunistas colados en el gobierno, pero nomás por seis años, bendito principio de la no-reelección, luego a la calle rojillos y como en un péndulo, ya lo verían, ellos regresarían porque ellos sabían esperar largo largo largo como los ídolos de piedra en el museo, ¿eh?, ya ni quien nos pare. Le dijo a Bernabé abrazándolo del cuello que no había destino ninguno que no pudiera ser superado por el desprecio y al Güero que no quería verlos ni a él ni al chavo Bernabé ni a ningún guarura jovenazo por la casa mientras estuviera allí la niña Mirabella que regresaba mañana del Canadá. Se fueron al campamento y el Güero le dio una pistola a Bernabé para que se defendiera y le dijo que no se preocupara, el Jefe tenía razón, no había manera de controlarlos una vez que empezaban a rodar, *mira esa piedra cómo ya no se para,* carajo dijo el Güero con una miradita muy lista y maliciosa que Bernabé no le vio antes, incluso de las manos del mero Jefe se podían escurrir si querían, ¿él no sabía ya todo lo que había que saber, cómo organizar las cosas, acercarse a una barriada, juntar a los chavos, empezar con resorteras si hacía falta, luego cadenas, luego picahielos como el que usaste para matar al Burro, Bernabé? Si era rete simple, se trataba de crear uno como terror invisible pero compartido, nosotros tenemos terror de vivir siempre protegidos, ellos tienen siempre terror de vivir sin protección. Escoge chavo. Pero Bernabé ya no lo escuchó ni le contestó. Estaba recordando su visita al cementerio esa mañana, los domingos con la Martincita cogiendo en la cripta de una familia decente, un viejo distraído orinando detrás de un ciprés, calvo, sonriente, como un bobo, sonriendo sin parar que luego se fue caminando con la bragueta abierta bajo ese sol picante como un gran chile amarillo del mediodía en Azcapotzalco. Bernabé sintió vergüenza. Que no regrese. Basta una memoria vaga un desconocimiento. Fue a ver a su mamá cuando tuvo un traje nuevo y un Mustang de segunda mano aunque para él solito y le dijo que el año entrante le tendría una casita asoleada y limpia en una colonia decente. Ella trató de decirle lo mismo que de niño, santito, tú eres decente, monigotito, no eres un pelado como los demás, trató de decirle lo mismo que antes dijo del padre, *Nunca he soñado que estés muerto,* pero para Bernabé la voz de su madre ya no era ni tierna ni exigente, nomás significaba lo contrario de lo que decía. En cambio le agradeció que le regalara los tirantes más bonitos de su papá, unos con listas rojas y hebillas doradas que fueron el orgullo de Andrés Aparicio.

BIBLIOGRAFÍA

TOMO I: FUNDACIONES MEXICANAS

Fuentes, Carlos, *La muerte de Artemio Cruz,* México: Fondo de Cultura Económica, 1962.

———, *Los años con Laura Díaz,* Madrid: Alfaguara, 1999.

Libros y compilaciones

AA.VV., "Carlos Fuentes Issue", *World Literature Today,* 57.4 (1983).

———, *Carlos Fuentes: Premio de Literatura en Lengua Castellana "Miguel de Cervantes" 1987,* Madrid: Ministerio de Cultura, Dirección General del Libro y Bibliotecas, Centro de las Letras Españolas, 1988.

———, "Carlos Fuentes", *Anthropos,* 91 (1988).

———, *Letras mexicanas,* número dedicado a Carlos Fuentes [I Congreso de Estudios Transatlántico de Brown University, 2002], México: UNAM, 2006.

Befumo Boschi, Liliana, y Elisa Calabrese, *Nostalgia del futuro en la obra de Carlos Fuentes,* Buenos Aires: F. García Cambeiro, 1974.

Brody, Robert, y Charles Rossman, eds., *Carlos Fuentes, A Critical View,* Austin: U. Texas P., 1982.

Durán, Gloria, *The Archetypes of Carlos Fuentes: From Witch to Androgyne,* Hamden: Archon, 1980.

Faris, Wendy B., *Carlos Fuentes,* Nueva York: F. Ungar Pub. Co., 1983.

Fell, Claude, ed., *L'Herne. Fuentes,* París: 2006.

García Gutiérrez, G., *Los disfraces: la obra mestiza de Carlos Fuentes,* México: El Colegio de México, 1981.

Giacoman, Helmy, ed., *Homenaje a Carlos Fuentes Variaciones interpretativas en torno a su obra,* Nueva York: Las Américas Pub. Co., 1971.

Hernández de López, Ana María, ed., *La obra de Carlos Fuentes: una visión múltiple,* Madrid: Pliegos, 1988.

Ibsen, Kristine, *Memoria y deseo. Carlos Fuentes y el pacto de la lectura,* México: Fondo de Cultura Económica, 2003.

Levy, Isaac, y Juan Loveluck, eds., *Simposio Carlos Fuentes Actas,* Columbia: U. of South Carolina, 1980.

Ordiz Vázquez, Francisco Javier, *El mito en la obra narrativa de Carlos Fuentes*, León: U. de León, 1987.

Ortega, Julio, *Retrato de Carlos Fuentes*, Madrid: Círculo de Lectores, 1995.

Ramírez Mattei, Aida E., *La narrativa de Carlos Fuentes*, Río Piedras: U. de Puerto Rico, 1983.

Williams, Raymond, *Los escritos de Carlos Fuentes*, México: Fondo de Cultura Económica, 1998.

La muerte de Artemio Cruz

Artículos (recepción de la obra)

Abreu Gómez, Ermilo, "Una novela maestra: *La muerte de Artemio Cruz*, de Carlos Fuentes", *Política*, 16 de agosto de 1962.

Adams, Mildred, "The Line of Life Lies Between Paralysis and Frenzy", *New York Times Book Review*, 24 de mayo de 1964: 4.

Álvarez, A., "Mortal longings", *New York Review of Books*, 11 de junio de 1964: 14-16.

Balke, Marianne, "Carlos Fuentes: Nichts als das Leben", *Bucherei und Bildung*, Frankfurt, 1965.

Barkham, John, "Mexican Author Shows Superior Craftmanship", *World-Telegram and Sun*, Nueva York, 19 de mayo de 1964.

Belfrage, Cedric, "Mexico: A Universal Story", *National Guardian*, Nueva York, 29 de agosto de 1964.

Benítez, Fernando, "Una magistral novela de Carlos Fuentes, *La muerte de Artemio Cruz*", *Siempre!*, 465, 23 de mayo de 1962: i–ii.

Berger, Yves, "Violent Mexique", *La Quinzaine Litteraire*, 1º de abril de 1966: 9.

Bueno, Salvador, "Sobre Carlos Fuentes", *Universidad de La Habana*, mayo-junio, julio-agosto de 1963: 161-162.

Campos, Jorge, "México: un panorama y una novela", *Ínsula*, 18.194 (1963): 11.

Castellanos, Rosario, "La importancia de *La muerte de Artemio Cruz*", *Siempre!*, 534, 18 de septiembre de 1963: xvii.

Cohen, J. M., "Who Lives in Mexico", *Spectator*, 7 de agosto de 1964: 190-191.

Fernández Retamar, Roberto, "Carlos Fuentes y la otra novela de la Revolución mexicana", *Casa de las Américas*, 4.26 (1964): 123-128.

Fraire, Isabel, "El mentado Artemio Cruz", *Revista Mexicana de Literatura* 7-8, (1962): 55-56.

González, Manuel Pedro, "Acotaciones a *La muerte de Artemio Cruz*", *Coloquio sobre la novela hispanoamericana,* México: Fondo de Cultura Económica, 1967: 89-100.

González Lanuza, Eduardo, "La unidad del tiempo", *La Nación,* 27 de enero de 1963.

Goodsell, James, "New-Old Mexico's Angry Man", *Christian Science Monitor,* 6 de julio de 1964: 5.

Hugh-Jones, Stephen, "Richness", *New Statesman*, Londres, 7 de agosto de 1964.

Jara, René, "El mito y la nueva novela hispanoamericana. A propósito de *La muerte de Artemio Cruz*", *Signos* 2.1-2 (1968): 3-53.

Kyria, Pierre, "Le Mexique des Reves Muets", *Le Nouvel Observateur,* 6 de abril de 1966.

Lane, Helen, "Last Rites for a Fat Cat", *Nation,* 1º de junio (1964): 558.

Lins, Osman, "A Morte de Artemio Cruz", *O Estado de Sao Paulo,* 14 de junio de 1969.

Menton, Seymour, "Genesis of a Power Elite", *Saturday Review,* 23 de mayo (1964): 44.

Millán, María del Carmen, "*La muerte de Artemio Cruz*", *Revista lberoamericana,* 18.54 (1962): 397-399.

Mitchell, Adrián, "Earthquake in Mexico", *Sunday Times,* 9 de agosto de 1964.

Mohrt, Michel, "L'age critique, de la révolution mexicaine", *Le Figaro Littéraire,* 14 de abril (1966): 6.

Niedermayer, F., "Reformer und Revolutionäre", *Tagespost*, Weinsburg, 9 de enero de 1964.

Nolte, Jost, "Der Tod des Artemio Cruz: Eine Mexicanische Tragödie", *Die Welt, der Literatur*, Hamburgo, 10 de diciembre de 1964.

Pacheco, José Emilio, "La hora del lector", *Universidad de México,* 16.12 (1962): 19-20.

Peñuelas, Marcelino, "*La muerte de Artemio Cruz*", *Revista Hispánica Moderna*, 29. 3-4 (1963): 312-313.

Poore, Charles, "The Life of Artemio Cruz Was no Horatio Alger Story", *New York Times,* 18 de mayo (1964): 35.

Preis, Kurt, "Der Tod des Zeitunkönigs", *Munchner Merkur*, Munich, 1º de diciembre de 1964.

Puccini, Dario, "Storia di un messicano 'traditore'", *Paese Sera*, Roma, 11 de marzo de 1966.

Sáinz, Gustavo, "Los últimos momentos de Artemio Cruz", *México en la Cultura, Novedades*, 15 de julio (1962): 8.

Sorensen, Lennart, "Artemio Cruz ligger och dor", *Kvallposten*, Malmo, Suecia, 26 de septiembre de 1969.

Soriano, Elena, "Tres escritores de un mundo", *Índice*, 18.196 (1965): 22-24.

Viñas, David, "Carlos Fuentes: Cuerpo, clase y desintegración", *La Gaceta*, Buenos Aires, 13 de abril de 1966.

Vogelsgand, Fritz, "Die Pupillen des Todes", *Stuttgarter Zeitung*, Stuttgart, 10 de octubre de 1964.

Wardle, Irving, "The Sign of Violation", *Observer*, Londres, 9 de agosto de 1964.

West, Anthony, "An Uncouth Grace", *New Yorker*, 40.25 (1964): 87-90.

Artículos (análisis de la obra)

Aizenberg, Edna, "The Untruths of the Nation: Petals of Blood and Fuentes's The Death of Artemio Cruz", *Research in African Literatures*, 21.4 (1990): 85-103.

Bellini, Giuseppe, "Realtà e simbolo ne *La muerte de Artemio Cruz*", *Il laberinto Magico*, Milán: Cisalpino-Goliardica, 1973. 149-179.

Boldy, Steven, "Fathers and Sons in Fuentes' *La muerte de Artemio Cruz*", *Bulletin of Hispanic Studies*, 61.1 (1984): 31-40.

Borel Jean-Paul, "Fonction de la mort dans trois romans de Carlos Fuentes", *Littèrature latino-américaine d'aujourd'hui: Colloque de Cerisy*, París: Union Générale d'Eds., 1980.

Boves Naves, Jovita, "Valor sémico de los pronombres en *La muerte de Artemio Cruz* de Carlos Fuentes", *Epos*, 4.2 (1988): 259-283.

Castañeda, V. Emilio, "The Death of Artemio Cruz: The False Gods and the Death of Mexico", *The Centennial Review*, 30.2 (1986): 139-147.

Concha, Jaime, "Cruces hispanoamericanos: Fuentes, Donoso y *El lugar sin límites*", *Revista de Crítica Literaria Latinoamericana*, 27.53 (2001): 95-113.

Cross, Edmond, "Problemas de semántica textual en *La muerte de Artemio Cruz*", *Literatura, ideología y sociedad*, Madrid: Gredos, 1986: 270-280.

Díaz Lastra, Alberto, "Carlos Fuentes y la revolución traicionada", *Cuadernos Hispanoamericanos*, 185 (1965): 369-375.

Díaz Seijas, Pedro, "El tiempo y la muerte como unidad estructural en Artemio Cruz", *La gran narrativa latinoamericana*, Caracas: Instituto Universitario Pedagógico, 1976, 191-201.

Dixon, Paul B., "*La muerte de Artemio Cruz* and Baroque Correlative Poetry", *Hispanofilia*, 28.3 (1985): 93-102.

Domingo Cáceres, Roberto, "La voz de la memoria", *Revista de Literatura Mexicana Contemporánea*, 10.24 (2004): xxv-xxxvi

Ellis, Robert R., "Phenomenological Ontology and Second Person Narrative: The Case of Butor and Fuentes", *Phenomenology and Aesthetics: Approaches to Comparative Literature and the Other Arts*, Marlies Kronegger, ed., Dordrecht: Kluwer Acad., 1991: 239-248.

Fiddian, Robin, "Carlos Fuentes: *La muerte de Artemio Cruz*", *Landmarks of Latin American Fiction*, Philip Swanson, ed., Londres: Routledge, 1990: 96-117.

Fouques, Bernard, "El espacio órfico de la novela en *La muerte de Artemio Cruz*", *Revista Iberoamericana*, 41.91 (1975): 237-248.

———, "Carlos Fuentes ou la traversée de l'écriture", *Litteratures*, 20 (1989): 163-172.

Fuentes, Víctor, "Cronotopos cinematográficos en *La muerte de Artemio Cruz* y en *La ciudad y los perros*", *Cine-Lit, II: Essays on Hispanic Film and Fiction*, Portland: Portland State U.1(995): 9-18.

Gyurko, Lanin, "Self-Renewal and Death en Fuentes' *La muerte de Artemio Cruz*", *Revista de Letras*, 15 (1973): 59-80.

Kohut, Karl, "La historia de Artemio Cruz: La búsqueda de valores en un mundo degradado", *La obra de Carlos Fuentes: Una visión múltiple*, Ana María Hernández de López, ed., Madrid: Pliegos, 1988: 115-126.

Krauel, Ricardo, "Artemio Cruz: La inversión del mito", *Textos: Works and Criticism*, 4.2 (1996): 42-49.

Lugo-Filippi, Carmen, "La muerte de Artemio Cruz y *La modificación*, un estudio comparado", *Revista de Estudios Hispánicos*, 8 (1981): 11-23.

Magnarelli, Sharon, "Women, Violence and Sacrifice in *Pedro Páramo* and *La muerte de Artemio Cruz*", *Inti*, 13-14 (1981): 44-54.

Merril, Floyd, "Communication and Paradox in Carlos Fuentes' *The Death of Artemio Cruz*: Toward a Semiotics of Character", *Semiotica*, 18.4-5 (1976): 360-390.

Meyer Minnemann, Klaus, "Tiempo cíclico e historia en *La muerte de Artemio Cruz* de Carlos Fuentes", *Iberoromania*, 7 (1978): 88-105.

Moure, Clelia, "Rulfo, Fuentes, Saer: Algo más que la crisis del realismo", *Revista de Crítica Literaria Latinoamericana*, 26.51 (2000): 111-123.

Nakjavani, Erik, "Ernest Hemingway's Robert Jordan and Carlos Fuentes's Lorenzo Cruz: A Comparative Study", *Selected Proceedings of the Pennsylvania Foreign Language Conference*, Gregorio Martin, ed., Pittsburgh: Duquesne U. 1988: 127-135.

Ordiz Vázquez, Francisco Javier, "Segunda persona y tiempo futuro en dos novelas de Carlos Fuentes", *Estudios Humanísticos-Filología* 6 (1984): 83-95.

Ortega, Julio, "*La muerte de Artemio Cruz* y el relato de la des-fundación nacional", *Hispania,* 85.2 (2002): 198-208.

Osorio, Nelson, "Un aspecto de la estructura de *La muerte de Artemio Cruz*", *Homenaje a Carlos Fuentes Variaciones interpretativas en torno a su obra,* Helmy Giacoman, ed., Nueva York: Las Américas Pub. Co., 1971: 125-146.

Parsons, Robert A., "The 'Vision of Horror' or 'Opposing Self': The Double in Three Novels by Carlos Fuentes", *Journal of Evolutionary Psychology* 8.1-2 (1987): 105-114.

Pérez, Genaro, "Lo fétido y lo fragrante en *La muerte de Artemio Cruz*", *Antípodas* 8-9 (1996): 68-76.

Pérez de Mendiola, Marina, "Bajtín, Benveniste y *La muerte de Artemio Cruz*: Un aspecto de su dialogización", *Ensayos de literatura europea e hispanoamericana,* Félix Menchacatorre, ed., San Sebastián: U. del País Vasco, 1990: 375-379.

Rela, Walter, "Medio siglo de la historia política mexicana (1903-1955) explicada en *La muerte de Artemio Cruz*", *Tropos* 13.1 (1986): 1-17.

Rodríguez-Luis, Julio, "La neutralidad ideológica de *La muerte de Artemio Cruz*", *Actas del VI Congreso de la Asociación Internacional de Hispanistas,* Toronto: U. de Toronto, 1980, 619-623.

Rosser, Harry, "The Disintegration and Reconstruction of Artemio Cruz", *Apocalyptic Visions Past and Present,* JoAnn James y William Cloonan, eds., Tallahassee: Florida State UP, 1988: 36-47.

Salcedo, Fernando F., "Técnicas derivadas del cine en la obra de Carlos Fuentes", *Cuadernos Americanos,* 3 (1975): 175-197.

Shaw, Donald L., "Narrative arragement in *La muerte de Artemio Cruz*", *Forum for Modern Language Studies,* 15. 2 (1979): 130-147.

Sommers, Joseph, "Individuo e historia: *La muerte de Artemio Cruz*", *La novela hispanoamericana actual,* Ángel Flores y Raúl Silva Cáceres, eds., Nueva York: Las Américas Pub. Co., 1971, 145-155.

Spires, Robert, "Self-Conscious Narration and Christian Discourse in Goytisolo and Fuentes", *Bucknell Review,* 39.2 (1996): 90-101.

Steenmeijer, Maarten, "Al borde del posmodernismo: la indeterminacion discursiva de *La muerte de Artemio Cruz* de Carlos Fuentes", *Actas XXIX Congreso del Instituto Intemacional de Literatura Iberoamericana,* vol. 3, Barcelona: PPU, 1994: 633-641.

Tejerina-Canal, Santiago, "Point of View in The Death of Artemio Cruz: Singularity or Multiplicity?", *The Review of Contemporary Fiction,* 8.2 (1988): 199-210.

Thompson, Currie K., "The House and the Garden: *The Architecture of Knowledge* and *La muerte de Artemio Cruz*", *Hispania,* 77.2 (1994): 197-206.

Tinnel, Roger, "*La muerte de Artemio Cruz*: a Virtuoso Study in Sensualism", *Modern Languages Notes*, 93 (1978): 334-358.

Titler, Jonathan, "*La muerte de Artemio Cruz*: anatomía de un ser", *Ironía narrativa en la novela hispanoamericana contemporánea*, Bogotá: Banco de la República, 1990: 31-64.

Vidal, Hernán, "El modo narrativo en *La muerte de Artemio Cruz*", *Thesaurus*, 31.2 (1976): 300-326.

Villar, Luis, "Lenguaje y sociedad de consumo en *La muerte de Artemio Cruz*", *Vuelta* 198 (1988): 45-50.

Walter, Richard, "Literature and History in Contemporary Latin America", *Latin American Literary Review*, 15.29 (1987): 173-182.

Williams, Raymond, "Fuentes the Modern; Fuentes the Postmodern", *Hispania*, 85.2 (2002): 209-218.

Wilson, Jerry, "Steinbeck, Fuentes, and the Mexican Revolution", *Southwest Review*, 67.4 (1982): 430-440.

Libros

Moreno, Fernando, *Carlos Fuentes, La mort d'Artemio Cruz entre le myte et l'histoire*, París: Ed. Caribéens, 1989.

Stoopen, María, *La muerte de Artemio Cruz: una novela de denuncia y traición*, México: UNAM, 1982.

Tejerina-Canal, Santiago, *La muerte de Artemio Cruz: secreto generativo*, Boulder: Society of Spanish and Spanish American Studies, 1987.

Los años con Laura Díaz

Andrés Ferrer, Paloma, "La experiencia del dolor en *Los años con Laura Díaz* de Carlos Fuentes", *Revista de Literatura Mexicana Contemporánea*, 7.14 (2001): 73-80.

Anaya, Rodolfo, "Viva Mexico!", *Washington Post*, 15 de octtubre de 2000: X7.

Badenberg, Nana, y Alexander Honold, "Imágenes de la historia. Una relectura de Carlos Fuentes", *Revista de Crítica Literaria Latinoamericana*, 28.56 (2002): 39-52.

Eder, Richard, Reseña, *New York Times Book Review*, 12 de noviembre de 2001.

Ibarz, Joaquim, "He madurado esta novela toda mi vida", entrevista con Carlos Fuentes, *La Vanguardia,* Barcelona, 21 de marzo de 1999.

Gandolfi, Sara, "Las abuelas son las mejores novelistas", entrevista con Carlos Fuentes, *El Mundo,* 6 de abril de 1999.

García-Posada, Miguel, "La novela mural de Carlos Fuentes", *Babelia, El País,* 8 de mayo de 1999.

Gumucio, Juan Carlos, "Quiero recoger la polifonía urbana de Ciudad de México", entrevista con Carlos Fuentes, *El País,* 8 de diciembre de 1998.

Juristo, Juan Ángel, "Luces y tinieblas de México", *La Esfera, El Mundo,* 19 de junio de 1999.

Marco, Joaquín, "Los años con Laura Díaz", *El Cultural, La Razón,* Madrid, 9 de mayo de 1999.

Martínez de Pizón, Ignacio, "De todas las historias de la Historia", *ABC Cultural,* Madrid, 15 de mayo de 1999.

Mastretta, Ángeles, "Laura Díaz y Carlos Fuentes: La edad de sus tiempos", *Nexos,* México, 22.259 (1999): 31-32.

Ortega, Julio, "Los años con Laura Díaz: Hacia una hermenéutica del tiempo narrativo", *Signos,* México, 2 .1 (2000): 165-175.

Rojas, Patricia, "Carlos Fuentes: México en la distancia", entrevista con Carlos Fuentes, *Qué Leer,* Madrid, junio de 1999.

Schettini, Ariel, "La novela del NAFTA", *Página 12,* Buenos Aires, 9 de mayo de 1999.

Vickers, Ben, "Esperando a Laura Díaz", entrevista con Carlos Fuentes, *Quimera,* Barcelona, diciembre de 1998.

Wilson, Jason, Reseña, *Independent,* Londres, 11 de mayo de 2000.

Wood, Michael, "Laura's song", *Los Angeles Times,* 24 de diciembre de 2000.

TOMO II: CAPITAL MEXICANA

Fuentes, Carlos, *La región más transparente,* México: Fondo de Cultura Económica, 1958.

———, *Agua Quemada,* México: Fondo de Cultura Económica, 1981.

La región más transparente

Asturias, Miguel Ángel, Prólogo a *La plus limpide region,* París: Gallimard, 1960.

Cardoza y Aragón, Luis, Prólogo a *La región más transparente,* en Carlos Fuentes, *Obras completas,* México: Aguilar, 1986.

Cross, Edmond, "Conscient, inconscient et non-conscient dans *La región más transparente* de Carlos Fuentes", en *Théorie et pratique sociocritiques.* Montpellier/Paris: CERS/Éditions Sociales, 1983.

Fell, Claude, "*La región más transparente,* du 'roman d'idées' a la réactivation des mythes", en *Écrir le Mexicque, América,* 22, Presses de la Sorbonne-Nouvelle, 1999.

García Gutiérrez, Georgina, Introducción a *La región más transparente,* Madrid: Cátedra, 1982.

Jiménez de Báez, Yvette, "Consolidación y transgresión, desde la fiesta en *La región más transparente*", en *Literatura mexicana, dossier* Carlos Fuentes, Centro de Estudios Literarios del Instituto de Investigaciones de la UNAM, XVII.1, 2006, 7-28.

Ortega, Julio, "El discurso de la fábula", en Georgina García Gutiérrez, ed., *Carlos Fuentes desde la crítica,* México: Taurus/UNAM, 2001: 85-94.

Sánchez Reyes, Carmen, *Carlos Fuentes y La región meas transparente,* San Juan: Editorial de la Universidad de Puerto Rico, 1969.

Van Delden, Maarten, "Myth, Contingency and Revolution in Carlos Fuentes's *La región más transparente*", *Comparative Literature,* 43. 4, otoño de 1991: 326-345.

Agua quemada

Gálvez Acero, Marina, "*Agua quemada*: Imagen de la desintegración actual de la estructura lógica del proceso histórico-cultural mexicano", *Anales de Literatura Hispanoamericana,* 13, 1984: 153-163.

García Núñez, Fernando, "El simulacro de *Agua quemada,* de Carlos Fuentes", *Bulletin hispanique,* 86, 3-4, 1984: 499-507.

Ponce, Néstor, "Los signos enmascarados: *Agua quemada* de Carlos Fuentes", *Lucanor: Revista del Cuento Literario,* 13, diciembre de 1995: 133-143.

Rama, Ángel, "*Agua quemada* de Fuentes: el retorno a casa", *Quimera.,* Barcelona, 12, octubre de 1981.

Van Delden, Maarten, "*Agua quemada* de Carlos Fuentes: La nación como una comunidad inimaginable", en Georgina García Gutiérrez, ed., *Carlos Fuentes desde la crítica,* México: Taurus y UNAM, 2001: 261-276.

Obras reunidas II, de Carlos Fuentes, se terminó de imprimir y
encuadernar en el mes de octubre de 2007 en Impresora
y Encuadernadora Progreso, S. A. de C. V. (IEPSA), Calz. San
Lorenzo, 244; 09830 México, D. F. En su composición,
elaborada en el Departamento de Integración Digital del FCE
por *Yolanda Morales Galván* y *Lorenzo Javier Ávila,* se usaron
tipos Berkeley Book de 16, 12, 11:15, 10:15 y 9:12 puntos.
La edición consta de 3 000 ejemplares.